Encuentro con el pasado

SUSAN ANDERSEN

Corazones en juego

Editado por Harlequin Ibérica.
Una división de HarperCollins Ibérica, S.A.
Núñez de Balboa, 56
28001 Madrid

© 2017 Harlequin Ibérica, una división de HarperCollins Ibérica, S.A.
Nº. 12 - 17.1.17

© 2004 Susan Andersen
Encuentro con el pasado
Título original: Hot & Bothered

© 2005 Susan Andersen
Corazones en juego
Título original: Skintight
Publicadas originalmente por Mira Books, Ontario, Canadá
Estos títulos fueron publicados originalmente en español en 2005 y 2006

Todos los derechos están reservados incluidos los de reproducción, total
o parcial. Esta edición ha sido publicada con autorización de Harlequin
Books S.A.
Esta es una obra de ficción. Nombres, caracteres, lugares, y situaciones
son producto de la imaginación del autor o son utilizados ficticiamente,
y cualquier parecido con personas, vivas o muertas, establecimientos
de negocios (comerciales), hechos o situaciones son pura coincidencia.
® Harlequin, HQN y logotipo Harlequin son marcas registradas por
Harlequin Enterprises Limited.
® y ™ son marcas registradas por Harlequin Enterprises Limited y sus
filiales, utilizadas con licencia. Las marcas que lleven ® están
registradas en la Oficina Española de Patentes y Marcas y en otros
países.
Imagen de cubierta utilizada con permiso de Dreamstime.com.

I.S.B.N.: 978-84-687-9080-0
Depósito legal: M-36177-2016

ÍNDICE

Encuentro con el pasado............................ 7

Corazones en juego............................ 269

ENCUENTRO CON EL PASADO

SUSAN ANDERSEN

Prólogo

Ford Evans Hamilton abrió los ojos y pestañeó para ver mejor la habitación desenfocada. El dolor le estalló en el cráneo y le recorrió las terminaciones nerviosas, por lo que levantó una mano con cautela para palparse la parte posterior de la cabeza. Parecía un melón maduro.

¿Qué diablos había pasado? Al oír el murmullo de voces y el tintineo del cristal, frunció el ceño. ¿Estaban celebrando una fiesta?

Unas imágenes trémulas flotaron en la periferia de su conciencia, y relajó la frente. Ah, sí. Se trataba de una cena, la que él mismo había organizado para ver sufrir a McMurphy. Bueno, a McMurphy y a alguno más, pero la cuestión era que tenía invitados y que había ido a la biblioteca por una caja de cigarros con los que acompañar el coñac de la sobremesa. Y... había encontrado allí a Jared, ¿no? Ford frunció el ceño al evocar retazos de la discusión y, de pronto, recordó el empujón que su hijo le había dado al salir enfurecido por la puerta. Jared no era más que una mancha en el apellido Hamilton. Sus dos hijos eran terribles decepciones.

El leve roce de una tela sobre la alfombra Aubusson atrajo su atención. Volvió la cabeza e hizo una mueca al sentir una nueva oleada de agonía, minúsculas estocadas gélidas, desde el cráneo hasta la rabadilla. Jared lamentaría haber nacido. Vislumbrando con malhumor la imagen doble de la persona que se arrodillaba a su lado, preguntó:

–¿Qué diablos haces aquí? –después, desdeñó la pregunta con un ademán impaciente–. Olvídalo –dijo, y extendió la mano imperiosamente, furioso por sentirse nuevamente dolorido–. Ayúdame.

–Sí, eso pienso hacer –murmuró la persona–. Te ayudaré... a ir al infierno.

De pronto, más deprisa de lo que la confusa mente de Ford podía comprender, el afilado abrecartas con empuñadura de plata que solía descansar sobre su escritorio de caoba destelló en el aire... y le partió el corazón.

Capítulo 1

—Vamos, cariño —murmuró John Miglionni a la sensual pelirroja—. Déjate ir. Sabes que quieres hacerlo... Será maravilloso.

Inspiró con satisfacción cuando ella obedeció.

—¡Sí! —susurró... y enfocó la lente de su videocámara en la mujer del fondo de la pradera cuando por fin esta montó sobre un caballo *quarter* de al menos quince palmos de altura.

Su cliente, Seguros Colorado, se pondría eufórico, pues aquello pondría una seria traba a la reclamación por incapacidad presentada por la joven, que exigía una compensación de varios millones de dólares. La herida que, según había afirmado bajo juramento, la incapacitaba para montar sobre su amado caballo era claramente fraudulenta.

Siguió enfocándola mientras saltaba la cerca del corral y galopaba por las altas llanuras del este de Denver. Cuando la perdió de vista, guardó la cámara y bajó por la carretera hasta donde había dejado la vieja camioneta destartalada que estaba usando para el seguimiento de aquella mañana.

Cuarenta y cinco minutos más tarde irrumpió en la Agencia de Detectives Semper Fi, y sonrió cuando su administradora, Gert MacDellar se sobresaltó y se llevó la mano a su pecho.

—¡Virgen Santa! —exclamó, al tiempo que lo fulminaba con la mirada por encima de sus gafas de ojo de gato con montura de pedrería—. ¡Me has quitado doce años de vida! Y a mi edad, muchacho, no puedo permitirme el lujo de perder ni un solo minuto, y mucho menos, más de una década.

—Como si no fueras a sobrevivirnos a todos, Mac —John enganchó una pierna en la esquina de la mesa y apoyó un glúteo en la superficie de roble. Le pasó la cámara de vídeo—. Descarga esto para el archivo de Seguros Colorado. Después, prepara la factura añadiendo las tres horas y media de hoy.

Los gastados ojos azules de Gert, varios tonos más claros que su peinado de estilo años cincuenta, brillaron tras los cristales.

—¿La has pillado?

—De lleno.

Gert profirió un aullido de triunfo y conectó la cámara digital de alta tecnología en el puerto correspondiente. Descargando su contenido con una mano, empleó la otra para sacar un pequeño montón de papeles de color rosa de debajo de un trozo de cuarzo pulido.

—Toma. Has recibido unas cuantas llamadas.

John leyó la primera nota y la colocó debajo del montón. Le pasó el segundo mensaje a Gert.

—Dale esto a Les —dijo, refiriéndose al ingeniero que había contratado hacía poco para afrontar el reciente aluvión de casos de responsabilidad civil por productos defectuosos. Al ojear el siguiente mensaje, entornó los ojos y, levantando la cabeza, se lo arrojó a Gert.

—Sabes que ya no me ocupo de infidelidades.

—Pues deberías —repuso ella con impertinencia, sin hacer ademán de recoger la nota—. Pagan muy bien.

—Cierto. También rebosan de emociones peligrosas y problemas de violación de intimidad, y no me interesa andar a hurtadillas fotografiando a personas que se están tomando una copa. Ahora bien, si uno de los cónyuges le está ocultando bienes al otro, soy tu hombre, y estaré encantado de sacarlos a la luz. Pero si solo quieren sacar trapos sucios para perjudicar al otro, mándalos a la agencia Hayden, en LoDo —soltó el mensaje sobre el escritorio

Gert resopló y se dio una palmadita reconfortante en su peinado fijado con laca, pero no protestó. John echó un vistazo a la última nota... y sonrió.

—Ah, sí, esto está más en mi línea. Dame un muchacho que se ha escapado de casa cualquier día de la semana –acomodándose mejor en la esquina de la mesa, dirigió a Gert toda su atención–. Dime de qué se trata.

Ella se animó, olvidando su contrariedad.

—¿Has leído algo sobre ese magnate de Colorado Springs al que le atravesaron el corazón con un abrecartas?

—Sí. Un tal... Hamilton, ¿no es así?

—Ford Evans Hamilton. Su hija Victoria es nuestra posible clienta. Bueno, en realidad, hablé con el abogado, pero ya me entiendes. El hermanastro de la señorita Hamilton, Jared, de diecisiete años, desapareció el mismo día que su papá se fue al otro barrio.

—¿Lo mató el chico?

—Según Robert Rutherford, el abogado, la señorita Hamilton jura que el joven Jared es incapaz de cometer esa clase de violencia. Ya se ha metido en líos otras veces... y no hay duda de que es una persona de interés para la policía, así que le gustaría localizarlo antes que la justicia. Al parecer, Jared suele ponerse muy insolente cuando lo acorralan o lo asustan, y su hermana sabe que, con la policía, esa actitud no le servirá de ayuda.

Habiendo tenido reacciones similares de joven, John se identificaba con el adolescente. Dirigió a su administradora una enorme sonrisa feroz.

—Entonces, es una suerte para ella que su abogado haya llamado al mejor –no lo camufló con una pregunta.

—Señor, qué gallito eres –Gert le enseñó sus dientes blancos y brillantes–. Es una de las cosas que siempre me han gustado de ti.

John rio.

—Ah, Mac, reconócelo, te gusta todo de mí. Somos muy compatibles. Me sorprende que aún no nos hayamos fugado a Las Vegas para casarnos.

La boca fruncida de Gert daba la impresión de que se hubiera tragado un limón, pero John sabía que el rubor que teñía sus mejillas era de placer, no de desaprobación. Le gustaban sus bromas, pero antes que oírla reconocerlo modernizaría su look de los años cincuenta.

Como si le estuviera leyendo el pensamiento, le lanzó una mirada severa por encima de las gafas.

—Te lo juro, irías a un velatorio y acabarías tonteando con el cadáver.

John se llevó una mano al corazón.

—Caramba, Gert MacDellar, me duele que pienses eso. Sabes que solo lo haría si el cadáver fuera una mujer.

A Gert le temblaron los labios, razón por la cual le hizo un ademán impaciente con los dedos para despacharlo.

—Sal de aquí, tonto. Vete a llamar a ese abogado y gana un poco de dinero para la agencia.

—Sí, señorita —le hizo un saludo militar—. Sé que te encantan esas horas que facturas —después, se levantó del escritorio y se dirigió a su despacho para hablar con un hombre sobre un caso.

Victoria sabía que debía serenarse. A veces, era más fácil decirlo que hacerlo y, mientras daba vueltas por el saloncito de la mansión de su difunto padre, reconoció que sus emociones estaban sumidas en el caos.

En el fondo de su corazón, se alegraba de haber vuelto. Por mucho que le encantara el bullicio y el ambiente histórico de Londres, no era su hogar, y durante su estancia nunca había superado la sensación de ser una expatriada desahuciada. Solo se había ido a vivir a Inglaterra porque allí tenía a su tía Fiona y, sobre todo, porque necesitaba apartar a Esme del ámbito de influencia de Ford antes de que este le destrozara la vida a su nieta como había destrozado la de Jared y la de ella.

Pero, pese a lo mucho que se alegraba de estar otra vez en casa, las circunstancias no le procuraban ninguna paz. Su padre, Ford Evans Hamilton, había muerto. Y no solo se había ido para siempre, lo cual ya era trauma suficiente, teniendo en cuenta todos los sentimientos sin resolver que albergaba hacia él, sino que lo habían asesinado.

Maldito fuera. La mitad de las veces se había comportado como un mal nacido. Casi todas, en realidad. Pero, aun así, era su padre y nadie se merecía morir como él.

Sin embargo, ¿no era típico de Ford marcharse envuelto en una neblina de escándalo? Nunca lo había preocupado dar que hablar con sus esposas cada vez más jóvenes y sus prácticas empresariales despiadadas. Cuando ella o Jared provocaban una fracción del oleaje que caracterizaba a Ford Evans Hamilton, se lo hacía pagar caro a los dos. Siempre había esperado que se comportaran como buenos y pequeños clones Hamilton y, en parte, a Victoria la enfurecía que se le hubiera muerto su padre sin haberle podido recriminar sus carencias como progenitor.

Lo cual, por supuesto, la hacía sentirse culpable y eso, a su vez, la crispaba de tal manera que no podía estarse quieta más de veinte segundos. Así que, allí estaba ella, esperando a que se presentara su abogado acompañado de un detective privado. Santo cielo. ¿Quién habría imaginado que viviría para ver el día en que *El halcón maltés* sesgaba la vida de un Evans Hamilton? Por su mente no hacían más que pasar imágenes de viejas películas en blanco y negro.

Una carcajada que rayaba peligrosamente en histeria brotó de sus labios, y se llevó la mano a la boca para contenerla. Poco a poco, fue regulando la respiración.

«Muy bien, intentemos no perder la cabeza». Se centró en una pieza de arte de inestimable valor de una de las paredes revestidas en seda de color amarillo pálido. «No te exprimas el cerebro. Tómate las cosas minuto a minuto y deja que los detalles se emborronen». Y si parecía la técnica del avestruz, que así fuera.

Se sobresaltó al oír el teléfono. Después, harta de su nerviosismo, se acercó a la rinconera y descolgó.

–Residencia de los Hamilton.

–Victoria, querida, ¿eres tú?

La voz se entrecortaba como solía ocurrir con un móvil que estaba a punto de perder cobertura, pero Victoria creía haber reconocido la voz de su abogado.

–¿Robert?

La voz se perdió.

–Lo siento, casi no te oigo.

–Ah, espera –de pronto, le llegó su voz con cristalina claridad–. Ya está, he cambiado de operador. ¿Mejor?

–Mucho.

–Te llamo para decirte que no podré acudir a nuestra cita con el detective de Semper Fi. Han requerido mi presencia en los tribunales. Te pido disculpas, Victoria, pero quiero que sepas que he hablado largo y tendido con el señor Miglionni y que todo está en orden. Para que se ponga manos a la obra, no tienes más que recibirlo, hablarle de Jared y contestar a todas sus preguntas. Tienes el número de mi móvil, ¿verdad?

–Sí.

–Excelente. Si te surge alguna duda, dame un toque.

–Lo haré. Gra... –la llamada se cortó bruscamente– ...cias –Victoria exhaló el aire y colgó–. Muy bien... Parece que estoy sola.

No era nada nuevo. Llevaba sola casi toda la vida.

Sin embargo, era hora de que fuera menos pasiva y más activa. Se lo debía a Jared, pues siempre había creído que al marcharse a Londres había sacrificado a su hermano por salvar a Esme.

Controlando las emociones, se acercó al escritorio y se obligó a sentarse. Empezó a ordenar las cartas de pésame, colocando en un montón las que podían ser contestadas por la secretaria de su padre, y en otro, las que requerirían una respuesta más personal. Al cabo de unos minutos, cuando oyó el timbre de la puerta, se sentía más serena. Dirigiéndose a la entrada principal, sonrió al ama de llaves al ver que se acercaba por el pasillo de la cocina.

–No te preocupes, Mary. Ya voy yo –alargando el brazo hacia la inmensa puerta de caoba, Victoria la abrió.

La luz brillante de la tarde se derramó en el vestíbulo, cegándola y dejando a contraluz al hombre que se erguía en los peldaños de ladrillo. Lo único que distinguía con claridad era su figura alta y delgada. Claro que para dedicarle su mejor sonrisa no necesitaba verle la cara... había asistido a demasiadas escuelas de etiqueta para jovencitas para que no le saliera espontáneamente.

—¿Señor Miglionni? —preguntó con suavidad—. Por favor, ¿quiere pasar? —retrocediendo para permitirle pasar, le tendió la mano—. Me llamo...

—Tori —reconoció el recién llegado con una voz ronca que le provocó un estremecimiento de placer. La mano de Victoria permaneció suspendida en el aire. La dejó caer, pero fue el uso del diminutivo lo que la hizo fruncir las cejas. Solo algunos amigos íntimos, Jared y la tía Fiona la llamaban así. Dedujo que a Robert Rutherford debía de habérsele escapado, así que relajó la frente y dirigió al detective otra sonrisa educada.

—En realidad, respondo al nombre de Victoria.

—Acojonante.

No entendía por qué y, desde luego, la vulgaridad no era necesaria. Aun así, necesitaba la ayuda de aquel hombre si quería encontrar a Jared. Volvió a refugiarse en las lecciones de etiqueta recibidas durante años.

—Perdone, lo estoy haciendo esperar en el umbral. Por favor, pase.

El hombre dio un paso al frente y se inclinó para dejar algo en el suelo. Victoria vislumbró las líneas fuertes de un cuello bronceado, y la luz del sol destelló en una coleta negra y lustrosa que resbaló sobre el hombro con el movimiento. La gruesa cuerda de pelo era tan lustrosa que tenía reflejos azulados. Después, el recién llegado volvió a enderezarse y a convertirse en una sombra impenetrable recortada por el sol cegador... salvo por la mano acetrinada de dedos largos que extendió hacia ella. Justo cuando ella aceptaba el apretón de manos que le ofrecía con retraso, el hombre dio otro paso al frente que le permitió discernir mejor sus rasgos.

Y a Victoria se le cayó el alma a los pies. Atónita, se quedó mirando los ojos negros del único hombre al que no esperaba volver a ver en la vida. Retiró la mano de su cálido apretón.

—¿Misil?

Al oírse pronunciar el único nombre por el que lo conocía, al comprender las consecuencias que su aparición podía acarrearle, la compostura de toda una vida se desvaneció. Santo cielo, pensó Victoria, aquello era lo último que necesitaba. Debía sacarlo de allí. Debía deshacerse de él antes de que...

Él cerró la puerta de la entrada y, por primera vez, Victoria lo vio con claridad, todo él hombros anchos, piel oscura y dientes blancos y centelleantes. Apenas había reparado en esos detalles cuando Misil la atrajo hacia él para darle un rápido y fuerte abrazo que la levantó del suelo. Dejándola nuevamente de pie, le puso las manos en los hombros y la miró fijamente a la cara.

«Tienes que irte, tienes que irte, tienes que...».

—Maldita sea, muchacha —dijo—. Me alegro de volver a verte.

Capítulo 2

John no podía dejar de sonreír. Rara era la vez en que algo lo tomaba por sorpresa, pero cuando se había abierto la puerta y había visto a Tori de pie al otro lado, se habría caído de espaldas con un simple empujoncito. Al principio, no había dado crédito a sus ojos.

Pero un hombre no olvidaba a la mujer que lo hacía cuestionarse su identidad de muchacho y madurar. Así que, aunque la joven risueña de pelo castaño con vetas rubias que recordaba se había convertido en una mujer seria, remota y de mirada tranquila, solo tardó un momento en confirmar su primera impresión. Su nueva clienta era la bañista con quien, tiempo atrás, había pasado la mayor parte de una semana inolvidable.

Deslizándole las manos desde los hombros hasta las muñecas, advirtió que seguía teniendo la piel tan sedosa como recordaba. Era increíble, de hecho, cómo su cuerpo parecía recordar cada detalle de Tori. Sintiéndose increíblemente complacido, sonrió a los ojos de color verde musgo.

—Esperé a que volvieras, ¿sabes?

Ella permanecía inmóvil en sus manos.

—Cuando te fuiste. La nota que dejaste solo decía que te había surgido una emergencia familiar, así que esperé a ver si volvías.

—Fuiste tú quien fijó las normas de «nada de apellidos» y «solo esta semana».

«Porque hasta que te conocí, eso me valía».

—Lo sé –reconoció John, pero frunció la frente ligeramente, porque aunque Tori había respondido con educación, había detectado algo en su voz que no sabía identificar. ¿Acusación, tal vez? ¿Pesar?

Lo que fuera desapareció cuando ella le preguntó con serenidad:

—Entonces, ¿qué te hizo pensar que volvería aunque pudiera?

—Vanas ilusiones, supongo –le pasó las manos por los brazos–. Confiaba en que resolvieras el problema con tu familia y que volvieras, así que me quedé un par de días más, por si acaso.

—Pero no podías esperar que regresara. No cuando solo nos quedaban dos días y no habías pronunciado ni una sola palabra que indicara que querías cambiar las reglas.

Antes de que él pudiera responder, Victoria zanjó el tema con un brusco ademán.

—Pero eso es agua pasada –dijo con la misma voz reservada que había usado antes–. Así que, aunque me alegro de volver a verte, voy a tener que pedirte que te vayas. Estoy en medio de otra crisis familiar y tengo una cita con una persona que va a llegar de un momento a otro.

Victoria se mostraba exquisitamente educada, pero el mensaje no podía ser más claro, y en aquella ocasión él no podía achacarlo a que el sol la estuviera deslumbrando. «¿Qué esperabas, genio? ¿Que te ofreciera retomar lo que habíais dejado? Espabila. No ha sonreído ni una vez y si estuviera un poco más rígida entre tus manos sería una tabla de surf». No decía mucho de sus dotes de detective que acabara de darse cuenta. Su única excusa era que se había alegrado de verla.

Era evidente que a ella no le ocurría lo mismo. John bajó las manos a los costados y retrocedió. La joven descalza de veinticinco años que recordaba llevaba una camisa de hilo de color mango y un collar de perlas, y su melena larga y rebelde hasta la cadera había sido confinada a un corte que le caía con fluidez justo por encima de los hombros. Era evidente que la transformación no era reciente. Más bien, parecía que la Tori que recordaba, la mujer de los pies llenos de arena, los vaqueros cortos y deshilachados y los tops de biquini con motivos tropicales fuera la aberración.

Por primera vez desde que había franqueado el umbral, arrancó los ojos de ella y paseó la mirada por el vestíbulo, reparando en la escalera monumental, las baldosas de mármol blancas y negras y el arte opulento de las paredes. Después, se volvió hacia To... no, Victoria, para escrutarla despacio y entornó los ojos ante la repentina sospecha que se formó en su mente.

–Entonces, dime. Lo nuestro durante esa semana... ¿Solo estabas visitando los barrios bajos?

–Por favor. Ocurrió hace mucho tiempo y ahora no tengo tiempo para esto, de verdad. Tengo una cita...

–Conmigo –al cuerno, Victoria tenía razón. Había ocurrido hacía mucho tiempo y había cosas que no podían resurgir. Por no hablar de que ella tenía un fuerte embrollo emocional en su vida en aquellos momentos y que él había ido allí a trabajar. Apartando las demás consideraciones de su mente, diciéndose que Victoria no era más que una nueva clienta, le tendió la mano–. John Miglionni a su servicio.

–No –horrorizada, Victoria se quedó mirando la mano que le tendía. De ninguna manera pensaba volver a tocar aquellos dedos largos y delgados... todavía conservaba la impresión sensorial de la primera vez–. No puede ser –lanzando una mirada al tatuaje rojo del antebrazo, aplastó el recuerdo de haberlo acariciado con los dedos y lo observó para asegurarse de que las palabras «Rápido, silencioso y letal», seguían rodeando la calavera blanca y los huesos cruzados en los tres costados. Después, volvió a mirarlo a los ojos al tiempo que recordaba el nombre de su agencia–. Eres un marine.

–Ex marine. Como has dicho, ha pasado mucho tiempo. Dejé el cuerpo hace más de cinco años.

Victoria lo vio inclinarse y recoger un maletín de ordenador del suelo. Sí, estaba allí en calidad de detective y ella no deseaba en absoluto retomar su relación con él, pero...

John volvió a erguirse y la miró con semblante inexpresivo.

—Si eres tan amable de llevarme donde pueda encender el ordenador, podremos empezar.

Victoria debería haberse alegrado de que, de pronto, se hubiera vuelto frío y profesional. Se alegraba. La única razón por la que dudaba, se dijo, era porque quería que el hombre que conocía como Misil se largara.

Por desgracia, necesitaba los servicios de John Miglionni si quería encontrar pronto a Jared. Recordando que su nombre era el de más prestigio a la hora de localizar a un adolescente desaparecido, exhaló un suspiro de resignación.

—Por favor, pasa al despacho de mi padre —cuanto antes acabaran, antes se marcharía. Después, Robert se ocuparía de cualquier futuro trato con él.

Se acomodaron en sillones de cuero dispuestos uno frente al otro y, mientras él encendía el ordenador y abría un archivo, Victoria lo observó con disimulo. La única diferencia obvia que le llamaba la atención era la longitud del pelo, completamente opuesta al corte militar que recordaba. Era más largo que el de ella, lo cual debería haber conferido a su rostro un aspecto femenino. En cambio, producía el efecto inverso y acentuaba los pómulos altos, la nariz de halcón y el rostro sobrio y anguloso.

Un móvil sonó en el silencio del despacho de paneles oscuros. Mascullando una disculpa, John se volvió con agilidad para palpar el maletín de cuero que había dejado en la mesita contigua al sillón. Llevándose el móvil al oído, pulsó el botón para contestar.

—Miglionni al habla.

Observándolo con los ojos entrecerrados mientras él formulaba alguna que otra pregunta, pronunciaba varios «ajás» y tomaba notas en un bloc, Victoria concluyó que seguía siendo tan alto y fibroso como siempre. Salvo por la anchura de hombros, su cuerpo parecía engañosamente escuálido con la ropa puesta. Victoria sabía a ciencia cierta que, bajo la camiseta de seda negra y los impecables pantalones de vestir, también negros, había músculos duros como el acero.

Bajó la mirada a los pantalones y la clavó un momento en otra forma alargada que formaba un bulto impresionante a la derecha de la braeta. Levantó la vista con celeridad. Maldición, no pensaba evocar aquello.

Más insidioso y difícil de ignorar, sin embargo, era el recuerdo de cómo la había hecho sentir. A gusto consigo misma. Segura. Libre para explorar su sexualidad. Aunque John no quisiera comprometerse con ninguna mujer, Victoria había percibido un fondo noble en él. De hecho, la había tratado de maravilla. Tras pasarse la vida esquivando las pullas de su padre, la dulzura brusca de Misil le había resultado aún más seductora que su pericia sexual.

Elevó las comisuras de los labios involuntariamente. Bueno, quizá se estuviera excediendo, puesto que ambas cualidades estaban muy entrelazadas en sus recuerdos. Sabía que había sido una estúpida al permitir que la hiciera sentirse como la mujer más divertida, inteligente y sexy del universo. Otra mujer se habría preguntado a cuántas había hecho sentirse de la misma manera, pero a ella no le había importado... al menos, al principio. Más acostumbrada a acorazarse contra un comentario cáustico que a eludir cumplidos, descubrió que el instinto protector y las dulces atenciones eran un afrodisíaco para ella.

—¡Misil!

Unas carcajadas de sorpresa brotaron de los labios de Tori. El sol, la orilla del mar y la arena giraron repentinamente en un calidoscopio de color cuando Misil la levantó del suelo y la hizo girar ciento ochenta grados. Se percató levemente de que algo pasaba zumbando a su lado, pero no le prestó atención mientras observaba, hechizada, al hombre que la sostenía en los brazos. Tori medía un metro setenta y cinco centímetros, así que no era una flor frágil, pero Misil siempre la levantaba como si fuera Campanilla.

—¡Perdona! —gritó una voz, y Victoria pestañeó cuando Misil volvió a dejarla de pie sobre la arena tan bruscamente como la había levantado. Se inclinó para recoger una pelota de voleibol, y Tori observó con admiración el movimiento fluido de sus músculos cuando la tiró al aire y, con un poderoso puñetazo, la lanzó hacia la red junto a la que acababan de pasar.

Fue entonces cuando su cabeza dejó de dar vueltas el tiempo justo para comprender que acababa de salvarla de un balonazo.

–Tienes los reflejos de un gato –se sentía cálida y segura, lo cual hizo que los nervios más íntimos de su cuerpo se pusieran a vibrar. Se acercó a él–. Es imposible que hayas visto la pelota.

Misil se encogió de hombros, como si no fuera nada del otro mundo.

–La noté... Seguramente, sentí cómo desplazaba el aire.

Ella le acarició la piel velluda de los antebrazos.

–Eso ha sido... una heroicidad.

Misil profirió un ruido grosero, pero murió en su garganta y se quedó muy quieto mientras ella se apoyaba en él y le plantaba un suave beso en el cuello.

–Creo que un acto tan heroico merece ser recompensado –murmuró Tori, y le plantó un segundo beso un poco más abajo del primero. Misil emitió un gemido de apreciación cuando los labios de ella recogieron un rastro de sal de su piel. Acomodó los senos con más firmeza contra el pecho de Misil y este la envolvió con los brazos para apretarla contra él. Notando que empezaba a ponerse duro contra su estómago, Tori sonrió, enarcó sutilmente las cejas e inclinó la cabeza hacia atrás para mirarlo–. ¿No crees?

Él la observaba con sus oscuros ojos entrecerrados.

–Maldita sea, Tori –dijo con voz ronca, y contrajo las manos en la espalda de ella–. Cuando te pones así, me entran ganas de quitarte la ropa y hacerte mía aquí mismo.

Ella le lamió el pequeño hueco de la base de la garganta, y se sintió poderosa cuando notó que el alto y recio marine se estremecía.

–¿Delante de tanta gente?

–Y de sus perritos –corroboró Misil, mirándola con ojos candentes y temerarios–. Así que, a no ser que estés dispuesta a que te miren, sugiero que retrocedas y me des un minuto para que recupere el control.

–Perdona, no pretendía hacerte esperar.

Victoria no se habría sobresaltado con tanta violencia ni aunque alguien la hubiera azotado con un látigo. Con el rostro en llamas, sintió alivio al ver que Misil se había vuelto otra vez de espaldas para guardar el móvil en el maletín del ordenador. Inspirando varias veces, intentó recobrar la compostura antes de que volviera a clavar sus ojos negros e intensos en ella.

–No pasa... –tenía la voz ronca, así que carraspeó– nada. ¿Te apetece beber algo antes de que empecemos?

–No, gracias. Estoy bien –recostándose, abrió el delgado ordenador sobre las rodillas y la miró–. ¿Qué tal si me hablas de tu hermano?

–Ah, sí, Jared. Por supuesto –la mortificaba haberse olvidado por completo de él.

La irritación la hizo enderezar la espalda. Había olvidado muchas cosas y eso era peligroso. Obligándose a concentrarse, miró a John a los ojos.

–Antes de nada, quiero que entiendas que él no mató a mi padre.

–Muy bien. ¿Puedes decirme por qué estás tan segura?

Victoria se inclinó hacia delante pero, antes de poder articular palabra, la puerta del despacho se abrió y entró la quinta esposa de su padre.

La rubia explosiva se detuvo al verlos. Su mirada rozó a Victoria con sublime desinterés, pero, al parecer, John era harina de otro costal, porque lo sometió a un largo escrutinio.

–Perdonad –dijo finalmente–. No sabía que hubiera alguien aquí.

Tori contuvo un suspiro.

–Señor Miglionni, esta es la viuda de mi padre, DeeDee Hamilton. DeeDee, este es John Miglionni, el detective privado que me ha ayudado a contratar el abogado de mi padre.

Los grandes ojos azules de DeeDee se abrieron de par en par y se tornaron aún más azules.

—¿Para qué diablos necesitas tú un detective? Que yo sepa, lo único medianamente interesante que has hecho nunca ha sido cabrear a tu padre teniendo a Es...

—El señor Miglionni tiene fama de ser el profesional más cualificado para encontrar a un adolescente desaparecido. Va a buscar a Jared.

—¿En serio? ¿No te preocupa que la poli lo meta entre rejas en cuanto lo traigas a casa?

La furia llameó en el pecho de Victoria.

—¡Jared no mató a mi padre!

La exuberante rubia se limitó a encogerse de hombros.

—No lo mató —repitió Victoria. DeeDee la miró con semblante aburrido.

—Muy bien. Entonces, ¿por qué salió corriendo?

—Bueno, déjame pensar. ¿Podría ser que encontró el cadáver de su padre, que tiene diecisiete años y que se llevó un susto de muerte? O quizá presenciara el asesinato. ¿Soy la única a la que le preocupa que no se fuera voluntariamente?

—Sí.

—Por el amor de Dios, DeeDee, si has estado viviendo con él, debes saber que no tiene un solo átomo violento en el cuerpo.

—¿Ah, sí? ¿Y tú cómo narices lo sabes? Salvo por algún que otro día festivo o visita relámpago, no se te ha visto mucho el pelo en los dos años que llevo en esta casa.

—Tienes razón, no he estado aquí. Y siento remordimientos por haber dejado a Jared a merced de la crueldad de mi padre. Pero eso no me impide saber que la naturaleza básica de una persona no cambia. Y Jared no haría daño a una mosca.

—Puede que no —DeeDee volvió a encogerse de hombros—. Pero ¿quién más tendría motivos para matar a Ford?

—Dios mío, ¿lo dices en serio? —la carcajada que se le escapó era un poco aguda, y Victoria reprimió el impulso de sucumbir a la histeria—. Teniendo en cuenta cómo era mi padre y que lo mataron en una fiesta que había organizado para hurgar en la herida a un director ejecutivo cuya empresa acababa de adquirir con una OPA hostil, yo diría que casi todo el mundo.

Se volvió hacia Misil.

–Sé que no está bien hablar mal de los muertos, pero será mejor que te enteres por mí. Mi padre no era un buen hombre. Nada le gustaba más que jugar con la gente y, por lo que he averiguado, ninguno de los invitados a la pequeña fiesta de la noche de su muerte sabía si todavía tendría empleo el lunes por la mañana. No estoy hablando solamente de los empleados de la compañía que acababa de adquirir. Nadie podía relajarse con él. Estaba igualmente dispuesto a despedir a los suyos, y sin más motivo que el de procurarse un momento de disfrute.

–Y yo que pensaba que mi viejo era insuperable...

John había estado observando la interacción entre las dos mujeres con fascinación, consciente de lo reveladora que era. Pero había llegado el momento de ser más directo. Debía dirigir la conversación a donde él quería.

Era evidente que las mujeres no se profesaban ningún afecto y, volviéndose hacia DeeDee, concluyó que no podía tener más de un año o dos más que Victoria quien, si no calculaba mal, tendría treinta y uno en aquellos momentos. Como madrastra que era de Victoria, las fricciones estaban aseguradas. Sin embargo, la principal fuente de roces, en opinión de John, se debía a que costaba trabajo encontrar dos mujeres tan distintas. Incluso cinco años atrás, se dio cuenta de que Tori no era una de las chicas liberadas con las que estaba acostumbrado a ligar en los bares. Así que, cuando ella le permitió hacer exactamente eso, reparó en su relativa inexperiencia y, después, agradeció al destino que hubiera cruzado sus caminos en el momento exacto en que Tori había decidido soltarse el pelo.

DeeDee, por el contrario, parecía saber cómo comportarse en un concurso de camisetas mojadas. Claro que uno no siempre podía fijarse en las apariencias, se dijo al acordarse de la esposa de su amigo Zach. Aun así, DeeDee poseía un aura mundana indefinible y, sin duda, parecía la típica mujer trofeo.

Le dirigió una de sus sonrisas más encantadoras.

—Tiene razón, señora Hamilton —dijo—. Un detective siempre buscará primero al sospechoso dentro de la familia. Diablos, cualquier poli estaría encantado de decirle que nueve de cada diez veces, la víctima es asesinada por un conocido.

La mirada satisfecha que DeeDee le lanzó a Victoria lo irritó, pero no pensaba meterse en aquel berenjenal. Como hombre, sabía que no debía interponerse entre dos mujeres enfrentadas. Como profesional, no se inmiscuía en las vidas de sus clientes ni de cualquier otra persona vinculada a un caso. DeeDee y Victoria podían liarse a puñetazos que él se limitaría a sentarse y a disfrutar del espectáculo. Sobre todo, si incluía desgarrones de tela.

Lanzó una mirada al vestido ceñido y esbelto de Tori y a la nariz patricia que se elevaba hacia el techo, y contuvo un resoplido. «Claro, genio, como si eso fuera a ocurrir». Volviéndose hacia DeeDee, añadió:

—Claro que, normalmente, investigan primero a la esposa, ya que suele ser quien hereda el grueso del dinero.

DeeDee hizo una mueca burlona.

—Entonces, yo me quedo fuera. Firmé un contrato prematrimonial según el cual, si Ford se divorciaba o moría por cualquier motivo en los primeros tres años, yo me quedaría a dos velas... prácticamente. Era mi gallina de los huevos de oro, amigo. Me interesaba mantenerlo sano.

John lanzó una mirada a Tori, quien asintió.

—A todas sus esposas las hacía firmar el mismo acuerdo prematrimonial, y lo redactaba de tal manera que solo recibían una herencia realmente generosa si duraban diez años —se encogió de hombros—. La única que estuvo a punto de durar tanto fue mi madre, pero murió justo antes de que yo cumpliera los ocho años.

Un haz de luz se abrió paso entre las contraventanas y brilló directamente en los ojos de Victoria. Realzó las briznas doradas que circundaban sus pupilas, y a John lo irritó sentir el impulso de darle un poco de margen y de no hacerle la siguiente pregunta lógica.

—Entonces, imagino que tu hermano y tú habréis heredado el grueso de la fortuna de papá.

Cuando ella entornó los ojos, tuvo la sensación de que no lo hacía para resguardarse de la luz. Pero contestó con naturalidad:

—Sí. Y antes de que lo preguntes, yo estaba viviendo en Londres cuando murió, y ya te he dicho que Jared no puede haberlo hecho.

Se podía contratar a matones con la misma facilidad desde Londres que desde cualquier otro lugar del mundo, y John jamás confiaba en la bondad de jóvenes que no había conocido. Pero, puesto que anhelaba aquel caso, sabía que no debía decirlo. Podía ser el mejor localizando a adolescentes desaparecidos, pero no era el único detective cualificado para el trabajo, y su previa relación con Tori actuaría en su contra y no en su beneficio.

Pero, qué diablos, cuando dudes, proyecta confianza. Además, no era como si creyera que Victoria había liquidado a su viejo. No, la mujer que había conocido aquella tarde estaba más capacitada para helar a un hombre.

Al ver que DeeDee los observaba como si aquello fuera un teatro improvisado, la miró.

—Si es tan amable de disculparnos, señora Hamilton... Mi cliente va a pagar por horas y me gustaría ir al grano.

—Apuesto a que sí —murmuró DeeDee, pero giró en redondo sobre sus tacones de aguja y salió contoneándose con la misma facilidad con la que había entrado.

En cuanto la puerta se cerró tras ella, John miró a Victoria con semblante grave.

—Está bien, escucha. Pienso buscar a tu hermano pase lo que pase, pero me gustaría saber por qué lo consideras incapaz de emplear la violencia. No hay una persona en el mundo que no tenga esa capacidad, si se dan las circunstancias.

—Sencillamente, no me imagino cuáles podrían ser esas circunstancias en el caso de Jared —afirmó Victoria—. Por el amor de Dios, lo aterran las arañas y, aun así, es el tipo de persona que la atraparía y la soltaría fuera si una entrara en la casa. Yo, en cambio, preferiría verla muerta.

John se acordaba. En una ocasión, Tori se había arrojado sobre su espalda, chillando «Mátala, mátala», cuando un desafortunado opilión había tenido la desgracia de adentrarse en su dormitorio de Pensacola. Apartando el recuerdo con irritación, se centró en los hechos.

–Aun así, ha sido un muchacho muy conflictivo, si mi información es correcta.

–Lo han expulsado de varios colegios. Pero siempre por cosas como beber, fumar o no saber cuándo refrenar su insolencia –se inclinó hacia delante, como si pudiera obligarlo a comprender mediante pura intensidad física–. Cuando era pequeño, siempre se acercaba corriendo a mi padre diciendo: «¡Mira esto, mira esto!» Lo único que quería era un ápice de atención, y sus expulsiones no eran más que un recurso para conseguir eso, que mi padre le prestara atención, aunque fuera para regañarlo.

–Háblame de sus amigos.

Victoria se recostó en el sillón.

–Esa es una buena noticia dentro de otra mala –dijo–. Tiene la costumbre de relacionarse con los descontentos, lo cual, como podrás imaginar, acrecienta considerablemente sus problemas. La buena noticia es que, esta vez, no ha sido así. Como solo le quedaban unos pocos meses de clase cuando lo echaron del último colegio, mi padre decidió matricularlo en el instituto de Colorado Springs para que terminara aquí el año. Jared se apuntó al equipo de béisbol, descubrió que le gustaba el deporte y conoció a un par de buenos compañeros. Lo malo es que, cuando me hablaba de sus amigos, solo se refería a ellos como Dan y Dave.

–No importa, tú solo dime cómo se llama el instituto.

Se pondría en contacto con el entrenador y vería lo que podía averiguar.

Victoria le dio el nombre, y estaba introduciendo la información en el archivo cuando volvió a abrirse la puerta del despacho. Con el ceño fruncido, John levantó la vista. «Y ahora, ¿qué?»

Una niña de fino pelo castaño, largo y rizado, retirado de la frente con unas relucientes horquillas de mariposas, se erguía en el umbral. Mirándolo con curiosidad, se acercó corriendo a Victoria.

—Hola, mamá —dijo con claro acento británico, y se apoyó en ella—. Helen me ha dicho que ha venido un detective para buscar al tío Jared.

«¿Mamá?» John se quedó boquiabierto mientras veía cómo Victoria rodeaba a la niña con un brazo y la apretaba contra ella. ¿Era madre?

—Así es —dijo Victoria—. Así que debes irte ya, cariño. Iré a verte en cuanto hayamos terminado.

Ese «algo» que había oído antes en la voz de Victoria regresó con toda su fuerza, y John la miró con ojos entornados. ¿Qué diablos era? ¿Alarma? ¿Recelo? No lograba identificarlo.

—Pero, mamá, quiero saludar...

Se hizo un instante de silencio letal. Después, Victoria sucumbió a sus modales.

—Muy bien. Cariño, este es el señor Miglionni. Es el detective privado del que te hablaba Helen. John, esta es mi hija Esme.

La experiencia de John con niñas pequeñas, o con niñas de cualquier edad, era nula. Pero, qué diablos, una mujer era una mujer, y John le dedicó a la pequeña su sonrisa más cálida.

—Encantado de conocerte, Esme. Me gustan tus mariposas.

La niña levantó la manita para tocarse una de las horquillas con un gesto de coquetería eterno y femenino.

—Gracias. Mamá me las compró en Harrods —sonrió, complacida, y se lo quedó mirando con unos ojos grandes tan negros como los de él.

A John empezó a revolvérsele el estómago con una repentina sospecha. Joder. No podía ser, ¿no?

Diablos, no. Habían usado protección.

Cosa que, como todo el mundo sabía, no ofrecía seguridad al cien por cien. Inspiró hondo y controló sus emociones con mano de hierro.

—Harrods, ¿eh? Son unos grandes almacenes de Londres, ¿no?

—Sí.
—Ya casi eres una mujercita. ¿Te has sacado el permiso de conducir?

La niña rio.

—No, tonto. Solo tengo cinco años y tres meses.

—Ah. Entonces, todavía eres un poco pequeña.

El fuego de su estómago se había convertido en hielo. Quizá no fuera el mejor matemático del mundo, pero podía sumar dos más dos. Especialmente, cuando se fijaba en los ojos de la niña. Aunque tuvo que recurrir a toda su fuerza de voluntad, logró mantener una sonrisa relajada hasta que la pequeña salió trotando de la habitación. Pero se le cayó en cuanto la puerta se cerró tras la niña, y se volvió para inmovilizar a Victoria con una mirada furibunda.

—Creo que me debes una explicación.

Capítulo 3

¡Maldición! El corazón le daba brincos en el pecho y, para disgusto de Victoria, la última gota de humedad de la boca se le había convertido en polvo. Había temido aquella pregunta desde que había descubierto la identidad del detective privado y, en un primer momento, lo único que pudo hacer fue contemplar fijamente a Misil mientras el ácido intentaba agujerearle el estómago. Pero, recurriendo a la experiencia de toda una vida mostrando serenidad cuando era lo último que sentía, inspiró en silencio y lo miró a los ojos.

–¿Por qué crees que te debo una explicación?

–No te hagas la princesa de hielo conmigo, Tori. Sabes muy bien de qué te hablo –se inclinó hacia delante y Victoria tragó saliva al ver la furia de sus ojos–. Esme. Quiero saber de quién es esa niña y quiero saberlo ya.

–Es mía –la recorrió una saludable oleada de indignación, y enderezó la espalda al tiempo que se le serenaba el corazón. Levantando la barbilla, sostuvo la mirada furiosa de John.

–Esme es mía. Es mi hija.

–Y mía –le espetó él–. Un pequeño detalle nada insignificante que no habría sabido nunca si no hubiera venido hoy aquí.

Ella podría haber negado su paternidad categóricamente si hubiera tenido un momento para pensarlo. A fin de cuentas, habían usado condones religiosamente durante esa semana. Pero, durante el transcurso de los últimos quince días, su padre había sido asesinado, su hermano había desaparecido y ella había hecho las maletas y había trasladado todo lo que poseía de un lado a otro del mundo. Para colmo, el padre de su hija había irrumpido en su vida y ella tenía el cerebro hecho papilla. Además, ¿para qué mentir? Misil no era estúpido, intuía que su aventura con él había sido insólita. No podía fingir que había ido directamente de su cama a la de otro.

Aun así, su osadía la hizo quedarse boquiabierta.

—Tendrás que disculparme, Misil, o John, o como quiera que te llames últimamente, si tu indignación me resulta un poco difícil de digerir. ¿Cómo sugieres que te hubiese informado? ¿Escribiendo una carta al cuerpo de marines de los Estados Unidos dirigida a Misil, de apellido desconocido? Y, dime, durante los dos meses que tardé en comprender que la gripe que no desaparecía eran las primeras fases de un embarazo, pese a haber usado protección, ¿dónde estabas tú? ¿Acostándote con otras mujeres a las que solo conocías por su nombre de pila? ¿Regalando los oídos de tus colegas con los detalles de nuestra aventura?

—No. Maldita sea, Tori, jamás le dije una palabra a nadie.

Pasando por alto la pequeña oleada de satisfacción que le producía oírlo, se aferró lúgubremente a su ultraje.

—¿Por qué no? Era tu modus operandi acostumbrado, ¿no? La noche que nos conocimos, uno de tus colegas me avisó de que te gustaba alardear. Que te encantaba contar hasta el último gemido —y la idea de que hubiera compartido los detalles de su aventura la había estado mortificando durante meses.

—Ah, déjame adivinar... Bantam, ¿no? ¿El mismo tipo que recurrió a todas las armas de su arsenal para que te fueras con él y no conmigo? —con las manos en los bolsillos, Misil se la quedó mirando un momento antes de encoger los hombros con brusquedad—. Aun así, es cierto. Ese era mi modus operandi... hasta que te conocí.

—Ya —el escepticismo impregnaba su afirmación—. Porque yo era muy especial, supongo. ¿Me tomas por tonta? —levantó una mano al tiempo que hablaba—. No respondas. Ya fui bastante idiota por irme contigo a pesar de la advertencia —pero todavía recordaba la atronadora excitación de estar con él, recordaba con total claridad la sensación febril y peligrosa de dejarse arrastrar por algo que no podía controlar.

Le había parecido especialmente delicioso porque había estado a punto de dejar escapar el viaje a Pensacola. Su alojamiento se encontraba en el tipo de hotel de «chico conoce chica» que le habían enseñado a rehuir, así que cuando el estudio de arquitectura para el que trabajaba la había obsequiado con una reserva de una semana como agradecimiento por el proyecto que les había procurado un nuevo y lucrativo cliente, Victoria había tenido toda la intención del mundo de dejarlo pasar. Pero, Dios, se había sentido tan orgullosa... no solo de su trabajo, sino de la gratitud que le habían mostrado sus jefes. Y había estado ansiosa de compartir su alegría con su padre.

Debería haber imaginado que la despreciaría. Como poco, no debería haberla sorprendido, nada de lo que había hecho nunca era lo bastante bueno para él. Una vez más, sin embargo, logró herirla con su falta de afecto. Pero, en aquella ocasión, cuando pasó por alto su logro para proclamar con arrogancia que, por supuesto, no pondría el pie en un hotel que tenía el mal gusto de llamarse Club Paraíso, Victoria se rebeló.

Y, aunque las vacaciones habían comenzado como un «jódete, papá», se convirtieron en algo muy distinto en cuanto conoció a Misil. Cada minuto que había pasado con él había sido emocionante, excitante y aterradoramente adictivo. La había hecho sentirse...

Acorazándose contra los recuerdos que lograban asaltarla incluso en aquellos momentos, lo miró con severidad.

—No creas que mi estupidez te da derecho a reivindicar nada. Jamás hiciste el menor esfuerzo por ponerte en contacto conmigo, y no me diste ningún dato personal que me permitiera hacerlo a mí. Ni siquiera sabía en qué punto del país estabas destinado. Así que tomé la decisión de quedarme con mi bebé y luché contra las exigencias de mi padre de que me deshiciera de mi hija antes de que ensuciara su imagen.

John se quedó inmóvil.

—¿Tu padre quería que abortaras?

–O eso o que me casara con el banquero de su elección.

Algo salvaje llameó en sus ojos, pero desapareció rápidamente, y su expresión se tornó remota.

–Muy bien, ya hemos aclarado que no esperabas poder ponerte en contacto conmigo cuando descubriste que estabas embarazada –el tono de John contenía la misma educación fría que había empleado minutos antes, pero sus ojos ardían como el fuego del infierno–. Eso no justifica que no me hayas hablado de Esme ni de su parentesco conmigo desde que estoy aquí.

–¿Lo dices en serio? –mirándolo fijamente, comprendió que sí–. Bueno, ¿qué puedo decir, Misil? Me ha sorprendido un poco encontrarme cara a cara con un hombre al que no veo hace seis años –la asombró el rastro de amargura de su voz. Recordándose que era una mujer hecha y derecha, inspiró hondo y se aferró a sus modales–. Te pido disculpas. Ha sido una salida de tono improcedente.

John hizo una mueca.

–Y las salidas de tono improcedentes son imperdonables, ¿verdad?

«Bueno, no todo el mundo tiene el lujo de expresar todo lo que se le pasa por la cabeza». Relajando la mandíbula, Victoria le preguntó con forzada ecuanimidad:

–Entonces, ¿qué te parece esto? Tengo una niña muy sociable y, aunque te recuerdo como un hombre simpático, también recuerdo que las relaciones duraderas no eran tu fuerte. No tengo motivos para pensar que hayas cambiado en eso –la dureza se reflejó en su voz, y no hizo intento de suavizarla–. Sinceramente, no me importa lo simpático que seas. Lucharé hasta la muerte antes de permitir que Esme sufra con un padre que entra y sale de su vida como Peter Pan.

La mirada de John se tornó aún más fiera.

–Pues, para que lo sepas, cielo, nunca fui el típico Peter Pan. Quizá fuera un ligón cuando me conociste, pero el problema nunca fue no querer madurar. Dejando a un lado el hecho de que, ante todo, era un marine, cosa que, por definición, es una persona con credibilidad. Crecí en un ambiente duro y crecí deprisa, antes que la mayoría. ¿Quieres que intercambiemos informes sobre responsabilidad? Yo estaba esquivando balas y comiendo barro mientras tú todavía ibas a tus elegantes escuelas para princesas malcriadas.

–Entonces, ¿qué es lo que quieres, Misil? ¿Derechos de visita? ¿La custodia cada dos fines de semana y dos semanas todos los veranos? –era lo último que querría el hombre al que había conocido.

Y quizá no hubiera cambiado tanto, porque la pregunta pareció detenerlo en seco. Se la quedó mirando al tiempo que una expresión parecida al pánico afloraba en su semblante. Después, pestañeó, y volvió a adoptar el rostro impenetrable que lo caracterizaba. Pero su voz sonó cautelosa cuando dijo:

–¿Derechos de visita?

–Supongo que es ahí adonde quieres ir a parar con tu indignación –y Victoria ni siquiera quería pensarlo.

Cuando descubrió su embarazo, se sintió un tanto aliviada por no poder localizar a Misil. Sabía por experiencia lo que era un padre sin vocación... no pretendía someter a su hija a ese rechazo perpetuo.

Sin embargo, si Misil quería sinceramente formar parte de la vida de Es... En fin, quizá aquello no se tratara de sus propios deseos y necesidades. Tal vez debía considerar lo que era mejor para su hija. Y, que Dios la ayudara, pese a lo mucho que la acongojaba la idea, quizá no tuviera derechos morales ni legales para apartar a aquella rata desleal de su hija. No si estaba dispuesto a ser un padre abnegado.

Él la miró con recelo.

–¿Qué sabe ella exactamente sobre mí?

–Nada.

–¿Cómo que nada? ¿No pregunta nunca por qué otros niños tienen padre y ella no?

–Por supuesto que lo pregunta. Pero ¿qué debía decirle? ¿Que era el resultado de un revolcón con un marine que ni siquiera quería saber cómo me apellidaba?

–Entonces... ¿qué? ¿Le dijiste que había muerto?

—¡Por supuesto que no! —terriblemente ofendida, le lanzó una mirada furibunda—. No le miento a mi hija, Miglionni. Y pienso contarle toda la verdad cuando sea lo bastante mayor para comprender. Hasta ese día, seguiré reiterando lo que le he contado hasta ahora.

Él la miró con dureza.

—¿Que es...?

—Que aunque su papá no podía estar con ella, Dios quería que tuviera una niña muy especial, así que me la envió a mí. Le he dicho que la quiero lo bastante por los dos, y que no necesitamos un pa... —se interrumpió, reconociendo que se estaba metiendo en un lío.

Pero ya era tarde, y John entornó los ojos.

—¿Que no necesitáis qué, Victoria? ¿Un papá? Tú puede que no, pero apuesto a que a esa niña no le vendría mal uno.

—Entonces, te lo pregunto otra vez. ¿Qué es lo que quieres?

Hundiendo la mano en el pelo hasta tropezar con la goma con que lo llevaba recogido, se la quedó mirando, frustrado.

—No lo sé.

—Pues te diré una cosa. Habría dado un mundo por un padre atento y amoroso. En cambio, aprendí de primera mano el daño que puede causar un padre desatento. Si mi hija no puede tener lo primero, me encargaré de que no conozca el dolor de lo segundo —lo miró directamente a los ojos—. Estoy intentado con todas mis fuerzas ser razonable y ver la situación desde tu punto de vista. Pero, a no ser que estés completamente preparado para ser la clase de padre que Esme se merece, Misil, no se te ocurra anunciarle que tú eres su padre.

—Bien.

Se la quedó mirando en silencio durante varios segundos, y Victoria tuvo la sensación de que nada volvería a estar bien. Sintió alivio cuando John rompió finalmente el contacto visual y, echando mano del portátil, se puso en pie. Pero, antes de que ella pudiera suspirar de gratitud, John se dio la vuelta y volvió a taladrarla con la mirada.

—Ten preparada una habitación —dijo, y aunque hablaba en

voz baja e irrazonable, poseía un tono exigente e inconfundible–. Voy a mudarme aquí.

–¿Cómo dices? –Victoria también se levantó del sillón.

–Puede que tú sepas desde hace seis años que soy padre, Tori, pero, en lo que a mí respecta, hace solo diez minutos que lo soy. Admito no tener ni idea de lo que siento sobre mi nueva condición pero, diablos, me merezco la oportunidad de conocer a mi hija mientras lo averiguo.

–Sí, te la mereces –el corazón intentaba hacerle un túnel en el pecho con los latidos–. Así que, búscate un hotel y pásate a verla todos los días.

–¿Para darte la oportunidad de que hagas las maletas y te la lleves a lugares desconocidos? Ni hablar.

–¡Yo jamás haría eso! –se lo quedó mirando, horrorizada por que la creyera capaz de algo así.

–Olvidas, nena, que fui yo quien se quedó atrás la última vez que te fuiste.

«Sí, pero eso fue porque me estaba enamorando de ti después de haberte dado mi palabra de que no lo haría». El corazón, la piel, el centro mismo de ella palpitaba con recuerdos que tenían la costumbre de surgir sin que ella los alentara. Hacía seis largos años, había huido cuando el sol salía sobre la playa de Pensacola porque estaba perdiendo la cabeza por un hombre cuya brusca sexualidad se apartaba por completo de los hombres atemperados de su mundo.

Pero no estaba lo bastante loca para reconocerlo. John apenas se parecía al joven alegre que recordaba, y no dudaba ni un momento que se aprovecharía por completo de cualquier debilidad que ella exhibiera. Lo miró a los ojos con falsa compostura y mintió sin escrúpulos.

–Ya te lo dije antes, tuve que irme por una urgencia familiar.

–Pienso quedarme aquí, no vaya a surgir otra emergencia.

Aunque no había ni escepticismo ni un ápice de sarcasmo en su voz, Victoria se sintió burlada... y hasta cierto punto, amenazada. Eran esos ojos, concluyó, ansiando desesperadamente poder desafiarlo.

Pero Misil la miraba como si estuviera dispuesto a ponerle las cosas muy difíciles si luchaba contra él. Y lo cierto era que alguien había matado a su padre y no era su hermano. Así que no le vendría mal tener a un hombre en la casa capaz de proteger a Esme si el verdadero asesino decidía visitarlos de nuevo porque aquello no había sido una rencilla con su padre.

Insatisfecha con la decisión pero demasiado cansada para idear otra cosa, dijo con rigidez:

–Pienso quedarme exactamente donde estoy hasta que encontremos a Jared. Aun así, le diré a Mary que te prepare una habitación.

–Bien –su mirada dejaba entrever que no lo había dudado ni por un momento–. Entonces, si me proporcionas una fotografía, empezaré a buscar a tu hermano –y extendió la mano como si estuviera cerrando el trato de negocios más corriente del mundo.

Rechazar el apretón habría sido una grosería, pero nada más aceptarlo, Victoria supo que había cometido un error. La química que había existido desde que lo había visto en el bar del hotel hacía tantos años, y que le había estado alterando el pulso hacía solo unos minutos, seguía en activo. Se le calentó la piel allí donde entraba en contacto con la mano morena, y le chisporrotearon todas las terminaciones nerviosas, enviando mensajes urgentes a todas las zonas erógenas que poseía.

Ella rompió el contacto visual en cuanto pudo hacerlo sin delatarse. «No pasará nada», se tranquilizó. «Si lo intentas, esto funcionará, y Esme saldrá ganando». Victoria soportaría cualquier cosa con ese fin.

Entonces, ¿por qué tenía la sensación de estar pactando con el diablo?

John estaba cabreado. Echando humo.

–«Te pido disculpas» –repitió en un falsete agudo–. «Ha sido una salida de tono improcedente» –subió a su coche, arrancó y salió marcha atrás, trazando una U cerrada. Al cuerno con la débil incursión de Tori en el sarcasmo. Metiendo la primera con brusquedad, hizo rodar el coche por la senda de entrada de la finca. No decirle que tenía una hija nada más verlo entrar por la puerta había sido una descortesía.

La furia y la frustración hervían en su vientre, incitándolo a la violencia. Quería pegar a alguien, notar con satisfacción que la carne cedía bajo su puño. Y, sinceramente, en aquel preciso instante no le importaba de quién fuera esa carne.

Pero le recordaba terriblemente a su viejo en uno de sus ataques de rabia alcohólica, así que John se contuvo y se contentó con pisar a fondo el acelerador y salir disparado por entre las verjas de la finca cuando solo había un margen de un centímetro a cada lado. El coche dio un coletazo al salir a la carretera antes de que lo enderezara y quemara los neumáticos sobre el asfalto. Por nada del mundo permitiría que la traición de Tori echara por el retrete años de disciplina arduamente conquistada.

Aun así, tenía que hacer algo o estallaría. Levantando el pie del acelerador hasta dejar el coche en una velocidad razonable, tomó el móvil y pulsó un número grabado.

Dio gracias cuando Zach contestó en persona. Adoraba a Lily, su esposa, pero en aquellos momentos no estaba de humor para saludos educados. Sin rodeos, le espetó:

—Abre la caja de cigarros. Soy papá.

Se produjo una breve vacilación; después, Zach dijo:

—¿Misi!?

—Sí. Espera un segundo. Quiero ver si también localizo a Coop. Tengo una fuerte necesidad de desahogarme, pero la sangre correrá si tengo que explicar esto dos veces.

—Tómate tu tiempo, colega. Yo estaré aquí.

Aquello enfrió un poco la ira de John, que se concentró en marcar el otro número. Al momento, tenía una llamada a tres con Cooper Blackstock y Zack Taylor, antiguos miembros de su equipo de reconocimiento de los marines y sus dos mejores amigos. Con la mayor brevedad y frialdad, les dijo que tenía una hija y les explicó cómo había descubierto su existencia.

Cuando terminó, se produjo un momento de silencio. Después, Zack murmuró:

—Joder.

—No puedo creerlo –dijo Coop simultáneamente. Por fin la Mordaza tiene un nombre.

—Victoria –corroboró Zach–. Coincide en el tiempo.

—¿Cómo? –con el ceño fruncido, John levantó el pie del acelerador–. ¿Qué diablos andáis balbuceando?

—Los marines no balbucean, jefe –dijo Zach–. ¿Crees que se nos pasó por alto que hace seis años abrazaste la discreción cuando llevabas más de una década regalándonos los oídos en pornográfico detalle sobre la chica que había encajado el misil la noche anterior?

—Valóranos un poco más –afirmó Coop–. La transición fue demasiado brusca para que no nos diéramos cuenta.

—No recuerdo que ninguno de los dos me preguntarais por mi silencio.

—Quizá lo hiciéramos, pero te mostrabas tan hermético que no insistimos. Era tan poco propio de ti mantener en secreto los días pasados con una mujer...

—Aunque reconozco que habríamos agradecido un par de detalles –añadió Zack–. Hielo y yo pasamos mucho tiempo preguntándonos quién podría haberle quitado la rabia al perro.

—Genial –John frenó a un lado de la carretera, dejó la palanca en punto muerto y echó el freno de mano–. Esto es genial. Un momento crucial en mi vida y vosotros estabais poniéndole una etiqueta y riéndoos a mi costa.

—No –dijo Coop con rotundidad–. No nos reíamos. Tu silencio nos indicaba que se trataba de algo importante, John. Pero sentíamos curiosidad y necesitábamos llamar de alguna manera tu cambio de actitud, tu revelación o lo que fuera. Así nació la Mordaza. Parecía apropiado.

—Sí –enterrando su frustración con la práctica de toda una vida, la observó desde el punto de vista de sus amigos–. Supongo que lo era. Algo de Tori me hizo comprender que era algo más que un semental.

—Diablos, tío, jamás pensé que no lo creyeras –dijo Coop–. Eras uno de los pocos, de los orgullosos.

Una carcajada amarga brotó de los labios de John.

–Ya conocisteis a mi viejo... ¿no creéis que criarme con él podría haberme hecho perder un poco la objetividad? –todavía recordaba con total nitidez cómo su padre se había presentado en Camp LeJuene, completamente borracho y beligerante al enterarse de que su hijo se había unido al cuerpo–. Antes de que descubriera mi habilidad con las damas, no era más que el niño patético de un loco suboficial al que siempre relegaban a primer grumete.

–Marino cabrón –dijo Coop en tono despectivo.

–La marina es para mariquitas que no consiguen entrar en el cuerpo.

Ninguno de sus amigos mencionó el veneno que había derramado su viejo aquella noche, ni cómo John había dejado que su padre lo empujara de un lado a otro hasta que perdió los estribos y lo tumbó. Pero lo cierto era que no se había unido a los marines para ratificar su propia valía. Le había gustado saber que tenía algo en los pantalones por lo que matarían casi todos los hombres.

–Así que ahora resulta que tienes una hija –dijo Zack–. Aparte de cabrearte por la forma en que te has enterado, ¿qué sientes? Siempre juraste que no tendrías hijos.

–Sí, pero ahora no puedo elegir. No sé... Me siento como si debiera conocerla. Al mismo tiempo, me aterra acercarme a ella. Dios, tiene acento británico. Habla como la reina de Inglaterra, joder.

–Sí, entiendo que eso pueda sacarte de quicio.

–Entonces, ¿tu Victoria es británica? –preguntó Coop.

–No es mi na... –se interrumpió, sabiendo lo despiadados que podían ser sus amigos si protestaba demasiado–. No, Tori no es británica. Se llevó allí a Esme para alejarla de la influencia de su padre.

–¿Así se llama tu hija? ¿Esme?

–Sí.

–Bonito nombre –dijo Coop–. ¿Cómo es?

–Pequeña. Dulce. Una niñita. Tiene una melena indómita, como solía tenerla su madre cuando la conocí –«y tiene mis ojos». Aquello lo impresionaba cada vez que lo pensaba.

–Parece una monada. Las niñas son increíbles. Yo no sabía cuánto hasta que conocí a mi sobrina Lizzy. Hazte con una cámara, amigo, y envíame una foto.

Siguieron hablando un poco más de cosas sin importancia. Cuando por fin se despidieron, John se sentía mejor, más dueño de sí. Sin embargo, mientras permanecía sentado en el coche, a un lado de la carretera, contemplando los árboles, reconoció que seguía tan confuso como antes sobre su nueva condición de padre.

Afortunadamente, tenía un caso que resolver. Cuando a uno lo superaba una situación, era un consuelo tener un trabajo en el que se destacaba, y él era un genio resolviendo rompecabezas. Así que bajó el freno de mano y metió la primera.

Después, siguió conduciendo, pensando en ir a hablar con el entrenador de Jared.

Capítulo 4

−Me han dicho que tu equipo perdió el partido.

Jared Hamilton levantó la vista y vio a su padre en el umbral de la biblioteca. El gran Ford Hamilton no solía entablar conversación con él si no era para catalogar sus faltas, pero aparentaba estar casi... interesado. Debía de haberse ausentado de la cena que estaba teniendo lugar en el comedor. Ocultando detrás de la mochila la botella de coñac que había estado saboreando, abandonó su pose encogida con una chispa de esperanza en su pecho. Quizá no tuviera que ahogar sus penas, a pesar de todo.

−Sí.

−Y tengo entendido que perdisteis cuando tú fallaste el lanzamiento.

La esperanza murió y a Jared empezó a revolvérsele el estómago, pero se puso en pie y dirigió a su padre la mueca aburrida e insolente que había perfeccionado hacía años.

−Sí, bueno, ¿qué puedo decir? Las desgracias ocurren.

Ford lo miró con contrariedad.

−Las desgracias no ocurren sin más, jovencito. Son resultado de una mala preparación.

Jared se encogió de hombros, pero el estómago se le encogía cada ver más. ¿No sería magnífico si, solo una vez, su padre no aprovechara la oportunidad de decirle lo decepcionado que estaba con él? Otros chicos tenían padres que practicaban el béisbol con ellos. Él tenía a Ford Evans Hamilton, que le echaba en cara cada error. Elevó la barbilla.

–¿Y a quién ves echándome una mano con esa preparación? ¿A ti?

–No digas tonterías –irradiando elegancia desde su pelo exquisitamente cortado a sus relucientes náuticos, el hombre cruzó la habitación hasta cernirse sobre su hijo–. Tienes diecisiete años... vete a un campamento de béisbol o contrata a un entrenador. Esfuérzate por una vez en la vida. Un Hamilton lucha por sobresalir.

–¡Puede que esté luchando! ¿Cómo lo sabes? Nunca me has visto jugar.

Ford se tiró de los puños de la chaqueta con impaciencia.

–¿Vas a lloriquear otra vez porque no he ido a verte jugar? ¿Cuántas veces tengo que decirte que los negocios...?

–Prevalecen sobre los deportes –Jared completó la letanía familiar al tiempo que su padre–. Sí, sí, sí –se le pasó una idea por la cabeza y la expresó antes de poder censurarla–. Dios, qué hipócrita eres.

Ford se quedó inmóvil.

–¿Qué has dicho?

La furia que vio en los ojos de su padre le aceleró el corazón, impidiéndole apenas respirar, pero Jared no cedió.

–No quería practicar el béisbol, pero tú insististe en que me daría carácter y me enseñaría a jugar en equipo –y, a decir verdad, había descubierto que el béisbol se le daba bien y que le encantaba. Pero todos los demás tenían familiares en los partidos que los animaban. Con Tori y la pequeñaja en Londres, sus animadores eran nulos. Elevando un poco más la barbilla, hizo su mejor mueca agresiva–. Jugar en equipo, y una mierda –le salió un gallo al final y jugó con la manga del jersey, dejando al descubierto la parte inferior de su tatuaje para que su viejo no se cebara con ese síntoma de debilidad–. Tú hablas mucho –se burló–. Pero lo que realmente quieres es que todos los demás juguemos en equipo. Tú, en cambio, no. Joder, eres el dueño de una franquicia, y siempre estás demasiado ocupado o eres demasiado importante para perder el tiempo haciendo algo agradable por otra persona.

—No puedo creer que te haya engendrado –la voz de Ford ni se elevó ni reflejó enojo. Sin embargo, como el viento del Ártico, cortó la autoestima de Jared–. Pareces un macarra, con el tatuaje y los pendientes, y has mancillado nuestro apellido provocando que te expulsaran de tres colegios.

—Cuatro –dijo Jared, contrayendo todos los músculos del cuerpo para impedir que su padre viera que estaba temblando–. Siempre te olvidas de Chilton. Y, oye. Al menos, yo no sigo casándome con mujeres lo bastante jóvenes para ser mis hijas.

La mirada de Ford se tornó aún más gélida. Inclinándose hacia él, murmuró en tono despreocupado al oído de Jared:

—Debería haber insistido en que tu madre abortara. Las cosas habrían ido mucho mejor de esa manera.

El dolor traspasó el alma de Jared y unas lágrimas abrasadoras le anegaron los ojos. Sintiéndose como si se estuviera ahogando y fuera a morir si su padre viese lo mucho que lo habían herido sus palabras, estiró los brazos ciegamente para apartar a Ford de su camino. Tenía que salir de allí con un rastro de orgullo intacto. Al avanzar, empujó al viejo en el pecho con el hombro.

Con una exclamación poco elegante, Ford se tambaleó hacia atrás. Volcó una mesa, y su contenido se desperdigó sobre la alfombra al tiempo que él agitaba los brazos para recuperar el equilibrio. Pero, al enderezarse, dio un paso atrás con el pie izquierdo y tropezó con un clásico de primera edición, encuadernado en cuero, que había caído al suelo. Se precipitó hacia atrás.

—¡Papá!

Jared se abalanzó sobre él para atraparlo, pero sus dedos resbalaron por la piel lisa y cuidada de la mano de su padre, y contempló con impotencia cómo Ford caía de espaldas al suelo. Se oyó un golpe estremecedor cuando su cabeza impactó contra el mármol. Después, Ford se quedó inmóvil.

—Dios –Jared se puso en cuclillas–. ¿Papá? Lo siento, lo siento... No pretendía hacerte daño.

Su padre no se movía, y Jared alargó la mano. La cabeza de Ford se apoyaba con una inclinación forzada sobre el borde del mármol de vetas pálidas.

—¿Estás bien? Vamos, papá, despierta —buscó la herida, pero no había sangre en la cabeza de su padre, ningún lugar vulnerable que pudiera discernir. Pero... ese ángulo no era normal, ¿no? Deslizando los dedos a la parte delantera del cuello, presionó la arteria.

Ningún pulso latía bajo la sangre que resonaba en las yemas de sus dedos.

Jared se despertó de golpe, con un horror nauseabundo fluyendo por sus venas. Parpadeó, confundido, al ver las hileras de flores que lo circundaban. Después, exhaló un suspiro. Muy bien, ya sabía dónde estaba. En los jardines del parque del Centro Cultural de Denver.

Maldiciendo entre dientes, se incorporó. Desde que había llegado a la ciudad, había dormido solo a ratos, y solo durante el día porque le daba miedo dormir de noche. Vivía con un terror constante a que lo despertaran los polis o, peor aún, alguien capaz de degollarlo. Sin embargo, el sol se había puesto y no solo se había quedado dormido sino que había vuelto a tener ese endiablado sueño. Cada vez que cerraba los ojos, revivía esos terribles diez minutos que tanto deseaba poder borrar.

Pero, Dios, no podía, y ningún giro del universo cambiaría la cruda realidad de que había matado a su propio padre. Asqueado, apretó las rodillas contra el pecho y enterró el rostro entre ellas, meciéndose, sumido en la desgracia.

Peor era la manera en que había salido huyendo sin ni siquiera pararse a llamar a urgencias. Era demasiado tarde para salvar a su padre, pero jamás lo sabría porque le había entrado el pánico y solo había tenido la previsión de tomar la botella de coñac y la mochila antes de salir pitando por la puerta principal. Se le había pasado por la cabeza que los invitados de su padre estarían a punto de salir del comedor. La perspectiva de que uno o dos, o quizá todos, lo miraran con semblante sagaz mientras lo señalaban con dedos acusadores y lo llamaban asesino le había infundido tanto terror que no había pensado en nada más.

Durante un segundo, deseó desesperadamente estar con su madre, pero el deseo pasó tan deprisa como había llegado. Murió cuando todavía era muy pequeño, y lo único que sabía de ella eran las historias que Tori le había contado en un intento de mantener vivo su recuerdo.

Lo que realmente quería era estar con Tori. Dios, deseaba poder llamarla, pero no solo detestaba convertirla en... en cómplice, testigo, o lo que fuera de su crimen, sino que no llevaba el número encima y dudaba que pudiera conseguir un teléfono de Londres llamando a información.

Además, ¿qué iba a decirle? ¿Lo siento, he liquidado a papá?

Recogiendo la mochila, se puso en pie. Tenía que salir del parque, ir a algún lugar en que hubiera más gente, aunque no hablara con nadie. Necesitaba ruido para ahogar las voces de su cabeza. Saliendo a Colfax Avenue, se dirigió al centro comercial de la calle Dieciséis.

Absorto en su desgracia, no prestó atención a la figura que se apartaba de la sombra del anfiteatro griego para seguirlo.

Al día siguiente por la tarde, Victoria se detuvo en el umbral del segundo despacho de Ford y vio a John sentado detrás del escritorio, sosteniendo el auricular con el hombro mientras anotaba algo furiosamente en un cuaderno. No entendía por qué su padre había sentido la necesidad de tener dos despachos, pero había acometido la ampliación del ala sur, que albergaba aquel, mientras ella estaba en el extranjero, así que quizá tuviera pensado convertir su viejo despacho en otra cosa. De todas formas, eso carecía de importancia. Solo sabía que le había asignado aquel despacho a Misil porque estaba más apartado del corazón de la casa que el viejo estudio de su padre.

Lo cual difícilmente explicaba por qué estaba allí de pie, contemplando los hombros musculosos de John y el movimiento de los tendones del antebrazo mientras escribía con el estilo torcido e incómodo de un zurdo. Cualquiera diría que nunca había visto un sedoso pelo negro acariciando los brazos de un hombre. Descartando el brote de intranquilidad que le susurraba que nunca había visto unos rasgos más viriles que los de aquel hombre, entró en la habitación. Y lo oyó murmurar:

—Eres mi mujer ideal, Mac. ¿Seguro que no quieres fugarte conmigo?

«Bueno, ahí tienes una dosis de realidad». Aquel tipo era un calavera y haría bien en tenerlo en cuenta. Componiendo sus rasgos para no revelar nada más allá de educado desinterés, esperó a que él colgara el teléfono para decir:

—¿Querías verme?

John levantó la cabeza con brusquedad. Victoria se quedó helada al ver la peligrosa llamarada en sus ojos. Después, su rostro se volvió neutral y, soltando el bolígrafo, alargó la mano hacia su taza de café. Llevándosela a los labios, tomó un sorbo mientras la miraba.

—Pensé que querrías recibir un informe de los progresos.

Victoria dio un paso ansioso hacia el escritorio, olvidando su momentánea incomodidad a causa de la expectación.

—¿Has encontrado a Jared?

—No, todavía no. Pero lo encontraré.

Aunque se sentía terriblemente decepcionada, hizo una mueca de disculpa al tiempo que sacaba una silla de delante del escritorio y se sentaba en el borde.

—He sido una ingenua al sacar esa conclusión tan precipitada. Sé que es demasiado pronto para eso.

—Es demasiado pronto para aportar muchos datos, pero a la mayoría de los clientes les gusta mantenerse al corriente de la investigación. Así que, si te interesa...

—Sí, por favor. Mi imaginación ha creado escenarios horribles, así que cualquier dato veraz sería una gran ayuda.

—He hablado con los amigos de Jared, Dan Coulter y Dave Hemsley. Por desgracia, no se ha puesto en contacto con ellos.

Su decepción se agudizó.

—¿No podrían estar mintiendo? Quizá crean que lo están protegiendo, o que decirte dónde está quebrantaría ese código no escrito entre adolescentes de no chivarse uno del otro.

—Es posible, Tori, pero he entrevistado a muchos adolescentes a lo largo de los años y he aprendido a fijarme en su lenguaje corporal y en los matices de la conversación. Los chicos son mi especialidad y estos dos me parecen chavales francos cuyo mayor secreto es haber asistido a bailes de madrugada y a unas cuantas fiestas de cerveza.

Victoria quería ser estoica, pretendía serlo. Pero no pudo contener el suave gemido que escapó de sus labios apretados.

—Eeeh —la consoló John, inclinándose hacia delante—. Esto no es el fin del mundo. Elimina la posibilidad más fácil, pero también nos da más oídos y ojos para movernos por la ciudad. Recalqué la gravedad de la situación de Jared a sus amigos, así como el peligro al que podría estar expuesto, y les pedí que corrieran la voz. Jared no tiene novia, lo cual es mala suerte, porque los adolescentes suelen decirles a sus chicas lo que jamás dirían a sus colegas. Pero los chicos hablan, y Dan y Dave juraron que me llamarían si Jared se ponía en contacto con alguno de ellos.

—Entonces, si no se está escondiendo en casa de un amigo, aquí en Colorado Springs, ¿qué hacemos ahora?

—Hablar con la poli. Suelo hacerlo nada más empezar, pero esta vez he preferido entrevistar primero a los amigos.

—Por lo que me comentó a mí el detective, están decididos a considerar a Jared el principal sospechoso —se le hizo un nudo en el estómago al recordar la conversación.

John se limitó a encogerse de hombros.

—Si no les apetece compartir información, iré a hablar con las compañías de taxis para ver si recogieron a alguien por este barrio la noche de la muerte de tu padre. Si surge algo, iré a hablar con el taxista y le enseñaré la foto de Jared. Y si con eso no consigo nada, llevaré su fotografía al aeropuerto y a la estación de autobuses por si acaso alguien recuerda haberle vendido un billete —alargó el brazo y acarició las manos que, sin darse cuenta, Victoria había entrelazado con fuerza sobre la madera de cerezo del escritorio—. Lo encontraré, Victoria.

Ella agradecía aquellas palabras tranquilizadoras, pero sintió el contacto hasta los dedos de los pies y se recostó en la silla para apartar las manos. Paseando la vista por el despacho para no tener que mirarlo a los ojos, encontró la distracción que buscaba y frunció el ceño, perpleja.

—Esta habitación tiene algo raro. No sabría decir qué es, si una dimensión o una aberración espacial, o quizá solo sea la combinación de colores, que no es de mi agrado. Pero algo chirría en este despacho, y me molesta no poder decir el qué.

John se recostó en el sillón, con los ojos oscuros brillando con interés.

—Cierto... eres arquitecta. Si no recuerdo mal, estabas escalando deprisa en un importante estudio de arquitectura. Tenías posibilidades de hacerte... socia, ¿no es así? ¿Lo conseguiste?

—No. Bueno, me ofrecieron el puesto, pero tuve que rechazarlo.

—¡Será una broma! —enderezándose, John se la quedó mirando fijamente—. Recuerdo que estabas encantada con el ascenso... ¿No era tu proyecto el que había atraído a un cliente importante?

—Sí —Victoria sonrió al recordarlo.

—Entonces, ¿por qué diablos rechazaste algo por lo que tanto habías luchado?

—Por Esme.

—¿Te fuiste porque tenías una hija? Esa es una actitud de los años cincuenta, ¿no crees? Abre los ojos, cariño, ahora muchas mujeres son madres trabajadoras.

—Bueno, gracias por el consejo, Miglionni —el enojo estalló en su interior y, por primera vez, no se le ocurrió intentar contenerlo—. ¿Crees que fue una decisión fácil? Me encantaba ese trabajo y me sentía muy orgullosa de mi labor. Pero también exigía más de sesenta horas de dedicación a la semana. Abre tú también los ojos, cariño. Sé lo que es tener un padre que da más importancia al trabajo que a sus hijos. Quería algo mejor para mi hija.

Sintiéndose alterada e inquieta, se puso en pie. Tenía que salir de allí. Misil despertaba en ella una multitud de emociones y sensaciones sin ni siquiera intentarlo. Pero antes...

—Te sugiero una cosa. Vete a hablar con esas mujeres que lo

hacen todo. Pregúntales si se quedarían en casa con sus hijos si pudieran permitírselo. Quizá te sorprenda descubrir cuántas aprovecharían la oportunidad. Sé que tengo suerte de haber podido elegir, así que adivina cuánto significa tu consejo para mí. Eres la última persona a la que pediría opinión sobre cómo educar a mi hija. Dios mío, te has instalado aquí con intimidaciones y acusaciones infundadas. Por no hablar de la sutil amenaza de ponernos las cosas difíciles si no te daba la oportunidad de conocer mejor a tu hija –pasó por alto el hecho que, a cambio, estaba utilizando a John como protección.

–¿Qué sutil amenaza? Yo no he dicho ni una sola palabra que pudiera interpretarse remotamente como...

–Pero ahora que has conseguido lo que querías –prosiguió, sorprendida porque, prácticamente, estaba temblando de furia–, tiene gracia. No te he visto hacer ningún esfuerzo por pasar más de cinco minutos con Esme desde que os presenté.

John se quedó mirando la pasión del rostro de Victoria y sintió las fuertes sacudidas de su corazón. Aquella era la mujer que recordaba, con mirada vibrante e intenso fervor. La mujer de clase alta, reservada y serena con la que había estado tratando desde que había entrado en la mansión Hamilton lo irritaba horrores, pero casi deseaba que volviera. Al menos, no lograba confundirlo, y le resultaba mucho más fácil mantenerla a distancia. A aquella mujer, por el contrario, deseaba tumbarla sobre el escritorio para practicar el sexo candente y alucinante que recordaba de hacía seis años.

Victoria emitió un sonido gutural de desagrado y John comprendió que llevaba mirándola demasiado tiempo sin responder a la acusación. Pero antes de poder articular palabra, Victoria giró sobre sus talones lujosamente calzados y salió del despacho. La puerta se cerró tras ella y John se dejó caer en el sillón. Maldiciendo, se pasó los dedos por el pelo y se apretó los párpados candentes con los pulpejos de las manos.

¿Qué diablos estaba haciendo allí? No tenía ni idea de cómo ser padre. Ni la más remota idea. A decir verdad, la perspectiva lo aterraba.

¿Y eso no le daba que pensar? Normalmente, no era un hombre miedoso. Al día siguiente de graduarse en el instituto falsificó la firma de su viejo para poder enrolarse en los marines y se pasó quince años en todos los lugares candentes y peligrosos del planeta. No desconocía el miedo, por supuesto, solo un idiota se enfrentaba con terroristas armados hasta los dientes sin una saludable dosis de temor que lo hiciera conservar la cautela. Pero había aprendido a asumir el tipo de peligros que, normalmente, a cualquier otro hombre lo harían sudar.

¿No era extraño, pues, que una pitusa de pelo alborotado y enormes ojos negros sembrara el terror en su alma?

La noche anterior había vuelto tarde deliberadamente y aquella mañana había salido antes del desayuno para evitar encontrarse con Esme. No era que la curiosidad no lo estuviera royendo. Quería saberlo todo de ella, qué juguetes prefería, qué verduras odiaba, si le gustaba que le leyeran cuentos. O quizá los niños de cinco años ya leían por sí mismos... ¿Qué sabía él de todo eso? Lo más sensato sería volver a Denver y dejar que Victoria retomara su ordenada vida. Diablos, que criara a la pequeña Esme como creyera mejor; no había duda de que era una madre excelente.

Él, por el contrario, como padre era un inepto.

Pero, pese a lo mucho que lo atraía la idea, sabía que no se iría. Al menos, todavía. Gert hacía funcionar la oficina con la precisión de un motor alemán y lo tenía al corriente de todos los casos que requerirían su atención en Denver. Además, todavía había personas con las que debía contactar en Colorado Springs.

Por si fuera poco, y contrajo la mandíbula, no había nacido una mujer capaz de hacerlo salir corriendo. Ni una pitusa de menos de un metro de alto ni su madre de largas piernas.

Tori, sin querer, le había lanzado un desafío. Prácticamente, lo había acusado de ser demasiado cobarde para conocer a su hija. Y, sí, lo reconocía, así era exactamente como se había comportado. Pero eso no significaba que no pudiera hacerlo mejor.

Aunque tardara un poco en prepararse para la lucha, John Miglionni no huía de ningún reto.

Capítulo 5

–Espera, cariño –Victoria se inclinó para estirar un pequeño volante que había quedado oprimido bajo la cinta de la mochila de Esme. Al ver los ojos oscuros de su hija, sonrió por la ilusión que brillaba en ellos. Alisó el borde de la pequeña camiseta de flores sobre los pantalones cortos de algodón, y le retiró un mechón de pelo fino que había escapado a las gruesas trenzas de la niña–. ¿Tienes todo lo que necesitas?

–Sí –Esme se escurrió de entre los dedos de su madre–. Ya estoy lista, mamá –dijo con impaciencia–. ¿Cuándo va a venir Rebecca? Llevo esperando un montón.

–Al menos, cinco minutos –Victoria se esforzó por no reflejar su regocijo. Oyó pasos en los peldaños de la escalinata y dio una palmadita a Esme en el brazo–. Ya está. Deben de ser Rebecca y su madre.

Pero, en lugar del esperado golpe de nudillos, la enorme puerta de caoba se abrió sin más, vertiendo un charco de luz en la casa. Después, la puerta se cerró y allí estaba John. Un fiero ceño surcaba su frente, pero nada más ver a Tori y a Esme en el vestíbulo, el ceño desapareció. Los ojos tardaron más en perder el ánimo borrascoso, pero el mal humor acabó siendo reemplazado por una sonrisa cortés.

La insinceridad de aquella sonrisa irritó enormemente a Victoria. Santo Dios, Misil parecía más un soldado en aquellos momentos que seis años atrás, cuando realmente lo había sido. Por aquel entonces, al menos, jamás había dudado en exhibir emoción, y su expresión siempre había sido abierta. Ahora, ella no podía saber lo que pensaba.

—¡Hola, señor Miglondoanni!

A Victoria se le encogió el corazón por la alegre expectación que brilló en el semblante de su hija al ver al hombre que la había engendrado. Pero logró decir con calma:

—Es Miglionni, cielo.

—Es complicado de todas formas, sobre todo cuando la boca que intenta pronunciarlo pertenece a una cosita tan delicada –John sonrió a Esme y, en aquella ocasión, un humor genuino le iluminó los ojos–. En lugar de intentar pronunciar todas esas sílabas, ¿por qué no me llamas simplemente... –con una rápida mirada hacia Victoria, carraspeó– John? Eso sería más fácil.

—«Tá bien».

John se puso en cuclillas frente a la niña y alargó unos dedos largos y morenos hacia la muñeca pecosa de trenzas que asomaba por la mochila de Esme.

—¿Quién es esta? ¿Tu hermanita?

—No, tonto, es mi muñeca norteamericana. Se llama Molly Mack'ntire.

—Es muy bonita –John vaciló y carraspeó de nuevo; la potencia cautivadora de su encanto se veía mermada por la incertidumbre–. Casi tan bonita como tú –añadió, y le dirigió una pequeña media sonrisa tan tímida y dulce que Victoria pestañeó.

—Vamos –Esme profirió una risita de deleite y le hundió el dedo en el pecho con coquetería. No provocó más que un hoyuelo en la suave tela de la camiseta. La pequeña tenía la mirada firmemente clavada en Misil–. He quedado para jugar con Rebecca Chilworth. Va a venir a recogerme con su mamá, pero llegan tarde. Rebecca es mi mejor amiga, ¿sabes? Fiona Smyth era mi mejor amiga, pero ahora que vivo en Estados Unidos, mi mejor amiga es Rebecca. Ella y mi mamá se conocen desde hace mucho. ¿Tú tienes algún mejor amigo?

—Sí, tengo dos –parecía un poco aturdido, pero añadió con fluidez–. Se llaman Cooper y Zack. Estuvimos juntos en el cuerpo de marines.

La niña frunció el ceño, confundida.

—¿Qué es eso?

—Son soldados, Esme —intervino Victoria—. Como los guardias de la reina, en Londres.

—Solo que mejor —añadió John—. A un marine no le pillarían ni muerto con uno de esos sombreros altos y peludos.

Entonces, John sonrió, un relámpago blanco tan parecido a la sonrisa despreocupada de «Soy encantador, tienes que quererme» de años atrás que a Victoria le flaquearon las rodillas y se le contrajeron los muslos.

Relajó estos últimos y retrocedió rápidamente para establecer cierta distancia y no cometer la estupidez de deslizar los dedos sobre la superficie sólida que su hija había tocado. Cuando sonó el timbre de la puerta, dio gracias en silencio. Cruzó el vestíbulo y dio la bienvenida a Rebecca y a su madre con más tibieza de lo habitual.

Con la llegada de su amiga, Esme perdió el interés en John de forma tan drástica que resultó vertiginoso. No lo había hecho del todo mal, se dijo John pero, al parecer, la niña tenía cosas más importantes que hacer. Vio cómo rodeaba el cuello de Tori con los brazos, fruncía la boca para darle un beso entusiasta y, después, salía corriendo y con estrépito por la puerta, parloteando a cien por hora con la pequeña rubia deslavazada que era su amiga Rebecca, antes citada. Haber podido cautivar a una niña durante cinco minutos no significaba que supiera nada de críos a largo plazo, se recordó.

—Siento llegar tarde —jadeó una versión más madura de la niña rubia, y arrancó la mirada de las pequeñas que subían a una minivan aparcada en la entrada circular—. Sobreestimé la rapidez con que podía hacer unos cuantos recados. Y ya sabes que...

—¡Mamááá!

Encogiendo los hombros y lanzando una mirada curiosa y escrutadora a John, la madre de Rebecca se alejó hacia la puerta.

—Traeré a Esme de vuelta a las seis.

—Gracias, Pam.

Victoria acompañó a la mujer al exterior y John escuchó una

sucesión de despedidas y de portazos. Después, Victoria regresó y cerró la puerta. Se hizo el silencio en el vestíbulo. Soplándose un mechón de pelo que le caía sobre los ojos brillantes de regocijo, le sonrió.

—Uf.

Estaba alborotada y sonrojada, y se parecía tanto a la Tori que recordaba que experimentó un repentino e intenso deseo de inmovilizarla contra la puerta y unir sus labios a los de ella. Dios, solo un piquito, era lo único que pedía. Para ver si la nueva y rígida Victoria conservaba el mismo sabor adictivo que había persistido en su mente durante todos aquellos años. Con el pulso agitado, dio un paso decidido hacia delante.

Ella se retiró el pelo hacia atrás.

—Bueno, dime. ¿Por qué estabas tan contrariado cuando entraste?

John se detuvo en seco y regresó al presente.

—¿Qué?

—Hace unos minutos, cuando abriste la puerta, estabas furioso. Después, nos viste a Esme y a mí y te plantaste tu cara de cortesía. Que era bastante babosa, por cierto.

Muy bien. Dio un largo paso atrás. No había sido el plan más brillante de su vida. Diablos, tenía que mantener un nivel de profesionalidad. Aun así...

—¿Cómo que babosa?

—Vamos. Tan pronto estabas claramente contrariado como te plantaste una hipócrita sonrisa de «Hola, amigos, ¿qué tal?» Baboso con mayúscula, Miglionni. Por un momento pensé que ibas a vendernos un coche usado.

—¿Ah, sí? —John volvió a dar un paso hacia delante—. ¿Y qué me dices de ti?

Ella también dio un paso al frente, elevando la barbilla.

—¿Qué pasa conmigo?

—Me has estado dirigiendo esa sonrisita de princesa desde que puse el pie en tu casa, cuando los dos sabemos que, si dependiera de ti, estaría a seis Estados de distancia. ¿Cómo se llama eso?

—Buenos modales.

—Ya. A ver si lo entiendo, cuando tú lo haces, eres Doña Finolis, pero cuando lo hago yo, ¿soy un vendedor de coches usados? —se encogió de hombros—. Me parece justo.

Lo último que esperaba ver era la amplia sonrisa de regocijo que Victoria le dirigió.

—No, no lo es, pero en mi caso parece diferente. Aunque imagino que, tanto para ti como para mí, es una manera de ocultar los verdaderos sentimientos.

Maldición, estaba volviendo a medir la distancia entre ellos y la puerta, decidiendo que apretarla contra una superficie dura era una excelente idea, a pesar de todo. Al cuerno con la profesionalidad. Comparada con la idea de hundir las manos en ese pelo, de besar esos labios, estaba sobrevalorada.

Y si esa no era una idea peligrosa, no sabía lo que era. Guardándose las manos en los bolsillos, dio otro largo paso hacia atrás.

—¿Quieres saber por qué estaba molesto?

—Sí. Si tú quieres contármelo.

—Era por la conversación que he mantenido con la policía acerca de Jared. Estaba pensando en el detective jefe, que es un seboso devorador de donuts demasiado perezoso para investigar a nadie más cuando tiene a tu hermano como oportuno chivo expiatorio.

Aquello le dio la distancia que quería, pero ver que el regocijo desaparecía del rostro de Victoria no le procuró ninguna satisfacción. Al contrario, la preocupación tensa que la reemplazó lo hizo sentirse como un matón de colegio. Sacándose las manos de los bolsillos, se inclinó hacia ella.

Y vio que enderezaba la espalda y que su semblante se convertía en la altivez afable que detestaba. Pero, en lugar de enfadarse, recordó sus palabras. «Imagino que, tanto para ti como para mí, es una manera de ocultar los verdaderos sentimientos».

«Mierda».

Le dio la mano.

—Vamos —tirando de ella con suavidad, la condujo por el pasillo hacia el despacho que le había asignado para su uso—. Sentémonos y hablemos un rato.

Un momento después, la sentó en la silla situada delante del escritorio y lo rodeó para ocupar la suya.

—¿Puedo pedirle a Mary que te traiga algo? ¿Té con hielo, tal vez? ¿Algo más fuerte? —no estaba acostumbrado a llamar a los criados, pero había sido el niño bonito del ama de llaves desde que la había interrogado, así que, qué diablos. Sería mejor que se aprovechara de ello.

Sin embargo, Victoria se limitó a rechazar su ofrecimiento con la cabeza.

—Por cierto, ella está de acuerdo contigo.

Victoria parpadeó.

—¿Mary? ¿En qué?

—En la inocencia de Jared.

Aquello captó su atención y John vio con satisfacción el destello de enojo que encendía su mirada. Era mejor que la derrota que la había apagado.

Victoria se irguió en la silla.

—¿Has interrogado a Mary?

—Sí, señora. Y a la cocinera, y a las dos chicas que vienen una vez por semana para limpiar. Ah, y al jardinero —le dirigió una sonrisa que, sin duda, la ofendería terriblemente—. Y excepto él, que todavía está cabreado con Jared porque le aplastó las dalias con el coche, todos coinciden en que el muchacho no podría haber matado a tu padre. Juran que no le haría daño a una mosca.

—¡Ya te lo había dicho!

—Sí, lo dijiste. Pero no acepto nada por acto de fe ni la palabra de nadie es lo bastante buena para mí. No me quedo satisfecho hasta que no ratifico dos, preferiblemente, tres veces cada declaración que tomo, cada afirmación que oigo. Para eso es para lo que me pagas, cariño.

—¿Para ser un cínico?

—Así es. Si quieres a alguien que te sostenga la mano, coincida con todo lo que tú digas y te consuele por el asesinato de tu padre y la desaparición de tu hermanito, vete a hablar con uno de los muchachos del club de campo. Si quieres encontrar a Jared, soy tu hombre. Aunque tenga que meter las narices en todos los resquicios de su vida, averiguar cosas que el servicio podría saber y descubrir otras que Jared jamás le contaría a su hermana.

Esperó a que le preguntara qué clase de cosas pero, en cambio, Victoria lo miró con cara pensativa.

—La policía no va a buscar a nadie más que a Jared, ¿verdad?

—No si la conversación que mantuve con el detective Simpson era alguna indicación —la furia ardió de nuevo en su vientre al pensar en la incompetencia del policía. No estaba acostumbrado a encontrar un detective así entre el personal policial.

—Entonces, me gustaría ampliar tu misión.

Se la quedó mirando fijamente.

—¿En qué sentido?

—No entiendo la actitud del detective, teniendo en cuenta que hay, literalmente, docenas de personas que podrían haber deseado la muerte de mi padre. Así que investiga tú. Diablos, puedo darte diez nombres de memoria solo para que empieces.

—No es una manera inteligente de gastarte el dinero. Te costará una fortuna y puede que no obtengas los resultados que buscas.

—El dinero no me importa. La policía no está haciendo su trabajo, así que quiero que tú lo hagas en su lugar.

—Sabrás que carezco de autoridad para obligar a alguien a que responda a mis preguntas. Si la gente no quiere hablar conmigo, no puedo hacer gran cosa para obligarla. Por eso los detectives privados raras veces se involucran en casos de asesinato. Carecemos de la jurisdicción y de los contactos de los polis.

Victoria lo miró a los ojos y elevó las comisuras de los labios con una tenue sonrisa.

—Lo harás de todas formas, ¿no?

John vaciló; después, se encogió de hombros.

—Si eso es lo que quieres... Qué diablos, disfruto de un buen desafío —recostándose en la silla, la observó—. Es tu dinero, por supuesto, pero si no quieres que todos tus recursos acaben en mis bolsillos, será mejor que me ayudes a entrar en tu mundo. No soy el típico socio de un club de campo.

Ella se lo quedó mirando un momento.

–No, no lo eres. ¿Y bien?

–Es posible que, si tú no me presentas, casi toda esa gente recele de hablar conmigo –«o se niegue en redondo».

–Está bien. Haré las presentaciones.

–No accedas sin habértelo pensado antes –le advirtió John–. Podría acaparar gran parte de tu tiempo.

Victoria se encogió de hombros.

–No me importa cuánto tiempo me acapare –se puso en pie y lo miró–. Si eso es lo que hace falta para demostrar la inocencia de Jared y seguir adelante con nuestras vidas, lo haré. Tú pídeme lo que necesites.

John se quedó pensando en ello mientras la veía salir del despacho: en pedirle lo que necesitaba. *Mamma mia*. Después, pensó en seguir adelante con su vida, y se le escapó una carcajada sin humor. Mierda. Dos días atrás, habría refrendado la idea. De pronto, se encontraba con una hija cuya existencia había desconocido y con quien no tenía ni idea de lo que hacer. Por no hablar de una persistente lujuria hacia una mujer que solo lo quería para deshacer el lío en que se había metido su hermano y, después, si te he visto no me acuerdo. Seguir adelante con su vida... ¡y una mierda!

Ni siquiera sabía ya lo que eso significaba.

Capítulo 6

Jared se erguía delante del Spot, recitando en silencio una versión de la charla que su entrenador de béisbol daba al equipo antes de un partido. Se había enterado de la existencia del centro recreativo al escuchar una conversación entre dos críos que pedían cambio en el centro comercial de la calle Dieciséis. Había aguzado el oído cuando uno de ellos le había dicho al otro que se podía pasar allí el rato desde las cinco hasta las diez. Sintió vértigo ante la perspectiva de contar con cinco horas seguidas de tranquilidad antes de tener que cambiar de sitio. Ni siquiera le importaban las actividades que ofreciera el centro. Lo único que quería era un lugar en que poder estar tranquilo un rato. Tenía la impresión de que cada vez que empezaba a ponerse cómodo, tenía que recoger los bártulos e irse.

Permaneció junto a la puerta durante varios minutos, viendo a unos hispanos haciendo el ganso dentro del centro. Después, inspirando hondo, dio un paso hacia el umbral.

—Yo que tú no entraría ahí –dijo una voz ronca a su espalda.

Jared se detuvo en seco y volvió la cabeza. Un niño, tan delgado que parecía que una fuerte ráfaga de viento pudiera arrastrarlo, se apartó de las sombras que arrojaba el costado del edificio. Hundiendo las manos en los bolsillos de sus pantalones anchos, el muchacho señaló con su afilada barbilla el grupo de hispanos del interior del centro.

—Es una de las bandas callejeras de la zona –le dijo a Jared–. Suelen echar a los que no son de los suyos.

—Mierda —la decepción era una piedra gigantesca en torno al cuello de Jared. Dios, estaba cansado. Estaba muerto de cansancio y deseaba poder volver a su casa.

Las lágrimas le ardían tras los párpados y le hacían cosquillas en la nariz. Se dio la vuelta para que el muchacho de la voz ronca y extraña no se las viera y creyera que era un bebé.

—Gracias por el aviso —gruñó. Exhalando un suspiro de cansancio, se apartó del lugar que, durante un fugaz momento de alegría, había semejado un oasis de seguridad.

—Eh, ¡espera! —el muchacho lo alcanzó y le dio un codazo amistoso—. ¿Cómo te llamas? Te he visto por ahí. Yo soy P.J.

Se metió una mano mugrienta en el bolsillo y sacó una chocolatina.

—¿Quieres la mitad?

Jared se quitó con disimulo un par de lágrimas que habían logrado pasar la guardia. Mirando al niño por el rabillo del ojo, vio que miraba atentamente hacia otro lado y pensó que quizá no fuera el único que sucumbía a algún arranque ocasional de impotencia. Sin saber por qué, aquella comprensión lo ayudó y, después de secarse la nariz con las faldas de la camisa, cuadró los hombros.

—Sí, claro —tuvo cuidado cuando alargó la mano para aceptar la porción de chocolatina que le ofrecía, porque lo que realmente deseaba hacer era arrancársela de la mano. No recordaba cuándo había comido por última vez. La noche anterior había liquidado el coñac, pero no había tomado nada sólido desde mucho antes. Resistiendo el impulso de meterse toda la chocolatina en la boca, tomó un pequeño bocado—. Gracias.

—De nada. Oye, no me has dicho cómo te llamas.

—Jared.

—Es boni... Es un buen nombre —el muchacho carraspeó, pero su voz era aún más rasposa que antes cuando volvió a hablar—. ¿Qué esperabas conseguir en el Spot, Jared?

—Diablos, no lo sé. Un lugar en el que... estar, supongo. ¿Me entiendes? Solo quería estar en un sitio en que no tuviera que irme nada más ponerme cómodo —notó la suciedad de su propia mano cuando se llevó la chocolatina a la boca para darle otro mordisco–. Y me encantaría ducharme. Quizá vaya al Ejército de Salvación –había estado rehuyendo esa clase de refugios por temor a que alguien lo reconociera. En realidad, ni siquiera sabía si había salido en las noticias. Lo que era noticia de primera página en Colorado Springs podía no ser ni mencionado en Denver. Y estaba llegando rápidamente al punto en que no podía ni soportar su propio olor.

–Créeme –P.J. irrumpió en sus pensamientos–. No te conviene acercarte al Ejército de Salvación. Ahí hay demasiados cabrones.

–¿El Ejército de Salvación no es seguro? –Jared se quedó mirando a P.J., atónito–. ¿No son esos que tocan campanas y dicen «Que Dios te bendiga» cuando les metes dinero en la hucha de Navidad?

–No estamos en Kansas, Totó –P.J. se encogió de hombros–. No es que vayan a hacerte daño... Son bastante amables. Pero muchos de los adultos sin hogar que usan el refugio... –emitiendo un silbido expresivo y sin melodía, movió la cabeza–. Tan pronto te dan un puñetazo en la cara como te dicen la hora –después, se le iluminó el rostro–. Pero podríamos ir a Sock's Place.

–¿Qué es eso?

–Otro refugio. Bueno, en realidad es una especie de iglesia, pero está bien montado. ¿Qué dices?

–Suena bien –sonaba de maravilla. Como un pedazo de cielo. Pero no pensaba decirlo en voz alta. Hacerse el duro era difícil, pero no quería parecer un paleto.

También era muy agradable, reconoció minutos más tarde mientras P.J. y él se dirigían al nuevo lugar, tener a alguien con quien vagar y charlar. Claro que él no hablaba mucho. P.J. parecía parlanchín por naturaleza; tenía una opinión de todo lo que ocurría bajo el sol y no dudaba en proclamarla. Para Jared, eso estaba bien. Era evidente que el muchacho llevaba más tiempo en la calle que él y era una fuente de información excelente.

Estudiándolo mientras caminaba hacia atrás delante de él,

contándole la forma de mezclarse con los universitarios del campus de la universidad para descansar un poco durante el día, observó lo diferentes que eran. Él poseía los genes Hamilton, era alto y delgado, todo brazos y piernas. Para desagrado suyo, no estaba nada cachas, pero la cocinera decía que era porque todavía tenía que crecer. Le aseguraba que se pondría fuerte en poco tiempo.

Jared no estaba conteniendo el aliento esperando a que eso ocurriera pero, comparado con P.J., parecía un licenciado de la Escuela de Culturismo Charles Atlas. Le sacaba treinta centímetros al pequeño, y este tenía los huesos tan finos que casi parecía poseer una delicadeza femenina. Para ser sinceros, esa impresión la adquiriría por lo que quedaba a la vista: el rostro de ojos grandes y los brazos delgados como palos. El resto de él quedaba enterrado bajo una camiseta de tres tallas más grande que él y unos vaqueros anchos que le colgaban de sus estrechas caderas y derramaban los hilos de los bajos en torno a unas playeras que habían visto mejores días. Dudaba que el resto de P.J. estuviera más lleno. Diablos, su rostro ni siquiera dejaba entrever un rastro de pelusa.

–Por cierto, ¿cuántos años tienes? –inquirió Jared.

–Cumpliré los quince dentro de pocos meses.

–¿Ah, sí? –Jared lo observó con escepticismo–. ¿Cuántos meses son pocos?

–Unos veinte –P.J. sonrió con osadía–. ¿Y tú? Apuesto a que tienes dieciocho, ¿eh?

–Hasta noviembre, no.

–Lo he adivinado por poco.

Jared resopló.

–Por menos de lo que te falta para cumplir los quince, desde luego –pero su desdén era fingido, y los dos lo sabían–. ¿Y de qué son las iniciales P.J.?

–Priscilla Jayne.

Jared se detuvo en seco.

–¿Eres una chica? –le salió un gallo en la última palabra, pero estaba demasiado ocupado mirándola y reevaluándola para preocuparse.

–¡Por supuesto que soy una chica! Caray, ¿por qué todo el mundo piensa que no lo soy? –mirándose el pecho, despegó la camiseta de su superficie plana–. Es porque no tengo tetas, ¿verdad? Pues las tendré algún día, ¿sabes? Soy de esas que se desarrollan tarde –su rostro triangular reflejó desconsuelo–. Aunque tendría menos problemas de dinero si las tuviera.

–¿Y eso? –desde que sabía que era chica, lo sorprendía no haberse dado cuenta nada más verla. Mierda. Pensándolo bien, parecía evidente.

–Si tuviera una buena percha... bueno, tetas, podría trabajar en la calle y mis problemas de dinero pasarían a la historia –pero hizo una mueca amarga–. Está bien, en realidad, me alegro de no poder hacerlo, pero si se lo cuentas a alguien, lo negaré. ¿No te parece que todo eso del sexo es realmente... asqueroso?

–Bueno, sí –la miró y pensó que no parecía mucho mayor que su sobrina Esme. Se le revolvió el estómago al imaginar a un viejo sudoroso rodando encima de ella y alargó el brazo para darle un golpe de nudillos en lo alto de la gorra de béisbol encajada hacia atrás–. Toc, toc. ¿Quieres que unos viejos gordos hagan lo que les apetezca contigo con sus manos carnosas y húmedas? Alégrate de no tenerlas.

–Sí, bueno, para ti es fácil decirlo. Apuesto a que tú podrías ganar mucho –lo miró de arriba abajo con envidia–. Debe de ser genial ser guapo.

Jared hizo una mueca al oír el último comentario, pero lo halagaba parecer apuesto. También se animó ante la perspectiva de hacer dinero.

–¿Las mujeres pagan por sexo? –no parecía tan mal trato. Solo se había acostado dos veces, pero le había gustado.

Mucho.

P.J. emitió un sonido vulgar.

–Las mujeres no, idiota. Los hombres.

–¡Ni hablar! –retrocedió, como si la sola idea fuera contagiosa–. Eso es repugnante.

–Sí –corroboró P.J. con semblante lúgubre–. Ya te lo he dicho, todo eso del sexo es asqueroso.

—No es el sexo lo que da asco, P.J. No soy un experto, pero un polvo es como un helado con salsa de caramelo caliente. Pero con chicas, claro. A mí no me va el rollo de los tíos.

—¿Conque un helado con salsa de caramelo caliente, eh? —lo miró con cierto interés—. Esos me gustan. Pero ¿cuánto te apuestas a que solo los chicos disfrutan así del sexo? Las chicas acaban con gachas que parecen helados.

—¡Oye! —se sintió vagamente ofendido por la afirmación hasta que pensó en Beth Chamberlain, con quien había compartido su primera experiencia sexual—. Bueno, puede que sea mejor para los chicos las primeras veces —después, en Vanessa Spaulding, una chica de diecinueve que le había enseñado un par de cosas—. Pero si un chico sabe lo que hace, la cosa se pone mejor.

—Está bien saberlo —P.J. se encogió de hombros—. Aun así, si no te importa, yo pasaría por alto el toqueteo sudoroso e iría directamente por el helado cubierto de chocolate.

Jared rompió a reír. Era lo primero que le resultaba remotamente gracioso desde que había salido corriendo de la mansión de Colorado Springs y, de pronto, la situación no le parecía tan terrible ahora que tenía a alguien con quien vagar. Le dio a P.J. un empujón amistoso en el hombro.

—Eres una tía legal, ¿sabes? Me alegro de que nos hayamos conocido.

Capítulo 7

John subía por la escalera exterior del garaje de seis plazas de la parte posterior de la mansión. Cuando llegó a lo alto, volvió la cabeza hacia la puerta de la cocina, que podía verse desde su atalaya. Después, giró hacia la puerta y golpeó con autoridad la vieja aldaba de latón. Mary, el ama de llaves, le había dicho que encontraría allí a Victoria, y no tenía motivos para no creerla. Pero ¿qué estaría haciendo Tori en un apartamento de encima del garaje? ¿Mantener una tórrida aventura con el chófer?

De acuerdo, no le parecía gracioso. Y debería, teniendo en cuenta cuánto había cambiado ella con los años. En cambio, imaginarla dándose un revolcón con un hombre sin rostro lo irritaba enormemente. Lo cual no tenía sentido. No podía esperar que hubiera sido célibe durante los últimos seis años.

De acuerdo, eso era exactamente lo que esperaba.

No lo ayudó a aplacar los celos que le anudaban el vientre que la mujer que abrió la puerta de par en par no parecía descartar la posibilidad de un buen revolcón con alguien. Atrás había quedado la dama refinada de vestido ceñido y collar de perlas. En su lugar se erguía una mujer descalza con vaqueros cortos y deshilachados y una camisa blanca de talla grande anudada en la cintura, sobre un sujetador de deporte de color rojo. La camisa parecía de su padre, de lo largos que eran los faldones y gruesos los puños remangados hasta el codo. Tenía el pelo alborotado, veteado por el sol, un halo que flotaba por debajo del pequeño pañuelo triangular que se había anudado detrás de la cabeza. Pero eran los hilos que le caían sobre los muslos firmes y pecosos los que acapararon su atención.

–¿Puedo ayudarte en algo, Miglionni, o solo has venido a mirarme las piernas?

John arrancó la vista del largo y fluido tramo de piel desnuda.

–Tienes que reconocer que son dignas de admiración –dijo, mirándola a los ojos–. Aunque, lo creas o no, tenía algo que decirte... pero esas bellezas me han vaciado la cabeza –la sonrisa que le dedicó no era planeada. Como siempre que había estado en su compañía, Victoria le arrancaba una reacción puramente espontánea–. Dios, Tori. Había olvidado lo bonitas que eran tus piernas. Tendrías que ponerte pantalones cortos más a menudo –no pudo evitar echarles un último vistazo antes de hacer un esfuerzo consciente de mirar a otra parte. No iba a darle más oportunidades de que lo acusara de acoso sexual.

John lanzó una mirada a las profundidades del enorme espacio abierto. Una enorme mesa de trabajo salpicada de portaminas y planos, trozos de madera y montones de tela al final de la habitación. En medio del caos se elevaban dos casitas de casi un metro de alto. Una estaba hecha de madera de balsa y era bastante sencilla; la otra resultaba mucho más elaborada. Unos estantes amplios de detrás de la mesa contenían otras maquetas de madera de balsa y una de piedra, todas de estilos diferentes.

–Caramba. ¿Las has hecho tú?

–Sí.

Victoria dejó de bloquear la puerta cuando él dio un paso adelante y se acercó a la mesa. Vio que las maquetas tenían la parte de atrás abierta y, al inclinarse, echó un vistazo al interior de la más adornada antes de mirar a Victoria.

–¿Qué es esto, una casa de muñecas?

–Sí.

John señaló la otra.

–¿Y esta?

–Es el prototipo.

–¿Y las has hecho tú? –señaló con la barbilla otros prototipos de los estantes–. ¿Todas?

—Sí.

—Caramba —inspeccionó con más atención la que estaba a medio hacer—. Es increíble la cantidad de detalles. Es perfecta —tenía tejas diminutas, una galería en torno a la casa, dos balcones y un mirador. Cada habitación estaba equipada al completo, con asientos de ventana, diminutos paneles de roble revistiendo el salón, papel de pared antiguo y un lavabo de porcelana blanco en el dormitorio de la planta superior. Pulsó un interruptor de una pequeña caja metálica que vio sobre la mesa, junto a la casa de muñecas, y se encendieron las minúsculas luces de la maqueta. Rompió a reír—. Es genial —volvió la cabeza para mirarla—. ¿Te ganas la vida con esto?

—Sí —Victoria se había acercado a la mesa pero, al encontrar el rostro de John demasiado cerca, y su curiosidad entusiasta demasiado atrayente, dio un paso atrás—. Hice una para Es y a un par de amigas suyas les encantó y pidieron una. Sus padres me hicieron un encargo y, a partir de ahí, se fue corriendo la voz. Me centraba en el barrio de Mayfair, en Londres, hasta el año pasado, cuando colgué una página web en Internet. Ahora tengo todo el trabajo que necesito. En realidad, más. He tenido que rechazar algunos encargos.

—¿No se te ha ocurrido fabricarlas en serie?

—La idea solo me duró un minuto —lo miró a los ojos—. Fabricándolas en serie no solo volvería a la situación que intentaba evitar cuando me fui de Kimball y Jones, sino que el proceso perdería su carácter artesanal... y, seguramente, la diversión. Necesito mantener una producción pequeña. Así puedo construir cada casa a medida de cada niño y tener un escape creativo... por no hablar de un trabajo seguro y bastante lucrativo por lo selecto que es —demasiado consciente del roce del hombro de John cuando chocó con el de ella al inclinarse para probar las partes movibles de la casa, Victoria se apartó, se dirigió a las estanterías y se entretuvo enderezando las demás maquetas—. Por cierto, debería recordártelo. ¿Has dicho que has venido aquí por alguna razón?

Cuando se dio la vuelta, lo sorprendió mirándole otra vez

las piernas, pero John levantó la vista de inmediato y la clavó en sus ojos.

—Sí. La posibilidad de que Jared se haya ido de Colorado Springs cobra fuerza. He localizado al taxista que lo recogió la noche en que asesinaron a tu padre.

—Dios mío —sintiendo débiles las piernas, Victoria tomó la banqueta que usaba cuando trabajaba en la mesa y se encaramó a ella—. ¿Qué te ha dicho? ¿Adónde lo llevó?

—Dice que el chico estaba sumamente callado y que parecía conmocionado. Quizá en estado de shock. Que cuando le preguntó si se encontraba bien, Jared profirió una carcajada histérica, pero se calmó lo bastante para insistir en que lo llevara a la estación de autobuses.

—¿Averiguaste adónde fue desde allí?

—No. No he podido encontrar a nadie en la estación que recuerde haberle vendido un billete. Pero la mayoría de los adolescentes que huyen de sus casas buscan una ciudad, y como Denver es la más próxima a Colorado Springs, hay muchas posibilidades de que se haya ido allí.

Victoria se puso en pie de golpe.

—Estaré lista para salir dentro de diez minutos.

—Eh, eh, eh. Tranquila —le puso las manos en los hombros y le clavó una mirada seria de cautela—. No vamos a ir a ninguna parte.

—Pero si crees que es ahí donde ha ido...

—Y «creer» es la palabra clave. No conseguiremos nada dando vueltas por Denver como un par de patos mareados. Tenemos que hacerlo con inteligencia, y eso significa recurrir a mis contactos. El primero y más importante es Por Los Jóvenes de Denver.

—¿Qué es eso?

—Una organización que ayuda a los jóvenes que se escapan de casa y a los que viven en la calle. Los llamaré y les enviaré un fax con la foto de Jared para que estén alertas los días que montan su puesto en Skyline Park, es decir, los domingos y los martes. Los niños se enteran enseguida de que pueden comer gratis y asearse, así que si Jared está en Denver, no tardará en presentarse en Skyline. He trabajado otras veces con esa organización y saben que soy incapaz de devolver al niño a una situación de maltrato.

–Entonces, ¿vamos a Denver?

–Entonces, voy yo.

–Si crees que voy a permitir que lo recojas tú solo, John, piénsalo dos veces. Jared estará muerto de miedo y a ti no te conoce de nada.

John le dio un suave apretón en los hombros.

–¿Qué tal si esperamos a tener una pista fiable antes de discutir hasta quedar en tablas?

Aquella sensata sugerencia la hizo comprender lo estúpido que era aquel pequeño enfrentamiento, y Victoria no pudo evitar sonreír. Le dio un empujoncito con el dedo.

–Trato hecho.

Sorprendentemente, en lugar de entender el gesto como una táctica para relajar la tensión y devolverle la sonrisa, John frunció el ceño.

–Maldita sea, Tori, ojalá no hubieras hecho eso –gruñó–. Ahora no me queda más remedio que buscar la respuesta a la pregunta que me ha estado volviendo loco desde que aterricé en tu casa.

–¿Qué pregunta es é...? –no había terminado de hablar cuando quedó inmovilizada contra el cuerpo alto y sólido de John. Un brazo fuerte le rodeaba la cintura y una mano se había abierto paso por debajo de su melena para sujetarle la nuca.

Se lo quedó mirando con sorpresa e incredulidad mientras el calor corporal de John empezaba a impregnar cada centímetro de su cuerpo.

–¿Qué diablos crees que haces, Miglio...?

La boca de John, firme, ardiente y segura, cubrió la de ella, cortando en seco la pregunta.

Durante un momento, el asombro la dejó inmóvil. Después, absorbió el sabor de John, sintió el roce de su lengua y, con el corazón desbocado por el pánico de no poder mantenerse altiva y distante con aquel hombre, le dio unos manotazos en el sólido muro de su pecho y lo empujó con fuerza.

Él ni siquiera se inmutó y, de pronto, Victoria recordó su fortaleza, recordó cómo solía intrigarla, deslumbrarla. También recordó cómo había satisfecho a la hasta entonces inexperta muchacha que siempre había ansiado a alguien que se interpusiera entre ella y el mundo. Alguien que la mantuviera a salvo.

Bueno, había enterrado a esa muchacha el día en que había aprendido a aceptar de una vez por todas que la única persona que podía protegerla era ella misma. Y, recurriendo a toda la resistencia de que era capaz, volvió a apoyar las manos en el pecho de Misil, pero a los pocos segundos de reencontrar la seda cálida y húmeda de sus persuasivos besos, dejó de empujar y empezó a acariciar los músculos rígidos del pecho.

Pero, incluso mientras lo empujaba, John la sostenía con suavidad. No empleaba ni un ápice de violencia, pero su determinación de aferrarse a ella era inconfundible. Y la besaba con una pericia que echaba al traste la resistencia de Victoria. Tenía una boca hábil y sus besos eran sensuales. Familiares. Dios, tan familiares... Conocía aquellos labios, los había besado antes, los había observado mientras formaban palabras, mientras ella le introducía pequeños bocados. Habían transcurrido seis años, pero había cosas que una mujer nunca olvidaba.

Todas sus defensas se desvanecieron y notó que empezaban a derretírsele las rodillas. Durante un minuto salvaje e inconsciente, impregnado de un placer candente que solo había experimentado una vez en la vida, le devolvió el beso con fiereza. Disfrutó del sabor ardiente e intenso de Misil, de la suave piel de su boca, que lamió con la lengua, de la fuerza que la sostenía con tanta eficiencia mientras ella se apretaba contra él en un fútil intento de trepar al interior de su cuerpo.

Después, antes de que se le ocurriera reunir fuerzas para apartarse, John levantó la cabeza, la soltó y dio un enorme paso hacia atrás.

–Maldición –se pasó el dorso de la mano por el labio inferior y la miró con amargura–. Sigue ahí, ¿verdad? Confiaba en que hubiera desaparecido, o que fuera uno de esos recuerdos que uno exagera con los años. Sigues siendo tan adictiva como antes –su mirada candente la recorrió desde la coronilla hasta las uñas carmesíes de los pies–. Dios. Eres como cocaína con sujetador rojo.

A Victoria no la entusiasmaba estar reaccionando con un placer intenso al conocer que el beso lo había afectado a él tanto como a ella. Pero había dejado atrás el sexo con el paso de los años, creía haberlo superado, de momento. Las pocas veces que se había parado a pensar en ello, había comprendido que no lo echaba particularmente de menos, y lo había achacado a que estaba demasiado ocupada siendo madre y ganándose la vida. De pronto, la horrorizaba comprender que la única razón por la que no se había sentido tentada por los hombres con los que había salido era porque ninguno de ellos había sido «él».

Teniendo en cuenta que tenía serias dudas de que Misil se hubiera mantenido igualmente célibe, que reconociera que ella le había dejado huella era lo menos que podía hacer.

Tirando de la camisa anudada en la cintura, Victoria carraspeó.

–Sí, parece que hemos conservado la química –corroboró, complacida al oír que la voz le salía con encomiable serenidad, teniendo en cuenta lo nerviosa que estaba–. Y bien, ¿qué quieres que hagamos con ella?

–Que la mantengamos en nuestros respectivos rincones, y que conservemos la amabilidad y la profesionalidad.

Victoria se preguntó cómo funcionaría eso con Esme formando parte de la ecuación, pero asintió con brusquedad. Porque John tenía razón. El sexo era lo último que necesitaban para nublar una situación de por sí confusa y explosiva. Manteniendo lo físico a un lado, podrían aclarar el resto sobre la marcha.

–Estupendo –dijo con frígida compostura–. Por mí, no hay problema.

Sorprendió a John mirándole otra vez las piernas, pero este levantó la vista rápidamente y la traspasó con su escrutinio inexpresivo de militar.

–Sí –corroboró–. Eso es lo que haremos.

***

«Bien hecho, genio». John regresaba a la casa con zancadas largas y furiosas. «¿Qué eres, un imbécil?»

Tori siempre había sido distinta de todas las mujeres que había conocido. Desde el principio había sido distinta, y no debería haberse expuesto a sus besos.

Casi todo el mundo tenía uno o dos hitos en la vida. Uno de los suyos ocurrió el día en que descubrió que su nabo estaba más generosamente proporcionado que la media de los tíos. Hasta ese momento, solo había sido el patético y flacucho crío de Frank Miglionni, la vergüenza de la Marina. La vida con el viejo tras la muerte de su madre en un accidente de barco había sido una serie de apartamentos piojosos en los alrededores de una base u otra, porque un alojamiento decente dentro de la base ofrecía demasiadas oportunidades para que Frank entablara peleas con los vecinos.

Un buen día, poco después de la llegada de la pubertad, John ingresó en una nueva escuela de una nueva ciudad. Y cuando, al terminar la clase de gimnasia, se bajó los pantalones en el vestuario, la mitad de los compañeros interrumpió lo que estaba haciendo para ofrecer distintas versiones del universalmente deferente «Joder, macho». Fue su primera experiencia de respeto, y lo dejó hambriento de más. En ese momento, se aferró a esa nueva identidad que le ofrecían como si fuera un salvavidas.

Después, descubrió que había mujeres ahí fuera esperando a conocer un hombre con la clase de equipamiento que él poseía. Nadie tuvo que decirle dos veces que el tamaño de su polla era su identidad. Primero chicas y luego mujeres lo introdujeron en el mundo completamente nuevo del sexo, uno en que hacía falta algo mucho más que los puños y un contingente de sudorosas fantasías. Era lo más parecido a una experiencia religiosa, y una vez descubierta, fue su discípulo más leal. Su nuevo objetivo se convirtió en dar placer a tantas mujeres como fuera posible, y regalarles los oídos a sus colegas formaba parte del proceso. Una parte que jamás se le ocurrió cuestionar.

Hasta que conoció a Tori. Algo en ella lo hizo comprender que él era algo más que el proyectil de la bragueta que le había valido el apodo de Misil. Y las náuseas que se le formaban cuando imaginaba a alguien hablando de ella como él había hablado de tantas otras alteraron para siempre su capacidad para compartir los detalles de sus encuentros sexuales con sus amigos.

–Hola, señor M.

El suave saludo lo arrancó de los recuerdos de días abrasadores y noches tórridas. Tuvo que pestañear para poder ver al ama de llaves y se sobresaltó al comprender que solo estaba a un paso o dos de cruzarse con ella, que se disponía a subir la escalera con un montón de mullidas toallas de baño bajo el brazo.

Dios. Si hubieran sido armas, ya sería un hombre muerto. Volvió al presente. «¿Lo ves? Ese es el problema con Tori, compañero. Es mala para tu salud». Necesitando volver a un lugar que no lo dejara confuso y frustrado, se concentró en el ama de llaves y le lanzó la sonrisa Miglionni más cautivadora.

–Hola, Mary. Perdone. Estaba absorto en mis pensamientos y no la había visto.

–Sí, me lo imagino –le dirigió una sonrisa comprensiva–. Con tantas responsabilidades, a veces se sentirá como si cargara el mundo sobre sus hombros.

Responsabilidades. Claro. Carraspeó y dio gracias por que no le hubiera leído el pensamiento.

–Sí, he estado... hablando con la señorita Hamilton y volvía al despacho para seguir trabajando –señaló las toallas que llevaba en los brazos–. ¿Y usted? ¿Está reponiendo toallas en las habitaciones? Desde luego, lo mantiene todo perfecto. Con su costumbre de adelantarse a todas las necesidades, me siento como si estuviera en un hotel de cinco estrellas.

Un rubor de placer coloreó las mejillas de Mary.

–Gracias. Me alegro de que esté a gusto –pasó la mano por el montón de toallas, levantando los bordes doblados–. Pero estas toallas solo son para la señora Hamilton. Ha pedido más.

–¿Qué tal está? Apenas la he visto en estos dos últimos días.
–Bueno, seguramente porque no ha parado mucho por casa. Ha estado pasando mucho tiempo en el club de campo. Aprendiendo a jugar al tenis, ¿sabe?
–Le apasiona ese deporte, ¿eh?
–Al menos, el profesor –creyó oírla murmurar John, pero lo dijo en un murmullo tan suave y le dirigió una sonrisa tan educada antes de empezar a subir la escalera que creyó haberla oído mal. Haciendo una nota mental de indagar en ello, John siguió caminando hacia su despacho.

Capítulo 8

Jared se sentía casi... satisfecho. Por segunda vez aquella semana, P.J. y él habían ido a Sock's Place... Tenía el estómago lleno, se acababa de duchar y hasta había dormido ininterrumpidamente durante unas horas. Se negaba a echar a perder aquel estado de ánimo preocupándose por el poco dinero que le quedaba y se concentró en el reflejo de los últimos rayos de sol en el pelo de P.J., que estaba bailoteando en torno a él, hablando a cien por hora mientras se dirigían al centro comercial de la calle Dieciséis. Como siempre que se lavaba el pelo, no se había puesto la gorra de béisbol y el sol sacaba hilos de fuego en sus rizos cortos y castaños.

Le costaba trabajo creer que la hubiera tomado por un chico.

P.J. se detuvo en seco y le dirigió una sonrisa deslumbrante.

–¿Sabes qué? –le preguntó con su curiosa voz rasposa–. Creo que voy a llamar a mi madre.

El pánico le hizo un nudo en el estómago, pero tragó saliva en un intento de contenerlo. No era como si quisiera que P.J. siguiera en la calle. Sabía que su madre la había echado de casa tras una fuerte discusión y que P.J. quería hacer las paces desesperadamente para poder volver a casa... aunque su casa no fuera el lugar más idóneo del mundo. Jared comprendía la contradicción de ese deseo.

Pero ¿qué diablos haría él si ella se iba? Dudaba que pudiera soportar quedarse solo otra vez, y se sintió tentado a disuadirla.

Apartó la vocecita que le decía que no fuera egoísta. ¿Por

qué no iba a disuadirla? Tampoco le costaría mucho... sabía que a P.J. la aterraba que la rechazaran. Y con buen motivo, si la mitad de las cosas que le había contado sobre su madre eran ciertas. Así que, a la larga, desanimándola le estaría haciendo un gran favor.

«Solo piensas en ella, ¿eh? Menudo hombre». Se movió con incomodidad y la miró a la cara, animada y reluciente de esperanza. Los rayos oblicuos del ocaso resaltaban el grosor suave de sus pestañas y el color miel de sus ojos. Jared no se había percatado hasta ese momento, pero si comiera suficiente y no estuviera angustiada por la incertidumbre que formaba parte de no tener hogar, seguramente sería bonita... o, al menos, tendría el potencial de serlo cuando fuera un poco mayor.

—Entonces —moviendo los hombros, carraspeó—. ¿Necesitas cambio o qué?

—No —pero el evidente placer que le proporcionaba el ofrecimiento amplió la sonrisa de P.J.—. Llamaré a cobro revertido.

Jared intentó no hacer una mueca. P.J. había intentado telefonear a cobro revertido el otro día y su madre se había negado a aceptar la llamada... Había dado un no rotundo y había colgado. Hundiendo las manos en los bolsillos, Jared la siguió hasta la cabina de teléfonos más próxima; después, permaneció a cierta distancia para procurarle intimidad. Pero, observándola por el rabillo del ojo, vio el momento exacto en que la esperanza se evaporaba de su semblante y comprendió que su madre había vuelto a rechazar la llamada.

P.J. se reunió con él momentos después, arrastrando los pies. A Jared le resultaba insoportable mirarla. Había perdido toda su viveza y tenía la cara tensa y casi vieja.

—Toma —le plantó un puñado de monedas—. Dijiste que no teníais mucho dinero en tu casa. Puede que no pudiera permitirse aceptar una llamada a cobro revertido.

Las lágrimas anegaban los ojos que elevó hacia él.

—Le pidió a la operadora que me dijera que dejara de llamar. Dijo que yo me lo había buscado y que me... me lo tenía merecido —arrugó el rostro.

–Joder –Jared alargó el brazo para darle una palmadita compasiva en el hombro, pero P.J. saltó hacia atrás.

–¡Pues al diablo con ella! –le espetó, como si él ni siquiera estuviera allí–. ¿Quién necesita a la vieja? –pero las lágrimas se desbordaron y fluyeron por sus mejillas.

Jared desvió la mirada para mostrarle el mismo respeto por sus sentimientos que ella le había ofrecido el primer día. Y cuando P.J. giró en redondo y se alejó hacia el centro comercial, secándose las lágrimas de los ojos con movimientos rígidos, la siguió a corta distancia, con el estómago encogido en triste solidaridad.

Ya casi estaban en la calle Dieciséis cuando un Toyota plateado de último modelo se acercó a la acera donde estaba P.J. y redujo la velocidad para seguirle el paso. Una ventana de cristal ahumado descendió despacio y Jared vio cómo el conductor se inclinaba sobre el asiento contiguo para mirarla mientras la seguía.

Todavía a unos quince metros de distancia y receloso de lo que ocurría, Jared apretó el paso. Diablos, justo lo que necesitaban. A perro flaco todo eran pulgas, ¿no?

–Oye, pequeña –dijo el hombre, mirando a P.J. de arriba abajo, con la vista deteniéndose en su pecho plano–. ¿Cuántos años tienes, cielo? ¿Diez?

P.J. se detuvo y se quedó mirando al tipo del coche.

–¿Quiere que los tenga?

El tipo se humedeció los labios y asintió.

–Entonces, sí, señor, tengo diez años –se metió el dedo índice en la boca y levantó la mano libre para enrollarse un rizo castaño oscuro en torno a un dedo–. Pero recién cumplidos –añadió–. Celebré mi cumpleaños la semana pasada.

La mirada del hombre se tornó ávida.

–¿Quieres ganarte veinte pavos?

–No –P.J. aguardó unos momentos antes de proseguir–. Pero me gustaría ganar cincuenta.

–Hecho –el hombre abrió la puerta del pasajero.

Jared contempló horrorizado cómo P.J. avanzaba hacia ella.

—¿Estás loca? —corrió a alcanzarla, se colocó delante de ella y cerró la puerta con ímpetu. Metiendo la cabeza por la ventanilla, lanzó una mirada furibunda al conductor, que se había retirado a su asiento—. ¡Largo de aquí!

El hombre lo miró de arriba abajo y se relajó visiblemente.

—Piérdete, muchacho. Esto es entre la niña y yo.

Era más musculoso de lo que parecía desde lejos, pero Jared se mantuvo firme y sujetó a P.J., que se resistía, a su espalda.

—Váyase, pervertido de mierda, o será entre usted y la policía —para demostrarle que hablaba en serio, lo miró a los ojos y le dijo el número de la matrícula—. A saber cuántos polis le tienen echado el ojo y solo están esperando a sorprenderlo haciéndole una proposición a una niña.

Maldiciendo, el hombre metió la segunda. Un momento después, lo único que quedaba como recordatorio de que había estado allí era una mancha negra en el asfalto, donde había quemado el neumático.

P.J. se desasió de Jared y este esperó con los hombros encogidos a que lo golpeara. Pero cuando se colocó frente a él, se limitó a observar su rostro con curiosidad. Por fin, preguntó:

—¿De verdad habrías llamado a la poli?

—Sí —hundió los dedos en el pelo y la miró con impotencia—. Mira, no soy idiota, sé que algún día tendrás que vender tu cuerpo para subsistir. Dios, aunque la idea me repugna, quizá los dos tengamos que hacerlo. Pero ninguno de nosotros ha llegado todavía a ese punto y no estoy dispuesto a permitir que tu furia hacia tu vieja te haga...

Jared se tambaleó hacia atrás con un gruñido, con los pulmones sin aire más por sorpresa que por el impacto de la figura delgada de P.J. cuando se abalanzó hacia su pecho. La muchacha le rodeó el cuello con los brazos y trepó sobre él como si fuera un mono. Desorientado, Jared tardó un momento en comprender que, en contra de lo que esperaba, lo estaba abrazando. Con delicadeza, la rodeó con los brazos y le dio una torpe palmadita en la espalda. Bajó la barbilla para mirarla.

—¿A qué viene esto?

—Habrías llamado a la policía —murmuró P.J. junto a su pecho—. Los habrías llamado para salvarme... aunque hubieras tenido que ir a la cárcel por esa historia de tu padre.

La soltó más deprisa que si fuera un cubo de desechos tóxicos y, arrancándole los brazos del cuello, la dejó de pie en el suelo con rotundidad. Dio un largo paso hacia atrás.

—¿Qué diablos sabes tú de mi padre?

—Sé que lo asesinaron. Y que a ti te buscan para interrogarte.

Las náuseas se apoderaron del estómago de Jared, y se la quedó mirando, horrorizado.

—¿Cómo lo sabes? —susurró.

P.J. encogió sus estrechos hombros.

—Te seguí durante un par de días antes de acercarme a ti.

—¿Por qué? ¿Por qué diablos ibas a hacer algo así? ¿Y por qué yo?

—Supongo que porque tenías cara... no sé, de niño pera, salvo por los pendientes y el tatuaje. No te parecías a nadie que haya conocido en la calle.

—Pero ¿cómo te enteraste de lo de mi padre?

—El día antes de hablar contigo, te vi en el umbral del bar de ese hotel de Court Place. Estabas allí de pie con la mirada fija, como si acabaran de meterte un tiro, así que me acerqué y vi lo que te había llamado la atención. En la televisión de la barra salía tu imagen... y la de otro hombre. Cuando te fuiste, oí que el periodista decía que tu padre había sido asesinado y que te buscaban para interrogarte.

—Y después de oír eso —se burló Jared—, ¿no te daba miedo acercarte a un asesino?

—No —pero P.J. apenas podía mirarlo a los ojos—. Bueno, dudé y pensé que debía dejarte en paz. Pero, después, cuando lo pensé mejor, supuse que el hombre al que liquidaste debía merecérselo. Que era un cabrón.

Jared rio sin humor.

—Ya lo creo que lo era. Pero aun así era mi padre, ¿sabes?

—Sí, claro que lo sé —corroboró P. J. con ánimo sombrío.

—Sinceramente, P.J., no tuve intención de matarlo.

Fue el turno de ella de volverse escéptica.

–Entonces, ¿qué pensaste que pasaría cuando le cla...?

–No quiero hablar de esto, ¿vale? –le traía demasiados recuerdos de esa horrible noche, y se dio la vuelta.

–Está bien, como quieras. Pero Jared... –le puso unos dedos suaves en la espalda.

–¿Qué?

–Sigo dándote las gracias por haber echado a ese pervertido. Te arriesgaste por mí y no lo olvidaré. Te debo una.

Jared gruñó.

–No me debes nada. La idea me revolvía el estómago.

–Dímelo a mí –corroboró P.J., y lo alcanzó mientras caminaban hacia la calle Dieciséis–. Pero ¿qué vamos a hacer, Jared? Seguimos teniendo el mismo problema.

–Ya lo sé, nos estamos quedando sin dinero –no mencionó que ninguno de los dos había estado muy preocupado al respecto hasta que su madre no les había aguado la tarde–. Tengo un par de cromos de béisbol en la mochila. No sé si valdrán mucho, pero quizá mañana podamos encontrar un lugar donde venderlos.

–Eh, eso es buena idea –P.J. se animó de inmediato–. Y los dos tenemos muy buen aspecto esta tarde.

–Sí –corroboró Jared, pero la miró con recelo–. ¿Por qué lo dices?

–Podemos aprovechar a sacarles unas pelas a los turistas. Tú tápate el tatuaje y pon cara de joven limpio y hambriento. Yo intentaré parecer mona y hambrienta –dando saltitos en torno a él una vez más, le dio un codazo en las costillas y le dirigió una sonrisa osada–. Entre tú y yo, ¿cuánto te apuestas a que arrasamos a la competencia?

Capítulo 9

–Esto no me gusta –dijo Victoria entre dientes al día siguiente por la tarde, cuando la iglesia empezó a llenarse para el funeral de su padre–. Deberíamos haber esperado a que Jared volviera a casa.

–No –dijo John con firmeza–. ¿Cuántas personas habrían empezado a llamar o a pasarse por tu casa para preguntar cuándo sería? –le dio una palmadita tranquilizadora en el hombro–. Has hecho lo que has podido, cariño, pero cuando el forense terminó con el cuerpo, tú solo podías posponer el funeral cierto número de días.

–Y otra vez he incumplido la promesa que le hice a la madre de Jared.

John se la quedó mirando.

–¿Te pidió que pospusieras el funeral de Ford?

–No digas tonterías. Me pidió que cuidara de Jared –a Victoria se le escapó una amarga carcajada–. Para lo que le sirvió...

John frunció las cejas.

–¿Cuándo te pidió eso?

–Cuando yo tenía dieciséis años.

–Caray, es un peso muy grande para una adolescente. ¿Por qué diablos no lo cuidó ella misma?

Victoria se volvió hacia él.

–Lo habría hecho si hubiera podido –respondió con enojo, aunque en un susurro–. Pero había contraído la enfermedad de Lou Gehrig y sabía que se estaba muriendo.

—Entonces, te pido disculpas por el comentario —John también mantenía el tono de voz apenas audible al tiempo que se volvía hacia ella—. Pero sigo pensando que su petición apesta. Dime dónde encajaba la madre de Jared en la sucesión de esposas de tu padre.

—Elizabeth fue la tercera. Mi madre fue la primera y la siguiente fue Joan —miró alrededor y le señaló con un levísimo movimiento del meñique a la mujer sentada en el fondo de la iglesia—. Es aquella del vestido rojo. Detestaba a los niños. Yo era una cría muy torpe y sus continuas imprecaciones no me ayudaban. Siempre lo tiraba todo cuando estaba con ella. Cuando le rompí el frasco de perfume de a mil dólares los treinta gramos y su pieza de arte de cristal preferida en el mismo día, convenció a Ford para que me enviara a un internado.

—Dios —susurró John, mirando con dureza a la mujer en cuestión—. Vaya encanto. ¿Cuántos años tenías?

—Nueve —se encogió de hombros, como si no importara, pero todavía recordaba lo temible que había sido perder a su madre, vivir con la perversa madrastra de Cenicienta y ser expulsada del único hogar que había conocido, todo en el espacio de dieciocho meses. Pero se animó al pensar en la tercera esposa de Ford—. Elizabeth me trajo otra vez a casa.

—La madre de Jared.

—Sí. Se casó con Ford cuando yo tenía trece años. Cuando se enteró de que Ford tenía una hija viviendo todo el año en el colegio, armó un revuelo que hizo que mi padre cediera, y pude volver a casa. Yo la quería —lo cual acrecentaba su culpa por no haber podido mantener la promesa que le había hecho. El ácido le empezó a causar estragos en el estómago, y se volvió para clavar la mirada al frente.

Como si le hubiera leído el pensamiento, John dijo con brusquedad:

—Deja de machacarte por eso, no tiene sentido. Tú tenías dieciséis años, por el amor de Dios, y Jared tenía, ¿cuántos? ¿Tres?

—Un poco menos.

—Un poco menos —repitió con rotundidad—. Así que, ¿qué diablos se suponía que debías hacer? ¿Qué clase de poder tiene cualquier adolescente a esa edad, en especial, si se trata de discutir con el tutor legal del bebé sobre la manera en que un niño debería ser criado?

Victoria abrió la boca para decir que debería haber hecho algo, cualquier cosa, aunque no pudiera definir exactamente el qué, cuando Misil cambió de tema.

–¿Qué me dices de la esposa número cuatro? Señálamela.

–No está aquí. Ese matrimonio duró menos de seis meses y Cynthia se fue a vivir a otra parte después del divorcio. Que yo sepa, ninguno de los conocidos de mi padre ha vuelto a verla desde entonces.

–Entonces, volviendo al funeral de Ford, tendrás que reconocer que DeeDee tenía razón al insistir en que empezaba a resultar violento seguir posponiéndolo –elevó la comisura de la boca–. Hablando del rey de Roma –murmuró al oído de Victoria, y elevó la barbilla ligeramente hacia la puerta lateral–. Ahí está. Interesante atuendo.

Victoria lanzó una mirada hacia la puerta de la capilla.

–Por el amor de Dios.

La quinta esposa de su padre iba vestida de negro desde la punta de su exagerado sombrero de ala ancha y velo hasta las lustrosas medias con motivos y los zapatos de punta abiertos por detrás. Se apoyaba pesadamente en el brazo de un apuesto joven.

Victoria movió la cabeza.

–¿La mataría resistirse a la tentación de ser el centro de atención durante el funeral de su marido? –sintiendo la mirada de John resbalando sobre su vestido ceñido y discreto y el collar de perlas anudadas que había heredado de su madre, Victoria elevó la barbilla y volvió la cabeza para mirarlo a los ojos–. ¿Qué?

–Cómo que ¿qué? No he dicho nada.

–Crees que, comparada con ella, parezco una maestra de escuela, ¿verdad?

John rio.

–Cariño, si alguna vez hubiera tenido una maestra que se pareciera a ti, habría destacado mucho más en el colegio. En realidad, estaba pensando que tienes el don de saber qué ponerte para cada ocasión.

–Ah –dijo Victoria. No se retorcería de placer como si tuviera la edad de Esme, no lo haría. Pero tampoco intentaría convencerse de que aquel cumplido no la hacía sentir una oleada de rubor y calor–. Gracias. Eres muy amable.

John se encogió de hombros, y ella examinó su impecable traje de sastre, la camisa nívea y la corbata de motivos sutiles.

–Tú también eres muy elegante. Recuerdo eso de antes... cómo todo el mundo corría por la playa con vaqueros deshilachados, pero tú siempre llevabas pantalones cortos y camisas y camisetas sedosas –lamentando rápidamente haber evocado una época que intentaba desesperadamente olvidar, se enderezó en el banco–. Ahora que lo pienso, te has puesto una variedad de ropa bastante bonita desde que llegaste a casa. ¿Qué haces? ¿Tienes siempre una maleta preparada en el coche por si acaso te invitan a quedarte un tiempo?

John se limitó a desplegar una media sonrisa.

–Me confundes con los boy scouts... Nunca estoy tan preparado. El otro día hice una escapada a Denver para hablar con algunos de mis contactos, y de paso, recogí todo lo que creí necesitar para una estancia prolongada.

De pronto, John desvió la atención a un punto situado detrás de ella.

–¿Quién es ese tipo de ahí? –señalando hacia uno de los bancos, prosiguió con ironía–. El que parece estar presentándose para alcalde.

Victoria siguió la dirección de la mirada y divisó a un hombre de pelo plateado que estrechaba manos y saludaba mientras se adentraba en un banco.

–Detesto decirlo, pero no parece muy compungido por la muerte de tu padre –añadió John.

Victoria se encogió levemente de hombros.

–Ya te lo dije, mi padre no tenía muchos amigos –se quedó pensativa un momento–. A decir verdad, no sé si tenía alguno. Conocidos, a montones, pero no se me ocurre ninguna persona con la que estuviera especialmente unido –¿y no era ese el comentario más triste de todos?

–Entonces, ¿por qué está todo el mundo aquí?

–Seguramente, para asegurarse de que está muerto de verdad –enseguida la asaltó la culpa por aquel comentario pero, al mismo tiempo, sabía que no se alejaba mucho de la verdad.

Deslizando el pulgar discretamente por la mandíbula de Victoria, John le ofreció otra media sonrisa.

–Te diría que fueras amable, pero mi viejo se parecía mucho al tuyo.

–¿Ah, sí? –se volvió hacia él, interesada. No habían hablado de sus respectivas familias en la semana en que se conocieron, y habiéndole confiado parte de su pasado, a Victoria nada le apetecía más que conocer parte del suyo–. ¿Tampoco tenía amigos?

–No. Y sigue sin tenerlos, que yo sepa.

–Excepto tú, ¿eh?

John rio con aspereza.

–Yo el que menos –vaciló un momento; después, se lo explicó con evidente desgana–. Es un borracho desagradable.

Victoria se preguntó qué implicaba ser un borracho desagradable, pero antes de que pudiera pedirle a John una explicación, este, en un intento no demasiado sutil de cambiar de tema, inclinó la cabeza hacia el hombre que había señalado antes.

–¿Y bien? ¿Quién has dicho que era?

–No lo he dicho.

Maldición, no era justo. John no podía ser todo oídos sobre la vida de ella cuando no tenía la menor intención de revelar ningún detalle de la suya. Irritada, volvió a mirar al individuo en cuestión y realizó el más leve encogimiento de hombros.

–Creo que es Jim McMurphy.

John se incorporó un poco más.

–¿Por qué su nombre me resulta familiar?

–Te mencioné que era el director ejecutivo de la compañía que mi padre había adquirido recientemente mediante una OPA hostil.

–¿Una de las personas que estuvo en tu casa la noche en que murió tu padre?

Victoria asintió.

–Preséntanos durante la recepción.

–Claro.

La ceremonia comenzó momentos después, pero Victoria no tardó en distraerse. Las palabras en memoria de su padre las pronunciaba un sacerdote que no había conocido a Ford Evans Hamilton, y Victoria se preguntó si alguien lo habría conocido de verdad, una pregunta que pareció validarse cuando el pastor invitó a la congregación a subir al podio para hablar de él y no se movió ni un alma.

Entonces, DeeDee se levantó del primer banco y avanzó hacia el atril con pequeños pasos obstaculizados por la estrecha falda y la altura de los tacones. Cuando llegó, tomó la mano del sacerdote y, con la otra, se llevó un pañuelo de encaje a los ojos, detrás del velo. Después, se volvió y permaneció en pie un momento, paseando la mirada por la asamblea. Por fin, suspiró, una pequeña y trémula exhalación que el micrófono captó y proyectó hasta el último banco.

–Este es un día abrumador –dijo con tristeza, y se llevó una mano perfectamente cuidada al escote expuesto por el cuello de pico. Las luces destellaron sobre el diamante de cinco quilates de su anillo de bodas–. No sé cómo agradeceros a todos que hayáis venido.

Victoria se sentía culpable por el impulso de poner los ojos en blanco ante aquella pose melodramática de reina de la tragedia.

–Ford era un hombre difícil de tratar y no resultaba fácil comprenderlo –otro suspiro emergió, trémulo, de la garganta de Dee-Dee–. Pero me gusta pensar que se debía a su pasión por el mundo empresarial. Era un visionario tan poderoso que no siempre se tomaba tiempo para ser atento con su familia, amigos y socios.

Tori se enderezó. Era una descripción muy... acertada. No esperaba tanta hondura de DeeDee. Siempre había dado por hecho que era una cabeza hueca, superficial como la que más. Quizá, sin embargo, fuera una evaluación injusta que nacía más de su propio rechazo por las absurdas maniobras sociales que le encantaban a DeeDee que...

—Pero hacía unos regalos maravillosos, y nadie sabía organizar fiestas mejores. Y de puertas para adentro... Bueno, permitidme decir que había algunas cosas para las que sí se tomaba tiempo. Y, ay, ¡voy a echarlo de menos!

Santo cielo. De acuerdo, la superficialidad era real. Aun así, DeeDee era la única que había defendido a Ford aquel día. Quizá realmente hubiera sentido algo por él, a su manera.

Después de la ceremonia, los siguió hasta la mansión un convoy de coches. Era otra de las batallas que Victoria había perdido. Había alegado que la recepción debía celebrarse en otro sitio, en el venerable y antiguo Hotel Broadmoor o en el club de campo, pero DeeDee había insistido en que debía celebrarse en la casa. Después de diez minutos de tratar con el grupo de personas que pululaban por el salón de suelo de roble y salían a la terraza, Victoria deseó haberse mantenido firme.

Pero no podía escapar y, por desgracia para ella, aquello no era lo peor. DeeDee la acorraló momentos después para el protocolo de bienvenida. Era una vuelta al pasado bastante incómoda. Igual que por aquel entonces, los minutos se convertían en años cuando los pasaba haciendo de anfitriona en una fila interminable, a la sombra de una personalidad más extrovertida. Habían transcurrido diez minutos y la fila no había progresado más allá del grupo apiñado en torno a la viuda.

—Dios mío —murmuró Victoria para sí—. Estoy volviendo a mis años de adolescente.

—¿Cómo? —John se tiró de la corbata—. ¿Y cómo diablos he acabado formando parte de esta fila? —movió sus amplios hombros con un gesto de «olvídalo» y acercó la cabeza a la de Victoria—. Perdona. ¿Qué te hace volver a la adolescencia?

—Esto. Permanecer aquí de pie para el protocolo de bienvenida, preguntándome si no me habré vuelto invisible.

Dios, ¿cuántas fiestas se había visto obligada a soportar, aunque nadie pareciera percatarse de su existencia? Peor aún, fiestas en las que se habían fijado en ella solo para establecer desafortunadas comparaciones entre su persona torpe y larguirucha y la esposa trofeo que tenía su padre en ese momento.

Demasiadas.

—Sí —corroboró John con ironía—. Yo diría que aún no se ha corrido la voz de que DeeDee no ha heredado gran cosa —su expresión era inescrutable mientras observaban a la pareja que hacía aspavientos en torno a la jovencísima madrastra de Victoria.

Al poco, sin embargo, el atasco que circundaba a DeeDee se deshizo de forma repentina y la cola avanzó hacia John y ella. «La invisibilidad no es el peor de los estados», pensó Victoria.

La mayoría de los rostros le resultaban desconocidos, pero a otros los recordaba de los torpes días de su juventud. El intenso escrutinio al que la sometían al tiempo que expresaban sus condolencias amenazó con hundirla nuevamente en viejos sentimientos de inadecuación. Se había esforzado mucho por superarlos.

A pesar de que nadie parecía echar de menos a Ford, sentían una enorme curiosidad por cómo llevaba ella la pérdida. Vivien Boswell, que en los viejos tiempos solía murmurar: «¿Y qué número de zapatos calzas ahora, cariño?», en lugar de decir directamente: «Caray, ¡qué pies más grandes tienes!», lanzó una mirada a los elegantes Manolo Blahniks de Victoria un momento antes de preguntarle cuánto tiempo pensaba quedarse en Colorado Springs.

Roger Hamlin, que en una ocasión se había apresurado a consolar a Ford tras el lamento público de su padre de que no entendía cómo dos personas tan airosas como él y la madre de Victoria habían engendrado una hija tan desgarbada, le recordó el incidente y comentó jovialmente que Ford debía de estar complacido por que ella hubiera acabado rellenando el esqueleto. Su mirada se demoró en las piernas de Victoria varios segundos más de lo debido.

Tal vez como venganza, la señora de Roger Hamlin le informó con aspereza que haber tenido a Esme fuera del matrimonio le había roto el corazón a su padre. Después, le preguntó:

—Y ¿quién dijiste que era el padre de la niña, querida?

La anciana señora Beck se limitó a darle una palmadita lastimera en las manos y se inclinó hacia delante para susurrarle al oído:

—¡Dios mío! ¡Cómo se ha comportado DeeDee! ¿Qué piensas hacer al respecto?

Victoria respondió con los imperturbables modales que le habían inculcado desde la infancia y respondió a las groserías con educación y sin divulgar ningún dato concreto. Pero sintió un gran alivio cuando Pam Chilworth apareció delante de ella.

—Curiosa gente —murmuró su amiga—. Un día duro. ¿Te puedo ayudar en algo?

—No, pero bendita seas por ofrecerte.

—Si se te ocurre alguna cosa, dímelo.

—Lo haré —Victoria le dio un fiero abrazo—. Gracias.

Había pasado por alto la curiosidad de los demás acerca de John y se había limitado a presentarlo por su nombre de pila. Pero Pam le lanzó una mirada y, después, taladró a Victoria con otra que indicaba que le sonsacaría los detalles. Victoria elevó las comisuras de los labios al tiempo que asentía. Sabía que podía confiar a Pam sus secretos.

Todavía estaba sonriendo cuando otra persona le estrechó la mano, y se concentró de nuevo en su obligación. Pero cuando se volvió y vio quién se erguía ante ella, se quedó helada.

Pero solo un momento. Recobrando la compostura, forzó una sonrisa más impersonal y retiró la mano de entre las dos tersas que la constreñían para contemplar fríamente al hombre elegantemente vestido y escandalosamente apuesto que la saludaba. Como de costumbre, no tenía ni un solo pelo rubio fuera de lugar. Tiempo atrás, aquella habilidad de permanecer inalterado por los mismos elementos que a ella la afectaban tanto la había cautivado locamente.

Pero de eso hacía mucho tiempo. Lo saludó con una breve inclinación de cabeza.

—Miles.

—Victoria —mientras que la voz de ella había sido fría, la de él chorreaba intimidad, y lo vio levantar una mano perfectamente cuidada. Haciendo caso omiso del estremecimiento de rechazo de Victoria, Miles deslizó los dedos por su brazo desnudo con absurda familiar, desde la muñeca hasta el hombro–. Ha pasado demasiado tiempo.

Ah, no; Victoria lamentaba discrepar. No había sido suficiente. Pero antes de que pudiera decir nada que llegara a lamentar, John le rodeó la cintura con el brazo y la apretó con firmeza contra él. Su calor corporal, que le recorrió todo el costado izquierdo, fundió una parte de la vieja sensación de traición que la inundaba y se volvió hacia él levemente, sonriendo con agradecimiento al tiempo que lo miraba a los ojos negros e inexpresivos.

–John, este es Miles... –se volvió hacia el otro hombre–. Perdona, temo haber olvidado tu apellido.

El enojo llameó en los ojos del recién llegado, pero dijo con fluidez:

–Wentworth.

–Claro. Qué torpeza la mía. Miles Wentworth, permíteme presentarte a John Miglionni.

El hombre intentó mirar a John por encima del hombro, pero como los dos tenían la misma altura, no le salió bien. En cambio, preguntó con voz gélida:

–¿Y tu relación con Victoria es...?

–Soy su prometido –declaró John.

Victoria se sobresaltó, y lo miró boquiabierta. Pero él absorbió el leve movimiento contrayendo el brazo en torno a ella y camuflándolo como un abrazo al tiempo que inclinaba la cabeza para darle un rápido beso en los labios. Cuando John se apartó, su mirada contenía una advertencia para Victoria al tiempo que le retiraba la humedad residual del labio inferior tiernamente con el pulgar. A continuación, volvió a mirar a Miles.

–Perdona. No consigo contenerme con ella.

Miles sonrió sin humor y lanzó una mirada de desdén a la lustrosa coleta negra que caía por la espalda de Misil. Pero se limitó a despedirse de Victoria con una inclinación de cabeza antes de girar sobre sus talones y alejarse.

Tori olvidó rápidamente su existencia y se volvió hacia John. Fugazmente, le pareció ver una satisfacción infinita en la profundidad de sus ojos. Él le dirigió su sonrisa más cautivadora.

—Bueno, ha ido bastante bien, ¿no te parece?

—¿Te has vuelto loco? —Victoria le hundió el codo en el costado y se apartó de él—. ¿Prometido? —inquirió en un murmullo letal y gélido—. ¿Cómo diablos se te ha podido ocurrir? —tuvo que recurrir a todo su autocontrol para no hundirle el dedo con furia en el pecho.

—Oye, en realidad, es una idea excelente.

—¿En serio? —Victoria cruzó los brazos—. Deslúmbrame con tu razonamiento.

—Lo haré —le aseguró John con una sonrisa afable, y la sujetó por el codo cuando la siguiente persona de la cola se presentó delante de ellos—. Después.

La gente pasaba delante de ellos en una nebulosa, y mientras Victoria los trataba con cortesía automática, empezó a relajarse. «Muy bien, Misil ha dicho algo a toda prisa. Pero ha sido a una sola persona y, teniendo en cuenta quién es, no irá más allá. Podrás poner fin al loco plan que ha ideado Misil antes de que el rumor...»

—¿Prometidos?

«...tenga posibilidades de extenderse. Maldita sea». La palabra avanzaba más deprisa que una bala por la fila protocolaria de bienvenida, y a Victoria se le cayó el alma a los pies. Miró a John, horrorizada.

—Dios mío, ¿qué has hecho?

Su rostro, como de costumbre, no reflejaba nada, pero su voz sonó autoritaria cuando le ordenó:

—Sigue el juego. Tengo una buena razón para esto y estaré encantado de explicártela después.

¿Qué otra cosa podía hacer? Sin embargo, Victoria temía que, cuando él volviera a rodearle la cintura con el brazo, su sonrisa resultaría tan falsa como la sentía. Y cuando los presentes rompieron a aplaudir espontáneamente, lo único que pudo pensar fue: «Lo mataré».

Buscando fervientemente una tirita con la que curar la situación hasta encontrar un remedio más permanente, levantó una mano y esperó a que el aplauso y los murmullos se extinguieran.

—Por favor —empezó a decir con suavidad, pero John la interrumpió.

—Pensábamos mantenerlo en secreto por hoy —dijo con serenidad.

Conque estaba insinuando que había un secreto. Victoria podría haberlo abofeteado. Pero se obligó a seguir sonriendo y se contentó con levantar un tacón afilado y girar el pie un centímetro para dejarlo caer sobre el zapato de John. Dejó caer todo el peso de su cuerpo en esa pierna.

—Lo que quiere decir es que hoy es un día dedicado estrictamente a la memoria de mi padre. John y yo no queremos que nada interfiera en eso, ¿verdad? —inquirió, y lo miró a los ojos.

—Por supuesto —John le hundió la rodilla en la corva para desplazarle el pie con que le estaba haciendo un agujero en el zapato.

Sonriendo entre dientes, Victoria deslizó una mano hacia la que John le había puesto en la cadera y le hundió las uñas en la muñeca, justo por debajo del impecable puño blanco.

—Os lo ruego —dijo al público embelesado—. Haced como si no hubierais oído nada. Jamás me perdonaría, y John tampoco, si este día se centrara en nosotros —varias personas asintieron con aprobación y ella exhaló un pequeño suspiro de alivio.

Entonces, DeeDee dio un paso al frente, dando golpecitos con una cucharilla de plata en la delicada taza de porcelana que sostenía en la otra mano.

Maldición. DeeDee sabía perfectamente quién era John y allí estaba la ocasión perfecta para volver a ser el centro de atención, dejando a Victoria por estúpida, en el mejor de los casos, y en el peor, por mentirosa. Lanzó una mirada al rostro sereno de Misil. «Voy a rodearte el cuello con las manos y a apretar y apretar hasta que se te salgan tus bonitos ojos negros...».

—Victoria tiene razón —dijo DeeDee—. Este es el día de Ford. Pero, queridísimos amigos, dejadme ser la primera en invitaros al baile de compromiso de John y Victoria. Ya os pondré al corriente de todos los detalles.

Por segunda vez en un brevísimo espacio de tiempo, la conmoción recorrió la espalda de Victoria. Ignoraba por qué Dee-Dee se había dignado a seguirles la corriente, pero la razón no sería de su agrado, estaba segura. Tori sonrió débilmente a los presentes; después, miró a Misil con ojos límpidos.

–Eres hombre muerto –murmuró.

Observó con frustración cómo John se escabullía justo antes de que la fila de bienvenida se disolviera. Pero, comprendiendo la futilidad de que alguien respetara su deseo de dejar la curiosidad para otro día, Victoria tuvo que ocuparse de esquivar ávidas preguntas sobre John y ella para poder disfrutar imaginando el lento y doloroso desmembramiento de Misil. Solidarizándose con el zorro de una cacería, no tardaron en acosarla más allá del límite de lo tolerable.

Cuando se disculpó para ir al bufé, una excusa para darse un respiro, y pasó junto a un pequeño grupo, oyó a uno de los hombres murmurar:

–Esta es una de las fincas más extensas que quedan en la zona de Broadmoor. Me pregunto si los herederos la parcelarán ahora que el viejo cabrón ha estirado la pata. ¿No sería una ironía, teniendo en cuenta con qué rotundidad luchó Ford contra el boom inmobiliario?

Victoria miró hacia John, que estaba conversando en voz baja con Jim McMurphy en el rincón más próximo a las puertas de cristal. A pesar de su enojo, se propuso comunicarle aquel retazo de información. Recordaba la furia de su padre por el desarrollo inmobiliario que había tenido lugar en la comunidad, a causa del turismo, años atrás. A juzgar por lo infructuosos que habían sido los intentos de su padre de detenerlo, la conversación que había oído no significaba nada.

Sin embargo, no la descartaría sin más, pues también era posible que mereciera un análisis más profundo.

Capítulo 10

—Y eso que sugeriste que nos retiráramos a nuestros respectivos rincones, desde donde nos comportaríamos con amabilidad y profesionalidad.

John levantó la vista de las notas que había estado escribiendo y vio a Victoria entrando en su despacho. Aunque la puerta se cerró tras ella con un suave clic, logró dar la impresión de haber dado un portazo. A continuación, se detuvo junto a la mesa, con los brazos cruzados debajo del pecho, y le lanzó una mirada furibunda, con los ojos destellando con un verde más sincero de lo habitual y las mejillas sonrojadas. John cerró la pluma con un clic, se meció en el sillón y le dedicó toda su atención. Era evidente que la mujer estaba cabreada.

—Y vamos a mantener la profesionalidad –«de alguna manera».
—¿Fingiendo estar prometida?

La incredulidad de su voz, y el que prácticamente añadiera «¿contigo?», atacó una pequeña inseguridad secreta que él mismo detestaba reconocer que existía. John apartó el bolígrafo y el bloc de notas con las impresiones de las diversas personas que había conocido aquella tarde. Bajando los pies del escritorio, donde los tenía apoyados, se incorporó en la silla.

—No se te habrá ocurrido pensar que de verdad tenía una buena razón para sugerirlo.

—Desde luego. Eso fue lo primero que me vino a la cabeza. ¿Y sabes qué pensé? Que viste a otro perro mostrando interés por el hueso que solías encontrar atractivo.

Victoria tenía razón. Había visto al payaso de Wentworth deslizando los dedos por el brazo de Victoria y había reaccionado de forma primitiva y territorial, sin pensar.

—No hay ningún «solía». Sabes perfectamente que me está costando trabajo mantener las manos pegadas al cuerpo. Pero mi estilo no es marcar lo que considero mío —o, al menos, no lo había sido hasta que había conocido a Victoria. Jamás había comprendido esa clase de comportamiento y no le gustaba.

Pero, en lugar de confesárselo a Tori, se oyó preguntar:

—¿Qué diablos es ese idiota para ti, por cierto?

Ella se puso rígida.

—¿Qué te hace pensar que es algo para mí?

—Vamos... ¿«Temo haber olvidado tu apellido»? —la imitó con un falsete—. Dudo que hayas olvidado el nombre de nadie en la vida. Y, menos aún, el de un tipo que se comporta con tanta familiaridad contigo. Así que dime, ¿quién es?

Victoria lo miró de arriba abajo.

—¿A qué te referías cuando dijiste que tu padre era un borracho desagradable?

Como una bala errante, no vio llegar la pregunta y le dio en la diana... John tuvo que recurrir a toda su fuerza de voluntad para no exteriorizar la sacudida del impacto. La miró sin ni siquiera parpadear, pero el hielo le revistió el estómago al imaginar cómo lo miraría si alguna vez supiera qué clase de violencia había manchado su niñez.

—¿Qué diablos tiene que ver eso?

—Una cosa por otra, Miglionni. Crees que tienes todo el derecho del mundo a acceder a mi vida privada, pero te muestras muy reacio a revelar la tuya.

—Porque no hay nada interesante que revelar. Ahora, dime, ¿quieres que hablemos de negocios o no?

Debería haberlo complacido que el rostro de Victoria perdiera toda su animación y se volviera impersonal. Lo irritaba que lo molestara tanto.

—Por supuesto —corroboró con la misma cortesía distante que la había visto emplear toda la tarde—. Adelante. Puedes empezar explicándome cómo puede beneficiarle a mi hermano que te hagas pasar por mi prometido.

La fría formalidad de Victoria lo hizo ponerse en pie y señalar la silla del otro lado del escritorio.

–Ponte cómoda.

Lo hizo, con la espalda recta como la de una princesa, los talones cruzados con recato y las manos entrelazadas en el regazo. Durante un instante, John permaneció en pie, digiriendo en silencio el descubrimiento de que preferiría que Victoria le clavara las uñas en la muñeca o le intentara machacar el pie con el tacón a que lo mirara como lo estaba haciendo en aquellos momentos, como si fuera un presuntuoso matón callejero haciéndose pasar por un caballero. Después, encogiéndose de hombros, volvió a sentarse.

–Mira, si quieres que le presentemos otro sospechoso a la policía, tendré que acercarme a todos los tipos del club de campo que tenían contactos con tu padre.

–Eso dijiste. Y creo haber accedido a presentártelos.

–Sí, lo hiciste. Pero también recuerdo haberte mencionado que los detectives privados raras veces se implican en casos de asesinato, tanto porque los policías suelen ver con malos ojos su participación como porque no tienen autoridad para hacer hablar a la gente. ¿Por qué crees que alguien querría hablar conmigo, Tori? ¿Para satisfacer un deseo ardiente de verdad, justicia y estilo americano?

Al ver que Victoria abría la boca para replicar, se apresuró a proseguir.

–En cambio, como prometido tuyo, gozaré de una carta blanca que pocos se molestarían en cuestionar. La gente está menos en guardia en reuniones sociales, y podré aprovecharme de eso para desviar las conversaciones a mis averiguaciones y para hablar libremente con barmans y caddies.

–¿Insinúas que para hacer tu trabajo eres capaz de mentir?

–Sin pestañear, cariño. ¿Qué crees? ¿Que un criminal se pondría en pie y confesaría su crimen por mi cara bonita? Un detective ha de ser un buen actor.

Victoria lo miró como si la hubiera decepcionado terriblemente, pero no hizo ningún comentario mientras cruzaba las piernas.

–¿Y te has planteado lo que pensaría Esme si descubriera que, de pronto, su madre está prometida?

Mierda. A decir verdad, no lo había pensado. Maldición, querría hacer las cosas bien con esa niña. Nada le gustaría más... si supiera qué diablos significaba eso. ¿Debía profundizar en su relación con ella o mantener las distancias?

Debía de tener las dudas escritas en la cara, porque la mirada que le lanzó Tori fue de puro desagrado.

–Eres increíble, Miglionni. Incluso dejando a Es al margen de esto y, créeme, es muy poco probable, ¿qué te hace pensar que podrías hacerte pasar por mi prometido? Ese condenado club gira en torno al golf, al tenis y a la posición social. Y tú... –lo miró con ojo crítico, deteniendo la vista momentáneamente en su pelo–. Bueno, difícilmente eres el típico miembro de un club de campo, ¿no?

No era una pregunta, y John empujó la silla hacia atrás con un chirrido para ponerse en pie.

–¿Qué pasa? ¿Temes que me limpie los dientes con la navaja en el elegante comedor del club? –el enojo y un ápice de algo más que John no se atrevía a analizar se apoderaron de él–. ¿Sabes qué? Olvídalo. Correremos la voz de que no soy más que otro pretendiente rechazado que estaba pasándose de listo en la recepción de esta tarde y retomaremos el plan A. Como ya he conocido y hablado con varios miembros del club, sospecho que no funcionará, pero haré lo que pueda. Lo último que desearía sería avergonzarte delante de tus exquisitos amigos –echó a andar hacia la puerta, pero se detuvo con la mano en el pomo para mirarla–. Me di cuenta de que habías cambiado un poco desde los viejos tiempos –dijo con rotundidad, paseando la mirada por el caro traje de Tori antes de clavar la vista en sus sorprendidos ojos verdes, medio vuelta como estaba en la silla para observarlo–. Pero, cariño, jamás te habría tomado por una esnob.

Y, abriendo la puerta con ímpetu, salió del despacho para dirigirse en línea recta hacia la entrada principal.

–No soy una esnob –dijo Victoria a la habitación vacía.

Desenroscándose de la incómoda posición en la que había visto salir bruscamente a Misil, se recostó lentamente en la silla y se quedó mirando la librería de detrás del escritorio. Maldición, no era una esnob. John mismo había dicho hacía unos días que no era el típico miembro de un club de campo. Además, su comentario había sido, en realidad, un cumplido indirecto, puesto que no imaginaba a John preocupándose por las apariencias.

Pero una vocecita resopló en su interior, y Victoria enderezó un poco la espalda. De acuerdo, quizá no hubiera obrado con diplomacia. Pero no podía imaginar a John sabiendo lo más mínimo de golf... y los miembros masculinos del club de campo eran muy celosos de su juego. Además, siendo realistas, ¿qué podía tener en común con el círculo de socios del club un tipo con el tatuaje de una calavera y unos huesos cruzados en el antebrazo?

«¿Aparte de que es tan musculoso y se viste con la misma elegancia que cualquier miembro del club, quieres decir? ¿O que no lo has visto nunca quedarse sin palabras ni fuera de su elemento con nadie?». Le ardía el rostro.

Santo cielo. Sí que era una esnob.

Era increíble lo que una comida decente, una noche de descanso y una mañana dedicada a jugar con una niña aficionada a dar cálidos abrazos con olor a talco podían beneficiar a una mujer. Victoria no se sentía tan frenética como la noche anterior y sonrió para sí mientras bajaba a almorzar. Rebecca acababa de llegar y había dejado a las dos niñas al cuidado de Helen en la sala de estar. Tomarían pizza y pasarían la tarde jugando a las muñecas. Mientras, Victoria hablaría con John y con DeeDee para poner fin a aquella estupidez del compromiso antes de que se les fuera de las manos.

Solo que, en aquella ocasión, pretendía mantener la conversación cortés. Sin enfrentamientos. Impersonal.

Las dos personas que buscaba habían llegado al comedor antes que ella y ambos levantaron la vista de la mesa cuando entró. John tenía puesta su cara neutral, pero DeeDee le dirigió una enorme sonrisa.

—Aquí está la futura novia —dijo con un afecto y placer tan intensos que Victoria se detuvo de camino a la mesa.

Pero solo un momento. Cruzando la habitación, sacó la silla contigua a la de John y tomó asiento. Terriblemente recelosa de la repentina amabilidad de DeeDee, se dirigió a ella.

—Sobre eso...

—Sí, ¿qué me dices de eso? —DeeDee señaló a John con la mano—. Este hombretón trabaja rápido. Claro que vi la química que había entre vosotros desde el primer día —añadió con un ápice de satisfacción que podía ser el resultado de haber estado en lo cierto. Por si ese era el caso, Victoria se inclinó hacia delante y dijo con fervor:

—Oye, sobre el compromiso que anunciamos ayer...

—Si vas a disculparte por la falta de formalidad, no te preocupes. Eso ya lo he resuelto —dirigió una sonrisa irónica a la pareja—. John no es el único que sabe moverse deprisa.

A Victoria se le cayó el alma a los pies. Por el rabillo del ojo, vio que John abandonaba poco a poco su postura indolente y, sin pensar, alargó el brazo para darle la mano.

—¿Qué quieres decir?

—Una de las cosas que más me gustaba de vivir con Ford era que conocía a todos los peces gordos. No sé si te acordarás, pero ayer estuvo aquí el redactor de la *Gazette*. Bueno, ¿de qué sirve conocer a todos los poderosos del Estado si no puedes suplicarles un favorcillo de nada? Así que hablé con Henry en un aparte y ¡mira! —sacudió el periódico, que estaba doblado por la sección de sociedad—. ¡Tachán! ¿No te gusta lo rápido que se puede conseguir algo cuando conoces a las personas apropiadas?

Victoria se inclinó hacia delante para leer el periódico que

DeeDee le pasó por encima de la mesa. Se quedó helada al leer las palabras.

«Ay... Dios... mío».

Allí estaba, en blanco y negro. Se le había resecado la boca y el corazón empezó a darle sacudidas en el pecho mientras leía en voz alta:

–«Victoria Evans Hamilton contraerá matrimonio con John Miglionni el segundo sábado de octubre...» –levantó la cabeza para mirar a su madrastra con incredulidad–. ¿Les diste una fecha?

–No tuve más remedio. Henry dijo que la política de la *Gazette* era de no publicar el compromiso hasta seis semanas antes de la boda. Pero no tenéis por qué casaros ese día. Querréis entregar una fotografía vuestra para el anuncio formal, así que podréis confirmar la fecha entonces. O podemos anunciarla en el baile del compromiso. Esto no son más que los datos desnudos, como un pequeño anuncio prematrimonial. Hablando de prematrimonial... –se volvió hacia John con un luminoso interés en los ojos–. ¿Va a hacerte firmar un contrato?

–¿Qué baile de compromiso? –inquirió Victoria con voz tan aguda que se sorprendió de que no estallaran las copas de vino de la mesa.

–¿Cuál va a ser?, el que prometí ayer a todo el mundo –DeeDee recogió una carpeta que había dejado apoyada contra la silla y apartó la porcelana y la cubertería para apoyarla en la mesa. Abriéndola, sorteó un millar de notas antes de mirar a Victoria–. Como la fecha del enlace que le di a Henry es para dentro de seis semanas, pensé que debía organizar la fiesta de inmediato. ¿Qué tal os suena el próximo domingo?

–Desafinado –murmuró John, al tiempo que Victoria le espetaba:

–¿Te has vuelto loca?

–Lo sé, lo sé –DeeDee asintió, comprensiva–. Un domingo no es la noche más chic para un baile, y los mejores lugares están reservados con meses de antelación. Por no hablar de que no todo el mundo podrá asistir con tan poca antelación. Pero, a veces, el destino ayuda, ¿sabéis? El club estaba reservado, por supuesto, pero en el Broadmoor habían tenido una anulación en uno de los salones de baile. Así que lo he reservado. También he llamado a la flor y nata de la sociedad y ¿sabéis qué? –se inclinó hacia delante, mostrando fugazmente el escote–. ¡Todos dijeron que estarían encantados de venir! ¿No es estupendo?

Olvidando todos los buenos modales que le habían inculcado, Victoria se abalanzó hacia delante. Pero John frustró su deseo de encaramarse a la mesa y estrangular a DeeDee pasándole el brazo por los hombros y reteniéndola a su lado.

–Sí, es genial –corroboró con fluidez, aunque tenía la mirada fría y vigilante–. Pero antes de decidirnos, Tori y yo tenemos que hablar.

DeeDee pestañeó.

–Pero ¡hay cientos de detalles que aclarar!

Una sensación de fatalismo se adueñaba de Victoria al pensar en los conocidos de su padre. ¿Qué colaboración obtendría John de ellos si daban marcha atrás y reconocían, no solo que el compromiso era una farsa sino que Misil era un detective privado contratado por ella?

Ninguna. Inclinó la cabeza hacia atrás y se quedó mirando a John mientras este se ponía en pie.

–¿Sigues queriendo hacer esto?

Él se quedó inmóvil, con la mano en el respaldo de la silla de Victoria. Después, asintió.

–Por supuesto.

–¿Por las mismas razones que me dijiste antes?

–Sí.

Victoria vaciló cinco segundos, diez. Por fin, exhaló un largo suspiro.

–Entonces, de acuerdo –miró a DeeDee–. Pero no me agrada lo que has hecho. Ha sido una presunción por tu parte. No te corresponde a ti...

–Planear una fiesta cuando no tengo dinero para costearla –concluyó DeeDee, y asintió–. Lo sé.

Victoria se la quedó mirando. Ni siquiera había analizado

ese aspecto del problema. Hasta hacía muy poco, DeeDee había podido organizar tantas fiestas como se le antojaran. Ya no podía hacerlo.

–Aun así –prosiguió la mujer–, debes reconocer que esta casa ha sido como una tumba, y perdona la expresión, desde que murió Ford.

–¡Si no han pasado ni tres semanas!

–Cierto, pero es la excusa perfecta para un baile. Además, no debería haber compromiso sin celebración.

–Quizá no, pero a mí me hubiera gustado una fiesta más íntima.

DeeDee exhaló un suspiro de contrariedad.

–Dios, ¡qué aburrida eres!

–Sí, lo soy. También soy una persona ocupada. No tengo tiempo, ni ganas, de organizar los mil detalles de una fiesta.

–Por supuesto que no –cruzando los brazos sobre la mesa delante de ella, DeeDee se inclinó tanto hacia delante que levantó su abundante busto hasta las clavículas–. A mí, por el contrario, me sobra tiempo. Déjame que lo haga yo. No tendrás que hacer nada más que presentarte el próximo domingo con el traje apropiado. Yo me ocuparé del resto.

Victoria no estaba dispuesta a ser complaciente. DeeDee los había acorralado a John y a ella y no estaba del todo convencida de que fuera por la oportunidad de organizar una fiesta. Lo último que le apetecía era recompensar a la mujer por sus maquinaciones. Y, desde luego, no quería malgastar su tiempo organizando una fiesta de compromiso falsa, así que inspiró para serenarse y miró a DeeDee.

–Está bien –dijo con rigidez–. Gracias. Eres muy amable.

«Y que Dios no me condene por mentir».

Capítulo 11

Fue un momento de *déjà vu* cuando, horas más tarde aquella noche, un sexto sentido hizo que John levantara la vista del escritorio y viera a Victoria en el umbral. O lo más parecido a un *déjà vu*, concluyó con ironía al ver que ella no daba un portazo con un simple clic. De hecho, en aquella ocasión, ni siquiera cerró la puerta. Se asomó al despacho y dijo con autoridad:

–Sígueme.

–¿Adónde? –preguntó John, pero se puso en pie sin esperar una respuesta.

Por suerte para él, porque Victoria giró sobre sus talones y echó a andar con grandes zancadas por el pasillo. Guardándose las manos en los bolsillos de los pantalones, la siguió tratando de no fijarse en el atractivo contoneo de sus caderas y en la redondez de su trasero.

Sin mucho éxito.

–¿Adónde has dicho que vamos? –preguntó unos momentos después, cuando llegaron a lo alto de la escalera y echaron a andar por el pasillo del segundo piso–. Supongo que es mucho pedir que me estés llevando a tu habitación para rasgar las sábanas con un sexo candente y sudoroso.

–En realidad, puede que este sea tu día de suerte –volvió la cabeza para mirarlo con serenidad–. Al menos, vas a conseguir la primera parte de tu deseo.

–¿Ah, sí? –intrigado, la alcanzó–. ¿Vamos a tu habitación?

–Habitaciones.

—Pero no para acostarte conmigo, ¿eh?

—¿Cómo decís en el ejército? ¿Afirmativo? En efecto, nada de sexo.

John sabía que debía dejar las cosas como estaban, pero se sintió hostigado por un pequeño diablo y le rodeó la cintura con el brazo, la apretó contra el costado y acercó la cabeza a la de ella.

—No hace falta que seas anticuada, cariño —inspiró hondo. Dios, olía bien.

—Sí, eso da por hecho todo el mundo. Lo cual nos lleva a la razón por la que estamos aquí —desasiéndose, se detuvo delante de una puerta cerrada y se volvió hacia él.

Algo en su semblante le quitó el deseo de bromear con ella.

—¿Tori?

—Ahora es cuando abordamos la divertida tarea de explicarle a Esme nuestro supuesto compromiso.

John no podía creer que le estuviera entrando el pánico con aquella frase. Él, que disfrutaba con las subidas de adrenalina, no sabía qué hacer con la que estaba inundando su organismo en aquellos instantes. Sintió un sudor frío.

—¿Por qué diablos me has dejado perder el tiempo cuando podríamos haber planeado lo que íbamos a decirle de camino aquí?

Victoria emitió un gruñido despectivo.

—Esto no es fusión nuclear, John. Vamos a contarle la verdad —alargó la mano hacia el pomo. John sacó la suya para detenerla.

—¿Te has vuelto loca?

—Depende de cómo definas la palabra, supongo. Soy madre... alguien diría que es sinónimo de locura —después, el destello de humor irónico desapareció de sus ojos—. Has hablado mucho de que querías conocer a tu hija —dijo en voz baja e intensa—. Bueno, esta es tu oportunidad. Pero no vamos a mentirle, Miglionni.

—¡Tiene cinco años! ¡Echará a perder la farsa!

—¿Eso crees? —Victoria elevó la barbilla con obstinación—. ¿Y cuál es la alternativa? ¿Crees que dejarla que se encariñe contigo y pensar que por fin va a tener un padre es una mejoría? Podría ser genial para tus intenciones, pero ¿qué pasará con Es cuando tú hagas las maletas y vuelvas a Denver? –Tori estaba fiera como una madre osa interponiéndose entre su osezno y una posible amenaza. La mirada que le lanzó era de protectora indignación–. No vas a romperle el corazón a mi hija por el bien de un papel que te has empeñado en interpretar.

Era otro en la larga sucesión de golpes en el orgullo que había recibido John desde que había llamado a su puerta, y replicó mirándola de arriba abajo.

–¿Crees que me muero por fingir esto para disfrutar de tu compañía? No te halagues, cielo. Ese papel, como tú lo llamas, podría salvarle el trasero a tu hermano.

–¡Pues hasta ahora, lumbrera, ni siquiera has encontrado el trasero de mi hermano!

Vio la llamarada en sus ojos y, durante una fracción de segundo, avistó el ultraje y la furia que Tori había estado conteniendo desde que había accedido a fingir el compromiso. Se recompuso de inmediato y volvió a mirarlo con la estudiada cortesía que lo sacaba de sus casillas.

–Aunque me duela reconocerlo, si me veo obligada a elegir entre proteger a Jared o a Esme, escogeré a Es –después, se irguió cuan larga era y lo miró fijamente–. Así que, en marcha. Vamos a entrar ahí a contarle a Esme lo que pasa antes de que se entere por otra persona y se haga ilusiones. ¿Entendido?

John lo entendía, pero descubrió que prefería enfrentarse con una célula secreta de terroristas armados hasta los dientes que con una niña pequeña cuya arma más temible eran sus genes. Aun así, asintió con brusquedad y, en aquella ocasión, cuando siguió a Victoria por la puerta, estaba absorto y tenso para mirarle el trasero. Tuvo una rápida impresión de una sala de estar decorada con la misma elegancia gélida del resto de la mansión. Pero allí, la perfección apenas habitada se rompía con la presencia de libros y revistas desperdigados por el sofá y la mesa de centro, un par de sandalias multicolores dejadas en un rincón y unas minúsculas gafas de sol con montura de falsa pedrería que colgaban de la pantalla de la lámpara de la mesa auxiliar.

Apenas había reparado en el cálido desorden hogareño cuando la suave voz de Victoria llamando a su hija lo hizo volver al presente. Oyó el sonido de la cisterna del retrete y la voz de Esme diciendo que ya iba.

No podía creer que el corazón le estuviera latiendo con tanto desenfreno. Él era un ex marine, por el amor de Dios, y Esme, una cría. Sin embargo, todavía estaba intentando tranquilizarse cuando la puerta que separaba el dormitorio de la sala de estar se abrió de par en par. Esme salió corriendo, todavía ajustándose un costado de su pequeño pijama azul con motivos.

—Hola, mamá... ¡Hola, señor John! —desvió la trayectoria fijada hacia su madre para acercarse en línea recta hacia él.

Maldición, era como las demás veces que había entrado en su esfera. La niña era un imán que atraía su fascinación a pesar de sus reservas y su intención férrea de mantener las distancias.

—Hola, Esme —la vio detenerse con brusquedad delante de él y, como si su mano poseyera vida propia, la alargó para tocarle el pelo. El placer estalló en su cuerpo porque, aunque la masa ondulada estaba casi electrizada, era increíblemente suave—. ¿Qué tal estás?

—¡Bien! ¿Y tú? ¿Has venido a leerme un cuento antes de dormir?

—Eh... —miró con impotencia a Tori.

—No, cielo —dijo ella con sobriedad—. Siéntate. John y yo tenemos algo importante que decirte.

—Oh, oh —perdiendo un poco la sonrisa, la niña le dio la mano y tiró de él hacia el sofá tapizado en seda. John dejó que lo arrastrara a través de la habitación, pero observó a su hija con curiosidad—. ¿Por qué oh, oh?

—Mamá siempre dice «tengo algo importante que decirte» y «siéntate» cuando es serio.

Esme soltó la mano de John para subir al sofá.

—Y tienes razón, cielo —corroboró Victoria, sentándose en el borde de la silla situada frente al sofá—. Es serio. Pero no es nada malo. ¿Recuerdas por qué vino John a casa?

—Sí —pero la niña no parecía muy segura.

—¿Te acuerdas del primer día, cuando bajaste a saludarlo porque la niñera te dijo que era...?

Esme tamborileó con los talones sobre el sofá un momento. Después, se le iluminó la cara.

—¡Un detective! Va a traer al tío Jared a casa —y, temblando de placer, se volvió hacia él, le hundió el pequeño hombro en el costado e inclinó la cabeza hacia atrás para dirigirle una sonrisa cegadora de «¿No crees que soy brillante?»

Tomándolo por sorpresa, a John se le contrajo el corazón con tanta fuerza que le dolió literalmente.

—Eso es —dijo Victoria—. Y para que John pueda hablar con gente que lo ayude, él y yo vamos a jugar a fingir lo que no somos.

Esme dejó de darse golpecitos en los talones y se puso alerta como un perro de caza tras un ave caída.

—¿Ah, sí? —se enderezó y se concentró en su madre—. Ese juego me gusta.

—Lo sé, cielo. Por desgracia, a mí no se me da tan bien como a ti. Pero queremos ayudar a Jared, así que haré lo que pueda —inspirando hondo, exhaló el aire despacio—. Desde esta noche, John y yo vamos a fingir que estamos prometidos.

—Estupendo —Esme asintió, complacida—. ¿Qué es «prometidos»?

John rio y Victoria le explicó:

—Es cuando un hombre y una mujer deciden casarse.

Esme se quedó inmóvil, lanzó una mirada a John y se quedó mirando a su madre frunciendo sus delicadas cejas.

—¿Como la mamá y el papá de Rebecca?

—Sí, así. Salvo que ellos están realmente casados y esto es solo de mentira. Pero no puedes decirle a nadie que no es real.

—Menos a Rebecca.

—No, cielo, ni siquiera a ella.

—¡Pero es mi mejor amiga!

—Lo sé. Pero si se le olvidara y se lo contara a alguien, y esa persona se lo contara a otra, todo el mundo acabaría sabiendo que es de mentira y John no podría hablar con las personas que necesita hablar —Tori se acercó al borde mismo del asiento.

Alargando el brazo, tomó el enorme dedo gordo de Esme y lo movió con suavidad antes de rodearle el empeine con la mano–. Sé que cuesta guardar secretos, cariño, pero no será por mucho tiempo. Si necesitas hablar con alguien de esto y yo no estoy contigo, la niñera Helen sabe la verdad. Y dudo que la cocinera y Mary se traguen nuestra historia –vaciló un momento–. Pero no le digas nada de esto a DeeDee, ¿de acuerdo?

–DeeDee es tonta –masculló.

Para sorpresa de John, Victoria dijo:

–No lo es, cariño. Sencillamente, no sabe cómo hablar con niñas pequeñas.

Esme miró a su madre un momento, movió el pie desnudo hacia delante y hacia atrás, y volvió a mirar fijamente a Victoria. A John le pareció que el silencio se estaba alargando indefinidamente cuando la oyó decir:

–¿Puedo seguir metiéndome en la cama contigo algunas veces?

–¡Por supuesto, cariño! ¿Por qué dices eso?

–¿No estará el señor John durmiendo en tu cama?

Soltando el piececito de la niña, Victoria volvió a enderezarse en la silla.

–No –respondió con voz neutral–. No lo hará. ¿Por qué lo dices?

Esme se encogió de hombros.

–El papá de Rebecca duerme en la cama de su mamá.

–Sí, pero esto es solo de mentira, cielo, ¿recuerdas?

–Sí.

–Y no vamos a fingir que estamos casados, solo que vamos a casarnos. ¿Entiendes? –la pequeña asintió con incertidumbre–. Como cuando el príncipe le dio a Cenicienta el zapato –añadió Victoria.

–«Tá bien».

Pero John vio la pequeña uve de confusión en la frente de Esme y dudó que lo comprendiera realmente. Ante sus ojos flotaron imágenes de la farsa de por sí frágil derrumbándose alrededor como un castillo de naipes, y empezó a exprimirse el cerebro para idear la manera de controlar la situación. «Vamos, genio, ya conoces a las mujeres». Aunque Esme fuera más diminuta que las mujeres con las que solía tratar, seguía siendo del sexo opuesto. Y el truco con ellas era averiguar lo que querían y dárselo. Se volvió hacia la niña.

—¿Tú también quieres jugar? —pasando por alto el movimiento de protesta de Victoria, vio que a Esme se le iluminaban los ojos y supo que había dado en el blanco—. ¿Sabes qué ayudaría a que la gente se creyera nuestro compromiso de mentira? —sintiéndose de repente el centro de la atención de la niña, tuvo que contener el impulso de moverse con incomodidad—. El que dejaras de llamarme señor y me llamaras John a secas.

—¡Puedo hacerlo! —entusiasmada con la idea, le sonrió—. Haré como si fueras a ser mi papá.

—Siempre que recuerdes que es de mentira, Esme —dijo Victoria con firmeza.

John tuvo que reprimir un brote de irritación. ¿Cuántas veces pretendía repetir aquella cantinela? ¡Ya lo habían entendido!

Hasta Esme parecía un poco menos entusiasmada con su madre de lo acostumbrado.

—Y así ahora podré decirle a Rebecca que va a ser mi papá —miró fijamente a Victoria, con desafío, y se adelantó a ella—. Pero no mi padre de mentira.

Tori puso cara de angustia un instante, pero exhaló un suave suspiro.

—Sí, supongo que puedes. Venga, vamos, es hora de que te metas en la cama. Dale las buenas noches a John y te arroparé.

—Él también puede venir —dijo Esme—. Porque a partir de ahora vamos a jugar a ser mamá, papá y yo. Tú lo has dicho.

John vio su propia tendencia a explorar todos los ángulos en esos ojos de cinco años y sintió un terror agudo. Vio cómo Esme saltaba del sofá y se volvía para darle su suave manita.

—Ven —le ordenó, con la misma autoridad que su madre—. Podrás leerme un cuento de buenas noches cuando mamá me arrope.

Capítulo 12

Era sábado por la tarde, y unas nubes oscuras y densas empezaban a cubrir el cielo de Denver mientras Jared y P.J. buscaban un lugar donde pasar la noche. Cuando llegaron a la alambrada que circundaba la obra que habían visto horas antes, el cielo se había teñido de un negro prematuro.

–Espero que no haya tormenta –masculló P.J. mientras trepaban por la alambrada. Pasando una pierna por encima, miró al cielo con el ceño fruncido–. Odio los relámpagos.

–¿Ah, sí? –Jared le lanzó una mirada fugaz mientras iniciaba el descenso por el otro lado–. Para mí son algo asombroso.

–Está bien, quizá no sean los relámpagos lo que detesto tanto como los...

Un relámpago blanco azulado restalló en el cielo, lanzando lenguas de puro acero hacia las Rocosas. P.J. chilló.

–Calla –siseó Jared, contrariado por su reacción infantil–. ¿Quieres no hacer ruido? Si hay un guardia de seguridad, no conviene alertarlo.

–Usted perdone –le espetó con fiereza–. Pero lo retiro... Sí que odio los relámpagos –aferrándose a la alambrada, se volvió hacia él y vio cómo saltaba al suelo–. Pero ni la mitad de lo que odio los...

Resonó el trueno, y P.J. cayó dando tumbos al suelo. Jared se abalanzó para atraparla, pero llegó con un segundo de retraso. Lo único que podía hacer era extender la mano para levantarla.

–¿Estás bien?

–¡Dandi de mierda! –le espetó, y se desasió. El aire silbaba en el pecho de P.J., que se esforzaba por recuperar el resuello. Cuando Jared alargó la mano para sostenerla, ella tomó suficiente aire para hablar–. ¡Quítame las manos de encima! –dijo, y se las retiró–. ¡Apártate!

–Eh, como quieras –Jared giró sobre los talones y entró en el interior del edificio a medio construir. El cartel que habían leído antes decía que daría cabida a apartamentos y a locales comerciales en la planta baja. A Jared le importaba un comino. Lo único que deseaba era encontrar un refugio seguro para la noche.

Refugio seco, se corrigió un segundo después, cuando los cielos se abrieron de improviso. La lluvia cayó con tanta furia y rapidez que la tierra removida que rodeaba el edificio se convirtió en un lodazal. Al mirar por un agujero destinado a ventana, se le hizo un nudo en el estómago. Todavía no hacía realmente frío y la humedad que impregnaba el aire y los suelos de cemento y las paredes calaba los huesos. ¿Cómo sería en otoño? O, peor aún, ¿en el duro invierno de Colorado?

P.J. entró un momento después, una sombra minúscula e indiferenciable que profería una retahíla de maldiciones que acabó en:

–¡Qué noche más estúpida, joder!

Otro relámpago iluminó la zona que Jared había escogido para ellos y, abrazándose, P.J. miró alrededor. Después, elevando su barbilla afilada hacia el techo, se dirigió con grandes zancadas al otro lado de la habitación en el que Jared había soltado su mochila.

Jared tenía hambre, frío y ya no le quedaba más que un dólar. También echaba tanto de menos su casa que quería morir. Para lo que no tenía ánimos era para aplacar la rabieta de una niña de trece años.

–¿Se puede saber qué problema tienes?

–No tengo ningún problema, chaval.

–¿Aparte de tu riqueza de vocabulario, quieres decir? Entonces, ¿por qué te comportas como si tuvieras un abejorro en el trasero?

—¡Yo no me comporto así! —chilló, y la indignación le puso la voz más ronca que de costumbre—. Ya te lo he dicho. Odio este tiempo. Apesta.

—Sí —corroboró Jared, que recogió la mochila y cruzó la habitación para reunirse con ella—. Pero míralo por el lado bueno. Al menos, estamos secos. Y tenemos todo este sitio para nosotros. ¿Con qué frecuencia hemos podido decir eso últimamente?

Volvió a retumbar un trueno, aunque Jared no había visto el relámpago que solía precederlo. Sintiendo que P.J. se estremecía, la rodeó con el brazo.

Ella se puso rígida de inmediato.

—¡No necesito una niñera!

—Me alegro, porque no estoy de humor para serlo. Dios, ¿no podrías dejar de comportarte como una princesa insufrible durante cinco malditos minutos? La temperatura ha debido de bajar diez grados desde que estamos aquí. ¿No se te ha ocurrido pensar que quizá quiera un poco de calor corporal?

—Ah —dijo P.J. con una vocecita, y dejó de oponerse—. Está bien.

Jared casi sonrió. Dios, qué independiente era. Y terca como una mula. Era una de las cosas que más le gustaban de P.J. pero que más lo sacaban de quicio.

Permanecieron sentados en la oscuridad un rato, sin nada más que el repiqueteo de la lluvia en el tejado rompiendo el silencio. A Jared no lo sorprendió descubrir que el calor y el contacto de P.J. en el costado lo consolaban. Lo que lo asombró fue el estremecimiento de excitación sexual que lo recorrió y, retirando el brazo, se apartó unos cuantos centímetros de ella.

Intentaba no sentirse culpable por los pensamientos que habían cruzado su mente más deprisa que los relámpagos de aquella noche. Diablos, seguramente, se debían al sencillo hecho de que era mujer... por no hablar de que estaba oscuro y de que estaban sentados muy juntos. Habría tenido la misma reacción en compañía de cualquier chica. Aun así, lo molestaba haber sentido una picazón por P.J., precisamente, porque era demasiado joven para él... y delgada, plana, insolente... Más parecida a una hermana que al tipo de chica con que saldría.

Pero era la mejor amiga que había tenido en la vida, y cuando un relámpago volvió a iluminar la habitación y avistó las lágrimas que dejaban rastros plateados en las mejillas de P.J., se sintió como si le hubieran dado una patada en el pecho.

–Oyeee... –dijo con suavidad, y volvió a acercarse sin llegar a tocarla–. ¿Cómo es que estás llorando?

La habitación estaba otra vez completamente a oscuras, pero Jared oyó sus rápidos movimientos y supo, aun sin luz, que P.J. estaba adoptando la pose beligerante que empleaba automáticamente cuando alguien se atrevía a sugerir que no era una supermujer.

–¿Qué es eso de que estoy llorando? ¿Cómo se te ha ocurrido esa estupidez?

Al cuerno con todo.

–Por esto –salvando la distancia que los separaba, volvió a rodearla con el brazo y alargó la mano que tenía libre para retirarle el reguero continuo de lágrimas con las yemas de los dedos–. Vamos, P.J. No llores.

–Bueno, ¿y qué si he echado un par de lágrimas? –le apartó la mano–. ¿A ti qué te importa? Vas a dejarme, como todo el mundo.

–¿Qué dices? –intentó verla en la oscuridad, pero era casi imposible–. ¿De dónde sacas esa idea?

–Ya sabes.

–Joder, si lo supiera, no te lo estaría preguntando.

–Crees que soy estúpida porque tengo miedo de... de los truenos –se le quebró la voz con la última palabra y, sin duda, para encubrir cualquier signo de debilidad, le hundió el dedo en el costado.

–¡Ay! ¡No hagas eso! –Jared le atrapó el dedo con el puño–. Tener miedo de los truenos es una estupidez. Diablos, no es más que ruido –pero advirtiendo que a P.J. le temblaban los hombros con sollozos silenciosos, le soltó el dedo y la ciñó con más fuerza. Por tonto que le pareciera ese temor en particular, seguía deseando tener el poder de controlar el tiempo para que ella no tuviera miedo.

–Sí, bueno, eres un mal amigo. Te fuiste y me dejaste cuando me caí de la alambrada.

–¿Te has vuelto loca? ¡No querías que te ayudara! –pero eso había sido porque se había sentido avergonzada, comprendió Jared de repente, y su indignación remitió.

Como si le estuviera leyendo el pensamiento e interpretándolo como lástima, P.J. se puso rígida, inspiró hondo y, llevándose los nudillos a los párpados, exclamó:

–¡Mentira! Dejé que me levantaras, ¿no? Y dejé que me pusieras tu apestoso brazo alrededor del cuerpo cuando tenías frío. Claro que te has dado prisa por retirarlo. Pero, oye, no pasa nada. No necesito verlo escrito en la pared para saber que te estás cansado de mí y que quieres irte. Y no solo dos pasos más allá.

–Los dos sabemos... ¡Y un cuerno! No tengo ni idea de qué me hablas. Dios, ¡estás balbuciendo!

–Yo no balbuceo, estúpido, estirado hijo de....

–Entonces, no seas idiota. Me aparté porque entré demasiado en calor –ni siquiera quería explicarle ese momento de locura si ella no lo había descubierto por sí misma–. Oye, no llores, ¿quieres? –le ordenó con brusquedad–. No pienso ir a ninguna parte sin ti. Dios, Pej, eres lo único que me ha mantenido cuerdo desde que llegué a esta asquerosa ciudad.

P.J. levantó la cabeza junto a su pecho e, incluso en la oscuridad, Jared pudo sentir su mirada.

–¿Ah, sí? –preguntó con una vocecita insegura.

–Ya lo creo –le dio un apretón y sintió más alivio del que el momento parecía justificar cuando ella le devolvió el apretón con otro diminuto. Después, notó que le restregaba la cara contra su pecho–. Eh, tú. ¡No te limpies los mocos en mi camisa!

Se le escapó una risita lacrimosa.

–Perdona. No tengo Kleenex.

—En la mochila llevo ese rollo de papel higiénico que robé en Wolfgang Puck's –acercó la mochila y hurgó con una sola mano hasta que encontró el papel–. Toma.

Ella se incorporó y desenrolló varios cuadrados de papel, los arrancó y le devolvió el rollo. Mientras se sonaba, Jared volvió a guardarlo en la mochila. Cuando se sentó otra vez contra la pared, P.J. reclamó de inmediato su posición y se acurrucó junto a él. Jared volvió a rodearla con el brazo e intentó hacer caso omiso de los rugidos de su estómago.

—Bueno, ¿qué quieres hacer mañana?

—¿Qué es, domingo?

—Sí.

—Bueno, Por Los Jóvenes estará en Skyline. Nos darán algo de comer.

La idea de comer hizo que se le llenara la boca de agua.

—Eso es por la tarde, ¿no?

—Sí –bostezó P.J.–. Quizá también nos den pasta de dientes.

—Eso estaría bien. Salvo que... –vaciló un momento antes de preguntar–. ¿Cómo estás de dinero?

Su temor a conocer la respuesta se confirmó cuando P.J. respondió.

—Casi a cero.

—Mierda. Yo también –Jared exhaló un suspiro–. Bueno, qué diablos. Al menos estamos secos. Ya se nos ocurrirá algo para arañar unas monedas.

Capítulo 13

Un cuarteto de jazz tocaba suavemente en un extremo del salón de baile en el que se erguían John y Victoria, pero la mujer envuelta en diamantes no tuvo problema en hacerse oír cuando se inclinó hacia delante para echar un vistazo a la mano desnuda de Victoria.

–¿Por qué no llevas anillo de compromiso, querida?

En cuanto John comprendió que la respuesta de Victoria no iba a ir más allá de una mirada de conmoción, le rodeó la cintura con el brazo.

–No quería anillo, señora –dijo–. Hemos pensado en pasar directamente a la alianza –deslizó el pulgar por el costado de Victoria mientras lanzaba a la mujer su sonrisa más encantadora y confidencial–. Tori quiere algo sencillo, pero a mí me gustaría verla con algo brillante... algo que cualquier idiota pueda ver a kilómetros y saber que está comprometida. Quiero convencerla para que luzca una de esas sortijas de tres diamantes.

La mujer lo miró con fascinación y, a pesar de estar acostumbrado a salirse con la suya con las mujeres, su intenso interés le produjo un momento de incomodidad. Después, la mujer pestañeó.

–Una elección excelente –arrancando la mirada de él, observó a Victoria–. Harías bien en hacerle caso, querida. Una nunca se equivoca con diamantes –tras lanzar una última mirada especulativa a John, se disculpó y echó a andar tras un camarero que repartía copas de champán.

Se hizo el silencio entre John y Victoria, interrumpido únicamente por la música y la cháchara desenfadada de los invitados que se habían reunido para celebrar su compromiso. Plantándose una sonrisa, levantó la barbilla de Tori con suavidad con el dedo y la miró a los ojos. Daba la impresión de ser el prometido embelesado, pero su voz era cualquier cosa menos enamorada cuando murmuró:

—Tendrás que hacerlo mucho mejor si esperas que alguien crea que vamos a casarnos.

Para sorpresa de John, ella asintió.

—Lo sé. Lo siento. Me tomó por sorpresa, y no se me dan bien las improvisaciones —se le escapó una carcajada desvirtuada—. Diablos, ¿a quién quiero engañar? No tengo madera de actriz... no tengo la habilidad que tenéis Esme y tú.

La sonrisa de John se tornó genuina al pensar en su hija. Dios, esa niña. Los ratos que había pasado con ella aquella semana le habían recordado las misiones de reconocimiento de sus días de marine: el aluvión de adrenalina, la incomprensible mezcla de terror y felicidad al colocarse ante el peligro. En alguna ocasión, había puesto en duda sus reservas para ser un padre de verdad, pero ¿quién sabía? Diablos, quizá no fuera un padre tan desastroso como su viejo. Esme parecía disfrutar de su compañía.

Claro que podía deberse a que eran tal para cual. Porque John estaba descubriendo que su hija se semejaba a él en muchos sentidos. Y cada vez que espiaba una de sus cualidades en la niña, incluso esas no tan dignas de orgullo como su afición por lo clandestino o la forma en que manipulaba una situación para su propio beneficio, le arrancaba una mezcla más de pánico y orgullo. En aquel preciso momento, sin embargo, lo único que podía sentir era el orgullo, y sonrió a Victoria.

—Esme es especial, ¿verdad?

Victoria le devolvió la sonrisa y relajó los hombros.

—Lo es. Me alegro de que hayas pasado ratos con ella.

—Y yo. Es increíble. Me cuesta creer que solo tiene cinco años, porque parece una negociadora —rió—. No sé si estará interesada en ingresar en el cuerpo de marines. O, espera, siempre podría emplearla en Semper Fi. Si la inicio ahora, cuando cumpla los diez ya estará dirigiendo el negocio.

Victoria inclinó la cabeza hacia atrás y rio, una risa honda, contagiosa y genuina que golpeó a John como un golpe de kárate en el plexo solar. Se quedó inmóvil, mirándola.

Era la segunda vez aquella noche que lo dejaba sin aire. La primera había sido cuando la había visto bajar por la escalera monumental de la mansión de los Hamilton. Se había recogido el pelo con uno de esos estilos que parecían desafiar las leyes de la física. Estaba a un tiempo elegante y sexy con un vestido largo de color bronce que le ceñía la figura y dejaba al descubierto unos hombros tersos y un escote cremoso.

Era la dicotomía entre su elegancia serena y su ardiente sexualidad lo que lo había estado volviendo loco desde que se había sorprendido cayendo de nuevo en la órbita de Victoria... a pesar de su fiera determinación de resistirse.

Alargó la mano para tocar un mechón sedoso de pelo cercano a la sien.

—¿Te he dicho lo hermosa que estás esta noche? Porque estás imponente.

Dirigiéndole una sonrisa recatada, Tori se tocó la parte posterior del pelo con el mismo gesto femenino que le había visto usar a Esme.

—Gracias. Lo has mencionado, pero siempre es agradable volverlo a oír. Tú también estás muy apuesto —lo miró de arriba abajo con intensidad—. Eso no es un esmoquin de alquiler —declaró por fin, y enarcó una ceja—. Apuesto a que has hecho otro de tus viajecitos secretos a Denver. No eres un tipo muy extrovertido cuando se trata de divulgar información personal, ¿verdad, Mi...?

—¡Aquí está la feliz pareja!

Incómodo por la dirección que estaba tomando la conversación, John se alegró de la interrupción... hasta que vio quién era. Estupendo. Miles Wentworth. Justo el tipo que quería ver en su fiesta de compromiso, aunque fuera fingida. Notó que Victoria se ponía rígida.

Miró a Miles desde lo alto de su reluciente pelo rubio hasta sus impecables zapatos de vestir y lo saludó con una brusca inclinación de cabeza.

—Wentworth...

Wentworth pronunció mal Miglionni dos veces antes de restarle importancia con una mano. Se tambaleó un poco con el ademán y tuvo que recobrar el equilibrio.

—Como sea. Esos apellidos étnicos son tan complicados... —volviéndose hacia Victoria, le dirigió una sonrisa blandengue y le tomó la mano—. Estás arrebatadora, cariño. Deshazte de este don nadie y cásate conmigo —aunque su dicción era precisa, se abalanzó un poco hacia delante cuando se inclinó para apretar los labios contra los nudillos de Tori, y John entornó los ojos, demasiado familiarizado con los síntomas de la ebriedad para confundirlos con otra cosa.

Pero fue Victoria quien dijo en voz baja y serena:

—Estás borracho —y extrajo los dedos de la mano de Wentworth.

Frunciendo el ceño, este se enderezó.

—Por supuesto que estoy borracho. Tú también lo estarías si te hubieran prometido... —cerrando la boca de golpe, se pasó la mano por el pelo.

Misil se puso en alerta pero, de nuevo, fue Victoria quien se adelantó.

—¿Si te hubieran prometido el qué, Miles? —inquirió, con sus ojos de color musgo casi gélidos—. ¿Te prometió algo mi padre?

—Por supuesto que no —por su rostro pasó una mirada de astucia, pero no tardó en adoptar la expresión de un perrito lastimero—. Estoy destrozado porque la mujer que adoro va a casarse con un hombre que no es lo bastante bueno para ella.

John empezaba a cansarse de las referencias al don nadie y al plebeyo pero, justo cuando se planteaba demostrarle a aquel tipo lo incivilizado que podía ser un soldado adiestrado en todo tipo de guerra encubierta, Victoria levantó la barbilla y sostuvo la mirada de Wentworth con su más gélida expresión de «Tú eres el súbdito y yo la reina».

—Al contrario que alguien como tú, ¿quieres decir? Vamos, olvidas que ya he probado tu clase de amor «eterno» –enarcando una ceja con cinismo, le preguntó–. ¿Qué te prometió mi padre esta vez para que me cortejaras?

Misil se la quedó mirando. ¿Aquella vez?

—No tenía nada que ver contigo –le espetó Wentworth. Pero, recordando su papel, sustituyó rápidamente el tono combativo y amargo con sedosas inflexiones y una mirada de adoración–. Pero al verte he evocado multitud de recuerdos a un tiempo maravillosos... y bochornosos. No en vano fui tu primer amor.

Una rabia completa y absoluta reemplazó la conmoción que había dejado inmóvil momentáneamente a Victoria, y se volvió hacia Misil.

—Lo que quiere decir, John, es que durante un breve intervalo de tiempo, fingió quererme para beneficiarse de la influencia de mi padre –taladró a Miles con una mirada de desdén–. Fuiste mi primer enamoramiento de adolescente. Mi amor lo guardé para alguien que veía algo más en mí que una herramienta para trepar en la empresa. Valorarme como un peón prescindible no era la manera de robarme el corazón.

—Tus sentimientos hacia mí eran más hondos que un enamoramiento juvenil, y lo sabes. Sé que te traté mal y lo he lamentado desde entonces. Pero me querías –mirándola de arriba abajo, enarcó una ceja de color rubio ceniciento–. De lo contrario, nunca me habrías dado tu virginidad.

—Resultó ser un gran error –«pero qué detalle que lo hayas sacado a colación». El brazo de John se había ceñido en torno a ella y, mirándolo de nuevo, Victoria se encogió de hombros, como si no la avergonzara que estuvieran aireando su historia sexual en un hotel–. Tenía diecisiete años –le explicó a Misil–, y tardé un tiempo en comprender que estaba jugando conmigo. Pero, al final del verano, ya había descubierto que el único resultado que deseaba Miles de su gran seducción era un puesto de dirección en una de las empresas de mi padre.

—Eso no es cierto –protestó Miles–. Estaba loco por ti.

—Estabas loco por lo que mi padre podía hacer por ti. Yo no

era más que un medio para un fin –y, Dios, le había dolido. Miles ardería en el infierno antes de que ella lo reconociera, pero había creído estar enamorada de él, y descubrir que solo la había estado utilizando le había roto el corazón. Inspirando con serenidad, lo observó con estudiada indiferencia.

Misil, sin embargo, le dirigió una sonrisa feroz.

–Hay una primera vez, Wentworth... y hay un para siempre. Muchos tipos empiezan deprisa. No significa nada si no siguen en la pista después de cruzar la línea de meta –a continuación, sus ojos se tornaron duros–. Has abusado de tu invitación. Es hora de que te largues.

El pecho de Miles se elevó y cayó bajo el esmoquin mientras los miraba fijamente. Después, giró sobre sus talones y se alejó. Victoria se lo quedó mirando hasta que desapareció por una de las puertas del salón de baile; después, apoyó la cabeza en el pecho firme de John. Este la apretó contra su costado.

–Puede que yo sea un don nadie, cielo, pero ese idiota no es un caballero.

Victoria levantó la cabeza.

–Yo no te catalogaría como un don nadie.

John se encogió de hombros.

–He vivido en tugurios cuando crecía, pero nunca en lo que podría llamarse un gueto. Aun así, supongo que mi educación dista mucho de la de los tipos con los que sueles salir.

–Acabas de conocer a uno de ellos. No necesito decirte que eres diez veces más hombre que él.

John rio y la estrechó con fuerza.

–¿Y bien? ¿Qué hacemos ahora? –preguntó Victoria–. ¿Vamos por ahí interrogando a la gente?

–No –John elevó la comisura del labio–. Nos comportamos como si estuviéramos locamente enamorados y tú me presentas a unas cuantas personas.

–Ah –como había imaginado algo más propio de *El halcón maltés*, Victoria pestañeó–. Eso parece bastante fácil.

–De eso se trata –corroboró John–. ¿Qué tal si empezamos con tu amiga y su marido?

—¿Mi amiga?

—Ya sabes... La mamá de la amiguita de Esme.

Aquello la arrancó del la neblina sensual que le producía estar cerca de John, y lo miró con alarma.

—¿No creerás que Pam ha tenido algo que ver con el asesinato de mi padre?

—No. Y, menos mal, puesto que le has contado la verdad sobre nosotros —la taladró con sus intensos ojos oscuros—. ¿Verdad?

El calor de la culpa le quemaba las mejillas, pero lo miró a los ojos con la barbilla levantada.

—Oye, ya te dije que no soy muy buena actriz. Y para que Pam, en mitad de la fiesta, no me exigiera saber por qué voy a casarme con el detective privado, le conté la verdad.

—Está bien —dijo John con suavidad.

—Además, es mi amig... —comprendió que no la había criticado y reprimió el resto de la réplica—. ¿Cómo sabías que se lo había contado?

—Soy detective, cariño... Es mi trabajo.

John le dio la mano y dejó que ella lo condujera por entre las mesas elegantemente dispuestas al lugar próximo a la barra en que se encontraban sus amigos. Los detuvieron varias veces para felicitarlos, pero aunque Victoria sonrió y charló con fluidez, mantuvo un impulso decidido de seguir adelante hasta que alcanzaron su destino.

—Aquí está la sonrojada novia —Frank, el marido rechoncho y pelirrojo de Pam, dio un paso al frente para saludarlos con una cálida sonrisa en su florido rostro—. Tori, estás preciosa.

—Eres un cobista —señaló el impecable esmoquin de Frank y el vestido sin tirantes de color crema de Pam—. Aunque debo decir que todos estamos muy trajeados esta noche.

—En efecto —después, se puso serio y tomó la mano libre de Victoria para darle un pequeño apretón antes de soltársela—. Siento haberme perdido el funeral de tu padre.

—Lo sé. Pam me dijo que estabas en viaje de negocios.

—Estaba en Nova Scotia, pero lamento no haber estado aquí

para brindarte me apoyo. Pammy me ha dicho que el funeral fue... memorable.

–¿Qué parte? –preguntó John con ironía–. ¿El recordatorio de DeeDee o el anuncio sorpresa de nuestro compromiso?

Frank lo miró a los ojos.

–Las dos.

Recordando sus modales, Victoria le dio un apretón a John en la mano y lo soltó.

–Perdona, no te he presentado oficialmente a mis amigos, ¿verdad? Frank, Pam, este es mi... –carraspeó– prometido, John Miglionni. John, te presento a Pam y a Frank Chilworth.

John le dio la mano a la pareja y los cuatro charlaron tranquilamente durante varios momentos. Cuando pasó un camarero, Frank retiró las copas de champán de la bandeja. Después de repartirlas, levantó la suya a modo de brindis.

–Por Tori y John y una larga y exitosa... alianza –cuando todos tomaron un sorbo, se volvió hacia John–. ¿Juegas al golf?

–Claro –Misil se encogió de hombros–. Casi siempre desde los bunkers.

–Entonces, tendremos que apostarnos algo.

John sonrió por encima del borde de la copa que se había acercado a los labios.

–¿Por qué tengo la sensación de que llevo las palabras «presa fácil» escritas en la frente?

–Dudo que haya muchos que te confundan con una presa, fácil o no. Aunque así es más dulce la perspectiva de dejarte sin blanca –Frank desplegó una amplia sonrisa y se encogió de hombros–. ¿Qué puedo decir? El dinero fácil gusta. Pero, en serio, tenemos que quedar un día con Frederick Olson y Haviland Carter.

John se enderezó.

–¿No estaban los dos en...?

–En la infame última cena, sí –dijo Frank, y lanzó una mirada de pesar a Victoria–. Perdona, cariño.

Victoria sonrió como si no le importara, pero por dentro sintió una punzada de dolor cerca del corazón.

Como si pudiera ver con rayos X las emociones de Victoria, Pam le tocó el brazo.

—Ha sido una falta de delicadeza –dijo en voz baja mientras los hombres seguían conversando–. Pero Frank no heriría tus sentimientos por nada del mundo, Tori.

—Lo sé. También sé que el alma de mi padre estaba más negra que los bolsillos del diablo. Solo que...

—Aun así, era tu padre.

—Sí –Victoria suspiró–. Y solo yo puedo hablar mal de él.

—Así funcionan las familias –corroboró Pam–. Oye, ¿qué pasaba entre vosotros y Miles Wentworth?

—Ojalá lo supiera. Está bebido y quiso contarle a John que había sido mi primer amor.

Pam hizo una mueca.

—Un tipo con clase.

—¿A que sí? Afirma estar enamorado de mí.

—¿Desde cuándo?

—Supongo que desde que mi padre murió y yo heredé una buena parte de sus bienes. No lo sé, Pam, tengo la terrible sensación de que mi padre le prometió algo.

—¿Como qué?

—Lo ignoro, pero seguro que no fue nada bueno.

Un brazo le rodeó la cintura.

—Olvídate de Wentworth –dijo John, y la apretó contra él–. Ese tío es un imbécil y esta es nuestra fiesta. ¿Por qué no me presentas a otros amigos tuyos?

—Frank y Pam son los únicos amigos de verdad que tengo –dijo Victoria con ironía–, pero te presentaré a algunos conocidos.

Durante la hora siguiente, hizo precisamente eso. Lo condujo de grupo en grupo, presentándolo a las personas que habían orbitado en la esfera de su padre. Pero mientras se erguía junto al brazo de Misil, se sorprendió concentrándose cada vez menos en las conversaciones y más en la tibieza y firmeza de su cuerpo. Cuando él la condujo bruscamente a la pista de baile y la atrajo a sus brazos para bailar una pieza lenta, ella apoyó la cabeza en su pecho, le rodeó el cuello con los brazos y se dejó arrastrar por las sensaciones que había creído olvidadas hacía tiempo.

Él la apretó contra ella, y murmuró con cálido aliento junto a su oído:

—Dios, esto me resulta familiar. Como si tuviera grabado en las células el recuerdo de haber bailado contigo.

Un deseo puro y poderoso, a un tiempo recordado y completamente nuevo, le contrajo el vientre.

—¿A ti también te pasa? Pensaba que era la única...

—Maldita sea —exclamó John, y Victoria notó una vibración en la zona de su pecho—. Aguanta ese pensamiento —hizo una mueca de disculpa—. Es el móvil —se mostró inseguro un momento, después, se encogió de hombros—. Tengo que contestar.

—Por supuesto —Victoria le retiró las manos del cuello, pero cuando hizo ademán de retroceder, él la retuvo con el brazo.

Metiéndose la mano en la chaqueta del esmoquin, John sacó el teléfono y lo abrió.

—Miglionni al habla —dijo con un rastro de impaciencia. Después, el hombre de voz dulce y baile lento desapareció y el John inexpresivo ocupó su lugar—. ¿Cuándo? —al oír la respuesta soltó a Victoria—. ¿Y por qué me entero de esto ahora? —se produjo una pausa, después, suavizó la voz—. No, soy yo quien lo siente, Mac. Estoy frustrado, pero no tenía derecho a descargarme contigo. ¿Qué? No, tú quédate en casa. Yo me pongo en camino. Mac.

Victoria apenas oyó el resto de la conversación. Recordaba ese nombre; era la mujer con que John había hablado por teléfono uno de los primeros días, a la que había invitado a fugarse con él. Levantando la barbilla, cuadrando los hombros, se envolvió en su compostura. En serio, ¿cuántas veces tenía que recordar la afición de donjuán de Misil para aprender la lección?

John cerró el móvil y se lo guardó en el bolsillo. Tomando el brazo de Victoria sin ceremonias, la condujo hacia la entrada del salón de baile.

—Si hay alguien a quien debamos dar las buenas noches, dímelo ahora —murmuró—. Era mi administradora. Han visto a Jared.

Capítulo 14

Con la espalda recta y los hombros tensos, Victoria permanecía sentada con rigidez en el asiento delantero del coche de John mientras regresaban a la mansión Hamilton. Todavía estaba haciéndose a la idea de que habían encontrado finalmente a Jared... o de que, al menos, lo habían visto, cuando el coche se detuvo delante de la escalinata.

John se volvió hacia ella con el rostro inescrutable a la luz de la entrada.

–¿Te importa que no te acompañe a la puerta? Te llamaré en cuanto tenga algún dato concreto que aportar.

–¿Cómo que me llamarás? Voy contigo. Solo tardaré un minuto en cambiarme de ropa.

Los ojos negros de John no reflejaban ni un ápice de la tibieza jocosa de hacía unos minutos.

–No es buena idea.

–Pienso ir, John.

Él se la quedó mirando un momento; después, encogió un musculoso hombro.

–Pagas la cuenta, pero dejemos las cosas claras desde el principio. En esto, yo soy el jefe. Si quieres acompañarme, prepárate a hacer las cosas a mi manera.

Victoria asintió y varios minutos después rodaban a gran velocidad por la I-25. Solo le quedaban borrosos recuerdos de haberse apeado del coche, haberse cambiado de ropa y haber hablado con Helen sobre el cuidado de Esme. El recuerdo de haber dado un beso de buenas noches a su hija dormida era mucho más nítido. En aquellos momentos, se encontraba de nuevo en el coche de Misil, con la bolsa de viaje en el maletero y, al mirarlo, se maravilló de que poseyera unos vaqueros.

Cuando quiso darse cuenta, John estaba poniendo el intermitente para tomar la salida de Denver. Recomponiendo sus fragmentados pensamientos, Victoria se volvió hacia él.

–¿Crees que encontraremos a Jared esta noche?

John le lanzó una mirada mientras cambiaba de carril para tomar la salida, pero volvió a centrar la atención en el tráfico mientras salían a Colorado Boulevard.

–Lo dudo. Pienso callejear en cuanto te deje, y si ni siquiera así conseguimos nada, mañana probaremos en otros lugares. Será difícil encontrarlo, así que mentalízate; quizá no podamos localizarlo hasta la siguiente comida gratis de Por Los Jóvenes –le lanzó otra mirada, en aquella ocasión de advertencia–. Y ni siquiera eso está garantizado.

–Esta noche pienso ir contigo.

–Tori, déjame que te deje en un hotel para que pueda hacer mi trabajo.

–¿Crees que voy a pegar ojo sabiendo que mi hermano anda solo por estas calles? –inquirió con incredulidad–. Además, tú no lo conoces y él a ti, tampoco. Es más probable que sea yo quien lo reconozca... y calme sus miedos, así que ¡pienso acompañarte!

–Dios, qué obstinada eres.

–Créeme, no te imaginas lo obstinada que puedo ser.

–Como quieras –accedió John, encogiéndose de hombros. Tomó la calle Mississippi y, a los pocos momentos, estaba deteniendo el coche en el aparcamiento de un hotel de estilo toscano del selecto distrito de Cherry Creek.

Volviéndose en el asiento, Victoria se lo quedó mirando, ultrajada.

–Maldita sea, Miglionni, estoy harta de decirte...

–No sé a qué hora daremos por terminada la búsqueda –la interrumpió–. Pero si quieres un lugar en que derrumbarte cuando lo hagamos, sugiero que entres en el hotel, te registres, y dejes el equipaje.

–Sí, claro... ¿Para que te largues en cuanto entre por la puerta? Olvída...

La furia que llameó en los ojos de John la dejó sin habla y, cuando se inclinó hacia ella, Victoria retrocedió hasta tocar el reposacabezas de cuero.

–¿Quieres decirme cuándo te he mentido? –inquirió. Victoria vaciló, después, sintiéndose como una arpía, reconoció:

–Nunca. Perdona –más que oírlo suspirar, sintió su aliento en los labios e intentó borrar el hormigueo que le había provocado lamiéndose los labios mientras él se incorporaba... y volvía a enderezarse en su asiento.

–Ve a registrarte, Tori –dijo con amabilidad–. Darás gracias por tener un lugar en que descansar cuando acabe la noche.

Sin decir otra palabra, Victoria se apeó del vehículo, retiró la bolsa del maletero y se dispuso a hacer lo que John le pedía. Apenas paseó la mirada por el elegante vestíbulo del hotel, con su chimenea y columnas de mármol, mientras se acercaba al mostrador. Y, negándose a perder el tiempo con nada tan innecesario como oír el recuento de servicios de la habitación, se guardó la llave, dio una propina al botones para que le subiera la maleta y regresó al coche. Nada más abrir la puerta y subir, dijo:

–Andando.

Había creído estar preparada, pero Victoria tardó menos de una hora en reconocer, aunque solo fuera para sus adentros, que no sabía en lo que se había metido. Era más de medianoche, pero John y ella habían registrado un sinfín de callejones oscuros y malolientes, empezando con los del centro comercial de la calle Dieciséis y abriéndose camino hacia Colfax. Aunque no encontraron a Jared en ninguno de los endebles cobertizos ni detrás de los contenedores que revisaban, para absoluto horror de Victoria, siempre encontraban otro adolescente de mirada vacía.

John hablaba en voz baja con ellos, y Victoria advirtió el cuidado que tenía, tras el barrido inicial de la linterna, de mantener el haz de luz fuera de los rostros de los jóvenes e iluminar la fotografía de Jared mientras les preguntaba si lo habían visto. Sin embargo, uno tras otro, todos lo negaban con la cabeza.

Victoria exhaló un suspiro de frustración cuando salieron de otro callejón apestoso salpicado de basura en el que habían dejado a otro niño de la calle.

–Santo cielo –dijo con voz ronca–. No imaginaba que pudiera existir algo tan terrible –miró a Misil–. ¿Es que no hay refugios en esta ciudad?

–Ninguno al que puedan ir la mayoría de estos niños. Los sin hogar suelen competir por los recursos que ofrecen y, por desgracia, los niños suelen ser los que pierden –vaciló; después prosiguió en tono profesional–. En las calles están más seguros. Los adultos de los refugios pueden maltratarlos.

–Santo cielo –repitió Victoria.

–Sí, es asqueroso –corroboró John–. Pero así es la realidad de la vida en la calle para la mayoría de los que se van de casa.

Cuarenta y cinco minutos después, estaban abriéndose camino por otro callejón cuando una sombra oscura saltó de detrás de un contenedor y aterrizó en cuclillas delante de ellos. Victoria chilló y Misil sacó el brazo para colocarla detrás de él.

–¡Dame el dinero y no le haré daño!

La voz era joven y masculina. Victoria percibía la tensión que irradiaba del cuerpo de John, pero su postura mientras se enfrentaba con el muchacho era engañosamente natural.

Su atracador parecía aún más joven de lo que dejaba entrever su voz. Pero a la tenue luz lunar que se abría paso entre los edificios, también tenía semblante frenético. Llevaba el pelo de pincho, numerosos piercing faciales y, cielos, pensó Victoria al tiempo que abría los ojos de par en par, sostenía el cuchillo con la hoja más amenazadora que había visto nunca.

–¡Tiradme el dinero, he dicho! –le salió un gallo en la última palabra, y movió el cuchillo de lado a lado con tanta violencia que Victoria se encogió tras la espalda de John.

Este, por el contrario, no se arredró.

–No puedo hacer eso, chaval –dijo–. Pero puedo dejar que te vayas.

Una carcajada resonó en el callejón desierto.

–¿Es que estás ciego? Soy yo el que tiene el cuchillo.

–Y bastante bonito, por cierto –dijo John con fluidez.

De pronto, la presencia sólida que protegía a Tori salvó la distancia que lo separaba del adolescente. Alargando la mano, John cerró los dedos en torno a la muñeca del muchacho, donde ejerció cierta presión, porque el chico empezó a doblar las rodillas. El cuchillo cayó a la palma extendida de John.

Soltando al muchacho, John inspeccionó la hoja.

–Sí, muy bonito. La efectividad de un arma depende de la pericia de quien la empuña –dobló la hoja y se la guardó en el bolsillo; después, sacó la instantánea de Jared. Enseñándosela al muchacho, la iluminó con la linterna–. ¿Has visto a este chico?

Frotándose la muñeca, el muchacho ni siquiera fingió lanzar una breve mirada a la foto.

–No.

–Y tampoco me lo dirías si lo hubieras visto, ¿verdad? –cuando el chico se limitó a mirarlo con mal humor, sonrió con fluidez–. Me parece justo. Te he avergonzado delante de la dama y vas a vengarte no dándome la información que busco. ¿Te he dicho que hay una recompensa por la información? –empezó a guardarse la fotografía.

El muchacho pareció dudar unos segundos. Después, extendió la mano.

–Déjame ver otra vez.

–Claro –sin rastro de triunfo en la voz, John se la pasó y la iluminó con la linterna.

–Sí, está bien, lo he visto por ahí. Va con una chica llamada P.G. o P.J. o algo así.

A Tori empezó a latirle el corazón con frenesí. Entonces, era cierto. Jared estaba en algún rincón de Denver. Claro que no lo había dudado, por supuesto. Pero oír decir a otra persona que había visto a su hermano validaba la creencia.

—¿Sabes dónde podemos encontrarlos? —preguntó John.

—No. Los he visto esta tarde en Skyline, pero no me fijé adónde se fueron después —se pasó el puño por debajo de la nariz y miró a John sin expectativas—. Así que no vas a darme la recompensa, ¿eh?

John sacó la cartera y extrajo un billete de veinte.

—Háblanos de esa chica.

—Es, no sé, no es más que una cría. Más joven que yo y mucho más joven que ese tipo —señaló la fotografía de John—. Pelo castaño, creo. Habla mucho —se quedó mirando el billete de veinte que John tenía en la mano y tragó saliva—. Tiene una voz rara.

—¿Rara por qué?

—No sé. Como si estuviera a punto de tener una... ¿cómo se dice? Larin... Ya sabes, ¿en la garganta?

—¿Laringitis?

—Sí, eso.

Misil le pasó el billete de veinte junto con su tarjeta.

—Si los ves, hay otros billetes como este esperándote. Mientras tanto, chico, haznos a los dos un favor y deja los atracos a los profesionales. Y, por el amor de Dios, apártate de los cuchillos antes de que te mates.

El muchacho se encogió de hombros y, guardándose el dinero, regresó al otro lado del contenedor arrastrando los pies.

John no dijo nada hasta que no salieron a la calle principal. Después, detuvo a Victoria poniéndole una mano en el brazo cuando ella echó a andar manzana abajo.

—Demos la noche por terminada. Ya seguiremos por la mañana.

La alegría momentánea la había abandonado, dejándola terriblemente desanimada. Imaginar a Jared en aquellos callejones, en una situación tan desesperada como el muchacho al que acababan de dejar, la afectaba profundamente. Quería encontrarlo ya mismo. Pero la noche había hecho mella en ella, y no logró idear un solo argumento para proseguir la búsqueda. Así que asintió.

Caminaron sin decir nada hasta donde John había aparcado el coche. Pero, una vez en el interior del vehículo, Victoria sucumbió al peso de la culpa. Sabía que había hecho bien al mudarse a Inglaterra y anteponer a Esme. Pero debería haber luchado más con su padre para que enviara a Jared a verla con más frecuencia. Si hubiera hecho un esfuerzo mayor, Jared habría acudido a ella con aquel lío, en lugar de refugiarse en las calles. Unas lágrimas calladas empezaron a resbalar por sus mejillas.

John le lanzó una mirada.

–Joder –alargó el brazo por encima del salpicadero y le dio un apretón en la rodilla–. Vamos, cariño, no llores.

–Está bien –corroboró Victoria, y lloró con más fuerza.

Susurrando maldiciones entre dientes, John pisó a fondo el acelerador y recorrió el bulevar. Poco después, dejaron el coche en el aparcamiento subterráneo del hotel y John apagó el motor y las luces, se apeó y cerró la puerta con fuerza tras él.

Ella no se movió de su asiento y, un momento después, se abrió la puerta del pasajero y Victoria vio la mano morena de uñas limpias.

–Vamos –dijo con voz ronca.

No se le ocurrió negarse. Parpadeando rápidamente en un débil intento de cortar el flujo de lágrimas y sintiéndose como una idiota, se secó las mejillas con las muñecas. Después, aceptó la mano de John, cálida y fuerte, y dejó que la ayudara a salir del coche.

–Pobrecita –murmuró John. Pasándole el brazo por los hombros, la condujo por el sótano de cemento hacia los ascensores–. Dame la llave y enseguida te instalaremos en tu habitación –la estrechó con fuerza un momento–. En cuanto hayas dormido un poco, no lo verás todo tan negro.

Victoria obedeció y, cuando llegaron a la habitación que correspondía con el número de la llave, John abrió la puerta y se la sostuvo mientras pulsaba el interruptor de la luz.

Victoria se fue derecha al cuarto de baño, donde tomó un pañuelo de papel y se sonó la nariz. Solo entonces cerró la puerta, encendió la luz y se miró en el espejo.

Cielos. No era una imagen atractiva. Nunca había sido de esas mujeres que lloraban coquetamente. Abrió el grifo y se echó agua fresca en la cara con la esperanza de reducir los ronchones y la hinchazón de los ojos. Después de secarse con la toalla, se cuadró de hombros y, levantando la barbilla, salió del cuarto de baño.

John se erguía junto a la ventana, con las manos en los bolsillos del vaquero, aunque Victoria no sabía qué esperaba ver más allá de su propio reflejo, puesto que había encendido una de las lamparillas de la mesilla de noche y otra del escritorio. Se volvió de inmediato hacia ella.

–¿Estás bien?

–Sí. Perdona. No pretendía venirme abajo.

–Oye –él se encogió de hombros–. Tienes derecho. Ha sido una noche difícil y te has portado de miedo.

Resultaba inmensamente reconfortante oírle decir eso. Pero también servía para recordarle por qué había huido de su lado seis años atrás, antes de que terminara la semana. Misil había sido peligroso para su paz mental por aquel entonces y, al parecer, también lo era en aquellos momentos, y de maneras que poco tenían que ver con lo físico. La aterraba comprender que podía enamorarse fácilmente de él, así que se detuvo junto al escritorio, decidida a ser más inteligente en aquella ocasión manteniendo las distancias.

–Hay un minibar –dijo John, y señaló el mueble situado a la espalda de Victoria–. ¿Quieres una copa de vino para relajarte? ¿Un té, mejor?

«Deja de ser tan endiabladamente considerado». Pasándose los dedos por el pelo, se lo retiró de la frente al tiempo que movía la cabeza.

–No, gracias. Estoy agotada. Creo que me iré a la cama.

–Ah. Claro, muy bien. Entonces, me voy ya.

Echó a andar hacia ella y Victoria retrocedió y se colocó de costado para dejarlo pasar sin que la tocara. Con lo frágil que se sentía en aquellos momentos, no pensaba arriesgarse a que sus prendas entraran en contacto.

John abrió la puerta, pero se detuvo con la mano en el pomo.

–Te recogeré mañana por la mañana y recorreremos algunos de los rincones que frecuentan los muchachos durante el día. ¿A qué hora quieres que pase a recogerte?

–Cuando tú digas. ¿Es mejor empezar pronto?

–No necesariamente –enganchó con el dedo un mechón de pelo que se le había caído encima del ojo izquierdo y lo devolvió con suavidad a la mata que ella se había retirado de la cara con los dedos. De pronto, John estaba irradiando un aluvión de feromonas y todo el deseo que había vibrado en las células de Tori durante el baile regresó con toda su fuerza. Se arrimó a él.

De inmediato, se controló y retrocedió.

–Entonces... –carraspeó–. ¿Te parece bien a las diez? ¿O a las once?

–Dejémoslo a las diez y media –se quedó mirando la boca de Victoria, después, levantó la vista a sus ojos–. ¿De acuerdo?

–Sí. Estaré lista.

–Excelente –él también carraspeó–. Bueno. Será mejor que me vaya para que puedas dormir un rato –volvió a bajar la mirada a los labios de Victoria–. Buenas noches, Victoria.

Ella entreabrió los labios para despedirse y vio algo, un destello de calor en los ojos negros de John, que le arrebató el control. Con un suspiro, reconoció la derrota y tiró de la camiseta sedosa con los dos puños.

–Al diablo –murmuró. Y, poniéndose de puntillas, lo besó.

Capítulo 15

John no necesitaba hacer una lista de los motivos por los que no era buena idea retomar su relación con Tori; las había estado ordenando diariamente desde que el destino los había reunido. Aun así, le estaba costando horrores resistirse a la suave tentación de sus labios.

Aquel descubrimiento no era tranquilizador. Pero, caray, ¿cómo de difícil podía ser resistir el beso de una mujer? Era Miglionni, alias Misil, y tenía más experiencia sexual que un puerto lleno de marineros de permiso.

Aquel recordatorio reforzó su determinación. Pero solo durante quince segundos. Después, cedió como un plato de papel barato. Con el deseo corriendo por sus venas, cerró la puerta con la cadera, hundió las manos en el pelo de Victoria y abrió la boca sobre la de ella. Lamiéndole el labio inferior, se hundió en las profundidades dulces y resbaladizas de su boca. Sus lenguas se tocaron y, al oír que ella inspiraba con brusquedad, se sintió como un invasor triunfante.

Al parecer, Tori no se conformaba con ser sexualmente sometida, porque antes de que John pudiera sentir su triunfo, lo hizo inspirar a él también enredando su lengua con la suya. Le tiró de la camiseta y le rodeó el cuello con los brazos. Sintiendo sus curvas dulces presionándole el cuerpo desde el pecho hasta las rodillas, John perdió el último ápice de contención al que había estado aferrándose.

Haciéndolos girar, la acorraló contra la pared más próxima,

y solo las manos de John en la parte posterior de la cabeza de ella ofrecían una pequeña protección contra la superficie dura. Entonces, abrió aún más la boca sobre los labios de Victoria y profundizó el beso. Dios, conocía aquellos sabores, jamás había podido borrarlos por completo de su mente. La conocía a ella. Y quería más... enseguida. Necesitaba más.

Se apretó contra ella, presionándola aún más contra la pared, y el pequeño gruñido de incomodidad de Victoria lo traspasó como una estaca. «Dios, genio». Cortó el beso y, respirando de forma entrecortada, la miró fijamente. ¿Qué le pasaba? No era un colegial ni aquella la primera chica a la que llevaba a la cama. Apoyó la frente en la de ella.

—Maldición, y yo que quiero ser suave —despacio, con el corazón latiéndole con intranquilidad, confusión y ansia, se enderezó para mirarla.

Victoria pestañeó para ver mejor. Después, clavó sus ojos entornados en él.

—¿Sabes qué? —repuso con voz ronca—. Al cuerno con la suavidad —sujetándole la coleta con una mano y rodeándole la nuca con la otra, tiró de él para acercar su cara—. Me gustas real —dijo con fiereza, y lanzó todo el peso de su cuerpo sobre Misil.

Sorprendido, John se tambaleó hacia atrás hasta que fue su espalda la que chocó contra una pared. Moviendo la cabeza, consciente de que nunca lo habían sorprendido con la guardia bajada, Victoria volvió a abrumarlo cuando, apretándose contra él, se puso de puntillas y movió su boca sobre la de John. Lo besó con una desinhibición salvaje que él jamás habría relacionado con Victoria... pero que lo lanzó a los recuerdos de aquella semana de hacía seis años.

Y fue su perdición.

La rodeó con los brazos y la besó con desesperación febril. Cuanto ella más se aferraba a él, más ávida era su boca, y temió que fueran a combustionarse de forma inminente. Doblando las rodillas, los hizo quedar a la misma altura y emitió un gemido gutural cuando ella se colocó entre sus muslos entreabiertos y se acopló en su erección como una llave en una cerradura.

Sujetándola por la cintura de los vaqueros, John se apartó de la pared y retrocedió varios pasos hacia el dormitorio mientras forcejeaba con el pantalón de Victoria. Rebotaron en la otra pared y en el escritorio, volcando una lámpara.

La habitación parecía haber adquirido las dimensiones de un estadio de fútbol. Por fin, Victoria chocó con el colchón. Cayó hacia atrás sobre la cama y, respirando pesadamente, John la miró. Contempló el pelo castaño con vetas rubias alborotado en torno al rostro, las mejillas sonrojadas y los labios henchidos y rojos por los besos.

–Dios, mira que eres bonita –dijo con voz ronca.

–Sí –estirando los brazos por encima de la cabeza con una voluptuosidad carnal que hizo que todo su cuerpo se deslizara sobre la colcha, Victoria desplegó una media sonrisa–. Son los ojos hinchados por las lágrimas. Son lo último en la industria de belleza.

John rio y le quitó los zapatos, que arrojó por encima del hombro. Tirando de los vaqueros que solo había logrado desabrochar y abrir durante la samba que habían bailado por la habitación, tiró de ellos y los dejó caer al suelo. Entonces, se quedó mirando las minúsculas braguitas de encaje negro sobre seda rubia que había dejado al descubierto.

La miró a los ojos.

–Maldita sea, Tori. Te deseo tanto que apenas puedo caminar.

–¿Ah, sí? –los ojos de ella llamearon con ardor antes de descender sobre la bragueta de John–. Por suerte para ti, podemos ir al grano –con una sonrisa gatuna de satisfacción, se incorporó sobre un codo y alargó la mano hacia la cintura de los vaqueros de John. Enganchando los dedos, Victoria tiró de él.

John se dejó caer, riendo mientras aterrizaba sobre ella. Entrelazando las manos, le subió los brazos por encima de la cabeza y, con los cuerpos en contacto de la frente a los pies, volvió a besarla y no tardó en caer en el hechizo de sus dulces labios.

No lograba saciarse de ella, y no tardó en oír sus respiraciones entrecortadas y aceleradas y el sonido de sus propios latidos resonando en los oídos. Le rozó los senos con el pecho, disfrutando del contacto de los mismos aplastándose y elevándose debajo de él. De la garganta de Tori emergió un gemido agudo, y fue como acercar una cerilla al fuego. John sentía cómo su anhelo se agudizaba con cada contoneo que ella daba, con cada pequeño jadeo, y tuvo que obligarse a contenerlo para no hacer el ridículo.

Entonces, ella le sacó la camiseta de la cintura y el deseo amenazó con desbordarse. Con un gruñido gutural, sus besos se tornaron más frenéticos a medida que sentía las manos de Tori deslizándose por debajo de la tela, piel contra piel. Después, los dedos de Victoria ascendieron por su espalda y la camiseta siguió el movimiento, agolpándose debajo de las axilas y en torno al pecho. Cuando Victoria hizo un pequeño ruido de frustración porque no podía retirar más la tela, él se incorporó sobre las palmas.

Ella tiró de la camiseta, y él arrancó la boca el tiempo justo para dejar que se la sacara. En cuanto lo hizo, volvió a caer sobre ella y a besarla. Tori le acarició los hombros, le arañó la espalda y deslizó los dedos por los costados hasta las axilas. John se estremeció bajo su tacto y, repentinamente desesperado por sentir las manos de Victoria en el pecho, se incorporó ligeramente para que ella pudiera deslizarlas entre ambos.

Victoria lo complació de buena gana, y no tardó en acariciarle el vello del pecho, donde tocó los pezones con las yemas de los dedos. Los acarició con el borde de las uñas.

No era un punto especialmente sensible de su cuerpo, pero no tardó en empezar a pensar en los pezones de Victoria. Porque los recordaba, no había olvidado nada de ellos. Ni su color ni su forma, excitados o no. Sobre todo, recordaba su hipersensibilidad. Fantasías de sus senos desnudos con las puntas pequeñas y duras presionándole el pecho, atrapadas entre sus dedos o en la boca, empezaron a anular las demás consideraciones. Se incorporó para sentarse a horcajadas sobre ella.

–Llevas demasiada ropa –dijo, y alargó la mano hacia los botones de su blusa ceñida de algodón.

–Qué oportuno. Precisamente estaba pensando lo mismo de ti –corroboró Victoria, y se interpuso en su camino alargando la mano hacia la braguera de John. Cuando este le desabrochó la blusa y se la quitó, Victoria había logrado rozarle la erección con los dedos a través de la tela vaquera de la braguera. Apretando los dientes para contener el impulso de acomodarla allí donde su cuerpo la llamaba, de espaldas y con las piernas en el aire, John le tomó las manos y se inclinó para sujetárselas sobre el colchón a ambos lados de la cabeza.

Ella lo miró a los ojos y levantó la cabeza para morderle el labio inferior. Lamiéndole el leve escozor, bajó la cabeza y enarcó una ceja.

–¿Y ahora qué, Einstein? Acabas de atarnos las manos.

Con la mirada clavada en el rostro de Victoria, él se movió hacia atrás, bajó la cabeza... y usó los dientes.

Ella inspiró con brusquedad y le concedió el placer supremo de ver cómo sus ojos pasaban del verde grisáceo al color oliva.

–Está bien –murmuró Victoria–. Funciona.

Le retiró los tirantes del sujetador de los hombros; después, levantó una copa con los dientes hasta que liberó un pezón erecto de color marrón rosáceo. Casi vibrando de deleite, lo lamió, se apartó para estudiar el resultado, sopló y volvió a observarlo. Cuando podría haber jurado que había crecido medio centímetro más, se lo metió en la boca.

Victoria emitió un gemido ahogado y arqueó la espalda, apretando el seno contra su boca e introduciéndole aún más el pezón entre los labios.

–Por favor, Misil, por favor...

Le soltó las muñecas y el sujetador, y contempló la ofrenda que ella le presentaba. Tenía los senos de tamaño medio, ni especialmente pequeños ni particularmente grandes. Aquellas pequeñas aureolas henchidas y pezones rígidos lo volvían loco. Lamió el que acababa de liberar y acarició el otro entre los dedos.

–¿Por favor, qué, cariño? ¿Que haga esto? –pellizcó el pezón.

Un gemido agudo resonó en la garganta de Victoria, y John sonrió.

—Dios, podría acostumbrarme a esto.

Ella arqueó la espalda bajo las manos de John.

—¿Qué? —preguntó con jadeante inatención—. ¿A qué podrías acostumbrarte?

—A ti. A tenerte desnuda, ardiente y a mi merced.

Ella se quedó inmóvil y entornó los ojos.

—¿Cómo dices? ¿A tu merced? —bajó los brazos, pestañeando al comprender que estaban libres y rio en su cara—. Sé que eres un ex marine alto y fuerte y todo eso, pero ya no me estás sujetando. Así que dime... ¿qué fantasía dice que estoy a tu merced?

—Esa en que tengo mis manos sobre ti —succionó con fuerza el pezón izquierdo y tiró con suavidad del que estaba entre sus dedos. Mientras seguía manipulándolo, levantó la cabeza—. Y el que está en posesión de estas bellezas manda, cariño —estrujó con suavidad ambos pezones y tiró de ellos.

Los párpados de Victoria descendieron pesadamente y, con un largo gemido atenuado, elevó las caderas, las contrajo de nuevo sobre la colcha y volvió a levantarlas.

La sonrisa prepotente desapareció del rostro de John.

—Maldita sea —susurró, y soltó un seno para deslizar la mano entre las piernas de Victoria.

La tela de sus minúsculas braguitas negras y doradas estaba mojada por la excitación, y tuvo que contenerse para no tirar del frágil material con las dos manos y rasgarlo. En cambio, deslizó un dedo por la hendidura húmeda. Ella jadeó y levantó las caderas, pero antes de poder hacer más que una sola pasada, Victoria se recuperó.

Cerrando las piernas, le apartó la mano y se puso de rodillas.

—Esto empieza a estar un poco descompensado —todavía tenía la voz susurrante pero, con las manos, le empujó el pecho con fuerza.

John temía que lo «compensado» pudiera ser su fin, pero se tumbó de espaldas de todas formas porque su curiosidad era más fuerte que la preocupación de perder el control. Qué diablos. Si se iba demasiado pronto, se le levantaría de nuevo y terminaría el trabajo. Con ella nunca había tenido problemas para ponerse otra vez a cien. Entrelazando las manos detrás de la cabeza, enarcó una ceja.

–John Miglionni a su servicio, señora.

–Vaya –colocándose a horcajadas sobre él, acomodó su trasero y se movió–. Me gusta cómo suena eso –inclinándose hacia delante, extendió los diez dedos sobre los pectorales de John y lo miró–. Me encanta tu cuerpo.

–Yo también estoy bastante loco por el tuyo.

–El mío tiene defectos, pero el tuyo... –inclinándose, besó el ángulo en que el cuello fluía hasta el hombro y él apretó los dientes al sentir sus senos desnudos, cálidos y con puntas de diamante rozándole el diafragma. No tuvo oportunidad más que de acariciarle un momento la espalda con las manos cuando ella volvió a incorporarse.

Victoria deslizó los dedos por las clavículas de John.

–No se puede pellizcar ni un centímetro de tu cuerpo. Ni celulitis, ni cartucheras, ni tripa. Por suerte para ti, estoy enamorada de tu físico, que si no te odiaría –retrocedió sobre las piernas de John varios centímetros y se inclinó hacia delante para plantarle un beso en el pecho. Elevó la vista para mirarlo a los ojos y, arrugando la nariz, sonrió contra la mata de vello de su pecho–. Me hace cosquillas.

–Dios, Tori –su cuerpo le parecía endiabladamente perfecto, tendido sobre el de él, pero estaba demasiado concentrado en lo que ella iba a hacer para poder articular las palabras.

¿Y no era eso un golpe para su orgullo? Miglionni el seductor, el diablo persuasivo de la Compañía C del Segundo Batallón de Reconocimiento, sin nada que decir. Deseoso de equilibrar la situación, alargó el brazo para pellizcarle los pezones en cuanto Victoria se incorporó.

Ella cerró los ojos, arqueó la espalda y emitió un sonido gutural. Pero también atrapó las muñecas de John con las manos y se las colocó a ambos lados de la cabeza, sobre la colcha.

–Sé bueno –le susurró al oído–. No me obligues a sacar los cinturones y los pañuelos y a atarte a la cama –pestañeando, movió el estómago contra su erección, que acababa de experimentar una importante contracción–. ¡Vaya! Te gusta la idea, ¿verdad?

–Me gusta cualquier cosa que acabe con mi nabo dentro de ti.

–Y a mí –y, ante sus propios ojos, los pezones de Victoria crecieron aún más mientras volvía a incorporarse. Pero antes de que pudiera volver a tocarlos, ella retrocedió y se inclinó para plantarle los labios sobre el vientre. Después, dejó un rastro de besos por la delgada hilera de vello que descendía desde el pecho. John se olvidó de respirar cuando ella llegó a la cintura de los vaqueros.

Victoria lo miró y volvió a fijarse en la poderosa erección que se perfilaba en la bragueta.

–Había olvidado lo... impresionante que eres –dijo, y durante un segundo de consternación, frunció sus delicadas cejas. Después, se encogió de hombros y bajó la cabeza para plantarle un beso en su sexo a través de la tela.

John hundió los dedos en el pelo de Victoria y se llenó los puños con la masa suave e ingobernable, pero no sabía si quería apartarla, o retenerla para asegurarse de que no se escapaba. Seguía sin decidirse cuando ella le dio un suave mordisco en el miembro.

–¡Piedad! –John experimentó una sacudida de reacción.

Ella se limitó a sonreírle y volvió la cabeza para que sus labios quedaran paralelos al mástil de él. A continuación, lo tomó con delicadeza entre los dientes, abriendo más la mandíbula en un esfuerzo de abarcar tanto de su circunferencia como podía a través de la tela vaquera. Deslizando los dientes con cuidado por su grosor, cerró los labios, besó el lugar con el que acababa de jugar y apretó la mejilla contra él para dirigirle una sonrisa de satisfacción.

John tensó los dedos contra el cráneo de Victoria. Esta le desabrochó el botón de la cintura y bajó la cremallera. Metió la mano y la cerró en torno al pene.

Fue entonces cuando Victoria vaciló. Había estado disfrutando inmensamente, sabiendo lo incómodo y excitado que estaba poniendo a Misil, pero su confianza empezó a marchitarse.

Dios, había pasado tanto tiempo... ¿Y si ya no sabía cómo hacerlo?

—Hace mucho que no veo uno de estos granujas —murmuró, y lo miró a la cara—. No sé si me acuerdo de qué hacer con él.

—Oye, es como montar en bici —la tranquilizó John—. Nunca se olvida del todo.

La tensión de su voz y su mueca rígida al contemplar el lugar en que la mano de Victoria había desaparecido dentro del Levi's la ayudaron a recuperar su seguridad sexual. Le dio un apretón experimental y sintió que el misil de... Misil palpitaba en su mano. Entonces, liberó su sexo de los pantalones y se quedó mirándolo.

—Vaya —murmuró—. Me acuerdo de ti.

John cambió ante sus propios ojos de un suplicante sexual al hombre que le había llamado la atención en un bar de hotel: todo él aplomo y sonrisa seductora. Por un momento, se perdió en su mirada ardiente e insondable.

—Ella tampoco te ha olvidado, cariño —John rodó con ella en un revuelo de brazos largos y piernas aún más largas hasta que la tumbó de espaldas sobre la cama. Retirándole un mechón de pelo de la cara, John sonrió con suavidad y bajó la cabeza.

La besó con una intensidad tan ardiente y embriagadora que Victoria perdió el poco sentido común que le quedaba, y cuando él retiró la cabeza, volvía a ser una masa de terminaciones nerviosas hipersensibles. Fue entonces cuando comprendió que John había empezado a abrirse camino dentro de ella. Suspiró y abrió los muslos.

Colmándola de susurros de alabanza sobre cualquier cosa desde la suavidad de sus labios hasta las pecas del pecho, John le dejó un rastro de besos por un lado del cuello y ascendió por el otro. Al llegar a la oreja, le lamió el lóbulo con suavidad, después, movió la lengua sobre su interior sensible. Victoria gimió y se removió bajo el cuerpo de John. Cuando este cambió de oreja, se sorprendió elevando las caderas con inquieto anhelo.

Y cuando quiso darse cuenta, John estaba completamente dentro. Se sentía distendida, llena y... bien. Cielos. Muy bien.

Hasta que cayó en la cuenta.

−¡Condón! −lo empujó−. ¡No hay condón!

−¡Mierda! −John se salió y forcejeó con el bolsillo de atrás de los vaqueros, que tenía enrollados en los tobillos. Maldiciendo, sacó la cartera y rebuscó en su interior mientras se deshacía de los pantalones−. ¡Uf! −exclamó−. ¡Tengo uno! −sacó un preservativo y la miró−. ¿Y tú? −preguntó mientras rasgaba el envoltorio y desenrollaba la protección sobre la amenazadora largura de su erección−. Supongo que es mucho desear que tengas alguno.

−Sí. No. Quiero decir que no tengo ninguno −y la inundó el pesar por aquella falta de previsión, porque tenía la fuerte sospecha de que una vez con John no bastaría para calmar un picor tan persistente y profundo como aquel.

Como si le estuviera leyendo el pensamiento, John dijo:

−No te preocupes −y volvió a colocarse sobre ella, apoyándose en los antebrazos. Bajó las caderas y las piernas de Victoria se abrieron como si todos los nervios de su cuerpo recordaran la melodía que habían aprendido−. Tendremos que hacer que esta vez cuente −le dijo, y se hundió despacio en ella.

−Dios mío −ya casi había olvidado aquella sensación desbordante de tenerlo dentro, invadiendo cada centímetro sensible de la vaina que lo ceñía. Contrajo los músculos para sentir más.

Él siseó. Durante un segundo, se limitó a tomar aire y exhalarlo. Después, susurró:

−Dios −los párpados, que los había cerrado, se reabrieron despacio, y se la quedó mirando mientras retiraba las caderas.

Ansiando una fricción más agresiva, Victoria le hundió las uñas en los firmes glúteos del trasero y lo hizo descender.

−¿Lo quieres más rápido? −John se incorporó sobre las palmas para verle la cara mientras retrocedía por completo, abría los muslos para separarle las piernas y volvía a penetrarla−. Puedo hacerlo.

Con cada penetración John rozaba una sensible maraña de nervios, y Victoria no pudo contener los pequeños gemidos de anhelo que brotaban de su garganta. Se lo quedó mirando, arqueando la espalda, mientras empezaba a gestarse el clímax.

—Dios —John encogió la espalda para alcanzar los senos de Victoria y, metiéndose un pezón en la boca, lo lamió un instante; después, lo soltó. El sudor descendía por su garganta morena, y la coleta resbaló por un hombro férreo, haciéndole cosquillas en la punta húmeda del seno izquierdo. Clavó los ojos en ella, pero tenía la mirada desenfocada y Victoria no sabía si la estaba viendo—. No creo que pueda aguantar mucho más tiempo —dijo con voz ronca, con el ritmo de sus embestidas ganando velocidad y fuerza con cada penetración—. Lo siento, cariño. Quería hacer que durara, darte un par de buenos orgasmos antes de irme pero no... Mierda, Tori, no creo que pueda...

La desesperación de su voz la arrojó al centro de la hoguera. Las terminaciones nerviosas más íntimas chisporrotearon y sintió fuertes y largas contracciones estallando dentro de ella, dirigiéndose al origen de todo ese placer. Con el cuerpo en llamas, la mente abrasada, se oyó jadear:

—Dios mío, John... ¡Dios mío! —a modo de interminable letanía mientras su orgasmo seguía y seguía.

John exhaló el aliento con una exclamación brusca y se hundió hasta el fondo para quedarse allí. Un largo gemido grave trepó por su garganta cuando experimentó su propio clímax.

Con otro gemido cayó sobre ella un momento más tarde, y Victoria lo rodeó con los brazos, sujetándolo con fuerza mientras su corazón seguía latiendo con frenesí. Cielos, se había metido en un lío. Desde su primera noche con Misil había sabido que tenía mucha más experiencia sexual que ella, y sería una mentirosa si dijera que no había aprovechado al máximo esa pericia. En cambio, al encanto ensayado de Misil había podido resistirse.

Era la sincera confusión de Misil sobre su incapacidad de mantener el control cuando hacían el amor lo que la había cautivado. Ser deseada con tanta intensidad y continuidad como él le había demostrado, la había hecho sentirse la mujer más deseable del mundo. Y había ido cayendo cada vez más en el hechizo. Era la razón principal por la que había huido, para que no acabara rompiéndole el corazón.

¿Y ahora? Corría el mismo peligro de enamorarse de él. Quizá más, porque empezaba a conocerlo de verdad.

John le puso los labios en el cuello y la voz le retumbó en el pecho cuando preguntó:

−¿Estás bien?

Victoria comprendió que sí, que estaba muy bien. Habían dado un paso importante aquella noche, pero estaba demasiado cansada para analizar lo que significaría para ellos.

Al cuerno. Las dudas seguirían asaltándola por la mañana.

Así que dijo:

−Más que bien −y volvió la cabeza para atrapar los labios de John. A los pocos momentos, se estaba hundiendo en una neblina sensual y el único pensamiento que se filtraba era:

«Ya lo pensaré mañana».

Capítulo 16

John regresó a la habitación del hotel poco antes de las siete de la mañana. Se acercó a la cama para contemplar a Tori, que seguía dormida. Después de hacerle el amor de madrugada, se había encargado de darle una satisfacción adicional. No porque estuviera en juego su reputación de amante sensacional sino porque había querido hacerlo. Casi lo había necesitado.

Claro que, siendo la mujer que era, Victoria había insistido en corresponderlo. Y qué diablos, le había parecido una idea excelente en su momento. La deseaba y no era más que un poco de sexo oral. Para él no era ninguna novedad, así que había creído estar preparado. A fin de cuentas, ¿cómo de distinta podía ser la técnica de una mujer?

Alucinantemente distinta, al parecer. Tori no era la mujer más eficiente de su historial, pero causaba estragos en su paz interior. Su entusiasmo casi había acabado con él.

Eso era lo que lo tenía sujeto por los testículos... o por otro órgano que ni siquiera sabía cómo llamar: la disposición entusiasta de Victoria de probar cualquier cosa. Había sido así durante la semana que habían pasado juntos en Pensacola y, al parecer, nada había cambiado. Era tan genuinamente apasionada con todo lo que hacía que él no lograba saciarse de ella.

¿Y acaso no lo había visto venir? Aquella ansia constante y persistente era el motivo de que hubiera hecho lo posible por no retomar aquella relación... porque instintivamente había sabido que una vez no bastaría.

Se sacudió un pequeño brote de intranquilidad. Diablos, no tenía ni idea de lo que sería de ellos a la larga pero... lanzó la caja que sostenía en la mano y la atrapó en el aire. Por suerte, en el futuro más inmediato, se encontraban en un hotel de primera. Y en un buen hotel, un hombre podía conseguir cualquier cosa.

Cuando le había explicado su problema al portero, este le había abierto la tienda de regalos. Y allí estaba él, con una provisión decente de condones para que no tuvieran que conformarse con una sola vez si les apetecía dos. O tres, o cuatro, o cinco.

Excepto que... empezaba a conocer a Tori de más maneras que la física. Y tenía la sensación de que cuando se despertara, el sexo no sería su prioridad. Sabía lo preocupada que estaba por su hermano y apostaría cualquier cosa a que se despertaría con un gran peso de culpa porque se había olvidado del crío un rato.

Pero un hombre podía soñar y, al menos, estaría preparado si resultaba que no la conocía tan bien como pensaba.

Dejando la caja sobre la mesilla de noche, se desnudó y volvió a meterse en la cama.

Victoria solo llevaba consciente cinco segundos cuando una carga de culpa cayó del cielo y aterrizó de lleno en su pecho. La cálida satisfacción con que se había despertado se agrió, y se quedó con el corazón acelerado, los hombros rígidos y los miembros tensos. ¿Cómo podía haber visto lo que había visto en las calles de Denver la noche anterior y, después, haberlo apartado de su mente para satisfacer un impulso egoísta de darse un revolcón con Misil? Santo cielo, ¿qué clase de hermana era?

—No lo hagas —dijo John con suavidad detrás de ella. Victoria se sobresaltó y solo entonces se percató de la tibieza de su cuerpo en la espalda, del musculoso brazo caído sobre la cintura de ella. Su erección le presionaba los glúteos.

Debía moverse, lo sabía. Pero, para vergüenza suya no se apartó ni un centímetro. Su voz sonó débil y pequeña cuando preguntó:

—¿Que no haga el qué?

—No te tortures por desfogarte un poco conmigo anoche. No le has quitado nada a tu hermano.

¿Acaso sabía leer los pensamientos? Y, sin embargo, la tensión de Victoria remitió un poco. Movió la cabeza con impaciencia y la volvió para mirarlo.

—Entonces, ¿por qué tengo esa sensación?

—¿Porque te preocupas mucho por él? No lo sé, cariño, y no me importa. Lo cierto es que terminamos la búsqueda anoche, y lo único que le quitaste a nadie fue un poco de tu propio descanso.

Victoria se dio la vuelta para mirarlo.

—Pero hoy volveremos a buscarlo, ¿verdad?

—Claro. Iremos al centro comercial de la calle Dieciséis y echaremos un vistazo al campus de la universidad. Allí los críos suelen mezclarse con los estudiantes. Esta noche, recorreremos otra vez las calles.

—Entonces, en marcha —Victoria empezó a apartar las mantas.

John contrajo los dedos que le había apoyado en la cadera, reteniéndola.

—En cuanto hayas desayunado algo.

Moviendo la cabeza, Victoria se apartó del cuerpo cálido de John y se desplazó hacia la periferia del colchón.

—No tengo hambre.

—¿No? —John apoyó la cabeza en una mano y no hizo ademán de abandonar la cama—. Vas a comer de todas formas.

—John...

—Es combustible. ¿Recuerdas lo duro que fue anoche? —interpretó el estremecimiento involuntario de Victoria como una respuesta—. Bueno, tienes que sobrevivir a este día, a esta noche y a buena parte de mañana hasta que Por Los Jóvenes lleve comida a los críos, y no va a ser nada fácil. Si quieres dar la talla, debes comer. Si no, será mejor que me dejes la búsqueda a mí.

—¡No! —la palabra salió con mucha más fuerza de la pretendida, pero la idea de permanecer como un animal enjaulado en la habitación todo el día, en lugar de estar fuera buscando a Jared, la enloquecía–. Comeré.

–Buena chica –John apartó la sábana y se puso en pie, completamente despreocupado por su desnudez.

Victoria advirtió que todavía estaba medio erecto y no pudo evitar quedarse mirándolo. Había algo primitivo y cautivador en él en aquel estado.

–¿Quieres llamar al servicio de habitaciones o prefieres bajar al comedor?

Victoria pestañeó mientras observaba cómo se ponía completamente erecto.

–¿Qué? –la excitación vibró por su cuerpo cuando John avanzó de improviso en línea recta hacia ella. Le puso un dedo debajo de la barbilla y le levantó la cabeza–. Tienes que mantener los ojos aquí arriba, cariño –dijo con voz rasposa–. Ahora que he vuelto a saborearte, vas a tener que ayudarme a contenerme.

Victoria se ruborizó intensamente.

–Perdona. Pensarás que soy una hermana horrible.

–No pienso nada parecido.

–Una prostituta, entonces.

Poniéndole las manos en los hombros, la zarandeó.

–No –dijo con rotundidad–. He estado con un buen número de ellas y no eres ni una principiante en ese terreno.

–¿Ah, no? –pensar en todas las mujeres con las que había estado no debería tener el poder de irritarla... pero le sacó el temperamento–. ¿Y cuál es la diferencia? Me metí en la cama contigo la noche que nos conocimos, lo mismo que ellas.

–¿Que te metiste? –rió y movió la cabeza–. No te imaginas cuánto me costó persuadirte. Y no estaba acostumbrado a eso, ¿sabes? –desplegó una media sonrisa cargada de aplomo–. Nunca había tenido que esforzarme tanto en una seducción.

La irritaba saber que, seguramente, no había tenido que hacerlo y levantó la barbilla.

–¿Siendo tan irresistible como eres?

–Cielo, en la mayoría de bares que frecuentaba ser un marine y tener un nabo enorme era como tener un décimo ganador.

Victoria se quedó boquiabierta. Apretó los dientes con tanta fuerza que resonaron.

—Y ahora me dirás que las mujeres solo tienen que mirarte para saber que tienes un pene enorme.

—Si buscan en el lugar correcto, sí.

—Dios mío, ¿es que tu ego no conoce límites?

John se encogió de hombros.

—En lo que respecta a esto, no. Estoy maldito, ¿vale? Se corre la voz... o solía correrse, al menos.

—¿Como si fueras un gran semental de Hollywood? —a Victoria se le escapó un sonido sospechosamente parecido a un resoplido—. Eso es absurdo. Yo no sabía nada de eso.

—Sí —sonrió John—. Lo sé. Fue como un soplo de aire fresco —Victoria debía de estar reflejando el enojo que sentía, porque John se apresuró a explicarse—. Mira, cada rama del ejército tiene sus admiradoras. Para mis amigos y para mí eran mujeres que se acostaban con marines sencillamente porque eran marines. Y una parte de ellas solo se acostaban con tipos especialmente bien dotados. Así que, como te he dicho, se corría la voz.

Le frotó los brazos y, por primera vez, Victoria comprendió que estaba tan desnuda como él. Empezó a apartarse, pero John la retuvo.

—Lo que quiero decir —prosiguió— es que desde el momento en que entraste en ese bar supe que no te parecías en nada a ninguna mujer que había conocido. Y si crees que no me esforcé como un maniaco para llamar tu atención, estás loca. Hasta esa noche, las mujeres siempre me habían parecido bastante intercambiables. Pierde a una y aparecerá otra en su lugar. Pero no quería a cualquiera esa noche... te quería a ti.

—¿Por qué? ¿Porque yo era un desafío?

—¡No! Tal vez. No lo sé —movió la cabeza con impaciencia—. Lo único que sé es que merecías la pena el esfuerzo. O quizá fuera porque hablar contigo no era un esfuerzo. Me excitabas, pero también me hacías reír y pensar en cosas. Hacías que fuera... No sé, yo mismo. Y con las mujeres raras veces era yo mismo, pero estaba dispuesto a serlo si así te quedabas conmigo.

Así que no digas que eres una prostituta. No me gusta –la soltó y se volvió hacia el otro lado de la habitación–. ¿Qué tal si encargas el desayuno al servicio de habitaciones? –dijo, volviendo la cabeza–. Voy a darme una ducha rápida.

Victoria todavía estaba en pie, boquiabierta, cuando él desapareció por el umbral. Un segundo después, oyó que se cerraba la puerta del baño.

Con un suspiro, Victoria abrió la maleta, tomó lo primero que tocó y trasladó la ropa a la cama. Pero se detuvo en seco antes de llegar y se quedó mirando la caja de condones que descansaba en la mesilla. ¿De dónde había salido?

Muy bien, Misil debía de haber salido a buscarla mientras ella dormía. Pero ¿por qué no se los había enseñado? ¿Por qué no había usado ninguno? Podría haberla hecho suya... Debía saberlo.

¡Maldición! Se frotó la frente. Cada vez que lo catalogaba como «esa clase de hombre», John decía o hacía algo que echaba a perder sus prejuicios. Había querido creer que solo se trataba de sexo porque ella jamás se enamoraría de un hombre tan superficial.

Lo de John no era solo sexo. Y ella se había enamorado de él.

Inspiró con brusquedad. Llevaba negándolo desde hacía tiempo, pero ya no podía esconderse de la verdad. Había albergado fuertes sentimientos hacia él hacía seis años... no era como si hubiera huido de Pensacola porque se estuviera aburriendo, sino porque había sentido algo más fuerte que lo que correspondía a una aventura de una semana.

Despacio, dejó la ropa sobre la cama deshecha y restableció sus defensas. Muy bien, era una mujer fuerte. No había cedido a la presión implacable de su padre cuando había descubierto que estaba embarazada y que tenía un derecho divino a saber quién era el padre, y no pensaba convertirse en una sentimentaloide en aquellos momentos. Reconocer sus sentimientos no suponía esperar que surgiera una relación de cuento de hadas entre ellos. Y, dejando a un lado todo lo demás, tenía que pensar en Esme. Iba a estudiar sus opciones con sumo cuidado.

Pero aquel día... lanzó una mirada hacia la pared que separaba el dormitorio del cuarto de baño y escuchó el ruido de la ducha. Bueno, aquel día estaba lejos de casa. Sin su hija.

Descolgó el teléfono y encargó un copioso desayuno. Después, sacó un condón de la caja y echó a andar por el pasillo hacia el cuarto de baño.

Seguro que a John no le importaría enjabonarle la espalda.

Era lunes por la tarde y Jared tenía tanta hambre que podía sentir el ombligo besándole la columna vertebral. Lo sorprendía recordar que hubiera habido algún momento en su vida anterior en que hubiera creído estar muerto de hambre. Lo que había querido decir con eso era que no tenía comida basura a mano... que no había nada que comer en la casa salvo huevos, carne y verdura, y ¿quién diablos quería eso cuando significaba tener que preparárselo uno mismo?

Dios, lo que daría en aquellos momentos por algo de eso. Hacía casi veinticuatro horas que P.J. y él no se llevaban nada a la boca y su estómago protestó por la falta de alimento.

Aquel día se había gastado su último dólar llamando a casa con la esperanza de encontrar allí a Tori. Sin duda, habría viajado desde Londres para asistir al funeral de su padre. El estómago se le contrajo dolorosamente al pensarlo y tuvo que pestañear con furia al sentir la ardiente presión en la parte posterior de los ojos. «No pienses en eso, no pienses en eso».

«Piensa en cambio que te habría enviado dinero si la hubieras encontrado». No le cabía ninguna duda y, por un momento, la imagen de Tori cruzó su pantalla mental, consolándolo.

Pero el pesar no tardó en instalarse de nuevo en su estómago. Porque, al final, había malgastado el dinero. Había sido Dee-Dee quien había contestado a la llamada y Jared había colgado, preso del pánico.

—¡Oye! —P.J. le dio un codazo en el costado—. Sonríe para los turistas. Esa mujer de ahí te estaba mirando —después, hizo una mueca y señaló en otra dirección—. Y también ese hombre.

Involuntariamente, la mirada de Jared siguió la trayectoria del dedo, pero apartó la mirada cuando un carnoso hombre mayor enarcó una ceja y le dirigió una sonrisa esperanzada. El hielo le contrajo las entrañas. Por el mordisco de desesperación que empezaba a sentir. Por el temor de que no le quedaran alternativas si sus circunstancias no mejoraban rápidamente. Sinceramente, no sabía si podría vivir en paz consigo mismo si tuviera que hacer «eso» para sobrevivir.

Como si hubiera expresado su temor en voz alta, P.J. dijo con fiereza:

—Todavía no hemos llegado a eso, amigo —y lo hizo girarse para que ya no pudiera ver al hombre—. Y eres inteligente. Ya se te ocurrirá algo.

Tiró de él hacia la acera, donde esperaron a que pasara un tranvía antes de bajar al asfalto, que estaba cerrado al resto del tráfico. P.J. lo hizo volverse hacia una mujer de mediana edad que esperaba el tranvía del noroeste y, apretándole el brazo, le dio un pequeño empujón.

—Vete a hablar con la señora. Tiene cara de querer desprenderse de un poco de cambio.

Jared se resistió a moverse.

—¿Qué tal si probamos otra cosa?

—Está bien —dijo P.J. despacio, mirándolo—. ¿Como qué?

Le señaló la mochila con el dedo y se inclinó para darle instrucciones al oído. A P.J. se le iluminaron los ojos.

—Genial.

Jared siguió caminando hacia su presa mientras Pej bailoteaba alrededor detrás de él. Un segundo después, notó que le abría la mochila y que empezaba a hurgar en su interior. Cuando emitió un sonido de congoja y empezó a sacar cosas fuera, Jared estuvo a punto de sonreír. Maldición, se le daba bien.

—Espera un minuto —dijo. Tiró de la mochila mientras Jared seguía caminando hacia la mujer de la parada—. Jared, ¿quieres parar? No está aquí.

Volvió la cabeza para mirarla.

—¿Cómo que no está ahí? Tiene que estar. No lo verás.

—No, en serio. No está.

Se quitó la mochila y la dejó caer al suelo, prácticamente a los pies de la mujer a la que pensaban estafar. Obligándose a no mirarla, Jared empezó a registrar la mochila, sacando objetos con creciente velocidad y dejándolos caer al suelo.

—Dios —masculló, y descubrió que no resultaba difícil mostrarse desesperado. ʃEstaba desesperado por poder comer al menos una vez al día siguiente–. ¿Qué vamos a hacer, Pej?

—Mamá nos matará —gimió.

—Perdonad —dijo una voz amable, y los dos miraron a la mujer–. ¿Estáis bien, niños?

—Sí, estamos bien, señora —dijo Jared, al mismo tiempo que P.J. gemía:

—¡Nooo!

—¿Habéis perdido algo?

Jared vio su mirada amable y sus zapatos gastados y comprendió que no era una turista. Diablos, no parecía vivir mejor que ellos y se sentía como un gusano porque sabía que iba a engañarla de todas formas. Recogiendo los objetos que había sacado de la mochila, se puso lentamente en pie.

—No es nada.

P.J. le dio un manotazo.

—Salvo que ahora no tenemos dinero para ir a casa y que mamá no nos lo perdonará porque nos dijo que no se fiaba de que viniéramos al centro solos.

La mujer hurgó en el bolso que había visto días mejores y sacó tres dólares arrugados. Al avistar el interior de la cartera, Jared vio que solo le quedaban dos.

La mujer le tendió los billetes.

—Quizá esto os pueda ayudar.

El rugido del estómago le recordó cuánto iba a ayudar, pero fue incapaz de levantar la mano para aceptar el dinero. P.J. tenía menos escrúpulos y se los quitó a la mujer de los dedos.

—Gracias, señora. ¡Acaba de salvarnos la vida!

—Ha sido un placer —les dirigió a ambos una suave sonrisa–. Tu hermano me recuerda a mi hijo.

—Vaya, qué lástima. ¿Él también es feo?

Una sombra pasó por la mirada de la mujer.

—No, era bastante apuesto.

El movimiento incesante de P.J. cesó.

—¿Era?

—Murió en la guerra de Irak.

—Vaya, señora. Lo siento.

—Sí, yo también —se volvió hacia el tranvía que se acercaba por las vías.

Jared hurgó en la mochila y sacó un bolígrafo y un trozo de papel. Se lo enseñó a la mujer.

—¿Podría escribirme su dirección? —le pidió—. Le devolveremos el prestamo lo antes posible.

—No hace falta, querido.

—¡Por favor!

Lo miró a los ojos un momento; después, tomó el papel y el bolígrafo y escribió. El tranvía llegó justo cuando se lo devolvía.

—Buena suerte, niños —dijo, y subió a bordo.

Se quedaron mirando cómo el tren se alejaba por las vías. Después, P.J. se volvió hacia él.

—Bueno, ha funcionado de maravilla —lo observó con desaliento—. Entonces, ¿por qué estoy hecha una mierda?

—Por lo mismo que yo, supongo —Jared se guardó la nota en el bolsillo delantero de la mochila, aunque sabía que no tendría posibilidades de corresponder a la generosidad de la mujer—. ¿Te parece bien si guardamos el dinero para mañana?

—Sí. De todas formas, es hora de ir a Skyline —le lanzó una mirada dudosa—. Nos sentiremos mucho mejor en cuanto nos llenemos el estómago. ¿No crees?

—Claro —mintió Jared—. Mucho mejor.

Capítulo 17

–Dios mío, John. ¡Allí está!

Misil bajó la mirada cuando Victoria le cerró la mano con fuerza en torno a la muñeca. Ella lo miró, con el rostro iluminado, pero no tardó en volverse de nuevo hacia el parque urbano.

–Tenías razón –murmuró–. ¡Jared está aquí!

Siguiendo la mirada de Victoria por el desfiladero de cemento que era el parque Skyline, se fijó en un muchacho alto y esbelto de pelo grueso y castaño con vetas rubias igual que el de ella. El muchacho estaba devorando un sándwich mientras escuchaba a una niña que no hacía más que trotar a su alrededor, volando de un lado a otro como un colibrí.

John se volvió hacia Tori. Podía comprender su incredulidad. Después de pasarse día y medio peinando la ciudad sin avistar al muchacho, resultaba un poco surrealista haberlo encontrado. John se alegró doblemente de que el soplo que había recibido hubiera dado fruto, pero también creía que debían meditar sobre la manera de abordar a Jared. Establecer contacto con un chico cuando llevaba un tiempo en la calle siempre requería tacto.

Por desgracia, apenas había pensado en la necesidad de prevenir a Victoria cuando esta bajó el brazo y echó a andar por el parque.

–¡Victoria, espera!

Pero ya no lo oía, y salió disparada como un purasangre de un corral, sorteando con elegancia los grupos de críos que pululaban por el parque o descansaban en los peldaños de cemento que rodeaban una fuente de piedra roja. John corrió tras ella, pero justo cuando la sujetaba por el brazo para detenerla, Victoria llamó a su hermano por su nombre.

Mierda. Pero ya lo había puesto sobre aviso. John la soltó y avanzó, dispuesto a perseguir a Jared si era necesario.

El muchacho pestañeó un par de veces, como si no pudiera creer lo que veía. Después, movió los labios, pronunciando el nombre de Tori. Le dijo algo a la joven colibrí, la tomó de la mano y, justo como John había temido, echó a correr como loco.

Solo que... no en la dirección que él había imaginado. Su rostro sombrío se iluminó con una enorme sonrisa, y Jared avanzó en línea recta hacia su hermana.

Por primera vez, Victoria no era consciente de la presencia de John. De hecho, parecía que no existiera, tal era la intensidad con que miraba a Jared. Corrió a reunirse con su hermano con los brazos abiertos y, a los pocos segundos, lo estaba estrechando. Aterrada de que volviera a esfumarse, lo rodeó con fuerza con los brazos, abarcando incluso la mochila, hundiendo los dedos en la tela impermeable para retenerlo. Para mantenerlo a salvo. Un lejano rincón de su mente se percató de su ligero olor a sucio, pero no le importaba. Lo importante era que Jared estaba allí. Sano y salvo. El resto no eran más que detalles.

Notó que él empezaba a temblar y lo meció, moviéndose de lado a lado. Jared reaccionó abrazándola con fuerza y apretando la mejilla contra la coronilla de ella. Un segundo después, Victoria notó que se secaba las lágrimas en su pelo, y de todas las cosas en las que podría o debería estar pensando, la única idea que surgió fue: «¿Cuándo ha crecido tanto?»

Después, Jared levantó la cabeza para mirarla.

—Lo siento, Tori —dijo con voz ronca—. Daría cualquier cosa por dar marcha atrás y rehacer esa noche. Pero tienes que creerme, no fue mi intención matar a papá.

A Victoria se le cayó el alma a los pies y solo en aquel momento comprendió que había esperado que Jared aclarara lo que, en el fondo de su corazón, había concebido como un malentendido. Había estado tan segura de que Jared no podía haber matado a su padre... Pero su semblante torturado expresaba aún con más claridad que con palabras que estaba equivocada.

Se obligó a apartar la incomodidad y a pensar. Seguía siendo su hermano pequeño y, teniendo en cuenta la personalidad gélida de su padre, habría circunstancias atenuantes. Levantando la mano para tocar la barba incipiente de la mejilla con los dedos, dijo con suavidad:

—Sé que no. ¿Puedes contarme lo que pasó?

Jared la soltó y retrocedió; se pasó los dedos por el pelo.

—Dijo que... que yo no... —carraspeó—. Dijo algo horrible y yo solo quería irme, ¿sabes? Así que lo empujé para salir. Pero ¡no tenía intención de matarlo!

—Espera —Victoria se lo quedó mirando—. ¿Lo empujaste?

—Sí —sus movimientos eran rígidos por la agitación—. Solo quería quitármelo de encima, pero él tropezó, se cayó y se golpeó la cabeza con la esquina del hogar. Y sé que debería haber llamado a urgencias, pero no le sentía el pulso, y había tanta gente en el comedor que me entró el pánico y ¡Dios, Tori, no sabes cuánto lo siento!

Victoria notó que se le empezaban a deshacer los nudos del estómago, pero fue John quien dijo con una serena falta de emoción:

—Tú no lo mataste, chico.

—¿Qué? —Jared se volvió para mirar fijamente a Misil—. Sí, lo maté. Acabo de decirlo, no podía sentirle el pulso.

—No, Jared, él tiene razón —la chica que acompañaba a su hermano empezó a dar brincos delante de él. Con una voz rasposa que resultaba extrañamente atractiva, le habló—. ¿Recuerdas que vi en las noticias que tu padre había sido asesinado y que te estaban buscando? Pues dijeron que lo habían apuñalado.

—¿Qué? —daba la impresión de que alguien lo hubiera apuñalado a él de lo que forcejeaba para asimilar la noticia—. No, eso no puede ser cierto. Lo empujé.

—Pero no murió de una herida en la cabeza —le informó John—. Murió por la pérdida de sangre provocada por una herida de puñal en el pecho.

—Quizá alguien lo apuñaló después de que yo lo hubiese matado.

—No —dijo John con firmeza—. No sé por qué no pudiste encontrarle el pulso a tu padre, pero si de verdad lo hubieras matado, se le habría parado el corazón. Habría perdido mucha menos sangre de la que señalaban los informes que yo leí.

Jared pestañeó. Pareció reparar en John por primera vez y frunció sus cejas oscuras.

—¿Quién es usted? —cuando le salió un gallo a mitad de la pregunta, se sonrojó de manera dolorosa.

—Perdona, cariño —intervino Victoria—. Debería haberte presentado, pero me olvidé de todo salvo de que te había encontrado. Este es Misil. Quiero decir, John, John Miglionni. Es... un viejo amigo mío. Lo contraté para que te encontrara.

—¿Lo contrataste? —miró a John—. ¿Qué es, una especie de detective privado o algo así?

John lo miró a los ojos con serenidad.

—Sí.

—¿En serio? —en cuanto las palabras abandonaron sus labios se encogió de hombros, como para anular cualquier interés que su tono de voz hubiera dejado entrever. Pero relajó los hombros un poco y se volvió hacia Victoria—. ¿De verdad no maté a papá?

—De verdad —le aseguró.

—¡Dios! —doblando las piernas, se dejó caer en la senda de cemento. Enterró la cabeza entre las manos—. Dios, Tori. Pensaba que iba a ir al infierno.

—Mirad —dijo John—. Empezamos a llamar la atención y como, hasta que no aclaremos lo sucedido, Jared no está aún libre de sospecha, será mejor que nos vayamos de aquí. Podremos seguir hablando en mi oficina.

Con la alegría de haberlo encontrado, Victoria había olvidado que la policía seguía considerando a su hermano el principal sospechoso.

La joven de voz rasposa retrocedió con vacilación.

—Entonces, será mejor que os deje —se metió las manos en los bolsillos de los vaqueros, encogió sus estrechos hombros y lanzó miradas agónicas a la cabeza gacha de Jared. Sin embargo, en cuanto este la levantó, se plantó una alegre sonrisa en los labios–. Os dejaré en paz para que podáis seguir con lo vuestro.

–¡No! –Jared se puso en pie y la sujetó por el brazo–. Tú vienes con nosotros.

–Pero...

Sin soltar a la chica, se volvió hacia Victoria.

–Esta es mi hermana Tori –dijo–. Tor, esta es P.J. De no ser por ella, no sé lo que habría sido de mí.

–No, eso no es cierto –discrepó P.J., y clavó la mirada con intensidad en Victoria–. Jared es muy inteligente y...

–Me previno contra lugares peligrosos –la interrumpió Jared–. Me dijo dónde podía ducharme y conseguir comida. Me ha hecho compañía, Tor. Y, si la dejamos aquí, seguirá en la calle ella sola. Su maldita madre...

Desasiéndose con fuerza, P.J. empujó el cuerpo alto y fuerte de Jared con su esbelta figura.

–¡No metas a mi madre en esto!

–Sí, está bien, lo siento. Pero vas a venir con nosotros.

Victoria observó el diálogo con fascinación y, cuando la chica le lanzó una mirada cargada de incertidumbre, la vulnerabilidad y el miedo de esos enormes ojos castaños la desgarraron.

–Será mejor que hagas lo que te dice, P.J. –le aconsejó con una amable sonrisa–. Puede ser terco como un mulo cuando se le mete algo entre ceja y ceja.

–A mí me lo vas a contar –masculló, pero la incertidumbre desapareció de su expresión. Se volvió hacia Jared–. Está bien, pero solo un rato.

–Sí, sí –le rodeó el cuello con el codo y la arrastró con él. Con los nudillos, le frotó la parte superior de la gorra. Ella le dio un codazo en el costado y se desasió.

–Corcho. Muestra un poco de dignidad, ¿quieres?

A Misil se le escapó una carcajada ahogada, pero cuando Victoria se volvió hacia él, su expresión era afable.

–Llamaré a Mac y le diré que vamos para allá –dijo, y se sacó el móvil del bolsillo.

Victoria perdió parte de su sensación de bienestar. Genial, Mac otra vez. La mujer que dirigía la oficina de John y con quien él coqueteaba a todas horas. No le costaba trabajo imaginarla. Sin duda, sería una rubia nórdica de bronceado perpetuo, pecho generoso y muslos que podrían cascar una nuez. Al mirarse la camiseta menos que impecable y las zapatillas polvorientas, Victoria deseó haber tenido tiempo para maquillarse un poco.

Al cabo de unos minutos de trayecto, Misil entró en un pequeño aparcamiento de un edificio reformado de estilo artístico. En la placa de latón de una de las columnas del porche delantero se leía «Agencia de detectives Semper Fi».

—¿Cómo? —dijo Victoria, sorprendida—. ¿Nada de pasillos sórdidos?

John le lanzó una sonrisa y alargó el brazo para darle un apretón en el muslo antes de volverse hacia Jared.

—Prepárate, chico...

—Se llama Jared —le espetó P.J. John le sonrió.

—Cierto. Te pido disculpas. Prepárate, Jared. Y tú también, P.J. Estáis a punto de conocer a Gert.

P.J. se desabrochó el cinturón y se inclinó hacia delante en el asiento.

—¿Quién es Gert?

—Gert MacDellar, también conocida como Mac, es la administradora de mi oficina —dirigió una mirada a Victoria—. Mi Viernes en chica, podría decirse.

Sí, sí, sí, pensó Victoria con amargura. Muy gracioso. No era que estuviera celosa... exactamente. Bueno, quizá un poco. De hecho, no tenía tanta prisa por apearse del coche como los demás. Quedándose rezagada, se detuvo para quitarse un poco del polvo que se había acumulado sobre su persona.

La chica Viernes de John estaría, sin duda, impecable.

—Bien —les espetó una voz al otro lado del umbral abierto—. Por fin apareces. Espero verte más a menudo a partir de ahora.

Victoria se enderezó lentamente. Vaya. ¿Qué era aquello? La adorada Mac no poseía la voz dulce que había imaginado. Apretando el paso, Victoria subió los peldaños del porche y franqueó el umbral abierto.

Cómodamente instalada detrás de un enorme escritorio de roble, una mujer mayor de pelo azulado y gafas de ojo de gato miraba a John con expresión belicosa.

–Dime que esto cierra el caso de Colorado Springs.

–Me temo que no –John se sentó en la esquina de la mesa y le sonrió, indiferente a su tono desabrido.

–Madre del amor hermoso, chico, tienes que cerrarlo cuanto antes –le agitó un puñado de notas de color rosa en la cara–. ¡Mira estos mensajes! He estado rechazando clientes a diestro y siniestro.

–Ocúpate de ello, Mac –dijo John con serenidad–. Este caso es más complicado de lo que esperaba y la señorita Hamilton quiere que investigue quién mató a su padre ahora que sabemos que su hermano no lo hizo.

–¿Quiere que te ocupes de un asesinato? –la mujer clavó su fiera mirada azul en Victoria–. ¿Tiene alguna idea de cuánto puede costarle eso, jovencita?

–Sí. John me dijo cuáles eran sus honorarios y me explicó que ni siquiera pagando exorbitantes cantidades de dinero podría garantizarme las respuestas que estoy buscando.

–John te lo dijo, ¿eh?

–Déjalo, Gert.

–Bien –le lanzó una mirada y se dio una palmadita reconfortante en su peinado de años cincuenta–. Cierra esa puerta –le espetó a P.J., que había estado merodeando por la oficina y en aquellos momentos tenía un pie en el porche para echar un vistazo al comedero de pájaros–. No estamos pagando el aire acondicionado para refrescar el exterior.

–Perdone. Este lugar es muy bonito y quiero verlo todo –P.J. cerró la puerta y se acercó al escritorio–. Me encantan sus gafas –dijo, estudiando a Gert con atención–. ¡Y el pelo es genial! Es estupendo ver a una vi... señora que sabe aprovechar al máximo la moda retro.

–Me alegro de que te guste –dijo Gert con acritud, pero su

mirada se suavizó al contemplar a la joven. P.J. señaló el enorme escritorio de Gert y la oficina.

–Dígame, ¿qué hace aquí? Debe de ser bastante importante, ¿eh? El señor Miglionni nos advirtió que nos preparásemos para conocerla.

–El señor Miglionni es un mequetrefe insolente –le informó Gert–. Pero es muy bueno en su trabajo. Mi trabajo consiste en hacer que la oficina vaya como la seda para que él pueda investigar. Por no hablar... –lanzó a John una mirada significativa– de que debo facturar las horas de trabajo de John con regularidad, para que podamos cobrar y ambos sigamos teniendo un techo sobre nuestras cabezas.

P.J. asintió.

–Eso es importante, sin duda –corroboró con fervor.

Gert se quedó inmóvil un segundo; después, miró a la joven de arriba abajo.

–Pareces una buena chica.

–Gracias. Me llamo P.J.

–Yo soy Gert.

–Y este es Jared –dijo John–. Ahora que todo el mundo conoce a todo el mundo, vayamos a mi despacho y averigüemos qué es lo que tenemos que hacer para limpiar a Jared de toda sospecha y que pueda volver a una vida seminormal.

–¿Seminormal? –preguntó Victoria.

–Es un adolescente –John se encogió de hombros–. Es lo más que podemos esperar.

Victoria sonrió e incluso Jared, que estaba de pie rígidamente a su lado, repartiendo su atención entre P.J. y Misil, relajó las comisuras de los labios.

Pero John debió de percibir su tensión, porque dijo:

–Mi despacho está por aquí –y los condujo por un corto pasillo de paredes doradas y pósters enmarcados de viejas películas de cine negro de los años cuarenta.

A los pocos minutos, John los tenía a todos sentados frente a la mesa. En lugar de rodearla y ocupar su asiento, se encaramó a la esquina más próxima al asiento de Victoria.

Victoria deseó que no lo hubiera hecho. A la altura de sus ojos quedaban los muslos abiertos de John y el detalle, difícil de ignorar, de que cargaba a la izquierda. Recordó las dos noches que habían pasado juntos y se movió en la silla, cruzando y descruzando las piernas.

—Lo primero que tenemos que hacer es buscar a Jared un buen abogado criminalista —declaró—. Tori, ¿te parece bien que mi oficina llame a tu abogado para pedirle una recomendación?

Victoria se sonrojó intensamente. ¿Qué diablos estaba haciendo, reviviendo su pasión cuando su hermano todavía tenía problemas? Descruzó las piernas, enderezó la espalda y cruzó los tobillos recatadamente.

—En absoluto.

—¿Tienes el nombre del abogado, Mac? —preguntó. Victoria se volvió con sorpresa. Ni siquiera se había percatado de que la mujer había entrado con ellos en el despacho; sin embargo, allí estaba, sentada en un viejo sillón de cuero del fondo de la habitación.

—Rutherford —dijo Gert, y levantó la vista del bloc que tenía en el brazo de la silla—. Lo llamaré en cuanto hayamos terminado con esto.

John se volvió hacia Jared.

—Muy bien, este es el trato —dijo—. Para arreglar este lío, tendrás que entregarte a la policía de Colorado Springs. El cuándo y el cómo requieren cierta estrategia, así que no haremos nada hasta que no tengamos todas las piezas en su sitio. Por tanto, debemos mantenerte oculto hasta que podamos encontrar al mejor abogado del Estado. Y, como eres un menor, tienes derecho a que tus padres estén presentes cuando te interrogue la policía.

—No tengo ni padre ni madre —dijo Jared, con sombras en sus ojos de color avellana.

—Lo sé —dijo John con energía—. Pero imagino que Victoria podrá ocupar su lugar, y lo que quiero que hagas, Tori —dijo, desviando la atención de su hermano para mirarla a ella— es que firmes un poder que me permita acudir en tu lugar.

—¿Qué? —Victoria se irguió aún más—. No, quiero ir yo.

—Lo sé, cariño. Quieres estar con él para demostrarle tu apoyo cuando lo interroguen, y te lo mereces, pues eres la única que ha creído desde el principio en su inocencia. Pero conozco al policía que dirige este caso, ¿recuerdas? Es un cretino, y si lo que pretendemos es disipar las sospechas que recaen sobre Jared, yo tengo muchas más posibilidades de representar mejor sus intereses que tú.

Victoria sabía que John estaba en lo cierto, pero eso no le impidió protestar.

—No es como si hubieses tratado a ese detective todos los días. Solo hablaste con él... ¿Cuántas veces? ¿Una?

—Cierto. Por otro lado, tengo mucha experiencia con las comisarías y conozco nuestro sistema legal mucho mejor que tú.

—¡Pero no tienes ninguna relación con Jared! ¿No crees que él se sentirá más cómodo estando conmigo?

John se volvió hacia el muchacho.

—¿Es eso cierto?

Jared miró a Misil durante varios instantes; después, se volvió hacia Victoria y dijo en tono de disculpa:

—Dudo que me sienta cómodo en ningún caso. Aun así, si no te molesta, me gustaría ir con alguien que conoce el sistema.

—Cielo, por supuesto que no me molesta.

«Mucho». Victoria movió ligeramente la cabeza, sintiéndose como una niña mimada. Tenía la terrible sensación de que su insistencia se debía más a la culpabilidad que sentía por haberle fallado a Jared que a la necesidad de ofrecerle su apoyo. Alargando el brazo para darle un apretón, miró a John.

—Firmaré lo que tú digas.

—Gracias —dijo Misil con suavidad. Después, se volvió enérgico—. Mac, ocúpate de llamar al abogado de la familia para que te dé un nombre. Pide una cita con él.

—Ahora mismo —dijo la administradora, y salió.

Regresó tras un brevísimo intervalo de tiempo.

—Rutherford recomienda a un abogado llamado Ted Buchanan. He llamado a su despacho y ha dicho que se reunirá con vosotros en la finca Hamilton mañana a las once de la mañana.

—¿Finca? —dijo P.J. Miró a Jared casi con horror, pero este se limitó a encogerse levemente de hombros.

—Entonces, será mejor que vayamos allí esta noche —declaró Misil. Se volvió a P.J.—. Lo cual nos hace pensar en ti.

La joven se quedó helada.

—¿Qué? No, esto no tiene nada que ver conmigo. Solo os he acompañado hasta aquí porque Jared quería que lo hiciera.

—No puedes volver a la calle, cielo.

El apelativo cariñoso pareció agitarla un poco. Después, P.J. levantó la barbilla.

—Lo sé. No pienso hacerlo. Llamaré a mi madre.

—¿Y qué harás si vuelve a colgarte? —inquirió Jared.

—¿Tu madre te ha colgado? —inquirió Gert, con sus ojos azules tornándose fieros detrás de los cristales.

P.J. hizo caso omiso de la pregunta, pero la anciana cruzó los brazos sobre su pecho huesudo y se la quedó mirando hasta que la joven, finalmente, se encogió de hombros.

—Sí, señora —masculló mirando al suelo. El rubor ascendió por su cuello hasta el rostro.

—Pero a ti te gustaría volver con ella de todas formas, ¿no?

—Ya lo creo, señora.

—Entonces, me ocuparé de que vuelvas —dijo Gert con rotundidad, y Victoria no dudó ni un momento de que la feroz anciana lo conseguiría—. Mientras tanto —prosiguió Gert—, puedes venir a casa conmigo.

Levantando la cabeza, P.J. miró a Mac con recelo.

—No será una de esas mujeres a las que les gustan las niñas, ¿no?

Gert resopló.

—Lo dudo. El sexo, tanto con uno u otro género, está sobreestimado.

—¡Yo también lo creo!

—Bien. Entonces, arreglado.

—No, no está arreglado —la joven enderezó la espalda—. No soy una obra de caridad, señora.

—No he pensado que lo fueras. No me vendría mal que me

echaras una mano aquí, archivando, organizando y demás. Esfuérzate y no solo te costearás el alojamiento y la comida sino que ganarás un poco de dinero para gastos.

—Entonces, vale —la piel de P.J. pareció refulgir ante esa perspectiva—. Eso es diferente.

—Bien. Tengo la sensación de que te gustará mi casa. Está llena de todas esas cosas... ¿cómo lo llamaste? Moda retro.

John se volvió hacia Jared, cuya mirada se había vuelto taciturna en cuanto había oído a Gert haciendo planes para P.J.

—¿Te parece bien? —le preguntó en voz baja mientras Mac le explicaba unas cuantas cosas a la joven. El adolescente se encogió de hombros.

—Supongo que sí. Pero ¿por qué no puede venir a casa con nosotros?

—Mac ha tenido que hacer un esfuerzo para que P.J. no se sienta como una obra de caridad. Tu casa es una mansión. ¿Cómo crees que reaccionaría si fuese una huéspeda en tu casa?

—Mierda —con las manos en los bolsillos delanteros, el joven encogió los hombros. Pero miró a John a los ojos—. La intimidaría horrores.

—Eso pensaba yo. Claro que podrás verla en cuanto hayas resuelto tu lío legal.

Jared accedió, pero Victoria, al verlo, dedujo que a su hermano no le hacía gracia separarse de su joven amiga.

Tenía la sensación de que Misil también lo sabía, porque su voz fue menos brusca de lo normal cuando dijo:

—¿Te importaría quedarte aquí un rato con P.J. y con Gert?

Jared movió la cabeza.

—Bien. Hay comida en la cocina, sírvete —John se volvió hacia Victoria—. Toma el bolso —dijo, mientras se dirigía a la puerta—. Vamos a mi casa a recoger unas cuantas cosas. Antes pasaremos por tu hotel para recoger tu equipaje y pagar la cuenta.

Capítulo 18

Misil se sorprendió pasando de la imparcialidad profesional a la excitación más absoluta a los pocos momentos de subir al coche. Contrajo la mandíbula mientras conducía hacia el hotel de Tori. ¿Qué diablos le pasaba? Siempre había sido un témpano en lo relativo al sexo pero, de pronto, cuando debería estar concentrándose en el problema del hermano de Victoria, ¿dónde tenía la maldita cabeza? En su fragancia, por el amor de Dios. En la tentadora curva del muslo perfilado por los vaqueros, que no dejaba de ver por el rabillo del ojo.

Era un tipo muy profundo... Estaba claro que no podía escapar a sus genes Miglionni.

La llegada al hotel le permitió pensar en otra cosa. Subieron al cuarto de Victoria, recogieron sus cosas y la caja de condones y regresaron al vestíbulo en tiempo récord para ocuparse de la cuenta. Después, se dirigieron a su apartamento.

Durante el trayecto, John se esforzó en concentrarse en lo que podría hacer por Jared y, minutos más tarde, cuando abrió la puerta del apartamento, el sexo no era lo primero que tenía en mente. En cambio, lo preocupaba lo que pensaría Victoria de su casa.

Sin embargo, cuando cerró la puerta tras ellos, Victoria giró en redondo, se arrojó en sus brazos y le plantó un beso ardiente en la boca. No hizo falta nada más para hacerlo perder su angustia de decorador. Envolviéndola con los brazos, se puso rápidamente en sintonía con ella.

Victoria se apartó un poco y lo miró.

—Gracias —dijo con un ferviente jadeo.

—De nada —deslizó las manos al frente de los vaqueros de Victoria y empezó a desabrochárselos. Sonrió al ver sus ojos entrecerrados—. ¿Cómo estás de agradecida?

—Mucho —ella le puso las manos en la cintura de los vaqueros—. Deja que te lo demuestre.

Cuando quiso darse cuenta, John tenía los vaqueros en torno a los tobillos y la había despojado de los pantalones y las braguitas. Besándola con fervor, le acarició su calor húmedo con una mano mientras utilizaba la otra para ponerse un condón. En cuanto la protección estuvo lista, la levantó contra la puerta y se hundió en ella.

Victoria gimió, y solo hicieron falta unas cuantas penetraciones profundas para que alcanzara el clímax. Emitiendo pequeños jadeos cada vez más agudos, se aferró a los hombros de John y cruzó los tobillos tras su cintura.

—Dios —a John lo invadía una multitud de emociones... solo parte de las cuales tenían que ver con la necesidad imperiosa de consumar el acto. Inclinando la cabeza, abrió la boca para apoyar los labios en la base del cuello de Victoria y lamió la piel acariciada por el sol. Notando que ella se contraía con más fuerza en torno a él, empezó a penetrarla con más ímpetu y velocidad—. Desde la noche que nos conocimos, has tenido un efecto absurdo en mí —masculló. Le plantaba besos desde la base del cuello hasta la oreja, donde siguió susurrándole con voz ronca—. Nunca he podido contenerme contigo como me he contenido con todas las demás.

Después, levantó la cabeza y contempló los ojos nublados de Victoria al tiempo que sentía llegar su propio clímax.

—Me cambiaste —dijo, y gimió cuando el orgasmo le recorrió el miembro. Hundió las caderas hasta el fondo pero, justo antes de entregarse a las abrasadoras pulsaciones, repitió—. Me cambiaste, Tori. Me hiciste un hombre mejor.

«Mierda, Miglionni», pensó en cuanto las cosas se calmaron y los dos permanecieron apoyados, sin fuerzas, contra la pared.

«¿Desde cuándo eres un parlanchín?» Su inusual locuacidad lo hacía sentirse desnudo y vulnerable. Cuando Victoria separó los tobillos y empezó a desenroscarse, la sujetó por los muslos para mantenerla en su sitio y la empujó con cuidado.

–¿Adónde crees que vas? –gruñó, sintiendo la necesidad de reafirmar su vieja sexualidad de «Esto no es serio, así que no te pongas cómoda». Se subió los vaqueros lo bastante para no tropezar y la trasladó al salón, deteniéndose aquí y allá para recoger las braguitas y los vaqueros de Victoria.

–Aah –gimió ella la segunda vez que se agachó, cuando sus glúteos desnudos se apoyaron un momento en los muslos de John–. Sentir el movimiento de todos esos músculos es muy interesante. Ojalá me hubiera quitado más cosas –pero le llamearon las mejillas y bajó la cabeza, sonrojada–. Todavía estás duro. No lo esperaba.

John rio y, así, sin más, perdió la necesidad de aferrarse a su antigua personalidad de donjuán. Victoria siempre le había producido ese efecto.

–Disfruta mientras puedas, porque se está relajando rápidamente.

–Ah –sonriendo, Victoria apoyó la cabeza en el hombro de John–. Esa debe de ser una de las ventajas de ser tan... largo. Tardas más en salir.

Al llegar al sofá, John se sentó y la mantuvo a horcajadas sobre sus rodillas. Lo irritaba comprender que podría pasarse así toda la tarde.

Victoria levantó la cabeza y se enderezó en su regazo. El movimiento lo hundió más dentro de ella y, con las cejas enarcadas, Victoria lo miró como una joven reina al idiota del pueblo.

–¿No habías dicho que se estaba relajando?

–Cierto. Pero es excitable y, dentro de ti se siente muy, muy bien –con sincero pesar, la levantó y la colocó en el borde de sus rodillas. Le pasó la mano por la cadera–. Por desgracia, no tenemos tiempo para una segunda ronda. No quiero dejar a tu hermano demasiado tiempo solo comiéndose la cabeza.

—No, tienes razón —Victoria se puso en pie y se inclinó rápidamente para darle un fugaz beso en los labios—. Se lo veía aliviado por la idea de volver a casa, pero si se echa atrás y vuelve a huir, sinceramente, no sé lo que haría.

—No te preocupes, creo que no se irá —la tranquilizó John.

Quitándose el condón, volvió a subirse los vaqueros y se cerró la cremallera con delicadeza mientras la veía vestirse. No tenía intención de hablar de su relación con Victoria pero, cuando abrió la boca para decirle que solo tardaría un momento en recoger sus cosas, las palabras salieron solas de su boca.

—Bueno, ¿qué va a ser de lo nuestro?

La pregunta tomó a Victoria por sorpresa y se quedó inmóvil un momento, con la mano medio metida en la cintura de los vaqueros. Después, se volvió para mirar a John fijamente.

—¿A qué te referías cuando dijiste que tu padre era un borracho desagradable?

Su expresión se tornó hermética.

—Lo que dije. Era un borracho. Yo no lo soy. ¿Qué diferencia hay?

—La de si estás dispuesto a hablar conmigo de las cosas que te importan o si solo te interesa llevarme a la cama.

—Siempre me has interesado por mucho más que tu cuerpo —dijo con rotundidad—. Incluso en Pensacola. En realidad, quería saber todo sobre ti. Lo que te gustaba, lo que detestabas. Lo que te hacía reír. Así que, de acuerdo, si quieres saber lo que es un borracho desagradable, seré un marine bueno y te lo diré —desplegó una sonrisa fluida, pero su mirada se tornó distante, como si estuviera recordando—. Los borrachos desagradables prefieren usar los puños a controlar su mal genio.

—¿Así que tu padre se peleaba? Lo siento. Seguro que era una situación difícil y vergonzosa —pero la rigidez de John la hizo comprender—. Espera un momento. ¿Te pegaba a ti?

John se encogió de hombros, como si no tuviera importancia, y la mirada de Tori chocó de golpe con un orgullo que la desafiaba a compadecerse de él.

Cruzó la habitación como una centella y volvió a sentarse en las rodillas de John. Le rodeó el cuello con los brazos y apoyó la cabeza en su pecho, sintiendo los latidos fuertes y rápidos de su corazón bajo la mejilla. Pasó por alto el hecho de que él tenía los brazos rígidos a los costados.

–Que cabrón. No te merecía.

John rio con genuino regocijo y la rodeó con los brazos, con la risa todavía resonando en su pecho. Ella inclinó la cabeza hacia atrás para mirarlo.

–¿Qué te hace tanta gracia? Es verdad. No te merecía.

–No voy a replicar, cariño. Es que... oír «cabrón» viniendo de esos labios... –le pasó el pulgar por los labios en cuestión–. Me hace gracia.

–Pues, oye, encantada de hacerte reír –mantuvo el tono cáustico, pero decía la verdad. Estaba encantada de haber disipado las sombras de los ojos de John–. Entonces, ¿qué piensas? –preguntó–. ¿Estás dispuesto a probar con una relación seria?

El pecho de John ascendió y descendió bajo la mejilla de Victoria. Después, le levantó la barbilla para mirarla.

–Sí.

–Eso supone pasar más tiempo con Esme –le recordó. Pero apenas había pronunciado esas palabras cuando alargó la mano para tocarle la mejilla–. Ya estabas haciéndolo de todas formas, antes de que recibiéramos la llamada sobre Jared.

–Sí –dijo despacio–. Quizá no sea tan... difícil como temía. Es agradable estar con ella –le acarició el pelo–. Vamos, hay gente esperándonos.

–Lo sé. Tenemos que volver.

Victoria volvió a apartarse de las rodillas de John y se puso en pie.

–Ya sabrás –le dijo minutos más tarde, desde el umbral del dormitorio de John, mientras lo veía guardar más camisetas sedosas y pantalones de pinzas perfectamente planchados en una pequeña bolsa de cuero– que cuando regresemos a la finca de mi padre, el sexo será muy limitado, si no inexistente.

–¿Qué? –se enderezó para mirarla–. En ese caso, olvídalo. Esta relación ha terminado.

A Victoria se le cayó el alma a los pies, y debió de reflejar su desolación, porque John soltó la camiseta que había estado doblando meticulosamente y cruzó la habitación en dos zancadas gigantescas para alcanzarla.

–Dios, no pongas esa cara. Era una broma –le frotó los brazos con las palmas de las manos–. Tendremos que prescindir de lo bueno a causa de Esme, ¿verdad? Sé que no es realista pensar que podemos seguir como estos dos últimos días con una niña corriendo por la casa.

–Suele meterse en la cama conmigo en mitad de la noche –dijo en tono de disculpa–. No todas las noches, por supuesto, pero nunca sé cuándo va a aparecer.

–Entonces, tendremos que contenernos.

Cielos. Victoria intentaba con todas sus fuerzas ser moderna, aceptar el placer que podía y no pensar en el precio. Pero al oír hablar a John, comprendió que, en el fondo, había estado deseando que ocurriera justo lo que él parecía estar ofreciéndole: la oportunidad de profundizar la relación. Su aceptación pragmática de los límites que ella había impuesto sobre el acto sexual, que, según John parecía creer, era una parte crucial de su personalidad, la impulsaba a aferrarse a él y a esa promesa con manos ávidas por si acaso Misil se echaba atrás. Entonces, Victoria comprendió que no era una mujer moderna.

Era una mujer locamente enamorada.

Capítulo 19

El jueves, nervioso por la emoción y la subida de adrenalina, Jared entró con ímpetu en su dormitorio y se fue derecho al teléfono. Marcó el número de la casa de Gert que le había dado John y, en cuanto P.J. se puso al teléfono, barbotó:

–Soy un hombre libre.

Ella gritó de alegría y, sujetando el teléfono contra el oído, Jared se dejó caer en la cama y sonrió al techo. Se sentía como si llevara siglos fuera de casa y, sin embargo, a su regreso, lo sorprendía ver que nada había cambiado. La sensación de desorientación lo afectaba aún más después de pasar la tarde en la comisaría de policía.

–Cuéntamelo todo –le exigió P.J.

–Está bien, dame un segundo. Tengo que pensar por dónde empiezo.

–No es tan difícil –dijo ella con impaciencia–. Empieza desde que te fuiste de la agencia.

Jared rio porque era una respuesta típica de P.J.

–Muy bien. Llegamos a casa el martes por la noche, a eso de las diez y, la verdad, estaba agotado. Saqueé la cocina, saludé a la cocinera y a Mary...

–¿A la cocinera? ¿Tienes una cocinera viviendo en tu casa? ¡Dios mío! ¡Eres de otro planeta!

Aquello le produjo una punzada de pánico.

–No, no es cierto –se apresuró a asegurarle–. Mi familia tiene dinero, eso es todo.

—Y dices que eso es todo —repuso P.J.–. Bueno, olvídalo. ¿Quién es Mary?

—El ama de llaves. Mi padre ha estado casado cientos de veces y las madrastras vienen y van. Pero Mary lleva aquí desde hace años y se ha portado muy bien conmigo. Así que las saludé a ellas y a mi madrastra de ahora, que fingió estar encantada de verme. Después, me fui a la cama.

—Y ayer por la mañana te levantaste.

—Y jugué con la pequeñaja hasta que llegó el abogado. Esa sí que se alegró de verme.

—¿Quién es, tu sobrina?

—Sí, la hija de Tori, Esme. Tiene cinco años —sonrió al recordar la alegría incondicional de la niña al verlo.

—¿Y cuando el abogado llegó...?

—Me frió a indicaciones sobre lo que debía decir y no cuando llegáramos a la comisaría de policía.

—Y hoy has estado allí. ¿Te ha acompañado el detective, como prometió?

—¿Misil? Sí, ha venido conmigo.

—¿Se llama Misil? Creía que era John.

—Sí, se llama John, John Miglionni. Pero Misil era su apodo de marine. ¿No te he dicho que estuvo muchos años en el cuerpo? No, espera, no te lo he podido decir porque lo averigüé ayer.

Pero la atención de P.J. ya había pasado a otro tema.

—¿Y qué ha pasado en la comisaría?

—He conocido a un detective insufrible llamado Simpson —a Jared se le contraían los músculos solo de recordar el suplicio al que lo había sometido el policía, pero inspiró hondo y se obligó a relajarse–. Ya había decidido que yo era el asesino y no quería oír nada que no encajara en su teoría. Pero Buchanan, el abogado, no paró de golpearlo con los hechos ni de exigir ver las pruebas que tenían contra mí. Y todo ese trabajo de preparación compensó, porque no me puse tan nervioso como lo habría estado en otras circunstancias. Pero el detective no cejaba, hasta que Misil se inclinó sobre la mesa y acercó su cara a la de Simpson. Dijo en voz baja que estaba muy cansado, que yo estaba muy cansado y declaró que, como él no tenía ninguna prueba con la que retenerme, no íbamos a quedarnos allí por las buenas. Le dijo que si pensaba ficharme que lo hiciera ya, porque nos íbamos a casa. Misil estuvo genial, Pej. No levantó la voz, pero Simpson se echó atrás y me dejó marchar –y Jared quería ser así algún día, maduro, sereno y duro. Sin miedo a nada–. ¿Cómo crees que me quedaría una coleta?

–Estúpida. Tienes un pelo mucho mejor que el de ese tipo.

–¿Y sabes qué? Tori y Misil fingen estar prometidos para poder acercarse a todos los peces gordos del club de campo y averiguar quién mató realmente a mi padre. Apuesto a que lo consigue –pero el recordatorio del asesinato de su padre mermó la euforia, y suspiró–. Me alegro tanto de no haber sido yo, Pej...

–Lo sé, yo también.

Jared hizo un esfuerzo por quitarse de encima el recordado horror y la culpa que lo había acompañado.

–Pero ya basta de hablar de mí. ¿Qué tal te las arreglas en la casa de la anciana?

–Deberías verla, Jared. Los muebles son geniales. En la cocina tiene una de esas viejas mesas cromadas con asientos de plástico rojo, y el reloj es un gato negro llamado Félix, que debió de ser famoso hace años. Mueve la cola de adelante atrás y también los ojos.

–¿A que es estupendo volver a dormir en una cama de verdad?

–Y que lo digas. ¡Y la comida! Anoche Mac me hizo pastelillos de chocolate. Nadie me los había hecho antes. Tomé cinco, de lo ricos que estaban.

Jared pensó en ello, en que nadie le había hecho nunca pastelillos de chocolate a P.J. Aunque su padre había sido un imbécil de primera clase, al menos, él había tenido a Tori, Mary y a la cocinera. Pero sabiendo que P.J. le cortaría la cabeza si se compadecía de ella, se limitó a decir:

–Lo sé. Yo tampoco he podido salir de la cocina desde que volví. Siempre valoraré tener la nevera llena.

Oyó voces en el exterior. Parecían bastante lejanas, pero el tono frenético le llamó la atención y se levantó de la cama para ver lo que pasaba. Al acercarse a la ventana, metió el pulgar y el índice entre las persianillas y las separó. Recorrió la finca con la mirada, hasta las verjas que mantenían el mundo a raya, y se quedó boquiabierto.

–Joder.

–¿Qué pasa? –inquirió P.J.

–Joder, Pej –repitió, contemplando las furgonetas cargadas de antenas y las personas que pululaban al otro lado de la verja de hierro forjado–. Hay un montón de periodistas y una, dos, tres furgonetas acampadas al otro lado de la verja. Estamos asediados.

Capítulo 20

Y «asedio» era la palabra apropiada para describirlo. Llevaban dos días soportando el ruidoso circo que tenía lugar al otro lado de la verja y, hasta ese momento, Jared se había sentido feliz de estar en casa. Sin embargo, empezaba a experimentar una inquietud que mermaba esa satisfacción. No sabía a qué se debía, pero agradeció oír voces en el vestíbulo. Salió de su habitación sin mirar atrás y bajó corriendo la escalera. Allí encontró a su hermana, a Misil y a la pitusa avanzando por el pasillo hacia la cocina.

Esme, que estaba bailoteando hacia atrás de una forma que le recordaba a P.J., fue la primera en verlo.

–¡Hola, tío Jared! –abandonando a Misil, de cuya mano había estado tirando, corrió a aferrarse a la de él–. ¡Llegas justo a tiempo! ¡Vamos a tomar helado!

Tori se volvió hacia Jared con una sonrisa de bienvenida.

–Hombre, hola. Esme tiene razón; llegas en el momento oportuno. Acompáñanos.

Dejó que lo persuadieran y los siguió, imitando los movimientos fluidos de John. Al ver el movimiento de sus músculos desde el hombro hasta el talón, se preguntó si alguna vez ensancharía.

Había muchas cosas que le gustaban de Misil, sobre todo, que nunca prometía cosas que no cumplía. Y nunca le había prometido que todo saldría bien hasta no estar seguro de que así sería. Jared lo agradecía más de lo que podía expresar.

Aun así, todavía era pronto y no era tan ingenuo como para aceptar una fe ciega. Ya no. Había sufrido a causa de un hombre cuya aprobación había buscado y, un rincón desconfiado de su alma todavía albergaba preguntas sobre la integridad de John y generaba la necesidad de ponerla a prueba.

Su actitud no tenía nada que ver con el relato de la pitusa sobre las Guerras de las Barbies, un juego inventado por Misil. Con los cuencos de helado delante, sentados en torno a la mesa, Jared escuchó a su sobrina hasta la saciedad. No estaba celoso, por el amor de Dios. Solo preocupado.

—¿Y así es como vas a averiguar quién mató a mi padre? —inquirió cuando Esme se detuvo para recobrar el aliento tras otra oda a las Barbies Guerreras—. ¿Jugando a las muñecas?

Se hizo el silencio en la mesa, y a Jared empezó a arderle el rostro. Con los hombros encogidos, se quedó mirando el helado, acorazándose contra la réplica ácida que haría picadillo su ego.

Pero Misil se limitó a decir con relajado buen humor:

—No. He pensado que obtendría mejores resultados jugando al golf.

—¿Vas a ir al club de campo? —preguntó Tori, sorprendida.

—Sí. Tengo una partida programada para las diez de mañana. Al parecer, tu padre jugaba al golf con otros tres miembros todos los miércoles, y Frank Chilworth se ha encargado de que dos de los fijos se unieran a nosotros. Uno de ellos es Roger Hamlin, a quien conocí en el funeral. Un tipo rastrero que te miraba las piernas mientras se encargaba de decirte cuánto habías cambiado desde que eras una adolescente larguirucha. El otro es un tal Frederick Olson —con una media sonrisa, movió la cabeza—. Frederick. ¿Crees que debería llamarlo Fred?

—Solo si quieres que se cague en ti —dijo Jared. Esme profirió una risita, pero cuando Victoria la regañó, Jared hizo una mueca de disculpa—. Lo siento, Tor —dio un codazo a su sobrina—. Perdona, Es. Haz como si no lo hubieras oído, ¿vale?

—Vale —pero dijo la ofensiva frase para sí.

—Quizá no lo haya expresado con elegancia, pero es el presidente del club de campo y no deja que nadie lo olvide –se defendió Jared.

–Sí, es bastante consciente de su importancia –corroboró su hermana.

Jared le lanzó una mirada de gratitud antes de dirigirse a Misil.

–¿Cómo has conseguido que esos dos accedan a jugar un sábado? –preguntó con remisa admiración–. Tanto ellos como papá y Haviland Carter siempre despreciaban la idea de jugar al golf un día que no fuera miércoles. Era algo sagrado para los hombres del club.

–El mérito no es mío sino de Frank. Pero supongo que se debe a la simple curiosidad. Tú y tu hermana vais a heredar una finca enorme. Se supone que Victoria y yo estamos prometidos. Querrán saber quién detenta el poder ahora que Ford está fuera del mapa.

El ánimo de Jared, que había estado subiendo progresivamente, cayó de nuevo en picado al recordar la muerte de su padre.

–Sí, bueno, bien por ti –masculló–. Al menos, consigues escapar del encierro un par de horas.

John clavó sus ojos oscuros en él.

–¿Es eso lo que te gustaría hacer? ¿Salir un rato?

–Diablos, sí –pero la sola idea lo hizo resoplar–. ¡Como si eso fuera posible! He hablado con Dave y con Dan por teléfono, pero ¿cómo voy a verlos o a jugar al béisbol con todos esos lobos en la verja?

–Si quieres un día libre, puedo sacarte de la finca –se ofreció Misil.

–¿Qué? –Jared pestañeó y se quedó mirando al hombre del otro lado de la mesa, que estaba rebañando ociosamente el cuenco de helado.

–¿Estás claustrofóbico? –preguntó John sin levantar la vista–. Entonces, deberías salir un rato –apartó el cuenco vacío y lanzó una sonrisa a Jared–. Pasar la barrera de los periodistas es un juego de niños. Pero tendrás que estar listo para volver conmigo.

–¡No hay problema! Tengo un móvil al que podrías llamarme

cuando sea la hora de volver. Temía usarlo en mi ausencia, porque no sabía si sería fácil de localizar, pero ya lo tengo cargado y listo.

—Entonces espérame en el vestíbulo a las nueve y media.

—Allí estaré. Te diré dónde voy a estar, para que puedas recogerme a la vuelta.

Misil se recostó en el asiento y estiró sus largas piernas por debajo de la mesa.

—Eres un buen tipo, Hamilton.

Y así, sin más, el vago descontento de Jared se disolvió como azúcar en la lluvia. Se sentía mejor que nunca.

—¿Seguro que es buena idea dejarlo marchar?

John se volvió y vio a Victoria terminando de subir la escalera. Mientras esperaba a que lo alcanzara, se puso cómodo apoyándose en una de las puertas del pasillo.

—Ya lo has visto, cariño... Empieza a subirse por las paredes. Ya ha pagado de sobra por algo que no hizo y no se merece estar encerrado. Le sentará bien salir un rato y hablar con sus amigos.

—Pero ¿y si alguien le dice algo ofensivo?

—Teniendo en cuenta que estará en compañía de adolescentes, no hay duda de que alguien lo hará —recordando que las mujeres veían las cosas de manera distinta que los hombres, se abstuvo de encogerse de hombros con negligencia cuando ella se detuvo frente a él. Aun así... —. Acaba de pasar dos semanas en la calle y no solo ha sobrevivido, sino que ha formado una alianza bastante sólida. No puedes tenerlo en pañales, Tori, por mucho que quieras protegerlo.

—Lo sé. Pero eso no impide que quiera hacerlo.

—Lo sé, pero dudo que te dé las gracias por ello. Ya casi tiene dieciocho años, y es un chico.

—Ergo, el ego.

John rio.

—Creo que no había oído a nadie decir «ergo» antes. Pero sí. El famoso ego masculino es especialmente frágil por debajo de los veinte.

—Al contrario que el tuyo, supongo.

—El mío es sólido como una roca —corroboró, y enarcó las cejas varias veces—. ¿Quieres tocarlo?

—Qué vulgar eres —dijo Victoria con un desdén inculcado. Pero alargó una mano de dedos largos y le pasó la palma por la braguea. Se le iluminaron los ojos con humor y elevó la comisura del labio—. Creo que me gusta eso de ti.

—¿Ah, sí? Creo que a mí me gusta todo de ti, cariño.

La presión de la palma de Tori contra su erección le arrancó un gemido, y John alargó los brazos para apretarla contra él. Solo habían pasado tres días desde la última vez que habían hecho el amor, pero parecían siglos. Aprovechando la oportunidad que ella le ofrecía, bajó la cabeza para besarla. Hundiendo las manos en su pelo, la mantuvo inmóvil mientras la saboreaba.

Sin embargo, como siempre que la tenía en brazos, no lograba saciarse, y no tardó en desenredar las manos del territorio seguro de su suave pelo para deslizarlas por el cuello, hombros y espalda de Victoria. Por fin, hundió los dedos en las curvas suaves y redondeadas de su trasero y, doblando las rodillas, la apretó contra él.

Los dos inspiraron con brusquedad cuando su erección le rozó la suave hendidura de entre los muslos. La apretó aún con más firmeza contra él y la estaba besando con un control cada vez más esquivo cuando, de pronto, se abrió la puerta que estaba a su espalda.

Solo los años de reflejos afilados le impidieron caer tambaleándose hacia atrás. Recobrando el equilibrio, giró con Tori bien sujeta contra su costado y vio a DeeDee de pie en el umbral de la suite principal, con semblante perplejo.

La viuda no tardó en superar la conmoción.

—Por el amor de Dios, buscaos una habitación. Hay niños en la casa.

Como si a ella le importaran los niños. Pero las palabras de DeeDee surtieron efecto, y Tori se puso como un tomate. Siempre disfrutaba dando a Victoria donde más le dolía. Contrariado, miró a la viuda Hamilton de arriba abajo.

Llevaba un halagador traje de tenis blanco, incluidas dos delgadas muñequeras de diamantes. Tenía el pelo como si acabara de estar en la peluquería, las uñas relucientes, pintadas de rojo y el rostro perfectamente maquillado. Si iba a jugar al tenis, no tenía previsto sudar. John recordó los comentarios de Mary de hacía unos días.

–¿Lista para tu profe de tenis? –preguntó con ingenuidad. DeeDee se quedó boquiabierta y John se dio una bofetada en la frente–. Caray, perdona. Ha sido un lapsus. Quería saber si estabas lista para tu lección con el profe de tenis.

–Sí –contestó DeeDee con rigidez–. Así que si me disculpáis, no quiero llegar tarde –cerró la puerta de la suite y se alejó.

John esperó a que desapareciera escalera abajo antes de volverse hacia Victoria.

–No pongas esa cara –le ordenó.

–¿Qué cara?

–Como si tuvieras que llevar una letra roja tatuada en la frente.

–Pero DeeDee tiene razón –protestó Victoria–. Yo misma te dije que no podíamos hacer el amor con Esme en la casa y, sin embargo, ¿qué es lo primero que hago? Echarme encima de tu...

–Nabo duro como una piedra.

Su rubor se intensificó, pero asintió y lo miró a los ojos.

–Exacto. ¡Y en mitad del pasillo, donde cualquiera podría habernos visto!

–¿Y qué? Ya lo haremos mejor. Pero debes saber que DeeDee solo te estaba poniendo nerviosa porque sabía que podía hacerlo.

–Seguramente –se lo quedó mirando–. Aun así, debería haberlo evitado. Créeme, no puedes resolver este caso lo bastante deprisa para mi gusto.

Capítulo 21

Los chismosos dispuestos a airear trapos sucios eran una de las herramientas de investigación más valiosas de John, y con Roger Hamlin y Frederick Olson dio en el blanco.

Pero no sin antes hablar de un sinfín de trivialidades.

Frank abordó el enfoque del prometido cuando volvió a presentarlo a los dos hombres en el primer golpe. Los dos habían asistido a la fiesta del compromiso y la sospecha de John de que habían aceptado la invitación de aquel sábado porque se morían por saber quién manejaría los bienes de Ford resultó ser profética. Hamlin y Olson estaban a la última en chismes.

No tardó ni cinco minutos en darse cuenta de que eran un par de machistas incorregibles y, sin remordimiento alguno, se aseguró de dar la impresión de que estaba gobernando los asuntos de Victoria. Los sabios asentimientos con que los dos hombres acogieron aquella pequeña farsa dejaron entrever que respaldaban su actitud.

Eso fue la parte buena. La mala era que estaban mucho más interesados en reunir información que en darla. John tardó catorce hoyos de golpes desafortunados a los bunkers y de derrochar encanto como una carga de fertilizante de primera calidad para promover cierta complicidad.

En el hoyo dieciséis, John dio un golpe decente y sonrió a Olson, quien desplegó una sonrisa constreñida y tuvo la generosidad de abstenerse de decir que ya iba siendo hora. Hamlin lo dijo en su lugar, mascullando que quizá Frederick y él pudieran llegar a tiempo a la partida de bridge a la que se habían apuntado para aquella tarde.

Frank puso los ojos en blanco ante su actitud poco bromista y dijo:

—Buen golpe, John.

En el hoyo dieciocho, a John se le había agotado el tiempo. Había intentado abordar sutilmente la cuestión del asesinato de Ford, pero aquellos dos parecían querer hablar de cualquier cosa menos de eso. Así que decidió ir al grano.

Dirigiéndoles su sonrisa más comprensiva, dijo:

—Debió de ser una terrible conmoción asistir a una cena en la que el anfitrión apareció muerto —qué diablos. O mordían el anzuelo o se quedarían mirándolo fijamente como si les acabara de arrojar un arenque podrido a los pies.

Lo mordieron. De hecho, se lo tragaron hasta el fondo, y John se regañó por no haberlo hecho antes.

—No tienes ni idea —dijo Hamlin con fervor, y corrió a hacerle un recuento de todos los pensamientos y emociones que se le habían pasado por la cabeza al descubrir que Ford había sido apuñalado.

—Sí —lo interrumpió Olson—. Al principio, cuando la doncella chilló, pensamos que se le había caído el coñac que Ford le había encargado traer. A fin de cuentas, la había contratado solo para aquella noche...

—Y ya sabes lo poco fiables que son los empleados eventuales.

—Totalmente... Al menos, eso dice mi mujer.

—Y la mía. Dios sabe que la ayuda doméstica causa muchos problemas —declaró Hamlin en tono autoritario—, pero las temporal... Es una pesadilla.

Un brillo malicioso de regocijo destelló en los ojos del presidente del club.

—Aun así, en el caso de Ford era bastante sorprendente. Solía insistir en contratar a la flor y nata en lo relativo al servicio.

—Sí, pero ni siquiera el emperador consigue lo que quiere todo el tiempo —declaró Hamlin con deleite.

—En cualquier caso —prosiguió Olson—, no dejaba de chillar, y había algo espeluznante en su tono.

—Estaba lleno de horror —asintió Hamlin—. Se me hiela la sangre solo de recordarlo.

John los miró.

—Supongo que, entonces, todo el mundo correría a ver lo que pasaba.

Olson abrió la boca para contestar pero, antes de que pudiera decir una palabra, Hamlin intervino, apartando a su amigo.

—Sí. Y allí estaba él. Imaginarás nuestra conmoción cuando lo encontramos tumbado en el suelo de la biblioteca.

Lanzándole una mirada de irritación, Olson dio medio paso para interponerse parcialmente entre Hamlin y John.

—En un charco de sangre —añadió, claramente decidido a no ser menos que su amigo.

—¡Con un abrecartas clavado en el pecho!

Los dos hombres se miraron con enojo, pero John hizo caso omiso de su pequeña lucha de aventajar al otro.

—Entonces, ¿quién apostáis vosotros que es el asesino?

Ambos se volvieron hacia él con las cejas enarcadas.

—¿Perdón? —dijo Hamlin con serenidad. Olson lo miró por encima del hombro... toda una hazaña teniendo en cuenta que John le sacaba quince centímetros. Este correspondió a su indignación con una mirada serena.

—En el vestuario se apuesta por todo, desde quién va a ganar qué partido a quién será el próximo en morir. No esperaréis que me crea que esto no es pasto de la tabla de apuestas.

Los dos hombres se volvieron al unísono para taladrar a Frank con la mirada, pero John dijo:

—No miréis a Chilworth. Mi prometida y yo hablamos. Puede que Victoria haya estado fuera estos últimos años, pero se crio aquí. Sabe cómo funcionan las cosas.

Hamlin vaciló un momento; después, asintió con aire pensativo.

—Supongo que es correcto que te lo haya contado todo —reconoció.

—En efecto —corroboró Olson—. ¿Cómo si no podrías gobernar sus asuntos?

Confiando de todo corazón que Tori jamás se enterara de aquella conversación, John siguió rociando mentiras.

—Por no hablar de que me parecéis un par de jugadores. Apuesto a que, si alguien conoce todas las posibilidades, sois vosotros.

La singular pareja entabló otro juego interminable de «Yo puedo superar eso» para contarle quién había estado ausente del comedor de Ford durante el espacio de tiempo en que había muerto. En aquella ocasión, la competición resultó ser útil. Guardando el *putter* en la bolsa con la intención de regresar al club, John grabó un número de nombres en la memoria para estudiarlos más tarde en más detalle. Uno en particular lo sacó de su contemplación.

—¿Wentworth estaba allí esa noche? —dejó de introducir el palo en la bolsa y se volvió para mirar fijamente a Roger Hamlin.

—Sí, sí —dijo el hombre con impaciencia—. ¿No acabo de decirlo?

—En efecto —corroboró Olson con fluidez, y John desplegó una sonrisa tranquilizadora para el hombrecillo.

—Supongo que me ha extrañado porque no vi su nombre en la lista de invitados que el ama de llaves proporcionó a la policía.

—Bueno, de eso no sé nada. Fue una incorporación de último minuto cuando la cesárea programada de Geral Watson tuvo la mala suerte de adelantarse —consultó su reloj y miró a John—. Debemos irnos ya. Frederick y yo tenemos esa partida de bridge que mencionamos.

«Varias veces». Pero que nunca se dijera que un Miglionni no podía ser diplomático.

—Por supuesto —dijo con una sonrisa—. No permitáis que os entretenga —estrechó la mano de los dos miembros del club—. Gracias por la partida y la esclarecedora conversación, caballeros. Me habéis hecho sentirme bienvenido.

—Sí, ha sido magnífico —dijo Frederick Olson, con repentina actitud de presidente del club—. No te olvides de darle recuerdos a Victoria.

Hamlin bajó la cabeza en señal de confirmación.

—Sí, sí. Saluda a tu mujercita de mi parte. Dile que tenemos que reunirnos todos muy pronto —miró a Frank—. Pamela y tú también, por supuesto.

Satisfechas las fórmulas de cortesía, los dos hombres se pusieron en camino en el coche de golf.

John y Frank los vieron partir y, después, simultáneamente, se miraron y movieron la cabeza.

—Ese sí que es un ofrecimiento que hará felices a nuestras «mujercitas» —murmuró Frank mientras recogía las bolsas.

—O eso o les entrarán ganas de darle una patada a alguien cuando se enteren de su nuevo título.

Frank rio y John lo observó mientras se dirigían a pie hacia el edificio del club. El marido de Pamela tenía una afilada inteligencia y a John le gustaba su astuto sentido del humor.

—Bueno, ¿qué te ha parecido? —preguntó Frank—. Por lo que Hamlin y Olson han contado sobre los invitados a la última cena, casi todos tenían motivos para liquidar a Ford.

—Cosa que ya sabíamos. Lo que no sabía era esa historia del marido cornudo de la que estaban hablando.

Frank resopló.

—Si te soy sincero, es un rumor que cobró vida propia. George Sanders asistió a la cena junto a su esposa, Terri, la auxiliar administrativa de Ford. Según las lumbreras del vestuario, que es de donde Hamlin sacó ese dato en particular, Ford estaba tonteando con Terri. La gente, es decir, los golfistas aburridos y sus esposas, empezaron a rumorear cuando Terri se cambió el peinado por otro más elegante, empezó a ponerse ropa más atractiva y a cuidar el maquillaje.

—¿Y no crees que Ford tenga algo que ver con eso?

—No. Es innegable que tenía un ego monstruoso y que, como ser humano, jamás ganaría un concurso de míster Simpatía. Pero este es un círculo social cerrado y he formado parte de él desde que nací. Por lo que llevo observando, las relaciones de Ford eran monógamas aunque sucesivas. No duraban mucho, pero creo sinceramente que se mantenía fiel a su chica mientras duraba la relación, en este caso, a DeeDee. Por cierto, es interesante que fuera una de las que se ausentaron del comedor durante la hora crucial. ¿Acaso la policía no investiga primero a los miembros de la familia?

–Así es. Pero, aunque no todos lo saben, DeeDee firmó un contrato prematrimonial y no heredará lo bastante para que le mereciera la pena correr ese riesgo.

–Entiendo –Frank guardó silencio un momento mientras caminaban. Por fin, expresó sus pensamientos–. Oír que Miles Wentworth estaba en la última cena pareció alegrarte la mañana.

–Cierto –dijo John en tono lúgubre.

–¿Porque también estuvo fuera del comedor a la hora cero o porque intentó montar una escena con Tori en tu fiesta de compromiso?

–Ambas cosas. No me importa decirte que me encantaría que fuera nuestro hombre. Pero, tranquilo, no es mi estilo inventar pruebas para incriminar a inocentes –dirigió a Frank una sonrisa que era toda dientes–. Pero en la fiesta se le escapó que Ford podía haberle prometido algo. Podría ser que la muerte del viejo destruyó sus esperanzas de conseguirlo y que por eso se propuso recuperar el afecto de Victoria. O quizá, solo quizá, Ford tuviera la mala suerte de decirle a Wentworth que había cambiado de idea sobre lo que le había prometido y que recibiera una puñalada en el corazón por las molestias –se encogió de hombros–. Es imposible saberlo sin más datos, pero es una pista que pretendo seguir.

En aquel momento, llegaron al vestuario, y Frank se detuvo junto a la puerta y se volvió hacia John.

–¿Sabes? –dijo despacio–. Antes de ver al Dúo Dinámico en acción esta mañana, no me había dado cuenta de a lo que te exponías al venir... y un sábado por la mañana, ni más ni menos –abrió la puerta–. Déjame que te invite a almorzar. Es lo menos que puedo hacer.

–Y que lo digas –dijo John–. Me he ganado el filete más grande de la carta.

Capítulo 22

La salida de Jared fue a un tiempo maravillosa y penosa. Maravillosa porque pudo pasar un rato fuera de casa, aunque tuviera que atravesar la verja agazapado en el coche de Misil para que no lo viera el abrumador quinto poder. Y porque fue estupendo ver a Dan y a Dave y jugar un poco al béisbol.

Pero otros momentos no fueron tan maravillosos. Como las miradas fijas de algunas personas en el campo de béisbol. O los repentinos silencios cuando se unía a un grupo. O las estúpidas preguntas que le hacían algunos muchachos... todo ello era bastante penoso. Por Dios, ¿cómo creían que se sentía por que su padre hubiera sido asesinado? Cuando Misil lo llamó para decirle que iba a pasarse a recogerlo, estaba más que listo para irse.

Sin embargo, cuando el ex marine se presentó en el campo de béisbol y le preguntó qué tal le había ido, lo único que dijo fue:

–Bien.

Cerró la puerta, se puso el cinturón y clavó la mirada al frente.

Por el rabillo del ojo, vio que Misil se volvía en el asiento para escrutarlo y, durante un minuto, se sintió como si el detective tuviera rayos X. Pero justo cuando Jared estaba a punto de retorcerse de incomodidad, Misil volvió a mirar al frente y dijo con suavidad:

–Sí, sé lo que es eso –levantó el pie del embrague y salió disparado.

Por alguna extraña razón, aquello lo hizo sentirse mejor. También el que Misil no intentara hacerlo hablar de sus incómodos sentimientos. En cambio, se comportó como si él no existiera y tarareó la canción que estaba sonando por la radio en aquellos instantes, marcando el ritmo con la mano en el volante.

Se encontraban a unos quinientos metros de las verjas de la finca cuando, sin previo aviso, John aparcó a un lado de la carretera. De nuevo, se volvió en el asiento.

—¿Cómo quieres entrar? —dijo—. ¿Tumbado en el suelo, como saliste? Es la forma más sencilla, pero si prefieres quedarte tranquilamente sentado y plantarles cara a esos periodistas, es cosa tuya.

Debió de leerle en la cara cuánto lo seducía la segunda propuesta, porque John sonrió y dijo:

—¿Cómo sabía que te gustaría?

Con una carcajada, Jared se relajó en el asiento, estiró las piernas y entrelazó las manos detrás de la nuca mientras reanudaban el camino. Pero su fanfarronería se extinguió al ver el mar de cámaras y rostros ávidos que se volvían hacia ellos al acercarse. Sintió un sudor frío cuando los oyó reclamar su atención. Las dos sílabas de su nombre sacudían el aire como el aleteo frenético de un pájaro enjaulado.

Pero imitó a John, que se mantenía relajado y sereno, con una muñeca apoyada en el volante. Misil pulsó el mando a distancia que le había dado Tori y redujo la marcha, pero no se detuvo. Aun así, los Sabuesos del Infierno se agolparon contra la ventanilla de Jared para lanzarle preguntas. Después, el coche de Misil franqueó los postes y los periodistas retrocedieron. Las verjas, que se habían abierto al máximo, empezaron a cerrarse.

Un coche apareció de repente por la carretera, detrás de ellos, tocando el claxon. Con una rápida mirada a Misil, que estaba observando al vehículo por el espejo retrovisor, Jared se volvió para verlo por el cristal de atrás. Era un deportivo rojo y avanzaba como una bala en línea recta hacia ellos. Jared lanzó otra mirada a John y vio su tenue sonrisa.

—¿Sabes quién es?

—Sí, Gert —John volvió a pulsar el mando a distancia para que pudiera pasar—. Vendrá a traer unos papeles para que los firme.

Jared volvió a mirar el coche.

—Qué es, ¿un Camaro del sesenta y nueve?

—Casi. Del sesenta y ocho. Tienes buen ojo.

Al contrario que Misil, Gert no se molestó en reducir la marcha para los periodistas, y Jared rio al verlos salir disparados a izquierda y derecha para no ser atropellados. Después, los dos vehículos se quedaron dentro del muro de la finca y las verjas se cerraron.

En cuanto John aparcó delante del garaje, Jared saltó al suelo. Miró a Misil por encima del vehículo.

—Gracias —dijo despacio—. Ya sabes, por lo de hoy.

—De nada —John lo miró a los ojos—. Supongo que la gente te habrá dicho tonterías.

Jared se encogió de hombros.

—Pues olvídate de ellos. Una de las ventajas de los malos tiempos es que descubres quiénes son tus amigos de verdad. No permitas que los que no lo son te hagan sentirte mal... No merecen la pena —su mirada se desvió al coche de su administradora, que estaba aparcando a su lado, y John elevó la comisura de los labios—. Hablando de amigos de verdad, mira quién está aquí. Parece que no soy el único que tiene compañía.

Al volverse, Jared vio a P.J. saliendo del coche de Gert. Con un aullido de alegría, corrió hacia ella, olvidando el último vestigio de pesar.

Pej, por el contrario, ni siquiera pareció reparar en él. Boquiabierta, estaba contemplando la parte posterior de la mansión y los jardines. Y, por primera vez desde que la conocía, estaba completamente inmóvil.

Aquello lo irritó, así que cuando llegó junto a ella, se inclinó y se la echó a la espalda, como haría un bombero. Hasta que no le puso la mano en la corva, no se dio cuenta de que llevaba un vestido.

Se quedó atónito, porque P.J. y los vestidos no eran algo que asociara automáticamente en su cabeza. Tras un momento de estupefacción, P.J. empezó a forcejear, pataleando y agitando los brazos, y Jared no tuvo más remedio que dejarla de pie en el suelo.

—¡Caray, Pej!

—¡Caray, tú! —se pasó la mano por la falda de su fino vestido de flores como si él se la hubiera cubierto de polvo. Con el lustroso pelo castaño rojizo cayéndole sobre un ojo, le lanzó una mirada furibunda—. ¿Se puede saber qué te pasa?

—Nada. Solo me alegraba de verte —vio cómo se ajustaba los tirantes del vestido y advirtió que tenía pecho. Un pecho muy pequeño pero, aun así... No se había dado cuenta antes.

Ella levantó la cabeza como si pudiera leerle el pensamiento, y Jared sintió el rubor subiéndole por la garganta. Pero lo único que dijo P.J. fue:

—Sí, bueno... Yo también me alegro de verte. Pero me he arreglado para esta visita, así que no me zarandees como si fuera una bolsa de calcetines sucios.

Mirando alrededor, Jared sintió un gran alivio al ver que John y Gert habían desaparecido en el interior de la casa.

Parte de la tensión desapareció al comprender que nadie había sido testigo de su técnica poco fluida con las chicas. Volvió a mirar a P.J.

—Ya veo que te has arreglado, ahora que no hay coches entre nosotros. Estás... —¡Dios, parecía mayor de trece años! —muy bonita.

—Gracias —ella se pasó la mano por la falda del vestido. Después lo miró, y su atípica rigidez desapareció de improviso; toda la animación que Jared estaba acostumbrado a ver refulgía en su rostro—. Me siento muy bien. Gert me ha regalado esto —dio otra caricia a la falda—. ¿No es el vestido más bonito que has visto jamás?

—Que «hayas» visto —la corrigió automáticamente. Ella se quedó inmóvil.

—¿Qué?

—Nada. Perdona, ha sido una grosería. Sí, creo que es el vestido más bonito que he visto nunca.

Pero era tarde, y al ver que P.J. perdía la alegría, sintió deseos de pellizcarse. Sobre todo, cuando se abrazó como si tuviera frío y empezó a tararear entre dientes. Aquello lo asustó horrores, porque sabía que solía hacerlo cuando estaba asustada o nerviosa.

Maldición. Aquello iba de mal en peor. Desesperado, le dio un codazo.

—¿Todavía cantas esa porquería de country? —P.J. tenía una voz excelente, mucho más clara y fuerte de lo que se esperaba al oír su voz rasposa.

—¡No es una porquería! Es rock-and-roll con un tañido de guitarra, y diez veces mejor que esa basura del rap que te gusta a ti.

—Sí, sí, sí. ¿Por qué no subes a mi habitación y me convences?

—Muy bien. Llévame.

Pasaron por la cocina y recorrieron el pasillo hasta el vestíbulo, donde P.J. se detuvo en seco.

—Dios mío —dijo. Se quedó mirando la lámpara de araña apagada que pendía sobre sus cabezas—. Dios mío —repitió, y moviéndose en círculos lentos, abarcó toda la entrada—. Esto es precioso. Es el lugar más hermoso que he visto nunca. Aquí cabría la casa móvil de mi madre —con un movimiento de su delicado brazo, abarcó el vestíbulo. Una sombra cruzó su rostro pero, después, se plantó una alegre sonrisa en los labios—. Bueno, veamos tu habitación, genio. Apuesto a que es más grande que... ¿cómo se llama? Ese Taj Mahal, ¿no?

—Qué va. Se parece más al Buckingham Palace.

Durante el resto de la tarde, Jared vio destellos intermitentes de la P.J. que conocía. Pero, gran parte del tiempo, tuvo la impresión de que se sentía obligada a exhibir sus mejores modales. La vio vagar por su habitación inspeccionándolo todo, con las manos firmemente entrelazadas a la espalda, como si temiera romper algo si lo tocaba. Cuando más se relajó fue cuando Jared puso el CD de Dixie Chicks que había comprado por Internet. Cantó al unísono y su trasero, que había tomado más cuerpo desde que había estado comiendo con regularidad, se movía al ritmo de la música.

Cuando el CD terminó, se dejó caer en la cama junto a él. Se miró las uñas; miró el guante de béisbol que Jared había arrojado al poste de la cama. Finalmente, lo miró a él.

—Me ha llamado mi madre.

El hielo se propagó por las venas de Jared. No la conocía, pero la odiaba de todas formas. Sin embargo, mantuvo la voz neutral cuando dijo:

—¿Ah, sí?

—Sí. Gert la localizó. Voy a ir a mi casa de Pueblo —su semblante era a un tiempo esperanzado y atemorizado. Metió la mano en un bolsillito del vestido y sacó un trozo de papel—. Por eso hemos venido hoy aquí... Gert se inventó lo del papeleo para John. Dijo que debíamos tener la oportunidad de despedirnos personalmente —miró el papel que tenía en la mano y se lo pasó—. Me voy mañana, pero quería darte mi número de teléfono para que pudiéramos seguir hablando —paseó la mirada por la amplia habitación de Jared—. Si quieres, claro.

—Claro que quiero —Jared le levantó la barbilla y la obligó a volverse hasta que no le quedó más remedio que mirarlo a los ojos. Haciendo caso omiso de sus exigencias de que la soltara, contempló intensamente aquellos ojos castaños y dorados tan animados, asustados y, Dios, tan vulnerables, y repitió de forma inconfundible—. Quiero llamarte. Pienso hacerlo. Cuenta con ello.

Victoria levantó la vista de las facturas que estaba preparando para las dos casas de muñecas que había enviado aquella semana y vio a John de pie en el umbral del antiguo despacho de Ford. Guardó el trabajo en el portátil y le sonrió.

—¿Gert y P.J. han salido sin problemas?

—Sí.

Victoria se levantó, rodeó el escritorio y se sentó en el borde. Apoyando las palmas a ambos lados de las caderas, cerró los dedos en torno al borde de la mesa y observó a Misil mientras se apoyaba en la jamba.

–¿No estaba P.J. un poco apagada?

John apoyó el hombro en la madera.

–Mac localizó a su madre y tuvo una pequeña conversación con ella. El resultado es que mañana vuelve a Pueblo.

–Dios mío. Espero que sea para bien.

–Y yo. Por todo lo que he oído sobre su mamá, no es una candidata para la Madre del Año, y sé que a Jared le parece una idea terrible.

–Pero para P.J. sigue siendo su madre.

–Sí, y ninguno de nosotros puede hacer nada mientras la pequeña Priscilla Jayne quiera irse a casa.

–¿Es así como se llama? ¿Priscilla? –Victoria se quedó pensativa un momento; después, sonrió–. Le pega.

–Sí. Al principio no lo parece, porque da la impresión de ser pequeña pero matona. Pero por dentro es muy suave, ¿no crees? –movió la cabeza–. Desde luego, estaba encantada con la casa de muñecas que le regalaste. ¿No era un encargo de un cliente?

Victoria se encogió de hombros.

–Puedo hacer otra para mi cliente. Dudo que esa niña haya recibido muchos regalos en su vida.

–Desde luego, ese va a ser un obsequio muy querido. No consentía que Gert lo pusiera en el asiento de atrás y lo estaba sosteniendo en el regazo cuando se fueron.

Victoria rio; después, se quedó mirando el cuerpo alto y sólido de John, el color en los pómulos de haber pasado el día al aire libre, y recordó que hacía «muuuchos» días que no hacían el amor. Se pasó una mano por el pelo.

–Bueno, me muero por saber qué tal te ha ido hoy. ¿Has averiguado algo?

John se quedó pensativo y avanzó hacia ella.

–Caray, esperaba que no me lo preguntaras.

–¿Por qué? ¿Para no tener que contármelo?

–No, cariño. Para poder despejar ese amplio escritorio que tienes detrás y tumbarte encima.

–Vaya –Victoria se aferró a la mesa con tanta fuerza que se extrañó de que no se deshiciera–. No es buena... –le salió un gallo propio de un adolescente y carraspeó– idea.

–Lo sé. Pero esto me pone a cien.

Ella bajó instintivamente la mirada a los pantalones de John. Este profirió una carcajada.

–Sí, en ese sentido también. Pero me refería a que no poder acostarme contigo me exaspera –hundió las manos en los bolsillos y se irguió con rigidez militar–. Pero acordamos que no habría sexo con la niña por medio y así será. De manera que, haznos a los dos un favor y siéntate otra vez detrás de la mesa. Yo te aburriré contándote todo lo que he averiguado durante mi partida de golf con Olson y Hamlin.

Capítulo 23

—Lo siento. Este número está desconectado o fuera de servicio.

Maldiciendo, Jared colgó con fuerza el teléfono. Joder, era la tercera vez que marcaba el número que le había dado P.J. y siempre oía la misma grabación. ¿Por qué se había molestado en darle aquel número si el maldito teléfono ni siquiera estaba dado de alta?

«Porque era más fácil que decirte que ya no le gustas», susurró la voz de su mente que insistía en recordarle lo que tanto le costaba olvidar: lo incómoda que había estado P.J. durante su visita de la semana anterior.

—¡No! —Jared apartó el pensamiento y, en un intento de adelantarse al sentimiento gélido que se le estaba instalando en el vientre, abandonó su cuarto a grandes zancadas, dando un portazo tan fuerte al salir que la puerta volvió a abrirse. Sin preocuparse, avanzó hecho una furia por el pasillo.

No era por él. Tenía que ver con la arpía de su madre, estaba seguro. Buscaría a Misil y lo contrataría para que localizara a P.J. Su amiga podría vivir con ellos.

Pero, cuando al doblar la esquina para adentrarse en el pasillo principal vio a John, la conmoción lo hizo detenerse en seco. Porque el ex marine estaba envolviendo a su hermana, besándola como si fuera un condenado y ella su última comida. Tori tenía los brazos en torno al cuello de John, y este le hundía los dedos en el trasero.

Debió de emitir algún sonido, porque Misil levantó la cabeza de improviso y Jared leyó en sus labios una escueta blasfemia cuando lo sorprendió de pie, mirándolos fijamente. Al darse cuenta de que estaba boquiabierto, Jared cerró la boca con fuerza. Su preocupación por P.J. y su furia por el mensaje electrónico de la operadora se transfirieron bruscamente a su hermana y al alto detective.

Se acercó a ellos, e hizo una mueca sarcástica cuando Tori se volvió hacia él y vio lo rojos y henchidos que tenía los labios, lo arrugada que tenía la ropa. La miró despacio de arriba abajo, pero a John no le hizo el menor caso. No podía mirarlo sin sentirse traicionado. Lo había admirado. No, más que eso, casi lo había adorado. Y, durante todo el tiempo, el detective solo había sido amable con él para acercarse a su hermana.

Lo recorrieron las náuseas. Porque Misil solo buscaba el dinero del viejo, ¿no? Era evidente que le había echado el ojo a aquella oportunidad. De pronto, Victoria valía mucho dinero y Miglionni había trabajado deprisa para consolidar su posición.

Jared no era lo bastante valiente para decirlo en voz alta, y la vergüenza de ser tan cobarde incrementó su furia. Sin saber a quién despreciaba más en aquellos momentos, si a Misil, Tori o a sí mismo, dirigió a su hermana su mirada más insolente.

—Pensaba que estabas intentando ayudarme —dijo en voz baja y furiosa. Dios, si no podía fiarse de ella, ¿de quién podría? De P.J. no, al parecer. Era evidente que ya no quería ser su amiga o no le habría dado un falso número de teléfono. Pero Tori era la única persona a la que había creído tener incondicionalmente a su lado.

Y, sin embargo, allí estaba él, nuevamente olvidado.

Era como todas esas veces con su padre y la esposa de turno. Solo que la traición le dolía aún más porque Jared no lo había esperado de su hermana, así que habló sin reflexionar.

—Pensaba que estabas intentando ayudarme, pero supongo que no era más que una excusa para tener al semental a tu lado, ¿eh? Bueno, oye —se encogió de hombros como si su mundo no fuera una enorme bola de dolor llameante—. Mientras que este tipo te esté follando a menudo, ¿qué importan mis problemillas?

Tori abrió los ojos de par en par por la conmoción, pero antes de que el dolor que reflejó a continuación tuviera tiempo de arañarle la conciencia a Jared, John se interpuso entre ambos. La absoluta furia de sus ojos negros hizo que el muchacho se tambaleara hacia atrás.

—A mi despacho —le espetó John—. ¡Ahora mismo!

Mierda, mierda. Un sudor frío le recorría la espalda. Allí era adonde su padre solía arrastrarlo cuando sentía la urgencia de decirle que era un perdedor. Deseando ordenarle a Misil que se metiera la orden por donde le cupiera pero temeroso de volver a abrir la boca, giró sobre sus talones y echó a andar por el pasillo, con una furia impotente ardiéndole por las venas. El ex marine iba pisándole los talones mientras bajaban por la escalera y recorrían el pasillo de la planta principal hacia el despacho de la nueva ala sur en el que Misil se había instalado.

Abriendo la puerta con ímpetu, Jared fue en línea recta a la silla situada frente al escritorio y se dejó caer en ella. Cruzó los brazos sobre el pecho y, con el corazón desbocado, miró a Misil con semblante furibundo mientras este rodeaba la mesa y tomaba asiento.

—Vamos a dejar algo muy claro desde ahora mismo —apoyando los antebrazos en el escritorio, Misil lo apuntó con un dedo largo y moreno. El tatuaje de la calavera y los huesos cruzados bajo el abanico de pelo negro del brazo se movió con el gesto—. Puedes decir lo que te apetezca de mí, pero no le hablarás a tu hermana, ni a ninguna otra mujer, de esa manera. Y menos aún a Tori. Creyó en ti cuando nadie más lo hacía. Puso toda su vida patas arriba por ti, y no pienso permitir que le faltes al respeto.

La mirada que había visto en el rostro de su hermana ya había hecho que la culpa le estrangulara el vientre, pero Jared no le había pedido que hiciera ni una maldita cosa por él, así que ¿por qué debía sentirse culpable?

Negándose obstinadamente a reconocer que lo que decía John podía tener un ápice de verdad, le dio a Don Silencioso, Rápido y Letal su mejor mirada de «jódete» y adoptó la pose más indignada.

—¿De qué diablos hablas? ¿Cómo he puesto patas arriba la vida de Tori? Si ella decidió hacer algo, fue cosa suya.

—Dios, chaval, sé que el egoísmo es el combustible que nos impulsa a todos pero ¿crees que podrías pensar en alguien aparte de ti durante cinco malditos minutos? No eres el sol en torno al cual gira tu hermana. Tenía una vida en Inglaterra y lo dejó todo para venir aquí. Sacó a Esme del colegio, dejó a su tía y a sus amigas, cerró su estudio y lo hizo trasladar al otro lado del Atlántico. Y lo hizo por ti, ingrato, porque se preocupa por ti, y no porque le divirtiera.

De pronto, la indignación no parecía la mejor salida.

—Bueno, ¿y quién le pidió que lo hiciera? —masculló Jared en actitud defensiva, pero enseguida lo inundó la culpa. Su actitud era despreciable—. Está bien —reconoció despacio—, no hacía falta que se lo pidiera —temblando de mortificación porque Misil hubieran tenido que hacérselo comprender, atacó instintivamente—. Pero ¿y tú? Imagino que el que le metas la morcilla a mi hermana no tiene nada que ver con tu propio egoísmo.

John se medio levantó del asiento, con la rabia emanando de cada poro de su piel.

—Vigila tu lengua cuando hables de Tori. No pienso volvértelo a advertir —de pronto, pareció controlarse, porque su semblante se volvió inexpresivo y volvió a sentarse. Pero Jared advirtió con satisfacción que a John le temblaban ligeramente las manos, y tuvo el valor de hacer un ruido grosero y una burla.

—¡Como si no supieras que valdrá su peso en oro en cuanto herede!

—¡Me importa un rábano su dinero!

—Sí, claro. Su riqueza no tiene nada que ver con que te estés tirando a una mujer a la que acabas de conocer.

John le ofreció un semblante indiferente, pero Jared vio la furia que ardía en sus ojos. Sin embargo, habló con voz seca y neutral cuando dijo:

—Maldita sea, no es asunto tuyo, pero no es como si acabara

de conocer a tu hermana. Nos conocimos hace años, y para que lo sepas, Es... –interrumpiéndose, se puso en pie–. ¿Qué diablos estoy haciendo, discutiendo contigo sobre esto? –volvió a apuntarlo con un dedo–. Pídele disculpas a tu hermana. No tienes que confiar en mí, ni siquiera tengo que caerte bien. Pero a ella le debes respeto, por no hablar de gratitud. Si no fuera por Tori, todavía estarías vagando por las calles.

Rodeó la mesa, y Jared dio por hecho que se iba. En cambio, se detuvo delante de él y, con las manos en los bolsillos, se lo quedó mirando. Jared le devolvió el escrutinio con desafío, pero su estómago era un gran nudo de nervios gélidos. Quizá la cara de Miglionni no reflejara enojo con algo tan evidente como un ceño, pero Jared sabía que estaba furioso. Tenía los hombros rígidos y la mandíbula contraída, y Jared se preparó para la frase que haría añicos su autoestima.

Lo sorprendió que Misil se limitara a decir:

–Si crees que Victoria necesita dinero para resultar atractiva a los hombres, no solo estás absorto en ti mismo sino completamente ciego.

Jared parpadeó. ¿Eso era todo? Nada de ¿pequeño cabrón miserable? ¿Nada de «tu madre tendría que haberte expulsado de su cuerpo antes de que pudieras joderle la vida a nadie»? ¿Solo otra defensa de su hermana? Era tan distinto de lo que acostumbraba decirle su padre que solo pudo pestañear como un maldito conejo demente.

Cuando se recompuso, John ya había rodeado su silla y estaba saliendo por la puerta.

«Contrólate, contrólate, contrólate». John lo repetía al ritmo de la rabia que palpitaba por sus venas mientras avanzaba echando humo por el pasillo de la planta de arriba, hacia su habitación. Estaba intentando controlarse. Con todas sus fuerzas. Pero ¡Dios! ¿No era bastante terrible que no pudiera quitarle las manos de encima a Victoria? De pronto, había estado a punto de darle una paliza a su hermano pequeño.

—Genial —abrió con fuerza la puerta de su cuarto—. Me estoy convirtiendo en mi endiablado padre.

—Lo dudo mucho.

Levantó la cabeza. Victoria estaba sentada en la silla tapizada en seda del otro lado de la habitación, con la espalda recta, las piernas cruzadas y dando golpecitos al aire con el pie. Pero su presencia era el primer indicio de que no había estado prestando atención a su entorno y se le escapó una áspera carcajada.

—Perfecto. ¿Sabes? Antes no se me pasaba nada por alto. Era uno de los mejores, de los pocos, los orgullosos. Ahora, diseñadoras de casas de muñecas de alto copete y adolescentes camorristas pueden sacarme de mis casillas en un abrir y cerrar de ojos. ¿Qué será lo siguiente? ¿Esme me abatirá?

—Tengo una sorpresa para ti, amigo: no tienes que estar en guardia con nosotros.

Claro que sí. En especial, después de la discusión que acababa de mantener con Jared. La miró con frialdad.

—Oye, ¿te importa? Necesito calmarme un poco.

Ella no se movió.

—Deduzco que no te ha ido muy bien con Jared.

Las carcajadas de John carecían de regocijo.

—No, no ha ido nada bien... empezando por que dejé que nos sorprendiera. Lo repito, solía dárseme mucho mejor.

—¿Cuándo? ¿Cuando eras...? ¿Cómo te describías en Pensacola? ¿Una máquina de matar adiestrada especializada en reconocimiento secreto?

¿De verdad era un tipo tan simple por aquel entonces? Seguramente, sí. De todas formas, era una descripción fiel de lo que solía hacer, y John asintió.

—Entonces, date un respiro —dijo Victoria—. Incluso entonces tenías momentos de calma. Y sé que eras muy popular con las chicas, pero dudo que dieras muchos besuqueos cuando estabas en plan «máquina de matar».

John había estado vagando por la habitación tratando de quemar parte del mal genio, pero el comentario de Tori lo hizo detenerse en seco y mirarla fijamente.

—¿Y crees que diciéndome eso voy a sentirme mejor? Porque solo revela otra metedura de pata. ¿Cuántas veces te he dicho que voy a obedecer la norma de «nada de sexo»? —no esperó a que contestara—. Pero, luego, siempre que te veo, acabo pegado a ti.

—No recuerdo haber protestado. De hecho, ¿quién empezó el episodio de hoy?

Ella. Aun así...

—Esa no es la cuestión. No justifica que haya roto mi palabra. Podría soportarlo, si fuera solo eso. Pero nada disculpa la violencia física ejercida contra un niño, y yo quería partirle la cara a tu hermano.

—Créeme, yo tenía tantas ganas como tú —Victoria se encogió de hombros, como si el impulso fuera tan común como el polvo—. Es un adolescente, John. ¿Quién no quiere abofetearlos alguna vez?

—No —dijo John con rotundidad, flexionando los puños—. No lo entiendes. Quería hacerle daño de verdad. Quería cerrar las manos en torno a su cuello y apretar hasta que se le pusiera la cara azul. Quería asestarle puñetazos. Dios, Tori, quería restregar el suelo con su cara. No soy mejor que mi viejo —y aquello lo aterraba—. Jamás pensé que llegaría el día en que tendría que decirlo, pero he contenido el mal genio por los pelos. Por los pelos —se pasó las manos, todavía trémulas, por la cabeza, clavándose las uñas en el cuero cabelludo—. No sabes cuántas ganas tenía de pegarle. Me juego la vida a que era así cómo se sentía mi padre cuando solía abofetearme.

Victoria lo miró con calma.

—Pero no le pegaste, ¿verdad?

—No. Pero estuve así de cerca.

—Cerca no importa —Victoria se puso en pie y se acercó a él. Mirándolo con solemnidad, levantó la mano para acariciarle el brazo—. La cuestión es que no le pegaste. Contuviste el mal genio y tampoco le dijiste que era un inútil, como hacía su propio padre.

—Por esta vez —dijo John con rotundidad, y se apartó. La confianza que veía en los ojos de Victoria le retorcía las entrañas, porque no se la merecía. Quizá ella no comprendiera sus raíces, pero él, sí–. No me concedas ninguna medalla todavía, cariño. ¿Quién diablos sabe lo que ocurrirá la próxima vez que me cabree?

Tres días después, Esme se acercó corriendo a Victoria, al borde de las lágrimas.

–Mamá, ¡John no quiere jugar conmigo! –se arrojó en los brazos de su madre–. ¡Hoy tampoco! ¡Le dije que podíamos jugar a las Barbies Guerreras, pero dijo que no tenía tiempo!

–John no está aquí para jugar a las muñecas contigo, cariño, sino para hacer un trabajo –Victoria hablaba con placidez, pero por dentro estaba a punto de tirarse de los pelos. Conteniendo su frustración, le tendió la mano a su hija–. Sé que no es comparable a jugar con John pero ¿por qué no vienes al estudio conmigo y me ayudas?

–«Tá bien».

Esme tenía la cara larga cuando aceptó la mano de su madre, y arrastró los pies mientras Victoria la conducía al estudio. Pero era una niña optimista por naturaleza, así que cuando llegaron al garaje, se había puesto a dar saltitos junto a Victoria y a regalarla con los detalles de su última conversación telefónica con Rebecca. Una vez arriba, Victoria envolvió a Esme en un voluminoso delantal y la dejó con una de las maquetas prototipo, un pegamento de barra y el paquete de laminillas de tejado que había encargado del color equivocado. De eso podía echarle la culpa a Misil, puesto que había hecho ese pedido al día siguiente de descubrir que John Miglionni de Semper Fi no era otro que su antiguo amante.

En cuanto Esme se absorbió en su tarea, tomó la pistola de cola caliente y empezó a aplicar tejas a la casa de muñecas que estaba haciendo en sustitución de la que le había regalado a P.J. Por suerte para sus dedos, era un trabajo mecánico, porque se sentía incapaz de concentrarse.

Hacía dos días que Jared le había pedido disculpas. Lo había hecho avergonzado y con pocas palabras, pero seguramente se debía a que debía unir el sexo y a su hermana en el mismo contexto. Por lo que Victoria pudo deducir de su explicación inconexa, el tiempo que Misil no había estado forcejeando consigo mismo para no partirle la cara a Jared, había estado defendiéndola a ella. Desde luego, parecía haber impresionado mucho a Jared, lo cual era comprensible, teniendo en cuenta cómo habían sido sus discusiones con Ford.

Pero ¿se daba cuenta John de eso? No. Todavía estaba obtusamente convencido de que, una discusión más, y se convertiría en un maltratador. Se había distanciado tanto de ella como de Esme, erigiendo un muro emocional para impedirles que se acercaran. Se comportaba con perfecto civismo, pero con frialdad, y tenía cuidado de mantenerse a distancia.

A Jared no parecía importarle. El pobre había aprendido por experiencia a no esperar demasiado de los hombres adultos de su vida, así que cualquier atención que recibiera de John le parecía mucho. De hecho, parecía contentarse sabiendo que el hombre al que empezaba a idealizar ya no estaba furioso con él.

Pero Victoria había apartado a Esme de la esfera de Ford para que su hija no tuviera que sentirse emocionalmente rechazada, como Jared y ella. Y empezaba a cansarse de ver la triste confusión de su hija hacia el hombre que tan pronto inventaba juegos creativos con ella como la despachaba. John no podía seguir adelante con aquella estupidez... no si quería ocupar un lugar en la vida de su hija.

Capítulo 24

John pasó la tarde en el club, hablando con la camarera del comedor, con el gerente de la tienda del club y con algunos caddies, haciendo malabarismos para asegurarse de que sus entrevistas surgían como conversaciones espontáneas. Remató el día acariciando una cerveza en el bar y charlando con el barman. Los retazos de información que este dejaba caer los guardó con los demás que había recogido y, todos ellos, tenían que ver con manías de distintas personas. Como, de acuerdo con su experiencia, la información relativa al comportamiento de la gente solía dar pie a sólidas deducciones, se sentía satisfecho con su trabajo de aquel día.

Sin embargo, cuando por fin dio una propina al barman y echó a andar hacia el coche, satisfacción era lo último que sentía. Lo que se le estaba pasando por la cabeza era: «¿Qué diablos estoy haciendo investigando un asesinato?»

Como marine había aprendido a cultivar sus puntos fuertes, y el asesinato quedaba tan lejos de su experiencia como detective que ni siquiera resultaba gracioso. Una cosa era tener la habilidad de localizar a niños huidos y expulsados. Encontrar a un asesino proclive a las puñaladas era harina de otro costal. No debería haber aceptado el encargo. Diablos, sabía que no debería haberlo hecho, pero en todo lo referente a Victoria, su resistencia parecía nula. Además, para ser eficaz necesitaba la colaboración de la policía y, en aquellos momentos, el detective Simpson no se contaba entre sus fans. Así que, aunque averiguara quién había hundido el abrecartas en el pecho de Ford Hamilton, ¿qué haría al respecto? ¿Obligar al asesino a confesar por la fuerza? Un sonido burlón se le escapó de los labios. «Claro, genio. Excelente».

Tenía, como Mac le había recordado diariamente con sus llamadas, un negocio que atender. Y hasta el momento, el único resultado visible de su ayuda profesional a Victoria había sido localizar a Jared. Bueno, eso y generar una factura que, posiblemente, rivalizaría con la deuda nacional si uno de los dos no afrontaba la realidad enseguida.

Sabía que esa persona debía ser él. Aunque, en el fondo, siempre había sospechado que Victoria y él provenían de mundos muy diferentes, sus visitas al club le impedían seguir engañándose. Ni siquiera sabía por qué había creído posible mantener una relación duradera con ella... por no hablar de comportarse como un verdadero padre con Esme.

La idea de no formar parte de sus vidas le roía las entrañas. Y, desde luego, no le apetecía contárselo a Tori. No después de haberla hecho creer que tenían el potencial de ser una pareja.

Así que haría lo que cualquier tipo listo. La eludiría el resto del día y casi todo el siguiente. Tenían previsto asistir a un baile en el club al día siguiente por la noche: se lo diría entonces. Rodeados de gente, Victoria no haría una escena.

Lo último que esperaba Victoria al día siguiente por la tarde, cuando John y ella se disponían a partir hacia el club de campo, era ver a DeeDee bajar a trompicones la escalinata con sus tacones de aguja. Pero la voluptuosa rubia los llamó desde la entrada y caminó en línea recta hacia ella, enseñando las piernas con el movimiento de la vertiginosa raja de la falda. Contoneándose hasta la ventanilla de John, le dio un golpe de nudillos en el cristal.

–¿Me llevas? –preguntó en cuanto John bajó el cristal–. Mi coche tiene una rueda pinchada y el taller no puede enviar a nadie a arreglarlo hasta mañana.

Victoria apenas había visto a John en las últimas treinta y seis horas y tenía ganas de hablar con él. Sin embargo, los buenos modales le impidieron protestar cuando él se encogió de hombros y dijo:

—Claro, ¿por qué no?

—Vaya, ¿no es entrañable? —dijo DeeDee después de que John la ayudara a subir al asiento de atrás. Esperó a que cerrara la puerta para juntar los dos lados de la falda.

El rostro de Victoria debió de reflejar parte de lo que estaba pensando, porque la mujer le lanzó una sonrisa maliciosa.

—Bueno, no te preocupes, querida. No pienso estropearte la velada. Tengo las mismas ganas que tú de pasarme la noche sentada contigo. Además, tengo planes para... «después», así que volveré en otro coche —acto seguido, la despachó sacando una polvera y revisándose el maquillaje. Se miró un perfil, luego el otro y, aparentemente satisfecha, volvió a cerrar la polvera para guardarla en su minúsculo bolso de fiesta.

Al contrario que Tori, que eludió establecer contacto visual con los periodistas apostados en la verja, al salir de la finca, DeeDee enderezó la espalda y sacó pecho. Pero adoptó un semblante triste cuando su mirada se cruzaba con la de los sabuesos de noticias. En cuanto quedaron reducidos a motas en el espejo retrovisor, dejó de adoptar la pose de viuda doliente y se inclinó hacia delante.

—Tengo noticias que deberían alegrarte el día —le dijo a Victoria, que se había vuelto para observar su actuación con sorpresa—. Creo que es hora de que cambie de casa. Pienso mudarme antes del quince de este mes.

Tori volvió a clavar la mirada al frente y una minúscula sonrisa elevó las comisuras de sus labios. Vaya, vaya. La velada prometía.

DeeDee fue fiel a su palabra. En cuanto John detuvo el coche frente al club de campo, salió y entró sin ellos, dando a Victoria la libertad de poner en marcha sus planes.

—Tenemos que hablar —le dijo a John minutos después, poniéndole la mano en la manga para impedir que la condujera al salón principal. La música y las risas salían de la hilera de puertas abiertas y los hombres de esmoquin y las mujeres con sus trajes de fiesta formaban un calidoscopio de colores siempre cambiantes. El baile anual del Día del Trabajo estaba en su apogeo.

—Lo sé —John lanzó una mirada al salón; después a ella—. Vamos a buscar nuestra mesa. Podremos hablar allí.

Una mesa circundada de invitados no le parecía el lugar ideal para una conversación seria, y Victoria paseó la mirada por la pequeña zona de recepción.

—No —dijo con determinación, y divisó el pequeño despacho del gerente del club—. Acompáñame —y se dispuso a atravesar el vestíbulo.

—¡Tori, espera!

Pero era una mujer con una misión, y se dirigió a la puerta entreabierta para asomarse dentro. Perfecto, el despacho estaba vacío. Entró y se volvió para esperar a John. Este la siguió pero se detuvo ante el umbral. Hundiendo las manos en los bolsillos del pantalón, encogió los hombros y se la quedó mirando.

—Vamos, cariño, entremos en el salón. Hablaremos allí.

—Es un lugar demasiado público.

Un destello de algo muy parecido al pánico afloró en el rostro de John.

—Hablaremos en voz baja —lanzó una mirada a la placa de latón de la puerta—. Este es un despacho privado. No deberíamos estar aquí.

—Claro —a Victoria se le escapó una carcajada escéptica—. Y lo dices tú, que te pasas tanto tiempo preocupándote por lo que piensa la gente —lo agarró del antebrazo, que estaba cálido y duro bajo la manga del esmoquin, y tiró de él—. Es aquí o en ninguna parte, Miglionni.

—Mierda —él entró en el despacho, pero dejó la puerta abierta. Victoria alargó la mano y la cerró; después echó el pestillo, por si las moscas.

—¿Por qué no quieres quedarte a solas conmigo? —preguntó, recelosa.

—No sé de qué me hablas —pero John cuadró los hombros, se sacó las manos de los bolsillos y se enderezó despacio—. Está bien —reconoció—. Es cierto. Quería hablar contigo en un lugar en el que no montarías una escena.

—¿Cómo dices? —Victoria no sabía si sentirse mortalmente ofendida... o sencillamente aterrada. Al ver la lúgubre determinación en el rostro de John, no tardó en decantarse por el pánico, que luchó por disimular levantando la barbilla y empleando su tono más gélido—. Los Hamilton no montan escenas, así que ¿por qué no dices lo que has venido a decir?

—Regreso a Denver.

«¡No!» Victoria retrocedió hasta que sus muslos chocaron con el sencillo escritorio. Afortunadamente, se encaramó a él y, justo a tiempo, porque, de pronto, las piernas no la sostenían.

—¿Un par de días? —preguntó en tono esperanzado.

—Para siempre.

—Para siempre —repitió Victoria sin alterar el tono de voz. Al instante, un mar candente de dolor pareció inundarle el corazón. Después, para alivio de Victoria, la furia gélida se adueñó de ella, anestesiando el dolor. Por su mente pasó una multitud de posibles razones de aquella repentina deserción, y entornó los ojos cuando una de ellas sobresalió entre las demás—. Dios mío —dijo—. Me has tomado por una estúpida, ¿verdad?

—¿De qué hablas? —John la observaba con el semblante inexpresivo que ella consideraba su rostro militar—. Siempre he intentado ser franco contigo y es lo que intento hacer ahora.

—Tonterías —movió la cabeza, asqueada—. Y yo que creía sinceramente que nuestra relación era diferente de la semana que pasamos en Pensacola... Lo único que ha cambiado es mi incapacidad de comprender cuánto deseabas ser tú quien se fuera esta vez.

John dio un paso adelante antes de contenerse. Pero su neutralidad desapareció y fue reemplazada por una mirada fiera.

—Eso es ridículo, y lo sabes.

—¿Ah, sí? Pues bien, te lo reconozco: Esta vez ha durado más que una semana. Pero aún sigues deseándome por un tiempo definido que, al parecer, ya ha terminado. ¿Qué pasa, John? ¿Tienes un reloj interno que te dice cuándo ha llegado la hora de pasar página?

—¡No! —John se la quedó mirando, frustrado. ¿Cómo había conseguido darle la vuelta a la tortilla?—. Maldita sea, ¿a qué viene esto? Ya te lo he dicho antes y hablaba en serio: cambié cuando te conocí. Así que es hora de que te devuelva el favor y salga echando leches de tu vida.

—Qué noble eres.

Su amargo escepticismo hizo mella en él.

—Dime, ¿qué esperabas que pasara entre nosotros, Tori? —pero cambió el enojo por un desenfado creíble—. Tú eres cava, nena. Yo, cerveza. No es que no me vaya bien por mi cuenta pero, desde luego, no estoy a tu altura. Así que, dime, ¿qué esperabas que ocurriera al final? ¿Pensabas en renunciar a la mansión, al club de campo, a los coches de lujo, para venirte a vivir conmigo a mi pequeño apartamento?

Victoria se levantó con brusquedad de la mesa y, de pronto, se quedaron frente a frente. Él se apartó de la furia que llameaba en sus ojos verdes.

—Idiota arrogante y condescendiente —declaró, enfatizando cada palabra con un empujoncito del dedo en el pecho—. Hasta que murió mi padre, vivía en un apartamento de tres dormitorios... y solo tenía el tercero porque necesitaba un lugar en el que trabajar. ¿Y quién ha dicho que tenía un deseo candente de vivir contigo? —se le escapó una carcajada sin humor—. Dios mío, ni siquiera puedes comprometerte a ser el padre de Esme. ¿Crees que me fiaría de cualquier promesa que hicieras para el futuro?

—¡Espera un minuto! —con la sangre fluyéndole velozmente por las venas, se acercó a ella. Nadie ponía en duda su honor y se libraba de las consecuencias.

—¡No, espera tú! Nosotros somos adultos, y si un corazón se rompe, recogemos los pedazos como personas maduras que somos. Pero no pienso permitir que juegues con los sentimientos de Esme.

—¡No tengo intención de jugar con ella! Pero si me quedo, ¿qué pasará? Supongamos que ocurre el milagro y no acabo dándole una paliza a tu hermano. ¿Te fiarás de dejarme a solas con Esme? ¿Con mi historial familiar? Todo el mundo sabe que los maltratadores han sido maltratados de pequeños. Y lamento que no te guste, pero no pienso correr el riesgo con esa dulce niña. Será mejor que me vaya sin más.

—¿Mejor para quién?

—¡Para todos!

—Entonces, vete. Pero si te vas, no se te ocurra volver.

A John se le helaron las entrañas.

—¿Qué?

—Decídete de una vez y haz lo que consideres mejor. Pero no puedes tenerlo todo, Misil. No puedes salir de la vida de Esme cuando te plazca ni regresar cuando se te antoje. Así que tú verás. O eres el padre de Esme o estás fuera de su vida.

John descubrió que una cosa era tomar la decisión de irse y otra muy distinta, recibir un ultimátum. El enojo se mezcló con un pánico humillante y poco familiar que hizo lo posible por negar. Plantó las manos sobre el escritorio, a ambos lados de las caderas de Victoria.

Ella se sentó bruscamente para evitar que sus cuerpos entraran en contacto y lo miró pestañeando, con su pequeña y elegante mandíbula abierta.

Aprovechando que Victoria no había cerrado las rodillas, John se interpuso entre ellas. La voluminosa falda del vestido cedió bajo la recia presión de sus muslos. Se la quedó mirando.

—No te conviene plantearme un ultimátum, cariño.

Victoria cerró la boca de par en par y elevó la barbilla.

—¿Por qué? ¿Vas a convencerme de que también eres un maltratador de mujeres?

—¡No! —John frunció el ceño—. Pero eso no significa que puedas despreciar mi temor a perder los estribos y a hacer daño a uno de los niños. Es una preocupación legítima.

—Es absurdo, eso es lo que es. ¿Quieres saber lo que pienso, John? Creo que te cortarías la mano derecha antes de hacerle daño a un niño. Así que, ¿a qué viene todo esto en realidad? Tan pronto actúas como si Esme y yo fuéramos importantes para ti como nos apartas de tu vida. ¿Es porque sientes algo y no sabes cómo afrontarlo? ¿Te aferras a esa estúpida teoría de que te estás convirtiendo en tu padre para no tener que analizar esos sentimientos? –le dio un suave manotazo en el hombro–. ¡Dime qué está pasando!

«Creo que me estoy enamorando de ti». Aquellas palabras inesperadas que surgieron en su mente lo aterraron. ¡No! ¡No era nada de eso! Era el Miglionni de «ámalas y déjalas» y enamorarse no entraba en sus planes. No se había enamorado hacía seis años... y tampoco en aquellos momentos. Sí, se preocupaba por Esme y por Victoria. Lo bastante para saber que aquello era lo mejor para todos. El sexo solo podía mantener una relación hasta cierto punto. Victoria podía negarlo todo lo que quisiera, pero era una dama, y tarde o temprano la carnalidad de él la repugnaría.

Por no hablar de que su temor de golpear a Jared era legítimo. Haciendo caso omiso del estruendo de su propio corazón, se apartó del escritorio y empezó a erguirse, dispuesto a dirigirle una fría sonrisa y un comentario osado que le bajaría los humos de una vez por todas. Algo que le impidiera hurgar en su corazón.

Pero Victoria lo agarró por la pajarita y lo retuvo.

–¿He tocado una fibra sensible, John? –susurró–. ¿Se trata de eso? ¿Sientes algo por mí, o por Esme, y eres demasiado cobarde para reconocerlo?

Sus palabras se acercaron demasiado al blanco y, en un intento instintivo de callarla, unió su boca a la de ella. Se aferró a la mesa, esperando que Victoria lo empujara. Cuando, en cambio, ella elevó la lengua para devolver el embiste de la suya, cada rastro de sentido común que poseía se disipó como rocío al sol del desierto. Levantó las manos del escritorio para sujetarla por las caderas y se arrimó un poco más al tiempo que la apretaba contra él. Encajaron, sexo duro y pujante contra hendidura suave y acogedora.

Victoria inspiró con brusquedad y bajó las manos a la bragueta de John. Cuando quiso darse cuenta, él estaba fuera de los pantalones, en las manos de Victoria, y forcejeaba con metros de resbaladiza tela de gasa. Por fin, John acumuló gran parte por encima de la cintura de Tori y, apartando con el pulgar el frágil retazo de encaje de las braguitas, la dejó que lo colocara en posición. Se hundió en ella, y un gemido grave y sincero brotó de sus labios cuando los músculos internos de Tori lo atrajeron hasta el fondo y se cerraron con fuerza en torno a él.

Dios, era maravilloso estar dentro de ella, como volver a casa, y empezó a moverse, retirándose y hundiéndose, cada vez más hondo y más deprisa al tiempo que le hundía las manos en los glúteos para apretarla contra él. Ella cruzó los tobillos tras la espalda de John, le rodeó el cuello con los brazos y se aferró a él, devolviendo cada beso con otro igual de ferviente.

De pronto, Victoria cortó el beso e inclinó la cabeza hacia atrás. De su garganta brotó una serie de gemidos entrecortados que fueron ganando volumen y timbre.

John hizo una mueca al sentir las contracciones duras y prietas de Victoria en torno a él. Fue la gota que colmó el vaso, y la penetró hasta el fondo para quedarse allí, gimiendo mientras el clímax de ella desataba el de él.

Se dejaron caer simultáneamente, apoyándose el uno en el otro. John se sentía como si estuviera flotando en un charco de perfección dorada, y cerró los ojos para concentrarse en la sensación. Contrajo los brazos cuando Tori se movió, pero esta se limitó a levantar la cabeza para plantarle un beso en el hombro, y elevó las comisuras de los labios.

Pero el momento dorado reventó cuando ella se puso rígida, y la oyó susurrar:

—Dios mío, ¿qué hemos hecho?

La realidad volvió de golpe y, apoyando las manos en la mesa, John se apartó de ella.

—¿Me entiendes ahora? —inquirió—. No has tardado mucho en lamentarlo, ¿no?

—¡No hemos usado protección, John!

El corazón le dio un vuelco en el pecho, y John se apartó de golpe, saliendo de ella. Contemplando el lugar por el que estaban unidos, vio que su semilla empezaba a salir de ella y se sacó el pañuelo del bolsillo de la chaqueta. Lo apretó entre las piernas de Victoria.

–Lo siento –dijo–. Dios, Tori. Lo siento.

El pomo de la puerta vibró a su espalda y cortó lo que ella podría haber dicho. Viendo cómo Victoria se ajustaba las braguitas sobre el pañuelo doblado, él también se subió la cremallera del pantalón. Oyeron golpes de nudillos en la puerta.

–¿Quién anda ahí? –inquirió una voz masculina–. ¡Abran! ¡Soy el gerente!

–¡Dénos un segundo! –le espetó John sin desviar la mirada de Victoria–. Hemos tenido un pequeño problema y necesitamos un minuto. Saldremos en cuanto lo hayamos aclarado –cuando quiera que fuera eso. Necesitaban hablar.

Pero Tori, que siempre le recriminaba su poca disposición a expresar sus sentimientos, se levantó de la mesa, sacudió su vaporosa falda azul púrpura, se recompuso el peinado y alargó el brazo para abrir la puerta. John le interceptó la mano.

–Cariño...

–No –se desasió–. Ahora mismo no puedo hablar de esto. En Pensacola teníamos la excusa de un condón defectuoso, pero no tenemos una buena excusa para esto.

–Eso no significa que tengamos que decidir...

¿El qué?, se preguntó John. No sabía cuál diablos debía ser el siguiente paso.

Como si le hubiese leído el pensamiento, Victoria repitió:

–¿El qué? ¿Qué hacemos esta vez si resulta que me he quedado embarazada? Dios mío –pasó junto a él para alcanzar el pomo, pero en lugar de quitar el pestillo, apoyó la frente en el panel de madera–. No es como si hubiéramos resuelto nada, John. Quizá tengas razón. Puede que sea hora de que regreses a Denver.

Era lo que John había considerado mejor para todos hacía diez minutos. Entonces, ¿por qué no se alegraba de que Victoria le diera la razón? ¿Por qué crecían las náuseas que sentía en el estómago?

Bueno, al cuerno, pensó mientras la veía quitar el pestillo. Pero tuvo que cerrar los puños para no deslizar el dedo por la nuca de Victoria, y para compensar el impulso, endureció la voz.

–No sé tú –dijo con energía–, pero yo no estoy de humor para salir ahí y anunciar que nuestro compromiso queda anulado. ¿Qué tal si intentamos sobrevivir a esta noche sin dar un escándalo?

Victoria volvió la cabeza para mirarlo y, en aquel momento, la vio tan derrotada que sintió deseos de atraerla a sus brazos. Pero ella no tardó en enderezar la espalda y levantar la barbilla.

–Claro –se encogió de hombros–. Yo puedo si tú también.

–Diablos, sí –dijo John–. No hay problema –y con el orgullo acudiendo a su rescate, alargó el brazo para abrir la puerta.

Capítulo 25

«¡Idiota, idiota, idiota!»

De pie entre los invitados, Victoria sonreía, charlaba y fingía que todo iba bien. Que «ella» estaba bien. Pero bajo la piel encerraba a una arpía que quería chillar, patalear y tirarse de los pelos. Una estúpida enamorada que quería hacerse un ovillo y derramar un océano de lágrimas.

¿Cómo podía haber sido tan irresponsable? No solo con su corazón, que con John Miglionni no podía evitarlo, sino con su cuerpo, cosa que sí podía haber evitado. Aunque jamás lamentaría la decisión de tener a Esme y se negaba a justificar las circunstancias del nacimiento de su hija, no quería tener otro hijo fuera del matrimonio. Y tendría suerte si el revolcón con John en el escritorio no resultaba en un hermanito para Es. Ya habían sido increíblemente fértiles aun practicado la anticoncepción. ¿Qué posibilidades tenía de evitar otro embarazo tras aquel descuido?

Dios. ¿Qué tenía Misil que la hacía abandonar todo sentido del decoro? El hecho de estar locamente enamorada de él no le parecía una disculpa lo bastante sólida para perder el sentido común. Sin embargo, en el fondo de su corazón no podía evitar echarle la culpa por nublarle el cerebro cada vez que la tocaba. Y por no ser lo bastante listo para corresponderla.

Una mujer con suficientes joyas para dar subsidios a una pequeña nación terminó de contar una anécdota y Victoria sonrió y dio una respuesta automática. Por alguna razón, la mujer se quedó atónita, pero antes de que Victoria pudiera reunir fuerzas para descubrir por qué, John se disculpó ante la mujer y la apartó con suavidad. Victoria dejó que la guiara.

John inclinó la cabeza mientras los conducía hacia la barra.

–«Magnífico» no era el mejor comentario para la noticia de que su caniche había muerto –murmuró–. Quizá no sea tan buena idea intentar sobrevivir a la velada.

Victoria asintió. La oportunidad de escapar y de disponer de cierta intimidad para afrontar sus tumultuosos sentimientos resultaba, de improviso, demasiado atractiva.

–Sí, vámonos...

–Señorita Hamilton –los interrumpió una suave voz femenina–. Buenas noches...

Pestañeó y se volvió hacia la joven mujer que le había rozado el antebrazo con los dedos para llamar su atención.

–Por favor –respondió automáticamente mientras su cerebro intentaba procesar dónde había visto a la mujer de pelo rubio rojizo y a su rechoncho acompañante–. Llámeme Victoria –entonces, los hechos encajaron–. ¿Qué tal está, señora Sanders? ¿Disfruta del baile?

–Estoy bien y, por favor, llámeme Terri. La fiesta es encantadora.

–Lo es, ¿verdad? ¿Conoces a mi prometido? –sin esperar una respuesta, se volvió hacia Misil–. John, esta es Terri Sanders y su marido, George. Terri era la auxiliar administrativa de mi padre. Terri, George, os presento a John Miglionni.

–¿Qué tal? –John estrechó manos con la pareja–. Si ya nos presentaron en el funeral de Ford, disculpadme –dijo con una sonrisa fluida–. Desde ese día hasta la fiesta de esta noche, he conocido a tantas personas que me da vueltas la cabeza. Por favor, sentaos en nuestra mesa. Permitidme que os invite a una copa.

En la garganta de Victoria brotó una respuesta automática, pero la digirió. La sonrisa de dientes blancos y el carisma que derrochaba John la hicieron recobrarse de improviso, y comprendió que Terri Sanders podía poseer información sobre su padre.

Logró participar en la conversación sobre trivialidades mientras John recogía bebidas de la barra, pero hasta que este no volvió no se le ocurrió ninguna idea lúcida. Alargó la mano para tocar la de Terri.

—Perdona —dijo—. Ni siquiera se me ha ocurrido preguntarte si te has quedado en la calle tras la muerte de mi padre. Sé que hay un nuevo director general, pero he estado tan absorta en mis propias preocupaciones que no he estado al tanto de las consecuencias de la muerte de mi padre para sus otros empleados. Debes pensar que soy muy grosera.

—Por supuesto que no —insistió la mujer—. Y da la casualidad de que se han perdido muy pocos empleos. Tu padre era partidario de delegar y la infraestructura sigue en pie. Yo me he quedado para atar el mayor número posible de cabos sueltos y, de hecho, tenía la oportunidad de conservar mi puesto con el nuevo director general, pero he aceptado otra oferta de Soundhill Investments. Es una empresa con la que tu padre solía tratar, así que sabían cómo trabajaba.

—Es la mejor —añadió George, sonriendo a su esposa.

—Lo he adiestrado para que diga eso.

Tori y John rieron al unísono y este se inclinó hacia delante, exhibiendo una sonrisa atenta y encantadora para la joven secretaria.

—Parece que la ganancia de Soundhill es nuestra pérdida. ¿Cuándo empiezas?

—Dentro de tres semanas. Después de unas vacaciones a Irlanda que George y yo llevamos planeando toda la vida.

Victoria se inclinó hacia la mujer.

—John tiene razón —corroboró con suavidad—. Mi padre era muy afortunado por tenerte. Más aún teniendo en cuenta lo difícil que era tratar con él. Trabajar con Ford no era un camino de rosas para nadie.

—Es verdad —dijo George Sanders—. Tú, sin embargo, eres mucho mejor persona —pasó el brazo por el respaldo de la silla de su esposa y le pasó las yemas por el antebrazo—. Háblales de las bonificaciones, cariño.

Terri se mordió el labio y miró a John y a Victoria alternativamente. Por fin, inspiró hondo, exhaló el aire con suavidad y se cuadró de hombros.

—No sé si lo sabes, pero hace varios años, a todos los efectos, Ford trasladó la sede de la compañía a las islas Caimán. Al poco, estableció un acuerdo privado con la junta de accionistas para obtener sus bonificaciones en forma de bonos al portador.

Victoria pestañeó.

—¿Y?

Al parecer, John vio cierta relevancia en el dato, porque tras un momento de silencio, tomó aire, enderezó la espalda y taladró a la auxiliar administrativa con la mirada.

—¿Porque un negocio inscrito en las Caimán no precisa rendir cuenta de sus bonos a Hacienda?

—Exacto. Hice copias de las transacciones, y para mí sería un gran alivio entregárselas. Aunque sé que no es asunto mío, esos bonos equivalen a dinero líquido y, desde la muerte de Ford, no he oído hablar de ellos ni una sola vez. No me gusta pensar que andan por ahí perdidos —les lanzó una mueca de disculpa—. Sé que debería habérselo contado a la policía yo misma, pero no quería hacer públicas las finanzas personales de Ford.

—Respeto tu lealtad —dijo John, y guardó silencio un momento—. ¿Cuándo os vais a Irlanda?

—Bueno, esa es la cosa. Nuestro vuelo sale mañana por la tarde.

—¿Y dónde están esas copias?

Terri vaciló; después, exhaló el aire y reconoció:

—Me las llevé a casa conmigo cuando me fui.

La expresión de John seguía siendo neutral.

—Entonces, ¿qué tal si, cuando acabemos aquí, os seguimos a vuestra casa y recogemos lo que quieras darnos? Así podréis iros de vacaciones con todos los cabos atados.

—¿No os importaría?

John miró a Victoria con las cejas enarcadas, y esta sonrió a la joven mujer.

—En absoluto —dijo—. Solo dinos cuándo estás lista para irte.

—Pues, si lo decís en serio, estábamos a punto de salir cuando os vimos y pensé que debía saludaros. Todavía tenemos que hacer el equipaje.

—Excelente —Victoria se puso en pie con celeridad. Quizá aquella noche pudiera terminarse.

En cuanto John y ella subieron al coche, el sentido de bienestar de Victoria se evaporó. El ambiente se fue haciendo más tenso mientras seguían a los Sanders hasta su casa.

John se volvió hacia ella en el primer semáforo.

—Tori, escucha...

Lo último que deseaba Victoria era volver a hablar de sus problemas. Ya habían dicho todo lo que necesitaban decirse y no les había procurado más que dolor.

—Terri ha sido muy amable al informarnos de la existencia de esos bonos, ¿verdad? —dijo con frialdad y la vista puesta en el coche que los precedía.

—¿Crees que lo ha hecho por amabilidad? —John sonrió con rigidez—. A mí me parece lo bastante inteligente para saber cuándo debe cubrirse las espaldas.

Victoria se volvió para mirarlo fijamente.

—¿Qué insinúas?

—Sospecho que no está tan segura de que esos bonos sean tan legales como asegura y quiere que se sepa que hizo lo posible por informar a una persona de autoridad, en este caso, a ti, por si la situación se volvía en su contra.

Se lo quedó mirando con la boca abierta.

—Dios mío. Lo tuyo no es el cinismo, ¿verdad?

—Prefiero llamarlo realismo. Tuvo la oportunidad de decírselo a la policía ella misma... pero ¿cómo crees que habría influido en su búsqueda de trabajo que hubiera salido en los periódicos que había difundido los negocios privados de su jefe? —se encogió de hombros y guardó silencio, durante el cual siguió el coche de los Sanders hasta un atractivo vecindario de clase media situado a varios kilómetros del club. Un momento después, aparcó detrás de la pareja en una calle bordeada de árboles.

Siguieron a Terri y a George al interior de una bonita casa de ladrillo y por el pasillo hasta un despacho. Allí Terri abrió el cajón de un archivador de roble y extrajo una carpeta delgada.

Volviéndose, se la pasó a Victoria y sonrió alegremente.

—Me siento libre por primera vez en mucho tiempo. Ahora sí que podré disfrutar de nuestras vacaciones.

Intercambiaron unos comentarios corteses; después, Victoria y John subieron al coche y se alejaron. En cuanto doblaron la esquina y perdieron de vista la casa de la joven pareja, John aparcó junto a la acera, apagó el motor y encendió la luz del techo. Victoria se inclinó sobre el salpicadero para que los dos pudieran examinar las copias de los bonos al portador de la carpeta.

—Joder —susurró John un momento después, y se recostó en el asiento—. Seis millones y medio al año durante los últimos cinco años. Es una compensación bastante buena —la miró—. ¿Había constancia de alguno de esos bonos cuando revisaste los asuntos de tu padre?

Aquella noche, Victoria había reaccionado lentamente en muchas ocasiones, pero ya había comprendido que, como poco, los bonos tendrían que haber formado parte de la lista de bienes que le había dado el abogado.

—No.

John maldijo con suavidad, apagó la luz del techo y se volvió de nuevo hacia ella.

—Sabes lo que esto significa, ¿verdad?

—¿Que cualquiera podría haber matado a mi padre y haberse largado con una fortuna en bonos al portador?

—Sí —respondió John. Sus ojos oscuros brillaban de forma enigmática a la luz tenue y difusa de una farola—. Y que no voy a irme a ninguna parte hasta que me asegure de que no ha sido nadie de tu casa.

John se sentía como si le hubieran quitado una enorme piedra del pecho y no se molestó en fingir lo contrario. A pesar de haber querido regresar a Denver, se había sentido fatal desde que había pronunciado las palabras. La sensación se había intensificado ante la negativa de Victoria de hablar con él... o incluso de mirarlo a los ojos si tenía la oportunidad de hacer lo contrario.

Así que tener una razón legítima para quedarse era una buena noticia. La mala era que Victoria no había reaccionado a la noticia ni en un sentido ni en otro, así que se volvió hacia ella, recostada como estaba contra la puerta del pasajero. Se la veía conmocionada y agotada.

John sujetó con fuerza el volante para no tocarla.

—¿Tengo tu permiso para registrar la mansión en busca de esos bonos?

Ella asintió con torpeza.

—Cualquiera podría habérselos llevado —le dijo John—. Pero no tiene sentido que especulemos hasta que sepamos a ciencia cierta que no están guardados en la casa. En cuanto lo hagamos, tendremos que informar a la policía.

—Cielos —dijo Victoria, aún más cansada que antes—, ¿piensas hacer todo eso esta noche?

—No —respondió Misil, aunque en realidad ese había sido su impulso inicial—. A primera hora de la mañana.

Al final, John no pegó ojo. Suponiendo que Victoria tampoco había dormido, sacó a Jared de la cama a las ocho y a las ocho y siete minutos se presentó con él en la puerta de la suite de Victoria. John llamó con los nudillos mientras terminaba de explicarle la situación al adolescente. La puerta se abrió de par en par casi al instante, pero allí no había nadie. Entonces, John bajó la mirada y vio a Esme sonriéndole.

—¡Hola! ¿Has venido a jugar conmigo?

—No, cariño —dijo Victoria desde el interior de la habitación. Un segundo después, ella también apareció en el umbral—. Vamos a buscar unas cosas de tu abuelo. Hola, cariño —le dijo a Jared, y se inclinó hacia delante para darle un beso en la mejilla—. No esperaba verte.

—Pensé que debía estar aquí —dijo John—. Es quien más tiene que ganar o perder con este descubrimiento de los bonos desaparecidos.

—Sí, es cierto —corroboró Victoria, sin apenas dedicar a John una mirada—. No lo había pensado.

—Será como buscar una aguja en un pajar —comentó Jared, un tanto malhumorado—. Aun así, estoy listo, si todos los demás lo estáis.

—¡Yo también! —Esme daba saltitos en el umbral—. Yo también quiero buscar, mamá. ¿Puedo?

—Claro. Pero esto no es un juego, Es, así que si te aburres, no quiero saberlo.

—«Tá bien».

John arrancó la mirada de Victoria y de su hija. En parte, quería reclamarlas, marcarlas como suyas ante el mundo. Pero aquella línea de pensamiento no iba a llevarlo a ninguna parte, y se escudó en su profesionalidad.

—Anoche indagué un poco en Internet. Los bonos al portador no tienen titular, así que la agencia pagadora, Ansbacher Cayman Limited, no podrá decir quién es el dueño. Pueden identificar quién recibió el último pago de intereses, pero eso no nos sirve de ayuda en este momento, ya que el banco no volverá a abrir hasta el martes por la mañana. Mientras tanto, se me ocurren tres lugares de la casa en los que Ford pasaba más tiempo.

—¿Los despachos y el dormitorio principal? —preguntó Victoria.

—Exacto.

—Entonces, ya hemos perdido la tercera parte de las posibilidades —dijo Jared con rotundidad—. Porque DeeDee no ha llegado a abandonar la suite de papá, ¿verdad?

Victoria lo negó con la cabeza, tan desalentada como su hermano. John, sin embargo, se limitó a encogerse de hombros.

—Entonces, le pediremos permiso para registrarla.

—¿Y si dice que no? —preguntó Jared en tono dudoso.

John contuvo la impaciencia ante el continuado pesimismo.

—Tu hermana y tú sois los propietarios legales —dijo con serenidad—. Siempre que deis vuestro permiso, no necesitamos el de DeeDee. Pero antes de echarla, ¿por qué no vamos a ver qué dice?

—No me gusta DeeDee —masculló Esme.

Una tenue sonrisa elevó la comisura de los labios de Victoria, que bajó la mano para ponérsela a la niña en el hombro. Miró a John a los ojos.

—¿Te importa si Esme y yo empezamos a buscar en el antiguo despacho de mi padre?

—En absoluto —se volvió hacia Jared—. Vamos, chaval. En esto estamos solos tú y yo.

Observó al adolescente mientras recorrían el pasillo hacia el dormitorio principal. Había estado tan concentrado conteniendo el mal genio en su compañía que había tardado un tiempo en advertir que el ánimo del joven se había ido deteriorando.

—¿Va todo bien? —preguntó.

—Asquerosamente bien.

De acuerdo. Al parecer, estaba hecho polvo.

—¿Tus amigos te lo están haciendo pasar canutas?

—Algunos —reconoció Jared con una falta de rencor que indicaba que, posiblemente, ese no era el problema—. Aunque la mayoría son legales —torció los labios—. Bueno, quizá no la mayoría —reconoció—. A muchos les gusta hacer preguntas estúpidas como qué se siente al ser acusado de asesinato. Aun así, los que me importan se han portado bien.

—Como la pequeña Priscilla Jane —John sonrió al recordarla—. ¿Qué tal le va en su casa?

Jared se puso rígido.

—No podría saberlo. El número que me dio está desconectado.

Ajá. Ese era el problema.

—Mac no se llevó muy buena impresión de la madre de P.J. —dijo despacio—. ¿Quieres que averigüe su paradero?

Durante un segundo, el muchacho puso cara de que nada le gustaría más que aceptar el ofrecimiento. Después, una expresión malhumorada e indiferente se adueñó de sus rasgos.

—No. Si quisiera hablar conmigo, me habría dado un número que estuviese operativo.

—Quizá se haya mudado.

—Puede que ella sí, pero yo no. Podría haberme llamado para darme el nuevo número. Al cuerno con ella.

John pensó que el muchacho estaba cometiendo un error, pero se limitó a asentir.

—Tú eres el jefe —dijo con suavidad—. Si cambias de idea, dímelo.

En aquel momento, llegaron al dormitorio principal, y John llamó a la puerta. El silencio fue la única respuesta, así que esperó y volvió a llamar. Al poco, abandonó toda sutileza y aporreó la puerta.

—¡DeeDee!

—¿Qué? —su voz sonaba somnolienta y lejana.

—Abre. Tenemos que hablar contigo.

—¡Volved después! —dijo medio dormida.

—No, ahora.

—Vamos, por el... —interrumpió la protesta y tenuemente, a través de la puerta cerrada, John distinguió el leve sonido de unos pies descalzos acercándose por el suelo de madera. Un segundo después, la puerta se abrió de par en par y DeeDee apareció en el umbral, mirándolos con enojo.

Estaba prácticamente desnuda.

Capítulo 26

John echó un vistazo a Jared, que estaba mirando sin pestañear los exuberantes pechos de DeeDee a través del diáfano camisón de muñeca. No había duda de que era adepta a la escuela de lencería de Hollywood, que se inclinaba más a exponer los atributos de una mujer que a esconderlos, y al muchacho se le salían los ojos de las órbitas.

Su ensimismamiento absoluto plantó una tenue sonrisa en las comisuras de la boca de John.

–Tú –le dijo con severidad a la viuda de Ford–, ve a ponerte una bata o algo parecido. Creo que ya le has dado a Jared toda la educación que puede soportar en un día.

–No es cierto –discrepó Jared, fijándose con ansiedad en todos los centímetros de las impresionantes curvas de la rubia–. Puedo soportar mucho más.

DeeDee lanzó una mirada a la entrepierna de John, se encogió de hombros y giró sobre sus talones para regresar a la habitación.

–Caray –dijo Jared con melancolía–. Está tan buena por delante como por detrás –la observó hasta que la quinta esposa de su padre, envuelta en un top casi inexistente y un minúsculo tanga, desapareció por el umbral del dormitorio. Después, se dio la vuelta y le hundió el codo a John en el costado–. ¿Has visto eso? Te ha mirado para ver si te habías puesto cachondo –se meció sobre los talones y hundió los puños en los bolsillos de los pantalones para disimular su propia erección–. Ni siquiera se ha molestado en mirar qué efecto había tenido en mí.

—Tienes diecisiete años —John unió su hombro al del muchacho amigablemente, comprendiendo mejor que la mayoría lo beneficioso que podía ser el deseo adolescente para animar a un chico—. Tendría que pasar algo grave si no pudiera provocarte una erección.

—Supongo que sí. De todas formas, tú eres un tío, y no tan viejo.

—Sí —sonrió John con pesar—. Apenas crujo cuando me muevo.

—Entonces, ¿cómo es que no ha funcionado contigo?

—A saber... No es que no haya disfrutado de la vista tanto como tú. Supongo que he superado ese punto en que ver a una mujer desnuda me lanza a un frenesí de lujuria.

—Pues yo no —dijo Jared, y sonrió, más despreocupado que nunca—. Puedes traer a todas las nudistas que quieras.

DeeDee regresó unos momentos después envuelta en un quimono rojo de satén. John advirtió que se había tomado un momento para cepillarse el pelo y pintarse labios y pestañas.

—Ahora —dijo, mirándolos sin sonreír—. ¿Qué puedo hacer por vosotros, caballeros?

—Anoche descubrimos que Ford recibía sus bonificaciones anuales como director general en bonos al portador. No han aparecido en la lista de bienes y, antes de que se lo contemos a la policía, queremos cerciorarnos de que no están guardados en la casa. Por eso nos gustaría pedirte permiso para registrar tu suite.

DeeDee se encogió de hombros y retrocedió del umbral en que habían estado esperando educadamente para entrar.

—Podéis registrar hasta reventar —los invitó. Como si se diera cuenta de lo indiferente que sonaba, se plantó un semblante lastimero—. He sido incapaz de revisar los efectos del querido Ford, así que todo está como lo dejó. Podéis empezar por aquí, si queréis, mientras yo me visto.

Jared no la miró con tanta admiración aquella vez cuando la vio regresar al dormitorio.

—No la entiendo —dijo—. Parece que tuviera doble personalidad. Tan pronto se comporta como si mi padre fuera el gran amor de su vida como si no pudiera preocuparla menos que hubiera muerto.

—Sí, cuesta trabajo catalogarla, desde luego. Yo tampoco he podido descubrir a qué se debe esa actitud. Quizá sea una de esas personas que solo quiere ser el centro de atención —olvidándose de ella, señaló con el índice el pequeño escritorio del rincón—. ¿Qué tal si empezamos por ahí? Yo quitaré los libros de las estanterías y los revisaré.

—Claro —pero Jared se quedó inmóvil, mirándolo fijamente—. ¿Qué aspecto tiene un bono al portador?

—Una pregunta excelente —se sacó una hoja de papel del bolsillo de la cadera y la desdobló antes de pasársela al adolescente—. Toma. Esta es una copia de uno de los bonos.

—Joder —Jared exhaló un suspiro—. Esto va a ser peor que encontrar la dichosa aguja del pajar.

Pero empezó a buscar, y John se quedó impresionado tanto del método de trabajo del muchacho como de su disposición a proseguir con aquella tarea ingrata una hora y media después, cuando terminaron de registrar la sala de estar y se disponían a entrar en el dormitorio. DeeDee se había ido al club hacía rato.

Estaban levantando juntos el colchón de matrimonio y el somier a juego cuando la puerta de la suite se abrió de par en par.

—¡John!

La voz de Victoria estaba impregnada de tanto pánico que hombre y muchacho se miraron rápidamente a los ojos y soltaron el colchón. Antes de que John pudiera rodear el extremo de la cama, se abrió la puerta del dormitorio y Victoria irrumpió en él. Deteniéndose bruscamente, se lo quedó mirando con semblante frenético.

—Dios mío, John. ¡Dios mío! —tenía los ojos verdes llenos de lágrimas—. ¡Esme no está!

Enferma de pánico, Victoria se había quedado paralizada en mitad de la habitación, jadeando, mientras Misil salvaba la distancia que los separaba con grandes zancadas.

Deteniéndose justo frente a ella, le puso las manos en los hombros.

—¿Cómo que no está?

—¡No está donde debería estar! —su voz rayaba en histeria—. ¡No puedo encontrarla!

—Está bien, tranquila. Lo siento, ha sido una pregunta estúpida. Inspira hondo, cariño. Ahora, exhala el aire despacio... Esa es mi chica. Muy bien —su voz pasó de cálida y tranquilizadora a fría y autoritaria—. ¿Cuándo la has visto por última vez?

El cambio de tono la hizo contener las lágrimas y el terror, y concentrarse.

—A eso de las nueve y veinte —declaró—. Como sospechaba, se aburrió de buscar los bonos de mi padre, así que la dejé con Helen.

—¿Y cuándo descubrió Helen que había desaparecido?

—No sé, quizá hace cinco minutos —movió la cabeza—. Al menos, fue entonces cuando vino a alertarme. Pero había estado un rato buscándola por su cuenta.

—¿Habían hecho algo fuera de lo normal antes de que Esme desapareciera?

—No. Según Helen, jugaron a las muñecas un rato y Es habló por teléfono con Rebecca. Después le dijo a Helen que iba a ayudarme otra vez.

—¿Y la dejó marchar, sin más? —inquirió John con incredulidad. Haciendo una mueca, movió rápidamente la cabeza—. Por supuesto. Esme estaba en la casa e iba a reunirse con su madre —le presionó los hombros—. Dime por dónde la has estado buscando.

—Por todos los lugares que se me ocurría mirar dentro de la casa, incluida la cocina y las habitaciones de la cocinera y de Mary. Incluso la hemos buscado en el sótano, aunque Esme lo odia y jamás bajaría voluntariamente. He mirado en mi taller y en todos los lugares de la finca en que le he permitido jugar desde que los periodistas empezaron a apostarse en la verja.

—¿Y la parte delantera de la finca?

—No. No tenía sentido puesto que le he dicho varias veces que no... —se interrumpió—. Dios mío, ¿cómo puedo ser tan estúpida? Por supuesto que eso la atraerá más –abandonando la conversación, se desasió y echó a correr hacia la puerta.

John la adelantó antes incluso de llegar a lo alto de la escalera. Cuando Victoria bajó al vestíbulo, él ya había salido por la puerta y corría por la senda principal. La distancia que los separaba se amplió aún más cuando John abandonó la senda y desapareció entre los robles y los pinos que salpicaban la finca.

John redujo el paso al llegar a los árboles. Inspiraba y espiraba despacio para calmar su agitado corazón. Dios, apenas podía oír por culpa de su respiración entrecortada y, para gran sorpresa suya, descubrió que sentía casi el mismo pánico que Tori.

Pero comportarse como un marine novato no lo ayudaría a encontrar a su hija. Así que se obligó a permanecer inmóvil, a calmar la respiración y a aguzar el oído.

En cuanto se serenó, oyó lo que debería haber oído antes. Un hombre balbucía a lo lejos, cerca del muro que procuraba intimidad a la finca. Sin hacer ruido, John echó a andar hacia allí, pero hasta que no salvó unos treinta metros no distinguió las palabras:

–Hola, pequeña –oyó murmurar a un hombre con una voz falsamente jovial–. Mira aquí. Te llamas Esme, ¿verdad? Qué bonita eres, Esme. ¿Puedes sonreír a la cámara? Vamos, pequeña, mira aquí.

Con el enojo filtrándose en sus venas, John avanzó en silencio hacia la voz persuasiva. El bosquecillo era más denso en aquella zona, pero un poco más adelante, había un claro. Allí, en el sol moteado próximo al muro, un hombre de mediana edad que lucía una buena camisa y un mal peinado, se encontraba en cuclillas sobre el césped. Apuntaba a Esme con una cámara digital, y esta estaba inmóvil delante de él, demasiado asustada para moverse. El hombre la halagaba e intentaba que mirase hacia la cámara mientras sacaba una foto tras otra.

El primer impulso de John fue arrancarle al hombre la cabeza de la manera más dolorosa posible. Dio un paso adelante para hacer exactamente eso cuando se le ocurrió pensar que Esme estaba aterrada. Inspiró para serenarse, porque lo último que necesitaba su hija era presenciar un acto de violencia realizado por un hombre en quien confiaba. Se dio cuenta de que Victoria y Jared estaban llamando a Esme a cierta distancia detrás de él, pero hasta el momento ni su hija ni el periodista parecían haberse dado cuenta.

Agachándose, caminó como un pato de tronco a tronco para acercarse lo más posible.

—Es —la llamó con suavidad.

Ella levantó la cabeza y se volvió hacia él, con sus enormes ojos oscuros escrutando con frenesí las sombras de los árboles. Todavía en cuclillas, John se apartó un poco del tronco para que pudiera verlo y le tendió el brazo.

—Ven con papá, cariño.

—¡John! —chilló, y salvó la distancia que los separaba con sus piernecitas. Se arrojó en sus brazos justo cuando Victoria y Jared irrumpían en el claro. John se puso en pie con la niña colgada del cuello y, en aquel instante, todos se vieron. Victoria y Jared llamaron a la niña por su nombre y Esme estiró los brazos hacia su madre. El periodista profirió una maldición y empezó a alejarse.

—Ah, no, de eso nada —dijo John con ánimo lúgubre. Colocó a Esme en los brazos de Tori y le ordenó a Jared que las sacara de allí. La obediencia inmediata del muchacho le permitió echar a correr rápidamente hacia el fotógrafo que huía.

Lo alcanzó justo cuando estaba a punto de trepar por el muro. Lo sujetó por el cuello de la camisa y lo tiró al suelo. Al periodista se le cayó la cámara durante la caída y, agachándose, John se hizo con ella y la rompió. El hombre empezó a alejarse gateando, pero John lo sujetó por la cintura de los pantalones. Chillaba como una niña, pero John ni siquiera se inmutó mientras lo levantaba y se volvía hacia el muro.

El ruido atrajo a otros periodistas, que corrieron hacia allí para ver lo que estaba pasando. El primero llegó justo cuando John estaba levantando al periodista en el aire. Lo sujetó bien y lo lanzó por encima del muro.

Los reporteros se desperdigaron cuando su compañero cayó a sus pies, y John les dirigió una mirada despectiva.

—El próximo chupatintas que suba a ese muro saldrá mucho peor parado que vuestro amigo. Las cámaras rotas serán la menor de vuestras preocupaciones si alguna vez os pillo molestando a mi hija. Nadie aterroriza a mi pequeña sin sufrir las consecuencias.

Ignorando la retahíla de preguntas y las cámaras que sonaban con frenesí, giró sobre sus talones y se perdió entre los árboles.

Hasta que no llegó a la amplia extensión de césped y vio a Victoria acercándose a él no comprendió lo que acababa de revelar públicamente. Maldiciendo entre dientes, apretó el paso.

—¿Está bien Es? —preguntó en cuanto se encontraron.

—Sí. Se asustó al verse sola en el bosque con un desconocido, pero tiene la habilidad de los niños de recuperarse. ¿Y tú? —le tocó el antebrazo—. ¿Estás bien?

—Bueno, hay una buena noticia y otra mala. La buena es que tenías razón.

Victoria pestañeó.

—Eso alegra a cualquiera, por supuesto. ¿Sobre qué tenía razón esta vez?

—Es imposible que le haga daño a un niño. La aventura de Esme me lo ha hecho comprender. Quería arrancarle la cabeza a ese tipo, Tori, pero sabía que solo conseguiría aterrar a Es, y antepuse automáticamente sus sentimientos a los míos. Así que supongo que no soy como mi padre.

—Por supuesto que no —corroboró Tori con fiereza. Después, su expresión se suavizó y le pasó los dedos por las venas del dorso de la mano—. Me alegro de que por fin lo comprendas. ¿Significa eso que estás dispuesto a reconocerla como hija?

—Bueno, esa es la mala noticia —la miró un segundo a la cara, detestando reconocer lo que había hecho. Pero no podía evitarlo y, por fin, dijo—. Acabo de hacerlo, y de forma muy pública.

—¿Qué quieres decir?

—Acabo de decir delante de un gentío de periodistas que su compañero tenía suerte de que no le hubiera roto el cuello por haber molestado a mi hija.

—¡Dime que no lo han grabado! —lo miró con horror—. Espera, quizá crean que estabas hablando de forma genérica, como si por casarte con la madre consideraras tuya a la niña. Pero, ay, Misil, si alguien indaga...

El evidente deseo de Victoria de mantener oculta su paternidad fue como una feroz patada en los testículos y, de pronto, la felicidad que sentía John por no ser como su padre se evaporó. Por primera vez reconoció que lo que sentía por Victoria era mucho más profundo que el sexo, hasta tal punto que no tenía gracia. Debía afrontar que se había estado engañando mucho tiempo. Casi desde el principio había sabido que lo que sentía por ella era diferente de cualquier cosa que hubiera sentido por ninguna otra mujer. En el fondo de su corazón, había temido que, por mucho que se apartara de sus raíces, nunca sería lo bastante bueno para ella.

El hecho de que Victoria se mostrara de acuerdo, el que la horrorizara la idea de que el mundo entero supiera que era el padre de Esme, hizo mella en él. «Así que esto es el amor. Joder, cómo duele».

—Pues me temo que lo han grabado.

—Entonces, tendremos que decírselo a Esme antes de que se entere por otro.

John asintió en silencio, sin apenas oírla. Necesitaba alejarse de Tori, y rápido. Como un zombi, echó a andar hacia la casa.

Capítulo 27

−¡Mira, mamá! ¡Aquí arriba! ¡Estoy en el árbol!

Victoria se detuvo en seco bajo el nogal que sombreaba la nueva ala sur de la mansión e inclinó la cabeza hacia atrás para escudriñar entre las hojas de color verde oscuro. Helen acababa de informarle que John había llevado a Esme a dar una vuelta. Dudaba que quisiera hablar con su hija sin estar ella presente, pero lo había notado extrañamente distante desde que se había enfrentado con el periodista en el bosque.

En el último lugar en que esperaba encontrarlos era sobre una gruesa rama de un árbol, sentados uno junto al otro y balanceando las piernas en el aire. El corazón se le subió a la garganta cuando Esme se inclinó hacia delante para sonreírle, pero John estiró un brazo por delante de la niña y, apoyando la palma en el tronco, formó un puente para que su hija se apoyara.

Su hija. La hija de ambos. Victoria todavía no se había hecho a la idea.

−¡John y yo hemos trepado aquí arriba! −chilló la niña, y Victoria volvió a maravillarse del fulgurante poder de recuperación de su hija. Medio había esperado que Es se pasara el resto de la tarde pegada a ella como una lapa, pero a los quince minutos de haberse llevado un susto en la finca, estaba correteando por allí−. ¡Sube, mamá! John va a decirme algo importante.

Victoria se quedó mirando a Misil, enmudecida. Iba a decirle a Esme que era su padre. ¡Sin ella! Lo sometió a una mirada severa, pero John no pareció incomodarse. Se limitaba a devolverle la mirada con esa expresión furiosamente neutral que ella detestaba.

¿Qué mosca le habría picado? John se comportaba como si hubiese sido ella quien hubiera hecho algo malo. Pero no era Victoria quien le había dicho al mundo que él era el padre de Esme antes de que los dos pudieran decírselo a su hija. No era ella quien se había esfumado a continuación.

—¡Sube, mamá!

—Sí, pienso hacerlo —dijo con ánimo lúgubre, estudiando la amenazadora distancia que la separaba de la primera rama—. En cuanto sepa cómo.

John suspiró y se volvió hacia Esme.

—Muévete un poco, cariño, y abrázate al tronco del árbol con todas tus fuerzas. Voy a ayudar a tu mamá.

Mirándolo como si fuera un dios descendido del Olimpo, la niña hizo lo que le ordenaba.

—Ahora, no te muevas ni un milímetro, ¿me oyes?

—«Tá bien».

John descendió ágilmente por entre las ramas hasta caer de pie sobre la más baja. Poniéndose en cuclillas, levantó la vista para cerciorarse de que Esme no se había movido; después, se sujetó al tronco con una mano y se agachó para extenderle la otra a Victoria.

—Vamos —gimió con impaciencia al ver que no se la estrechaba inmediatamente—. No conviene dejarla sola un segundo más de lo necesario. Agárrate con las dos manos.

¿Y luego qué? No era tan menuda como para que la izara con una sola mano. Aun así, el aire de autoridad de John era tal que se estiró para obedecerlo. Y cuando envolvió con las manos el brazo y muñeca férreos de Misil, no fue su poder físico lo que cuestionó en voz alta.

—¿Por qué te estás comportando así?

Sin molestarse en contestar, John tiró de ella y la levantó como si no pesara nada. Victoria todavía estaba jadeando por la súbita ascensión cuando John le soltó las manos y se las colocó sobre una rama por encima de sus cabezas. Momentáneamente permanecieron cara a cara, con los brazos extendidos por encima de la cabeza, tocándose desde la muñeca hasta el codo.

Se la quedó mirando, con expresión inescrutable.

—¿Estás bien sujeta?

Victoria asintió, consciente de la presencia de Misil en todas las células de su cuerpo. Después, este se fue y trepó por el árbol para reclamar su puesto junto a Esme.

Ella trepó con mucha más cautela, pero un momento después, apoyó con cuidado el trasero en la gruesa rama, junto a su hija. Hundiendo los dedos en la corteza, paseó la mirada alrededor y recordó el tiempo en que aquel árbol estaba apartado de la casa. Desde la ampliación, si se inclinaba un poco hacia la derecha, podía ver el interior de la cocina. Fascinada por la perspectiva, vio a Mary limpiando la plata en la enorme mesa de trabajo mientras hablaba con la cocinera, que estaba trabajando en el horno. Las ventanas cerradas le impedían oír la conversación y su atención vagó hasta los ventanales situados casi delante de ella. Todo se veía tan distinto desde aquella atalaya que tardó un momento en comprender que eran los del nuevo despacho de su padre. El que Misil estaba utilizando.

—¿No es genial, mamá?

—Sí, es muy interesante —corroboró, sonriendo a Esme—. Creo que nunca había subido antes a este árbol —pero no estaba allí para admirar la vista. Mirando por encima de su hija, observó el rostro hermético de Misil—. ¿Dónde te has metido después de la gran aventura de Esme?

—Quería llamar a Terri Sanders antes de que se fuera de viaje. Se me ocurrió que podía saber algo sobre los tratos de Miles Wentworth con tu padre.

—¿Y sabía algo?

—Sí. Al parecer, Ford prometió poner a Miles al mando del departamento europeo. Así que perdió su gran oportunidad cuando tu padre murió.

—Lo cual significa... —bajó la mirada a Esme.

—Exacto. Mi sospechoso favorito no tenía móvil.

Esme se movió con impaciencia y miró a su madre.

—No me importa ese Miles. John tiene algo importante que decirme —entrelazando las manos en el regazo, se volvió hacia Misil—. Venga.

—Sí, John —dijo Victoria de buen grado—. Adelante.

John ni siquiera le dedicó una mirada. Centrándose en Esme, carraspeó.

—¿Recuerdas que tu madre te dijo que tu padre no podía estar contigo?

—Sí. Pero Dios quería que mamá tuviera una niña muy especial, así que me envió a ella —se volvió hacia Victoria—. ¿No es así, mamá?

—Sí, así es.

—Sí, eso era lo que tenía entendido.

Quizá Esme no hubiera detectado el sarcasmo en la voz de John, pero Victoria sí, y se lo quedó mirando por encima de la cabeza de su hija mientras él le tiraba de la trenza para recuperar la atención de la niña. Victoria no lo entendía... ¿Por qué estaba tan picado?

—En cualquier caso —le dijo a Esme—, como Dios lo hizo tan bien la primera vez, ha decidido enviarte también a tu padre.

—¿Cómo?

—Ese soy yo. Soy tu padre.

Esme frunció las cejas; después, como si lo comprendiera de repente, se le despejó la frente y asintió con decisión.

—Mi papá de mentira —dijo, recordando claramente su charla sobre el fingido compromiso, y le dirigió una enorme sonrisa de satisfacción.

John frunció las cejas, y el parecido con su hija se hizo tan evidente que Victoria se maravilló de que nadie se hubiera dado cuenta antes.

John hizo un esfuerzo evidente por borrar el ceño. Le pasó la mano por la nuca.

—No, cariño. Tu padre de verdad —miró a Victoria—. ¿Vas a quedarte ahí sentada o quieres ayudarme con esto?

Se lo veía un poco desesperado, pero hacía cinco minutos, había estado perfectamente dispuesto a contarle la verdad a Esme a sus espaldas, así que Victoria no se sentía muy caritativa. Clavó la mirada en él.

—Ah, ¿necesitas «mi» ayuda? —preguntó con dulzura—. ¡Y yo que pensaba que querías hacer las cosas por tu cuenta!

Después, la culpabilidad echó a perder aquel bonito momento de indignación. No era el mejor momento para vengarse. Era el futuro de Esme lo que estaba en juego... por no hablar de que su hija se había vuelto hacia ella, confundida. Le retiró un mechón ondulado de pelo de los ojos.

—Es cierto, cariño —dijo con suavidad—. John es tu padre.

La pequeña pestañeó con perplejidad.

—Pero ¿cómo es que no ha venido hasta ahora?

—No sabíamos cómo encontrarnos, así que no podía hablarle de ti.

En aquel momento, Victoria comprendió que sí había tenido la manera de encontrar a John. Había visto su tatuaje. Había pasado mucho tiempo en Pensacola jugando con él, acariciándolo con los dedos, perfilándolo con la lengua. Y aunque las palabras Rápido, Silencioso y Letal fueran las que más recordaba, también estaban las de Segundo Batallón. Podría haber empleado esos datos para localizarlo. Habría sido vergonzoso y habría necesitado cierto esfuerzo, pero si hubiera querido implicar a John en la vida de Esme, podría haberlo hecho. Lo miró con la creciente sensación de culpa de que no había sido justa con él.

Fue una sensación que se intensificó cuando vio con qué ternura miraba a su hija, que había vuelto a centrarse en él.

—Llevas aquí mucho tiempo —dijo Esme—. ¿Por qué no me has dicho antes que eras mi papá?

—Antes de decírtelo, tu madre, bueno, nosotros, queríamos estar seguros de que podía ser un buen padre. No tenía sentido que te ilusionaras si resultaba ser un inútil.

—No eres un inútil —repuso la niña con indignación.

—Sí, eso fue lo que decidimos al final. Que... —carraspeó— soy lo bastante bueno para ser tu padre.

A Victoria se le derritió el corazón. A Esme también, porque lo miró con ojos brillantes.

–¿De verdad eres mi padre?
–Sí.
Dio saltitos en la rama.
–Entonces, ¿te quedarás siempre con mamá y conmigo?
–¡No! –John pareció comprender que había pronunciado la palabra como un sargento de instrucción, porque suavizó la voz. Pero su tono era igual de resuelto cuando lo reiteró–. No. Soy tu padre de verdad, pero el compromiso sigue siendo fingido. Y sé que es confuso, nena, pero tienes que seguir manteniendo el secreto –y taladró a Victoria con una mirada dura.

Ella se sintió como si la hubiera abofeteado. «Bueno, no puedes pedir un mensaje más claro que ese». Era evidente que valía para la cama pero que haría bien en no hacerse ilusiones, porque John no era de los que se casaban.

No podía creer cuánto le dolía el alma, así que se volvió un poco hacia otro lado mientras Esme empezaba a bombardear a John con preguntas. Observando fijamente por entre las hojas la sección de la primera planta que conformaba el nuevo despacho de Ford, se obligó a adoptar una expresión neutra que no disipaba el pozo de tristeza al que la habían arrojado las palabras de John.

Pero cuánto le dolía. Se le partía el corazón.

Tras pasarse una eternidad mirando fijamente el costado de la casa y respirando con suavidad, una aberración espacial empezó a reclamar su atención. Algo no encajaba entre las dimensiones interiores del despacho de su padre y lo que estaba mirando desde fuera. Se aferró a la distracción con gratitud, utilizándola como un salvavidas para mantener a raya su agonía. Después, poco a poco, la arquitecta que llevaba dentro empezó a pensar al margen de su angustia. Su mente había registrado una discrepancia aparente. Pero ¿qué era y cómo podía explicarla? Estudió la zona y se quedó mirando las ventanas. Tomaba medidas en su cabeza. De pronto, lo comprendió.

–Dios mío –dijo–. Por eso siempre me ha molestado esa habitación –volviéndose hacia Esme, lo cual significaba volverse otra vez hacia John, fingió una compostura que no sentía–. Voy a bajar, cariño. Preferiría que no os quedarais aquí mucho tiempo. Ya casi es hora de almorzar –lanzó una mirada a Misil, pero el dolor volvió a inundarla y bajó la vista.

Afortunadamente, el descenso fue más fácil que el ascenso, aunque aterrizó en el suelo de forma poco decorosa.

–¿Estás bien? –preguntó John con altivez.

Victoria se incorporó.

–Sí –dijo, sacudiéndose las palmas, que se había arañado con la corteza. «Como si te importara», pensó. Recobrando su dignidad, avanzó cojeando un poco hacia la esquina posterior de la casa.

Cuando llegó al nuevo despacho de su padre, ya había guardado sus turbulentas emociones en un oscuro armario de su mente y cerrado la puerta con llave. Ya se ocuparía de ellas más tarde. En aquellos instantes, debía probar si su teoría era correcta. Debía averiguar si realmente había una pared falsa en el extremo occidental del despacho.

Siempre la había molestado algo de aquella habitación y, de pronto, comprendía lo que era. Su longitud interior era menor que la exterior. Aunque nunca había observado conscientemente la discrepancia, su mente debía de haber tomado nota en un momento dado y había estado intentando suministrarle la información.

Se acercó a la librería que ocupaba la pared del fondo y la examinó visualmente. La unidad entera debía abrirse por un costado, concluyó. Acercándose, palpó con cuidado el borde exterior de la moldura, centímetro a centímetro, con la esperanza de localizar algún tipo de picaporte. Al ver que no pasaba nada, volvió a recorrer la moldura, en aquella ocasión por la superficie interior.

Hasta que no presionó el panel del fondo de la librería no sintió que algo cedía bajo sus dedos. Había encontrado un mecanismo enterrado, pero los estantes no cedían manteniendo una presión continuada en ese punto. Siguió palpando la parte interior de la librería con la otra mano. No obtuvo resultados, así que deslizó los dedos por el techo. Y, de pronto, encontró un segundo punto de presión. La librería seguía sin moverse, pero comprendió que había relajado la presión sobre el primer mecanismo, así que apretó con fuerza los dos.

La librería se abrió en silencio por un lateral.

—Dios mío —pese a sus sospechas de que había un lugar secreto detrás de la pared, se sobresaltó al descubrirlo. Era demasiado novelesco.

Pero el escondite no tenía nada de ficticio: había un espacio vacío detrás de la librería. Solo medía unos cuarenta y cinco centímetros de fondo, con un estrecho estante en lo alto que contenía una única caja. Victoria alargó el brazo y la abrió.

Esperaba encontrar los bonos al portador desaparecidos y los halló, pero después de sumarlos mentalmente dos veces, el valor acumulado la hizo silbar. Volvió a guardarlos en la caja, cerró la tapa y retrocedió. ¿Qué hacer?

Sabía que debía llevárselos directamente a John, pero se le encogía el corazón al pensar en volverlo a ver. Sin embargo, ¿qué elección tenía? Deprimida, dejó la caja en el estante.

—Papá debió de esconderlos —masculló en un intento de animarse—. Así que, al menos, todos los de esta casa quedan libres de sospecha.

—Bueno —dijo una voz irónica a su espalda—. Aunque me encantaría dejarlo así, esos pequeñines me han dado demasiado trabajo como para permitir que los heredes y me dejes a mí sin un centavo.

Sobresaltada, Victoria giró en redondo. Para sorpresa suya, DeeDee se erguía a no más de metro y medio de distancia. Llevaba su traje y zapatillas de tenis, una de las pocas veces que Victoria no la veía sin sus tacones de aguja. Llevaba el pelo recogido en una artística cascada de rizos, iba perfectamente maquillada y lucía dos muñequeras de diamantes.

Pero era el accesorio del costado lo que acaparaba la atención de Victoria. Porque la viuda de su padre sostenía un cuchillo con la hoja más larga y temible que había visto nunca.

Y DeeDee lo esgrimía como si estuviera dispuesta a usarlo.

Capítulo 28

—¿Te refieres a los bonos? —Victoria lanzó una ojeada a la caja de la estantería que estaba a su espalda; después, centró su atención en DeeDee. El cuchillo la fascinaba casi como lo haría una serpiente. Obligándose a levantar la mirada, escrutó la cara de DeeDee—. ¿Cómo que te han dado mucho trabajo?

Después, deseó no haberlo preguntado, porque solo una cosa tenía sentido. Temía saber la respuesta y, como una idiota, se limitó a balbucirla.

—Santo cielo, mataste a mi padre, ¿verdad?

Su voz brotó como un graznido horrorizado, pero DeeDee lo entendió de todas formas. La mujer se encogió de hombros, se dio un golpecito en la mano con la hoja del cuchillo y dijo en tono coloquial:

—Eres un auténtico incordio, ¿sabes? Cometí un crimen perfecto, aunque parece una palabra muy dura, porque como dice esa canción de *Chicago*, él se lo estaba buscando. Dentro de un par de semanas habría estado fuera de aquí, y libre. Pero no. No. Tenías que empezar a hurgar y descubrir el armario secreto, ¿verdad? ¿Cómo diablos lo has encontrado?

Victoria se recompuso e inició una explicación que pretendía estar cargada de detalles y, sobre todo, larga.

—Era más una sensación que cualquier otra cosa. Cada vez que estaba en esta habitación sentía que algo estaba... mal. No hacía más que pensar que debía ser más ligera, o más alta, o más larga, o algo...

—Da igual —la interrumpió DeeDee—. No me importa. Lo único que me importa es que me lo has echado todo a perder. ¿No es mala suerte? —movió la cabeza, y con ella los rizos, y un ápice de amargura impregnó su voz—. ¿Sabes?, cuando tu padre se casó conmigo pensé que me había tocado el premio gordo. Estaba tan feliz de volver a tener dinero y de codearme con los peces gordos que ni siquiera me preocupé por el acuerdo prematrimonial que me hizo firmar. Al menos, al principio.

El recordatorio, desde el punto de vista de Victoria, era desafortunado, ya que la mirada de DeeDee se oscureció y la vio torcer los labios. Con un propósito claro y siniestro, la joven viuda dio un paso hacia ella.

—Pero, después, tuviste que vivir con él —se apresuró a intervenir Victoria. «Hazla hablar mientras ideas cómo vas a salir de esta»—. Eso no puede haber sido fácil. Era un hombre insufrible —Dios, ¿dónde estaba John cuando realmente lo necesitaba?

Por suerte para ella, DeeDee no era inmune a la comprensión. Más aún, quería que alguien lo supiera y valorara lo astuta que había sido, porque se detuvo y asintió.

—Así es. Después tuve que vivir con ese cabrón. Lo gracioso es que, cuando me casé, supe que podría soportar su horrible genio y sus juegos de poder. Con lo que no contaba era con tener que dormir todas las noches con un hombre lo bastante viejo para ser mi padre —se estremeció—. Eso estuvo a punto de matarme, en serio.

Victoria lamentaba que hubiera usado esa descripción en particular, porque la palabra quedó suspendida en el aire, entre ellas, y pareció fortalecer la determinación de DeeDee. La viuda de su padre... no, su asesina, se cuadró de hombros y dio otro paso hacia ella.

Victoria retrocedió con las palmas hacia arriba.

—No quieres hacerlo, DeeDee.

Para sorpresa de Victoria, la mujer volvió a detenerse.

—No —corroboró en un tono que sugería que la idea no la hacía especialmente feliz—. No quiero, de lo contrario, te habría matado a traición. Eres tan buenecita que me dan ganas de vomitar, pero dejaste que me quedara después de la muerte de Ford, cuando podrías haberme echado. Claro que eso me habría dado la excusa que necesitaba para irme con los bonos sin levantar sospechas –aquello le recordó su irritación, pero la apartó–. Aun así, no tenías por qué ser tan noble conmigo.

–Entonces, ¿por qué no te llevaste los bonos sin más? ¿Por qué mataste a mi padre?

–¿Bromeas? Ya lo conocías. Fue pura casualidad que lo viera abrir la estantería una noche y, en serio, cuando vine después y descubrí lo que tenía escondido, supe que había dado en la diana. Pero cuanto más lo pensaba, más comprendía que Ford no se limitaría a darse la vuelta y a permitir que me los llevara. Quizá no pudiera intervenir legalmente, pero ¿cuándo le impedía eso conseguir lo que quería? Ford no era de los que renunciaban a lo que era suyo y, seguramente, me habría hecho matar en un abrir y cerrar de ojos –una nueva idea la contrarió claramente–. Peor, tenía contactos en todo el mundo. Se habría asegurado de contarle a todo el mundo que le había robado. Aunque viviera el tiempo suficiente para gastar los bonos, ningún pez gordo me habría dado la bienvenida. Así que esperé.

Su rostro se endureció.

–Después, la noche de la cena, Ford me dijo que iba a divorciarse de mí. El muy canalla esperaba que fuera la anfitriona perfecta para su estúpida velada y que, después, hiciera las maletas y empezara a buscar un nuevo hogar. Se había cansado de mí –lanzó una mirada furibunda a Victoria, dándose rápidos golpecitos con la hoja en la palma de la mano–. Él estaba cansado de mí. Así que ya sabes, no planeé lo que ocurrió. Pero cuando lo encontré en la biblioteca, donde el crío lo había dejado inconsciente, y se despertó y me pidió que lo ayudara a levantarse como si fuera su maldito lacayo... En fin, fue la gota que colmó el vaso.

Victoria la creía, y el hecho de que no hubiera sido una ejecución a sangre fría le dio un momento de esperanza.

–Entonces, toma los bonos y vete, DeeDee. No se lo diré a nadie.

La mujer entornó los ojos.

—¿Te parezco estúpida?

—No, claro que no. Pero tú quieres irte con el dinero, yo quiero vivir y...

—Diez segundos después de que salga por la puerta llamarás a gritos al semental italiano.

A Victoria se le escapó una carcajada amarga.

—Claro. Como si a él le importara.

—¡Vamos! —DeeDee le lanzó una mirada cargada de escepticismo—. Hay algo tórrido entre vosotros.

—Sí, eso pensaba yo también. Pero hoy John ha dejado claro como el agua que lo nuestro era una aventura y que había terminado —como no le gustaba la resolución cada vez más intensa que veía en el rostro de DeeDee, se apresuró a seguir hablando—. ¿Por qué nos ayudaste a fingir el compromiso? En fin, sabías lo que los demás ignoraban: que John estaba aquí para encontrar a Jared y limpiar su nombre. Y lo más lógico sería que hubieras intentado echarlo.

—Sí, ese fue un error. Me molestaba que un tipo tan joven y potente te prefiriese a ti que a mí. Y era evidente que los dos teníais ciertos cuelgues del pasado. Así que os junté porque podía y me distraje disfrutando de mi pequeña broma. Demasiado, en realidad. Pensé que era muy inteligente por estar engañándoos a todos delante de vuestras narices, sobre todo, a tu querido detective. Pero calculé mal. Pensé que era a él a quien tenía que vigilar de cerca... no a ti. Fue mi error.

Victoria paseó la mirada con disimulo por el despacho, buscando algo que pudiera ayudarla a salir de aquel aprieto.

—Aun así, me impresiona la manera en que te resististe a irte deprisa. Ha sido inteligente por tu parte.

Resultó ser el comentario equivocado, porque la mujer la miró con ojos duros como el diamante.

—Sí, maldita sea, manejé la situación con inteligencia. Pero tú tenías que echarlo todo a perder. Ya no. Las dos sabemos que solo podré salir de aquí con los bonos y mi libertad si tú no andas por ahí armando revuelo. Así que sé buena chica. Ahí está ese armario esperando a esconder un nuevo secreto. Haznos un favor y entra sin resistirte.

—Claro —Victoria levantó las manos en señal de rendición—. Lo que tú digas —mejor pasar un rato en un armario asfixiante hasta que alguien oyera sus gritos que morir apuñalada. Poniendo cara de demostrarle lo bien que estaba colaborando, dio un minúsculo paso hacia atrás.

Pero sus pensamientos debieron de delatarla de alguna manera, porque DeeDee sonrió con satisfacción. Victoria se detuvo en seco.

—¿Qué pasa?

—¿Te he dicho que está insonorizado?

A Victoria empezó a entrarle el pánico al pensar en ahogarse lentamente en un espacio cerrado; después, vio la expresión de complacencia de DeeDee y se obligó a relajarse.

—Ya me encontrará alguien.

—¿Tú crees? ¿No has dicho que John y tú habíais roto? Entonces, no lo creo posible, querida, sobre todo, si le digo que te han llamado urgentemente de Londres. Pero, oye, parece gustarle la cría, así que ¿qué tal si te demuestro lo bondadosa que puedo ser y le digo que querías que la cuidara en tu nombre?

La furia y el enojo de Victoria crecían con cada palabra que susurraba DeeDee. De una forma u otra, la mujer quería condenarla a morir. Si era sin sangre y no tenía que verlo, pensaría que, en realidad, no contaba. Bueno, siempre había dicho que DeeDee no era muy inteligente, porque si lo hubiera sido, habría mantenido la boca cerrada. Victoria había estado dispuesta a dejarse encerrar en el armario hasta que la muy zorra lo había descrito como una trampa mortal.

—O quizá deba dejar a la cría con Helen —prosiguió DeeDee, disfrutando de su situación de ventaja, o quizá simplemente de la idea de torturarla—. Porque, cielo, no me importaría catar a ese hombre. Y si tú estás fuera del mapa y él no tiene a nadie... En fin —deslizó la mano libre por sus curvas—. Será mejor que le demuestre lo que puede hacer una mujer de verdad.

Muy bien. Tori levantó la barbilla. ¡Aquello era el colmo!

Capítulo 29

John podría haber jurado que conocía a las mujeres, pero Esme era una revelación. Al parecer, una noticia no era importante para la pequeña hasta que no la había comentado con su mejor amiga. Con una sonrisa de regocijo, dejó a su hija marcando el teléfono de Rebecca y salió al jardín.

Aquel había sido el peor y el mejor día de su vida. Si alguien le hubiera dicho hacía seis semanas que le encantaría ser padre, se habría reído en su cara y le habría sugerido que fuera al médico. Y, sin embargo, allí estaba, sintiendo el vértigo de unas emociones desconocidas para él, y le gustaba. No, gustar era una palabra demasiado floja. Le encantaba.

Sin embargo, aquel día también había comprendido que estaba enamorado de Tori y había descubierto cuánto dolía el amor. Saber que ella no lo correspondía era una puñalada en el corazón. Reflexionó en ello mientras se dirigía hacia el bosquecillo en que había encontrado a Esme y al periodista.

Dio un puntapié a una piña. Bueno, ella se lo perdía. Si era demasiado esnob para darse cuenta de lo que ganaría con él, al cuerno con ella.

Salvo que... Aquello no sonaba bien. Se detuvo, con las manos en los bolsillos, mirando al vacío. Si algo había aprendido en su relación con Victoria era que distaba de ser una esnob. Entonces, ¿por qué se había horrorizado tanto por que hubiera informado al mundo de que era el padre de Esme?

«Está bien, quizá porque los sabuesos de la noticia harían lo posible para convertir la información en un circo. Un detalle minúsculo, pero ya conoces a las mujeres... pueden reaccionar de forma extraña por menudencias».

Movió los hombros con intranquilidad. De acuerdo, no era una menudencia. Aun así, durante su conversación en el árbol no se le había pasado por alto que estaba cabreada.

Claro que eso podía deberse a que había estado a punto de decirle a Esme que era su padre a espaldas de ella, lo cual, a decir verdad, no era la idea más genial que había tenido en la vida.

«No quería que la tocaras, genio».

Sí. Costaba pasar por alto que prefería caerse del maldito árbol que aceptar su ayuda.

«Mierda».

Se encogió de hombros y dio puntapiés a unas cuantas piñas más. El amor era asqueroso.

Pero, al menos, tenía a Esme. Dándose la vuelta, vagó lentamente de regreso a la mansión, reproduciendo su conversación en la cabeza.

«¿Te quedarás siempre conmigo y con mamá?»

Volvió a detenerse. ¿Qué había dicho él? Lo había tomado por sorpresa cuando todavía se estaba recuperando del rechazo de Tori y había espetado un no inequívoco. Intentó recordar si Victoria había estado distante antes de eso.

Maldición, no se acordaba. No sabía a qué atenerse.

«¿Es esta la clase de incertidumbre sobre la que quieres cimentar tu futuro, genio?»

Se puso firme. No. Diablos, no. Si el amor conllevaba arriesgarse a sufrir, aunque resultara que la otra persona no sentía lo mismo, que así fuera.

Con renovada determinación, apretó el paso. Cuando había dejado a Esme al cuidado de Helen, Victoria no estaba en sus habitaciones, así que no tenía sentido que la buscara allí. En el árbol la había oído decir algo sobre una habitación que siempre la había molestado. La única sobre la que la había oído mencionar algo parecido era la que él usaba como despacho. Dudaba que Victoria estuviese allí, pero echaría un vistazo de todas formas.

***

El fiero instinto protector procuró a Victoria una renovada sensación de poder y, de pronto, perdió el miedo. Ya había optado por morir luchando en lugar de aceptar dócilmente una muerte segura entrando en el armario secreto de su padre. Pero DeeDee había cometido un gran error al bromear sobre Misil.

—Jódete —le espetó—. Dejé a John una vez sin luchar por él; no pienso hacerlo otra vez —mientras la mujer se quedaba boquiabierta, ella retrocedió, tomó la caja del estante y, apretándola contra su pecho, rodeó rápidamente el frente de la librería para impedir que DeeDee la acorralara en el interior. ¿DeeDee quería una guerra de palabras? La tendría. Al diablo con los buenos modales... Tenía motivos para saber que las niñas buenas siempre eran las últimas.

—Mira, Gorda Dee —la hostigó—. Tengo los bonos. Si los quieres, ven por ellos... si puedes —la miró de arriba abajo con insolencia—. Has echado unos cuantos kilos de más últimamente, ¿verdad?

—¡Zorra! Será mejor que vigiles lo que dices, porque tengo el cuchillo y estoy dispuesta a usarlo.

Victoria se encogió de hombros, como si fuera una consideración menor.

—Lo necesitarás, Gordi. Yo soy más joven y estoy en mejor forma.

DeeDee abrió y cerró la boca varias veces antes de barbotar:

—Estás bromeando, ¿verdad? Solo soy unos años mayor que tú y juego al tenis todos los días.

—Eso no es nada. Yo corro tras una niña de cinco años. Además, tengo una sorpresa para ti, Rubita. Soy más alta y puedo dar vueltas en torno a una gordinflona como tú cualquier día de la semana. Mejor aún, soy más lista. Ah, y Gorda Dee...

—¡Deja de llamarme eso!

Victoria se encogió de hombros.

—Solo iba a decir que podrías presentarte ante John completamente desnuda sobre una bandeja de plata que no se fijaría en ti. Los tipos como mi padre son más tu estilo.

DeeDee chilló y se abalanzó sobre Victoria, pero Tori estaba preparada y la esquivó. Se apartó de la librería, dejando que la mujer chocara contra ella y la cerrara sin darse cuenta. El cuchillo se le cayó de la mano.

Victoria no sabía si ir por el arma o correr. Y eso que eras más lista, pensó con amargura cuando decidió lo segundo y descubrió que había vacilado un segundo más de la cuenta. Abalanzándose hacia delante, dio una patada al cuchillo justo cuando DeeDee lo alcanzaba.

La mujer lo atrapó de todas formas y se puso boca arriba. Dando navajazos al aire, impedía que Victoria le diera otra patada. Esta retrocedió lo más deprisa que pudo, pero subestimó la velocidad de DeeDee para ponerse en pie. Maldiciendo entre dientes, Tori arrojó la caja a la rubia con todas sus fuerzas.

Como había esperado, DeeDee soltó el cuchillo para atrapar la caja de bonos. Aprovechando la preocupación momentánea de la mujer, giró en redondo y echó a correr hacia la puerta. Sin embargo, antes de llegar a ella, la puerta se abrió y Victoria chocó contra una superficie sólida.

Profirió un espeluznante chillido de conmoción. Unos brazos largos la envolvieron y, aunque había logrado mantener la cabeza sobre los hombros hasta aquel momento, empezó a patalear y a forcejear. Dios, DeeDee tenía un cómplice.

—Tori, cálmate —dijo una voz firme y autoritaria—. Ya te tengo.

Conocía aquella voz y su familiar falta de sentimentalismo la calmó como ninguna otra cosa lo hubiera hecho. Inclinó la cabeza hacia atrás y se quedó mirando a John a la cara, recorriendo cada amado centímetro de la misma mientras cerraba los dedos en su camisa.

—Dios mío, Misil. Dios mío. Pensé que no te volvería a ver. Fue DeeDee. Mató a mi padre. Yo encontré los bonos y ella quería robármelos y encerrarme en la pared, así que nos peleamos y... y...

Estaba balbuciendo como una idiota, pero John pareció comprenderla. Entornando los ojos, la apartó bruscamente y cruzó la habitación en dos zancadas. Atrapó el cuchillo que DeeDee había logrado recuperar, se lo arrancó de la mano, lo hizo dar vueltas en el aire y lo recuperó por la punta de la hoja. Lo lanzó y lo hundió con un sólido golpe seco en el lomo de un libro de la parte superior de la estantería. Después, cerró los dedos en torno a la muñeca de DeeDee como si fuera una esposa.

DeeDee bajó la mirada a los dedos largos y morenos de John y levantó despacio la cabeza. Empujó los hombros hacia atrás, sacó pecho y, humedeciéndose los labios, se frotó contra su costado.

—Aquí tengo una fortuna en bonos —dijo, dando un pequeño meneo a la caja que apretaba contra el costado—. Ayúdame a deshacerme de Victoria y tú y yo podremos pasárnoslo en grande gastándonoslo.

—A ver si lo entiendo. Quieres que...

Victoria hizo un ruido grosero.

—Quiere que me mates.

—No, no —DeeDee apretó su cuerpo aún más contra el costado de John, mirándolo con ojos de corista—. No te pediría que la mataras. Solo que la encerraras el tiempo justo para que podamos escapar. No es como si fuerais pareja ni nada parecido. Ella misma me ha dicho que has cortado con ella esta tarde.

John se volvió hacia Victoria, quien levantó levemente la barbilla. Tenía el rostro inexpresivo y no se apresuró a negarlo.

—Eso te dijo, ¿eh?

—Así es. Conmigo ganas dos por uno. Esta es tu oportunidad de ser rico y de disfrutar del mejor sexo que hayas tenido jamás.

John ni siquiera miró a la mujer que tenía acurrucada contra su costado.

—Tori estaba equivocada. Pensaba que era ella quien me había dejado a mí —taladró a Victoria con sus ojos negros—. Llama a la policía, cariño. Después, tú y yo tenemos que hablar seriamente.

—¡No! ¡Cabrón! —escupiendo obscenidades, DeeDee pataleó, se retorció para desasirse y le mordió el brazo cuando no lo consiguió. John hizo algo con la muñeca de DeeDee que detuvo en seco el forcejeo. La caja cayó al suelo, derramando su contenido, y ella se dejó caer contra él. Contemplando los bonos desperdigados por el suelo de madera, las lágrimas empezaron a resbalar por sus mejillas.

Victoria se limitó a ponerse en pie y a dirigirse al teléfono. Mientras tecleaba el número de la policía, en lo único que podía pensar era en John. ¿Creía que ella lo había dejado? ¿Cuándo? Sí que tenían que hablar.

Cómo no, era mucho pedir que la situación se resolviera rápida y discretamente. La policía llegó con el ruido de sirenas, y el detective que acompañaba al agrio detective Simpson comentó que los periodistas de la verja se habían puesto frenéticos. Acto seguido, todos los miembros de la casa se presentaron corriendo para ver qué había provocado aquel alboroto. Victoria dejó que Jared se quedara en el despacho pero puso a Esme de nuevo al cuidado de Helen y echó al servicio. Cuando Victoria y John explicaron cómo habían descubierto la existencia de los bonos y Victoria repitió hasta la saciedad cómo había descubierto la existencia de un lugar secreto y demostró el funcionamiento del armario, se llevaron a DeeDee y la habitación quedó vacía salvo por ella, John y Jared.

John se volvió hacia el muchacho.

–Sé que tendrás más preguntas pero ¿no te importaría dejarnos a tu hermana y a mí a solas unos minutos? Tenemos algunas cosas que aclarar y ya las hemos postergado demasiado.

–Claro –Jared cruzó la habitación, pero se volvió en la puerta. Una sonrisa transformó el ánimo sombrío que, con demasiada frecuencia, había sido su expresión natural–. Esto saldrá en todos los periódicos, ¿verdad?

En realidad, no era una pregunta, pero John asintió de todas formas.

–Sí. Tu nombre quedará públicamente limpio, amigo. Eso está bien.

–Sí –la sonrisa de Jared creció–. Está muy bien.

Después, se fue, dando un portazo entusiasta, y John se volvió hacia Victoria. Le pasó un dedo por la mejilla mientras ella sentía el contacto hasta en los dedos de los pies.

–¿Te encuentras bien? –preguntó.

Ella asintió.

Él cambió de posición levemente, hundiendo las manos en los bolsillos y balanceándose sobre los pies.

–Tori, ¿me quieres? –hizo una mueca y movió la cabeza–. Perdona, no tienes que responder a eso. Estoy haciéndolo al revés. Estaba buscándote cuando te sorprendí peleándote con DeeDee.

–¿Ah, sí?

–Sí –se acercó–. Porque hoy he comprendido que te quiero... y pensé que al menos debía decírtelo... sin esperar nada a cambio.

La alegría, en su forma más pura, estalló dentro de Victoria como fuegos artificiales multicolores.

–Nunca he corrido riesgos con las mujeres –prosiguió John en voz baja y ronca–. Pero quiero hacerlo contigo. Tanto si me correspondes como si no, quiero que sepas que eres la única chica para mí.

–Pero es que... yo también te quiero.

–Porque si no... ¿Qué? –una sonrisa lenta y nívea se abrió paso por su cara–. ¿Ah, sí?

–Sí. Te quiero muchísimo, John, y empezaba a pensar que íbamos a llegar a alguna parte con esta relación. Pero me sentí morir cuando le dijiste a Es que no había nada entre nosotros.

–¡Porque pensé que era lo que tú querías! Te cabreaste tanto cuando les dije a los periodistas que era su padre...

–Nosotros ni siquiera se lo habíamos dicho, y no quería que un tipo de la prensa amarilla viera su certificado de nacimiento y difundiera al mundo que era de Padre Desconocido.

–Sí, me lo imaginé cuando tuve tiempo para pensarlo, pero al principio creí que te avergonzabas de mí, que no me considerabas lo bastante bueno para ser el padre de tu hija.

Acercándose, Tori le dio un manotazo en el pecho con la palma de la mano.

–¿Cuándo vas a darte cuenta de quién soy?

—Ya lo he hecho, cariño. Comprendí de una vez por todas lo que instintivamente supe en Pensacola pero no hacía más que olvidar aquí... que jamás has sido y nunca serás esa clase de elitista. Sé que si no te gusta algo de lo que he hecho o no me quieres por alguna razón, me lo dirás a la cara —la zarandeó contra él y la miró con la arrogancia que a Victoria le gustaba y contrariaba al mismo tiempo—. Entonces, vamos a casarnos de verdad, ¿no? Creo que deberíamos, y pronto.

Victoria parpadeó. ¿Esa era su gran disculpa? ¿Su proposición de matrimonio? Después, desplegó una media sonrisa y le rodeó el cuello con los brazos. Qué diablos. John era como un gato que había llegado tarde al hogar: casi domesticado, pero no del todo. Lo importante era que, cuando hacía falta, demostraba su amor. No había vacilado en arriesgar su corazón por ella... sin esperar nada a cambio.

Le plantó un beso rápido y firme; después, retrocedió.

—Pronto me parece bien. ¿Quieres una boda por todo lo alto?

—¡Dios, no! Quiero decir, no es lo que tú quieres, ¿verdad? —entornó los ojos y le sonrió—. Ah. Me estás tomando el pelo. Muy bonito.

La sonrisa de Victoria creció.

—Reconócelo. Te picas enseguida con cualquier alusión a la alta sociedad... Aunque, sinceramente, creo que encajas mejor en el club de campo que yo —John rio y ella volvió a besarlo—. Me gustaría algo pequeño e íntimo. Tú, yo, Jared, Es y unos cuantos amigos y familiares. ¿No suena más a tu estilo?

—Mucho —John echó una mirada al escritorio; después la soltó y retrocedió—. Será mejor que salgamos de aquí —dijo con evidente desgana—. Aunque he fantaseado haciéndote el amor sobre una mesa, tenemos un par de críos muertos de curiosidad. Si no quieres que demos un espectáculo del que se enterará toda la casa, debes apartarme de la tentación.

Estaban riendo cuando salieron del despacho, pero se detuvieron a besarse a unos metros por el pasillo. Acababan de empezar cuando los interrumpió la voz de Jared.

—Eh, vosotros.

John se apartó y se volvió para dirigir al joven una sonrisa de oreja a oreja.

—Oye. Me gustaría que fueras el primero en saber que tu hermana ha accedido a casarse conmigo.

A Jared se le heló la sonrisa. Después, se le ensombreció la mirada y, con la postura rígida, asintió educadamente.

—Eso está bien. Enhorabuena. Eh... Empezaré a buscar un nuevo colegio.

A Victoria le rompía el corazón ver que la experiencia había acostumbrado a su hermano a no esperar ninguna otra cosa. Los matrimonios de su padre habían equivalido a ir a un internado. Pero, antes de poder abrir la boca para tranquilizarlo, John dijo:

—Sí, deberías hacerlo.

Victoria levantó la cabeza de golpe y se lo quedó mirando con un atónito sentimiento de traición.

—¡Misil!

Se apartó de ella y se acercó a su hermano.

—Empieza a buscar en Denver —le aconsejó, pese a las protestas de Victoria. Enganchándole el codo en torno al cuello, atrajo a Jared hacia él y le pasó los nudillos por la cabeza, que ya casi estaba a su misma altura—. Allí es donde vas a vivir, con nosotros.

Cielos. Victoria debería haberlo imaginado. Quería a John, lo quería tanto que le dolía.

El radar de Esme debía de estar trabajando de lo lindo, porque bajó las escaleras con estrépito y, a los pocos momentos, toda la casa se había reunido para escuchar los detalles sobre la detención de DeeDee y conocer los planes de boda. Esto último exigió una fiesta improvisada de helado en la cocina.

Hasta más de una hora y media más tarde, Victoria no tuvo a John para ella sola otra vez. Lo siguió a su dormitorio, cerró la puerta y se arrojó en sus brazos. Riendo, John la condujo a la cama y se inclinó hasta que los dos cayeron sobre el colchón.

Victoria lo miró con solemnidad cuando lo vio apoyarse en los antebrazos, sobre ella. La coleta le cayó del hombro al pecho de Tori, y esta se la enrolló en una mano.

—Acabas de ver el caos que será tu vida a partir de ahora. ¿Aún quieres seguir adelante?

—Diablos, sí. Me crie sin una gran familia... Me encantará tener una —bajando la cabeza, le acarició la mandíbula con la mejilla—. Y no te equivoques, cariño. Sois todos míos.

—Bien —arqueó el cuello—. ¿Alguna opinión sobre aumentar la familia?

John levantó la cabeza y la miró.

—¿Tener más bebés, quieres decir? —se le iluminaron los ojos—. Claro. Qué diablos. Creemos una dinastía.

—¿Una dinastía? Caramba, señor Miglionni —Victoria batió las pestañas—. ¿Cree estar preparado para la tarea?

Descendiendo sobre ella, movió las caderas.

—Oh, ya veo que sí.

—Sí —dijo John—. ¿Qué tal si empezamos?

—¿Ahora? —abrió los muslos y suspiró cuando él se puso inmediatamente cómodo entre ellos.

—No hay mejor momento que el presente, cariño. Soy partidario de entregarse al cien por cien a cada proyecto. Y si el primer esfuerzo no sirve, ya sabes lo que dicen —la besó hasta derretirle los huesos. Después, se apartó para mirarla. Lucía una media sonrisa, tenía los ojos llenos de amor y los dedos más suaves que una brisa de verano. Bajando la cabeza, le susurró al oído—. Hay que practicar, practicar y practicar.

Epílogo

Por primera vez en varias horas, John se quedó solo. Apoyando los hombros en la pared del íntimo salón de fiestas del Brown Palace que Tori y él habían alquilado para su banquete de bodas, saboreó su felicidad. Movía el pie al ritmo de la banda de cuatro instrumentos que tocaba en el fondo de la sala, sorprendido de que nadie estuviera bailando en la minúscula pista. De hecho, el lugar se había quedado prácticamente desierto. La novia se había escabullido al servicio con las mujeres e incluso Coop y Zach, que habían estado pasándoselo en grande brindando y burlándose de él, habían desaparecido hacía unos minutos. John albergaba la pequeña sospecha de que estaban en el aparcamiento, haciéndole algo en el coche. Seguramente, encontraría todo tipo de objetos vergonzosos atados al parachoques cuando saliera. Cualquiera diría que eran adolescentes en lugar de hombres hechos y derechos. Jared, en cambio, era más maduro.

Acababa de pasársele esa idea por la cabeza cuando su cuñado se materializó delante de él, luciendo un esmoquin impecable y una enorme sonrisa de complicidad que lo obligó a revisar la opinión que se había hecho de él. Estupendo. Era evidente que sus amigos ya lo habían corrompido.

–¡Tus colegas son geniales! Coop ha dicho que Zach recibió el apodo de Medianoche en los marines porque ve muy bien en la oscuridad, y Zack me ha dicho que a Coop lo llamaban Hielo porque cuanto más difícil era la situación, más sereno estaba.

Pero cuando les pregunté por qué te llamaban Misil, se echaron a reír y me dijeron que te lo preguntara. Así que, venga, dímelo.

–Porque tengo un nabo como un misil teledirigido.

Jared rio.

–Sí, claro. Venga, en serio.

John sonrió. Qué diablos, cuando la verdad superaba la ficción, había que inventar algo.

–Se me dan bien las municiones –recordando de improviso la tarjeta que llevaba en el bolsillo, se dirigió al muchacho–. Oye, ahora que estamos solos, tengo algo para ti.

–¿Ah, sí?

–Sí –se metió la mano en el esmoquin, sacó la tarjeta y se la tendió–. He localizado a P.J. Sé que no estabas interesado la última vez que te lo pregunté, pero por si acaso cambias de idea, estos son su dirección y teléfono actuales.

Jared tomó la tarjeta y la miró.

–¿Está en Wyoming?

–Sí. Su madre hace turnos de noche en un bar de camioneros.

El muchacho se quedó mirando la tarjeta durante varios momentos. Después, se la guardó en el bolsillo del esmoquin y miró a John.

–Gracias –hizo una pausa–. Misil, ¿sabes cómo podría conseguir cien pavos de mi herencia antes de tiempo?

–No, pero estaré encantado de darte un prestamo mientras tanto.

–¿Lo harías? –Jared se lo quedó mirando como si esperara a ver la trampa–. ¿Sin saber para qué lo quiero?

–Claro. Tienes una buena cabeza sobre los hombros. Seguro que es por algo bueno.

–Sí –dijo el muchacho con entusiasmo–. Hay una señora en Denver que me dio un dinero que no podía permitirse solo porque era buena persona... y porque le recordaba a un hijo que murió en Irak. Quiero enviárselo.

–¿Te dio cien pavos?

–No, nos dio tres a Pej y a mí, pero miré en su cartera y solo tenía cinco, así que me sentí aún peor por estafarla.

—Tienes estilo, chico. Olvídate del prestamo... Te extenderé un talón ahora mismo. Considéralo un pequeño gesto de gratitud de tu hermana y de mí –poniéndose manos a la obra, sacó el talonario del bolsillo interior de la chaqueta, extendió el cheque y lo arrancó. Se lo pasó a su cuñado.

Jared se lo guardó en el bolsillo.

—Gracias –vaciló un momento–. Me alegro mucho de que Tori se haya casado contigo.

—Y yo, colega. Y también estoy encantado de tenerte por cuñado. Eres uno de los buenos.

El adolescente parecía a un tiempo encantado de oír aquello y aterrado de que el sentimentalismo pudiera causar estragos. Afortunadamente, antes de que el momento pudiera volverse pegajoso, Esme llamó a John con un gritito de entusiasmo.

—¡Mira, papá! ¡Mírame!

Se volvió y la vio montada sobre los hombros de Coop, con las manos aferrando el pelo pincho del fortachón rubio, con cara de estar encantada y un poco nerviosa de verse tan lejos del suelo. El corazón se le encogió al oír que lo llamaba «papá», y al verla sonrojada y con los ojos brillantes con su pequeño vestido de fiesta, con el pelo alborotado y ondulado cayéndole por la espalda.

—Sí, mírate. ¿Cómo has engañado al fortachón para que te lleve?

—¡Se ofreció! El señor Blackstock tiene una sobrina que se llama Lizzy y que es dos años mayor que yo. Dice que algún día tendremos que ir a verlos.

Coop asintió y, siguiendo a Zack, fue a reunirse con las mujeres. Todavía llevaba a Esme sobre los hombros.

Victoria, que se había detenido a observar a los ex marines desde cierta distancia, se acercó a su marido.

—Me gustan tus amigos, John.

Misil se volvió.

—Eh, ¡aquí estás otra vez! –le rodeó la cintura con el brazo y la apretó contra su costado–. ¿Te he dicho lo hermosa que estás hoy? –le tocó el velo blanco–. Esta noche no quiero verte con nada más que este velo –deslizando sus largas manos por los costados del esbelto vestido de raso y encaje, desplegó una media sonrisa–. Está bien, y quizá con esas medias hasta medio muslo y los tacones.

–Dios, John, te quiero tanto...

–Eh... –la arrulló–. ¿Qué es esto? –atrapó la lágrima que resbalaba por la mejilla de Tori y se la llevó a la boca para lamerla. Doblando las rodillas, la miró a la cara–. ¿Estás teniendo uno de esos momentos sentimentaloides de nenas, cariño?

Victoria le dio un puñetazo en el brazo.

–Qué machista eres.

–A mucha honra –corroboró y, tomándole la mano, deslizó el pulgar sobre la sortija de tres diamantes del dedo anular–. A mí no me verás llorar nunca –sus ojos negros, sin embargo, insinuaron lo contrario cuando la observó con un amor desnudo arrebatador.

Después, John desplegó una sonrisa arrogante, la sujetó por los codos y le plantó un fuerte beso en los labios.

–Pero, míralo de esta manera, cariño. Tienes años y años para reformarme.

CORAZONES EN JUEGO

SUSAN ANDERSEN

Prólogo

Jackson Gallagher McCall dejó el vaso en la pequeña mesa de café delante de él cuando el grupo de coristas, con evidentes ganas de fiesta, entró en el bar del casino de Las Vegas.

«¿Qué te parece?», pensó, sonriendo para sus adentros. «Pide y se te concederá».

Sin duda era su noche de suerte; su objetivo estaba justo en medio del alegre grupo de mujeres recién llegadas. Observó cómo la abundante melena rizada y pelirroja se balanceaba y desparramaba sobre los hombros femeninos para caer suavemente sobre la espalda. No había sido fácil adivinar quién era entre toda la *troupe* de *La Stravaganza*, el lujoso espectáculo musical que acababa de ver en el auditorio principal del hotel. Todas las bailarinas tenían cuerpos esculturales, aproximadamente la misma estatura, centímetro arriba o abajo, llevaban el mismo minúsculo traje de brillos y lentejuelas e iban fuertemente maquilladas. Todas lucían pelucas iguales o idénticos tocados de plumas sobre la cabeza.

Jax no dudó ni por un momento que era el mismo grupo, porque, a pesar de que todas habían cambiado las pinturas de guerra propias del escenario por maquillaje normal, algunas seguían enfundadas en el traje que había visto en el número final del espectáculo.

Aunque no ella. La miró de arriba abajo y llegó a la conclusión de que no sería ningún sacrificio tratar de seducirla para lograr el acceso a su casa. No con aquel cuerpo, vestido ahora con unas sandalias de tacón alto, unos pantalones de tela color melocotón y una blusa a juego, cuya espalda consistía únicamente en unas pocas tiras cruzadas. La mujer tenía una risa franca y contagiosa y una boca que ahora se curvaba en una ligera sonrisa de complicidad. Era una expresión que decía que aquella mujer sabía muy bien cómo andar por el mundo.

Y la misma sonrisa seductora y cargada de apasionadas insinuaciones que había visto en la foto que su padre le envió para presumir de lo guapa que era la mujer a la que había convencido para casarse con él.

La mujer que se convertiría en la viuda de Big Jim McCall prácticamente cuando todavía no se había secado la tinta del certificado de matrimonio.

Capítulo 1

—Feliz cumpleaños, querida amiga.

Con las copas levantadas, el coro de voces femeninas repitió el brindis. Y alguien añadió:

—Eh, ¿cuántos te caen? ¿Treinta y dos?

Treena McCall miró al grupo de mujeres sentado alrededor de las mesas que habían juntado y alzó las comisuras de los labios.

—Treinta —le corrigió sin levantar la voz, aunque en realidad cumplía treinta y cinco.

Era un hecho que prefería no recordar muy a menudo, pero el dolor que le producía el tirón muscular que había tenido en la pantorrilla izquierda cuando estaba realizando una sencilla patada alta en el número final no se lo ponía fácil.

—Ya lo creo que treinta —dijo una de sus amigas, con sarcasmo.

Una bailarina llamada Juney asintió con la cabeza:

—Entonces con este, ¿cuántos treinta cumpleaños has celebrado?

—Oh. Si te vas a poner así —Treena curvó un poco más el labio—. La verdad es que he decidido dejar de añadir números y pasar directamente al sistema alfabético... lo que supongo que me pone en treinta y E. Pero, Juney, si tú no insistes con mi edad, prometo no mencionar el tema en tu próximo cumpleaños.

—Trato hecho —accedió Juney llevándose la copa a los labios.

–En cualquier caso –dijo Julie-Ann Spencer inclinándose hacia delante desde el otro extremo de la mesa–, no creo que vayas a bailar en *La Femme* del Crazy Horse en un futuro próximo.

En la mesa se hizo un tenso silencio; todas sabían que el comentario de Julie-Ann, aunque había sido hecho en un tono aparentemente normal, era en realidad una flecha venenosa lanzada con la peor intención del mundo.

–Cerda –susurró Carly al oído de Treena, y después alzó la voz–: ¿Hay alguien en esta mesa aparte de ti que aún no haya cumplido los veinticinco, Julie-Ann?

Unas sonoras carcajadas celebraron la pregunta, y Carly clavó una dura mirada en la joven corista.

–Entonces supongo que tú eres la única de esta mesa que puede tener la oportunidad de bailar en el Crazy Horse.

–Para su desgracia –comentó Eve, con una mueca.

–Los idiotas no saben lo que se pierden –coincidió Michelle.

Pero si la intención de Julie-Ann había sido echar un jarro de agua fría al estado de ánimo de Treena, lo había conseguido. Porque Treena no solo no bailaría nunca en el Crazy Horse, sino que iba a necesitar muchas horas de ensayo y mucha suerte para pasar la prueba anual obligatoria de *La Stravaganza*, que tenía lugar dentro de dos semanas. Era un requisito imprescindible para continuar en la compañía. Los once meses que no había trabajado por estar junto a Big Jim le habían costado caros. La devastadora enfermedad de su esposo apenas le había permitido asistir a alguna que otra clase de baile, y eso no era suficiente para mantener en forma a una corista de Las Vegas. En menos de un año, había pasado de ser la capitana de la *troupe* de baile a apenas mantener su puesto. Para una bailarina, los treinta y cinco años suponían el principio del fin.

La edad nunca le había preocupado hasta que volvió a trabajar en el espectáculo de baile, porque el fin de su carrera siempre le había parecido muy lejano en el tiempo. Pero por mucho que quisiera ignorarlo, la realidad era que su carrera parecía dirigirse a su destino final más deprisa que un tren bala japonés, y aquella mañana se había despertado dándose cuenta de que tenía oficialmente treinta y cinco años. Sabía que cuando el tren entrara en la estación, no le quedaría más remedio que apearse. Desafortunadamente, no estaba ni siquiera cerca de cumplir su otro sueño: tener algún día su propio estudio de baile.

Mejor no pensar en eso en aquel momento. Solo serviría para aumentar la sensación de temeridad que llevaba acompañándola todo el día.

A su espalda oyó la exclamación grave de una garganta masculina acompañada de un agudo grito femenino, pero al girarse para ver qué ocurría a su espalda, notó una lluvia de hielo en el hombro y la espalda desnuda. Con un grito sobresaltado, se puso en pie.

—Oh, cielos, Treena, lo siento —dijo la camarera, Clarissa, que ya se había agachado sobre una rodilla cubierta por una media de malla negra, y levantaba los vasos vacíos de la bandeja.

—No, la culpa es mía —dijo una voz grave y seductora a su lado. Una mano bronceada de dedos alargados sujetaba el codo de la camarera y la ayudaba a ponerse en pie—. Disculpa. Tenía que haberme cerciorado de que no venía nadie antes de levantarme.

En cuanto la camarera recuperó el equilibrio, el hombre se volvió hacia Treena. Esta apenas tuvo tiempo de registrar la estatura, los hombros anchos y el pelo rubio castaño y despeinado del hombre cuando este sacó un pañuelo del bolsillo de la chaqueta que llevaba, una chaqueta que sin duda había salido del taller de algún famoso y carísimo diseñador de moda. El hombre utilizó el pañuelo para empapar con movimientos suaves la humedad del hombro.

—Lo siento —dijo él, con sumo cuidado de no tocarla con nada que no fuera el tejido del pañuelo mientras le secaba por debajo del pelo.

Con la mano libre desprendió un cubito de hielo de los exuberantes rizos rojizos. Las cejas, unidas por encima de un nariz grande que evidentemente había sido rota alguna vez, enmarcaban unos intensos ojos azules.

—Menos mal que cuando me he levantado, en la bandeja solo había vasos vacíos —comentó, sin interrumpir su labor—. Date la vuelta, te secaré la espalda.

El hombre habló con tanta naturalidad e indiferencia que ella se volvió automáticamente y se encontró mirando de nuevo a sus amigas, que la observaban con distintos grados de fascinación, todas con los ojos muy abiertos y las cejas arqueadas, mientras él le secaba la humedad de la espalda. Entonces fue cuando ella se dio cuenta de su obediente reacción.

Treena no era una mujer dócil por naturaleza, y si el desconocido hubiera intentado tocarla de forma inapropiada, ella lo hubiera atajado tan rápidamente con la rodilla que el tipo habría salido del local a cuatro patas. Estaba acostumbrada a lidiar con ese tipo de idiotas que pensaban que el hecho de que una mujer bailara en top-less en el número final del espectáculo les daba todo el derecho del mundo a toquetearlas. Pero las manos de aquel hombre no la habían rozado en ningún momento. Solo la tela del pañuelo se había puesto en contacto con su piel.

—Ya está —le dijo él entonces, casi al oído, dejando caer la mano y dando un paso atrás—. Me temo que no está perfecto, pero es lo mejor que puedo hacer bajo estas circunstancias.

Volviéndose a mirarlo, Treena vio que estaba más cerca de él de lo que había pensado. Dio un paso atrás, pero solo consiguió tropezar con la silla, que estuvo a punto de caer al suelo. Cuando ella estiró la mano para sujetarla, tiró el bolso al suelo.

—Oh, por el...

Los dos se agacharon a la vez, y sus dedos se enredaron al intentar recuperar el pequeño bolsito de mano. El hombre se lo entregó, pero la dejó inmóvil en el sitio con sus expresivos ojos azules, y murmuró en una voz tan baja que solo ella lo oyó:

—La chica que es bastante joven para bailar en el Crazy Como-se-llame del que hablabais? Créeme, no es ni la mitad de guapa a los veinticinco que tú a los treinta y E —y esbozó una sonrisa.

Treena, en lugar de molestarse con él por escuchar conversaciones ajenas, dejó escapar una suave y divertida carcajada.

Lo miró, agachado frente a ella con sus vaqueros desteñidos, blancos por las rodillas, la camiseta de seda bajo la desenfadada y exquisita chaqueta de marca casi del mismo color azul cielo de sus ojos, y sintió algo que no había sentido en mucho, mucho tiempo: atracción. Una atracción animal, una atracción pura y simple entre un hombre y una mujer. Sus labios se curvaron en una media sonrisa y se puso en pie.

–Gracias. Creo que es el mejor regalo de cumpleaños que me han hecho hoy.

Él también se levantó, y la miró desde su altura.

–Escucha –dijo, despacio–. Supongo que no querrías... –sacudió la cabeza, interrumpiéndose, y pasándose una mano por los cabellos despeinados, dio un paso atrás–. No, no importa. Claro que no.

–¿Qué?

–Nada. No quiero ser impertinente.

Treena se encogió de hombros, pero el corazón le latía desbocado y tuvo que hacer un esfuerzo sobrehumano para no exigirle que se lo dijera.

Entonces él dejó caer la mano a un lado, alzó la mandíbula y dijo:

–Qué demonios. ¿Quieres desayunar conmigo mañana por la mañana? Tengo entendido que en este hotel hay un restaurante excelente.

La sensación de temeridad que la había acompañado todo el día le instó a aceptar la invitación sin pensarlo dos veces.

«Venga», susurró el malicioso diablillo sentado en su hombro. «Disfruta un poco de la vida».

Era su cumpleaños. Bien podía aprovecharlo.

«Exacto», continuó el pícaro diablillo de cuernos rojos. «Un poco de diversión no te vendría mal».

Sin embargo, Treena no era una jovencita que se dejara llevar por sus impulsos, y lo cierto era que su marido había muerto hacía apenas cuatro meses. Por eso, a pesar de querer aceptar, acalló la tentación y abrió la boca para rechazar la invitación con cortesía pero con firmeza.

Pero Julie-Ann se le adelantó.

—Será mejor que la invites a comer, grandullón, o mejor a merendar. Nuestra Treena se está haciendo mayor, y necesita más horas de descanso que antes.

Echando la cabeza hacia atrás, Julie-Ann soltó una carcajada como si su comentario fuera lo más ingenioso del mundo.

Una oleada de rebeldía se apoderó de Treena, que se volvió a mirar a la corista más joven. ¿Qué demonios le pasaba? Julie-Ann había ocupado su puesto de capitana de la *troupe*. ¿No podía contentarse con eso? No, a veces tenía la impresión de que a Julie-Ann le molestaba el mero hecho de su existencia. ¡Al infierno con ella! Treena se volvió hacia el hombre.

—¿Cómo te llamas?

—Gallagher. Jax Gallagher.

La voz masculina resonó por todas sus terminaciones nerviosas con un sensual eco.

—Bien, Gallagher, Jax Gallagher, me encantará desayunar contigo.

Él sonrió mostrando una hilera de dientes blancos.

—¿En serio?

—Sí, pero Julie-Ann tiene razón. Ya no soy la mujer joven que era ayer, y las señoras mayores necesitamos descansar. ¿Te importa que quedemos a las diez? O si tienes algo que hacer, quizá a las nueve y media.

—Las diez es perfecto —dijo él, ofreciéndole la mano.

Ella la estrechó, sorprendida ante la descarga de energía que sintió al tocar los dedos largos y un poco ásperos en las puntas. Quizá quedar con él por la mañana no fuera una decisión muy prudente, pero de todos modos dijo:

—A propósito, me llamo Treena McCall.

—Es un placer conocerte, Treena —dijo él, retirando lentamente los dedos—. ¿Quieres que mande un coche a recogerte?

—No es necesario. Nos veremos en el restaurante.

—Muy bien. Entonces hasta mañana.

—Sí —dijo ella, mientras él daba un paso atrás—. Hasta mañana.

Treena lo siguió con la mirada mientras él giraba y se dirigía hacia la puerta, deteniéndose solo un momento a decir algo a Clarissa y dejar unos billetes en la bandeja. Después el hombre salió con largas zancadas y desapareció entre las mesas de dados y ruletas del casino. Entonces Treena se volvió hacia sus amigas. Por un momento se quedó mirándolas en silencio, y acto seguido abrió la boca como si fuera a soltar un grito.

Juney, Eve y Michelle gritaron de verdad. Jerrilyn, Sue y Jo repiquetearon los dedos sobre la mesa y exclamaron:

—¡Gol! —como si acabara de marcar el tanto definitivo de un imaginario partido de fútbol.

Su mejor amiga, Carly, estaba apoyada en el respaldo de la silla y la miraba con una sonrisa de oreja a oreja.

—Así se hace, Treena. Eso es lo que yo llamo un buen regalo de cumpleaños.

Julie-Ann estaba seria, lo que podía haber sido una dulce venganza para Treena, teniendo en cuenta el incordio constante que la bailarina había sido desde su regreso al espectáculo. Sin embargo, Treena colgó el bolso en el respaldo de la silla y se dejó caer en ella, dedicando una amplia sonrisa a sus amigas, como si efectivamente hubiera conseguido un regalo de cumpleaños excepcional.

Aunque en el fondo se preguntó qué demonios estaba haciendo.

Jax se apoyó en el respaldo de la silla en la mesa cubierta por un mantel de lino del restaurante a la mañana siguiente mientras jugaba con un sobre rosa de edulcorante sin dejar de mirar hacia la puerta. Pensó que la noche anterior había jugado bastante bien sus cartas, aunque todavía no estaba seguro de que Treena acudiera a la cita.

Hacer tropezar a la pobre camarera había resultado mejor de lo esperado. Normalmente no le gustaba involucrar a personas inocentes en sus planes, pero en este caso había sido necesario. Llevaba varios días observando a Treena y sabía que las tácticas tradicionales de ligue no darían resultado. La viuda mantenía lo que él consideraba una farsa perfecta de mucho trabajo y poca diversión, y él como buen jugador siempre analizaba todas las probabilidades. Por eso decidió que tenía que crear su propia oportunidad y después tranquilizó su conciencia con una generosa propina a la camarera del bar por los problemas que le había causado y la vergüenza que le había hecho pasar.

Sobre todo la vergüenza, un sentimiento del que en su infancia había aprendido mucho más de lo que un niño necesitaba saber. Aunque la humillación no era causa directa de muerte, sí hacía desear estar muerto, al menos temporalmente.

Pero ahora no quería pensar en eso, así que se concentró en los dos minutos que había pasado al lado de Treena McCall y los analizó detenidamente.

Su propia reacción ante ella le sorprendió. Al advertir el cambio en la mujer tras el exagerado comentario de Julie-Ann sobre su edad, no dudó en aprovechar la oportunidad.

Pero desde luego no había esperado una conexión tan instantánea con ella cuando los ojos castaños dorados se iluminaron y ella soltó una carcajada al oír su comentario: que era mucho más guapa a los treinta y cinco que la otra bailarina de veinticinco. Además, era totalmente cierto.

La punzada de deseo que sintió al aspirar la fragancia femenina y sentir el roce de los suaves de rizos pelirrojos en los nudillos no le sorprendió demasiado. Pero ¿y la sensación de «te conozco» que había experimentado al escuchar la agradable y sincera carcajada? ¿Qué demonios significaba?

En ese momento, el objeto de sus pensamientos entró por la puerta del restaurante. Jax dejó el sobre de edulcorante y se incorporó en la silla. Desde allí, la observó primero hablando con la camarera, y después siguiéndola por entre las mesas del restaurante hacia donde él estaba.

Treena lo sorprendió mirándola y esbozó una divertida sonrisa. Jax le sonrió a su vez, consciente de la repentina aceleración de los latidos de su corazón.

Treena llevaba unos elegantes pantalones de tela de algodón

color crema y una camiseta verde oliva de una tela suave y suelta que sin ceñirla sugería las curvas que había debajo.

De acuerdo, ella le gustaba. Seguramente era solo sexo. Lo que no debía extrañarle. Era una mujer muy atractiva. Aunque tampoco importaba mucho. Treena McCall era un medio para alcanzar un fin. Ella tenía algo que le pertenecía. Algo que necesitaba conseguir si quería seguir con vida.

Y quería. De eso no le cabía la menor duda.

Por eso tenía que hacer lo que fuera para recuperarlo.

Capítulo 2

Treena había estado a punto de no presentarse a la cita. Se convenció diciéndose que no quería dejar plantado a alguien que había sido tan amable con ella. Sin embargo, mientras seguía a la camarera entre las mesas del restaurante, sintió ganas de dar media vuelta y salir corriendo. Además, tenía que hacer algunos recados antes de la clase de baile a las doce.

Pero entonces alzó la mirada y vio a Jax que la miraba desde su asiento, y todas sus reservas se deshicieron como azúcar en la lengua.

Cielos, no sabía qué tenía aquel hombre, pero desde luego era algo que la atraía. Probablemente no era su físico, porque no era un hombre de una belleza espectacular. Claro que tampoco era un ogro. Tenía la nariz quizá un poco demasiado grande, y la mandíbula un poco demasiado alargada. Todas sus facciones, vistas individualmente, no tenían nada de especial, pero sin embargo, al unirlas, formaban un conjunto que visualmente resultaba muy atractivo. Además, físicamente estaba en forma, algo que para una deportista cómo ella era importante, y había una intensidad en los expresivos ojos azules que ella podía sentir a varios metros de distancia.

Él se puso en pie cuando se acercó a la mesa, y Treena se encontró con los ojos a la altura del cuello de la camiseta. Sorprendida, se dio cuenta de que era mucho más alto y ancho que ella, y a su lado se sintió casi pequeña. Era una sensación extraña. Dado que casi todos los espectáculos de Las Vegas exigían a sus bailarinas una estatura mínima de un metro setenta y cinco, Treena nunca se había considerado una mujer pequeña.

La estatura del hombre la pilló desprevenida porque la noche anterior iba con altas sandalias de tacón, en lugar de las bailarinas planas que se había calzado por la mañana. Calculó que mediría cerca de un metro noventa y cinco, y pesaría unos cien kilos, todo músculos fuertes y sólidos y sin un ápice de grasa.

—Buenos días —dijo con una sonrisa, y tras vacilar un momento, extendió la mano.

Todavía no se conocían lo suficiente para saludarse con un abrazo, y mucho menos con un beso. Aclarándose la garganta mientras los dedos cálidos del hombre envolvían los suyos, pensó lo oxidada que estaba en aquel tipo de situaciones. Siempre se le había dado bien hablar de cosas sin importancia, pero hacía mucho tiempo que no salía con un hombre y le faltaba práctica. Recuperando su mano, murmuró:

—Espero no llegar tarde.

—En absoluto. Llegas muy puntual —dijo él, señalando su asiento. Después se sentó frente a ella—. Yo he llegado temprano.

Treena dejó el bolso y lo miró. Jax llevaba la misma chaqueta que la noche anterior, o una idéntica, esta vez con una camiseta de seda gris y vaqueros negros. Su aspecto era relajado y tranquilo, y ella se preguntó si estaba acostumbrado a conseguir compañía para el desayuno con la misma facilidad que la había conseguido a ella.

—Normalmente no acepté invitaciones de desconocidos —dijo ella, casi sin pensar. Hizo una mueca—. Oh, sí, seguro que te lo crees, teniendo en cuenta lo que tuviste que insistir anoche para convencerme.

—Oh, te creo —dijo él, frunciendo el ceño. Pero inmediatamente relajó el gesto y le ofreció la carta, a la vez que la miraba con seriedad—. No te mueves con la coquetería de una mujer a la caza.

Treena soltó una carcajada.

—Gracias... creo.

—Quizá debería decir de una mujer a la caza para una noche..., para un ligue –balbuceó él, y la miró–. Lo estoy empeorando, ¿verdad?

Ella sonrió.

–Será mejor cambiar de tema.

–Buen plan.

–Supongo que no eres de por aquí –dijo ella, arqueando una ceja.

–La verdad es que viví aquí cuando era adolescente, pero me fui hace mucho tiempo.

–¿Y qué te trae por aquí? ¿Vuelves de nuevo a Las Vegas?

–No.

–Entonces debe ser por negocios. ¿O quizá de vacaciones?

–Un poco de ambas cosas.

–¿A qué te dedicas? –Treena sacudió la mano antes de que él tuviera tiempo de responder–. No, espera, a ver si lo adivino.

Lo estudió en silencio unos segundos.

–La chaqueta es exquisita. ¿Armani?

–Hugo Boss.

–Bien, cara, de corte clásico, y combinada con camisetas de seda, consigue un estilo informal pero elegante. Perfecto. Aunque los vaqueros y... –Treena se inclinó para mirar debajo de la mesa–, las Nike me dicen que probablemente no eres un ejecutivo. ¿Qué tal?

–Muy bien.

–Yo diría que eres inteligente y un poco bohemio –continuó ella, mirando los cabellos castaños dorados, no largos pero sí con un corte más desenfadado que el de un ejecutivo–. Yo diría que te dedicas a algo artístico. ¿Eres diseñador gráfico?

Él negó con la cabeza.

–¿Pintor o fotógrafo?

Jax esbozó una media sonrisa.

–Los resultados de mis incursiones en esos campos no han sido precisamente espectaculares.

La sonrisa masculina provocó una curiosa reacción en su libido y Treena se concentró rápidamente en repasar la lista de profesiones para desviar su atención.

—¿Un experto en Internet?
—No, aunque me gustan los ordenadores.
—¿Profesor de universidad?
Jax se echó a reír.
—Lo tomaré como un no. Seguramente la chaqueta sería de pana. Bien, veamos —continuó ella, estudiándolo—. Estás moreno. Aunque aquí todo el mundo lo está. Por favor, dime que no eres un surfista —se dio un golpe en la frente—. Tonta, en Las Vegas no hay muchas olas. Y no te he oído decir «colega» ni una sola vez, así que no puedes ser surfista. ¿No diseñarás tablas de surfing, por casualidad?

¿No había oído en algún sitio que había una convención de surfistas en algún hotel de Las Vegas?

—Me temo que no.
—Está bien, me rindo. ¿Qué te trae a Las Vegas?
—Póquer.

Treena lo miró boquiabierta un segundo, pero cerró la boca enseguida y le dio un golpe en el brazo.

—Has hecho trampa. Has dicho que estabas aquí por trabajo.
—Es mi trabajo.

Ella lo miró, sorprendida.

—¿Eres jugador profesional?

Jax alzó una ceja sin dejar de mirarla.

—Vale —dijo ella—. Es lo último que me hubiera imaginado.

El detalle la inquietó un poco, aunque no sabía por qué. Cualquiera diría que tenía planes de casarse con él. ¿Qué le importaba a ella cómo se ganara la vida? Además, seguramente tampoco se quedaría en la ciudad el tiempo suficiente para tener una relación.

Jax observó el cambio en la actitud de Treena. ¿Qué estaba haciendo? La sinceridad no era la mejor táctica, y si había trazado el plan actual había sido precisamente después de intentar conseguir su objetivo honestamente. Lo único que había logrado había sido que le dieran con la puerta en las narices. Aunque sí, quería que ella pensara que estaba forrado y tenía un montón de pasta para gastar. Desafortunadamente, para la mayoría de la gente los jugadores profesionales no eran más que unos tramposos expertos en mentir y embaucar.

Él, por su parte, se había labrado una excelente reputación en el circuito profesional. Hasta la metedura de pata de Ginebra. Pero él era el único responsable de lo ocurrido y el lío en que estaba metido.

No estaba en Las Vegas para divertirse con ninguna mujer, y mucho menos con esa, pero eso era precisamente lo que estaba haciendo. Seducir a Treena McCall era la única forma de conseguir una invitación a su casa y tener tiempo suficiente para registrar la casa y recuperar el objeto que necesitaba para salvar el pellejo.

No sería una misión muy larga. Después de todo, ella era una corista y su padre ya había demostrado que estaba en venta. Pero al contemplarla al otro lado de la mesa, viendo la masa de rizos rojizos y la boca carnosa y sensual, se dijo que todavía no podía cantar victoria. Llevaba un par de noches observándola, y en el poco rato que había estado con ella por la mañana, su cuerpo ya estaba empezando a adelantarse a los acontecimientos. No podía permitir que sus deseos determinarán sus actos. Incluso si ella no era en absoluto lo que él esperaba.

Había imaginado una mujer tonta y codiciosa, no alguien divertido y realista. ¿Por qué si no una mujer como ella se casaría con un anciano que podía ser su padre? Jax recordó su vida con él. Su padre no había sido un hombre fácil, pero sí bastante acaudalado.

–¿Y vienes mucho a Las Vegas?

La voz de Treena interrumpió sus pensamientos, y centró de nuevo su atención en ella.

–No, es la primera vez en mucho tiempo. No había vuelto desde que me fui a la universidad. Ahora paso muchos meses al año en Europa, últimamente en Montecarlo.

–¿En serio?

–Sí.

–Oh, Dios mío –Treena suspiró y apoyó la barbilla en la palma de la mano mientras lo miraba con admiración–. Ni siquiera me lo puedo imaginar. Menos unas semanas que Carly y yo pasamos en Cancún hace tres o cuatro años, no he salido nunca del país.

–No lo dirás en serio –dijo él, extrañado.

Había imaginado que la joven esposa de su padre lo habría hecho ir de un sitio a otro, malgastando la fortuna familiar, hasta el punto de tener que volver a subirse a un escenario para ganarse la vida.

–Ojalá fuera así. Pero, por desgracia, es la verdad. Triste, ¿no crees?

–¿Quieres hacerme creer que una descendiente de irlandeses no ha ido nunca a visitar la madre patria?

–¿Crees que soy irlandesa? –preguntó ella con una sonrisa.

–¿No lo eres? Con esa melena pelirroja y un nombre como McCall, tienes que ser de origen irlandés o escocés.

Treena se echó a reír. Un par de hombres de negocios en una mesa cercana se volvieron y la contemplaron con admiración. A Jax no le pasó desapercibido.

–Pasando por Varsovia, quizá –dijo ella–. Nací en una pequeña ciudad industrial de Pensilvania cuyo nombre no creo que hayas oído nunca. Y hasta hace un año y medio, me llamaba Treena Sarkilahti.

–¿Y McCall es tu nombre artístico?

–No, es mi nombre de casada. Era mi nombre de casada. Soy viuda.

–Oh, cielos –dijo él, apoyándose en el respaldo.

Era otra cosa que no había esperado de ella. Todo lo contrario. Pensaba que ella aprovecharía la excusa de nombre artístico que le ofreció, pero no fue así. Y oír la palabra «viuda» en su boca le afectó profundamente.

–Lo siento.

–Yo también. Era un hombre maravilloso.

«Depende de lo que llames maravilloso», pensó él. Pero reprimió la rabia y la amargura que pertenecían a otra época. No merecía la pena volver a recordarlo.

–En cierto modo, me recuerdas un poco a él –dijo ella.

Jax la miró horrorizado.

Treena se echó a reír.

—Lo sé. No hay nada como oír a una mujer compararte con su difunto marido, ¿eh? Jim era un hombre hecho a sí mismo, no muy culto, y tú tienes más mundo que él. Pero de todas maneras, eres... amable, igual que él. Y grande, como él. Era un hombre muy hombre.

Ahora estaba seguro de que era una mentirosa. Su padre podía ser muchas cosas, menos amable. Y él tampoco lo era.

Ya no.

Pero ¿un hombre muy hombre? Oh, sí, eso seguro. Su vida había sido pescar, cazar, y jugar a todos los deportes imaginables.

Siempre le habían preocupado más las opiniones de otros hombres, incluso de desconocidos, que el bienestar de su hijo. ¿Cuántas veces le había insistido para que se comportara «como un hombre» y se ganara el visto bueno de sus colegas? Todavía podía escuchar su voz.

«Sujeta bien el bate, Jackson, y no apartes los ojos de la pelota. ¡Dios santo, bateas como una niña!»

Treena le rozó el dorso de la mano.

—Perdona —dijo—. No debí haberlo mencionado.

Apartando los recuerdos de su mente, Jax se concentró en su objetivo. Su padre tenía razón en una cosa. Tenía que mantener los ojos en la maldita pelota. Mirando a la atractiva pelirroja sentada frente a él, se maldijo por permitir el ceño de preocupación entre las cejas femeninas.

—¿Cuánto hace que murió tu marido?

—Poco más de cuatro meses.

—No es mucho. Claro que tienes que pensar en él —dijo. Inclinándose hacia delante, le rozó las puntas de los dedos—. ¿Soy el primer hombre con quien sales desde su muerte?

—Sí, y debo decir que no sé por qué acepté.

Eso provocó una sincera sonrisa de Jax.

—¿Sí?

—Oh, sí —dijo ella, con las mejillas sonrosadas.

–Entonces retiro lo de la falta de coquetería. Si hacer que un hombre se sienta maravillosamente es criterio suficiente, se te da mucho mejor de lo que pensaba.

Treena parpadeó.

–Menudo Don Juan –exclamó ella, divertida–. Por favor. Tantos cumplidos se me van a subir a la cabeza.

–Di lo que quieras, pero te he calado –dijo él, con una sonrisa–. Hacer saber a un hombre que has aceptado su invitación a pesar de creer que es un error es coquetear, cariño. Un coqueteo muy eficaz. Y dime, ¿tienes hijos?

–No. No estuvimos casados ni un año. Big Jim tenía un hijo mayor, una especie de niño prodigio y un genio en Matemáticas, pero nunca lo conocí.

–¿Por qué no?

Treena apretó los labios, como si hablar del tema le dejara un mal sabor de boca.

–Si no te importa, prefiero no hablar de él.

El amargo sentimiento de inferioridad e incompetencia que le había acompañado durante toda su adolescencia le envolvió una vez más, y Jax agradeció la llegada de la camarera para tomarles nota. ¿Qué esperaba? Nunca había sido más que un motivo de vergüenza para su padre, y eso no tenía que haber cambiado con los años. Además, él había aceptado con deportividad el hecho de que no cambiaría nunca.

Hacía tiempo que había dejado de buscar la aprobación de Big Jim McCall. Mucho tiempo.

Ahora solo tenía hasta final de mes para seducir a Treena y hacerse con la pelota de béisbol autografiada que había sido la posesión más valiosa de su padre. Dios sabía que si alguien se había ganado la propiedad de aquel objeto de coleccionista, era él. Y tenía que conseguirla antes de que Sergei Kirov le soltara los perros.

A la vez, tenía que mantener su concentración para ganar el torneo de póquer de Las Vegas. Con suerte, tendría el primer asunto resuelto antes de empezar con el segundo. Incluso así, sintió la tensión en los hombros.

«Piensas demasiado», se dijo, tratando de relajarse. No querría perder tiempo ni esfuerzo en seducir a una corista.

Sonrió a Treena, y esta le devolvió una media sonrisa que decía «bésame» a gritos.

Oh, sí. Era solo cuestión de tiempo.

Capítulo 3

Treena estaba sudando en otra interminable serie de pliés cuando Carly apareció ante ella.

–Hola, ¿qué haces aquí? –preguntó sorprendida.

–¿Cómo que qué hago aquí? –dijo su amiga, apoyando ligeramente las puntas de los dedos en la barra y sintonizando sus movimientos con los de Treena–. ¡No has vuelto a casa después de clase!

Treena parpadeó.

–Había un hueco libre y lo he aprovechado.

–Sí, vale, cualquier otro día no me importa –protestó Carly–, pero ¿después de la cita de esta mañana? ¿No ves que estaba impaciente por que volvieras? ¡Venga, suéltalo! ¿Cómo ha ido?

Los recuerdos de la cita con Jax volvieron a su mente y Treena sonrió.

–Ooohhh, vaya. ¿Tan bien?

–Sí.

–¡Lo sabía! Sabía que tiene algo...

Treena se interrumpió a mitad de movimiento durante una décima de segundo, y después continuó.

–Eso es exactamente lo que pensé, que tiene algo. Pero no acabo de saber qué es.

–Mejor tenía que haber dicho que hay algo entre los dos, yo diría que química –dijo Carly, encogiéndose de hombros–. Pero, ¿qué más da?

—Claro que importa. ¿Por qué él, por qué ahora? —Treena miró a su amiga—. No podía haber aparecido en peor momento. Apenas hace cuatro meses que Big Jim ha muerto, y Jax no creo que se quede por aquí ni un mes. Resulta que es jugador profesional.

—¿No fastidies? —esta vez fue Carly la que perdió el ritmo—. Ni se me hubiera ocurrido. ¿Dónde ha dejado la pinta de mafioso barato con zapatos relucientes y brillantina en el pelo que se asocia con la palabra jugador?

Treena soltó una carcajada al escuchar la misma descripción que hubiera utilizado ella antes de conocer a Jax.

—Participa en el torneo de póquer que empieza en el Bellagio la semana que viene. O la otra, no me acuerdo bien.

—La diferencia es que es legal. Por no decir alto y guapo, y que le gusta lo que ve cuando te mira —Carly ladeó la cabeza—. Teniendo en cuenta que es la primera invitación que aceptas desde Big Jim, supongo que a ti también te gusta. Así que no veo ningún inconveniente.

—Lo sé, lo sé. No debería haber ninguno. Pero es... no sé, es demasiado pronto.

—No, de eso nada, preciosa —dijo Carly, estirando la mano y apretándole cariñosamente el hombro—. Las dos sabemos que Big Jim no era precisamente lo que la gente espera de un marido. Además, no hay nada que diga que tienes que lanzarte de cabeza. Puedes tomártelo con toda la tranquilidad que quieras, pero no me gustaría que desperdiciaras la oportunidad.

Treena sonrió afectuosamente a su amiga. La actitud realista de Carly, junto a la corta melena rubia que lucía, solían engañar a la gente, que veces la tachaban de cínica y superficial. Sin embargo, Treena sabía que era una mujer de espíritu libre, con los pies firmemente puestos en la tierra, y leal hasta la muerte.

—En ese caso te haré saber que tengo una cita con él después de la función de las diez. También le he dado mi número de teléfono.

Carly soltó un grito.

—¡Así me gusta! ¡Esta es mi chica!

—Yo no la clasificaría de chica —dijo una voz en el lado opuesto de la sala de ensayo.

Treena suspiró y antes de volverse supo a quién iba a ver.

—¿Escuchando conversaciones ajenas otra vez, Julie-Ann?

Una expresión de irritación cruzó la cara de la mujer, que hizo un esfuerzo por ocultarla.

—Créeme —dijo con frialdad—, tu penosa vida no me interesa en absoluto. Escuchar a Carly ha sido totalmente involuntario.

—Seguro —murmuró Carly—. Igual que tu comentario.

Julie-Ann la ignoró y miró a Treena.

—Si te molestaras en comprobar el horario, verías que tengo el estudio para la próxima hora. Me han elegido para un documental sobre coristas de Las Vegas y quiero ofrecer lo mejor de mí —explicó, mirándola de arriba abajo—. Pero si no has terminado, por favor, puedes quedarte a practicar conmigo. Sé que lo necesitas.

En lugar de responder a las insinuaciones de Julie-Ann, Treena sonrió.

—Vaya, gracias, Julie-Ann. Qué... amable. ¿Qué te parece, Carly, quieres echar otra hora?

—Por supuesto. No se me ocurre nada mejor que hacer. Así podemos aprovechar los conocimientos de Julie-Ann.

—Desde luego —dijo Treena, y vio la expresión de frustración en la cara de la joven bailarina. Satisfecha, se volvió a mirar a Carly—. Aunque ya llevo tres horas ensayando, y tus pequeños están esperando como locos que vayas a darles de comer.

—Eso es cierto —Carly dedicó una amplia sonrisa a Julie-Ann—. Por no mencionar que Treena tiene que prepararse para su cita. ¿Te acuerdas de cómo era, verdad, querida? Supongo que no hace tanto tiempo que has tenido una.

Julie-Ann sonrió tensa.

—Eres un encanto, Carly.

—¿A qué sí? —dijo Treena, riendo, y se alejó a recoger sus cosas.

Carly se unió a ella y poco después las dos amigas salían del estudio.

La sonrisa en los labios de Treena desapareció en el momento que la puerta se cerró tras ellas.

—¿Qué le pasa a esa idiota? —quiso saber, saliendo a la calle—. ¿Qué demonios le he hecho para que me odie tanto?

—Ser mejor profesora y capitana de lo que ella será jamás.

Treena se detuvo en seco y miró a su amiga.

—Repite eso.

—Sabes dar instrucciones de forma sencilla y sin hacer que la gente se sienta torpe. Pero con Julie-Ann, incluso cuando te dice algo positivo, empiezas a buscarte el cuchillo en la espalda. Y todas estamos hartas de oír lo bien que lo hace y lo maravillosa que es. A lo mejor es verdad, no digo que no, pero como capitana del grupo, todas te preferían a ti y ella lo sabe.

—¿Y de que me sirve? —dijo Treena, echando a andar de nuevo—. Por mucho que me fastidie reconocerlo, hoy en día es mejor bailarina que yo. ¿No puede alegrarse por eso?

—No, es muy competidora y no soporta que nadie sea mejor que ella en nada.

Treena no entendía cómo sería crecer en un mundo que permitía ese tipo de comportamiento. Ella había crecido en una ciudad industrial con continuas reducciones de plantilla en las empresas y dónde mantener un trabajo estable era suficiente para considerarse afortunado. No había tiempo para complejos de superioridad. Todos estaban demasiado ocupados con ganar el dinero suficiente para llegar a fin de mes.

—No lo entiendo.

—Porque tienes mucha ética profesional. No conozco a nadie que haya trabajado tanto como tú. Y desde tan joven.

—Mis padres necesitaban el dinero, y yo necesitaba las clases de baile.

El baile había sido su única escapatoria, y la inversión de tanto dinero y esfuerzo había merecido la pena.

Sus padres nunca lo había entendido. Tampoco lo entendían ahora. La querían, pero no entendían por qué no se casaba con alguien como su vecino Billy Wardinski y llevaba la misma vida que ellos. Las hijas de emigrantes polacos decentes y trabajadores no se largaban a Las Vegas a bailar prácticamente desnudas en un escenario.

–¿En qué estás pensando?

–La suerte que tuve de que mis padres solo vieran la función de las ocho la vez que vinieron a verme.

Carly sonrió.

–Sí, la ropa que llevábamos ya les pareció bastante escandalosa.

–Imagina su reacción si me llegan a ver en top-less. Aunque ya tenía treinta y dos años, mi padre me hubiera llevado a casa a rastras por los pelos.

–Hablando de ropa, ¿te he contado lo que ha hecho Rufus con mis zapatos nuevos?

Carly empezó a contarle la última hazaña de una de sus mascotas, un perro que había encontrado abandonado en la cuneta de una carretera cerca de la frontera con California.

Treena se olvidó de la hostilidad de Julie-Ann, del rechazo de sus padres a su estilo de vida y de sus problemas económicos y profesionales. En lugar de eso, sonrió al recordar la vez que Big Jim le preguntó si Carly y ella se quedaban alguna vez sin tema de conversación. Porque lo cierto era que no les había pasado nunca desde que se conocieron hacía once en las pruebas para *La Stravaganza*.

Poco después, sola en su coche de regreso a casa, no pudo evitar seguir dando vueltas a sus preocupaciones, que logró olvidar momentáneamente al llegar a casa cuando se sumergió en uno de sus periódicos ataques de limpieza. Entonces encontró la pelota de béisbol encima de una de las cajas del armario empotrado de la entrada. Sujetando la caja de plexiglás donde estaba guardada, se sentó sobre los talones y la miró con emociones contradictorias.

La pelota había sido uno de los tesoros más preciados de Big Jim. Era una pieza de colección, una pelota que se había utilizado en el campeonato nacional de béisbol de 1927 y que su padre, entonces con solo doce años, había pillado al vuelo en uno de los lanzamientos y había logrado que fuera autografiada por toda la alineación de los Yankees neoyorquinos. Valía una pequeña fortuna, pero para Jim la pelota tenía más valor por su historia deportiva y por el hecho de ser una reliquia familiar.

Una codiciosa voz en su interior le recordó el valor económico de la misma, pero Treena dejó la caja cuidadosamente donde la había encontrado y decidió dejar la limpieza del armario para otra ocasión. Con firmeza, cerró la puerta a la tentación. Por enésima vez, recordó la llamada de teléfono que había recibido una semana antes de un abogado llamado Richardson. Según sus palabras, un cliente anónimo le había autorizado a hacer una oferta por la pelota, y la cantidad que le ofreció era sencillamente mareante.

La posibilidad de tener todo aquel dinero había sido la idea más tentadora que había tenido en su vida. Como Carly le había recordado hacía un buen rato, siempre había trabajado mucho, e incluso cuando se fue de casa, a los dieciocho años, continuó teniendo dos trabajos. No dejó el segundo hasta que logró ahorrar una buena cantidad de dinero trabajando como corista en la revista de *La Stravaganza* en el Avventurato Resort Hotel y Casino de Las Vegas. Por desgracia, todos sus ahorros se habían esfumado el año anterior, por lo que rechazar la oferta del abogado había sido realmente difícil. Si vendía la pelota, todos sus problemas económicos acabarían.

La idea de no superar las pruebas anuales de *La Stravaganza* la aterraba. Detestaba pensar que estaba empezando a perder algo que había sido siempre tan especial, y que se estaba acercando al final de una vida profesional para la que tanto había trabajado. Peor aún era la idea de volver a una situación de falta de seguridad económica. Y la tentación de la pelota seguía estando allí. La oferta de Richardson serviría para comprar el estudio de danza y vivir unos meses hasta que tuviera ingresos estables. Sabía que podía conseguirlo, porque, como había dicho Carly, era una buena profesora. Por eso, había necesitado toda su fuerza de voluntad para no aceptar la oferta del abogado.

El único problema era que conocía demasiado bien los deseos de Jim. Y Jim quería que la pelota fuera para su hijo.

Al pensar en Jackson McCall apretó los dientes, porque por muchas vueltas que le diera y por mucho que lo pensara no lograba encontrar a alguien que lo mereciera menos.

Treena respiró profundamente. No iba a permitir que el hijo de Jim le estropeara el día, y mucho menos la prueba para la que debía prepararse con concentración. Su tiempo y su energía serían mucho más productivas si se concentraba en imágenes positivas, como el recuerdo del desayuno con Jax o la cita que tenía con él por la noche. Poco a poco, notó cómo la tensión se iba relajando y suspiró. Todo saldría bien.

¿Por qué perder el tiempo pensando en un cerdo impresentable cuando podía dedicarlo a pensar en un hombre maravilloso?

Capítulo 4

Jax se sentía fenomenal. Su plan se iba desarrollando tal y como había previsto, la posibilidad de acostarse con una corista de Las Vegas era un rayo prometedor en el horizonte y en las tres horas que llevaba sentado en la mesa de póquer había ganado cuarenta y ocho de los grandes.

La vida le sonreía.

Estudió a sus contrincantes. La mujer a su derecha tenía una buena cara de póquer, así como el hombre de rasgos asiáticos sentado frente a él. El tipo junto a él había sido elegido Mejor Jugador de Béisbol tres años seguidos, pero por muy bien que jugara al béisbol, había dos cosas que lo delataban. Cuando se echaba un farol entrecerraba ligeramente el ojo izquierdo, y cuando tenía una buena mano abría y cerraba las cartas compulsivamente.

De hecho, gran parte del montón de fichas que había delante de Jax eran cortesía del jugador de béisbol.

La camarera le ofreció una copa, pero él la rechazó con una sonrisa. Un destello pelirrojo al otro lado de la sala llamó su atención, y se incorporó ligeramente para ver, hasta que se dio cuenta, relajó los brazos y volvió a apoyarse en la mesa.

No era Treena. El pelo que había visto era más rojizo, y Jax se dijo que era normal que pensara en ella. Era, después de todo, lo único que se interponía entre su objetivo y él.

El hecho de que se le aceleraran de repente los latidos del corazón solo ponía de manifiesto que era un hombre de sangre caliente. Lo anormal habría sido que la imagen de una atractiva corista no le acelerara un poco el motor. No le importaba admitir que estaba deseando llevarla a la cama, pero también sabía que no podía permitir que el placer se interpusiera en la consecución de su plan.

Se dio cuenta de que había perdido la concentración, por lo que cambió las fichas, pidió un refresco y se acercó a una mesa cercana a observar otra partida. Se apoyó en una columna y estudió a los participantes.

—¿Dónde está mi pelota de béisbol?

«Mierda».

Jax se incorporó con indiferencia, pero si había alguien capaz de sacarle de sus casillas, ese era Sergei Kirov.

—Aún no la tengo —respondió Jax, mirando al ruso—. Te dije que me llevaría un tiempo.

—Tic tac —dijo Kirov—. El reloj avanza.

Los dos gorilas que lo flanqueaban se echaron a reír como si acabara de decir algo de lo más ingenioso, pero Jax solo lo miró y pensó: «¡Maldito monstruo de feria!»

El aspecto de Sergei no llamaba tanto la atención en Las Vegas como en las otras sedes del torneo. Los tupés morenos y las sonrisas socarronas abundaban en una ciudad donde los imitadores de Elvis Presley se contaban por docenas. La misma pinta en Europa, sin embargo, hacía que el millonario ruso destacara como una prostituta medio desnuda en una boda mormona.

Con cualquier otro, Jax hubiera considerado el disfraz como una estrategia para desconcentrar a los demás jugadores, pero la adoración de Kirov por el Rey del Rock And Roll era totalmente seria. Sentía auténtica debilidad por todo lo que fuera «genuinamente americano», desde Elvis hasta el béisbol. Además, tenía dinero para permitirse esos lujos. Jax miró la maraña de cadenas de oro que brillaban en el pecho del chándal de Kirov, desabrochado casi hasta el ombligo, y sacudió la cabeza.

—Quiero esa pelota —insistió el ruso.

—Y la tendrás. Pero como ya te he explicado, la herencia de mi padre ha resultado ser más complicada de lo que esperaba.

No mencionó que no le había dejado la pelota en herencia, y mucho menos que estaba en manos de Treena. Según las habladurías, la fortuna de Kirov tenía sus orígenes en la mafia rusa, y por mucho que Jax considerara a la corista una cazafortunas sin escrúpulos, no quería que nadie le hiciera daño, y eso era una posibilidad muy real si Sergei se enteraba de que ella era la propietaria de la pelota.

–Te la daré después del torneo, como acordamos.

–Que así sea –ordenó Kirov.

Cuando chasqueó los dedos, sus acompañantes giraron sobre sus talones y le siguieron, uno a cada lado: dos cuervos negros flanqueando a un aspirante a Elvis ruso enfundado en un chándal blanco cargado de pedrería. ¡Menudo cuadro!

Jax dejó escapar el aliento y se apoyó de nuevo contra la columna. Cuando permitió que Kirov le manipulara para hacerse con la pelota de béisbol, él se había portado como un novato.

De hecho, nunca se había equivocado tanto. Ni siquiera tenía que haberle mencionado la pelota de béisbol de su padre. La discreción en cuanto a su vida personal en el circuito de póquer profesional era una de las consignas que siempre respetaba a rajatabla, o lo había hecho hasta la noche en Ginebra cuando las continuas fanfarronadas de Kirov le habían hecho reaccionar de forma totalmente impropia de él.

Una reacción totalmente desproporcionada. Cierto, había recibido malas noticias sobre su padre, pero nunca había mantenido una relación cercana con él. Big Jim no fue una presencia en su vida ni siquiera en vida de su madre, y tras la muerte de esta todos los intentos de Jax por complacer a su padre fueron inútiles. La vida ya era bastante difícil para un niño superdotado que se había saltado tres cursos y no sabía cómo relacionarse con sus nuevos compañeros. Esperaba que al menos su padre se sintiera orgulloso de él, como su madre, pero Big Jim solo deseaba que fuera como los demás niños.

Discutían por todo, recordó Jax amargamente. Por eso, cuando a los catorce años le ofrecieron una beca para estudiar Ingeniería en el Massachussets Institute of Technology la aceptó sin dudarlo. No solo porque el MIT fuera el mejor centro, sino porque estaba en el otro extremo del país.

El cambio fue positivo. En Las Vegas se sofocaba, tratando de cumplir las expectativas de su padre. En Cambridge descubrió que a nadie le importaba lo mal que se le dieran los deportes. Los demás estudiantes admiraban su mente matemática, y una vez lejos de los continuos reproches paternos, superó con creces su perpetua torpeza y logró un aplomo y una elegancia de movimientos que jamás había imaginado. Después, siempre evitó volver al lugar donde se había sentido tan inferior. Hasta aquella fatídica noche en Ginebra.

Jax sacudió la cabeza. Pensar en el pasado era una pérdida de tiempo y energía. Sin embargo, no podía quitarse de la cabeza la noche que le había metido en aquella situación.

Su padre había muerto. Jax sacudió la cabeza y leyó una vez más la carta del abogado, convencido de que lo había entendido mal. Sin embargo, no solo decía que su padre había muerto, sino que explicaba que el fallecimiento había tenido lugar cuatro meses antes. Nadie había podido localizarlo inmediatamente después para notificárselo, y él era el único responsable, ya que nunca se había molestado en informar a Big Jim y a su nueva y despampanante esposa sobre su paradero.

Dejó la carta en el escritorio de la habitación del hotel y fue al minibar de donde sacó dos botellas pequeñas, y echó sus contenidos en un vaso. Sin molestarse en diluirlo, lo bebió de un trago, y después se sirvió otro doble y se acercó a la ventana. Bebiendo más despacio esta vez, perdió la mirada en el paisaje alpino que se alzaba ante sus ojos, sin ver la magnífica panorámica que tanto le había impresionado el día anterior.

Inconscientemente se frotó el pecho, como si tuviera un enorme hueco en el lugar donde debería estar el corazón.

Teniendo en cuenta el distanciamiento de su padre, la intensidad de su dolor no era lógica y desde luego tampoco probable. Toda su vida adulta estaba construida alrededor de la lógica y las probabilidades, y por eso no podía entender sus sentimientos. Pero el vacío se extendió y el dolor se intensificó hasta que sintió una inexplicable necesidad de gritar.

Maldiciendo en voz baja, asió las llaves del coche y bajó al bar del hotel en busca de distracción.

Veinte minutos más tarde, Sergei Kirov entró en el bar. Normalmente, Jax procuraba evitar al ruso, pero iba por la cuarta copa, no había nadie que hablara su idioma y estaba desesperado por acallar las emociones que le tenían el estómago en un nudo. Saludó al ruso como si fuera un amigo a quien no veía desde hacía tiempo.

Kirov se acercó a su mesa.

–Hola, Jax. No muy frecuente verte en bar –dijo el ruso en un inglés con marcado acento extranjero.

–Sí, me he cansado de estar solo conmigo –respondió, estudiando el atuendo del recién llegado: traje negro con pespuntes blancos y camiseta a rayas blanca y negra–. A ver si lo adivino. ¿El periodo del Rock de la Cárcel?

–Muy bueno –dijo Kirov con orgullo–. No todo el mundo darse cuenta. ¿Te gusta?

–Mola, sí.

–Gracias. Muchas gracias, amigo –dijo imitando a Elvis–. Yo mejor Elvis del mundo.

Según Sergei, era el mejor en todo. Jax se mordió la lengua para no soltar ningún comentario socarrón, recordándose que el ruso era la menor de sus preocupaciones.

–Si tú lo dices. ¿Qué has estado haciendo hoy?

Kirov pidió una bebida a la camarera y se volvió a mirar a Jax.

–Por fin ¿cómo tú dices? Yo tengo cromo de béisbol para completar colección del Mundial de béisbol de 1927.

Jax sintió un tirón en el pecho al escuchar el nombre del campeonato de béisbol que le había perseguido durante toda su infancia, pero miró al hombre con expresión inmutable.

–No sabía que fueras coleccionista.

–Yo tengo mejor colección. Nadie mejor. Tengo programa oficial de mundiales de béisbol, el bate de Herb Pennock para ganar juego cuatro y final, la foto de los Yankees de Nueva York y todos los cromos de Pirates. Tengo todos los cromos de Yankees menos uno. Hoy compro cromo único de Earle Combs para completar colección –sonrió con aire de suficiencia–. Es colección más importante del mundo.

Jax siempre había conseguido quitar importancia a las continuas fanfarronadas de Kirov en el pasado, como había hecho hacía un momento. Pero no estaba de humor. Alzando el vaso miró a Sergei por encima del borde.

–Yo tengo la pelota de la primera carrera del campeonato –dijo, y bebió un sorbo.

Sergei lo miró.

–¿La de Babe Ruth? ¿La del tercer partido que ganó tres carreras?

–Sí, firmada por todos los jugadores.

–Yo compro –dijo Kirov, plantando ambas manos en la mesa–. Tú di precio. Sergei paga.

–No está en venta.

En el fondo sabía que estaba disfrutando demasiado con su actitud, pero había tenido una tarde espantosa, y quería arriesgarse un rato.

–Tiene un gran valor sentimental. Mi abuelo la atrapó al vuelo en el partido y cuando murió se la dejó mi padre. Ahora es mía –dijo, y apuró el vaso de bourbon.

Para su sorpresa, Sergei no continuó presionando sino hizo una señal a la camarera. Tomaron un par de copas más. Cuando el ruso sugirió una partida amistosa de póquer, Jax agradeció poder apartar su pensamiento de la muerte de Big Jim. Su yo profesional le susurró el principal pecado de los jugadores de póquer: jugar cuando algo te preocupa y no poder concentrar toda la atención en el juego. Además, él nunca jugaba con posibles rivales en sus horas libres.

Sin embargo, respondió a Sergei con una sonrisa.

–Parece un buen plan.

Cinco minutos después estaban en la sala de su habitación, despejando la mesa que había junto a la ventana de todo excepto de la baraja y el dinero que llevaban. Kirov llevaba bastante más dinero en metálico que él y Jax fue a la caja fuerte del dormitorio. Cuando regresó con una importante cantidad de dinero en la mano, Sergei estaba en el escritorio leyendo la carta del abogado de Big Jim.

–Deja eso –dijo Jax, furioso.

El ruso lo hizo y después, lentamente, se volvió hacia él.

–Yo acompañarte en sentimiento.

Jax se encogió de hombros.

–No estábamos muy unidos –señaló la mesa–. Juguemos.

Perdió casi todas las manos, y al llegar a la quinta se dio cuenta de que no estaba en condiciones psicológicas de continuar.

Kirov, que no había dejado de hablar, lo estudió desde el otro lado de la mesa.

–Es curiosa relación padres e hijos –dijo.

Una oscura neblina de ira empañó aún más su mente.

–No quiero hablar de mi viejo.

–Mío era comunista de antes. No me caía bien, pero yo quería él aprobar de mí. ¿Cuántas cartas?

Jax estudió sus cartas. Tenía que conseguir una escalera, y eso nunca era una apuesta segura.

–¿Tú, cómo se dice, cazabas también aprobación de padre?

–Buscar. Se dice buscar. ¿Y a ti qué te importa? ¿Piensas pasarte toda la noche hablando o vas a jugar? –respondió Jax, irritado–. Dame una.

La carta era la que necesitaba para completar la escalera. Después de que Sergei se diera dos cartas, Jax puso tres billetes de cien dólares sobre la mesa.

Sergei vio la apuesta y la subió a siete mil.

Jax contó el dinero que le quedaba. No tenía suficiente y sabía que tenía que tirar las cartas.

–Sergei mejor jugador de póquer –dijo el ruso–. Tú ahorra dinero y pasar de Las Vegas. Yo ganaré.

Mierda. No tenía bastante dinero en la caja fuerte y sabía, sin preguntar, que Kirov nunca le permitiría acercarse a un cajero automático.

—¿Aceptas un pagaré?
—Por pelota.
«Qué demonios», pensó. Tenía una buena jugada.
—Dame un trozo de papel.
Escribió el pagaré y lo dejó sobre el dinero. Entonces mostró su escalera.
Sergei mostró un póquer de doses.
Por un momento, Jax pensó que estaba viendo doble. Dios, sabía que le costaba trabajo fijar la mirada. Y entonces se dio cuenta de que había perdido la pelota de béisbol de su abuelo. Sintió un nudo en las entrañas, y náuseas. A pesar de todo, una apuesta era una apuesta.

Mucho después de que el ruso se fuera, Jax continuaba en la mesa pensando en la pérdida de la pelota y diciéndose que no le importaba. No le importaba en absoluto. Había sido la pesadilla de su infancia y su adolescencia, un símbolo del fracaso de la relación entre su padre y él.

Entonces ¿por qué la pérdida le afectaba de forma tan intensa? Se dijo que era porque se había dejado manipular por alguien a quien no respetaba. No tenía nada que ver con un recuerdo que había sido tan importante para su padre. Mucho más que él.

Pero eso formaba parte del pasado.

Y él tenía que pagar sus deudas de juego.

Jax sacudió la cabeza. No quería continuar recordando. No quería pensar en lo que no podía cambiar.

Quizá había canjeado las fichas demasiado pronto. Porque lo que necesitaba sentir otra vez era el suave tacto de una baraja nueva en las manos y el tintineo de las fichas sobre el tapete. Necesitaba inhalar el olor a fieltro verde de las mesas y escuchar las respiraciones entrecortadas de los jugadores nerviosos.

El póquer había sido su fiel compañero en los últimos doce o trece años, y si algo había aprendido era que a veces, y a pesar de todos sus esfuerzos, las cosas se iban al garete.

Pero siempre quedaba otra partida más.

***

—Hola, Treena —dijo una bailarina llamada Jerrilyn desde el otro lado del vestuario—. Me he enterado de algo muy interesante sobre tu nuevo pretendiente.

Treena terminó de limpiarse el maquillaje de la cara, bajó la toalla y en el espejo vio a la otra mujer caminar hacia ella. Entonces se volvió hacia ella.

—Te has dejado un poco —dijo Jerrilyn, señalando los restos de maquillaje que quedaban junto a la oreja izquierda de Treena. Después continuó—. Escucha, yo también tengo un novio nuevo. Se llama Donny y está loco por el póquer. Te diré que vive por los torneos televisados, así que imagina —dijo, sacudiendo la cabeza. Se sentó en un taburete vacío junto a Treena—. Menos mal que es bueno entre las sábanas porque si no no tendríamos nada en común. Pero lo que quería decirte es que cuando le hablé de ti y de ese Jax que conociste anoche y llegué a lo de «Gallagher, Jax Gallagher, será un placer desayunar contigo» Donny se puso como loco. ¿Sabías que Jax participa en el gran torneo de póquer que se celebra en el Bellagio a finales de mes?

—Sí, lo ha mencionado esta mañana.

—¿Ha mencionado su *ranking*? Porque por lo visto es importante. Donny dice que seguramente está entre los cinco mejores de los últimos dos años. Y según él, eso equivale a una pasta supergansa.

—Y además está para comérselo —añadió Michelle desde varios taburetes más allá, delante del espejo.

—Hm, hm, hm —murmuró Eve—. Guapo y con dinero. Cielo, creo que esta vez te ha tocado el primer premio.

—¿Os he contado que voy a salir en un especial para la televisión? —preguntó Julie-Ann, interrumpiéndolas.

—Hasta aburrirnos —dijo Carly, entrando en el vestuario desde las duchas. Al llegar a su sitio al lado de Treena, se quitó la toalla y sacó un tanga de seda de la bolsa—. ¿Qué te vas a poner para la cita?

Treena se quitó el gorro de nylon que usaba para recogerse toda la melena debajo de la peluca y se puso en pie. Ahuecándose los rizos con ambas manos, se dirigió al perchero donde colgaba el vestido de fiesta que había llevado. Lo tomó, se lo colocó delante y se volvió hacia sus amigas para que lo vieran.

–¿Qué os parece? –preguntó, sonriendo–. Me dijo que me arreglara.

Era un vestido de ganchillo negro y dorado, por encima de las rodillas, con la cintura alta y escote pronunciado. Debajo llevaba un forro de seda, y el dobladillo cortado al bies se completaba con una tira de flecos de seda que caían hasta mitad de pierna y se balanceaban suavemente.

Treena arqueó una ceja.

–¿Sí?

–Oh, cielos, ya lo creo que sí –dijo Juney, acercándose a ver el vestido de cerca–. ¿De dónde lo has sacado? –acarició los flecos–. Es una pasada. Algún día me lo vas a tener que dejar.

–Cuando quieras.

Lo había comprado al principio de su matrimonio con Big Jim, pero apenas había tenido ocasiones de ponérselo. No quería pensar en eso. Aquella tarde se dio cuenta de que hacía mucho tiempo que no esperaba con tanta ilusión una cita con un hombre, y no pensaba permitir que los remordimientos le estropearan la noche. Colgó la percha de nuevo en el perchero y volvió a su sitio a terminar de arreglarse.

Unos minutos después, Julie-Ann dijo:

–Es agradable ver lo fácil que te resulta olvidar que tu marido lleva muerto solo unos meses.

Carly se puso en pie.

–Escucha, zorrita...

Treena estiró la mano y la detuvo.

–No importa –dijo, sin alzar la voz. Después se volvió a Julie-Ann–. Mi marido murió hace cuatro meses y estuvo enfermo prácticamente durante todo nuestro matrimonio. Mientras vivió le fui fiel, y no creo que salir con otro hombre ahora se pueda considerar que estoy bailando sobre su tumba.

—Claro que no —dijo Julie-Ann, con un inocente parpadeó—. Eso es lo que he dicho. Es agradable ver que puedes olvidarlo y divertirte con otro hombre.

«Sin remordimientos, sin remordimientos», se recordó Treena, y miró a Julie-Ann con la misma sonrisa falsa e hipócrita.

—¿Verdad que sí? —dijo, antes de continuar maquillándose.

A pesar de todo, Treena sabía que Julie-Ann había logrado plantar una semilla de remordimiento en su corazón. Sin embargo, esta desapareció por completo poco después, cuando entró en el salón principal y vio a Jax.

Él se apartó de la columna en la que se apoyaba y la contempló con admiración.

—Vaya —dijo él con admiración, yendo hacia ella—. Estás preciosa.

—Gracias. Tú tampoco estás mal —respondió Treena.

Y así era. La descripción de Carly de grande y fuerte lo describía con precisión. Llevaba una chaqueta oscura de raya diplomática combinada con vaqueros una vez más, aunque ahora había combinado las dos prendas con una elegante corbata de seda a rayas y una camisa de vestir azul claro que acentuaba el color de sus ojos.

—Gracias, señora —dijo él, pasándose un dedo bajo la corbata—. Créeme, esto es estrictamente en tu honor. No sé quién inventó estas cosas, pero en mi opinión deberían fusilarlo.

Treena se echó a reír.

—Pobrecito —dijo, sin sentir ninguna lástima—. Pero tú eres jugador. Veo tu corbata y subo un sujetador cuando quieras. ¿Tú te la has puesto para una ocasión especial y te molesta? Pues imagina lo que es llevar doce o trece horas al día, todos los días de la semana, una prenda que te marca surcos en la piel.

La mirada masculina se deslizó hasta el amplio escote del corpiño que culminaba en una V entre sus senos.

—Veo que hoy al menos no es un problema.

Haciendo un esfuerzo por ignorar la repentina oleada de calor que recorrió todas las partes secretas de su cuerpo, Treena le sonrió.

–Si solo uno de los dos puede estar cómodo, voto por mí.

–Me parece justo –dijo él, tomándola del codo y llevándola hacia la calle.

El cielo tenía un rico tono azul marino y la ligera brisa del desierto susurraba suavemente a través de las palmeras.

–Esto me gusta más –dijo él, con satisfacción–. Me temo que he perdido la capacidad de adaptarme a temperaturas superiores a los treinta y cinco grados –bajó la cabeza y miró las sandalias de tacones altísimos que llevaba Treena–. ¿Qué te parece? ¿Puedes ir andando hasta el Aladdin con esos tacones? Si quieres puedo pedir un taxi.

Ella lo miró con una mueca.

–Por favor. Con estos tacones puedo jugar al baloncesto. Caminar unas cuantas manzanas es un juego de niños.

–Si tú lo dices –dijo él, con escepticismo–. Olvídate de la corbata y el sujetador. En mi opinión, esos sí que son un auténtico potro de tortura.

Su mirada ascendió lentamente desde los tobillos, las pantorrillas, las rodillas y los muslos, antes de continuar más arriba.

–Pero tengo que reconocer que dan un aspecto fantástico a tus piernas –su mirada descendió hasta las tiras de seda que se balanceaban contra las piernas femeninas–. Aunque quizá son las piernas las que dan a los zapatos un aspecto tan sexy.

–Oh, cielos, eres peligroso, ¿lo sabías? Ya veo que tendré que tener mucho cuidado si no quiero caer rendida a tus pies.

Jax arqueó una ceja.

–Como si tú no hubieras venido equipada con un arsenal propio. ¿Cómo llamas a esos zapatos, a ese vestido, a esos labios? Cielo, tengo la sensación de que naciste preparada para atacar. Soy yo el que tiene que tener cuidado si no quiero acabar cayendo con todo el equipo.

La voz masculina se tensó en la última frase, pero cuando ella lo miró extrañada, él le sonrió como un niño travieso y se encogió de hombros.

–Perdona. Por un momento he vuelto a mis años de torpe adolescente.

—Sí, claro —dijo ella—. Como que me voy a creer que un chico guapo y fuerte como tú no ha tenido más chicas de las que podía desear. Seguramente eras el capitán del equipo de fútbol, y tenías que quitarte a las animadoras de encima con un palo.

Jax soltó una carcajada.

—¿Capitán del equipo de fútbol? —dijo, recordando sus años de adolescencia—. En absoluto. A los doce años ya era casi tan alto como ahora, pero hasta que llegue a la universidad no desarrolle la capacidad de coordinación que mi estatura necesitaba. Las chicas normales pensaban que era un pobre desgraciado, y las animadoras ni siquiera sabían de mi existencia.

Al llegar al centro comercial Desert Passage que había junto al Aladdin Hotel, Jax miró a Treena desde su altura y le abrió la puerta.

—Créeme —dijo con sequedad—. A las chicas como tú solo podía admirarlas de lejos.

Ella le dirigió una sorprendida mirada mientras se adentraban en el decorado norteafricano donde se ubicaban las tiendas y restaurantes del elegante Desert Passage.

—¿Como yo? —preguntó ella, deteniéndose bajo la cúpula azul del techo, decorado con franjas doradas y rosas, y se echó a reír—. Créeme, no me habrías admirado, ni de lejos ni de ninguna manera. Yo no era nada especial. Era la flaca alta con una maraña de pelo rizado en la cabeza que parecía una zanahoria y que solo quería aprender a bailar para largarme de allí. Y como en el instituto donde yo fui lo que más les interesaba era ganar al fútbol o que te votaran la chica más guapa del baile, yo ni existía.

O sea, que de adolescente había estado tan marginada como él, pensó Jax mientras el maître del Commander's Palace buscaba su nombre en la lista de reservas, y después llamaba a un camarero para que los acompañara a su mesa. ¿Y qué? Había sabido llegar a un lugar mucho mejor desde entonces.

El vestido que llevaba era un ejemplo excepcional de lo mucho que había cambiado de imagen. Si no apartaba los ojos de los senos que se insinuaban bajo la tela negra de ganchillo, le iba a estallar la bragueta.

Treena tenía los senos más bonitos que había visto en mucho tiempo. Eran pequeños, pero redondos y firmes, y el roce de la tela en el escote amenazaba con provocarle la madre de todas las erecciones.

Lo que era de idiotas. ¿Qué le pasaba? Ya no tenía diecisiete años. Había tomado la decisión de alojarse en el Avventurato en lugar de en el Bellagio donde se celebraba el torneo sencillamente porque era donde trabajaba Treena Sarkilahti McCall, y necesitaba la ventaja de la proximidad para poder llevar a cabo su plan.

Sabía que si quería podía verla desnuda de cintura para arriba cinco noches a la semana en la función de las diez de la noche. ¿Por qué estaba ahora como un adolescente con las hormonas disparadas por avistar apenas unos centímetros de escote?

Porque, le gustara o no y al margen de su plan, Treena despertaba algo en él que no podía ignorar.

—Es precioso —dijo Treena, recorriendo el elegante comedor con la mirada, con las paredes verdes y el techo imitando una tienda beduina—. He oído hablar muchas veces de este restaurante, pero nunca había venido.

—Yo a este tampoco, pero sí al original en Nueva Orleans. Pensé que te gustaría.

—Oh, ya lo creo. Me encanta comer fuera.

—¿En serio? Y yo que mataría por una comida casera.

«Así que invítame, monada».

La miró expectante.

—¿Estás loco? Si me lo pudiera permitir, yo comería siempre en restaurantes.

—Créeme, acabas aburriéndote.

Jax se dio cuenta de que iba a tener que trabajárselo mucho más para conseguir la deseada invitación. Era hora de iniciar un ataque de seducción en toda regla.

Pero la cena no consiguió los efectos deseados, y cuando la acompañó a su coche después de dejar el restaurante, la frustración se lo estaba comiendo vivo. Era evidente que a ella le gustaba. Habían pasado dos horas y media hablando y riendo con total naturalidad. De hecho, él había tenido que recordarse un par de veces que no estaba allí para divertirse. Redobló sus esfuerzos, pero por mucho que intentó manipular la conversación, no logró la invitación.

Cuando llegaron al coche de Treena, tuvo que hacer un esfuerzo para mantener un tono de voz ligero y despreocupado.

—Esto es para los pájaros —dijo él, cuando ella abrió la puerta de su coche y se volvió a mirarlo—. No me gusta dejarte en un aparcamiento vacío. Nuestra próxima cita iré a recogerte y a dejarte a la puerta de tu casa.

Ella arqueó una ceja.

—Suponiendo que haya una próxima cita, claro.

—Oh, la habrá —le aseguró él, con una sonrisa cargada de suficiencia—. Yo te gusto. Reconócelo. Te gusto mucho.

Ella lo miró de arriba abajo con aparente frialdad. Después, le ofreció una resplandeciente sonrisa.

—Puede que me gustes un poco.

—No, te gusto mucho —dijo él, dando un paso hacia ella e inmovilizándola contra el coche—. Igual que tú me gustas a mí.

La última frase estaba demasiado cerca de la verdad para no ser inquietante, pero prefirió no pensarlo. Sin dudarlo, bajó la cabeza. La seduciría tal y como había pensado, con precisión exquisita y sin el menor atisbo de complicadas emociones sentimentales.

Cantando victoria por fin, se felicitó por besarla de forma fría y calculada. Hundiendo los dedos en los suaves cabellos rojizos, la mantuvo inmóvil y le ofreció una muestra de su mejor trabajo.

El único problema fue que ella le ofreció a su vez una magnífica muestra de todo lo que sabía hacer. Sus labios eran suaves y flexibles y se colgaron de los suyos sin vacilación. Después se entreabrieron bajo la presión de los labios masculinos, y cuando ella aceptó la invitación y deslizó la lengua en el interior de la suave boca femenina, descubrió sabores misteriosos y adictivos. Cuando ella gimió, el sonido pareció tener comunicación directa con su pene, y él se apretó contra ella. Las piernas femeninas se separaron todo lo que el ceñido vestido negro permitía, y Jax echó la pelvis hacia delante para encajar su erección en el hueco suave y cálido entre los muslos de Treena. Pero era imposible acercarse más.

Treena deslizó la mano por el torso fuerte y musculoso y le rodeó el cuello con los brazos, pegando los senos que llevaban toda la noche volviéndolo loco contra él. Jax gimió, y de repente se dio cuenta de que no podía respirar.

Arrancó la boca de la de ella.

–Dios –dijo, jadeando.

La separó de la puerta abierta del coche, que cerró de un empujón, le sujetó las caderas con las manos y la sentó sobre el capó. Frunciendo la tela de la falda con los dedos, la levantó hasta la cintura y contempló con admiración el reducido trozo de encaje que dejó expuesto durante el segundo que tardó en separarle las piernas con las rodillas.

–Eres preciosa –susurró casi sin aliento.

Se metió en el hueco que se había hecho, hundió los dedos en la melena pelirroja y volvió a besarla apasionadamente.

Necesitaba más. Más de su sabor, del aroma de su piel, del cuerpo firme y elástico en sus brazos. Sujetándola con fuerza y balanceándose entre sus piernas, casi perdió el control cuando el dulce montículo contra el que se estaba frotando se humedeció contra él. Levantó la cabeza, jadeando, y la miró.

Treena tenía los ojos entrecerrados, nublados por la pasión, los dos iris casi inexistentes por la dilatación de las pupilas. Los labios estaban hinchados y enrojecidos por la presión de sus besos, y mientras él la miraba, ella le sonrió y se humedeció el labio inferior con la lengua. Jax bajó la cabeza y mordió el labio húmedo y carnoso.

–Oh –Treena echó la cabeza hacia atrás.

Jax le succionó el labio, y después le besó las comisuras de estos, la mandíbula, y descendió lentamente por la garganta larga y esbelta, a la vez que le sujetaba el cuello con una mano y bajaba con la lengua hasta el escote.

Entonces le tomó un seno con la mano y siguió besándola hasta alcanzar el pezón.

Allí, depositó un beso sobre la punta erecta y después abrió la boca para succionar el exquisito bocado.

Treena aspiró profundamente y alzó los senos hacia él, pero casi inmediatamente, deslizó las manos por el pecho masculino y lo apartó.

—Es mucho —jadeó, deslizándose del capó—. Cielos, Jax, es muy pronto para esto.

Él no pensaba lo mismo. Al contrario, a él le parecía el momento perfecto para tumbarla sobre el capó y apartarle el tanga que apenas cubría su sexo.

—Perdona —jadeó ella—. Nunca... —la carcajada un tanto desquiciada que salió de su boca la interrumpió y Treena sacudió la cabeza—. Cielos, no puedo creer lo que he estado a punto de hacer en un aparcamiento público.

Se deslizó hacia la puerta del coche.

Jax vio en su mente una imagen de los dos haciéndolo sobre el capó del coche. Treena tenía razón. Aquel no era el lugar más adecuado para sus planes de seducción. Casi no podía creer lo deprisa que había perdido el control de la situación.

«Cíñete al plan», se recordó. Respiró hondo y dejó escapar un suspiro controlado. Mirándola, se humedeció el labio inferior, disfrutando del sabor femenino en él.

—Llévame contigo esta noche.

Ella estuvo tentada a hacerlo, Jax se dio cuenta, pero sacudió la cabeza.

—No puedo —dijo, acercándose a la puerta del coche—. Lo siento. Debes pensar que soy una provocadora, pero... no puedo. Solo te conozco desde ayer.

Abrió la puerta del coche y se metió dentro.

Jax contuvo una maldición, y logró decir, en tono calmado:
—Te llamaré —mientras ella cerraba la puerta.

Treena asintió, pero puso el motor en marcha sin decir nada.

Casi un momento después, Jax se encontró de pie solo entre las paredes de cemento del aparcamiento, con una erección que estaba volviéndolo loco y el principio de un dolor de cabeza igual de virulento mientras contemplaba con ojos nublados las luces rojas del coche de Treena antes de desaparecer por la rampa de salida.

–Mierda –exclamó, pasándose la mano por el pelo–. ¡Mierda!

¡Qué idiota era! Un plan tan importante, y lo único que le quedaba era la imperiosa necesidad de una ducha fría y el sonido de su voz repitiéndose como un eco en el aparcamiento vacío.

–Debes pensar que soy una provocadora –repitió burlón, con voz de falsete–. Y que lo digas, muñeca –añadió, con su voz normal.

Treena había logrado que perdiera la cabeza como un adolescente. Hundiendo las manos en los bolsillos, caminó a grandes zancadas hasta el ascensor jurándose que no volvería a pasar.

Capítulo 5

Treena aporreó la puerta de Carly. Una coral de fuertes ladridos estalló en el interior del apartamento y Treena hizo una mueca, echando una ojeada al reloj de pulsera que llevaba.

–¡Callaos de una vez! Ya voy –se oyó una voz desde dentro–. ¡Rufus, Buster, callaos!

Pero los perros continuaron ladrando, y Treena oyó la voz frustrada de Carly de nuevo.

–Oh, por el amor de Dios.

La puerta se abrió de par en par.

Los enormes ojos azules de Carly llameaban por el enfado, y abrió la boca para decir algo, pero al ver a su amiga delante de ella, la cerró y se limitó a decir:

–Vaya, qué sorpresa. Pasa.

Apartó a los dos perros que bailaban emocionados alrededor de sus piernas para dejarla pasar.

–Perdona –dijo Treena, siguiéndola–. Ya sé que es tarde.

–Olvídalo –dijo Carly, dirigiéndose hacia el salón–. Siéntate. ¿Quieres un té? ¿O mejor un chupito de tequila? Espera, déjame que aparte a Rags –dijo, estudiando a su amiga mientras levantaba a un precioso gato negro de pelo largo del sillón donde estaba sentado y lo dejaba en el suelo–. Debo decir que tienes pinta de haber tenido una noche mucho más interesante que yo.

–Oh, Dios mío –dijo Treena, riendo y dejándose caer en el sillón–. ¡He estado «a esto» de hacerlo con Jax Gallagher sobre el capó de mi coche!

Su amiga parpadeó. Después, las comisuras de sus labios se curvaron en una suave sonrisa que no tardó en dar paso a una sonrisa de oreja a oreja.

—¡Así me gusta, Treena!

Un gato con solo tres patas saltó a su regazo, y ella enterró la mano en el suave pelo gris y blanco del animal.

—Eso no está nada bien, Tripod —dijo Treena, inclinando la cabeza—. Dile a tu ama que conozco a ese hombre desde hace, ¿cuánto? ¡Veinticuatro puñeteras horas!

Por lo visto a Tripod no le importaba en absoluto. Dio un par de vueltas sobre el regazo de Treena y después se acurrucó en sus muslos. Un segundo después, apretó la cabeza contra la mano de Treena para que esta le acariciara, y al conseguirlo ronroneó satisfecho.

—Sí, claro, tú eres un tío. No esperaba nada mejor de ti —murmuró. Después miró a Carly, que se había desplomado en el sofá frente a ella y la estaba observando con interés—. Tú, sin embargo, deberías ser más responsable. Ha sido una equivocación.

—Eso lo dirás tú. Un polvo a la luz de la luna me parece una idea excelente.

—¡A la luz de la luna, y un cuerno! No ha sido una romántica escena bajo la luna del desierto, Carly. Ha sido en un lúgubre aparcamiento de cemento.

—Vale, no es muy romántico. Aun con todo, te llevas puntos por espontaneidad.

—Espontáneo desde luego sí que ha sido. ¡Dios, qué manera de descontrolar!

Y para Treena mantener el control era muy importante. Todavía no entendía qué le había pasado, pero se sentía como una tonta, no solo por su reacción sobre el capó, sino por su intento de justificación posterior. Tuvo que recordarse que era una mujer adulta, y no una adolescente de instituto.

—Oh —exclamó Carly—. Me encanta cuando pierdes el control.

Al ver la expresión seria en el rostro de su amiga, hizo una mueca de disculpa.

—Oh, perdona, Treena, ya veo que no estás muy contenta. Es

que hace tiempo que no me como un colín, y eso me suena muy, pero que muy excitante.

—Créeme, te entiendo —coincidió Treena—. Para mí también hacía tiempo.

Carly se echó a reír.

—Sí, ya. Al menos lo tenías con regularidad antes de que Big Jim se pusiera enfermo. Yo ni siquiera recuerdo la última vez... —se interrumpió al ver la cara de Treena—. ¿Qué?

«Oh, mierda».

Treena parpadeó inocentemente.

—¿Qué, qué?

—Tenías una expresión muy rara. Oye, sé que Big Jim estaba demasiado enfermo para el salto del tigre durante casi todo vuestro matrimonio, pero... —Carly titubeó un momento, entrecerró los ojos y después preguntó—. ¿Hay algo que quieras contarme?

No. Pero era su mejor amiga, y no le hacía ninguna gracia mentirle.

—Big Jim y yo nunca hicimos el salto del tigre. Al menos como es debido.

—¡¿Qué?! —Carly se echó reír—. Claro que lo hicisteis. Big Jim era una máquina sexual antes de... —se interrumpió—. ¿No lo era?

—No. Verás, es un poco más complicado. Una de las primeras cosas que me gustaron de él cuando lo conocí fue que no buscara el típico revolcón con una corista.

Carly asintió escuchando con los ojos muy abiertos.

—Claro, eso lo entiendo. Dios sabe cómo abundan esos cretinos en Las Vegas.

—Precisamente.

—¿Y Jim era diferente?

—Mucho. Claro que entonces yo no sabía que estaba recuperándose de un cáncer de próstata. Él creía haberlo superado definitivamente, pero lo cierto es que la medicación que tomaba lo dejaba prácticamente impotente. No puedo decir que lo nuestro fuera un flechazo a primera vista por parte de ninguno de los dos. A mí me gustaba que no estuviera todo el rato encima, tratando de meterme mano, como la mayoría de idiotas que vienen por aquí, y seguramente a él le gustaba que sus amigos pensaran que él era lo bastante hombre como para satisfacer a una pelirroja despampanante a la que duplicaba en edad. Tú lo creíste, y a ti no se te engaña tan fácilmente.

–¿Y eso no te preocupaba?

–No. A él le importaba mucho la opinión de sus amigos, y creo que para él que sospecharan que era incapaz de conseguir una erección, o de mantenerla cuando la conseguía, era lo peor que le podía pasar.

–¿Pero y tú? ¿No te extrañó cuando no se insinuó?

Treena se encogió de hombros.

–Pensé que estaba comportándose como un caballero.

Y era cierto, aunque en el fondo, también había sido un alivio. Aunque eso no pensaba admitirlo en voz alta.

Daba la impresión de que a todas las mujeres que había conocido en su vida, con la posible excepción de su madre, les encantaba el sexo. Quizá por eso, la razón por la que había comprendido las reticencias de Big Jim a que sus amigos conocieran su incapacidad, se debiera a sus propias reticencias a compartir con otras personas lo torpe que era en el campo de las relaciones sexuales.

No las entendía. Por supuesto que le gustaban los besos y las caricias preliminares, pero cuando llegaba el momento del acto en sí, no entendía a qué venía tanto barullo. Le gustaba tener un orgasmo como a cualquier mujer, e incluso se había masturbado en más de una ocasión.

Pero con los hombres... no le gustaba perder el control, y por lo visto era un requisito obligatorio para alcanzar el clímax. Así que, por mucho que detestara reconocerlo, en la cama era un trozo de hielo. Incluso en una ocasión alguien le había dicho que acostarse con ella era tan divertido como hacerlo con un cadáver.

–No puedo creer que te casaras con él sin probar la mercancía. ¿Qué te atraía de él, si no era el sexo?

–Big Jim me sedujo con sus atenciones –dijo Treena, y al ver la cara de su amiga se echó a reír–. Lo sé, lo sé, no parece mucho. Pero créeme, dada mi infancia era mucho. Para mí era maravilloso ser algo más que un cuerpo deseable. Big Jim me escuchaba cuando hablaba. Se fijaba en las cosas que me gustaban, y era muy detallista. Tú conoces a mis padres. Son buena gente y me quieren mucho, desde luego, pero han tenido una vida muy dura, y siempre estaban demasiado cansados tratando de sobrevivir para dar importancia a cosas como fiestas de cumpleaños o ir de vacaciones.

–No Big Jim, desde luego –dijo Carly, soltando una carcajada–. Seguro que la fiesta de tu treinta y cuatro cumpleaños pasará a la historia.

–Sí, consiguió que fuera una de las noches más especiales de mi vida, y eso que entonces ya sabía que el cáncer había vuelto y estaba empezando a sentirse bastante mal. Hizo muchas cosas por mí, pero lo que más me gustaba era cómo me hacía reír. Nunca supe lo divertidos que podían ser los momentos más normales de cada día hasta que lo conocí.

–Era un cielo.

–Sí. Sé que mucha gente piensa que me casé con él por su dinero, y no puedo negar que al principio fue divertido no tener que pensar en el dinero. Pero la verdadera razón por la que me casé con él es que no paraba de decirme lo mucho que quería cuidar de mí.

–Para ti tenía que ser una novedad.

Estirando la pierna, Treena rozó a su amiga con el dedo del pie.

–Me encanta cómo entiendes siempre lo que quiero decir. Y es cierto, era sí. Desde pequeña, siempre me he cuidado sola, y que Big Jim me ofreciera la oportunidad de relajarme un poco era más tentador que todo el dinero del mundo.

–Lo curioso es que al final tú terminaste cuidando de él.

Treena detestaba reconocerlo, pero ella también lo había pensado muchas veces. Poco después de la boda, la enfermedad de Big Jim empezó a destrozarlo por dentro y Treena se vio una vez más desbordada por las responsabilidades. Cada vez que tenía un momento para apartarse del lecho donde yacía enfermo su marido, repasaba el montón de facturas y veía cómo los gastos aumentaban hasta el punto de que al final no solo terminaron con la fortuna de Big Jim, sino también con sus propios ahorros. Lo único que había conseguido mantener había sido su apartamento.

Pero se encogió de hombros, porque en el fondo sabía que nadie le había prometido que su vida sería fácil ni justa.

–Sí, en fin, esas cosas pasan.

–A ti más que a otra gente –dijo Carly, sintiéndose muy cerca de su amiga–, aunque nunca llegaré a entender por qué. No lo entiendo, Treena. Por lo que dices, llevas mucho tiempo sin acostarte con un hombre. ¿Por qué no has aprovechado hoy y dejado que ese Jax que está como un pan te llevara al cielo?

–Pues... no lo sé.

El recuerdo de cómo se había sentido en el aparcamiento la hizo apretar las piernas, y rápidamente trató de acallar el pánico que la invadió. Alzó la barbilla.

–Nunca me han gustado los líos de una noche, supongo. Además, no puedo evitar recordar que lo conozco desde hace apenas un día. No estoy preparada para algo tan intenso.

Y quizá no lo estuviera nunca.

Treena pensó sobre ello toda la noche, dando vueltas en la cama y tratando de reconciliar el hambre sexual que había sentido durante aquellos breves momentos sobre el capó del coche con la mujer fría y controlada que se preciaba de ser.

Desafortunadamente, no llegó a ninguna conclusión. Tantas preguntas y dudas lo único que le dieron fue una noche de insomnio, y el intenso deseo de dejar de pensar en Jax Gallagher y poder concentrarse en sus quehaceres cotidianos.

Aunque, como decía el refrán, del dicho al hecho hay mucho trecho.

Jax había dejado un mensaje en el contestador mientras ella estaba en casa de Carly y volvió a llamar otra vez a la mañana siguiente. Inquieta ante la posibilidad de que fuera él, Treena se acercó al teléfono pero dejó que el contestador automático respondiera por ella.

–Treena, ¿estás ahí?

Se hizo un momento de silencio, y después la voz masculina, grave y un poco desesperada, continuó.

–Por favor, si estás ahí, descuelga el teléfono. No me dejes colgado así. Hoy por la mañana tengo una partida de póquer en Los Ángeles y no quiero que me eliminen como a un novato aficionado. Pero seguro que así será, porque ayer te asusté y ahora no me puedo concentrar.

Treena descolgó el auricular.

–No me asustas –dijo con firmeza–. No me asustó tan fácilmente.

Era importante que entendiera eso.

–Me alegro de oírlo –dijo él, con un tono de voz más aliviado–. Entonces supongo que saldrás conmigo esta noche.

El salto que dio su corazón al oírlo la hizo dar un paso atrás. Sacudió la cabeza, pero enseguida se sintió como una tonta. Jax por supuesto no podía verla.

–No me parece una buena idea.

–Es una idea fantástica. Sé que anoche fui demasiado rápido, pero no volveré a presionarte, te lo prometo. Pero... por favor, no pases de mí. Podríamos pasar una velada tranquila los dos. Iré a tu casa.

–¡No!

Treena no quería estar a solas con él cuando su espaciosa y acogedora cama estaba solo a unos metros al final del pasillo. Aunque tampoco podía soportar la idea de no verlo.

–Supongo que podemos ir al cine –sugirió–. O, mejor, a bailar.

Seguro que la sugerencia le hacía cambiar de idea. Los hombres nunca querían arriesgarse a ir a bailar con una profesional. Y si él frenaba lo que estaba naciendo entre ellos, seguramente rechazaría la invitación.

Jax la sorprendió.

–Sí, claro, como quieras –dijo, con toda tranquilidad–. Pero tienes que hacerme un favor, ¿vale? Hoy ve a trabajar en el coche de tu amiga. Por lo menos déjame que te acompañe a casa.

La sola idea de estar a solas con él otra vez en el aparcamiento le disparó los latidos del corazón una vez más y Treena accedió, pero enseguida puntualizó:

—Solo si consigo ver a Carly antes de que saque a pasear a los perros. Se pasa el día entrando y saliendo, y a veces es difícil localizarla. Sea cómo sea, te veré esta noche. En el mismo sitio, junto a los ascensores del salón principal.

Treena colgó el teléfono antes de tener tiempo de arrepentirse y cancelar la cita, pero enseguida se preguntó si no estaría cometiendo un grave error.

Si ese era el caso, era demasiado tarde para echarse atrás, así que decidió dejar de darle vueltas.

Por fin estaba empezando a tranquilizarse cuando sonó el timbre de la puerta. Fue a abrir, y encontró a su vecina Ellen Chandler.

—Hola, querida —dijo la mujer mayor—. Siento presentarme así sin avisar. ¿Vengo en un mal momento?

—En absoluto —le aseguró Treena, a quien le encantaban los educados modales de la bibliotecaria jubilada—. Pasa, por favor.

La compañía de Ellen siempre le resultaba reconfortante y tranquilizadora, y le encantaban unas galletas y dulces caseros que la mujer de cincuenta y nueve años solía llevarle cada vez que iba a visitarla. Como ahora. Ellen llevaba en la mano un plato cubierto con papel de aluminio.

—Para ti —le dijo la mujer, ofreciéndole el plato.

—Gracias a Dios. Por un momento he temido que fuera solo una visita de paso mientras ibas a llevarle ese plato a otra persona —dijo Treena, sonriendo. Le tomó el plato de la mano y fue hacia la cocina—. Prepararé el café. ¿Qué me has hecho esta vez?

—Nada especial —dijo Ellen, siguiéndola hasta el otro lado de la barra americana que separaba la pequeña cocina del amplio salón comedor—. Solo unas pastas de té con chocolate.

—Y dices que nada especial —exclamó Treena, apartando el papel de aluminio. Aspiró la deliciosa fragancia de las pastas de té recién salidas del horno—. Oh, Dios mío, Ellen. Creo que te quiero.

—Por eso sigo haciéndote galletas, cielo. Eres muy fácil.

—Sí, señora, pero no soy barata.

Ellen se echó a reír con una carcajada profunda y divertida, sorprendentemente fuerte, que contrastaba con el pelo corto y canoso, la camiseta gris y los pantalones cortos con cinturón.

–Muchos no creerían que puedo comprar tu afecto con un plato de galletas.

–Eh, tienes que saber que es un efecto acumulativo. Hacen falta muchos platos llenos de galletas para llegar a este punto.

–Bien, eso es un alivio. Detestaría pensar que te vendes tan barata –Ellen colocó derecho uno de los imanes de la puerta de la nevera, y después miró a Treena–. Bien, háblame del nuevo hombre que hay en tu vida. Un bombón, creo que fue cómo lo describió Carly.

La sonrisa se borró de la cara de Treena, y sus manos se detuvieron sobre las tazas de café que estaba preparando.

–Carly habla demasiado.

Ellen arqueó las cejas.

–Oh, cielos. No tenía que haber dicho nada.

–No, no te preocupes, no es nada. Soy una grosera, perdona. Es que no sé muy bien qué es lo que siento por Jax en este momento, y creo que aún no estoy preparada para hablar de él.

–Entonces hablemos de otra cosa. ¿Te he dicho que he estado pensando en apuntarme a un *tour* para ese viaje que quiero hacer a Italia?

Treena estudió a la pequeña mujer durante un momento, y después relajó la tensión que se había acumulado en sus hombros desde la mención de Jax. Sonrió a Ellen y continuó preparando el café.

–Eres la persona más educada que conozco.

–Sí, en fin, ¿qué se le va a hacer? Todos tenemos nuestros defectos –dijo Ellen, encogiéndose de hombros–. He sido así desde pequeñita.

–Es muy agradable. Nunca he conocido a nadie como tú. Dime, ¿qué has pensado?

–Por un lado no quiero ir a Italia sola, pero tampoco sé si quiero viajar con un montón de desconocidos. Además, siempre está el factor de estar a merced del grupo.

—Sí, eso último es lo que haría replanteármelo a mí también —coincidió Treena, y pidió a la mujer que llevara el plato de pastas al comedor. Sirvió dos tazas de café y la siguió—. A los desconocidos siempre puedes terminar conociéndolos, pero a mí me gusta explorar los monumentos a mi ritmo —sonrió—. Bueno, si estuviera dentro de mi presupuesto, por supuesto.

—Yo me jubilé anticipadamente y la mayoría de mis amigas continúan trabajando. Creo que con la única que podría pasar tres semanas seguidas sería con Lois. De hecho, llevamos años soñando y planeando este viaje, y habíamos decidido hacerlo por fin este otoño. Pero su hija que vive en Minnesota acaba de saber que está embarazada de dos meses, después de años de intentos, así que Lois está ahorrando las vacaciones para ir a ayudarla con el bebé cuando nazca —Ellen alzó delicadamente la taza con la mano y bebió un sorbo de café—. Seguramente dejaremos el viaje para el año que viene, cuando pueda venir conmigo.

—Seguro que ha sido un poco decepcionante. Lo siento.

Ellen le dirigió una afectuosa sonrisa y le dio unas palmaditas en la mano.

—Eres una buena chica.

—¿Me lo puedes poner por escrito? Mis padres están convencidos de que mi trabajo es un billete directo al infierno.

—Ah —la mujer asintió—. Supongo que para ellos es difícil aceptar que su pequeña hijita baila en top-less en un espectáculo musical.

—Oh, no, eso sería la gota que colma el vaso. Mis padres no tienen ni idea de ese detalle.

Alguien aporreó la puerta y las dos mujeres dieron un respingo. Treena se levantó para abrir, y se detuvo a mirar por la mirilla antes de hacerlo.

—Ah, Mack —dijo.

Era el vecino que vivía al otro lado y que se ocupaba de realizar labores de mantenimiento en el complejo de apartamentos.

Ellen dejó escapar un suspiro de desagrado, pero Treena lo ignoró y abrió la puerta.

—Hola —dijo al hombre alto y fornido que había al otro lado del umbral—. ¿Hay fuego en el edificio?

—No, pero dicen que en tu libido sí —respondió el hombre—. He oído que te has echado un novio que está buenísimo.

—Vaya, esta Carly está hecha una cotilla. Veo que voy a tener que hablar con ella.

—No te enfades, cielo. Está encantada por ti —Mack olisqueó el aire—. ¿Eso que huelo es café?

—Sí, acompañado de unas pastas de té deliciosas —Treena abrió la puerta del todo y se hizo a un lado—. Pasa y tómate un café con nosotras.

—¿Nosotras? ¿A quién te refieres? —Mack entró en la casa, pero se detuvo en seco cuando vio a Ellen sentada a la mesa—. Oh, vaya. Eres tú —se pasó una mano curtida por el pelo rizado y canoso y añadió—: Tenía que habérmelo imaginado. ¿Es que no tienes casa?

Ellen bebió un sorbo de café y le dirigió una mirada cargada de indiferencia.

—Podría preguntarle lo mismo, señor Brody.

—Mack —gruñó él—. ¿Cuántas veces tengo que decirte que me llames Mack? ¿Tan difícil te resulta? —Mack metió los pulgares en los bolsillos de los Levis—. Cuando me llaman señor Brody me siento como un viejo.

Ellen lo miró de arriba abajo y levantó las cejas, perfectamente depiladas.

—Sí, lo entiendo. Aunque ya no es usted un niño.

El hombre de casi un metro ochenta de estatura y constitución fuerte fue hasta la mesa, sacó una silla, la giró y se sentó en ella a horcajadas. Apoyó los brazos fuertes sobre el respaldo, y la barbilla sobre los brazos. Después miró a Ellen con la misma expresión.

—Tú tampoco, Doña Bibliotecaria Sabelotodo.

Treena suspiró. Adoraba a sus dos vecinos. Pero cuando estaban juntos, no era muy agradable.

—Si os vais a poner a discutir, salid afuera —ordenó—. No estoy de humor.

—¡Vaya! —exclamó Mack mirándola—. Qué malhumor. Cualquiera diría que eres una vieja cascarrabias —Mack señaló a Ellen con la barbilla—. Si fuera esta lo entendería...

—Ya es suficiente, Mack —le espetó Treena, tajante.

Ellen empujó su silla hacia atrás y se puso en pie.

—Tengo que irme.

—Ellen, por favor, no te vayas tan deprisa —dijo Treena, yendo hacia ella, pero la mujer mayor le sonrió con determinación.

—Gracias por el café, querida. Hablaremos pronto —dijo. Movió la cabeza en dirección a Mack, aunque sin mirarlo—. Señor Brody.

Un segundo más tarde se había ido.

Irritada de verdad, Treena se volvió a Mack.

—¿Estás contento?

Mack apartó los ojos de la puerta por la que había desaparecido Ellen. No, no estaba contento. No lo estaba desde hacía más de año y medio, exactamente desde el día que vio por primera vez a la nueva vecina de Treena y quedó totalmente prendado de la mujer pequeña y elegante, a pesar de que de ella no había recibido más que frialdad y desprecio.

—No sé qué demonios os pasa a los dos —le estaba reprendiendo Treena.

¿Qué demonios le pasaba, soñar como un adolescente con una bibliotecaria fría y distante? Como para la mayoría de los hombres, el sexo estaba entre las primeras de sus necesidades y la edad no había logrado aminorarle la libido. Desde su jubilación de la industria aeronáutica, se dedicaba a sus chapuzas, lo que significaba que se le daba bien trabajar con las manos. Al menos eso era lo que su esposa, Maryanne, que en paz descanse, siempre había pensado.

Pero sabía que ni aunque fuera el mejor hombre del mundo, la distinguida y culta señorita Ellen se fijaría en él. Además, él apenas la había visto sonreír más que en contadas ocasiones, ni tampoco le había visto nunca llevar ropa que no fuera gris, negra o beige.

—Siempre eres muy desagradable con ella —le estaba diciendo Treena–, y cuando apareces tú, pasa de ser amable y divertida a tensa y seria. Y a mí me pones en una situación insoportable.

Durante el año que Treena había alquilado su apartamento, Mack pensó que no vería a Ellen con tanta frecuencia, pero no tardó en descubrir que intercambiar tensos saludos en el pasillo era diez veces peor que intercambiar insultos en el apartamento de Treena. Además, se había dado cuenta de que aunque Ellen le trataba siempre con frialdad, sus mejillas se encendían ligeramente y sus bonitos ojos color avellana brillaban cuando discutían. Y eso le gustaba.

Aunque esta vez había ido demasiado lejos. Después de su comentario, Ellen se había negado a mirarlo. La había herido de verdad. Y ahora se sentía como un idiota.

–Siento haberte estropeado la fiesta –dijo, ignorando el repentino silencio de Treena y su expresión de sorpresa.

Sacudiendo la cabeza, se puso en pie y se dirigió hacia la puerta. Y por primera vez en su vida, se sintió como el viejo que Ellen había insinuado que era.

Capítulo 6

Jax volvió de Los Ángeles con una agradable sensación de victoria en el pecho y un buen fajo de billetes en el bolsillo. El taxi lo dejó en el Bellagio, y Jax sonrió a la joven pareja de novios que se cruzaron con él unos minutos después en la zona donde el Bellagio daba paso al Caesar´s Palace. En los últimos días había visto más trajes de novios que en toda su vida.

Se dirigió hacia el Appian Way con la intención de comprarse algo para celebrar el éxito del día. Recordó que antaño había sido un desastre vistiendo, pero cuando tenía dieciséis años y estaba estudiando en el MIT descubrió el valor de una buena chaqueta. Y cuando se dio cuenta de que una buena chaqueta sport de marca, una camiseta de seda y un par de vaqueros servían para casi todas las ocasiones, no buscó más. De vez en cuando, le gustaba añadir nuevas prendas a su colección.

Tratando de recordar dónde exactamente había visto la tienda de Bernini's, pasó junto a una lujosa joyería que había antes de la elegante tienda de ropa italiana, y de repente se detuvo.

Una mujer dejó escapar un gritito al tropezarse con él. Jax estiró la mano para sujetarla, e incluso se acordó de pedirle disculpas, pero fue un reflejo automático, ya que su mente estaba en otra cosa. Mirando al cielo cubierto del casino, que en ese momento pasaba del resplandor del mediodía a los tonos dorados de la tarde, se dijo que parecía mentira que un tipo inteligente y sofisticado como él se estuviera portando como un paleto.

¿No se había pasado buena parte de la noche dando vueltas en la cama, después de la fortísima erección que Treena le había provocado la noche anterior? ¿No se había jurado que aprendería a jugar sus cartas con la misma destreza que ella? Pues esa era su oportunidad. Treena era una corista cara que se había casado con un viejo rico. No era de extrañar que no hubiera conseguido nada con ella: no había utilizado el incentivo adecuado.

Girando sobre sus talones, volvió a la joyería.

Su idea era entrar, elegir algo muy vistoso y recargado y volver a salir. En lugar de eso, pasó mucho más rato de lo que habría imaginado buscando la joya adecuada, porque no recordaba haberla visto con ningún tipo de joyas, ni recargadas ni sencillas. No sabía si era porque ella no llevaba joyas, o porque él no se había fijado.

Descartó los anillos, porque no conocía su talla y no se imaginaba nada menos romántico que pedir a una mujer que le devolviera un regalo recién hecho para llevarlo a arreglar. Descartó los pendientes, porque no sabía si tenía agujero. Estudió un juego de colgantes y pulsera, pero nada parecía lo adecuado, y estaba a punto de salir cuando un collar le llamó la atención.

Hizo una señal a la dependienta que esperaba a unos metros de distancia y esta abrió la vitrina y sacó la joya. Era más sencilla que las demás. En lugar de una sucesión de diamantes o piedras preciosas, consistía en una delicada cadena de platino de la que colgaba un diminuto pavé de diamantes. El colgante tenía la forma de un bolso de fiesta, que le recordó al que Treena había dejado caer de la silla la otra noche.

Era perfecta. Una joya exquisita, con significado, algo que a las mujeres siempre parecía encantarles, y costaba... la madre del cordero... ¡casi cuatro mil dólares!

Encogiéndose de hombros para sus adentros, sacó el fajo de billetes que había ganado. Qué demonios, tampoco le había costado tanto esfuerzo. Informó a la dependienta de que la venta era suya, si podía cumplir el resto de sus requisitos.

La mujer entró en acción y quince minutos después, Jax salía de la joyería con un pequeño paquete envuelto en el bolsillo.

Después entró en Bernini's, pero se dio cuenta de que ya no le interesaba mirar chaquetas, así que volvió al hotel.

Intentó localizar a Treena con el móvil, pero en su casa no respondía nadie. Entonces recordó que ella le había dicho que tenía un ensayo aquella tarde para preparar un número nuevo que iban a incorporar al espectáculo, y en lugar de subir a su habitación fue al Avventurato y se encontró delante de las recargadas puertas del auditorio donde se presentaba cada noche el espectáculo de *La Stravaganza*.

Estaban cerradas. Con un suspiro, se alejó. De todas maneras, no había sido una decisión muy bien pensada.

De repente, una de las puertas se abrió de par en par y una agobiada mujer salió del interior del auditorio con pasos apresurados en dirección al casino. Jax logró sujetar la puerta antes de que se cerrara por completo, y se coló en la sala.

–Y balanceo, dos, tres, cuatro, cinco, seis, siete, ocho –estaba diciendo una voz femenina.

Jax se detuvo y contempló el escenario iluminado.

Al menos una docena de mujeres y cuatro hombres realizaban una coreografía sincronizada bajo las órdenes de la joven bailarina que había hecho los comentarios irónicos sobre la edad de Treena el día de su cumpleaños. Jax dio media vuelta a una silla y se sentó a horcajadas, buscando entre las bailarinas a la mujer que lo había llevado hasta allí.

Esta vez, sin el tocado de plumas, no le costó localizarla. La melena pelirroja, que estaba recogida en una cola de caballo sobre la cabeza, brillaba bajo los focos y flotaba como una nube a merced del viento, un vivo toque de color sobre las prendas negras que llevaba.

Jax observó que las corista llevaban todo tipo de prendas para ensayar, y algunas apenas cubrían lo más básico. Vio pechos saltando en diminutos sujetadores, tangas, abdominales y espaldas al aire libre, pies desnudos y zapatos de tacón. Una mujer con una larga trenza llevaba un minúsculo sujetador y unas medias de malla con tanga incorporado, y uno de los bailarines masculinos apenas se cubría con un taparrabos. Treena, por su parte, se decantaba por un maillot de baile que había visto mejores tiempos sobre el que llevaba una camiseta corta vieja con las mangas recortadas.

Jax se movió inquieto en su silla. La ropa que llevaba no tenía nada que ver con los sofisticados trajes que lucía sobre el escenario, ni tampoco con el vestido de noche del día anterior. Aunque tenía los senos cubiertos, las piernas estaban desnudas. Eran largas, esbeltas y bien torneadas, y dejaban al descubierto casi un metro de piel cremosa desde los zapatos de tacón medio negros hasta el maillot. Y cuando la hilera de bailarinas le dieron la espalda y menearon seductoramente el trasero con las manos en las rodillas, Jax no pudo evitar pensar que el de Treena era espectacular.

«Qué sorpresa, listo. Mira a tu alrededor. Son coristas de Las Vegas, por el amor de Dios. Sin esos cuerpos, aquí no van a ninguna parte», se dijo, para justificar su reacción.

Pero a pesar de todo, excepto una ojeada general al resto de las bailarinas, prácticamente no se fijó en ninguna de ellas.

–Ric –aulló de repente Julie-Ann–. ¿No te parece que podrías darle un poco más de vida a ese trasero? Y tú, Treena, a ver si levantamos un poco más la pierna. Somos profesionales. Si dejarais de bailar como dos alumnos de primer curso a lo mejor podríamos dar una función decente esta noche.

La capitana de la *troupe* caminó hasta el centro del escenario y se detuvo delante de la hilera de bailarines, dándoles la espalda.

–Fijaos bien y os enseñaré lo que quiero que hagáis.

La joven empezó a mover los pies siguiendo el ritmo y chasqueando los dedos.

–Y dos, dos, tres, cuatro...

Uno de los bailarines, que seguramente sería el tal Ric, levantó el dedo anular e hizo un grosero gesto a la espalda de Julie-Ann, pero inició el movimiento con el resto del grupo y cuando la joven se volvió a mirarlos estaba bailando con todos los demás. A Jax todos le parecieron muy profesionales, por lo que no entendía los reproches de la mujer.

Aunque tenía que reconocer que tampoco era un experto. No podía esperar que alguien como Julie-Ann entendiera los matices de una partida de póquer y él tenía que reconocer que no sabía absolutamente nada sobre los bailes profesionales.

A él le parecían todos magníficos. Y todas.

Tras algunos comentarios sarcásticos de Julie-Ann y un último repaso al número que estaban ensayando, el ensayo se interrumpió. Jax observó a Treena quitarse la camiseta mientras se dirigía a buscar la bolsa de gimnasia en la parte posterior del escenario. Allí, sacó una toalla y se secó el sudor con movimientos precisos, mientras escuchaba a Carly, de pie a su lado, que también estaba secándose el pelo corto y rubio con una toalla. Otras dos bailarinas a las que reconoció del día del cumpleaños se unieron a ellas. Por fin, Treena metió la toalla en su bolsa y sacó un chal negro con flecos. Poniéndose de pie, lo dobló por la mitad en forma de triángulo y se lo ató a la cadera. Entonces, sin dejar de hablar con sus amigas, echó a andar hacia uno de los laterales del escenario, y por un momento Jax temió que salieran por una de las puertas traseras. Sin embargo, el grupo de bailarinas se dirigió a una esquina del escenario y saltaron al pasillo que conducía a la salida que había detrás de él.

Cuando estaban casi a la altura de dónde él estaba, Jax se levantó.

—Treena.

Treena se detuvo en seco.

—¿Jax? Oh, Dios mío. Creía que estabas en Los Ángeles.

—Ya he vuelto.

—¿Tan deprisa?

—Avión privado.

Carly arqueó las cejas.

—Vaya. Oh, la la.

Jax se echó a reír.

—Sería mucho más impresionante si fuera mío, pero no. Solo lo han mandado para recogerme.

—Lo dicho.

—¿Cómo has entrado? —preguntó Treena.

—La puerta estaba abierta.

Las dos mujeres lo miraron con escepticismo y él sonrió.

—Vale, se abrió y la sujeté antes de que se cerrara del todo aprovechando que salía una mujer muy deprisa.

—Mary —dijo Carly, y Treena asintió.

—Es la ayudante de dirección de la compañía —explicó Treena a Jax, y señaló a una mujer más mayor sentada un poco más adelante—. Esa es Vernetta-Grace, la directora jefe. Alégrate de que no te haya visto colarte, porque si lo hace, seguro que a estas horas estabas en comisaría.

—No es una idea muy tentadora —dijo él.

—En absoluto —repuso Treena con una sonrisa—. ¿Qué haces aquí?

—He tenido una partida genial y al volver me ha parecido una buena idea venir a verte a la luz del día. ¿Tienes un rato libre? Supongo que ya es tarde para comer, pero si quieres podemos tomar un café o lo que quieras —miró a Carly—. Puedes venir tú también, claro —Jax invitó a la amiga de Treena, seguro de que la mujer declinaría la invitación.

Ella le dedicó una sonrisa de complicidad.

—Gracias, me encantaría.

«Mierda».

—Pero tengo que dar de comer y beber a mis niños.

«Excelente».

Aun con todo, Jax alzó las cejas sorprendido.

—¿Tienes hijos?

No le parecía una mujer especialmente maternal.

Las dos amigas se echaron a reír.

—De cuatro patas. Varios.

—Oh, creía que vivías en el mismo edificio que Treena. ¿No hay un límite de animales que puedes tener?

—Lo hay, sí —dijo Treena.

Carly se encogió de hombros.

—Pero ahora el apartamento junto al mío está vacío, y a los demás vecinos nunca les ha importado, así que no ha sido problema. Y además, son animales muy bien educados. Bueno, Rufus, el último, aún se está acostumbrando a la casa, y a veces ladra cuando no estoy. Tampoco es tan obediente como me gustaría. Pero todo el mundo está teniendo mucha paciencia mientras le enseño. Y hablando de eso –añadió, echándose la bolsa de gimnasia al hombro–, más vale que me vaya. ¿Sigues queriendo que te traiga a trabajar esta noche, Treena?

Volviendo los ojos castaños hacia Jax, Treena levantó las cejas a modo de pregunta.

–Oh, sí –le aseguró él–. Lo de esta noche sigue en pie. Ahora solo vamos a tomar un café.

–En ese caso, sí –dijo Treena a su amiga con picardía–. Tengo que prepararme para mi cita de esta noche.

–Muy bien –Carly se volvió para dirigir una severa mirada a Jax que no encajaba con el corte de pelo ni las piernas y los senos medio desnudos–: La quiero en casa antes de las seis y media, Gallagher.

Él asintió solemnemente.

–Sí, mamá.

Carly se echó a reír.

–Sed buenos, niños –dijo, y se fue hacia la salida.

Jax se volvió a mirar a Treena.

–¿Tienes hambre? –preguntó–. No sé si tú y yo tenemos los mismos horarios.

–No, estoy bien. Un café me sentará genial.

Treena alzó la bolsa y se la colgó al hombro.

–¿Quieres que nos alejemos un poco del centro?

–Sí, parece un plan excelente. Todo el ruido de por aquí me empieza a cansar. Llévame a una cafetería tranquila.

–¿Qué te apetece, Starbucks, Java Hut, Miss Italia?

–No importa, tú eliges –dijo él, sacando el teléfono móvil–. Pediré un coche.

Treena se echó a reír.

–Vamos a tomar un café, Gallagher. Para un taxi.

Apartando la mirada de los labios femeninos, Jax se dio cuenta de que Treena hablaba en serio, y le sorprendió. La había creído una mujer que siempre viajaba en primera clase.

«¿Y quién dice que no es así, amigo?»

Tenía que reconocer que la mujer sabía jugar con él.

–¿Quieres ahorrarme dinero?

–Oh, por supuesto. Quiero que tengas suficiente para comprarme el capuchino más caro de la carta.

–A ver si lo adivino –Jax la miró y estudió el cuerpo de deportista sin un gramo de grasa–. Seguro que pides un capuchino con leche desnatada, sacarina y por supuesto sin cacao.

–Ya te gustaría, tío. Prepárate para rascarte los bolsillos porque pienso pedir un capuchino doble con doble de moka y doble de nata batida.

–No creo que tengas ese cuerpo bebiendo cafés de mil calorías.

–Eh, en mi trabajo, quemo un montón de calorías. Es cuando no ensayo cuando tengo que controlar. Por eso este año me está costando tanto mantener el nivel del grupo, porque he estado casi un año sin bailar.

Los dos salieron a la calle e inmediatamente se vieron separados por los peatones que se arremolinaban en la acera. Cuando por fin volvieron a unirse en la esquina, Treena se echó a reír.

–Fiu. Cualquiera diría que con este calor esta ciudad quedaría desierta en verano, pero ni siquiera cuarenta grados a la sombra pueden detener la máquina turística de Las Vegas.

Jax la miró, tan relajada con el escotado maillot negro y el pañuelo atado a las caderas, y vio unas gotas de sudor que empezaban a marcarse sobre el labio superior. Él mismo se sentía tenso y nervioso, y se separó de ella para acercarse a la calle y parar un taxi.

La voz de Celine Dion resonó en el aire a la vez que el taxi se detenía junto a la acera.

–Escucha –dijo Treena, yendo hacia él–. Es el espectáculo en el Bellagio . Oh, es la canción del *Titanic*. Me encanta esta canción –dijo, y empezó a tararearla mientras él le sujetaba la puerta del taxi.

Mientras ella se deslizaba en el asiento de atrás del taxi, el muslo izquierdo apareció por la abertura del chal que llevaba a modo de falda, y a Jax le sorprendió su total naturalidad y espontaneidad. Él, que tanto había tenido que esforzarse por librarse de la timidez que le caracterizó durante su infancia y su juventud, nunca había logrado superarlo por completo. Aunque estaba muy lejos de la época en la que los continuos reproches de su padre le llevaron a cerrarse completamente al mundo, jamás se le ocurriría ponerse a cantar una canción con una voz no precisamente perfecta en medio de una calle abarrotada de gente.

Su expresión debió delatar sus pensamientos, porque Treena se inclinó hacia él con una sonrisa y dijo:

—Lo sé, no es lo mismo cuando la canto yo.

—No, lo haces genial —dijo él, aunque por dentro estaba reprendiéndose a sí mismo.

¿Qué demonios le pasaba? No podía permitir que unos centímetros de piel femenina lo convirtieran en un inútil incapaz de reaccionar.

Normalmente no se comportaba como un adolescente con las hormonas disparadas. Al contrario, estaba acostumbrado a las atenciones de hermosas mujeres.

Sin embargo, ahora entendía perfectamente porque su padre se había enamorado de ella. Treena era un afrodisíaco andante y él tenía que hacer un esfuerzo para mantenerse inmune a ella.

—Cuéntame por qué te está costando mantenerte al nivel de la compañía —dijo él, a su lado, después de indicar al taxista donde querían ir—. Cuando no bailabas, ¿seguiste comiendo como un camionero?

—No, de hecho en esos meses lo tomaba con leche desnatada y sacarina. Pero mi marido se puso enfermo y no pude volver a trabajar después de la luna de miel, como había pensado. Tampoco pude ensayar todo lo que hubiera querido para mantenerme en forma.

Jax sentía la fuerza de los latidos del corazón con la misma intensidad que tenían siempre que pensaba en el cáncer que había terminado con la vida de su padre.

—¿Cuándo se puso enfermo?

—Poco después de la boda –dijo ella. Se quedó en silencio unos minutos, y después se encogió de hombros–. Al principio trató de ocultármelo, pero enseguida se hizo evidente que estaba muy enfermo.

El taxi se detuvo delante de la cafetería.

Jax no se sintió precisamente orgulloso de sí mismo por preguntarse cómo habría afectado la enfermedad de su padre a su relación sexual con su joven esposa, pero estaba descubriendo que imaginar a Treena en la cama con su padre no le hacía ninguna gracia. Probablemente se debía a la rivalidad propia de un hombre joven con un hombre mayor, o quizá al sensual movimiento de los flecos del chal contra las piernas femeninas cuando la seguía al interior de la cafetería.

Tragó saliva.

Treena se sentó en una mesa mientras él pedía los cafés. Al rozar con los dedos la caja envuelta en el elegante papel de la joyería que llevaba en el bolsillo mientras esperaba en la barra la preparación de las bebidas, Jax se debatió entre entregárselo ahora o esperar a la cena. Dárselo ahora tenía sus ventajas, porque así ella tendría el resto de la tarde para pensar la forma de agradecerle el detalle.

Cuando volvió a la mesa con un capuchino y un café solo, Jax retomó la conversación anterior.

—A ver si entiendo por qué te afectó tanto no poder ensayar unas cuantas horas –dijo, sentándose frente a ella.

—Es un problema de oxidación. Supongo que tú también tienes que jugar para seguir estando en forma –dijo ella–. Yo estaba acostumbrada a bailar cinco noches a la semana, cuatro de ellas con dos funciones, lo que en total son nueve veces a la semana, sin contar las clases y las sesiones de ensayo como la que has visto hoy. Y como bien sabes, no soy tan joven como antes.

—Ya sabes lo que pienso de eso.

—Sí, pero por halagador que sea saber que te parezco tan en forma como una de veinticinco años, la triste verdad es que no es así. Me canso antes y me lesionó con mayor frecuencia. Tomó clases casi todos los días, tratando de ponerme al día, pero me da pavor pensar en no pasar la prueba anual dentro de dos semanas –explicó ella. Se incorporó en la silla y le dedicó una amplia sonrisa–. Pero no quieres oír mis problemas. Háblame de tu trabajo.

Desde luego que no quería oír sus problemas. Ni siquiera había pensado que pudiera tenerlos, y la inesperada vulnerabilidad de la joven le afectó más de lo que hubiera deseado.

Pero lo último que podía permitirse con la corista era sentir lástima de ella.

Era un hombre de mundo, y seguramente lo mínimo que ella esperaba de él en ese momento era que supiera relatar algunas anécdotas divertidas sobre el circuito de jugadores profesionales y llevar la conversación por derroteros más amenos.

Sin embargo, aunque era un hombre de muchos talentos, lo suyo no eran las relaciones humanas superficiales.

Rozó los dedos femeninos con la punta de los dedos y dijo, torpemente:

–Siento que lo estés pasando mal.

Treena soltó una risa ahogada y dejó la taza de nuevo en la mesa.

–Oh, Dios. Eres encantador.

–No, no lo soy –dijo él, serio, para contrarrestar la extraña sensación de culpabilidad que sentía.

Ella parpadeó al escuchar el tono de voz.

–Créeme. No lo soy –dijo él, en un tono más normal, y enseguida cambió de conversación–. Supongo que no podías seguir con las clases porque estabas ocupaba cuidando de tu marido.

–Hablo como una mártir, ¿verdad? Santa Treena –dijo ella con una risa–. No, teníamos ayuda. Es que ...

La punzada de remordimientos desapareció, y Jax dejó de escuchar el resto de la explicación. Por supuesto que habían tenido ayuda para cuidar de su padre. Seguramente Treena había estado demasiado ocupaba yendo de compras y saltándose las clases que ahora lamentaba haber perdido.

¿Quién había dicho que cada minuto nacía un tonto? No era la primera vez que se daba cuenta de los intentos de manipulación por parte de la corista. Ni la segunda, ni la tercera. Descartando todo tipo de ridículos remordimientos, Jax empezó mentalmente a preparar la cita de la noche. Ya estaba harto de esperar a que ella le diera permiso para actuar.

Había llegado el momento de pasar a la acción.

Capítulo 7

Ellen colocó la toalla sobre el respaldo de la silla, dejó la llave encima de la mesa y caminó hasta la piscina. Hacía un calor casi insoportable, pero no podía resignarse a quedarse a la sombra. Le encantaba nadar, y después de haber probado distintas formas de hacer ejercicio había descubierto que la natación era la que más beneficios le reportaba. Subiendo al trampolín de menor altura, dio un par de pasos, rebotó en el tercero y se lanzó al agua de cabeza. El agua estaba perfecta, y refrescó todo su cuerpo de la cabeza a los pies.

Deslizándose sobre el agua como una jabalina, Ellen salió a la superficie a la mitad de la piscina. Con severidad se aseguró que no había elegido aquella hora del día en particular porque sabía que Mack Brody nunca escogería ese momento del día para limpiar los filtros o hacer ninguna tarea de mantenimiento en la piscina. No tenía absolutamente nada que ver con eso, se dijo mientras se dirigía con elegantes brazadas al extremo opuesto de la piscina.

En absoluto. El hombre no la intimidaba. Solo la enfurecía.

Al llegar al otro extremo de la piscina, hizo un giro perfecto con la destreza de una nadadora profesional e inició el segundo largo. A mitad del largo, cuando sacó la cabeza del agua para respirar, vio una masa oscura de algo que se movía. Un segundo después la masa cayó al agua con un fuerte planchazo, salpicando en todas direcciones, y se apresuró a quitarse del medio.

–¡Rufus, no! –gritó Carly–. Oh, Ellen, perdona.

Bajando las piernas, Ellen se volvió y vio a Rufus nadar hacia ella, una mata de pelo negro deslizándose sobre el agua con la boca abierta y esbozando una amplia sonrisa perruna. Tuvo que sonreír al ver la alegría de vivir que el animal lograba transmitir.

Evidentemente, a Carly no le había hecho ninguna gracia.

—¡Para! —gritó la dueña del animal—. ¡Maldito chucho de las narices, ven aquí!

Como Rufus seguía sin obedecer, se lanzó de agua de cabeza.

Ellen soltó una carcajada. Las ropas de ensayo de Carly eran lo más parecido a un bañador, por lo que no se podía decir que su amiga había saltado al agua completamente vestida. Aunque sí había olvidado quitarse las zapatillas.

La vida era mucho más interesante a lo que había sido antes de mudarse al complejo de apartamentos y conocer a Carly y a Treena. Ellen adoraba a las dos jóvenes, y se consideraba una mujer afortunada por poder disfrutar de su espontaneidad, amistad y su alegría.

Como táctica, la reacción de Carly funcionó a las mil maravillas. Con un ladrido de júbilo, Rufus cambió de dirección y se dirigió directamente a su dueña. La corista se echó a reír y sujetó al chucho por el cuello. Divertida, lo llevó al borde de la piscina y lo sacó del agua.

—Eres un inútil —le dijo cariñosamente, y de un salto se sentó a su lado en el borde de la piscina, sin importarle haberse empapado la ropa—. Estupendo —murmuró, cuando el chucho se sacudió vigorosamente el agua y la empapó todavía más.

—¿Qué ocurre aquí?

Al reconocer la voz gruñona que había hecho la pregunta, un taco cruzó la mente de Ellen. Un taco verdaderamente desagradable que ella no había pronunciado jamás en su vida, y por un momento se avergonzó de sí misma. Pero solo por un momento. ¡Cómo podía tener tan mala suerte! Había estado segura de poder evitar a Mack Brody si bajaba antes a la piscina.

—¿Estás dejando nadar a ese sucio chucho en mi piscina, Carly?

—Lo siento, Mack —dijo la joven—. No ha sido queriendo. Se me ha escapado —explicó Carly, pasando un brazo alrededor del cuello del perro—. Es un perrito muy testarudo, ¿verdad, colega? Un cabezota.

—Yo diría descerebrado.

Carly se echó a reír.

—Oh, sí. Esa sin duda es una posibilidad. Llámalo como quieras, pero nunca me había costado tanto educar a un perro.

Carly dirigió una mirada cariñosa a Rufus, y este le respondió jadeando felizmente, con una sonrisa de oreja a oreja.

—Pero lo conseguirá. Solo necesita un poco más de tiempo que los demás.

Ellen dirigía miradas suspicaces a la joven y al hombre mayor. Carly, incluso con la ropa mojada y las zapatillas empapadas, tenía un aspecto fresco y atractivo, pero Ellen nunca había visto a Mack mirar a ninguna de las dos jóvenes con expresión lasciva.

Sin embargo, no tenía la menor intención de salir de la piscina delante de él mientras siguiera allí la preciosa bailarina. Mack siempre conseguía hacerla sentir como un vejestorio sin ningún atractivo, y lo que no podía soportar era una comparación entre el cuerpo perfecto de Carly y el suyo, no exactamente de anciana pero sí a un mes y medio de cumplir los sesenta años.

Ellen decidió continuar nadando hasta la parte más profunda, e hizo varios largos a buen ritmo.

Sin embargo, no se acercó a la escalera para salir hasta que dejó de oír las voces de Carly y Mack. Cuando no oía más que el ruido del agua que ella misma desplazaba con los brazos, decidió interrumpir la sesión de natación y fue hacia la escalerilla para salir. Se detuvo un momento en el último peldaño para sacudirse el agua del oído.

—Ya era hora, qué caray.

Ellen se volvió tan deprisa que casi resbaló. Mirando entre las sombras debajo de las palmeras, vio a Mack sentado en la tumbona donde ella había dejado la toalla. La estaba mirando con el ceño fruncido, y la recorrió con los ojos de arriba abajo.

Ellen quería desesperadamente hundirse de nuevo en el agua para evitar la insolente mirada masculina, pero el orgullo se le impidió. Terminó de salir de la piscina y, consciente de los músculos blandos de la parte interior de los muslos y la incipiente barriga bajo el bañador, levantó orgullosa la barbilla y lo miró directamente a los ojos.

Mack era tan viejo como ella, si no más. Qué gran injusticia era que él tuviera un aspecto mucho más elegante y presentable que ella, con sus chinos perfectamente planchados y su polo blanco. Definitivamente, la justicia no existía.

Ellen hizo un esfuerzo para aceptar la amarga realidad y lo saludó con un movimiento seco de cabeza.

—Disculpe, señor Brody. No me he dado cuenta de que le estaba retrasando.

Reprimiendo una sonrisa de satisfacción al ver el destello de ira en los ojos del hombre cuando lo trató de usted, Ellen se dijo que no estaba bien alegrarse de haberlo molestado, pero a pesar de todo, no quiso privarse del placer que le hacía sentir.

—Si me alcanza la toalla, no le molestaré más.

El hombre casi arrancó la toalla de la silla y se puso en pie. Acercándose a ella de dos zancadas se la ofrecido.

—Toma —dijo, a la vez que la recorría una vez más con los ojos—. Tápate. Estás chorreando.

Ellen se dio cuenta de que la mirada masculina se detuvo durante un breve segundo en sus pequeños senos. Cielos, los hombres. Incluso con mujeres que consideraban pasas secas y arrugadas, no podían resistirse a estudiar la mercancía.

Que mirara todo lo que quisiera, se dijo Ellen. Los senos eran una parte de su cuerpo de los que todavía podía sentirse orgullosa. En ese momento, un intenso deseo cargado de pasión recorrió todo su cuerpo. Pensando en todas las veces que Mack la había faltado al respeto desde el día que Treena los presentó, Ellen sintió la urgente necesidad de demostrarle exactamente lo equivocado que estaba sobre la sexualidad de las bibliotecarias en general, y la suya en particular.

Pero por supuesto no lo hizo. Arrancándole la toalla de la

mano, Ellen se la ató a la cintura, le dio las gracias secamente y, deteniéndose solo un momento a recoger la llave, se dirigió a su apartamento con toda la dignidad propia de una mujer de casi sesenta años.

De pie entre bastidores, unas horas más tarde, mientras esperaban su salida al escenario, Treena sonreía al escuchar la aventura de Rufus en la piscina. Al oír los nombres de Ellen y Mack en la misma frase, Treena recordó el extraño comportamiento de Mack en su apartamento. Y recordó lo que había pensado entonces, viendo a los dos.

—¿Qué se han dicho Mack y Ellen esta vez?

—Nada —respondió Carly, mirándola sorprendida—. Ellen ha seguido haciendo largos y no sé muy bien qué ha hecho después Mack. He hablado con él un par de minutos, y después me he ido a cambiar de ropa.

—Pero cuando te has ido ¿seguía allí?

—Sí. Creo que se ha sentado a esperar a que Ellen terminara para, no sé, limpiar la piscina o algo.

—Oh, oh —dijo Treena, cada vez más convencida de que su presentimiento no andaba muy equivocado—. Porque eso no es lo que hace normalmente con unas temperaturas de treinta o treinta y dos grados a la sombra. ¿Sabes qué se me ha ocurrido hoy?

Carly arqueó las cejas en un gesto de interrogación.

—Creo que está loco por ella.

—¡Qué dices! —exclamó Carly, riendo. Pero al darse cuenta de que el comentario de Treena no era broma, añadió—: ¿Lo dices en serio?

—Ya lo creo que sí —dijo Treena, levantando la rodilla derecha hasta el pecho, y estirando lentamente la pierna hasta tenerla totalmente recta, con los dedos en punta, por encima de la cabeza.

Equilibrándose en el pie izquierdo, dobló el derecho y le contó a su amiga lo sucedido por la mañana en su apartamento.

—Tenías que haberle visto la cara, Carly, cuando le reñí por su comportamiento.

Treena bajó la pierna, y después repitió el estiramiento de corvas con la pierna izquierda.

—Aunque tengo la sensación de que lo que le ha afectado no ha sido mi ira, sino darse cuenta de que le había herido en sus sentimientos.

—Yo creo que a esos dos les gusta hacerse daño mutuamente —dijo Carly, y rápidamente su rostro se iluminó—. Ah, igual que en el instituto.

—Sí. El juego de siempre, tira de las trenzas a la chica que quieres besar para que no se dé cuenta de que tiene todo el poder en sus manos.

—Sí, los hombres detestan que la mujer tenga bien sujeta la batuta, ¿verdad? —dijo Carly, y se echó a reír—. Bueno, mejor dicho, eso les gusta. Lo que no les hace ninguna gracia es saber que la controlan, y por lo tanto que los controlan también a ellos.

Treena asintió, aunque lo cierto era que no tenía mucha experiencia en ese sentido.

—No sé cuáles serán los sentimientos de Ellen. Juega sus cartas con mucho más disimulo que Mack.

—Sí, sabe explotar muy bien eso de hacerse la mujer distante y refinada, lo que contribuye a encender a Mack todavía mucho más —sonrió Carly—. ¿No te has dado cuenta de que Ellen se suelta mucho más cuando estamos solo nosotras, las chicas?

—Sí, ya lo creo que sí.

El público en el auditorio se echó a reír tras el último chiste del cómico que estaba concluyendo su actuación e irrumpió en un fuerte aplauso.

—Parece que Harry está incluso más fino que de costumbre —observó Treena mientras las dos se unían a la hilera de bailarinas que aguardaba para salir al escenario—. ¿Crees que debemos hacer algo?

—Lo que te puedo decir es qué no se me ocurriría hacer.

—¿Qué?

—Decirle ni una palabra a Mack. Solo de pensar en preguntarle si Ellen le hace tilín... —Carly se interrumpió e hizo una mueca— se me pone la carne de gallina.

—A mí también.

—En principio parece que sería más fácil hablar con Ellen, ¿no crees? —preguntó Carly—. No sé, ¿a qué mujer no le gusta pensar que hay un hombre loquito por sus huesos? Pero...

—Es el rollo generacional.

—Exacto. Desde luego no me imagino diciéndole a mi madre que hay un tipo que está loco por meterle la mano debajo de la falda —Carly se echó a reír—. Pero ya conoces a mi madre. Las dos sabemos que ella preferiría fingir que me trajo la cigüeña, en vez de todo este lío de intercambio de fluidos corporales tan asquerosos.

—¿Qué quieres que te diga? Aunque mi madre tienen los pies muy bien puestos en el suelo, el sexo no es un tema que se pueda hablar con ninguna de sus hijas. Todas las conversaciones sobre el tema que tuvo con mis hermanas y conmigo se resumen en la frase: «los chicos solo quieren una cosa. No les dejéis».

—Aunque Ellen es mucho más tolerante —dijo Carly.

—Sí, sin duda.

—¿Y?

—Tú y yo nos mantendremos lo más lejos posible de sus vidas sexuales, ¿lo he dejado claro?

—Oh, sí. Totalmente, jefa —dijo Carly, haciendo un saludo militar.

—Me alegro de que lo hayamos aclarado —dijo Treena.

El cómico ya había salido del escenario y empezó a sonar la música que anunciaba la entrada de las bailarinas. El grupo de coristas fue avanzando hasta ocupar su lugar en el escenario.

«Mierda».

Jax miró a su alrededor y sacudió la cabeza. Esa no había sido una de sus mejores ideas, sin duda. Era una de las discotecas más de moda de Las Vegas, y estaba a rebosar. La iluminación era tenue, pero la música sonaba de manera estruendosa por los enormes grupos de altavoces que había distribuidos por todo el local y él estaba empezando a tener un horrible dolor de cabeza.

Treena y él estaban sentados en la espaciosa sala principal, no lejos de una de las dos barras y la pista de baile circular a un nivel inferior. Su intención al aceptar la sugerencia de ir a bailar había sido poder tenerla cerca durante los bailes lentos.

Pero ahora se daba cuenta de que su plan era ridículo. No había habido ni un solo baile lento desde que llegaron, el lugar no era en absoluto tranquilo y mucho menos romántico. Y además era un sitio que Treena ya conocía. El portero la reconoció nada más verla y los hizo pasar por delante de la cola de gente que esperaba, y por si eso fuera poco les habían hecho un descuento en la entrada, cuando él pensaba impresionarla comprando las entradas más caras del local.

La miró sentada al otro lado de la mesa. Treena parecía contenta, moviéndose al ritmo de la música y bebiendo un Cosmopolitan mientras contemplaba los frenéticos movimientos del público en la pista de baile. Cuando desvió la mirada hacia él y lo sorprendió mirándola, le sonrió.

Jax se animó al instante, y no pudo evitar responder con una sonrisa. Sin embargo se inclinó hacia ella por encima de la mesa.

—¡Aquí hay mucho ruido!

Treena se llevó una mano a la oreja y se inclinó hacia él.

—¡¿Qué?!

Él se echó a reír.

—¡He dicho que hay mucho ruido!

Treena asintió y se puso en pie, sujetando su bolsito bajo el codo. Tomando la copa con una mano, ofreció la otra mano a Jax y señaló con la cabeza hacia la puerta en el extremo opuesto de la sala. Cuando este rodeó la mesa para tomarle la mano, ella ladeó la cabeza y le acercó los labios al oído.

—Ven conmigo.

Jax la siguió mientras ella se abría paso entre las mesas.

Unos momentos después estaban sentados en un patio al aire libre que daba al famoso Strip, una de las avenidas principales de Las Vegas. Aunque el ruido de los coches era importante y la música de la discoteca todavía se oía, el nivel de decibelios era mucho más manejable.

—Gracias, Cath —dijo Treena a la joven camarera que les había conseguido una mesa—. Eres un cielo.

—Ya lo creo que lo soy —dijo la camarera, con una sonrisa cargada de complicidad—. Y espero que se note en la propina.

—Esto está mucho mejor —dijo Jax cuando Cath se hubo alejado—. ¿De qué la conoces? —preguntó, señalando con la cabeza a la mujer.

—Vivía en nuestro edificio hasta que Danny y ella se casaron. Danny es el portero.

—El mundo es un pañuelo.

—Bueno, al menos esta ciudad lo es. Tarde o temprano acabas conociendo a todo el mundo —explicó Treena—. Y eso me gusta. Me gusta que me consideren de aquí, a pesar de que, como la mayoría de los que vivimos aquí todo el año, hemos nacido en otro sitio. Aunque Danny y Cath sí que son de aquí —Treena le sonrió—. Eh, a lo mejor los conoces.

«Sí, seguro», pensó él.

—Creo que son más jóvenes que yo.

—Oh, sí, creo que sí. Pero ¿no sería estupendo que hubierais ido al mismo instituto?

—Sí, estupendo —dijo él con escepticismo. Estiró la mano por encima de la mesa y sujetó la mano de Treena mientras se metía la otra en el bolsillo—. ¿Te acuerdas que te he dicho esta tarde que he tenido un día muy bueno jugando?

—Sí.

—Te he comprado un detalle para celebrarlo.

—¿Qué dices? ¿Que me has comprado un regalo? —riendo, Treena se incorporó en su asiento—. ¿Qué es?

Sacando la caja de la joyería del bolsillo, Jax la dejó sobre la mesa delante de ella.

Treena se quedó mirándola sin más.

Ladeando la cabeza para mirarla y sin entender su reacción, Jax empujó ligeramente la cajita, acercándosela un poco más.

—Ábrela.

Pero Treena continuó dudando, hasta que por fin estiró una mano y la sujetó. Muy despacio, abrió la tapa.

—Oh, Dios mío –dijo, y alzó los ojos muy abiertos hacia él–. Es precioso. Exquisito –bajó la cabeza para poder estudiarlo con mayor detenimiento–. Oh, cielos, es mi bolsito –dijo encantada–. ¿Cómo has encontrado una cosa tan perfecta? Es precioso. Muchas gracias –dijo, y cerró la caja. Después la deslizó sobre la mesa hasta dejarla delante de él–. Pero no puedo aceptarlo.

—¿Qué? –Jax se irguió en su silla, incrédulo ante el rechazo que sintió como una bofetada en pleno rostro–. Claro que puedes.

—No –insistió ella con voz suave–. No puedo.

—¿Por qué no si puede saberse? –preguntó él, irritado.

Treena le rozó la mano cerrada en un puño con las puntas de los dedos.

—Porque es demasiado.

—No lo entiendo. Parecías encantada por tener un regalo. No puedes negarlo, te he visto.

—Por el amor de Dios, Jax –Treena recuperó su mano–. Pensaba que iba a ser una cajita de tres Godivas. O un vale regalo para un par de capuchinos con doble de nata, pero no una joya.

—Solo es un collar de nada.

—Es una joya buena, estoy segura. De hecho, me como la camisa si eso no son diamantes de verdad.

—¿Y?

—No te conozco lo suficiente para aceptar una cosa así –dijo ella con firmeza, clavando los ojos en los de él–. Que sea una corista no significa que esté en venta.

—Nunca he pensado eso de ti –mintió él.

El corazón le latía con fuerza inusitada y no lo entendía. Después de todo, no estaba jugándose un millón de dólares a una carta. Abrió de nuevo la tapa, y empujó la caja delante de Treena otra vez.

—Pero por favor, tienes que aceptarlo. Mira detrás.

—Oh, Dios, por favor. No me digas que has grabado algo.

Treena alzó el diminuto bolso de diamantes de la caja y le dio la vuelta. Acercándolo a la lámpara de la mesa, se inclinó sobre él y suspiró.

—Lo has grabado. «Para Treena, por hacerme reír» —leyó en voz alta, y sus hombros se hundieron—. Oh, Jax. No puedo...

—No te pido nada a cambio —insistió él, y sorprendentemente en ese momento lo decía con total sinceridad—. Es que he tenido un día increíble y cuando iba a comprarme una chaqueta lo he visto y he pensado en ti. No le busques tres pies al gato, por favor —añadió, descartando bruscamente el plan de meterse en su cama aquella misma noche.

El hecho de que en ese momento le preocupara más devolverle la sonrisa a los labios que acostarse con ella lo hizo incorporarse en su silla, a la vez que un escalofrío de intranquilidad le recorría la columna vertebral.

Pero rápidamente se dio un tirón de orejas. No pasaba nada. Lo del collar había sido un error estratégico, pero si ella quería fingir que era una chica decente y buenecita, él le seguiría el juego. Además, así se ahorraría un montón de dinero, lo que siempre era de agradecer. Vio como Treena volvía a dejar el collar en la caja y lo miraba con una expresión que parecía mezclar el deseo de tenerlo con la repugnancia de aceptarlo. Después de unos minutos, la vio cerrar la caja y meterla en su bolso. Sin embargo, sus reticencias eran evidentes, y Jax se dio cuenta de que lo aceptaba porque una vez grabado no se podía devolver.

Había sido un imperdonable error estratégico, y tenía que remediarlo cuanto antes.

—¿Cuándo es tu próximo día libre? —preguntó.

Ella lo miró con cautela.

—El martes.

Jax repasó mentalmente sus compromisos.

—Perfecto. Tengo una partida en Binion's pero no es hasta las siete. ¿Quieres que nos vistamos de turistas y vayamos a ver la presa Hoover?

—¿Una cita fuera de Las Vegas?

—Exacto.

Ella lo miró en silencio un momento, y después esbozó una lenta sonrisa.

–Claro. Será un placer.

–Excelente –dijo él–. Tenemos una cita.

La sonrisa de Treena se amplió y Jax sintió que el nudo que tenía en las entrañas se relajaba.

Aunque los sentimientos de Treena no le preocupaban en absoluto, se aseguró rápidamente. Por supuesto que no. Si se sentía mejor era porque volvía a tener de nuevo las riendas de la situación.

Una vocecita en su mente le exigió que reconociera la verdad, pero en ese momento prefirió ignorarla.

Por una vez en su vida, no tenía el menor deseo de analizar nada. Quizá estuviera exagerando un poco para conseguir su propósito, pero no debía sentir remordimientos.

Capítulo 8

Mientras se preparaba para la cita del martes por la mañana, Treena se agachó para atarse la sandalia del pie izquierdo a la vez que se apretaba las pestañas con el rizador. Cuando terminó de calzarse y maquillarse, se acercó al joyero. Abrió uno de sus cajones y se quedó mirando el collar que Jax le había regalado.

No sabía muy bien qué sentir ni qué pensar. Por un lado, era seguramente el regalo más perfecto que había recibido en su vida. Por otro, era el tipo de detalle que los hombres compraban a una corista cuando querían meterle mano por debajo de la falda.

Treena acarició la delicada cadena del collar, moviéndola despacio sobre el fieltro verde del joyero mientras decidía si ponérselo para la cita con Jax o no. Por fin, sacó la joya del cajón y la llevó hasta el espejo. Inclinándose hacia delante, se la puso, la ató, se arregló el colgante de diamantes y después echó la cabeza hacia atrás para contemplar el resultado.

Para la excursión a la presa Hoover, Treena había elegido una falda por encima de la rodilla de color caqui, unas sandalias de tacón bajo y una camiseta naranja ceñida, pensando que el collar sería demasiado elegante para un conjunto tan informal. En realidad eso era lo que deseaba, porque al menos así no tendría que tomar la decisión.

Pero el collar le quedaba perfecto. Aunque el diminuto bolsito de diamantes brillaba bajo los rayos del sol que se colaban a través de las persianas, lo cierto era que el regalo de Jax era una joya que conjuntaba con todo tipo de ropa. Treena suspiró, comprobó el efecto del colgante sobre el escote en forma de pico y dejó caer las manos a los lados. Bien, decidió por fin. Lo llevaría.

El timbre de la puerta sonó, y Treena cerró el cajón y, tras meter el bote de crema protectora en el bolso, se dirigió hacia la entrada. Abrió la puerta de par en par esperando ver a Jax, pero al otro lado de la puerta no estaba él sino Carly.

Su amiga vio el collar al instante.

–Oh, Dios. Te lo has puesto –dijo, entrando en el apartamento–. Desde luego no puedes negar que el Increíble Hulk tiene buen ojo. No podía haber elegido un detalle mejor. Te va perfecto –le aseguró.

Entonces vio a su amiga mirar de soslayo al reloj que había sobre la repisa de la chimenea y le sonrió.

–Tranquila, no quiero estropearte la cita. Solo quería verte antes de que te vayas para pedirte el coche esta tarde. Me he encontrado un clavo en una de las ruedas, y el tipo del garaje me ha dicho que no podrá ponerse con él hasta dentro de tres horas. Como muy pronto. Y hoy tengo que llevar a Rufus a vacunar a la una y media –Carly dejó escapar un suspiro–. Recuérdame una cosa. ¿Por qué me pareció una buena idea traerme a ese chucho abandonado a casa?

–Déjame pensar –respondió Treena–. ¿Porque eres una sentimental incapaz de dejar a un perro vagabundo en la cuneta de la autopista? ¿Y porque le quieres con locura?

–Ah, sí, gracias. Últimamente ha sido tan horrible que suelo olvidarme de la última parte.

–Y sin embargo serías incapaz de cambiarle un solo pelo del cuerpo –dijo Treena, divertida.

Fue a la cocina a buscar la llave extra del coche. Al volver se la lanzó a su amiga.

–Toma.

–Gracias –dijo Carly, asiéndola al vuelo–. Te lo devolveré antes de que vuelvas de la cita. ¿Llevas crema protectora? –preguntó, señalando con la cabeza la bolsa de su amiga.

—Sí, mamá.

—¿Agua?

—Oh, no. Gracias por recordármelo.

Treena entró a la cocina y sacó un par de botellas de agua del frigorífico.

—Con esto tendremos suficiente para empezar.

—¿Tú crees? –dijo Carly, con una sarcástica sonrisa–. Acuérdate de que vais a una trampa para turistas donde apenas hay tiendas para comprar nada.

Se acercó a ella y le dio un abrazo.

—Que te diviertes.

—Eso pienso hacer –le respondió Treena–. He cambiado la excursión por mi clase de baile.

—Bien hecho. Llevas demasiado tiempo metida en las clases y los ensayos. No te vendrá mal tomarte un día libre. Bueno, te dejo. Gracias por el coche. Me ahorra un montón de tiempo y tener que pedir favores por ahí –dijo dirigiéndose hacia la puerta.

Treena la acompañó y dio un respingo cuando Carly abrió la puerta y encontraron a Jax al otro lado con la mano levantada en el aire y a punto de llamar.

Jax dejó caer la mano y la miró de arriba abajo. Por un brevísimo momento, sus ojos se detuvieron en el collar de Treena y se iluminaron tenuemente. Después descendió hasta sus piernas desnudas, pero fue la expresión de la mirada masculina al mirarla a la cara lo que ella le resultó más halagador.

—Eh, estás preciosa –dijo él, con admiración.

—Gracias. Tú tampoco estás mal, vaquero.

Y era cierto. Era la primera vez que lo veía sin una de sus chaquetas de marca. Esta vez Jax llevaba una camiseta ceñida que marcaba los músculos del pecho y daban a sus hombros una mayor amplitud y unos vaqueros que le hacían las piernas mucho más largas y fuertes. Le daban un aspecto más duro y menos civilizado de lo que ella había imaginado. Más primitivo.

—Todos estamos estupendos –dijo Carly, haciendo unos pasos de claqué que terminaron en un giro lento con las palmas hacia arriba.

Los tres se echaron a reír, y mientras Jax aseguraba a Carly que ella también estaba muy guapa, Treena se alegró de que su amiga hubiera relajado la enervante tensión eléctrica que les envolvía. Hacía mucho tiempo que no sentía una tensión sexual tan fuerte con un hombre, y a ratos le costaba comportarse como un ser humano y civilizado.

Por otro lado, lo maravilloso de estar con Jax era que con él siempre podía relajarse y ser ella misma. Mejor aún era que aunque no le cabía duda de que Jax la encontraba muy atractiva, también parecía apreciarla sinceramente como persona. Y si esa no era una de las mejores sensaciones del mundo, Treena no sabía qué podía superarlo.

Jax y Treena salieron del apartamento y fueron a la acera fuera del complejo de apartamentos donde él había dejado aparcado el coche. Cuando se detuvo delante de un coche deportivo rojo con el techo de lona negra, Treena se quedó mirándolo entre boquiabierta e incrédula.

–Oh –exclamó–. ¿Es tuyo?

–Ya me gustaría –dijo él, contemplando el deportivo con la misma adoración que Carly miraba a sus animales–. Lo he alquilado.

–Me parece que no he visto nunca uno como este. ¿Qué coche es?

–Un Viper SRT-10 –le informó él, deslizando una mano por el lateral con gesto posesivo–. ¿A qué es una maravilla?

–Y que lo digas. Pero tiene que haberte costado una fortuna. No sé cómo no se me ocurrió decirte que usáramos mi coche.

Él la contempló con una mirada indescifrable.

–Puedo permitírmelo, Treena –le recordó él–. Y he pensado que estaría bien, para los dos.

Ella hizo una mueca.

–Lo siento. Lo estoy estropeando todo, ¿verdad? Estoy tan acostumbrada a contar hasta el último centavo que suelo olvidar que no a todo el mundo le pasa lo mismo. Lo que quería decir es ¡qué coche tan alucinante! ¡Es una pasada total! ¿Vas a bajar el techo?

—¿No te importa? Sé que no a todas las mujeres les gusta que el viento las despeine.

Treena hizo una mueca de incredulidad y sacó un pañuelo negro y dorado del bolso. Peinándose la melena con los dedos, se recogió los largos mechones pelirrojos en una cola de caballo a la nuca.

—Toma, sujétame el pelo un momento —le pidió a Jax.

Este le pasó ambos brazos por los dos lados de la cabeza y le sujetó el pelo con las dos manos. Ella rápidamente lo recogió con el pañuelo. Estaban muy cerca, y sus brazos se rozaron mientras ella se ataba un nudo en el pañuelo alrededor de la cola de caballo.

Cielos, el pecho masculino era como si estuviera cincelado en granito, pensó ella, pero la parte interior de los antebrazos era suave como el satén. Además, olían maravillosamente, a algodón limpio y recién lavado, a hombre fresco y sano. Con el corazón latiendo desesperadamente en el pecho, Treena levantó lentamente la mirada y se encontró los ojos masculinos clavados en ella.

—Hm, ya está —dijo ella, echándose hacia atrás antes de que se le ocurriera cometer alguna locura como morderle el labio—. Así no me molestará.

Treena se metió en el coche, y se concentró en respirar superficialmente para no aspirar la embriagadora fragancia masculina. Se metió una mano en el bolso y sacó unas gafas de sol y una visera, que se puso inmediatamente. Sintiéndose un poco más protegida, se volvió a mirar al asiento del conductor, donde Jax acababa de acomodarse y la miraba con una sonrisita en las comisuras de los labios.

—¿También llevas el fregadero en el bolso? —preguntó él.

—Todos menos eso —dijo ella, sacando una de las dos botellas de agua—. ¿Te apetece un trago?

—No, prefiero uno de estos —dijo él, e inclinándose hacia ella le sujetó la nuca con los dedos y la atrajo hacia sí para besarla.

Treena sintió que su mente se cerraba y el riego sanguíneo se interrumpía en su cerebro.

Jax mantuvo la caricia breve y suave, e incorporándose unos segundos después, se lamió los labios.

–Es mejor que me lo quite de delante para no tener que pasarme todo el día pensando lo mismo –dijo, a modo de explicación–. Quiero creer que hubiera sido capaz de llevar una conversación racional de todos modos, pero la triste verdad es que me habría pasado todo el día preguntándome si tenía que haberte besado.

La respuesta femenina fue apenas un «Oh» mortificador, lo que ponía de manifiesto que aunque fuera capaz de llevar una conversación inteligente, la capacidad de Treena estaba seriamente en entredicho. Por eso se alegró cuando él se puso las gafas de sol y miró hacia el frente, poniendo el coche en marcha. El automóvil cobró vida, acompañado de la fuerte música de *rock and roll* que sonaba por los altavoces.

–Perdona –dijo él–. Hoy es uno de esos días que te entran ganas de conducir con el techo bajado y la música a tope.

Hizo bajar el techo de lona, pero un intenso calor cayó sobre ellos.

–Oh, quizá esto no haya sido una buena idea.

Jax estiró el brazo por encima del cambio de marchas y acarició el antebrazo femenino con la punta de los dedos.

–Tienes un tipo de piel muy sensible al sol –dijo él, siguiendo con los ojos el movimiento de sus dedos.

¿Por qué sintió ella como si le estuviera acariciando algo mucho más íntimo que el brazo? Se aclaró la garganta.

–El bronceado me importa poco, eso te lo aseguro, pero me he puesto protección cuarenta y cinco, y aquí tengo más –explicó, dando unas palmaditas al bolso.

–¿Estás segura?

–Sí. Esto es demasiado fabuloso para no aprovechar la oportunidad.

–Sí –dijo él, con una sonrisa–. Más vale que nos vayamos, si no queremos freírnos.

Jax metió una marcha y apretó el acelerador, alejándose de la acera.

La presa Hoover estaba solo a cincuenta kilómetros de Las Vegas, en la frontera entre Nevada y Arizona, y Treena se pasó buena parte del trayecto disfrutando del viento en el pelo mientras observaba a Jax tras el volante. Era un buen conductor, rápido pero no descuidado ni impaciente. Sujetaba el volante con manos relajadas, unas manos que parecían atraer irresistiblemente su atención.

Le gustaban mucho. Eran largas y fuertes, con las uñas limpias y recortadas, los nudillos alargados y las suaves venas que se adivinaban ligeramente bajo la piel. Tenían un aspecto muy masculino. Competente. Y ella no dejaba de recordar la sensación de sentirlas en su piel, en el pelo, y sobre todo en la nuca.

–Has dicho que estás acostumbrada a contar hasta el último centavo –dijo él de repente, gritando sobre el ruido del viento y la música del CD a todo volumen–. ¿Tu marido no te dejó dinero? ¿Ni un seguro ni nada por el estilo?

–No –dijo ella.

Sin el menor deseo de continuar con aquella conversación a gritos, Treena bajó el volumen de la música.

–La enfermedad de Big Jim se llevó todo su dinero –le explicó–. Médicos, medicamentos, hospital. Todos son carísimos, aunque tengas algún seguro. Y como él era un hombre grande y sano antes de tener cáncer, nunca se preocupó por hacerse un buen seguro médico. Cuando se dio cuenta de lo enfermo que estaba, ninguna compañía le quiso hacer un seguro.

–Lo siento. Tuvo que ser duro, especialmente si pasaste de tener dinero a tener que contar hasta el último centavo en poco tiempo.

Treena se encogió de hombros.

–Antes de conocerlo tampoco tenía dinero, y la verdad es que no tuve tiempo de acostumbrarme a tenerlo después de casarnos, así que no lo echo de menos –le explicó.

Aunque lo que sí echaba de menos era la pérdida de sus ahorros, que utilizó para cuidar de su marido enfermo cuando el dinero de Big Jim se terminó. Lo echaba de menos porque su pérdida significaba el fin definitivo de un sueño acariciado durante mucho tiempo y la dejaba en una situación económica bastante precaria.

Jax apartó los ojos de la carretera durante un momento para mirarla. ¿Sería cierto que la enfermedad de su padre había terminado con toda su fortuna? ¿O le había ayudado Treena, gastando a manos llenas mientras pudo? Apenas había echado un rápido vistazo a su apartamento al recogerla, así que no sabía muy bien cómo era. Sin embargo, tenía el presentimiento de que Treena no le estaba contando toda la verdad. Por otro lado, tenía que admitir que la oferta de utilizar su coche para la excursión le había pillado totalmente por sorpresa.

Claro que también todo podía ser parte de un inteligente complot para seducirlo. Después de todo, aunque había montado una dramática escena sobre la imposibilidad de aceptar el collar de diamantes, ahora lo llevaba puesto.

La miró otra vez, tratando de sacarle la verdad solo con la fuerza de su voluntad. Pero cuando la mirada sincera de la joven lo miró desde detrás de las gafas de sol, él centró de nuevo su atención en la carretera.

Quizá dijera la verdad.

O su actuación merecía un Óscar.

¿Cómo lo iba a saber él? Para ser un hombre que se ganaba la vida siguiendo sus instintos, en ese momento era incapaz de hacerlo. Porque lo único que tenía que hacer era mirarla para desear sentir una vez más la suavidad de sus cabellos en sus manos, acariciar con las puntas de los dedos la piel blanca y sedosa. Cielos, él que era un hombre supuestamente inteligente y calculador, cuando estaba con aquella mujer se veía reaccionando como un estúpido. El cerebro se reblandecía cuando el cuerpo se endurecía.

No era una combinación ganadora, en absoluto.

—Lo siento —dijo otra vez, en parte porque tenía que decir algo, y también porque era cierto.

Su padre y él apenas habían mantenido contacto en las dos últimas décadas, pero él desde luego no deseaba aquel tipo de enfermedad a nadie.

Treena le tocó la muñeca.

—¿Te importa mucho que no hablemos de él hoy?

—No —dijo él. De hecho, se alegró inmensamente ante la oportunidad de poder cambiar de conversación—. Claro que no, no tenía que haberlo mencionado. Perdona —la miró y se dijo que ya era hora de continuar con su plan de seducción—. Dime, ¿has estado alguna vez en la presa?

—No. ¿No es increíble? Llevo trece años en Las Vegas y no conozco ni una décima parte de lo que ven los turistas cuando vienen a esta ciudad. Ni he subido a la Torre Eiffel en el Hotel París, ni tampoco he visto el museo Liberace. Y desde luego también me perdí el show de Siegfred y Roy cuando todavía tenía un Roy. Y nunca he estado en la presa Hoover. ¿Y tú?

—Fui una vez, cuando estaba en el instituto, pero estaba demasiado ocupado mirando a Carol Lee Sweeny y casi no me acuerdo de nada.

Treena se echó a reír.

—Seguro que estaba encantada contigo.

—Oh, no. Ella estaba demasiado ocupada mirando al capitán del equipo de béisbol y ni siquiera se enteró de mi existencia.

¿Qué demonios estaba haciendo? Se suponía que tenía que seducirla, no contarle los momentos más embarazosos de su adolescencia.

—Me estás tomando el pelo. Yo siempre pensé que los guaperas del equipo eran unos descerebrados. Sin embargo, entiendo lo del amor no correspondido, por experiencia propia. Para mí fue con Jeremy Powers, el presidente del club de Ciencias. A mí me gustaban los cerebritos —explicó ella, con una sonrisa.

«¿Entonces por qué demonios te casaste con mi viejo?», se preguntó él para sus adentros, pero en voz alta dijo:

—Oh, cielos, ¿dónde estabas cuando tenía diecisiete años?

No fue hasta después de cumplir los diecisiete años cuando por fin se sintió preparado para relacionarse con chicas, después de licenciarse en el MIT.

—Seguramente poniéndome pomada antiacné en la barbilla mientras iba a clase de baile y soñaba en llegar a ser una bailarina famosa lejos, muy lejos de Palookaville, Pensilvania. ¡Oh, mira! –exclamó mientras se acercaban a la presa–. Ya hemos llegado. Seguro que he pasado por esta carretera más de una vez, pero siempre olvido lo grande que es la presa.

Jax dirigió el coche a la entrada del aparcamiento de visitantes y subió a la tercera planta. Allí se dirigió a la esquina más alejada de la presa, pero la más cercana a la carretera y encontró un hueco con una panorámica espléndida.

Cuando bajaron del coche, él señaló la alta torre de metal que se alzaba delante de ellos. Seis cables cruzaban el cañón de extremo a extremo.

–Es el sistema de grúas por cable más antiguo y grande del mundo –le dijo a Treena, mientras descendían hacia el nivel de la calle, camino de la cabina de información.

Sin embargo, antes de llegar, Jax la llevó hacia la pared de roca a la derecha de una hilera de palmeras.

–No tendrás acrofobia, ¿verdad?

–No tengo ni idea. No sé lo que es.

La sinceridad de Treena le hizo sonreír levemente.

–¿Tienes vértigo?

–No. Siempre y cuando haya... ¡eh! –Treena contempló el lejano fondo del cañón–. Esto sí que está alto –dijo, dando un paso hacia atrás e intentando sujetarse con las manos a la pared de roca–. Normalmente no tengo vértigo, pero esto, fiu, hace que me dé vueltas la cabeza.

–Permite que te ayude –dijo él, rodeándole la cintura con los brazos y apretándola contra su cuerpo.

Jax aspiró la suave fragancia de la piel femenina y le acarició brevemente la cadera con la mano.

–Vaya, vaya, un tipo muy heroico –dijo ella, dándole un codazo en el estómago y apartándose de él y de la pared rocosa–. No puedo creer que hayas utilizado mi comentario para abrazarme. Y yo que pensaba que eras un seductor nato.

–¿Qué puedo decir? –dijo él, con falsa expresión de inocencia–. Empecé mi vida como un empollón...

–¡No me lo creo!

—Ya lo creo que sí —le aseguró él, sin entender muy bien por qué se estaba confesando con ella—. Y este lugar me trae recuerdos no muy agradables. Por un momento, he pensado que no estaría mal sustituirlos por otros más placenteros.

Treena soltó una carcajada.

—Eh, qué suerte la mía. Soy la sustituta de la chica que se moría por el guaperas de la clase.

—Créeme, cielo —dijo él, tajante—. No hay ni un solo hombre en este planeta que te considere sustituta de nadie. Vamos —la tomó del codo y la llevó hacia las escaleras—. ¿Ves ese jardín de cactus? ¿Sabías que lo plantaron cuando rodaron la película *Vacaciones en Las Vegas* porque querían que el paisaje pareciera más «desierto»?

—¿Más desierto que qué? Estamos en mitad del desierto de Mojave —dijo ella.

—Lo sé, ¿no es increíble? —rió él, divertido—. Tampoco les preocupó mucho que nunca ha habido este tipo de cactus en el Mojave. Pero mira, si eso no te parece emocionante, allí junto a la pared del desfiladero estaba la tumba de la mascota. Seguro que la anécdota te arranca una lagrimita.

—¿De qué estás hablando? —preguntó ella, arqueando una ceja.

—Del cachorro negro que encontraron en el porche de una de las casas de los trabajadores de la presa y se convirtió en la mascota de toda la obra. El pobre murió antes de tiempo en mil novecientos cuarenta y uno cuando dormía debajo de un camión y este lo atropelló. Los trabajos se suspendieron durante todo un día y allí cavaron su tumba. ¿Es una lágrima eso que veo en tu ojo? —dijo, mirándola esperanzado—. ¿Quieres un pañuelo? ¿O necesitas un abrazo?

—¿De dónde has sacado toda esa información?

—El Gran Gallagherini lo ve todo, lo sabe todo —respondió él, en tono misterioso.

Ella lo miró con escepticismo, y esta vez arqueó ambas cejas.

—Vale, bien, me rindo. Ayer me metí en una página de Internet y me descargué una guía de la presa con un montón de anécdotas —dijo Jax, y cruzó los brazos al pecho—. Aguafiestas.

—¿Y qué hiciste con toda la información después de descargarla? ¿Chuletas? —preguntó ella, sujetándole las muñecas y mirándole los brazos, como si esperara ver notas detalladas escritas sobre la piel.

—No —dijo él con mucha dignidad—. Las memoricé.

Ella lo miró dudosa.

—Supongo que una buena memoria será una herramienta útil para un jugador de póquer, ¿no?

Jax también sabía jugar al juego de levantar las cejas.

—Así que guardas bien tus secretos profesionales, ¿eh? Está bien —dijo ella—, pero algo me dice que tienes muchas más anécdotas como la de la película y la del cachorro , ¿verdad?

—Oh, sí. Aún no hemos llegado a la Safety Island, con sus estatuas aladas, el diseño del suelo y las placas de conmemoración del horóscopo y la brújula. También está el antiguo edificio de la Exposición.

—Oh —Treena pellizcó suavemente el colgante de diamantes con el pulgar y el índice y lo deslizó por la cadena a uno y otro lado, mientras lo miraba con una media sonrisa en los labios—. Creo que esto empieza a .... excitarme.

—¿Ah, sí? —dijo él, dando un paso hacia ella y bajando la cabeza hasta pegar los labios a su oreja—. Entonces te va a encantar lo que te tengo que contar sobre el bajorrelieve en el ascensor de la torre de Nevada —murmuró él—. ¿Sabes que describe las cinco razones para construir la presa?

Jax sabía que tenía que estar más en guardia con aquella mujer, pero qué demonios. Hacía tiempo que no tenía la oportunidad de coquetear así, y mucho más que no se sentía tan libre y relajado. Y durante las próximas dos horas pensaba aprovecharlo al máximo.

Porque, pasara lo que pasara, aquel día estaba decidido a entrar en el apartamento de Treena y empezar la búsqueda de la pelota de béisbol.

¿Y qué tenía de malo disfrutar un poco por el camino?

Capítulo 9

El Monumento al Escalador a las puertas del café del mismo nombre era un homenaje a los hombres que habían trabajado suspendidos en el aire en la ladera del Black Canyon durante meses, picando las rocas sueltas con mazos y colocando cargas de dinamita durante la construcción de la presa. La estatua impresionó especialmente a Treena, y cuando regresaban en el coche por la carretera desértica de vuelta a Las Vegas, ella se volvió en el asiento para mirar la réplica a escala que estaba sujeta en el pequeño espacio detrás del asiento de Jax.

–Es fantástica. No puedo creer que la hayas comprado para mí.

–Era evidente que te gustaba mucho –dijo él, restando importancia al detalle con un encogimiento de hombros–. Mejor que el collar, supongo.

–Oh, no, el collar es precioso –dijo ella, acariciando el bolsito de diamantes que le colgaba del cuello–. Pero el Escalador, no sé, me recuerda a los obreros de mi ciudad natal. Aunque ni mi padre ni mis tíos trabajaron nunca suspendidos en el aire, la ropa, las caras, y sobre todo la marca de las gafas protectoras alrededor de los ojos es una imagen que tengo grabada desde mi infancia.

–Tenía la impresión de que de adolescente estabas impaciente por largarte de tu ciudad –dijo él.

–De la ciudad sí, por supuesto, pero no de la gente. Aunque mis padres y mis hermanas nunca hayan comprendido mi necesidad de hacer una vida diferente a la suya, siempre han sido y serán mi familia –explicó ella, que también se había sorprendido ante el cambio de sus sentimientos hacia ellos a lo largo de los años–. Quizá es que por fin me he hecho mayor –añadió, pensativa–. Porque tienes razón, cuando era una cría lo único que quería era salir de allí para siempre. Supongo que temía que si no lo hacía estaría condenada a llevar el mismo tipo de vida que ellos, y eso desde luego no lo quería.

Treena rio al recordar sus esfuerzos por salir de la pequeña ciudad industrial y gris de Pensilvania.

–Ni entonces ni ahora –continuó–. Estoy segura de que a mis padres no les gusta lo que hago, pero nunca he pensado ni por un momento que me quieran menos. Te diré una cosa, Jax. Llevo tantos años viviendo en medio del deslumbrante glamour de Las Vegas y he conocido a tanta gente falsa e hipócrita que eso me ha ayudado a apreciar a mi familia por ser tan honesta e íntegra. Dicen lo que piensan y hacen lo que dicen, y aunque he tardado un poco, ahora sé valorarlo. A fin de cuentas, la integridad y la sinceridad son seguramente dos de las cosas más importantes de la vida. Y esto –Treena estiró la mano para pasar un dedo por la pared de roca de la que estaba suspendido el escalador–, será como tener un poco de ellos conmigo. Gracias.

Cuando Jax apartó los ojos de la carretera un breve momento para mirarla, la expresión de su rostro era indescifrable, pero sacudió la cabeza, como si no entendiera nada.

–¿Y tu familia? –preguntó ella, doblando la rodilla sobre el asiento y volviéndose a mirarlo.

–No tengo –dijo, tras una vacilación–. Mi madre murió cuando yo tenía... –se aclaró la garganta–. Antes de mi adolescencia. Mi padre era uno de esos que vivía para su trabajo, así que tampoco paraba mucho por casa cuando ella vivía. O al menos cuando yo estaba despierto. Después, cuando le tocó hacerse responsable de mí... bueno, no nos entendíamos muy bien. Teníamos opiniones muy diferentes sobre lo que yo tenía que hacer con mi vida.

–¿Y qué piensa de tu vida ahora?

—No lo sé —murmuró él. Con un nudo en la garganta, temiendo revelar más de lo que quería, añadió—: Murió hace un tiempo.

—Oh, Jax, lo siento. ¿Tienes hermanos?

—No.

Sin pensarlo, Treena estiró un brazo y le apretó el hombro.

—Debe ser muy duro pensar que estás solo. Yo no veo mucho a mi familia, pero me gusta saber que están ahí.

Jax se encogió de hombros.

—No se puede echar de menos lo que no has conocido, y francamente, lo de la familia unida y feliz no es mi rollo —remarcó él, con desdén.

—¿Tampoco tienes tíos, ni primos?

—No. Mi madre era hija única. Creo que mi padre tenía familia, pero si era así o vivían muy lejos o tampoco se llevaba bien con ellos, porque nunca los conocí.

Treena se fijó en las manos masculinas, ahora más tensas sobre el volante. Igual que todo él. Era evidente que aquella conversación lo incomodaba y prefería hablar de otra cosa.

—Háblame de tu pasado de empollón.

Por un instante, Jax la miró horrorizado. Pero su expresión cambió tan rápidamente que por un momento Treena pensó que lo había imaginado.

—Créeme, no quieres saberlo.

—Claro que sí —dijo ella—. No puedo creérmelo. Eres un hombre con muchísima seguridad en ti mismo y mucho aplomo, y, sin embargo, por lo que dices de tu adolescencia, debiste pasarlo bastante mal.

Jax dejó escapar una risa seca.

—No te imaginas cuánto.

—¿Se burlaban los otros chicos de ti?

—No, no especialmente. Bueno, algunos, supongo, pero no hasta el punto de que me afectara. Ya te dije que estiré muy pronto, y no tuve que soportar abusos como otros más débiles que yo. Lo peor era que... —movió los hombros, incómodo—. En el instituto, lo más importante para todos era el fútbol, o el béisbol, o el baloncesto, lo que para mi padre era perfecto, si yo hubiera sido el deportista que él quería. En lugar de eso, yo era el que ganaba todas las partidas de ajedrez y me pasaba el día haciendo ecuaciones de Matemáticas.

Treena parpadeó. Había amargura en la voz masculina, y las manos seguían tensas en el volante, con los nudillos pálidos y las venas marcadas. Era un tema difícil para él. Estirando la mano, Treena le acarició el antebrazo con los dedos.

Estaba duro como el acero.

—Jax, no tienes que hablar de eso si no quieres.

Él movió los hombros una vez más, esta vez en un gesto de indiferencia.

—No pasa nada.

—Ya. Por eso tienes cara de preferir que te metan una aguja en el ojo a continuar con la conversación —le apretó el brazo—. Olvida que he sacado el tema, ¿vale? Tampoco nos conocemos tanto para que compartas conmigo recuerdos dolorosos. Puedes contármelo en otro momento, o nunca, como quieras. Lo que no quiero es estropear este día.

—No lo has estropeado —dijo él. Poco a poco la tensión que le agarrotaba se fue relajando y la miró con una pícara sonrisa—. No podrías. Si alguien está estropeando el día, soy yo. Perdona. No suelo comportarme como un crío de doce años que se siente amenazado en su hombría.

Oh, Dios. ¡Cómo le gustaba ese hombre! Porque podía ser mundano y sofisticado en un momento, y comportarse como un tonto el siguiente. Porque a veces era tan vulnerable como ella, que a lo largo de su adolescencia también se había sentido tantas veces fuera de lugar. A Treena siempre le fascinaba ver la evolución de las personas a lo largo de sus vidas, y era evidente que el cambio en Jax había sido como de la noche al día.

Pero del mismo modo, era consciente de que él prefería no hablar de eso. Y puesto que había partes de su propia vida que ella también prefería no recordar, lo entendió perfectamente.

Acomodándose de nuevo en el asiento, cruzó una pierna sobre la otra y dijo:

—Bien, ¿qué te han parecido los bajorrelieves en el ascensor, eh? Ya verás cuando le cuente a Carly que hay un montón de tíos buenos tallados en la roca. Seguro que tendremos que hacer una peregrinación para verlos, de chicas solas.

Jax la miró con sorpresa.

—Eso haréis, ¿eh?

—Ya lo creo.

—Pues de paso, puedes traer papel y lápiz para sacar algunas copias —sugirió él.

Treena se echó a reír, pero asintió como si fuera una buena sugerencia.

—Puede que lo haga. Pero no le diré que tú hubieras podido posar para el bajorrelieve que representa el Poder —dijo, estudiándolo con los ojos entrecerrados—. Claro que tendría que verte sin camisa para saberlo con certeza.

Treena casi no pudo creer lo que acababa de salir de sus labios. Nunca hacía ese tipo de comentarios provocadores con ningún hombre porque sabía que no sería capaz de cumplir las silenciosas promesas que las palabras implicaban. Y a nadie le gustaba ser una calientabraguetas.

Por desgracia, era tarde para avisar a Jax de que había sido un comentario inocente. La mirada que este le dirigió fue tan intensa que podía haber fundido una roca.

—Eso se puede arreglar.

Un estremecimiento de placer la recorrió, pero antes de tener tiempo de analizarlo llegaron al complejo de apartamentos donde vivía Treena.

Como si fuera lo más natural del mundo, Jax atravesó la verja de hierro del complejo y detuvo el coche en el aparcamiento de visitantes. Bajó del coche y lo rodeó para abrir la puerta a Treena. En ese momento, ella decidió que, estuviera bien o mal, no tenía ganas de que el día terminara. Le tomó las manos y entrelazó los dedos con los de él.

—Hoy lo he pasado fenomenal —dijo, roncamente—. Y me encantaría invitarte a cenar, si tienes tiempo antes de la partida.

Jax ignoró la inesperada punzada de remordimientos que sintió y le sonrió.

—¿Estamos hablando de una cena casera?

Treena asintió.

—Pero no te emociones demasiado —añadió con una pícara sonrisa—. Solo son espaguetis. No cocino mal, pero tampoco es mi punto fuerte.

Él se llevó las manos entrelazadas a los labios y le besó las puntas de los dedos.

—Suena genial —dijo. Recordó la partida de póquer—. Si no te importa que tenga que irme a las seis y media, claro.

—En absoluto. Cenaremos temprano.

Treena lo guio por los jardines del complejo de apartamentos. Pasaron junto a varios estanques y fuentes rodeados de césped, arbustos y flores de vivos colores, y dejaron a un lado varios edificios de tres plantas, todos de estilo colonial, pintados de blanco y con tejas rojas, hasta que llegaron al edificio donde estaba el apartamento de Treena.

—Cuando te he recogido esta mañana quería decirte que es una urbanización muy bonita —dijo él, entrando en el edificio tras ella—. Los jardines son preciosos.

—¿Verdad que sí? Me encanta este sitio —dijo, pasando junto al ascensor y dirigiéndose a las escaleras—. Es la primera casa que es solo mía.

«Pagada con el dinero de mi viejo, sin duda», pensó él cínicamente, pero por alguna inexplicable razón rechazó la idea. Normalmente se le daba bastante bien leer a la gente, y el comportamiento de Treena no era en absoluto el de una corista cazafortunas que se había casado con un anciano solo por su dinero.

Aunque siempre cabía la posibilidad de que siguiera fingiendo con él. Dios sabía que cuando estaba con ella no lograba tener el dominio total de sí mismo, pues la mujer tenía la extraña capacidad de hacerse con toda su atención en detrimento de todo lo demás. Solo tenía que pensar que casi le había dicho su edad cuando murió su madre, olvidando que su padre podía haber mencionado el detalle a su nueva esposa. Esa negligencia era prácticamente desconocida en un hombre que se preciaba de tener una mente perfectamente lógica y matemática.

Sin embargo, a pesar de todos los razonamientos, cuanto más estaba con Treena más empezaba a dudar de la idea que se había hecho de ella desde el principio.

«No olvides que lo que le gusta es el dinero», se recordó mientras entraban en el apartamento.

Echando una rápida ojeada a su alrededor, Jax vio que en general no era un apartamento de revista de decoración. Había una mezcla de sillones comprados seguramente de segunda mano y tapizados, una mesa de café que aunque bonita parecía más salida de una tienda de cosas viejas que de un anticuario, y cojines y detalles femeninos, como un enorme espejo marroquí sobre la chimenea. Pero junto aquella variedad, había algunos muebles de excelente calidad y gusto, como un aparador de caoba con incrustaciones, un sofá que sin duda había costado bastante dinero, el cuadro en una de las paredes que tenía pinta de ser bastante valioso, y una alfombra sobre el suelo de madera que seguramente era una alfombra persa Tabriz auténtica.

Jax buscó la pelota de béisbol con los ojos, pero si estaba expuesta en algún sitio, no era el salón.

—Bonita casa —dijo él, mirando a Treena, que estaba dejando el bolso sobre el aparador—. Te gusta mucho el color, ¿verdad?

Estaba por todo: en la villa italiana, en las paredes amarillas, en la alfombra, y en otros accesorios y adornos que completaban la decoración del salón.

—¿Cómo te has dado cuenta, Sherlock? —preguntó ella divertida, a la vez que llevaba la réplica del Escalador a la repisa de la chimenea.

Aunque lo había preguntado en broma, él respondió en serio.

—Por la ropa que usas. Excepto el vestido de infarto que llevabas la noche de la cena en el Commander's Palace te gusta ponerte colores que normalmente no esperaría en una pelirroja —explicó, y mirando la camiseta naranja, añadió—. En principio tendrían que matarse, pero te queda genial.

—Me alegro de que te guste —dijo ella, aunque en realidad estaba más interesada en colocar la escultura en el lugar exacto que en hablar de la gama de colores de su guardarropa–. Ahí –dijo, desplazándolo ligeramente unos centímetros hacia el centro de la repisa.

Retrocedió unos pasos para estudiar el efecto y por fin suspiró complacida.

–Perfecto. No sé cómo darte las gracias –añadió con una sincera sonrisa.

Algo que Jax tampoco lograba entender. Que pareciera disfrutar más de una estatua que le recordaba a los hombres de su infancia que un collar de diamantes mucho más valioso.

–Invitarme a una cena casera es suficiente –le aseguró él.

–Siéntate ahí y me pondré manos a la obra –dijo ella, señalando un taburete en la barra americana que separaba el salón de la cocina mientras ella pasaba al otro lado–. ¿Quieres tomar algo? ¿Una copa de vino?

–Me encantaría, pero prefiero no hacerlo. Tengo como norma no beber nada cuatro horas antes de jugar.

–Sí, seguro que es una buena idea para poder mantener la mente despejada –asintió ella.

–Solo si quiero que no me eliminen –dijo él, sentándose en el taburete.

–Te tomas tu trabajo muy en serio –dijo ella–. ¿Por eso participas también en las otras partidas que has estado jugando, en lugar de esperar solo al torneo?

–Sí. Es como tus clases de baile. Me mantiene en forma.

–De acuerdo, así que nada de vino. ¿Qué tal un refresco?

–Perfecto.

Treena sacó una lata de refresco de la nevera y la sirvió en un vaso.

–¿Hielo?

–No, gracias.

Jax miró las piezas de cerámica sobre la encimera y los coloridos trapos de cocina que colgaban de la puerta de la nevera y un colgador de la pared.

–Sé que ya te he dicho lo del color, pero creo que no te he dicho cuánto me gusta cómo has decorado la casa.

Y era cierto. Era un hogar muy agradable y acogedor.

La sonrisa femenina iluminó la habitación.

–Gracias. Lo he hecho poco a poco.

Era la oportunidad perfecta para averiguar si su padre tuvo algo que ver con la compra de la vivienda. Pero antes de poder preguntar, ella le entregó un vaso alto de refresco y lo miró con expresión de curiosidad.

–Jugar un torneo de póquer profesional tiene que requerir muchísima concentración –dijo ella, sirviéndose una copa de Merlot–. Por no mencionar disciplina.

Después se agachó para sacar una sartén de un armario.

–Siempre hay que mantenerse muy concentrado en la partida –concedió él, sin poder dejar de admirar las nalgas femeninas que se marcaron bajo la falda–. Tú serías una distracción, sin duda.

Ella le obsequió con una amplia sonrisa por encima del hombro y se incorporó con una sartén en la mano, que dejó sobre uno de los fuegos. Bebió un trago de vino y empezó a sacar ingredientes de los armarios, que fue dejando uno a uno sobre la encimera.

Él la observaba encantado. Aunque tenía sus motivos para ser invitado a una cena en su casa, no había exagerado al decir lo mucho que le gustaba la comida casera.

–Esto es como estar en el paraíso –dijo con un suspiro de satisfacción–. No sabes lo harto que estoy de comer siempre en restaurantes.

–Ya me lo has dicho antes. Dudo que tú y yo estemos nunca de acuerdo en eso.

–Te propongo una cosa: te invito a cenar fuera hasta que acabes hasta el gorro. Seguro que no tardas tanto como crees –dijo, mientras ella sacaba un paquete de hamburguesas del congelador y lo metía en el microondas–. ¿Puedo ayudarte con algo?

–No, tranquilo. Luego si quieres me echas una mano con la ensalada. Pero primero quiero poner esta salsa para dejarla un rato al fuego.

Echando un poco de aceite de oliva en la sartén, Treena encendió uno de los fuegos, y después cortó una cebolla y un pimiento verde en trozos pequeños. Concentrándose en la comida, Treena terminó de preparar la salsa bajo la atenta mirada de Jax, que jamás había pensado que ver a una mujer cocinando fuera una experiencia tan excitante. Se movió inquieto en el taburete.

De repente, Treena alzó los ojos y por un momento él creyó que le había leído el pensamiento.

Pero ella solo dijo:

–¿Quieres poner un poco de música? Está ahí, en la estantería de arriba del mueble de la televisión.

–Claro –dijo él, poniéndose en pie.

Abrió la puerta del mueble de madera. Encima de la televisión había un reproductor de CDs con multicargador. A su lado se amontonaban varias pilas de CDs. Seleccionó varios, los metió en el reproductor y utilizó el mando distancia para programar las canciones al azar. Después apretó el *play*. Los primeros compases de *Brothers in Arms* pronto llenaron la habitación.

Ella le sonrió.

–Esto no me lo esperaba –dijo–, a juzgar por la música que has puesto en el coche.

–Eh, hay música para ir en un descapotable por el desierto y hay música para cocinar.

Treena se echó a reír y desapareció de la vista. El la oyó rebuscar por los armarios.

–¡Oh, no me lo puedo creer! –exclamó de repente.

–¿Qué ocurre? –Jax se acercó a la encimera y se asomó a la cocina.

–No me quedan espaguetis –dijo con un gruñido, poniéndose en pie–. Voy a tener que ir un momento a la tienda.

–Pregúntale a Carly. Puede que ella tenga –sugirió él.

¿Era idiota o qué? Era la oportunidad perfecta para quedarse solo y buscar la pelota de béisbol.

Treena soltó una carcajada.

–Los armarios de la cocina de Carly tienen la mejor comida para perros y gatos del mercado, pero raras veces contienen alimentos aptos para humanos.

Rodeando la encimera, sacó el monedero y las llaves de la bolsa que había dejado sobre el aparador.

—Ponte cómodo. No tardo nada —dijo antes de desaparecer.

Jax se quedó mirando la puerta en silencio con la boca abierta. Entonces hizo un esfuerzo para cerrar las mandíbulas. Cielos, la mujer era una polvorilla.

Dejar que su imaginación siguiera avanzando por el sendero de pensamientos eróticos por el que estaba empezando a aventurarse no le ayudaría a encontrar la pelota de béisbol, así que Jax sacudió la cabeza para borrar las gráficas imágenes que se formaron en su mente. No tenía mucho tiempo para buscar, e ignorando la sensación de desasosiego que le embargó solo de pensar en rebuscar entre las cosas de Treena, se hizo un plano mental del apartamento. Teniendo en cuenta que la pelota no estaba a la vista en el salón, lo más inteligente sería empezar por el dormitorio. Sin embargo, lo de robar no era precisamente su punto fuerte y decidió empezar por zonas menos privadas.

Se acercó al elegante aparador de caoba con incrustaciones, y abrió la puerta del primer armario. Era una obra de ebanistería exquisita, y seguro que valía una pequeña fortuna. Sin embargo en su interior solo había vajilla, y volvió a cerrar. En la estantería solo había libros y cosas de chicas, por lo que pasó al mueble de la televisión, y se agachó para rebuscar dentro, aunque en su interior tampoco encontró lo que buscaba. Sin levantarse, fue a gatas hasta el armario bajo que Treena utilizaba también como mesa auxiliar.

Justo cuando iba a asir el pomo de una de las puertas con incrustaciones, oyó el ruido de una llave en la cerradura.

Capítulo 10

Treena entró en el apartamento y cruzó el arco que daba paso al salón.

—Hola. Seguro que no me esperabas tan...

Al ver el trasero musculoso de Jax en el aire y al hombre arrodillado junto al sofá, con el hombro derecho apoyado en el suelo y el brazo metido hasta el bíceps debajo del armario bajo que había comprado en un rastrillo en Palm Springs, se interrumpió.

—¿Puedo preguntar qué estás haciendo? —logró decir por fin, mientras su mirada pasaba del trasero a la franja de piel desnuda entre la camiseta y el pantalón.

—Espera un momento. ¡Ya! —echándose hacia atrás, Jax rodó por el suelo y se sentó mostrándole una moneda negra con el borde de oro envuelta en una pelusa de polvo—. Jorge, mi moneda de dos libras de la suerte, se me ha caído y ha salido huyendo.

Treena cruzó el salón y la tomó de sus dedos, soplándole el polvo.

—Vaya, qué corte —comentó—. Ahora sabes que no muevo los muebles cuando limpio.

—Sí, toda una prioridad en mi vida. Después de esto, no creo que podamos seguir viéndonos.

Él se puso en pie y dio la vuelta a la moneda negra en la mano de Treena. En el dorso, había un hombre montado a caballo clavando una espada a un dragón.

—Un San Jorge y el Dragón de 1987 —explicó.

—De ahí lo de Jorge, supongo. También me imagino que vale más de dos libras.

—Un poco más, sí —sonrió él—. Aunque lo que de verdad vale es la suerte que me da.

—¿Eres supersticioso?

Probablemente no debería sorprenderla, pero era un calificativo que jamás se le hubiera ocurrido para él.

—Digamos que en eso tengo la personalidad dividida. El amante de las Matemáticas que hay en mí cree en los números y nada más que en los números, pero soy jugador, y por definición los jugadores somos muy supersticiosos.

Le tomó la moneda de la mano, la besó, la rodó entre los nudillos desde el índice hasta el meñique y al revés y después se la metió en el bolsillo.

—Jorge siempre me acompaña cuando juego —dijo. Y le miró las manos vacías—. ¿Dónde están los espaguetis?

—¡Oh! —Treena se dio un golpe en la frente—. Esta mañana le he dejado mi coche a Carly. Ya tenía que habérmelo devuelto, pero supongo que se ha retrasado por algo. Ni siquiera he mirado si tengo algún mensaje.

Fue hasta el teléfono que había en un extremo de la barra americana y pulsó el botón del contestador.

El primer mensaje era del estudio de baile ofreciéndole otra hora de ensayo para la mañana siguiente. El segundo era de Carly.

—¡Treena, lo siento! —decía—. Rufus se me ha escapado y estoy buscándolo. No sé cómo ha podido desaparecer tan deprisa. Te juro que este perro me va a matar. Me da más problemas que Buster, Rags y Tripod juntos. Oh, acabo de subirme a la acera —un suspiro sonó desde el otro lado—. Será mejor que cuelgue antes de que me mate. Te devolveré el coche cuanto antes. Lo siento mucho. Espero no estropearte los planes.

Treena se echó a reír. Después, pensó de nuevo en su situación.

—Bien, supongo que puedo ir a preguntarle a Ellen si tiene espaguetis.

—O puedes usar mi coche —dijo Jax, lanzándole las llaves.

—¿Lo dices en serio? —dijo ella, atrapando el llavero en el aire—. ¿Me dejas conducir ese maravilloso coche?

—Claro —dijo él—. Lo volverás a traer, ¿no? —añadió, clavando en ella sus profundos ojos azules.

—Oh, por supuesto —respondió ella.

Y se dirigió hacia la salida antes de que él se arrepintiera. Allí, deteniéndose con la mano en el pomo de la puerta, se volvió un momento a mirarlo.

—Dentro de una semana o dos —añadió, antes de salir y cerrar la puerta a su espalda.

Jax la vio salir, sacudió la cabeza y volvió a la tarea que ella había interrumpido.

No lo había pillado in fraganti por los pelos, y esta vez fue al dormitorio recordándose con firmeza que no estaba en situación de permitirse sentimentalismos.

Sin embargo, al llegar al umbral de la puerta se detuvo en seco, como si se hubiera tropezado con una pared de piedra. Cielos, el olor era intenso y femenino, y él lo aspiró profundamente.

«Contrólate de una vez», se reprendió de nuevo. Tenía que concentrarse. Cruzó el umbral y recorrió el dormitorio con los ojos, sin poder dejar de reparar en las telas de seda de vivos colores y el femenino y acogedor estilo de la habitación. Sacudió la cabeza y se esforzó por concentrarse en asuntos más prácticos. Fue directamente al armario empotrado, y abrió la puerta de par en par.

Entonces se detuvo y cerró los ojos. Tuvo que respirar despacio, tratando de eludir el olor a Treena que emanaba del interior. Cielos, se estaba portando como un crío de catorce años.

Lo único que importaba en ese momento era la pelota de béisbol, así que se concentró en su búsqueda. Dado el valor económico de la pelota, dudaba que Treena la hubiera dejado descuidadamente en el suelo de un armario de ropa. Sin embargo, decidió empezar desde abajo e ir avanzando ordenadamente hacia arriba. Se agachó, y empezó a registrar con cuidado entre todas las cosas amontonadas en el suelo.

Principalmente había zapatos. Zapatos rojos, zapatos negros, zapatos azules, zapatos verdes, de todo tipo y estilos: de tacón de aguja, tacón normal, planos, mocasines, zapatillas, sandalias, de puntera redonda, puntiagudos, de bailarina. También había varios bolsos de mano y una caja con mancuernas y otros objetos.

Lo que desde luego no había era una pelota de béisbol.

Después de repasarlo una última vez para asegurarse, se levantó y miró en la primera caja que había en la siguiente estantería. Estaba casi a rebosar de fotografías, y las fue pasando con dedos rápidos para asegurarse de que la pelota no estaba escondida debajo de las instantáneas.

No, tampoco estaba allí.

Dejó la caja en su sitio y tomó la siguiente. Quitó la tapa y vio que en esta también había fotografías, solo que estas estaban enmarcadas. La primera era una foto de estudio de Treena, igual a la que su padre le había enviado para anunciarle su boda. La que estaba esbozando una media sonrisa que ahora sabía era más o menos su expresión «por defecto». Al verla, recordó el día que recibió la fotografía, entre uno y dos meses después de ser enviada y recorrer varios países europeos. Le llegó enmarcada también y metida en un sobre almohadillado al que habían ido añadiendo sellos.

Acarició brevemente con el pulgar la sonrisa bajo el cristal y después sacó la siguiente fotografía. Esta era más pequeña, una instantánea enmarcada, y él la sacó de la caja y la volvió hacia la luz.

Se quedó paralizado, su mente era un revoltijo de palabras rotas y pensamientos entrecortados. Su corazón latía lentamente, igual que lo había hecho en el pecho del joven de once años que estaba de pie junto a su padre cuando se tomó la fotografía hacía veinte años.

Recordaba aquel día perfectamente. Lo tenía grabado a fuego en su mente. Big Jim le había estado gritando instrucciones e insultos desde fuera del campo mientras él participaba en un partido de béisbol en el que no tenía ningún interés. Pero su padre había insistido, y no tuvo otro remedio que jugar. Al finalizar el partido, su padre le había echado un brazo al hombro como si fueran compañeros del alma mientras otro padre les tomaba la foto. Después, cuando creía que la tortura había terminado y que su padre ya no podría humillarlo más, Big Jim lo llevó a la pizzería donde su hijo lo decepcionó una vez más al ser incapaz de relacionarse con los demás jugadores, que tampoco lo querían en el equipo.

¿Qué demonios hacía allí aquella fotografía, y además enmarcada? Mientras repasaba el resto de las fotos de la caja, llegó a la conclusión de que eran pertenencias de su padre.

Estudiando la fotografía, se vio de niño una vez más con toda la torpeza y timidez que tanto había luchado por erradicar.

«Pues supéralo de una vez», se ordenó tajante. «Por el amor de Dios, ya no tienes once años. Eso pasó hace mucho tiempo, o sea, que olvídalo de una vez por todas».

Continuó reordenando los recuerdos de la caja, y en ese momento una nueva preocupación le asaltó.

Aunque había tenido sumo cuidado en no decir nada que pudiera relacionarlo con el hijo de Big Jim, sabía que el joven Jackson y él apenas tenían nada en común. Había cambiado tanto desde que dejó Las Vegas que dudaba que las pocas personas que conocía de entonces lo reconocieran ahora. El único detalle que podía relacionarlos era el color de los ojos, pero era muy improbable que alguien los relacionara con los de un niño desaparecido hacía tanto tiempo.

Ni por un momento había podido imaginar que su padre tuviera una fotografía de él enmarcada. Después de todo, era el pariente que no se había ni siquiera molestado en ir a la ceremonia de graduación cuando se licenció con matrícula de honor en el Massachussets Institute of Technology a los diecisiete años.

Sacó una vez más la instantánea enmarcada de la caja y la llevó a la ventana. Abrió ligeramente la cortina, y la estudió a la luz del sol. La tensión de sus hombros fue relajándose poco a poco.

En la foto llevaba una gorra de béisbol, y entre las gruesas gafas que usaba antes de someterse a una operación láser, los ojos apenas se veían. Al reparar en la camiseta de empollón y los vaqueros demasiado cortos se dio cuenta de que su guardarropa había sido mucho peor de lo que recordaba. Sonriendo, cerró las cortinas, metió la foto en su caja y volvió a depositarla con cuidado en su sitio. Más difícil sería borrar la sucesión de interrogantes que empezaron a agolparse en su mente.

Pero cuadró los hombros. Recordar el pasado no le ayudaría a encontrar la pelota, y tal y como el encantador Sergei le había recordado, el tiempo seguía avanzando.

Iba a sacar la siguiente caja de la estantería, una caja estampada en forma de corazón, cuando alguien llamó a la puerta principal. Casi dejó caer la caja al suelo, y irritado por su torpeza y la interrupción, la volvió a colocar en su sitio.

«¿Qué demonios te pasa?»

Normalmente tenía nervios de acero. Pero desde que había conocido a una cierta pelirroja encantadora, por no decir guapa, sexy y divertida, su tan alabada seriedad parecía estar deshaciéndose como un ovillo de lana entre las garras de un gatito juguetón. Echó un último vistazo al armario para asegurarse de que todo estaba como lo había encontrado y cerró la puerta. Alisándose la camiseta, se miró un momento al espejo y vio cómo su rostro se cubría con la expresión neutral que solía adoptar cuando se sentaba a jugar una partida de póquer. Los golpes en la puerta sonaron de nuevo, y fue a abrir.

Al otro lado de la puerta se encontró a un hombre de unos sesenta años, no muy alto y musculoso, de pelo canoso que lo miraba con impaciencia y suspicacia.

—¿Quién demonios es usted? —quiso saber el recién llegado—. ¿Dónde está Treena?

—Soy Jax. Jax Gallagher.

—Ah, el nuevo novio.

Jax arqueó las cejas en silencio, como exigiendo una explicación. ¿Eso era lo que estaba diciendo ella a sus amigos? Inexplicablemente, la idea le gustó.

Aunque quizá su alegría era un poco precipitada.

—O al menos eso es lo que dice Carly. Soy Mack —dijo el hombre, sin ofrecerle la mano—. El tipo que se asegura de que los pretendientes de las chicas sean de buena calidad. ¿Por qué ha tardado tanto en responder?

—Estaba apagando el porro —respondió Jax con una sonrisa.

—Tomaré eso como cierto hasta que le conozca lo suficiente para saber si habla en serio o se hace el listillo. Si es que dura tanto, claro —dijo el hombre, y aspiró hondo—. Oh, Treena estaba preparando espaguetis —dijo, dando un paso hacia delante.

Jax tuvo la sensación de que el hombre sería capaz de pasarle por encima si no se apartaba. Además, él no estaba allí para discutir con ningún amigo de Treena, por lo que se hizo a un lado.

—Pase —dijo con sequedad.

Mack no oyó el sarcasmo en su tono de voz, o prefirió ignorarlo. Lo miró de arriba abajo con ojos helados.

—¿Dónde ha dicho que estaba Treena?

—No lo he dicho. Pero ha ido a la tienda a comprar algo para cenar.

—¿Y usted no ha ido con ella? ¿Qué pasa, es uno de esos aprovechados que deja que las mujeres lo hagan todo?

Que un abuelo con edad de ser su padre le echara una bronca no le hizo ninguna gracia, pero Jax prefirió mantener la calma.

—La primera vez ha salido sin darme tiempo a llevarla.

—¿La primera...? —Mack asintió—. Ah, sí. Carly se ha llevado su coche. Creía que se lo habría devuelto ya.

—Por lo visto se le ha escapado el perro del veterinario y lo está buscando —dijo Jax frunciendo el ceño. Y añadió—: supongo que también creerá que debo ayudarle a buscarlo.

El otro hombre se echó a reír.

—El que se pica ajos come —dijo divertido.

Jax se encogió de hombros.

—Estoy más que acostumbrado a que los viejos me saquen defectos —respondió—. Era lo que hacía mi padre constantemente.

No podía creer lo que acababa de decir. Siempre había sido una estatua en lo referente a sus sentimientos personales. ¿Por qué estaba de repente haciendo tantas confidencias a personas prácticamente desconocidas? ¿Qué demonios le estaba pasando en Las Vegas?

Antes de poder reaccionar y tratar de retirar lo dicho, Mack se puso serio.

—Siento oír eso, porque nunca he podido entender que alguien machaque a un chaval. Yo he tenido dos hijas, y eran las niñas de mis ojos. Aún lo son. La pena es que una vive en Dakota del Norte y la otra en New Hampshire, pero aquí tengo a las chicas para seguir utilizando mi instinto protector.

Sin más explicaciones, Mack se metió en la cocina y sacó un par de cervezas de la nevera. Ofreció una a Jax, pero este negó con la cabeza. El hombre mayor devolvió una a la nevera y abrió la suya.

—Los animales vagabundos que recoge Carly son problema suyo —dijo después de beber un trago de cerveza—. La verdad es que normalmente no dan ninguno, pero Rufus está resultando ser más difícil que los demás. Aunque estoy seguro de que no tardará en meterlo en cintura —aseguró el hombre.

Fue al salón donde se dejó caer en uno de los sillones y miró a Jax, que se sentó en otro sillón frente a él.

—¿Y por qué no ha ido con Treena la segunda vez? —preguntó, continuando con el interrogatorio.

—Porque me ha dicho que me quedara. Creo que lo que quería era conducir el coche que he alquilado.

—¿Por qué? ¿Qué tiene de especial?

—Es un Viper SRT-10.

—¡No fastidie! —exclamó Mack, sentándose recto en el sillón—. ¿Y se lo ha dejado?

—Sí. ¿Por qué no? ¿Es mala conductora o algo así?

—No, en absoluto —le aseguró Mack—. Treena conduce bien. ¿Pero un Viper? Solo he visto uno de cerca una vez, y es una preciosidad —bebió un trago de cerveza y sonrió—. Más vale que baje el fuego de la salsa, hijo. No sé si recuperará el coche esta semana.

Jax esbozó una sonrisa.

—Eso es lo que ha dicho ella.

—Y seguramente ha pensado que lo decía en broma —dijo Mack, sacudiendo la cabeza. Después se recostó de nuevo en el sillón y se apoyó la cerveza en el estómago. Estudió a Jax con curiosidad–. Carly me ha dicho que es jugador.

–Jugador de póquer profesional –respondió Jax, preparándose mentalmente para aguantar algún sermón.

Pero el hombre mayor se limitó a preguntar:

–¿Y se gana bien la vida con eso?

–Sí. Bastante bien, la verdad.

–Hm. Cuando yo tenía su edad, era un mundo bastante diferente.

Jax se encogió de hombros. Había llegado la hora de contar batallitas.

Sorprendentemente, Mack se echó a reír.

–Lo sé. Los viejos siempre decimos lo mismo. «Cuando yo tenía tu edad, los helados valían....

–«Un centavo el cucurucho» –terminó Jax, divertido.

–También has oído ese, ¿eh? –dijo Mack, más relajado, tuteándolo–. Te propongo un trato, hijo. Yo dejaré de hablar de mi época, e incluso procuraré ser menos protector con Treena si tú me prometes tratarla bien. Si le haces daño, te perseguiré hasta el infierno –le amenazó el hombre mayor con voz de hielo.

Jax sabía que eso era exactamente lo que iba a ocurrir. Las amenazas de Mack no se podían comparar a las de Sergei y le importaban bien poco, pero aunque cuando comenzó con la misión la posibilidad de herir a Treena no le preocupaba en absoluto, ahora empezaba a sentirse culpable.

Mucho.

Pero dirigió una mirada serena al hombre que podría ser su padre.

–¿Y si ella es la que termina haciéndome daño a mí?

–Entonces pensaré que te lo has buscado.

Los labios de Jax se torcieron con amargura.

–Claro. ¿Por qué preocuparse por algo llamado justicia?

–Yo no he dicho que sea imparcial. Estoy totalmente de su parte. Al cien por cien –le aseguró el hombre.

–Bueno, siempre y cuando nos entendamos.

–Lo mismo pienso.

En ese momento una llave giró en la cerradura, y los dos hombres miraron hacia la puerta.

–Cielo, ya estoy en casa –dijo la voz de Treena desde la entrada–. Quiero que sepas que he sido una chica buena. Tenía unas ganas enormes de ir hasta Los Ángeles para probar el coche, pero al final mi conciencia me ha obligado a dar media vuelta.

Sus palabras estuvieron acompañadas del ruido de la llave y el sonido de la puerta al cerrarse, y después Treena apareció en el arco de entrada sujetando una bolsa de papel bajo el brazo.

–Vaya, hola. No esperaba encontrarte aquí –dijo al ver a Mack.

–He olido la salsa de espaguetis y he venido a investigar. El joven Gallagher ha insistido en que me quede a cenar.

La mirada sorprendida de Treena se clavó en Jax.

–¿De verdad?

–Ya le gustaría –respondió Jax–. Pero por viejo que sea, está fuerte y no lo he podido mover de aquí.

–Viejo y un cuerno –le espetó Mack. Pero se volvió hacia Treena y le sonrió con ternura–. Una cena caliente suena mucho más interesante que el sándwich frío que pensaba prepararme.

–Por favor –murmuró Jax–. Me va a partir el corazón.

Pero Treena se echó a reír.

–Mack, ¿quieres quedarte a cenar?

–Gracias, encanto. Será un placer.

–¿Lo dices en broma, verdad? –dijo Jax sin poder ocultar su decepción al ver cómo se esfumaba la posibilidad de un apasionado tete-a-tete con ella–. No puedes haber creído ese rollo tan manido.

Pero cuando los dos se volvieron a mirarlo, Treena con una mirada dura, y Mack con inequívoca chulería, se dio cuenta que no tenía nada que hacer y se rindió elegantemente.

Más o menos.

–Está bien, que se quede. Pero él friega los platos.

El timbre de la puerta sonó y antes de que nadie pudiera ir a abrir, esta se abrió de un golpe. Primero se oyó un rasgueo de uñas en la baldosas del suelo del vestíbulo, y después Carly y un perro negro y marrón entraron en el salón.

—¡Dios, qué día!

Carly cruzó hasta el sofá y se dejó caer sobre él. El perro intentó subirse a su regazo.

—¡Al suelo, lindo pulgoso! Más vale que te portes, porque estoy a esto de pedir la eutanasia —le advirtió con seriedad.

Pero cuando Rufus bateó la cola con fuerza contra el suelo de madera, ella le rascó la oreja con gesto ausente.

—Hola, Mack. Hola, Jax —después miró a su amiga—. Treena, siento mucho haber tardado tanto en devolverte el coche.

—Tranquila. Así he podido conducir el Viper de Jax.

—¿Qué es un «viper»? No, espera, ¿es el deportivo descapotable que he visto en el aparcamiento?

Treena asintió con la cabeza.

—Vaya. Tienes un gusto exquisito para los coches.

—Gracias. Me gustaría poder decir que es mío, pero solo lo he alquilado.

—Aún con todo —dijo Carly, y aspiró el olor que venía de la cocina—. Oh, Dios mío, ¿eso que huelo es salsa de espaguetis?

—Sí —dijo Treena, cegando a Jax con una sonrisa antes de continuar—. ¿Quieres quedarte a cenar?

—¡Que si quiero! —exclamó Carly—. Me encantaría, pero no quiero estropearte la cita.

—Ojalá tu amigo el abuelo pensara lo mismo —dijo Jax.

—¿Quieres decir que Mack se queda?

El hombre respondió asintiendo firmemente con la cabeza, por lo que Carly sonrió de oreja a oreja.

—Entonces yo también. Después del día que he tenido, una cena no cocinada por mí suena divina, no te lo puedes ni imaginar —la rubia se puso en pie—. Llevaré a Rufus a casa y daré de comer a los demás.

Sujetó al perro por el collar y se acercó a la barra americana donde levantó la botella de vino.

—Supongo que no es de buena educación beber directamente de la botella, pero si no te importa, me serviré una copa para el camino. Una copa hasta arriba —murmuró—. Me la he ganado.

El resto de la tarde fue pasando entre la animada conversación, una comida sabrosa y un par de botellas de vino. Una mujer de pequeña estatura y cuerpo delgado llamada Ellen que vivía en el apartamento de al lado se unió a ellos también, y a Jax le encantó ver que la atención de Mack, que hasta la aparición de la mujer había estado concentrada en él, pasó a la recién llegada. Desde el momento que la mujer entró en el salón con un plato de galletas en la mano, Mack no tuvo ojos más que para ella.

La mirada del hombre la siguió desde el arco de la entrada hasta la cocina donde dejó el plato de galletas. Cuando entró en el salón donde estaban sentados, la miró de arriba abajo, y apenas habían terminado las presentaciones con Jax cuando el hombre dijo:

—Tan alegre como siempre. ¿Alguna vez has pensado en ponerte algo que no sea color cuervo? A su lado Heckle y Jeckyl parecen ramos de flores.

—¿Quién?

La agradable sonrisa de Ellen se desvaneció y sus mejillas se sonrojaron.

—El señor Brody se refiere a unos dibujos animados de los años sesenta, Jax. Pero como de costumbre, sus labios se mueven sin decir nada que merezca la pena oír —explicó con falsa amabilidad. Después se volvió hacia Mack—. Heckle y Jeckyl no eran cuervos, idiota, eran urracas.

A partir de ahí la situación no hizo más que empeorar, y Jax se acomodó en el sillón y se dedicó a observarlos fascinado.

Aunque él no era en absoluto un seductor nato ni el gran ligón del universo, sabía tratar a las mujeres mucho mejor que el tal Mack. Por un momento incluso pensó en llevarse al viejo a un lado y darle un par de consejos para mejorar su técnica con las damas. Porque desde luego la que utilizaba ahora era para echarse a llorar.

Claro que eso era problema suyo, y él ya tenía que irse. Casi a regañadientes, empujó la silla hacia atrás y se levantó.

—Lo siento —dijo.

La conversación en la mesa se interrumpió bruscamente y todos volvieron la cabeza hacia él.

–Ha sido una cena estupenda, pero tengo que prepararme para la partida.

–Ah, por eso no has bebido, ¿eh? –dijo Mack a la vez que Carly le deseaba buena suerte.

–Ha sido un placer conocerte, querido –dijo Ellen–. No te olvides de llevarte unas galletas para el camino.

–Te acompañaré –dijo Treena, poniéndose en pie también.

Jax aceptó la oferta de Ellen y antes de salir tomó un par de galletas del plato que la mujer había llevado.

Mientras se dirigían hacia la puerta, Treena lo miró un par de veces.

–No sé si pedirte perdón o felicitarte por tu aguante –reconoció ella.

Sabía que la invitación a cenar a sus vecinos había sido una manera de evitar estar a solas con él. Una cobarde excusa porque había algo en él que la hacía desear mostrarle lo mejor de sí misma, y eso no incluía sus habilidades en la cama. Era muy consciente de que los hombres la miraban y cuando se enteraban de su profesión, asumían que era una fiera insaciable en la cama, pero no era así. Por bien que empezaran las cosas, siempre terminaban defraudando a todos los involucrados, normalmente por su culpa, ya que cuando se veía a solas con un hombre era incapaz de relajarse. Y no quería ver la misma decepción que había visto en otros hombres en el rostro de Jax.

Se preguntó qué pensaría de la improvisada reunión en su casa.

–No ha sido exactamente lo que esperabas.

–No te preocupes –dijo él con tranquilidad, deteniéndose en la puerta de la calle para mirarla–. Lo he pasado bien. Bueno, el jurado todavía no tiene veredicto sobre Mack, porque en cuanto me ha visto se ha convertido en un perro guardián. Pero Carly y Ellen son fantásticas, y la comida una delicia. Mi única queja es que, con todos ellos aquí, no he podido hacer esto.

Le sujetó la nuca con los dedos largos y bronceados y la atrajo hacia sí. Bajó la cabeza y la besó con firmeza.

Como el beso en el aparcamiento, bastó con el roce de los

labios masculinos y la caricia de la lengua para que Treena perdiera la noción del tiempo. Rodeó el cuello masculino con los brazos y lo besó a su vez, mientras se apretaba contra él.

Hasta que las manos fuertes y firmes de Jax le sujetaron los antebrazos y la obligaron a apartarse de él. Él dio un paso atrás.

Treena podía haberse sentido rechazada, incluso avergonzada, de no ser por los jadeos acelerados en el pecho masculino, que subía y bajaba visiblemente bajo la camiseta blanca mientras Jax trataba de controlar la respiración.

–Joder, Treena –dijo, roncamente–. Joder.

Dio otro paso atrás mientras se pasaba una mano por los cabellos.

–Dios, Treena, eres más potente que un trago de bourbon a palo seco. Voy a necesitar cada minuto desde ahora hasta que empiece la partida para poder recuperar el control.

Abrió la puerta y salió al pasillo, pero se detuvo un momento a mirarla. De repente, se inclinó sobre ella y la besó rápida e intensamente en los labios.

–Te llamaré –dijo.

Apretando los labios para retener el sabor del beso, Treena se asomó al pasillo y lo siguió con los ojos hasta perderlo de vista. Después cerró la puerta y se apoyó en ella de espaldas, sonriendo con expresión ensoñadora a la figura del Escalador sobre la repisa de la chimenea. Quizá hubiera un hombre en todo el Planeta Tierra con quien pudiera relajarse. Y ese fuera Jax.

Al cabo de un rato, se dio cuenta de que no podía pasarse el resto de la noche apoyada en la puerta y sonrió. Apartándose de la pared, volvió al salón a reunirse con sus invitados.

Capítulo 11

Aquella tarde, cuando Ellen regresó a su apartamento no cerró la puerta de un portazo, sino al contrario, con esmerada delicadeza. Había vivido demasiados años con su esposo, Winston, un hombre tranquilo y equilibrado, para cambiar de comportamiento a su edad.

Sin embargo, por dentro estaba temblando de rabia.

–¡Que me visto como un cuervo! ¡Cómo se atreve! –exclamó yendo directamente a su dormitorio y deteniéndose delante de la puerta de espejo del armario.

«Bien», pensó mientras miraba su reflejo. «Hoy voy de negro».

¿Y qué? Era un color básico que combinaba con todo; un color imprescindible en el guardarropa de una mujer. El negro iba bien para cualquier ocasión. Sin embargo, también tenía ropa de otros muchos colores. Abrió las puertas del armario y empezó a pasar las perchas una a una.

Tenía negro, negro, azul marino, negro, marrón, negro..., ajá, marrón claro y crema, azul marino con rayas blancas, negro, verde oscuro, negro y marrón, marrón claro, y... negro. También tenía varias blusas blancas de diferentes estilos. Hundió los hombros. Oh, no. No se había dado cuenta de que tenía casi toda la ropa tan... oscura. Tan lúgubre.

El timbre de la puerta sonó y, agradecida por la interrupción, cerró el armario. Abrió la puerta y se encontró a Treena sonriéndole.

–Vaya, hola. Parece que hace años que no nos vemos.

Treena se echó a reír.

–Lo sé, una eternidad –dijo. Le enseñó el plato de galletas–. Solo quería devolvértelo cuanto antes. Si no, seguro que se quedará en mi cocina acumulando polvo al menos una semana o dos.

En lugar de aceptar el plato enseguida, Ellen se echó hacia atrás y la invitó a entrar.

–No tenías que fregarlo –protestó Ellen cuando su joven amiga entró.

–Oh, no ha sido más que quitarle las migajas. Créeme, tú has tardado más en preparar las galletas, que, por cierto, estaban deliciosas.

Ellen cerró la puerta, le tomó el plato de la mano y la invitó a entrar al salón, donde le indicó que se sentara.

–Hablando de delicioso –dijo yendo hacia la cocina a dejar el plato–, tu Jax es muy atractivo.

Un suave rubor cubrió las mejillas de Treena.

–Bueno, no sé si es mi Jax, pero desde luego está muy bien, ¿a qué sí? –dijo, dejándose caer en el diván–. No sé exactamente qué es. No es que sea guapo como una estrella de cine. Por separado, tiene unas facciones bastante normales, pero el conjunto tiene algo especial. Aunque creo que sobre todo es su actitud, tan seguro de sí mismo, con tanto aplomo. Eso unido a su físico es impresionante: ese cuerpazo, un buen corte de pelo, unos ojos preciosos –Treena sonrió–, y sí, «delicioso» es la palabra perfecta –después se puso seria y cambió de tema–. Pero volviendo al plato de galletas –añadió, rápidamente mientras Ellen se disponía a guardar el plato en el armario–, debes saber que no he sido yo quien lo ha fregado. Supongo que te habrás dado cuenta de que hoy ha fregado Mack.

Ellen soltó el plato como si quemara. Por suerte, estaba casi encima de la pila de platos y solo hizo un ligero ruido.

–No me hables de ese hombre. Ha dicho que me visto como un cuervo.

–Sí, eso ha sido muy rastrero por su parte. Pero le has cerrado la boca enseguida, al informarle de que Heckle y Jeckyl eran urracas.

Sí, eso era cierto. Sin embargo, se dio cuenta de que Treena no se había apresurado a defender su forma de vestir.

–¿Crees que soy sosa vistiendo?

–Creo que eres... elegante. Y clásica.

–Pero sosa –insistió Ellen.

Entonces, como dándose cuenta de con quién estaba hablando, fue hasta el sofá.

–Claro que lo crees. A ti te encanta el color. De hecho, se puede decir que eres la reina de los colores.

Treena sonrió divertida.

–Supongo que sí. Y está bien, reconozco que alguna vez me gustaría verte con otra ropa que no fuera negra u oscura. Pero no me gustaría que abandonaras tu estilo –le aseguró Treena, tomándole la mano y tirando de ella para que se sentara a su lado.

Ellen obedeció.

–No hace falta que cambies de estilo –insistió Treena–, porque refleja perfectamente tu personalidad: elegante y contenida. Pero con un toque discreto de color podrías acentuar la elegancia de tus prendas clásicas, y además podrías aumentar tu guardarropa sin que te costará mucho dinero. Tienes una piel preciosa, un maravilloso pelo canoso, y unos ojos castaños que combinan con todo. Una blusa color lavanda, por ejemplo, iría perfecta con la mayoría de tus pantalones. Y también de color coral. O verde marino, o salvia, o incluso un dorado parecido al de las paredes de mi apartamento.

De repente, Treena se incorporó en el sofá.

–Oh, tengo una idea genial –dijo, sacudiendo la mano de Ellen–. Mañana, Carly y yo tenemos el día libre. Por la mañana tengo una hora reservada en el estudio, pero después vamos a ir de compras. Ven con nosotras.

Ellen se echó ligeramente hacia atrás.

–Oh, querida, gracias por la invitación, pero no.

–¿Por qué no?

–Oh, no solo puedo ser tu madre, sino que además tenemos

cuerpos totalmente diferentes –dijo Ellen –. Por no decir que nos gustan cosas totalmente opuestas. Dudo que compremos en las mismas tiendas.

Treena se echó a reír, y fue una risa tan contagiosa que Ellen no pudo reprimir una sonrisa.

–Vamos a ir a «Spandex R Us» –dijo la pelirroja–. Ven con nosotros. Estoy segura de que podemos encontrar algo que nos guste a las tres. A no ser de que tengas una cita –añadió, dándole un codazo.

Ellen sonrió.

–No.

–Entonces no tienes nada que perder. Por lo menos te reirás un rato con nosotras.

–Sí, eso es algo que con Carly y contigo tengo garantizado. ¿Pero comprarme ropa de colorines? Winston se revolvería en su tumba.

–¿Por qué? ¿Le gustaban los funerales?

Ellen se echó a reír. Las bromas de Treena no la irritaban como las del estúpido de Brody.

–Sí, la verdad. Winston estaba convencido de que el negro era el color clásico por excelencia, y pensaba que con el negro nunca fallabas.

–Qué hombre tan divertido –dijo Treena, secamente.

Una sonrisa curvó los labios de Ellen al recordar.

–Oh, podía serlo cuando quería.

Su amiga hizo una mueca.

–Estoy segura, y no debería haber dicho eso sobre un hombre que no he conocido. Solo que ir siempre de negro me parece un poco aburrido, y creo que ya es hora de que te animemos un poco. Venga –le insistió Treena–. Si no lo haces por mí, piensa la sorpresa que se llevará Mack.

–¿Crees que quiero darle a ese hombre de las cavernas la satisfacción de pensar que sus palabras me han hecho cambiar de forma de vestir?

–Oh, créeme, Mack está tan loco por ti que si le enseñas un poco de color, a lo mejor unos centímetros de escote, tendrá suerte si le queda alguna neurona funcionando –dijo Treena, y soltó una descarada carcajada, como si alguien acabara de contarle un chiste verde–. Estoy segura de que no se acordará ni de su nombre, mucho menos de que haya dicho nada sobre tu forma de vestir.

¿Loco por ella? Treena estaba equivocada. Ellen sonrió irónicamente. ¡Ah, qué no daría ella por estar en una edad en la que todo pudiera reducirse a sexo!

Sin embargo, el corazón empezó a latirle con fuerza, y sintiéndose más contenta y relajada por primera vez en mucho tiempo, dijo:

–Bien, supongo que comprar un par de blusas de color no me vendrá mal. Pero lo que piense ese hombre me trae totalmente sin cuidado –se apresuró a añadir.

Bueno, eso sí que era una gran mentira, pero Ellen no quería ponerse en ridículo delante de su amiga.

–Por supuesto que no –dijo Treena–. Lo que haces es solo para animarle un poco. Si a Mack no le gusta el negro, que se compre una camisa de flores fucsia.

–Sí –dijo Ellen, divertida.

–Bien, entonces vienes con nosotras, ¿vale? –dijo Treena, poniéndose en pie–. Le diré a Carly que vienes con nosotras. Y creo que para evitar ir con tantos coches, yo iré al estudio en autobús. Carly ya ha dicho que irá en su coche, así que me podéis recoger a las diez y media –dijo, yendo hacia la puerta–. Oh, lo pasaremos en grande. Ponte ropa cómoda. Vamos a comprar hasta que no podamos con nuestra alma.

Y antes de que Ellen pudiera arrepentirse, Treena salió del apartamento y cerró la puerta.

Cuando Treena llegó al estudio de baile a la mañana siguiente y vio a Julie-Ann allí, casi deseó no haber ido, pero después de intercambiar un seco saludo de cabeza con la joven corista, las dos mujeres se colocaron en extremos opuestos de la sala y lograron ignorarse mutuamente. La música que Julie-Ann había elegido era, en opinión de Treena, bastante detestable, pero la capitana del grupo había llegado primero, y existía una regla tácita en aquellas situaciones según la cual la que llegaba primero podía elegir.

Con cualquier otra, Treena hubiera buscado negociar un compromiso, pero con Julie-Ann ni se le ocurrió intentarlo. Era su último día libre antes de la prueba anual de *La Stravaganza* y no tenía el menor deseo de empezarlo con un intercambio de insultos. Así que lo dejó, diciéndose que la próxima vez se llevaría el walkman.

Al poco rato, estaba tan concentrada en el ensayo que apenas era consciente de la presencia de la otra bailarina. Repasó las distintas series de pasos y combinaciones, sin dejar de comprobar sus movimientos en el espejo. Cuando Carly y Ellen llegaron a recogerla, estaba bastante satisfecha de los resultados. Tras completar el último baile, alcanzó una toalla con la mano, se secó el sudor de la cara y el pecho y fue a reunirse con sus amigas, sonriendo al ver lo opuestas que eran físicamente.

Carly, con sus zapatos de tacón, superaba fácilmente el metro ochenta, y su pelo corto y rubio le daba un imponente aspecto de diosa guerrera, una imagen que se acentuaba con el brazalete dorado que llevaba en la parte superior del brazo. Unos pantalones de tela azules y una camiseta sin espalda cubrían las formas curvilíneas de su cuerpo. A su lado, Ellen era una mujer pequeña y delgada de aspecto frágil enfundada en un elegante traje de seda negro y zapatos planos.

La elegante mujer aplaudió y le dedicó una sonrisa radiante.

–Sé que eres bailarina, claro –le dijo–, pero normalmente me olvido del talento que hay que tener para serlo. Es un placer verte bailar.

–Tus patadas altas han mejorado mucho –comentó Carly.

–Hace mucho que no os veo bailar juntas. Os prometo ir a veros actuar muy pronto.

–¿Por qué esperar? –dijo Carly–. Podemos hacerte una demostración ahora mismo.

–¿Con la ropa de calle? –preguntó la mujer.

—No te preocupes por eso —dijo Carly, quitándose los zapatos y bajándose la cremallera de los pantalones.

Después de quitárselos, sonrió a Ellen, que no sabía si sentirse horrorizada o fascinada por la total naturalidad con la que Carly se quedó delante de ella en tanga y una camiseta ceñida que apenas le llegaba a la cintura.

—Tengo la sensación de que hoy tú no has controlado la música —dijo Carly en voz baja a Treena mientras se ponía los zapatos de tacón—. Eh, Julie-Ann, ¿nos dejas el aparato de música para una canción?

—Desde luego —dijo Julie-Ann con un tono de voz falsamente edulcorado.

La corista se acercó a ellas mientras Carly cruzaba la sala para cambiar la música.

—Hola —dijo la joven a Ellen, extendiendo la mano—. Me llamo Julie-Ann, y soy la capitana del grupo de baile de Treena y Carly.

En ese momento sonó la introducción de uno de los temas de la función y Treena se libró de tener que hablar con Julie-Ann. Se disculpó y fue a reunirse con Carly en el centro de la sala. Las dos mujeres se volvieron hacia Ellen justo cuando Julie-Ann le estaba diciendo:

—Bailaré con ellas. Así sabrá cómo se baila de verdad.

«Mierda».

Pero antes de que la joven pudiera dar un paso, Ellen la sujetó por el brazo y la detuvo.

—No, hazme compañía, cielo. Así puedes explicarme los pasos mientras los vayan haciendo.

—No sé que es peor —murmuró Carly.

Que Julie-Ann baile con nosotras o que nos critique delante de Ellen.

Treena se encogió de hombros.

—Prefiero que nos ponga verde delante de Ellen, que nos cree maravillosas incondicionalmente, a tenerla aquí haciendo una demostración de sus habilidades —dijo, y alzando de nuevo la voz, miró a Julie-Ann—. Pon la canción desde el principio, Julie-Ann, ¿quieres? Empezaremos otra vez.

La joven corista le dirigió una mirada fulminante, pero fue hasta el aparato de música e hizo lo que le había indicado.

Cuando el tema empezó de nuevo, Treena empezó a bailar con Carly, deseando ofrecer lo mejor de sí misma a Ellen, que era sin duda un público entusiasta y totalmente entregado. Además, le encantaba bailar con Carly. Desde la primera prueba juntas, las dos bailarinas habían conectado no solo a nivel personal sino también a nivel profesional. Era como si cada una pudiera predecir el movimiento que iba a hacer la otra, y siempre bailaban en perfecta armonía. Cuando llegaron a la última parte y se abrieron de piernas en el suelo, las dos alzaron los brazos dramáticamente sobre la cabeza y sonrieron. Treena deseó que no terminara tan pronto.

Entonces Ellen aplaudió efusivamente, alabando sus movimientos y su sentido del ritmo, mientras las dos se secaban con la toalla. La mujer continuó diciendo lo espectaculares que eran.

—Sí, ha estaba bastante bien —comentó Julie-Ann—. Es una lástima que no haya visto bailar a Treena antes de casarse. Me temo que en estos últimos meses ha perdido bastante.

«Muérete, zorra», pensó Treena.

Pero antes de poder decir nada en voz alta, Ellen dio unas palmaditas en la mano de Julie-Ann.

—Eso no importa, querida. Treena tiene algo infinitamente más valioso.

Julie-Ann arqueó las cejas, con curiosidad.

—¿El qué? —preguntó.

—Lealtad. Modales. Y demasiada clase para criticar a una compañera —dijo la mujer mayor.

Con un elegante gesto a Treena y Carly, que la miraban en silencio desde el centro de la sala, echó a andar hacia ellas y se las llevó fuera del estudio sin dejar de sonreír.

Cuando la puerta se cerró tras ellas, las dos bailarinas se echaron a reír.

—Oh, sí. Ha estado genial —exclamó Treena mientras las tres amigas bajaban por las escaleras.

—Recuérdame que no se me ocurra cabrearte nunca —dijo la

rubia sonriendo–. Le has clavado el cuchillo tan limpiamente que seguramente todavía no se ha enterado de que está en medio de un charco de sangre.

–Eres maravillosa –dijo Treena.

Ellen se encogió de hombros.

–No he trabajado más de treinta años en una biblioteca para no saber cómo tratar al personal. Habéis hecho un baile perfecto, y no podía permitir que una egocéntrica como ella hiciera semejantes comentarios de las personas que me han dado el mejor regalo en mucho tiempo –dijo la mujer. De repente abrió desmesuradamente los ojos al ver a Treena, que se había adelantado unos peldaños–. Oh, querida, lo siento. Te he sacado de ahí sin darte tiempo a cambiarte de ropa.

Treena todavía llevaba el maillot empapado en sudor y las piernas desnudas, pero se encogió de hombros.

–Tranquila –dijo, sacando el pañuelo de flecos de la bolsa y atándoselo a la cintura–. Puedo cambiarme en el coche. Y Carly, tú más vale que te pongas los pantalones. No creo que sea muy recomendable pasear por la calle en tanga y zapatos de tacón.

–Aunque estamos en Las Vegas –dijo Ellen.

–Sí, es verdad –dijo Carly con una sonrisa.

Pero se detuvo un momento para quitarse los zapatos de tacón y ponerse los pantalones.

Las tres amigas no pararon de reírse mientras Treena se cambiaba de ropa detrás del coche en el aparcamiento, y después se maquillaba mirándose en el retrovisor mientras Carly conducía camino de The Boulevard, el centro comercial más grande de Nevada. Todavía se estaban riendo cuando hicieron la primera parada en The Petite Sophisticates.

–Oh, mirad esto –dijo Carly sacando una elegante blusa de tirantes de seda color verde clara para enseñársela a Ellen–. Quedaría perfecta con el traje que llevas.

Treena levantó la vista y asintió.

–Y con la mayoría de los trajes que tienes.

Carly se colocó la blusa sobre el pecho.

—Eh, mirad qué pequeña es. En esta tienda me siento como Gulliver en Lilliput.

—Oh, mirad esto –dijo Treena, sacando una chaqueta de ante color calabaza–. Ya sé que ahora hace demasiado calor para una chaqueta de manga larga, pero el color te sienta fenomenal.

Carly se unió a ellas.

—Sí, es cierto. ¿No tienes una blusa beige de cuello cisne?

—Sí –dijo Ellen, sujetando la chaqueta y deteniéndose delante de un espejo.

Dejó el bolso en el suelo y descolgó la chaqueta para probársela.

—Eso me parecía. Con esto y unos vaqueros estarás guapísima –dijo Carly–. Ah, con el negro también queda fenomenal.

Ellen se echó a reír. Guapísima. Ese era un adjetivo que casi nadie asociaba con ella.

—Mira –dijo Treena, enseñándole un collar de gruesas piedras de varios colores que había en un mostrador cercano–. Pruébatelo con esto.

Ellen se puso el collar y estudió el efecto en el espejo. Las chicas tenían razón, el color de la chaqueta le quedaba perfecto con el tono de piel.

—Y se puede meter en la lavadora –dijo, leyendo una de las etiquetas–. Me la quedo.

A partir de ese momento, todas sus anteriores reservas se esfumaron y Ellen empezó a seleccionar prendas de todos los colores. Al entrar en el probador un poco después, iba cargada con todo tipo de ropa, una mezcla de sus gustos personales y también los de las chicas.

Carly y Treena habían insistido en que desfilara para ellas después de probarse cada cosa, y en el probador pronto hubo tres montones de ropa: las prendas descartadas, las dudosas y las compras seguras. Tras una divertida sesión de moda, y volviendo al probador después de presentar a su entregado público un conjunto que las tres descartaron casi al instante, Ellen anunció:

—Solo me falta una cosa. Después nos invitó a comer. Esto de comprar es agotador y abre el apetito.

Ellen se probó la blusa verde de seda de tirantes que había elegido Carly al principio. Tras colocársela bien, se miró en el espejo.

–Oh, Dios mío.

Era la prenda más increíblemente sexy que se había puesto en mucho tiempo. No porque fuera transparente ni demasiado ceñida, sino porque le sentaba como si hubiera sido diseñada especialmente para ella, marcando suavemente las curvas del pecho y disimulando los defectos a la vez que hacía resaltar el tono de su piel. La blusa dejaba asomar un mínimo escote antes de marcarle el pecho con elegancia y sin exageración.

–Ellen, ¿sigues ahí? –dijo Treena desde fuera.

–Sí. Ya voy, ya voy.

–Venga, sal y enséñanos el último modelito –dijo Carly.

–No creo que deba salir con esto fuera del probador. Es la primera blusa que has elegido tú.

Carly se echó reír.

–Es la tienda solo hay mujeres, cielo –dijo con un vozarrón imitando a John Wayne, al otro lado de la puerta–. Mejor dicho, solo estamos Treena, tú, la dependienta y yo, así que sal de una vez.

Ellen abrió la puerta y salió.

–¡Eh! –exclamó Carly al verla–. ¡Treena, ven a verla!

Treena apareció detrás de uno de los espejos.

–Oh, Ellen –dijo–. Te queda fabulosa.

–¿Verdad que es preciosa? Me encanta cómo queda.

–De lo más sexy –añadió Carly, con un guiño–. ¿Sabéis que os digo? Que dentro de poco yo seré la única de las tres que no se coma nada.

Ellen frunció el ceño ante la grosera expresión de su joven amiga, pero la sola idea de ser abrazada y acariciada de nuevo por un hombre le aceleró los latidos del corazón.

–Yo no me acuesto con nadie –dijo Treena.

–Sí, pero todas sabemos que es solo cuestión de tiempo –dijo Carly con una sonrisa–. A mí me encanta el sexo, y hace tiempo que no lo pruebo. La verdad es que lo echo de menos.

Ellen estaba mirando a Treena y vio cómo esta arrugaba la nariz, como si el asunto ni le gustara ni lo echara de menos. Pero no podía ser. Intrigada, miró Carly y le dijo:

—¿Te importa ir a ver si tienen esta blusa en más colores, querida?

En el momento en que la corista rubia desapareció de la vista, Ellen miró a Treena.

—¿Entonces has decidido que después de todo no estás loca por Jax?

La bailarina la miró con ojos desmesuradamente abiertos.

—Oh, no, no es eso. Me gusta muchísimo. ¿Por qué lo dices?

—Cuando Carly ha mencionado el sexo se te ha puesto una expresión rara en la cara, y he pensado que quizá las cosas entre vosotros se estaban enfriando.

Pero mientras hablaba recordó la cara de Treena la noche anterior al regresar al salón después de acompañar al joven a la puerta.

—Pero no lo entiendo. Ayer cuando volviste a la mesa después de salir a despedirlo, tenías todo el aspecto de que te habían besado hasta dejarte sin aliento.

—Y así fue —admitió Treena, sonriendo al recordar—. La parte de los besos me encanta. Y las caricias también —añadió, y después parpadeó y miró a su amiga con las mejillas encendidas, haciendo una mueca de resignación.

«¿Pero lo que viene después no?»

Ellen abrió la boca para interrogar a su amiga, alentada por el hecho de que esta parecía querer seguir hablando.

En ese momento, Carly regresó con varias blusas más en la mano y Treena se tensó y dijo en voz baja:

—Por favor, no quiero hablar de eso ahora, ¿vale?

—Claro —dijo Ellen, dándole una palmadita en la mano—. Pero las bibliotecarias jubiladas somos un poco como los pit bulls. Nunca soltamos una presa a la que hemos hincado el diente. Así que resígnate, cielo. Tú y yo volveremos a hablar de esto muy pronto.

Capítulo 12

Jax echó los hombros hacia atrás, y alzó la mano para llamar a la puerta de Treena. Sabía que tenía que haber llamado antes por teléfono, pero quería llevarla a dar una vuelta y temió que avisarla con antelación le diera la oportunidad de rechazar la invitación. No sabía por qué le importaba tanto que aceptara. Aunque su mente insistía en que era solo una parte del plan, sus instintos más básicos parecían tener una teoría muy diferente.

Una que de momento prefería no detenerse a analizar.

Por fin la puerta se abrió. Al otro lado estaba Treena, vestida con un desgastado sujetador de deporte y unos vaqueros cortos de cintura baja con el dobladillo bastante deshilachado. Iba sin maquillaje y por un momento se lo quedó mirando en silencio. Después parpadeó y una sonrisa curvó sus labios e iluminó sus ojos.

–Oh, hola.

–Hola –dijo él–. Siento no haber llamado antes, pero he pensado que podríamos... –se interrumpió de repente–. Eh, tienes pecas.

Solo unas pocas, pero nunca se había fijado antes.

Treena se frotó el puente de la nariz con los dedos.

–Oh, cielos. Me has pillado sin maquillaje –dijo. Se encogió de hombros y retrocedió un par de pasos–. Esto te pasa por no avisarme. Entra. Estaba limpiando.

–¿Necesitas ayuda?

–Seguro que crees que te voy a decir «no, gracias», muy educadamente –dijo ella, yendo hacia la cocina–. Ni lo sueñes. Me crie con hermanas que siempre intentaban saltarse las tareas de la casa, así que no me quedaba más remedio que aprovechar cualquier ayuda que se presentara. Saca la mopa atrapapolvo de ese armario. Puedes limpiar las pelusas bajo los muebles del salón mientras yo termino de quitar el polvo –le sonrió con ironía–. Y no te cortes, mueve los muebles si quieres. Sé que la limpieza es una de tus mayores preocupaciones.

Treena fue hacia el salón riendo y Jax la siguió, siguiendo con los ojos el balanceo de sus caderas, que fue haciéndose más marcado al seguir el ritmo de la música que sonaba en el salón. Al llegar junto al aparador de caoba, Treena se agachó y continuó meneando el trasero mientras daba brillo al mueble. Jax la contempló durante un minuto, sin poder moverse, hasta que se dio un pellizco mental y se concentró en la labor que le habían encargado.

Dando la vuelta a la mopa, la estudió un momento. Colocó el trapo desechable, lo sujetó bien y empezó a pasarla por el suelo.

–Este invento está muy bien –dijo, sonriendo.

Treena se volvió para mirarlo y sonrió.

–Sí, es una de esas cosas que te gustaría haber inventado, ¿verdad? Sencilla, eficaz y fuente de un montón de millones.

Jax la contempló pensativo.

–¿Qué harías si tuvieras un millón de dólares?

–Comprar un estudio –respondió ella, sin vacilar.

Jax dejó de empujar la mopa y se apoyó en ella.

–¿Como qué? ¿Como Warner Brothers?

Treena se echó a reír tan fuerte que se sentó hacia atrás hasta quedar sentada en el suelo. Levantando los pies, giró sobre el trasero para volverse hacia él.

–¡No! Creo que para eso necesitaría más de un millón de dólares. Me refiero a un estudio de baile. Un sitio donde pueda dar clases y alquilar salas de ensayo.

–¿Quieres ser profesora de baile? –preguntó él con incredulidad.

Aquella mujer no dejaba de ser una caja de sorpresas.

—Sí —dijo ella. Al oír la extrañeza en la voz masculina, añadió con una sonrisa—: Sé que no suena muy emocionante para un tipo que se ha recorrido los casinos de medio mundo, pero me gusta dar clases de baile y, lo creas o no, se me da bien. Estaba ahorrando para montar uno, pero... bueno, la situación cambió.

Jax quería seguir preguntando, pero ella levantó una ceja y se le adelantó.

—¿Y tú? ¿Qué harías tú si tuvieras un millón de dólares?

—Bueno, hace dos años en el Club de Aviación de Francia en París gané un millón trescientos mil dólares.

Treena lo miró boquiabierta.

—Pero antes de que te quedes demasiado impresionada, debo decir que eso no me convierte en millonario. Tuve que pagar casi la mitad a tío Sam en impuestos.

Treena cerró la boca.

—Oh, qué pobre. Solo te quedaron seiscientos mil o setecientos mil por una noche de trabajo.

—Cuatro días de trabajo, cielo. Cuatro días interminables. Por no mencionar el tiempo invertido en viajes.

—Sí, claro. A París.

—Ya veo que no te da pena pensar que he estado cuatro días trabajando duro, al borde del infarto, ¿verdad?

Ella emitió un bufido, pero lo miró con interés.

—¿Cuál fue la apuesta más alta que hiciste?

Jax no tuvo ni que pensarlo.

—Ciento noventa y dos.

—¿Dólares?

—Miles de dólares.

Treena volvió a abrir la boca, sin poderlo creer.

—¿Ciento noventa y dos mil dólares? ¿Apostaste ciento noventa y dos mil dólares de una sola vez?

Él sonrió divertido al ver la expresión de su cara. Pero aquella partida era un buen recuerdo, y dijo:

—Tenías que haberlo visto, Treen. Dije «apuesto todo», que significa que apuestas todas las fichas que te quedan.

—Oh, Dios mío —gimió ella.

–Es una de las tácticas favoritas de los europeos, pero normalmente yo hago unas apuestas bastante comedidas, y los jugadores del circuito lo saben. Así que jugué con ventaja. Mi rival más duro en aquella mano era un australiano llamado Benny. De hecho, él tenía mejores cartas que yo, pero las tiró porque pensó que si yo lo apostaba todo tenía que tener algo insuperable –explicó con una amplia sonrisa–. En el bote había trescientos siete mil dólares.

Treena sacudió la cabeza y levantó los ojos hacia el cielo.

–Ni siquiera me lo puedo imaginar. Yo estaría sudando como una histérica –dijo.

Su voz sonó un poco chillona, pero inmediatamente Treena recuperó la compostura y lo miró arqueando una ceja.

–Bueno, ¿quieres ser socio de un bonito estudio de baile?

Sin darle un momento para decidir si hablaba en serio o no, ella continuó:

–¿Qué te compraste con las ganancias?

–Un traje nuevo. Bueno, por lo menos la chaqueta.

–¿Una chaqueta de traje? ¿Nada más?

–Eh, era una chaqueta preciosa.

Treena lo miraba como si estuviera loco, y él se encogió de hombros.

–La verdad es que no quería muchas cosas. Pero sí tomé el Eurostar y fui a pasar unos días a Londres.

–Oh, Dios mío –exclamó Treena, apoyándose en los codos y estirando las piernas largas y desnudas delante de ella–. París, Londres, el Eurostar. Podría estar escuchándote todo el día. Cuéntame todo lo que viste.

Y así lo hizo él, obsequiándole con historias de Londres y París que ella escuchaba entusiasmada mientras continuaban limpiando. De vez en cuando, se volvía hacia él y lo miraba con ojos desmesuradamente abiertos, escuchando atentamente las descripciones e historias que él le contaba sobre alguno de los muchos lugares que había visitado. Él intentó limpiar a su vez, pero ella seguía haciéndole preguntas, por lo que Jax terminó cruzándose de brazos y hablando.

Por fin llegó un momento en que ya no podía soportarlo más. Treena estaba tan entusiasmada que él tenía que tocarla, tenía que sentir con sus propias manos el calor que irradiaba de su piel y de su personalidad. Cruzó la habitación, se agachó a su lado, metió un brazo bajo los muslos femeninos y le rodeó la espalda con el otro y la alzó en el aire.

Ella dejó escapar un grito de sorpresa y se sujetó a sus hombros.

–¿Qué haces...?

Jax le cubrió la boca con la suya.

–Oh –murmuró ella bajo sus labios, y lo besó a su vez.

Jax sabía que no era la mejor idea del mundo, que debía seguir un método de seducción frío y calculado, que tenía que excitarla sin perder el control de sus propias emociones. Pero igual que una piedra arrojada a un pozo, sintió que caía irremediablemente en su poder. Los labios femeninos eran suaves y dulces. Su boca era cálida y acogedora, con sabor a café, y a Treena, y a deseo y a pasión. Y él deseaba mucho más. Sin interrumpir el beso, fue hasta el sofá y se dejó caer en él, con Treena como un delicioso y esbelto peso sentada en su regazo.

Se besaron durante minutos, o durante horas, imposible saberlo. Había perdido la noción del tiempo. Por fin, Jax levantó la cabeza y la miró.

–Dios, Treena –dijo casi sin aliento–, no sé qué me haces.

Y ese era el factor del plan con el que no había contado.

–Dímelo a mí –dijo ella, con una risa entrecortada–. Lo mismo digo.

Sujetándole la nuca con la mano, Treena le atrajo la cabeza hacia sí para poder volver a besarlo.

Jax lo aceptó sin dudarlo y sin resistirse, abriendo la palma derecha sobre la garganta femenina, sujetándole la mandíbula con los dedos y abriendo de nuevo la boca en ella. Las lenguas se acariciaron y los dos gimieron.

Treena se sintió al borde de perder el control y trató de detenerse antes de perderlo por completo. El problema era que Jax la besaba como nadie la había besado nunca. Los minutos pasaban, y de vez en cuando una neurona prendía en su cerebro recordándole que debía reprimirse, pero inmediatamente se perdía en el mar de sensaciones que le bombardeaban desde cada ángulo.

Cuando la mano masculina descendió por su garganta hasta el pecho, ella recuperó la cordura por un momento. Más que tensarse, se incorporó ligeramente sobre el regazo masculino y el movimiento interrumpió el recorrido de los dedos.

Sin embargo, el cambio de postura no interrumpió la presión ni las caricias de los labios masculinos en los suyos, ni de la lengua apasionada y juguetona que entraba y salía provocadoramente de su boca, dominante y elusiva a la vez. Con un gemido de frustración, Treena le sujetó la cabeza y la inmovilizó para pegar más la boca masculina a la suya y acabar con la tortura.

Tan entregada estaba al beso, que apenas notó la mano masculina acariciándole el pecho hasta que le pellizcó el pezón con el pulgar y el índice.

Treena contuvo el aliento al sentir el rayo de deseo que descendió entre sus piernas. Y antes de poder decidir si era la mejor sensación del mundo, o quizá la más aterradora, Jax retiró la mano y dejó que sus dedos trazarán delicadamente el borde del sujetador.

Entonces, él alzó la cabeza y la miró.

—Tienes una piel maravillosa —murmuró con una sonrisa. Metiendo los dedos bajo una de las tiras del sujetador, se la bajó por el hombro—. Tienes un cuerpo tan perfecto y tan en forma, y una piel tan cremosa, tan increíblemente sedosa y suave.

Inclinando la cabeza, Jax mordisqueó la piel que acababa de dejar al descubierto.

—Quiero acariciar cada centímetro de tu cuerpo —continuó él, sin interrumpir su lenta exploración.

A Treena le pareció una excelente idea.

Jax movía las manos con lentitud, y no parecía tener prisa por meterlas por dentro de la ropa interior. Treena sabía que estaba excitado, por la respiración entrecortada y por la erección dura y firme que sentía contra la cadera. Pero él continuó mordisqueándole el hombro y lamiendo las pequeñas marcas que iban dejando los dientes a su paso.

Jax se tomó su tiempo y solo se interrumpió para depositar un reguero de besos por la garganta femenina. Y donde no estaban sus labios, estaban sus manos. Las puntas de los dedos le acariciaban los brazos, el cuello, la garganta, y de vez en cuando se acercaban hacia la tela que le cubría los senos, aunque manteniéndose alejadas de los pezones.

Hasta que Treena llegó al punto de no poder concentrarse en nada más. Meneándose sobre el regazo del hombre, le sujetó un mechón de pelo castaño con la mano y guio la boca masculina hasta la suya. La siguiente vez que la mano de Jax se acercó al sujetador, ella se volvió hacia él, metiendo el seno en la palma de su mano.

«¡Sí!»

Una exclamación de triunfo resonó en el pecho masculino, y Jax sonrió sobre los labios de Treena. Dios, nunca le había costado tanto provocar la respuesta de una mujer, y nunca había sentido tanto placer al conseguirla. Empezaba a sentirse atrapado en la red que él mismo estaba tejiendo.

Una parte de él solo quería desnudarla por completo y enterrarse en ella para satisfacer la ardiente necesidad de alcanzar el clímax de una vez por todas. Pero otra parte de él disfrutaba intensamente de acariciarla, de sentir el tacto sedoso de la piel femenina bajo sus manos, de la estela de piel de gallina en ella tras las delicadas caricias de sus dedos.

Ya no sabía quién era la mujer que tenía entre sus brazos. ¿La chica despreocupada y apasionada que casi se había entregado a él sobre el capó del coche en un aparcamiento y que había estado a punto de llegar hasta el final a las veinticuatro horas de conocerlo? ¿O era la mujer más cauta ese día? La noche del aparcamiento, ella había estado tan excitaba como él, de eso no le cabía la menor duda. Pero ella lo había interrumpido de todas maneras, y él se había dado cuenta de que había mostrado la misma confusión y desconfianza que mostraba hoy.

Ahora no tenía tiempo para analizarlo, porque hasta ese momento su cerebro había tenido que concentrarse en contener su erección para poder mantener el control, y quizá por un momento la lógica y la sensatez parecían llevar las de ganar.

Sin embargo, de repente, toda lógica y sensatez quedaran atrás.

Si Treena estaba fingiendo, no le importaba. Los entrecortados jadeos de sorpresa que arrancó de la garganta femenina cuando le pellizcó el pezón tuvieron un efecto inmediato en su miembro viril. Este, a su vez, empujaba insistentemente contra la curva de la cadera femenina, frotándola y meciéndose como preguntándose dónde demonios estaba escondida la entrada al paraíso.

Jax deslizó los pulgares bajo el desgastado sujetador de deporte y lo alzó por encima de los senos. Por un momento pensó que ella se tensaría otra vez y lo rechazaría, pero fue él quien quedó paralizado cuando vio las cálidas curvas que había dejado al descubierto.

Eran exactamente como los recordaba de la primera noche bajo el vestido negro y escotado, solo que esta vez los podía ver enteros, y eran preciosos: suavemente redondeados y coronados por dos pezones de un cálido tono canela, duros, tensos y erectos hacia él.

Fue Treena quién se cruzó las manos sobre el pecho y se quitó la prenda por la cabeza.

–Dios –dijo él con voz áspera–. Son incluso más bonitas de lo que imaginaba.

Treena esbozó una sonrisa.

–Sí, ¿por qué serán un imán tan potente para los tíos? Incluso los bailarines homosexuales del grupo hacen comentarios.

–Es porque no tenemos –dijo él, recorriéndole con los dedos la parte inferior del pecho izquierdo–. Y menos mal, porque si tuviéramos nos pasaríamos todo el día tocándolos y no haríamos nada más. Son estéticamente bellísimos –dijo, acariciándolos y haciéndolos bailar con las palmas de las manos–. Acción y reacción –murmuró él, y después alzó la vista y la miró con una sonrisa avergonzada–. Sin duda, tiene que ser la reacción más alucinante del mundo.

Treena había empezado a cerrar los ojos, pero los abrió de nuevo un momento, a punto de soltar una carcajada.

–Cuidado. No empieces a decir tonterías o tendré que pensar que el tonto empollón de tu adolescencia existió de verdad. Por favor, ¿acción, reacción? Es una teta, tiene que bailar –dijo ella. Le ofreció una amplia sonrisa–. Aun con todo, la reacción tampoco está tan mal al otro lado de la carretera.

–¿Ah, no? Déjame verlo más de cerca –dijo él, e inclinó la cabeza, pero cuando descendía hacia los pezones endurecidos que le llamaban en silencio, algo atrajo su atención–. Eh, tienes dos, cuatro, seis, siete pecas –dijo, contando las diminutas pecas que salpicaban el escote femenino como trocitos de chocolate en un helado de vainilla.

–¿Qué te pasa con las pecas? Es la segunda vez hoy que me las cuentas. ¿Eres fetichista o algo así?

–Nunca me he considerado tal cosa –dijo él, divertido–, pero es como tropezar de repente con un tesoro escondido, así que a lo mejor lo soy –aseguró con una sonrisa cohibida–. Allí dónde hay una peca, soy un hombre perdido.

–Oooh –murmuró ella, meneándose contra su erección.

Jax contuvo el aliento, casi desfalleciendo.

–Bien, se acabó –exclamó–. Ahora ya nada me puede parar.

Se alzó sobre el pecho femenino, bajó la cabeza y rodeó el pezón con los labios. Se lo metió en la boca, lo presionó contra el paladar y succionó.

–Oh, Dios mío... –jadeó ella, echando la cabeza hacia atrás, y empujando el pecho aún más en la boca masculina.

Jax lo lamió, jadeando sobre el pezón húmedo, y ella se estremeció. Lo succionó, y ella perdió la razón.

La última reacción fue su favorita, pensó Jax. Le gustó verla sin aliento y con la mirada nublada, y se olvidó de su propia necesidad concentrándose únicamente en excitarla hasta lanzarla al borde de un abismo de placer.

Jax le soltó el pecho, y sonrió complacido cuando ella lo sujetó con la mano y lo alzó hasta su boca, buscando de nuevo las caricias de sus labios y de su lengua.

Él deslizó los dedos sobre el estómago y la suave piel del abdomen femenino, que fueron descendiendo para explorar el hueco del ombligo, y más abajo, más allá de la cintura de los vaqueros deshilachados que marcaban el límite de las caderas. Cuando las piernas femeninas se separaron, su erección latía al ritmo del «Oh, señor, aleluya».

Sin embargo, la postura no era la ideal, y él la levantó de su regazo y la tendió de espaldas en el sofá, tendiéndose de costado a su lado. Ella parpadeó y, apoyando la cabeza en la mano, Jax le sonrió, admirando las mejillas encendidas, los ojos entrecerrados y los labios hinchados.

–¿Estás cómoda? –dijo, antes de bajar la cabeza y besarla otra vez.

Treena gimió suavemente, y le acarició el pecho con la mano.

Recorriendo con los dedos la tela de la camiseta, emitió un sonido de insatisfacción y apartó la boca.

–No vale –dijo en un hilo de voz–. Yo estoy medio desnuda, y tú no te has quitado nada.

Jax se quitó la camisa. Todavía tenía la cara cubierta con la tela de seda de la camiseta cuando sintió la mano femenina acariciándole los pectorales. La notó moverse junto a él, y después sintió los labios femeninos en el lugar donde habían estado sus dedos. Terminó de quitarse la camiseta por la cabeza.

Era maravilloso, pero temiendo perder por completo el control, hundió las manos en la melena femenina y, enredando los rizos pelirrojos entre los dedos, le echó la cabeza hacia atrás hasta que los labios de Trenna dejaron de besarle y ella lo miró.

–He estado pensando en esto desde el momento que te vi –reconoció él–. Y no queremos que termine antes de empezar.

Bajó la cabeza para besarla, pero fue un intento inútil, porque ya no estaban al mismo nivel.

Treena se echó a reír y se arrastró hacia arriba, frotándose contra sus costillas. Rodeándole el cuello con los brazos lo besó.

Y en ese momento, la pasión entre ellos se encendió una vez más, con más intensidad incluso que antes.

Jax asió un mechón de pelo rojizo con la mano apretada y la

besó, buscando con la lengua dentro de la boca femenina, como si quisiera encontrar hasta el más recóndito de sus sabores. El deseo se apoderó de él, y acarició con la otra mano el pecho femenino, para después, soltando los brazos que le rodeaban el cuello, deslizarse sofá abajo para sustituir las caricias de sus dedos con los labios. Su otra mano se insinuó entre las piernas femeninas, y curvó los dedos, presionando la palma sobre el montículo del placer.

–Oh, Dios, Jax –gimió ella, estremeciéndose.

Treena deslizó las manos por los hombros masculinos, apretó los músculos redondeados que se unían a los brazos mientras él frotaba la costura que descendía entre sus piernas.

Después, apartó la mano, y jadeando temblorosa, Treena le acarició el pecho con las palmas de las manos.

Pero él no había terminado, ni por asomo. Liberando el pezón de su boca, Jax volvió la cabeza para ver cómo él mismo desabrochaba los pantalones cortos y bajaba la cremallera. Los vaqueros de cintura baja se abrieron al instante, y descubrieron unas diminutas braguitas de encaje rosa. Metió los dedos bajo la cintura de la prenda y vio como los dedos desaparecían bajo la tela. Pronto sintió que sus dedos se deslizaban sobre un sedoso triángulo de vello y descendían hacia los labios suaves y húmedos de deseo. Un sonido sospechosamente similar a un gruñido escapó de la garganta femenina, y Jax continuó avanzando hasta que el dedo anular encontró la apertura que buscaba y se adentró en ella.

–¡Oh! –jadeó ella.

Treena buscó a tientas la cremallera de los pantalones de Jax, pero entre los dedos que acariciaban su punto interior más sensible y la palma que se apretaba y balanceada sobre la perla excitada del clítoris, apenas podía pensar. Continuó sujetando la pequeña pieza de metal con los dedos, incluso a pesar de que el orgasmo que estaba punto de apoderarse de ella le impedía recordar qué era lo que quería hacer con el trocito de metal frío que tenía en la mano.

Jax podía esperar. A duras penas, cierto, pero podía hacerlo.

Quería que ella alcanzara el clímax primero; después, como los marines, entraría sin perder tiempo. La movilidad de sus manos se veía restringida por la tela de los pantalones, pero la espalda femenina arqueada hacia el techo lanzaba los senos hacia arriba, y él bajó la cabeza para lamer uno de los pezones.

Entonces Treena se tensó alrededor del dedo que Jax había enterrado en ella, y una potente ola de calor envolvió una y otra vez el dedo masculino, a la vez que ella se desmoronaba sobre él gimiendo roncamente.

—Así es, cielo —susurró él, contemplando la expresión de intenso placer en el rostro femenino—. Déjate llevar.

Jax mordisqueó de nuevo el pezón con los dientes y sintió otra contracción más fuerte en el dedo.

—Así es, córrete. Ah, Treena, sí. Cielo santo, esto es precioso.

Un momento después, ella se desplomó, como si toda la tensión que había arqueado su cuerpo hubiera salido lanzada por la fecha del placer. Jax se sentía infinitamente bien a pesar de tener una potente erección. Todavía no había alcanzado su propio clímax, pero había algo maravilloso en el hecho de haberle dado a ella el máximo placer. O quizá más concretamente, de haber visto cómo lo alcanzaba. Además, ahora llegaba su turno.

Sacó el dedo del cuerpo femenino y la mano de los pantalones y se estiró para besarla, sonriendo contra los labios femeninos, al notar la lánguida pereza de la boca de Treena. Era evidente que el orgasmo la había dejado sin energía. Metiendo una mano en el bolsillo del pantalón, sacó la cartera y buscó el preservativo que llevaba desde que la conoció.

—¿Estás bien? —susurró él, retirando la mano que descansaba sin fuerzas sobre su bragueta.

—Hm —murmuró ella, parpadeando.

Pero no se movió. Solo parpadeó un poco más.

—Creo que no me queda ni un hueso en el cuerpo —añadió.

Jax se echó a reír.

—Tómate tu tiempo. No pienso empezar sin ti.

Treena abrió los ojos y su mirada se deslizó hasta donde la erección masculina presionaba contra su cadera.

—¿De verdad?

Treena pareció sorprendida por su respuesta, y como si no creyera la veracidad de sus palabras, hizo un esfuerzo por moverse.

—Oh, Dios.

Le quitó el preservativo de las manos.

—Dame. Deja que te eche una mano con eso.

Jax retiró la mano.

—Eh, no tan rápido. No hay prisa.

Ella lo miró confusa, y él la estudió durante unos segundos, tratando de entender su reacción. La mujer se estaba comportando como si fuera una novedad que no había experimentado nunca. Y aunque no le hiciera ninguna gracia reconocerlo, era lo mismo para él. Nunca había sentido aquella intensidad con nadie.

Pero aquel no era el momento de detenerse a pensarlo, cosa que le quedó muy clara cuando Treena le rozó la erección con la mano. Jax dio un respingo, y sintió su miembro endurecerse aún más mientras ella lo acariciaba despacio. Era evidente que la chica tenía ganas de marcha.

Jax bajó la cabeza y la besó con intensidad. La situación estaba empezando a arder por los cuatro costados cuando sonó el teléfono. Los labios de Treena se detuvieron bajo los suyos durante un segundo, pero enseguida se relajó contra él. Rodeándole el cuello con un brazo, Treena desabrochó la cremallera de los pantalones con la mano libre y deslizó la mano al interior. Jax contuvo el aliento al sentir la piel sedosa de los dedos femeninos en él.

El teléfono continuó sonando hasta que saltó el contestador y se oyó la voz de Treena a lo lejos. De repente, la voz histérica de Carly interrumpió la neblina de placer que los envolvía.

—Oh, mierda, oh, mierda, no estás en casa. Me he cortado con un cuchillo, y, oh, Dios, Treen, estoy sangrando como un cerdo. Se me ve hasta el hueso.

Lo siguiente que supo Jax fue que la mano de Treena había desaparecido, él estaba sentado en el suelo y Treena saltaba apresuradamente sobre su cuerpo hacia el teléfono, maldiciendo como una camionera, y descolgaba el auricular.

Capítulo 13

Cuando por fin Treena logró hablar con una enfermera que se había detenido en la recepción de Urgencias para hacer una anotación en un gráfico, el sol ya se estaba poniendo en el horizonte.

–Disculpe –le dijo a la mujer–. ¿Puede decirme cuándo van a atender a Carly Jacobsen? Lleva esperando más de dos horas.

–Lo siento, pero tenemos mucho trabajo. Primero atendemos los casos más graves.

–Pero se ha cortado hasta el hueso. Está sangrando.

–Le echaré un vistazo.

La enfermera rodeó la recepción y la siguió hasta donde Carly y Jax esperaban. Agachándose delante de la mujer herida, retiró con sumo cuidado el trapo con el que Carly se había envuelto la herida.

–Oh, cielos. Estaba fregando un vaso, ¿verdad?

–Sí –dijo Carly–. ¿Cómo lo sabe?

–Vemos muchas heridas como esta –volvió a cubrir la herida y se puso en pie–. Pero ya ha detenido la hemorragia, así que me temo que tendrá que esperar a que le pongan puntos cuando haya menos gente. Ha habido una guerra entre pandillas, y la policía ha traído a varios heridos. Solo que sus heridas eran de arma blanca y bala –explicó, y después, tras dar una palmadita a Carly en el brazo, giró sobre sus talones y se alejó.

–Lo siento –dijo Treena mirando a su amiga, que había apoyado la cabeza en la pared y cerrado los ojos.

Se sentó a su lado.

—No importa, Treena. Tiene razón. Para mí es algo serio, pero no se puede comparar con una herida de bala.

—¿Te duele?

—No, ahora tengo los dedos medio dormidos. Pero espero que me atiendan antes de que se despierten.

—Te atenderán —le aseguró Jax, hablando por primera vez en bastante rato.

Treena se volvió hacia él.

—Mira quién fue a hablar. Un tipo que seguramente ha estado en hospitales de todo el mundo.

—Bueno, eso es exagerar un poco. Pero he tenido un par de roces con heridas que empiezan adormecidas y duelen después, y normalmente siguen dormidas hasta que empieza a hacer efecto la anestesia.

Dio un codazo a Treena, y esta supo que se lo estaba inventando para tranquilizar a su amiga. La táctica pareció dar resultado, porque Carly asintió con la cabeza sin abrir los ojos. Incluso sonrió ligeramente.

—Me alegra saberlo —susurró—. Con el dolor soy como una cría.

—Entonces asegúrate de que te recetan algún analgésico para más tarde —aconsejó Jax.

Al apoyarse de nuevo en el respaldo de la silla, rozó el muslo de Treena con el suyo, y esta sintió cómo se le endurecían los pezones. No era una sensación frecuente después de enrollarse con un hombre, pero tampoco había sentido jamás nada tan intenso como con Jax unas horas antes en el sofá.

Estiró el brazo y tomó la mano libre de Carly, entrelazando los dedos y tratando de llevar sus pensamientos hacia un tema más apropiado a la situación. Pero no podía evitar mirar de soslayo a Jax. Antes de que el teléfono la hiciera salir corriendo de su apartamento, había estado en el séptimo cielo disfrutando de las sensaciones post-orgasmo, con la mano descaradamente metida en los pantalones de Jax y sintiendo por primera vez en mucho tiempo los latidos de un pene erecto en la palma de la mano.

Pero el teléfono la había arrancado de la neblina aletargada de su propio placer y la había hecho salir disparada a la cocina de Carly, donde el rastro de gotas de sangre en el suelo entre el fregadero y el teléfono daban testimonio de lo ocurrido. Su amiga estaba al borde de la histeria, los perros y los gatos nerviosos y agitados, y ella apenas había tenido tiempo para pensar con claridad. Solo la serena presencia de Jax la había ayudado a recuperar la calma. Sentó a Carly en una silla y envolvió la herida con un trapo limpio antes de llevarla hasta el coche de Jax y al hospital.

Y ahora que tenía tiempo para analizar sus emociones, no podía hacerlo. Por un lado se sentía saciada, porque nunca había tenido un orgasmo parecido al que Jax le había provocado. Por otro se sentía culpable por haberlo dejado a mitad. Además, sentía haberse perdido el acontecimiento principal, después de tan maravillosos preliminares.

Y por supuesto también sentía que la pobre Carly tuviera que estar esperando tanto rato en una sala de urgencias abarrotada con un profundo corte en la mano. Y cómo no, también se sentía avergonzada por no estar más preocupada por su amiga que por la situación con Jax.

—Oh, Dios mío, los niños —dijo Carly, abriendo de repente los ojos y levantando la cabeza—. Iba a darles de comer en cuanto terminara de fregar, pero cuando he visto la sangre me he olvidado de todo. Deben de estar subiéndose por las paredes.

Treena se puso en pie.

—No he traído el móvil, pero buscaré un teléfono fijo y llamaré a Mack para que se ocupe de ellos.

—Pregúntale si puede sacar también a los perros a hacer sus cosas.

—De acuerdo.

—Toma —Jax se levantó, se sacó el móvil del bolsillo y se lo ofreció—. No hace falta que busques un teléfono. Usa el mío.

—Mucho mejor —dijo ella, agradeciéndoselo con una sonrisa.

Por un momento, sus caras estuvieron tan cerca que sus alientos se mezclaron. Jax no había protestado ni una sola vez por la inesperada interrupción cuando estaba a punto de alcanzar su propia satisfacción sexual. De hecho, se había portado maravillosamente. Pero también estaba más callado que de costumbre, y Treena se preguntó qué pensaría de lo ocurrido. Dejándose llevar por un impulso, se estiró y le dio un beso en los labios.

–Gracias –dijo–. Por todo –tomó el teléfono–. Saldré a llamar afuera.

Poco después estaba hablando con Mack y en cuanto le explicó la situación, el hombre le aseguró que se ocuparía de los animales de Carly y que le dijera a su amiga que no tenía que preocuparse de nada, solo de ponerse bien. Treena colgó sonriendo.

Era un buen amigo.

Y pensando lo reconfortante que era poder contar con un buen amigo en una situación como aquella, marcó el número de Ellen. La mujer era lo más cerca que Carly y ella tenían a una madre, al menos en el estado de Nevada. Más aún, Ellen conocía a Carly mucho mejor que su propia madre, y Treena pensó que sería agradable contar con ella.

En cuanto la mujer descolgó el teléfono y Treena le explicó lo sucedido, la respuesta de Ellen fue inmediata.

–Oh, querida, qué horrible. Para ella, y también para ti. ¿En qué hospital estáis? ¿En Desert Springs?

–Sí.

–Ahora mismo voy.

–No hace falta que vengas –dijo Treena, tratando de hablar como si lo dijera en serio.

–Claro que sí –dijo la mujer.

–Pero podemos estar aquí toda la noche –le advirtió–. Nos han dicho que sus lesiones no están muy arriba en la lista de prioridades.

–Como si estáis hasta pasado mañana –dijo Ellen–. Estaré allí en diez minutos. Veinte máximo si hay mucho tráfico.

Y sin más, la mujer cortó la comunicación.

Treena se volvió para entrar de nuevo al hospital, pero entonces se dio cuenta de que tenía que llamar al trabajo para avisar de lo ocurrido. No era probable que pudiera llegar a tiempo para la función de las ocho de la tarde, y aunque lo hiciera, tampoco estaba mentalmente en forma, aunque no se podía saltar una función de *La Stravaganza* sin pensar en perder el empleo. Alejándose de la puerta automática, marcó el número de la directora.

Minutos más tarde colgó de nuevo y con el consejo de Vernetta-Grace de tomarse el resto del día libre, volvió a la sala de Urgencias, donde un gran número de personas, adultos y niños, esperaban a ser atendidos.

Se sentó de nuevo entre Carly y Jax.

—Mack me ha dicho que él se ocupa de todo y que no te preocupes de nada más que de curarte.

—Es un encanto.

—Sí. Y Ellen está en camino.

—Oh, qué bien, que bien, que bien. En estos momentos necesito a mi mamá —dijo Carly con voz mimosa—, y Ellen es la madre perfecta para estas situaciones.

Treena se echó a reír.

—Ellen es la mejor —dijo con total sinceridad, y dio a su amiga un suave codazo—. Eh, a lo mejor trae galletas.

Ellen no llevó galletas, pero sí consuelo inmediato. Entrando en la sala de espera de Urgencias poco después, rápidamente localizó al trío. Vestida con una de las blusas que había comprado el día anterior, una color fucsia con gris que acentuaba el tono plateado de su pelo, se acercó a Carly y le dio un abrazo.

—¿Te encuentras bien, querida? Estás muy pálida.

—Un poco asustada —reconoció Carly—, pero no me encuentro mal. No me duele y Jax dice que seguramente tampoco me dolerá cuando me den algún analgésico. Pero estoy bien... —le aseguró—, si no lo pienso demasiado, claro. No me gusta la sangre, y mucho menos ver la carne abierta y todo lo que hay por dentro.

—Claro que no —dijo Ellen, sentándose a su lado—. Si te gustara, en vez de bailarina serías enfermera.

—Exacto.

Treena sabía que Ellen sería el antídoto que necesitaban.

De repente, Jax se puso en pie y ella levantó la cabeza para mirarlo.

—Oye —dijo, hundiendo las manos en los pantalones de los bolsillos y mirándola—. Ahora que está aquí Ellen, ¿te importa que me vaya? —preguntó. Miró a la bibliotecaria jubilada—. Si no le importa llevarlas a las dos a casa, claro.

—No, claro que no.

Treena se levantó, con movimientos casi torpes, como si de repente no tuviera ni una sola articulación en los brazos y las piernas. Maldita sea. Jax estaba furioso con ella. Solo que era demasiado bien educado para dejarlas a las dos solas.

—No pongas esa cara —dijo él, y sujetándole el brazo con los dedos la llevó a unos metros de allí para hablarle en privado.

Treena se tensó.

—Estás enfadado conmigo.

—No, en absoluto. Sé lo que estás pensando, pero esto no tiene nada que ver con lo que ha pasado, o mejor dicho con lo que no ha pasado, antes. Es que mañana es el primer día del torneo y tengo que prepararme mentalmente para jugar.

—Oh, cielos, ¿ya empieza mañana?

—Sí. Y antes de que empiece siempre paso una tarde tranquilo pensando en todo lo que hay en mi vida para que nada interfiera cuando juego.

—Sí —dijo ella, pero no pudo evitar un tono de cinismo en la voz al añadir—: Entonces, ¿qué estabas haciendo en mi casa?

—No pensaba quedarme mucho rato —le aseguró—. Pensé que podíamos ir a dar una vuelta, despejarme un poco la cabeza —le frotó los brazos con las manos—. Lo creas o no, acostarme contigo no estaba en mis planes. Y desde luego esto tampoco —añadió, señalando con la cabeza hacia la sala de espera.

—Vale —dijo ella más tranquila.

Intentó dar un paso atrás, pero las manos masculinas se aferraron a sus brazos, y ella echó la cabeza hacia atrás para mirarlo.

—Buena suerte con tu karma, o lo que sea. Y buena suerte mañana también.

—¿Quieres desearme suerte de verdad?

—Claro que sí.

—Entonces hazlo con esto.

Jax bajó la cabeza y la besó. Cuando alzó la cabeza de nuevo, Treena era apenas incapaz de mantenerse de pie.

—Para que me dé buena suerte —dijo él, y le sonrió—. Me encanta ver esa expresión en tu cara.

—¿Hm? —Treena parpadeó e intentó concentrarse—. ¿Qué expresión?

—Esa que dice «tómame».

Treena abrió desmesuradamente los ojos y soltó una carcajada, pero clavó los dedos en el pecho masculino y fingió sentirse terriblemente ofendida.

—Dios mío, y yo que creía que eras un hombre modesto.

—La modestia no tiene nada que ver con esto. Sé reconocer las señales cuando las veo. Y, cariño, tú tienes más señales que una carretera de montaña. Tómame —le repitió en voz muy baja al oído—. Tómame, tómame, tómame.

Treena tuvo que morderse la mejilla por dentro para no reír.

—Acuérdate de girar la cabeza a un lado cuando vayas a salir por la puerta —le aconsejó—. No queremos que te des un golpe tratando de salir de frente. Aunque pensándolo bien, no tendrías que ir muy lejos para que te curaran —añadió, y dio un paso atrás para estudiarlo—. Aunque ya has visto lo que tardan en atender a alguien que se está desangrando, y no creo que esperar aquí mientras se te hincha el cerebro todavía más te ayude mucho en el torneo.

Jax se echó a reír.

—No cedes ni un ápice, ¿verdad? Te llamaré cuando pueda.

Y antes de que ella pudiera responder, él la apretó contra él y la besó con fuerza una vez más. Después, dio media vuelta y se fue.

Treena lo observó mientras desaparecía por las puertas automáticas de cristal y después volvió a la sala de espera. Casi había llegado a su sitio cuando se dio cuenta de que Carly ya no estaba.

—¿Por fin la han llamado? —preguntó dejándose caer en una silla junto a Ellen.

—Sí, en cuánto le he recordado a la enfermera algunas decisiones jurídicas sobre la costumbre de algunos hospitales de olvidarse de los pacientes menos urgentes.

—Eres increíble.

—Después de tantos años en una biblioteca, sé cómo documentarme y he trabajado tanto con la gente que soy una experta en resolver problemas —dijo la mujer con una sonrisa—. Y lo cierto es que a Carly tenían que haberla llevado a la sala de espera urgente en cuanto ha entrado por esa puerta. Solo que en ese momento han llegado casos más serios, y se han olvidado de ella.

—Pero hace un rato he hablado con una enfermera y le ha echado una ojeada a la herida. ¿No tenía que habernos enviado a otra sala entonces?

—Por lo visto, después de verla ha colocado su historial entre la pila de urgentes. Yo solo le he dado un último empujoncito.

Treena apoyó la cabeza en el hombro de la mujer.

—Eres mi heroína.

Ellen se echó a reír.

—Y tengo tarifas muy razonables —le aseguró, divertida.

Estuvieron en silencio unos minutos, hasta que Ellen volvió a hablar.

—Ayer dijiste algo que me intrigó, sobre que preferías los preliminares al sexo en sí. Si quieres, puedes explicar a la doctora Ellen qué querías decir exactamente.

Treena se incorporó en la silla, reprimiendo su primer impulso de responder negativamente. Aunque deseaba hablar con otra mujer, nunca se había atrevido a confesar a Carly que el sexo no le interesaba tanto como parecía. Quizá si lo hubiera reconocido desde el principio, ahora podría admitirlo sin problemas, y no temería confesarlo sin quedar como una idiota. O peor aún, como una mentirosa.

Además, Ellen era una mujer que nunca juzgaba a nadie y se volvió hacia ella. Abrió la boca para empezar, pero la volvió a cerrar.

—Me da un poco de corte —murmuró.

—Ah, querida, no. Lo último que deseo es hacerte pasar un mal rato.

—No, no eres tú, créeme, soy yo —empezó Treena—. Tengo treinta y cinco años y muchos hombres me consideran lo más parecido a una ninfómana. Eso tiene más que ver con mi imagen de bailarina que conmigo como persona, lo sé. Pero aún con todo. Cuando un hombre me invita a salir, cree que va a vivir la noche de su vida. Y la verdad es que soy un muermo en la cama.

Mack se detuvo bruscamente.

Aquella sí que no era una conversación en la que deseara participar. Menos mal que había entrado en el hospital por la puerta principal, y no por la de Urgencias, donde las dos mujeres lo habrían visto enseguida. Vio cómo Ellen tomaba la mano de Treena mientras se debatía entre irse, interrumpirlas ruidosamente como si no pasara nada o esperar discretamente a que terminaran de hablar.

—Siempre que oigo a una mujer culparse por una mala relación sexual —estaba diciendo Ellen—, tengo que preguntarme si de verdad es por su culpa o por no tener el compañero adecuado.

—Seguramente sea una combinación de ambas cosas —reconoció Treena—. Me he encontrado con muchos tipos que enseguida esperan cosas de mí que quizá estaría dispuesta a hacer si los conociera mejor. Pero principalmente es por mi culpa, me temo. Como te dije ayer, me encanta la parte de los besos y las caricias, pero cuando llega la parte principal, no puedo perder el control.

—¿Te gusta decirles lo que tienen que hacer?

—No, seguramente eso les gustaría —dijo Treena, con una medio risita—. Lo que me pasa es que no soporto perder el control. Y creo que sé por qué. Desde muy pequeña aprendí que para conseguir lo que quería tenía que depender de mí misma —empezó a explicar. Se encogió de hombros—. El caso es que siempre que me siento al borde de perder el control, echo el freno.

Se volvió en su asiento para mirar a Ellen, que la escuchaba con atención.

—Pero tengo la sensación de que con Jax puede ser diferente. Las cosas con él son diferentes —el rubor le cubrió las mejillas—. Me hace sentir cosas de las que no me creía capaz, y me hace olvidarme de echar el freno. De hecho, si Carly no hubiera llamado esta tarde —titubeó un momento, y miró de soslayo a su amiga—. Bueno, digamos que probablemente no estaríamos teniendo esta conversación. Con él he tenido uno de los momentos más maravillosos de mi vida. Y estábamos a punto de probar la segunda parte que lo confirmaría como la excepción a la regla, cuando ha sonado el teléfono y lo ha interrumpido todo.

Sin duda era demasiada información para él. Mack dio un paso hacia adelante con la intención de hacer notar su presencia e interrumpirlas. No tenía ningún interés en escuchar los detalles de la vida sexual de una de sus hijas. Sin embargo, se detuvo porque sabía que Ellen pondría punto final a la conversación enseguida y preferiría no crear ninguna tensión entre ellos.

Pero Ellen no dijo lo que él esperaba. Al contrario.

—¿Por eso se ha ido en cuanto he llegado? ¿Estaba enfadado porque se ha quedado a medias?

—No. Eso he pensado yo al principio —respondió Treena—. Aunque en todo momento se ha portado divinamente, yo pensaba que en el fondo estaría molesto. Pero me ha asegurado que se iba solo porque mañana es el primer día del torneo y tiene que prepararse mentalmente para jugar. Pero, Ellen, por primera vez en mi vida estoy pensando en relajarme y hacer cosas con él que no me apetece hacer con nadie. Para mí es un gran paso, y Dios sabe que ya tengo demasiados problemas en mi vida para añadir otro. ¿Crees que estoy loca por pensar en arriesgarme con él?

Mack cruzó los brazos al pecho, esperando que Ellen le dijera a Treena que tuviera las piernas cerradas.

—A ver si lo he entendido bien —dijo la bibliotecaria—. ¿Hoy has tenido un orgasmo? ¿Y eso no es normal en ti?

¿Qué le pasaba? ¿Estaba loca? ¿Cómo se le ocurría preguntar a la joven sobre sus orgasmos?

–No. Al menos de los compartidos.

–Entonces, querida, diría que estás loca si no aprovechas la oportunidad.

Mack no daba crédito a lo que estaba oyendo y abrió la boca, espantado.

Treena se inclinó hacia su amiga. Las palabras de Ellen cambiaban considerablemente la idea que tenía de su amiga y vecina jubilada.

–¿Puedo hacerte una pregunta personal?

–Por supuesto. Después de lo que me has contado, estás en tu derecho.

–¿Cómo era tu relación con tu marido? –preguntó Treena con curiosidad, aunque enseguida se llevó la mano a la boca–. Dios, me estoy portando como una adolescente cotilla. Olvídalo, por favor.

–Tranquila. Si quieres la verdad, el sexo con Winston era fabuloso. En las cosas cotidianas era de lo más meticuloso y puntilloso, pero en la cama era una auténtica fiera. ¡Cómo echo de menos hacer el amor con él! –exclamó Ellen con un suspiro–. No fue el primer hombre con quien me acosté, pero desde la primera vez supe que sería el último, o al menos hasta que la muerte no separara. ¿Has oído alguna vez eso de «una dama en su casa y una puta en la cama»?

Treena no fue la única en cambiar de opinión sobre Ellen. No lejos de allí, Mack la escuchaba boquiabierto.

–Winston era un banquero en la casa y un semental en la cama –continuó Ellen–. Me encantaba la yuxtaposición de las dos facetas de su personalidad. Él me enseñó posturas que... Oh, no creo que quieras oír eso, Treena. Pero si ahora pudiera pedir un deseo, sería que tú sintieras la mitad de lo que yo sentí con él. Así que mi consejo es que no te cortes con Jax.

–Creo que no lo haré –dijo Treena.

Y soltó una pícara risita.

Ellen le sonrió cariñosamente.

–¿Qué te hace tanta gracia?

–Oh, estaba pensando. Mack tiene esa imagen de ti de la típica bibliotecaria aburrida. No sé de dónde la habrá sacado, porque solo hay que pasar una hora en tu compañía para saber que no tiene nada que ver contigo.

–Por no decir que es un insulto a bibliotecarias de todo el mundo –apuntó Ellen.

–Pero oye, tienes que reconocer que cuando está él estás mucho más tensa. Porque si alguna vez te viera como eres de verdad, seguro que le daba un infarto.

No lejos de allí, Mack se frotó el pecho con la mano, tratando de relajar los latidos de su corazón.

«Casi, Treena», pensó. «Casi».

Capítulo 14

Cuando Jax llegó al espacioso salón de baile que el hotel había acomodado para el torneo de póquer, el lugar parecía como de costumbre una casa de locos. Las partidas empezaban a las seis de la tarde, y un estruendo de voces y gritos le bombardeó al cruzar las puertas del salón a las cinco de la tarde. La composición de las mesas se decidía al principio de cada día del torneo, y los organizadores todavía estaban en plena fase de gritar nombres por un altavoz, que alguien anotaba en una enorme pizarra blanca. Con el número de participantes que se habían apuntado, el proceso se hacía lento e interminable.

Casi todo el ruido del salón procedía de los jugadores que se arremolinaban esperando a ver el lugar que les había correspondido y con quién jugarían la primera partida. En el torneo podía participar cualquiera que pagará los diez mil dólares requeridos por la organización, y por ello había cientos de profesionales y aficionados. Este último grupo había aumentado considerablemente en los últimos años, en parte gracias a la popularidad de los torneos de póquer televisados.

De momento, el salón era como una ruidosa Torre de Babel, pero Jax sabía que cuando empezaran las partidas, reinaría el silencio. Al terminar cada día, las mesas se eliminaban: se desmontaban físicamente y se retiraban, hasta que solo quedaban las partidas más importantes del torneo, que eran las que solían emitirse por televisión, y que normalmente se celebraban en una sala más pequeña. Era el lugar al que todos aspiraban llegar.

Viendo el número de jugadores participantes, Jax supo que de los cinco días que duraba el torneo, necesitarían los cuatro primeros para separar el trigo de la paja y eliminarlos a todos excepto a los de la última mesa. A pesar de todo, él siempre evitaba hacer conjeturas sobre el resultado. Como buen jugador sabía que la suerte y la fortuna podían cambiar con una sola carta.

Después de comprobar que su nombre todavía no había salido, fue a tomar un café a la mesa dispuesta para ello en un lateral.

Mientras lo bebía, se apoyó de espaldas en la pared y observó a los presentes. A pocos metros de él, había un joven de unos veintitantos años que no dejaba de mirar nervioso de mesa en mesa, como si estuviera buscando algo, aunque nunca detenía la mirada en ningún punto demasiado tiempo. Al final de otra mesa, una mujer joven aseguraba que ella iba a ganar el torneo y pedía a los jugadores que se retiraran antes de sufrir la humillación de verse derrotados por una mujer.

Jax se dijo que probablemente ninguno de los dos continuaría jugando al día siguiente, aunque sabía que no debía infravalorar la competencia. Cualquiera podía eliminar a cualquiera en cualquier momento, y sabía que también podía pasarle a él si no daba a cada partida y a cada jugador el respeto que se merecían.

¡Dios, cómo le gustaba estar allí! Ganar era el objetivo, por supuesto, pero con victoria o no, casi todo lo relacionado con el póquer le encantaba. Le encantaba la lógica de las probabilidades matemáticas y la volubilidad de la suerte. Le encantaba echarse un farol de vez en cuando, cuando la razón insistía para que tirara las cartas pero su instinto se imponía y arriesgaba, y le gustaba todavía más manipular las apuestas de sus contrincantes para conseguir un bote mayor cuando le llegaba una buena mano.

Estaba listo para que empezara el torneo.

De repente, dos cuerpos enormes aparecieron junto a la pared, uno a cada lado. Conocía aquellas caras y con una maldición para sus adentros esperó a que apareciera la versión moscovita de Elvis.

–Hola, Sergei –dijo sereno, a pesar de que aún no lo había visto.

–Hola, Jax –dijo Kirov, materializándose delante de él, resplandeciente en un chándal azul marino con rayas plateadas y un pañuelo de seda blanco al cuello.

Como una gran estrella, el recién llegado fingió no reparar en las curiosas miradas que le dirigían muchos de los presentes.

–¿Listo para el torneo?

–Sí. Precisamente estaba pensando en las ganas que tengo de echar una partida. ¿Y tú?

–Lo mismo. Y también tener por fin mi pelota de béisbol.

«Mierda».

Jax miró al otro hombre con cara de póquer.

–¿De verdad tenemos que hablar de eso siempre que nos encontramos? –dijo, como aburrido.

–Claro que no. Yo pensaba que ser una pena que les pasa algo a tus..., no sé, a tus manos, por ejemplo, si tú no cumplir tu palabra.

Los hermanos Ivanov, dos auténticos simios, se situaron uno a cada lado de Jax y le sujetaron uno cada mano. El movimiento fue sutil, pero el resultado el mismo que si lo hubieran hecho delante de todos los presentes. La presión que ejercieron en sus pulgares le mandó una oleada de dolor por los dos brazos. Casi sin respiración, Jax tuvo que concentrarse para hablar serenamente.

–¿Cuándo me has visto no cumplir mi palabra?

Kirov lo estudió durante un segundo.

–Nunca –reconoció el ruso por fin, e hizo un movimiento de cabeza casi imperceptible.

Sus secuaces soltaron las manos de Jax y se apartaron.

–Suerte con partida –dijo Sergei.

Y girando sobre sus talones, se alejó, flanqueado en todo momento por los dos matones.

–Sí, a ti también, imbécil –musitó Jax, masajeándose las manos.

La súbita aparición del ruso le recordó que la noche anterior había perdido la oportunidad perfecta de buscar la pelota de béisbol, y que él la había desaprovechado como un adolescente.

¿Por qué no había vuelto a casa de Treena después de dejar el hospital? Estaba seguro de que la joven, después de recibir la llamada de Carly, no había perdido tiempo en cerrar con llave la puerta de su apartamento.

¿Y cuál era la consecuencia? Que todos sus planes se estaban yendo al garete, y todo por liarse con una bailarina pelirroja que lo estaba volviendo loco.

Pero eso no podía suceder. No podía dejarse fascinar por Treena ni por sus amigos.

Pero lo estaba.

Con ellos se sentía como no se había sentido nunca con nadie. Aunque eso tampoco le había preocupado antes, porque nunca había encajado en ningún grupo. Quizá porque nunca había vivido bastante tiempo en el mismo lugar. Después de la muerte de su madre, su padre lo llevó de ciudad en ciudad hasta que por fin, cuando él tenía doce años, se instaló definitivamente en Las Vegas.

Para entonces, Jax ya se había saltado muchos cursos, tenía muy poco en común con sus compañeros, y no tardó en reconocer que era una de esas personas que no encajaba en ningún sitio.

Sin embargo, cuando estaba con Treena, tenía la sensación de que aquel era su lugar en el mundo. Y le gustaba.

Pero no podía estar bien. La presión sexual le estaba condicionando demasiado. Treena estaba jugando con él, y él, como un tonto, se estaba dejando arrastrar.

Sin embargo, ya no estaba tan seguro de que fuera una mujer con tanta experiencia sexual como había pensado al principio. Además, una auténtica cazafortunas no lo hubiera dejado escapar la noche anterior. Después de enterarse de que había ganado más de un millón de dólares en Francia en unas pocas noches, una cazafortunas habría pasado de su amiga Carly y se habría concentrado en seducirlo. Y desde luego no hubiera dejado a su amante millonario en potencia sentado en el suelo con una erección monumental para salir corriendo a hacer de enfermera a una vecina descerebrada que acababa de cortarse un dedo.

Tenía que reconocer que no la entendía absoluto. Su instinto le decía que era exactamente lo que parecía: atractiva, sí, pero también una buena persona. Incluso una mujer especial.

Pero su mente, que había tomado la decisión mucho antes de conocerla, insistía en llevarle la contraria.

Fuera como fuera se había metido en un lío monumental y la única manera de salir de él era conseguir la pelota de béisbol. La pequeña demostración de Kirov con sus pulgares le había dejado claro que tenía que ponerse las pilas. Si se corría el rumor de que no pagaba sus deudas de juego, no solo perdería su reputación profesional, sino que además su seguridad física también estaría en peligro.

La idea de robar la pelota a Treena ya no le parecía tan buena. Aunque no era un robo propiamente dicho, se recordó furioso. Solo iba a recuperar lo que era suyo.

Pero de momento, necesitaba calmarse y recuperar el control de sí mismo para poder sentarse a jugar.

Mack Brody era la última persona que Ellen esperaba ver al abrir la puerta de su apartamento, y por eso al verlo en el pasillo se quedó momentáneamente muda.

El hombre la miraba con su pose arrogante y segura, con los hombros de medio lado y el pulgar izquierdo metido en el bolsillo pequeño del pantalón. Llevaba la mano derecha a la espalda.

La postura era tan de gallito arrogante que Ellen no pudo reprimir una sonrisa.

Sin embargo, no duró mucho.

—¿Por qué demonios abres la puerta sin mirar antes por la mirilla? ¿Es que no escuchas ni una palabra de lo que les digo siempre a las chicas?

Ellen se tragó un suspiro. Aunque solo fuera por una vez, le gustaría no estar a la defensiva con ese hombre. La noche anterior, cuando apareció en el hospital, estuvo más callado y discreto que de costumbre, y ella lo sorprendió un par de veces mirándola con curiosidad. Por una vez, el hombre la trató con la misma delicadeza que solía reservar para Treena y Carly.

Sin embargo, ahora volvía a ser el mismo viejo cascarrabias de siempre.

¿O no?

—Lo siento –dijo el hombre con un gruñido–. Lo creas o no, no he venido a pelearme –sacó el brazo de detrás de la espalda y le entregó un ramo de flores–. He venido a darte esto. Y a pedirte perdón.

Ellen se quedó demasiado perpleja para tomar las flores. Pero enseguida decidió que también podía reírse un poco de él. Una pequeña venganza. Ladeando la cabeza, se llevó la mano a la oreja.

—Me parece que no he oído bien. ¿Dice que ha venido a...? –preguntó, levantando las cejas.

—Me lo vas a hacer repetir, ¿verdad?

Una sonrisa de placer empezó a curvar los labios femeninos, pero Ellen la reprimió.

—Ya lo creo que sí –dijo–. ¿Ha venido a verme porque quiere...?

Hizo un gesto con el dedo, para que él terminara la frase.

—Pedirte perdón, ¿vale? He venido a pedirte perdón –repitió él, empujando el ramo de flores hacia ella–. ¿Quieres sujetarlas de una vez? –gruñó.

—Oh, qué hombre tan encantador –dijo ella, pero asió el ramo y se lo llevó al pecho.

Para su sorpresa, el hombre asintió con la cabeza.

—Lo sé. A veces digo cosas que no quiero decir. A veces las palabras me salen de la boca sin pensarlas.

—¿Solo a veces? –respondió ella.

—De acuerdo, contigo lo hago continuamente –reconoció él, echando los hombros hacia atrás. La miró a los ojos–. Quizá sea porque me intimidas. ¿No se te ha ocurrido pensarlo nunca?

—Oh, seguro, todos los días –repuso ella, sarcástica.

—Pues sí, quizá sea eso –insistió él, que esta vez no pensaba dejarse amedrentar por ella–. Soy un tipo normal y corriente, no un hombre culto y refinado como los que seguramente estás acostumbrada –dijo él, metiendo los pulgares en los bolsillos de los vaqueros y balanceándose sobre los talones–. Escucha, tú y yo empezamos con mal pie desde la primera vez que nos vimos, y la culpa ha sido mía –señaló el ramo con la cabeza–. Las flores son mi forma de pedirte perdón y de decirte que me gustaría que hiciéramos las paces. Que empecemos desde cero como dos personas razonables.

A Ellen se le aceleró el corazón, pero lo miró con suspicacia.

–¿A qué viene este cambio tan repentino? –preguntó.

–Bueno –Mack titubeó un momento–. Por varias cosas. Primero porque te he dicho cosas de las que no me siento orgulloso, y contigo he sido muy grosero, más que con nadie. Además, al verte anoche con las chicas me di cuenta de lo maravillosa que eres con ellas. Me sorprende que no hayas tenido hijos.

–Me hubiera encantado tenerlos –dijo Ellen, con serenidad, tratando de ignorar la punzada del antiguo dolor que tan bien conocía–, pero Winston y yo no tuvimos esa suerte.

Winston. Mack apenas logró ocultar una mueca. Su único consuelo en los últimos meses de luchar contra la fuerte atracción que sentía por Ellen había sido el desprecio que sentía hacia su difunto rival, aunque sabía que el complejo de superioridad que sentía era, como mínimo, ridículo. Sin embargo, le había servido de consuelo.

Claro que ahora incluso eso había desaparecido. Era difícil sentirse superior después de escuchar las proezas sexuales del hombre entre las sábanas, y vete a saber dónde más.

Mack siempre se había considerado bastante bueno en la cama, pero no bromeaba al decir que era un hombre normal y corriente. Lo suyo no eran las posturas del Kamasutra. A él le bastaban las posturas tradicionales precedidas de unos buenos y cálidos preliminares para sentirse sexualmente satisfecho. Pero a Ellen no solo le gustaba el sexo –lo que en sí mismo era algo inesperado–, sino que además le gustaban todo tipo de experimentos.

Ahora no era el mejor momento para pensar en eso, se dijo, así que dejó los celos a un lado y continuó con la conversación.

—Debió ser duro no poder tener hijos. Yo no podría imaginarme mi vida sin mis dos hijas.

—Fue difícil. Durante años, hubiera dado cualquier cosa por quedarme embarazada, pero al final me resigné a la realidad.

Ellen bajó la cabeza y olió el ramo de flores.

—Será mejor que las ponga en agua. ¿Quiere pasar a tomar un café?

—Sí, gracias. Será un placer.

Mack entró en el apartamento de Ellen por primera vez y miró a su alrededor mientras la seguía a la zona de la cocina. Estaba decorado con mucho gusto, y había un montón de libros.

—Tienes una casa preciosa —dijo él, sentándose en un taburete en la barra americana que daba a la cocina—. Se parece a ti. Refinado y elegante.

Ellen estaba a punto de sacar un jarrón para poner las flores, pero se detuvo y lo miró. Después dejó el jarrón en la encimera y siguió observándolo con desconfianza.

—¿Es otra forma de decir que tengo gustos de aburrida bibliotecaria?

—¡No! No era un insulto. Ya te he pedido perdón. Lo decía en serio, tienes una casa muy bonita. En la mía todo funciona como un reloj, y es cómoda y a mí me basta, pero comparada con esto es bastante práctica.

Ellen sirvió dos tazas de café y sacó un plato de galletas decorado con una blonda, el tipo de toque especial que siempre añadía a los dulces que llevaba a casa de Treena y Carly.

—En ese caso, gracias —dijo ella—. Debo decir que no me sorprende que sus cosas funcionen con precisión. Por cómo funciona este complejo, es evidente que es usted un manitas.

Ellen bebió un sorbo de café, sacó un par de tijeras de podar de un cajón y, metiendo los tallos de las flores debajo del chorro de agua, los recortó con manos expertas y después las colocó en el jarrón.

—Llevas una blusa muy bonita —dijo él—. Me gusta el color.

Era la primera vez que la veía con un color que no fuera neutro. O no. Pensándolo mejor, la noche anterior también llevaba una blusa de color, aunque él había estado demasiado perplejo tras descubrir su interés en el sexo para fijarse.

Levantando los ojos, Ellen le sonrió.

—Gracias. Fui de compras con las chicas y compré mucho más de lo que pensaba.

La sonrisa de la mujer tuvo un efecto inmediato en sus partes, pero Mack tragó saliva.

—Sí, sé por experiencia que las mujeres jóvenes te pueden hacer gastar más dinero del que ganas —dijo—. Yo creo que nunca tuve dinero hasta que mis hijas se casaron. Cuando sus maridos me pidieron sus manos en matrimonio, primero tuve que sacármelas de la cartera.

Ellen se echó a reír divertida, y él sonrió aliviado. Al menos era capaz de mantener una conversación con ella sin insultos ni meteduras de pata. Aunque no era fácil. Lo que más deseaba era besarla, lo que probablemente era un pésima idea, así que permaneció sentado e inmóvil en el taburete.

¿Qué tenía aquella mujer que le afectaba tan profundamente? Siempre había sido un hombre seguro de sí mismo que nunca había sentido la necesidad de disculparse por su falta de cultura o su humilde pasado. Pero con ella era incapaz de portarse con naturalidad. De hecho, había malgastado año y medio comportándose como un idiota, y todo porque los refinados y educados modales de Ellen despertaban en él un terrible complejo de inferioridad. Cada vez que había tenido la oportunidad de conocerla mejor, lo había estropeado con un insulto o un comentario sarcástico.

Ahora que había decidido comportarse de forma más responsable, no sabía muy bien cómo hacerlo.

Sintió ira e intentó controlarla. No tenía por qué disculparse. Maryanne nunca se había quejado. Claro que su difunta esposa había sido una mujer muy campechana y con los pies firmemente plantados en el suelo.

Pero Ellen también, a juzgar por la conversación que había escuchado la noche anterior. Mack dejó la taza en la barra con más fuerza de la necesaria y la miró a los ojos, beligerante.

–A mí me gusta el sexo puro y duro.

Ellen se quedó paralizada.

–¿Perdone?

«¿Puro y duro?» ¡Oh cielos, hablando de meteduras de pata! ¿Cuándo iba a aprender a tener la boca cerrada? ¡Como si a ella le interesaran sus preferencias sexuales!

Por desgracia, era demasiado tarde para cambiar de conversación, y aunque las mejillas femeninas parecían estar en llamas, la mujer colocó la última flor en el jarrón y lo dejó a un lado. Después asió la taza de café, pero la taza empezó a temblar sobre el plato, y lo dejó otra vez sin probarlo.

Uniendo las manos encima de la encimera delante de ella, lo miró.

–¿Qué quiere decir exactamente con que le gusta el sexo puro y duro?

Mack se echó hacia delante.

–Quiere decir que me gustan los besos largos y lentos, y las caricias dulces y excitantes, y que, al contrario que a tu difunto marido, me basta con dos o tres posturas.

Ellen abrió la boca, sin poder creer lo que estaba oyendo. Se sonrojó aún más, y sus ojos verde avellana lo miraron con irritación.

–¿Cómo sabe qué posturas le gustaban a mi marido?

–Anoche escuché parte de la conversación con Treena.

Aquello la irritó aún más.

–¿Estuvo escuchando una conversación privada?

–No, yo...

–¡Menudo cotilla! –Ellen se puso en pie y rodeó el extremo de la encimera.

Cuando se detuvo delante de él, tenía la espalda recta como un palo y las manos apretadas sobre las caderas.

A Mack no le gustaba que le acusaran de algo que no había hecho, al menos de forma intencional, y se levantó del taburete.

–No me mires como si me hubiera escondido detrás de una puerta para conocer los detalles de tu excitante vida sexual. Hasta ayer ni siquiera imaginaba que la tuvieras.

Al verla dar un respingo, Mack se controló, diciéndose que ya era hora de comportarse como una persona civilizada y dejar de reaccionar como si le hubieran pinchado con un cactus. Dejó escapar un suspiro y dijo, en tono moderado:

–Lo siento. No lo he dicho para molestarte ni herir tus sentimientos. Es que... ayer entré en el hospital cuando Treena te estaba diciendo que era un muermo en la cama. Eso me dejó paralizado, te lo aseguro. Fue como si estuviera oyendo a una de mis hijas, y, créeme, es de lo último que quieres oír hablar a tus retoños.

–¿Y por qué no nos hizo saber que estaba allí?

Mack se frotó el mentón con los dedos.

–Iba a hacerlo, pero entonces tú empezaste a hablar, y me quedé tan alucinado que no me podía mover. Por eso salí y volví a entrar por la puerta de urgencias. Y llevó todo el día tratando de olvidar lo que dijiste, pero es como si tuviera tus palabras grabadas en la mente. No me las puedo quitar de la cabeza.

–¿Y qué? ¿Ahora se le ha ocurrido pasarse por aquí a ver si tenía ganas de un poco de marcha? ¿Ahora que está seguro de que no soy la pasa seca que pensaba?

–¡No, maldita sea! Lo que he dicho iba en serio. He sido un grosero contigo, y me arrepiento. Quería decirte que me gustaría empezar desde el principio.

–Pues yo quiero que se vaya.

Con el corazón hundido, Mack estiró el brazo para acariciarle la cara. Tenía la piel fría y suave.

–Ellen –dijo en un hilo de voz, olvidándose por completo de su orgullo.

Ella retrocedió como si quemara.

–Ahora. Por favor.

Muy a su pesar, Mack bajó la mano y estudió la expresión femenina.

–Bien –dijo por fin–. Pero no creas que hemos terminado.

Con un encogimiento de hombros, salió hacia el vestíbulo. En la puerta del apartamento, con la mano en el pomo, giró la cabeza hacia el interior de la vivienda. Pero no vio a Ellen. Sin hacer ruido, salió.

Era evidente que lo suyo no era cortejar a una mujer, pero tenía que haber libros de autoayuda, páginas en Internet, gente que pudiera aconsejarle. Volvió a su apartamento hundido, totalmente derrotado, pero dispuesto a luchar. De una cosa estaba seguro.

Pasara lo que pasara, aprendería a cortejar a una mujer. Tarde o temprano besaría a Ellen.

O moriría en el intento.

Capítulo 15

Carly aporreó la puerta del piso de Treena, con el pelo corto de punta por un lado y aplastado por el otro. La falda estampada diáfana flotaba tras ella en la corriente creada por sus largas zancadas, y tenía tantos colores que a Treena le sorprendía que pudiera hacerla conjuntar con la única camiseta sin espalda y con el estómago al aire que tenía.

–Hola –dijo.

Carly entró en el apartamento y de dos zancadas se plantó en el salón, con la mano levantada para enseñarle los dedos. Estaban hinchados, y tenían un tamaño el doble de lo normal.

–Pensaba volver a trabajar esta noche, pero mira qué dedos.

Treena los miró con el ceño fruncido.

–Siguen hinchados, ¿eh? Aun con todo, están mucho mejor que ayer –dijo.

Su amiga respondió con un gruñido de indiferencia.

–Lo siento, respuesta equivocada –dijo Treena a su amiga, dándole un abrazo cariñoso–. Pobrecita mía, aunque yo en tu lugar me preocuparía más del conjunto que llevas.

Carly se echó a reír.

–Y que lo digas. Nunca me había dado cuenta de lo importante que es tener dos manos, y al menos con esta falda y está camiseta no necesito dedos para atar tirantes, abrochar botones, o subir cremalleras. Y mira qué pelo llevo –añadió, pasándose una mano por la melena corta y de punta–. No puedo hacer ni la mitad de lo que hago normalmente.

Treena le tomó los dedos y los miró.

—¿Aún te duelen?

—Ya no —dijo la rubia—. Pero es como tener chorizos en vez de dedos, y no sirven para nada. Bueno, a lo mejor voy a trabajar, de todos modos —añadió con su optimismo habitual—. No creo que nadie se dé cuenta.

Treena la miró con expresión divertida, como si acabara de decir la mayor estupidez del mundo.

La rubia hundió los hombros.

—Sí, supongo que lo sabía —reconoció su amiga, lúgubremente—. Es difícil cambiar de trajes y de plumas con una sola mano. Mierda.

Carly entró en el dormitorio y se dejó caer de espaldas sobre la cama, sujetando una almohada de seda, y apretándola contra el pecho.

Treena entró tras ella, con la intención de tranquilizarla un poco. Pero Carly la miró y alzó un hombro.

—Qué demonios —suspiró—. Es un día libre.

—Y eso siempre es agradable.

—Sí, aunque no es exactamente cómo me gustaría pasarlo.

—Aun con todo, un día para no hacer nada con tus perros no está nada mal.

—Eso es verdad —Carly se animó—. A lo mejor aprovecho para trabajar con Rufus. A ver si aprende a comportarse de una vez.

—¿Qué harás si no aprende?

—No lo sé —dijo Carly, mirando a su amiga con expresión preocupada—. La verdad es que no quiero ni pensarlo.

Treena se tendió en la cama junto a su amiga.

—Seguro que se pone las pilas enseguida.

—Eso espero, te lo aseguro. ¡Eh! —añadió como acordándose de algo—. ¿Te he dicho que voy a tener un vecino nuevo?

—Vaya, por fin han vendido el apartamento al lado del tuyo.

—Subarrendado más bien, según Mack. Aún no sé qué pensar. En parte me apetece tener otra vez un vecino, pero también me había acostumbrado a la paz y la tranquilidad. Supongo que todo dependerá de quién sea —dijo Carly haciendo una mueca.

—¿Te ha dado Mack alguna pista?
—Un tipo llamado Wolfgang Jones.

Treena se incorporó sobre un codo y miró a Carly con el ceño fruncido, tratando de recordar algo que parecía esquivarle.

—¿A qué me suena ese nombre? —preguntó en voz alta. Entonces se acordó—. No, espera, ya sé quién es. Trabaja en el casino.

—¿En nuestro casino? ¿El Avventurato? No puede ser. ¿Cómo es que lo conoces?

—Trabaja en seguridad. Se ocupa del dinero y de vigilar a los demás empleados, es decir a nosotros.

—Ah.

«No digas más», era el significado de la exclamación. Los hombres, y una única mujer, que se ocupaban de la protección y transporte de los millones de dólares que pasaban por el casino diariamente raras veces se relacionaban con los demás empleados, ya que entre sus responsabilidades también estaba la vigilancia del resto del personal, desde los empleados de la cocina hasta los proveedores, músicos y coristas.

—Si es el que me parece, y estoy bastante segura de que lo es, una vez me paró en el casino para registrarme el bolso.

—Descríbemelo. No lo localizo.

En ese momento llamaron a la puerta y Treena se levantó de la cama para ir a abrir.

—Alto —dijo, camino de la puerta—, tipo nórdico con pómulos de asesino.

Treena abrió la puerta y sintió el corazón en un charco a sus pies al ver a Jax de pie al otro lado con las manos cruzadas a la espalda.

—Hola —le saludó con una sonrisa—. ¿Qué tal va el torneo?

—Aún no me han descalificado —dijo él—. Lo que siempre es una buena señal.

Bajando la cabeza, depositó un suave beso en los labios femeninos. Después la miró y le sonrió.

—Hola también, preciosa. Te he traído un regalo —dijo. Su mirada pasó detrás de ella—. Hola, Carly. ¿Qué tal la mano?

Treena miró por encima del hombro a su amiga que se acercaba por el pasillo desde el dormitorio.

–Hecha un asco –respondió Carly.

–Siento oír eso –dijo Jax, que miraba a la rubia con expresión divertida–. Un modelito muy interesante –dijo, entrando en el apartamento.

–Ya veríamos lo que puedes hacer tú con una sola mano –dijo Carly, desafiante. Pero enseguida sonrió–. ¿He oído decir que vienes cargado de regalos?

–Sí –quiso saber Treena–, ¿qué me has traído? Por favor, dime que no son diamantes.

–No, señora. No son diamantes. No lo volveré a hacer. Ya he aprendido la lección.

–Sí, ¿cómo te atreves a gastarte una fortuna en ella? –dijo Carly con sarcasmo.

–Ja, ja –dijo Treena, pero enseguida dirigió de nuevo su atención a Jax–. ¿Qué es?

Jax sacó la mano izquierda de detrás de la espalda y le ofreció una cajita envuelta en papel de regalo con una cinta blanca. En el lazo, una flor de seda con un logotipo que Treena conocía perfectamente.

–¡Godivas! –exclamó, quitándole la caja de bombones de la mano–. Gracias. Me encantan los Godivas. Son mis bombones favoritos.

Jax sacó la mano derecha y le ofreció una tarjeta de plástico.

–¿Qué es eso? –preguntó Treena, quitándosela de las manos.

–Un vale regalo para un par de capuchinos con doble de nata.

–¡Eres un cielo! –exclamó Treena.

Se acercó a él y lo besó fuertemente en los labios.

–Bien, aquí es donde yo me abro –dijo Carly–. Pero antes, abre esa caja de bombones. No he comido un Godiva desde hace una eternidad. Adiós, pareja. No hagáis nada que yo no haría –dijo antes de meterse una trufa en la boca y salir por la puerta.

Treena se volvió a mirar a Jax.

–Vamos a la cocina a comernos toda la caja, ¿qué te parece? ¿Quieres un café?

–No, gracias. Aunque no diría que no a otro de estos.

Y sin pensarlo dos veces, con una velocidad asombrosa, Jax la tomó por la cintura y la apretó contra él. Inclinando la cabeza, la besó apasionadamente en los labios.

Cuando ella le rodeó el cuello con los brazos y lo besó a su vez, los bombones cayeron al suelo. Los brazos masculinos eran fuertes y cálidos, su boca caliente y más dulce que un bombón, y ella se apretó contra él, necesitando más. Deseando más.

Deseándolo todo.

Oh, cielos. Lo quería todo. Con el corazón latiendo fuertemente de excitación, separó la boca de él y lo miró a los ojos. Los ojos de Jax brillaban de pasión.

Y entonces Treena se dio cuenta. Ella, la mujer que siempre estaba dispuesta a decir no, quería hacer el amor con Jax. Quizá terminará siendo otra equivocación, pero no podía permitir que el miedo o el temor a equivocarse la reprimiera una vez más. Al menos no esta vez, no con este hombre. Él la hacía sentir una mujer diferente; nunca se había sentido así con ningún hombre, y nunca se lo perdonaría si no se daba al menos la oportunidad de conocerlo más en profundidad. Tenía que tener la esperanza de que esta vez las cosas salieran bien.

Alzó una mano y pasó el pulgar sobre el rastro húmedo que había dejado en el labio inferior de Jax, y después dio un paso atrás. Tomándole la mano, se volvió hacia su dormitorio.

–Espera –dijo él, y se agachó a recoger los bombones caídos en el suelo.

Los metió en la caja abierta, dejó la caja en la mesa de la entrada, y estiró la mano para alcanzar una trufa de chocolate blanco. La metió en la boca femenina y a continuación levantó a Treena en brazos.

Esta se echó a reír, pero la sensación de chocolate deshaciéndose en su boca mezclada con la lengua caliente de Jax entre sus labios un segundo después tornó su risa en un ronco gemido. El tiempo se disolvió, y antes de que se diera cuenta, Jax la estaba tendiendo sobre la colcha de su cama.

–Dios –dijo él, tendiéndose sobre ella–. No te imaginas cómo deseaba esto. Cómo te deseo a ti –murmuró, sujetándole la cabeza con los dedos hundidos entre los rizos para besarla.

El calor incendió los labios femeninos, sus pezones, entre las piernas, hasta que fue incapaz de pensar. Por un segundo, su mente pareció intentar dominar el torbellino de emociones en su interior, pero fue en vano. El pecho de Jax se frotó urgentemente contra sus senos, y su erección excitaba la sensible zona que se escondía detrás de la costura de los pantalones cortos que llevaba. Y Treena se rindió sin pensarlo dos veces. Hundiendo los dedos en los cabellos masculinos para sujetarle la cabeza exactamente igual que él la había sujetado, Treena le rodeó las pantorrillas con los tobillos.

Sin embargo, Jax no parecía tener ninguna intención de alejarse, ya que con un gemido de agradecimiento metió los muslos entre los de ella, obligándola a abrir más las piernas. Él se acomodó entre los muslos femeninos y, soltándole el pelo, tomó la mano femenina que le sujetaba la cabeza, entrelazó sus dedos y llevó las manos unidas hasta el colchón, junto a la cabeza de Treena. Después repitió lo mismo con la otra mano, y deslizó las manos unidas sobre la colcha mientras sus brazos se extendían por encima de sus cabezas.

Sus labios se separaron lentamente, rozándose hasta el último instante cuando él levantó la boca y la miró con ojos cargados de deseo.

–Ahora te tengo en mi poder, preciosa –dijo él, con una voz tan ronca que era como una caricia.

Pero aunque su voz era como una interminable caricia líquida en sus oídos, sus palabras despertaron en ella sensaciones desconocidas. Independencia y rivalidad. Quizá ella debería demostrarle que también tenía poder. Sentirse carnal y completamente cautiva por primera vez en su vida no significaba que no tuviera recursos propios.

–¿En tu poder? ¿Eso crees? –dijo ella, frotándole las pantorrillas con las plantas de los pies y ascendiendo hasta la parte posterior de las rodillas y de los muslos.

El movimiento la obligó a separar más las piernas, y desplazó la pelvis hacia arriba. A su vez, el miembro duro y largo de Jax se acomodó entre las piernas femeninas.

Los dos contuvieron el aliento a la vez.

–Puede que no –gruñó él, con los ojos nublados, como si nunca hubiera sentido algo tan maravilloso.

Lentamente, empezó a balancear las caderas.

–Oh, Dios mío –gimió ella, olvidándose de sus ansias de rivalidad–. Oh, Dios mío.

–Oh, sí –dijo él, fervientemente, y bajó la boca para besarle la mandíbula y la garganta –. Lo mismo digo.

Treena intentó bajar las manos.

–Quiero abrazarte –jadeó, al ver que él no la soltaba.

Jax soltó los dedos entrelazados y recorrió con los suyos los antebrazos femeninos, la sensible piel de los codos, los brazos hasta los hombros y hasta el cuello. Después, deslizando las manos en la melena pelirroja, le sujetó la cabeza y le besó suavemente en la barbilla y la garganta.

Treena deslizó los dedos sobre los hombros anchos y la espalda. Sus manos querían trazar la forma de las nalgas, pero entre las sensaciones que ardían en cada terminación nerviosa y la chaqueta que se interponía en su camino, no lograba conseguir su objetivo.

–Llevas demasiada ropa –dijo ella, tirando de la tela.

Sin dejar de besarle la garganta, acariciándole suavemente la piel con el pelo, Jax se incorporó, apoyándose en las palmas de las manos. Treena deslizó la chaqueta por sus hombros, pero solo logró bajarla hasta la mitad de los brazos. Con un gruñido de frustración, Jax se echó hacia atrás y se arrodilló entre las piernas femeninas separadas para quitarse la chaqueta, que dejó caer al suelo sin preocuparse. La miró desde su altura, respirando entrecortadamente, un sonido que podía escucharse perfectamente en el silencio de la habitación.

–Quítate la camiseta también –ordenó ella.

Jax se quitó la inmaculada camiseta blanca bajo la atenta mirada de Treena, que se sintió consumida por una oleada de lascivos deseos al ver el torso desnudo.

«Eh, chica, contrólate», se ordenó. «Cualquiera diría que nunca has visto un hombre desnudo».

Claro que lo había visto. Un par de días antes sin ir más lejos. Sin embargo, el impacto no disminuía en absoluto la segunda vez.

Le acarició los músculos del pecho con las manos, desde el diafragma hasta el cinturón de los vaqueros, y se estremeció de deseo.

–¿Cómo consigue un cuerpo tan bonito un jugador sedentario como tú?

–¿Eh?

Jax se inclinó hacia delante para desabrocharle la blusa y se detuvo un momento para mirarla.

–Oh –dijo, parpadeando–. El gimnasio. Cuando eres un empollón de niño y el hazmerreír de toda la clase, el gimnasio es casi una religión.

–Aleluya –murmuró ella.

Porque si el cuerpo era el templo de las personas, el de Jax era la Catedral de San Patricio, la Capilla Sixtina y la Abadía de Westminster todo en uno, bello pero sin el aspecto Neandertal típico de los levantadores de pesas. Al contrario, era una elegante escultura de músculos y huesos marcada ligeramente por las formas duras y redondeadas de los hombros y los bíceps y cubierta por una piel morena y sedosa, con solo una fina capa de vello en los antebrazos y las axilas.

Treena alzó las dos manos y recorrió con las puntas de los dedos las clavículas, descendiendo hacia los suaves montículos de los pectorales. Rodeó los pezones oscuros y los acarició con los pulgares y las uñas.

Cuando Jax empezó a desabrocharle más deprisa los botones de la blusa, ella se echó a reír. A pesar de su aparente valentía, nunca había sentido nada tan fuerte como lo que estaba sintiendo en ese momento.

Entonces él le abrió la blusa y la miró.

–Oh, Dios mío –murmuró, admirando sus senos.

Aunque Treena no era una puritana: no podía serlo y dedicarse a lo que se dedicaba, con otros hombres siempre había tenido la sensación de estar demasiado expuesta. Siempre tenía la sensación de que estos estaban más ocupados felicitándose por estar tirándose a una corista de las Vegas que deseando compartir un momento de ternura con ella.

Sin embargo, cuando Jax la miraba, parecía verla de verdad. Por eso no se sentía cohibida ni tampoco sintió el impulso de cubrirse. Porque él contemplaba sus senos como si fueran la sonrisa de Mona Lisa.

—Tienes las tetas más bonitas que he visto en mi vida —dijo él.

Vale, no era precisamente poesía.

Él pareció darse cuenta, porque se puso rojo.

—Perdona, quería decir senos. Tienes unos senos preciosos.

—Gracias. Son un poco pequeños, cosa que a mí no me importa, pero que casi consigue que me eliminen cuando me presenté a las pruebas de *La Stravaganza*. Las bailarinas son más como Carly, con el pecho más grande.

—Pero las tuyas tienen una forma preciosa.

—Sí, por eso logre colarme al final —explicó, y se echó a reír, porque en los últimos años había llegado a pensar en su cuerpo más como una maquinaria que necesitaba mantenimiento para seguir bailando que como un ente sexual.

Pero en ese momento se sentía muy sexy. Se sentía guapa y atractiva, y era una sensación que tenía más que ver con las caricias de Jax, tanto físicas como mentales, que con lo que veía normalmente cuando se miraba al espejo.

Con los ojos clavados en ella, Jax dibujó lentos ochos alrededor de sus senos, desde el perímetro hacia los centros. Una oleada de excitación fue directa a su centro de placer entre las piernas, pero justo cuando ella estaba conteniendo el aliento, sintiendo las puntas de los dedos que se acercaban cada vez más a sus pezones que se alzaban buscando sus caricias, la mano se alejó y él se sentó sobre sus talones, entre las piernas femeninas.

Un gemido de frustración escapó de la garganta femenina, pero él pareció no oírlo.

—Eres preciosa —murmuró él, acariciándola desde el centro

de la frente con el dedo índice, y descendiendo hacia la nariz, los labios, la barbilla. Continuó bajando por su garganta hasta las costillas y el abdomen, y después hasta la cintura baja de los desgastados pantalones vaqueros deshilachados, deteniéndose solo un momento para hacerle cosquillas en el ombligo. Entonces, como si hubiera olvidado cuál era su destino, se tomó un momento para colocar los hilos deshilachados de los vaqueros cortados.

Lentamente recorrió los muslos femeninos con los dedos, estirando y desenredando los hilos de algodón. Con precisión meticulosa, tiró de cada uno de los hilos colocándolos sobre el muslo antes de deslizar los dedos bajo la tela vaquera. Treena movió las piernas inquieta al notar las manos cálidas cada vez más cerca de los sensibles pliegues donde las piernas se unían al torso. Deseó que las esquivas manos subieran un poco, solo un poco, y separó las piernas a modo de invitación.

Él la ignoró.

Treena lo miró a la cara para ver si se daba cuenta de lo excitada que estaba, pero las pestañas ocultaban los ojos masculinos que continuaban absortos en su trabajo. Sin embargo, cuando los dedos índices acariciaron de repente los bordes de las bragas arrancando un gemido de la boca femenina, una ligera sonrisa curvó los labios masculinos. Y Treena se dio cuenta de que él sabía perfectamente qué le estaba haciendo.

La idea de que estaba jugando con ella despertó de nuevo el ansia de competir.

—Así que esto es una cita con un empollón, ¿eh? —preguntó ella, desabrochando el botón de metal de los vaqueros—. Me gusta. ¿Quién se iba a imaginar que tu amor al orden podía ser tan excitante?

Le bajó la bragueta deslizando las manos sobre el bulto endurecido a medida que los dientes metálicos de la cremallera se abrían.

Él la miró, con la mirada encendida.

—Soy un chico para todo —dijo él con voz tranquila, casi divertida—. Tus deseos son órdenes para mí.

Sin embargo sus manos, que se habían movido con una lentitud casi desesperante, ahora se tensaron al apretarla, y delataron sus verdaderas emociones.

Treena curvó los labios.

—¿En serio? ¿Estás tan excitado como yo?

—Más —dijo él, tendiéndose sobre ella, y apoyándose sobre las manos en el último momento para no aplastarla con su peso.

Bajando la cabeza, se apoderó de su boca.

Esta vez el beso fue intenso, desesperado, al límite. Treena le rodeó el cuello con los brazos y se alzó hacia él, deseando sentir su cuerpo y su peso. Él se dejó caer sobre ella, y ella suspiró al sentir el contacto de la piel contra la piel, y le acarició la espalda con las uñas.

Jax gimió y rodó sobre la cama con ella. Viéndose de repente encima, Treena se sentó y echó la cabeza hacia atrás cuando las manos masculinas le tomaron los senos. Se balanceó sobre su erección y de repente se vio mucho más cerca del clímax de lo que había pensado. Se movió ligeramente y contuvo un gemido.

«Ahí. Oh, Dios, ahí», pensó.

Pero él la alzó en el aire y la depositó de pie en el suelo. Treena gimió frustrada.

—Lo sé, cielo, lo sé —dijo él con la voz ronca—. Pero te quiero desnuda. Ahora.

Quitándose los zapatos, apoyó los talones en la cama y levantó las caderas para quitarse los vaqueros. Mientras Treena se quitaba el resto de la ropa, él hizo lo mismo hasta quedar desnudo con una magnífica erección tumbado encima de su cama.

Ella se detuvo con los vaqueros por las rodillas para mirarlo. Era como un sultán estudiando a la chica del harén a la que había ordenado bañar y perfumar para ser enviada su tienda, tendido en un lecho de almohadones con sus hombros anchos, el cuerpo musculoso y el sexo en todo su potente esplendor.

Jax se tomó el pene con la mano y lo acarició lentamente sin dejar de contemplarla.

—Desnúdate.

No había duda de que era una orden.

Incapaz de apartar los ojos de la mano morena y el pene grueso y duro que acariciaba, Treena terminó de quitarse los pantalones.

–Las bragas también.

Treena tiró de las dos tiras que unían los dos triángulos y la diminuta prenda cayó al suelo.

–Ahora ven aquí.

Treena pensó por un momento que su tan cacareado control no estaba por ninguna parte. Pero por una vez no le importó. Excitada, dio el paso que la llevó de nuevo junto a la cama.

Jax se incorporó levemente y la sujetó por la muñeca, tirando de ella. Treena cayó hacia delante, sobre las rodillas, y él le rodeó la cintura con el brazo y la tendió de espaldas sobre la cama. Antes de que ella pudiera reaccionar, él se incorporó a su lado y le acarició con el dorso de la mano desde el estómago hasta el diminuto triángulo de vello entre las piernas.

–Lo he acariciado antes, pero no lo he visto –dijo él, con voz áspera y pastosa–. Aunque lo he imaginado en mi mente, y es mucho más suave y maravilloso de lo que había pensado.

Con los dedos separó los labios carnosos del sexo femenino y los deslizó entre los pliegues húmedos.

–Ah, Dios, tan húmedo.

Sus ojos habían estado siguiendo el movimiento de sus dedos, pero ahora la miró a los ojos.

–Esta debe ser la depilación brasileña de la que tanto he oído hablar.

Ella asintió, incapaz de hablar mientras él deslizaba un dedo en su interior. Treena contuvo el aliento y dejó caer las rodillas a ambos lados.

–Oh, Jax, por favor.

–¿Te gusta?

Jax sacó el dedo y volvió a introducirlo con lentitud.

–Sí. Por favor.

Por la expresión del rostro masculino, Treena se dio cuenta de que él estaba dispuesto a seguir excitándola con lentitud desesperante, pero ella ya no podía quedarse quieta.

Estiró una mano y le rodeó el pene.

Esta vez le tocó a él contener el aliento, y ella rodó hacia él y depositó un beso en su pecho, sin dejar de deslizar la mano por el miembro rígido y duro. Él alcanzó el preservativo que debía haber sacado de los pantalones al quitárselos y abrió el paquete con los dientes.

—Dame —dijo ella, extendiendo la mano libre hacia él.

Jax le entregó el preservativo y contempló cómo ella se lo colocaba con destreza.

Entonces rodó sobre ella, le separó las piernas y la besó con total intensidad mientras se alineaba con su cuerpo. Después se separó de su boca y la miró a los ojos a la vez que iba empujando lentamente dentro de su cuerpo, y fue entonces, mirando a los profundos e intensos ojos azules del hombre, cuando Treena se dio cuenta de que nunca había sentido por nadie lo que estaba sintiendo por él. No quiso poner nombre a esos sentimientos, pero supo que tenía que entregarse a él por completo, sin reservas de ningún tipo.

Entonces él la penetró profundamente, y ella tuvo la sensación de que hubiera sido imposible no hacerlo.

—Oh, Dios, Jax. Oh, Dios.

Jax se puso de rodillas y empezó a empujar con más fuerza, más deprisa, sujetando con las manos los muslos femeninos y tirando de ella hacia él. Treena dejó escapar un gritó agudo, como nunca en su vida. Aquel calor duro e intenso dentro de ella, quemándola e incinerándola por dentro era algo totalmente nuevo, y no pudo contenerse. Estaba al borde, totalmente al borde.

—¡Qué preciosa eres! —dijo él con voz suave, deslizando el pulgar y el índice entre los pliegues húmedos hasta el clítoris. Lo sujetó entre los dedos y lo acarició delicadamente—. Me encanta tu pelo, y tus labios, y tu..., ¡ah!

Un gemido escapó desde los pulmones masculinos cuando ella lo succionó en su interior con una única y fuerte contracción.

Ninguno de los dos estaba preparado para la reacción de sus cuerpos. Las palabras de Jax la excitaron profundamente, y al primer orgasmo, menos intenso, siguió otro más potente y más largo.

Él se estremeció al sentir los músculos que se contraían a su alrededor, y continuó hablando, a la vez que se hundía en su cuerpo una y otra vez, con su miembro y con sus palabras.

—Así es, cielo —jadeó él, penetrándola una y otra vez—. Córrete para mí. Quiero que te corras en mí, sobre mí. Quiero ver tu preciosa...

Treena dejó de escuchar al sentir que su cuerpo estallaba en un torrente de sensaciones que la alzó hasta la cima más alta para dejarla caer de nuevo hasta el suelo. Su cuerpo se estremeció y tembló, a la vez que las contracciones de su parte más íntima provocaban un placer jamás sentido en el maravilloso invasor de su cuerpo.

—¡Dios! —exclamó Jax—. Oh, Dios, oh, cielos, joder, Treena, me voy a, oh, Dios, me voy a... —apretó los dientes y sujetó con fuerza los muslos femeninos, tirando de ella hacia él y penetrándola profundamente una última vez.

Treena sintió el orgasmo del hombre en su rostro, en los ojos cerrados, en los dientes apretados, en el jadeo profundo, y un nuevo clímax se apoderó de ella. Sujetando las muñecas masculinas, le clavó las uñas en la carne y cayó con él.

Después de los últimos temblores, Treena se quedó inmóvil, con las piernas y los brazos separados sobre la colcha. Un segundo después, Jax cayó sobre ella como un árbol talado, dejándola casi sin respiración. Permanecieron así un rato, totalmente pegados desde el pecho a las rodillas, mientras recuperaban el aliento.

Al cabo de un rato, Jax se incorporó ligeramente y le besó un mechón de pelo húmedo pegado a la sien.

—¿Sigues respirando?

—Sí —murmuró ella.

—¿Y yo?

Treena soltó una carcajada.

—Sin un espejo no sabría decirlo. Iría a por uno, pero no sé si me aguantarán las piernas.

Treena intentó levantar un brazo, pero estaba demasiado aletargado para seguir las órdenes del cerebro y lo dejó caer de nuevo.

–¿Qué me has hecho? Me siento como de gelatina.

Nunca se había sentido tan relajada en su vida.

–Dímelo a mí –Jax se frotó el mentón contra los rizos pelirrojos–. Espero que lo hayas disfrutado, porque creo que esta ha sido mi última actuación. Digna del Libro Guinness de los Récords, y te doy las gracias por ello. Pero creo que acabas de matarme.

Sin embargo, había una parte de él que seguía teniendo vida, ya que cuando ella se estiró perezosamente bajo su cuerpo un minuto después, empezaron a ocurrir cosas muy interesantes. El miembro que había empezado a relajarse dentro de ella, de repente reaccionó y se endureció otra vez. Segundos más tarde, era evidente que estaba muy contento de verla.

–Aunque quizá no del todo –dijo él, levantando la cabeza y sonriendo.

Capítulo 16

Una palmada en las nalgas cubiertas por la sábana sacaron a Treena de un profundo sueño. La mano siguió acariciando la piel por encima de la sábana, pero ella no se movió ni se molestó en abrir los ojos para ver quién la estaba maltratando. En lugar de eso, se acurrucó más cómodamente en la cama y trató de volver a dormirse.

–Arriba, dormilona –ordenó la voz de Jax–. Estás perdiendo el día durmiendo.

–¿Sí? –murmuró ella, sobre la almohada–. ¿Y qué? –bostezó y levantó ligeramente la cabeza–. Si no me hubieras tenido la mitad de la noche haciendo una sesión maratoniana de gimnasia me levantaría, pero estoy agotada. Déjame dormir.

La risa masculina le recorrió la columna vertebral, y el colchón junto a su cadera se hundió cuando él se sentó.

–¿Ahora se llama gimnasia? Me gusta. Para estar en forma.

Ella dejó escapar un profundo suspiro.

–No vas a dejarme dormir, ¿verdad?

–No.

Treena rodó sobre su espalda e hizo un esfuerzo para abrir los ojos. Le costó, pero por fin lo miró.

Oh, no, nadie debería tener ese aspecto a aquella hora de la mañana, pensó. Pero al echar un vistazo al despertador, se dio cuenta de que ya eran casi las doce. Un detalle sin importancia, teniendo en cuenta que Jax había dormido incluso menos que ella, a juzgar por su aspecto. Bien afeitado, con los ojos despiertos y brillantes y la camiseta todavía inmaculadamente blanca que seguía pegada a su maravilloso y musculoso torso como una segunda piel. Allí sentado, con la cadera pegada a ella, parecía tan relajado como ella.

Aunque ella tenía la sensación de que ella, en vez de parecer una diosa, debía de tener cara de monstruo.

Jax le apartó un rizo del ojo izquierdo.

—Vístete, dormilona. Aunque sé que te encantaría pasarte el resto del día retozando en la cama conmigo —dijo él con una sonrisa inocente—, yo no soy de esa clase de hombres.

Treena soltó una sonora carcajada.

—Claro que lo eres.

Sonriendo, Jax se levantó de la cama y tiró de ella, levantándola.

—Tienes razón, soy exactamente de esa clase de hombres. Pero hace un día precioso, y he pensado que podemos ir a comer al Lago Mead. A lo mejor incluso alquilar un velero y navegar un rato.

—Oh, Jax, me encantaría. Pero tengo hora reservada en el estudio a las dos, y no puedo permitirme perderla.

Él pareció desilusionado, pero lo único que dijo fue:

—¿Cuándo son las pruebas del espectáculo?

—El martes que viene. Y estoy muy preocupada. Hasta entonces tengo que ensayar todo lo que pueda.

Pasar la prueba había sido lo más importante en los últimos cuatro meses, pero ahora se pegó a Jax y le rodeó la cintura con los brazos. Frotando la mejilla sobre el cálido pecho masculino, lo miró a los ojos.

—Lo siento.

—Eh, no pasa nada —dijo él, abrazándola a su vez y apoyando la barbilla sobre su cabeza—. De todas maneras, hoy es el primer sábado desde que llegué que no hace un calor espantoso, así que seguramente el lago parecerá un zoo. Podemos dejarlo para el miércoles que viene. Cuando te hayas asegurado otro año de trabajo y yo haya ganado el torneo, tendremos tiempo para divertirnos juntos.

–Eres un tipo optimista, ¿eh? De los que siempre ven el vaso medio lleno. Me encantaría tener tu seguridad.

Él la apretó.

–Los vas a dejar boquiabiertos a todos.

¡Dios, cómo lo amaba! La verdad se hizo patente en toda su extensión. En lo más profundo de su corazón lo supo la noche anterior, pero no había estado preparada para reconocerlo. Porque a un nivel lógico, no tenía mucho sentido. Jax y ella se conocían desde hacía menos de dos semanas. Era casi imposible pensar que estaba enamorada de él.

Sin embargo, esa era la verdad, y ya no podía continuar negándolo. Lo que sentía era mucho más que deseo, mucho más que sexo, por muy maravilloso que hubiera sido la noche anterior. Y tenía que admitir sus sentimientos, aunque fuera solo para sus adentros. Aquella emoción que la embargaba era amor, un amor simple, puro y genuino por un hombre muy concreto.

Claro que las cosas nunca eran tan sencillas. Para empezar, no tenía la menor intención de decirle nada a él. Apenas se conocían, y tampoco quería que él desapareciera de repente de su vida, temiendo que las cosas fueran demasiado deprisa.

Tenía que mantener la relación entre ellos a un nivel superficial. Liberándose de sus brazos, dio un paso atrás.

–Todavía quedan un par de horas para mi ensayo –dijo ella–. ¿Te apetece nadar un rato en la piscina? O en mi caso, un chapuzón –se corrigió, con una sonrisa.

–¿No sabes nadar?

–Un poco, pero no muy bien. Mi tío Frank nos enseñó a mis hermanas y a mí, y soy capaz de hacer un par de largos sin parecer un pato, pero no soy muy buena nadadora, así que prefiero chapotear y jugar un rato –le guiñó un ojo–. Claro que tumbarme al sol en bikini no se me da nada mal.

–Eh, todos tenemos nuestros puntos fuertes. Mi punto fuerte es tirarme de bomba –dijo él, y tras una vacilación, añadió–: No tengo bañador, pero he visto un par de tiendas no muy lejos de aquí. ¿Por qué no voy a comprar algo mientras tú te pones ese bikini?

—Buena idea.

Jax se dirigió hacia la puerta del dormitorio, pero antes de llegar volvió de nuevo hacia ella.

—Una cosa más antes de irme.

—¿Qué?

Dobló un dedo y le indicó que se acercara a él.

—Acércate más. Tan lejos no te lo puedo decir.

Sonriendo, Treena cruzó el dormitorio y se detuvo delante de él.

—¿Qué?

Él le rodeó la cintura con un brazo, la atrajo hacia él y la besó. Alzando la cabeza un momento después, le sonrió.

—Buenos días.

—Buenos días —dijo ella, sonriendo también—. No se me ha ocurrido, pero ¿quieres desayunar, o un café?

—No, estoy bien. Me he preparado una tostada mientras dormías.

—Entonces yo me haré otra, y estaré lista cuando vuelvas.

—Vuelvo cuanto antes.

Jax estuvo fuera menos de media hora. Cuando volvió, se puso el bañador recién comprado en el dormitorio y volvió a la cocina donde Treena estaba metiendo crema protectora y una botella de agua en su bolsa. Acercándose a ella por atrás sin hacer ruido, se quedó a su espalda y bajó la cabeza para besarla en el cuello.

Treena se estremeció y giró entre sus brazos para besarlo en los labios. Estaba tan contenta que por un momento temió romper a llorar de felicidad, pero se contuvo. Se separó de él y lo miró de arriba abajo.

Jax llevaba un bañador negro de tela, tipo bermudas, con una tira de hojas de palmera azules y violetas a la altura de la cadera.

—Vaya, lo tuyo no son los Speedos, ¿eh?

—Por favor —respondió él, con expresión aparentemente dolida—. Los hombres de verdad no usan Speedos.

—Los hombres de verdad se dan golpes en el pecho y arrastran a las mujeres por el pelo hasta la caverna —replicó ella.

Él sonrió.

—Vale, listilla. Yo no uso Speedos.

—Vale. Y ese bañador te queda muy bien.

Lo que era cierto. Sobre todo porque era el único trozo de tela que apenas cubría una parte diminuta del cuerpo alto y musculoso.

—Creo que lo que más me gusta es la tira estampada, que te hace conjunto con el color de los ojos —añadió ella, divertida, tirando de la cinturilla que le caía justo por debajo del ombligo.

—Por supuesto, amiga mía. Ir bien conjuntado es fundamental en estos tiempos que corren. No quiero que me prohíban entrar en la piscina —le aseguró, guiñándole el ojo.

Treena se echó a reír.

—Empiezo a pensar que tenías que haber elegido un Speedo. Me parece que esas bermudas están empezando a fundirte las neuronas.

Poco rato después estaban en la piscina. Allí eligieron dos tumbonas a la sombra de una palmera. Apenas había gente, solo una joven madre con un niño que ya estaban recogiendo las cosas para irse, y dos mujeres de veintitantos años. Las dos se comieron a Jax con los ojos hasta que Treena les dirigió una mirada asesina a modo de advertencia. Encogiéndose de hombros a la vez, las dos mujeres continuaron con la conversación que la llegada de Jax y Treena había interrumpido.

Jax le sujetó la mano cuando ella estaba sacando la crema protectora de la bolsa.

—Vamos al agua —sugirió él, roncamente—. Si empiezo a untarte crema por todo el cuerpo no puedo garantizar que no te arrastre por el pelo de vuelta a la caverna.

Al verlo de pie delante de ella, con el sol en el pelo y los hombros bronceados, Treena sintió ganas de tirar la crema y echarle una carrera hasta su dormitorio. Pero también quería tener la oportunidad de jugar con él, y de poner a prueba la compatibilidad que había entre ellos al margen del aspecto sexual de su relación. Dejó la crema en la mesa junto a la tumbona.

—A ver cómo te tiras de bomba, campeón.

—Maldita sea —masculló él—. Esperaba que quisieras protección por todo el cuerpo —dijo, recorriéndole el brazo con la punta del dedo—. Después de todo, tienes una piel muy sensible.

Con un estremecimiento que recorrió todas sus terminaciones nerviosas, Treena se inclinó hacia él.

Jax dio un paso atrás.

—Esto de querer ser un hombre moderno y progresista es más difícil de lo que parece. Espero que al menos el agua esté fría.

Y dando unas cuantas zancadas, saltó en el aire y se tiró hecho una bola sobre el agua. Salpicó tanta agua que empapó a Treena de la cabeza a los pies, e incluso mojó a las dos mujeres que estaban sentadas a cierta distancia.

Gritando y protestando, las dos se pusieron de pie y se sacudieron las gotas de agua como si se tratara de residuos tóxicos. Cuando Jax salió a la superficie un momento después, apartándose el pelo de la cara, las dos jóvenes le dirigieron una mirada asesina, pero él ni se inmutó. Las dos mujeres recogieron sus cosas y se fueron.

—Hm, me temo que mi bomba sigue siendo tan potente como la recordaba —dijo él riendo, al ver a Treena empapada.

Ella echó la cabeza hacia atrás y rio.

—Oh, cielos, ha estado genial.

—¿No te has enfadado? ¿No te importa que te haya empapado? —dijo él, frunciendo el ceño.

—Para eso se viene a la piscina, ¿no? —respondió ella, sin dejar de reír—. Aunque a esas dos no les ha hecho ninguna gracia. En fin, supongo que así ya no seguirán comiéndote con los ojos.

Como todos los hombres, las palabras de Treena despertaron un repentino interés en él al sentirse el objeto de deseo de dos atractivas mujeres.

—¿Me estaban mirando? —preguntó él, inocentemente.

—Y de qué manera —dijo ella—. Pero, mala suerte, amigo, porque te acabas de cargar cualquier probabilidad de ligar con ninguna de las dos.

Sin dejar de reír, Treena se lanzó sobre él desde el borde de la piscina.

Él la sujetó y los dos se hundieron bajo el agua.

Ya en la superficie, Treena le rodeó la cintura con las piernas y se echó hacia atrás.

—Eh, grandullón, tú sí que sabes cómo despejar una piscina. Eso me gusta en un hombre.

—A mí me gustas tú en una mujer —dijo él, apretándole las caderas y tirando de ella hacia él—. Y por agradable que sea que otra mujer me mire, no me interesa nadie más.

—Me alegra oírlo, porque pienso tenerte muy, pero que muy ocupado.

Soltando las piernas y empujándose con los pies contra el pecho masculino, Treena salió nadando hacia el otro extremo de la piscina.

Él la persiguió, y pasaron los siguientes veinte minutos jugando como un par de niños. Jugaron a pillar y a saltar, nadaron y bucearon entre las piernas separadas del otro e hicieron el pino bajo el agua.

El tono cambió cuando Treena dijo:

—No, espera, puedo hacerlo mejor.

Y repitió el pino. Esta vez se concentró en colocar las palmas de las manos en el suelo de la piscina y después ejecutó una figura perfecta, con los pies unidos, los dedos de punta, y la espalda ligeramente arqueada. Después, consciente de que estaba dando todo un espectáculo, pero sin poder resistirse, se abrió completamente de piernas.

Sintió las manos de Jax en los muslos justo cuando se estaba quedando sin respiración y bajó una pierna, dejando la otra en el aire hasta que tocó con el pie el fondo de la piscina. Plantándolo con firmeza en el suelo, bajó la pierna derecha e incorporó el torso fuera del agua, alzando los brazos sobre la cabeza.

Jax se acercó a ella y le acarició la garganta con los dedos.

—Treena es una chica muy, muy flexible.

Con el corazón latiéndole fuertemente y un nudo de emoción en la garganta, sintiendo el deseo que inundaba los intensos ojos azules de él, Treena dijo:

—Sí, muy flexible.

–Tanta flexibilidad me estaba dando ideas –dijo él, bajando los labios hasta su oreja–. Ideas muy picantes y sabrosas –susurró él. Alzó la cabeza y la miró a los ojos–. Y a menos que quieras que te empuje contra la pared de la piscina y te haga el amor en los próximos treinta segundos, creo que lo mejor es que volvamos al apartamento.

Treena bajó la mirada y siguió con los ojos la gota de agua que se deslizaba por la garganta masculina. Sin pensar, se inclinó hacia delante y la lamió.

Después miró a Jax y pensó que lo extraño era que el agua no hirviera a su alrededor.

Fue hasta los escalones de piedra en el extremo menos profundo de la piscina.

–¡Tonto el último! –gritó.

No dudó de la capacidad de Jax para adelantarla, pero él permaneció justo detrás de ella, persiguiéndola, dejándola sentir el aliento cálido en el cuello cuando llegó a la puerta del apartamento, y hundiendo ligeramente los dientes en el hombro femenino mientras ella metía la llave en la cerradura. Un momento después, entraron dando tumbos en el apartamento.

Jax cerró la puerta de golpe tras ellos y buscó el broche del bikini. Las dos piezas cayeron al suelo y un segundo después lo hicieron las bermudas negras, a la vez que él la empujaba contra la puerta.

–Veamos lo de la pierna otra vez –murmuró él, sin aliento.

Treena deslizó el pie hacia arriba por el pecho masculino hasta que la parte posterior de la pierna quedó pegada a su abdomen y pecho, y sonrió al ver el poder que el movimiento ejercía sobre él. Sintió la erección masculina en el estómago, y un segundo después, él se dispuso a penetrarla. Empezó a empujar lentamente, pero ella hizo una mueca de dolor, y él se apartó.

–Aún no estás preparada.

Treena fue a disculparse, avergonzada de no estar bien lubricada, pero él le rodeó el cuello con el brazo y le alzó la barbilla con el pulgar. Después le frotó el labio con el dedo para hacerla callar.

–No tienes que pedir perdón por nada –dijo él–. La culpa es mía, por precipitarme. Estaba excitado y me he olvidado de ti.

Apartando el pulgar, Jax bajó la cabeza y la besó suavemente en los labios. Después se arrodilló delante de ella y dobló la pierna femenina alzada hasta apoyarse la planta del pie en el hombro.

Viendo a qué altura quedaban los ojos masculinos, Treena intentó bajar el pie, pero él le sujetó el tobillo con los dedos y la paralizó. Después levantó la mirada y le sonrió.

–Cierra los ojos si te pone nerviosa, preciosa, pero no bajes el pie. Vamos a ponernos al día con unos preliminares.

Y bajando la mirada, admiró el sexo femenino durante un momento antes de bajar la cabeza para besarlo.

Al sentir el primer roce de los labios, el primer suave lametazo de la lengua, Treena echó la cabeza hacia atrás, apoyándola contra la puerta, y sujetó la cabeza masculina con las manos, echándola hacia atrás.

–Estoy en tus manos –jadeó ella, mientras él se humedecía los labios con la lengua–. Oh, Dios mío, tan en tus manos.

–Y casi no he empezado –murmuró él–. Me encanta que seas tan suave. Y tu sabor, dulce y salado. Podría comerte todo el día.

–Oh, Dios –exclamó ella, sujetándole el pelo mientras él hacía sus palabras realidad.

A los pocos momentos, las caderas femeninas empezaron a balancearse rítmicamente, y segundos después, Treena empezó a jadear y a murmurar.

«Oh, por favor», «oh, Dios mío» y «Oh, Jax», parecían ser las únicas frases de todo su vocabulario.

Segundos después, explotó.

Cuando el primer orgasmo pasó, ella se estremeció en una serie del orgasmos menos intensos. Al final, sin fuerzas, se deslizó puerta abajo.

Pero Jax la tomó en brazos y la llevó al dormitorio.

–Adiós a mi fantasía contra la puerta –murmuró, dejándola caer sobre la cama.

Después recogió los vaqueros que habían quedado en el suelo y empezó a rebuscar en los bolsillos.

–¿Dónde está el preservativo? Seguro que sería un pésimo boy scout. Ah, aquí está. Ven aquí, diablillo.

Tiró los pantalones al suelo de nuevo y se volvió hacia ella abriendo el paquete de plástico con los dientes. Sin embargo, cuando la vio levantarse por el otro extremo de la cama se interrumpió.

–¿Dónde vas, Treen?

–La puerta principal no es la única puerta de la casa –le informó ella–. Tenemos otra justo aquí.

Y con el corazón latiendo furioso ante su atrevimiento, Treena se apoyó de espaldas en la puerta y lentamente, muy lentamente, alzó la pierna derecha hasta que sus dedos quedaron totalmente estirados y en punta por encima de su cabeza. Cruzó mentalmente los dedos para no parecer una ridícula actriz porno en aquella postura.

Pero sus temores se desvanecieron cuando él jadeó:

–Oh, Dios mío –y cruzó el dormitorio hacia ella de dos zancadas.

Apoyando las manos en la puerta a ambos lados de la cabeza de Treena, se inclinó hacia ella hasta que sus cuerpos quedaron pegados, igual que unos minutos antes en la puerta de la calle.

–Eres sin duda la mujer más sexy que he conocido en mi vida –dijo él, mirándola intensamente a los ojos.

–Tú me haces sentir sexy. Algo que no suele ocurrirme con los hombres.

Jax se quedó inmóvil. Después la miró a los ojos, como si intentara leer la verdad en ellos.

–¿Lo dices en serio?

Tragando saliva, Treena asintió.

Un destello brilló brevemente en los ojos masculinos.

–¿Ni siquiera con tu marido? –preguntó, pero rápidamente hizo una mueca, sintiendo un amargo sabor en la boca–. Perdona, no es asunto mío. El pasado pasado está. Lo importante es el presente, aquí y ahora, tú y yo –dijo, y bajando la cabeza la besó.

Esta vez Jax la besó con una ternura infinita. Después, se separó un poco y le apartó un rizo de la cara. Sin dejar de mirarla a los ojos, le dio el preservativo y ella se lo colocó. Después, Jax dobló ligeramente las rodillas y la penetró.

—Dios —exclamó él, no como una blasfemia sino como una oración. Lentamente se meció dentro de ella—. Es como si fueras mi regalo de cumpleaños y de navidad a la vez.

Treena aspiró hondo mientras él continuaba moviéndose dentro de su cuerpo.

—¿Va a ser tu cumpleaños?

Jax asintió, dobló las rodillas ligeramente y con cuidado la penetró más profundamente.

Treena cerró los ojos al sentir el roce del pene duro con su punto más sensible.

—¿Cuándo? —logró balbucear unos segundos después.

—¿Eh?

—¿Cuándo es tu cumpleaños?

—Pronto.

Jax dejó escapar un sonido grave y rodeó con las manos la cabeza femenina, hundiendo los dedos en los rizos pelirrojos y acariciándole la nuca. La besó como si fuera el objeto más frágil del planeta y continuó entrando y saliendo de ella muy lentamente. En cuestión de segundos, sin embargo, el movimiento cambió de lánguido y lento a rápido e impaciente. Y enseguida desesperado.

Por fin, las sensaciones que se habían ido acumulando en los dos estallaron.

Treena dejó escapar un grito de placer, que Jax absorbió con la boca pegada a la de ella.

Después, un profundo gruñido retumbó en su pecho. Empujó una vez más, levantándola del suelo, y Treena se sujetó a sus hombros, a la vez que le rodeaba la cintura con la pierna.

Jax le soltó la boca, y enredando una mano en la melena rizada, le abarcó toda la garganta con la otra.

—Oh, cielos —jadeó, con la boca a menos de un centímetro de la de ella—. Treena, Treena, Treena, amor mío.

Después, se le nublaron los ojos y dejó escapar un largo y grave sonido, como si le quemaran las llamas del infierno. Treena sintió su orgasmo dentro de ella, y dejó caer la cabeza sobre su hombro, aspirando su olor, el de ella, el de los dos juntos. Y cuando él se dejó caer sobre ella un momento después, pegándola contra la puerta, ella le rodeó el cuerpo con los brazos.

«Amor mío».

Sí, seguro que no era más que una expresión dicha en el momento de la excitación, pero Treena la abrazó como si fuera única. Porque a ella nunca se la había dicho nadie. Ni siquiera Big Jim, que fue el hombre que mejor la trató en mucho tiempo. Big Jim la admiraba más por la reputación que le daba con sus amigos que por considerarla una compañera. Treena estaba bastante segura de que eso lo había sido su primera esposa. Pero ahora Jax Gallagher se lo había dicho. Amor mío.

Aunque no lo dijera de verdad, Treena no recordaba ningún otro momento en su vida que se hubiera sentido tan bien como entonces.

Capítulo 17

«Estoy jodido».

Sentado y apoyado en la pared del estudio mientras observaba la evolución de Treena sobre el suelo de madera al ritmo de la música, Jax trató de imaginar alguna forma de salir del pozo donde se había metido con su fantástico plan para recuperar la pelota de béisbol de su abuelo y salir con las manos intactas. Pero no se le ocurrió nada que pudiera salvar la relación entre ellos cuando la verdad saliera a la luz. Y tarde o temprano tenía que salir, de eso no le cabía la menor duda.

«Estoy bien jodido», se repitió para sus adentros.

Por supuesto no se le escapaba la ironía de la situación. Nunca había tenido una relación con una mujer que fuera más allá de un par de noches entre las sábanas como máximo, y ahora que por primera vez conseguía forjar una unión más íntima y personal con una mujer maravillosa, ahora que había logrado establecer un vínculo con ella sin tener que hacer ningún esfuerzo, resultaba que era la persona a la que había mentido desde el momento que se vieron por primera vez.

Ella le había hablado sobre su familia y su pasado con total sinceridad, y él era Don Mentiroso Mayor del Reino.

¡Qué desastre!

Daría un ojo y la mitad del otro por seguir creyendo que Treena era la fresca cazafortunas que pensaba antes de conocerla. Quizá así no se sentiría como un cerdo. Porque por mucho que le gustara, por mucho que la viera fácilmente integrada en su vida y en su futuro, seguía teniendo toda la intención de recuperar la pelota del campeonato de béisbol de 1927.

Solo que ahora sabía qué era tenerla entre sus brazos; había sentido su calor más íntimo envolviéndolo y conocía los sonidos que salían de su garganta cuando la satisfacía.

También sabía que la venta de la pelota le proporcionaría el dinero suficiente para montar el estudio de baile y con él una importante seguridad económica para el futuro.

La música se interrumpió y un momento después Treena fue hacia él sonriendo, mientras se secaba el sudor de la garganta y el pecho con una pequeña toalla de mano. La bailarina se dejó caer en cuclillas delante de él con las rodillas separadas y casi lo cegó con su sonrisa. Jax sintió que se le salía el corazón del pecho.

—Ha sido el ensayo más relajado que he tenido en meses —dijo ella. Con una risa ronca, recorrió el muslo masculino con las puntas de los dedos—. Una lástima que no haya sabido esto de la terapia sexual antes. Habría progresado mucho más.

—No, no lo creo —respondió él con una sonrisa cargada de satisfacción—. Porque solo funciona conmigo.

Jax no estaba en absoluto relajado, pero en silencio reconoció que la idea de Treena haciendo el amor con otro hombre que no fuera él no le hacía ninguna gracia.

Irguiendo la espalda contra la pared, la miró muy serio.

—Treena, ¿tienes dinero ahorrado para el estudio que quieres montar?

Ella parpadeó ante el brusco cambio de conversación y se sentó delante de él.

—Antes lo tenía, sí. Contando los intereses, tenía casi sesenta mil dólares en certificados de depósitos.

Jax sintió un gran alivio al pensar que al menos su traición no la dejaría en la ruina. Pero entonces se dio cuenta de que ella había hablado en pasado.

—¿Tenías?

Treena alzó un hombro.

—Los utilicé para pagar a la persona que me ayudaba con Big Jim, ya te lo dije.

«Mierda, mierda, mierda, mierda, mierda!»

Jax sintió que se ahogaba.

—¿Estaba con él las veinticuatro horas? —preguntó, roncamente.

—No, era demasiado caro. David se ocupaba de él mientras yo dormía.

Peor aún. Bien, tenía que haber una solución. Le pagaría un precio justo por la pelota. Claro, ¿por qué no? Eso tenía que haberlo pensado desde el principio, y habría sido lo mejor para los dos. Ella tendría dinero para su estudio y él seguiría con todos los huesos enteros.

Pero si apenas había aceptado a regañadientes un collar de diamantes grabado, ¿cómo iba a aceptar una importante cantidad de dinero?

Oh, no. Estaba jodido de verdad.

Ellen se detuvo en el último peldaño de la escalerilla de la piscina al ver a Mack sentado en la tumbona donde había dejado la toalla. Aspirando hondo, acabó de salir de la piscina.

Mack se puso en pie, tomó la toalla y caminó hacia ella, con sus sempiternos pantalones chinos de color claro y un polo chocolate de manga corta. Al llegar a su altura, el hombre le ofreció la toalla. Un poco cohibida al verse prácticamente desnuda delante de él, sobre todo cuando la mirada masculina se deslizó por su cuerpo desde el pecho a los pies, Ellen se apresuró a colocarse la toalla a la cintura para ocultar la incipiente barriga y los muslos, menos tersos y firmes de lo que a ella le gustaría.

—Llevas un bañador muy bonito —dijo él, con una expresión que decía claramente lo mucho que le gustaba lo que estaba viendo.

Ellen sonrió complacida y miró el bañador negro y carmesí.

—¿A qué es bonito? En cuanto lo vi me enamoré de él. Solo me faltaba comprobar que cumpliera todos los requisitos.

—¿Qué requisitos? —preguntó Mack extrañado.

—Que no sea muy alto de piernas, que no tenga mucho escote y que no se caigan los tirantes cuando nado. Para tumbarse al sol, cualquier bañador vale, pero para nadar hay que ser más exigente –le aseguró ella.

–Y además resalta el color de tus mejillas –dijo él.

–Vaya, no sabía que supiera hacer cumplidos –rió ella.

–Por favor, tutéame –dijo él–. Hasta ahora no te he mostrado precisamente mi mejor lado, pero créeme, cuando te miró se me ocurren muchos más –añadió, con una amplia sonrisa–. ¿Sigues enfadada conmigo?

–Debería estarlo.

Sin embargo, cuando Ellen se tranquilizó, después de echarlo de su apartamento, se dio cuenta de que, si lo que Treena había dicho era cierto y la conducta de Mack la última vez que lo vio era alguna indicación, no cabía duda de que su eterno enemigo la deseaba como mujer.

–Siento haber escuchado una conversación privada –se disculpó él una vez más, con total sinceridad–, pero te prometo que no era mi intención.

–Te creo, Mack –dijo ella, asintiendo con la cabeza y tuteándolo por primera vez.

–¿En serio?

–Sí. Eres demasiado directo para andarte escondiendo detrás de un seto tratando de conocer mis secretos más oscuros.

Mack se relajó visiblemente y sonrió de oreja a oreja. Después, en un gesto cargado de picardía, arqueó una ceja.

–¿Hay alguno más que deba conocer? –preguntó él.

–Como si te lo fuera a contar a ti –le espetó ella, seria, reprendiéndolo con la mirada.

–¿Y si te emborracho? ¿Te los sacaría?

–Eres un hombre muy gracioso –dijo ella, en un tono que indicaba todo lo contrario.

Pero no pudo evitar sonreír cuando él subió y bajó las cejas al estilo de Groucho Marx.

Mack hizo una mueca y la miró con ojos inquisidores.

–¿Gracioso porque no es asunto mío o gracioso porque no me lo vas a contar, ni borracha ni de ninguna manera?

—Elige lo que quieras.

—Está bien. No es asunto mío —accedió él—. Si te prometo no intentar sonsacarte más información, ¿querrás... —carraspeó un momento antes de continuar—, hacerme el honor de cenar conmigo mañana por la noche?

Ellen no respondió enseguida, sino que titubeó un momento, más que nada por darse el placer de verlo tan incómodo e inseguro. Después, esbozó una sonrisa razonablemente serena para ocultar el hecho de que se sentía flotando como una adolescente.

—Será un placer.

—¿Sí? —Mack se echó a reír, profundamente aliviado, y a continuación se frotó las manos—. Dime, ¿qué clase de comida te gusta?

—Oh, creo que de todo. Menos la comida india. El curry no me hace mucha gracia.

—Tomo nota. Yo soy hombre de carne y patatas —dijo él, pero temiendo parecer poco sofisticado se apresuró a añadir—, pero también me gusta la comida china y la italiana.

Aunque no era un hombre de mundo, tampoco quería que Ellen lo considerara un paleto, y pensó que proponer su hora habitual, las seis de la tarde, quizá chocara con los hábitos más cosmopolitas de ella.

—¿Te parece bien a las siete? ¿O quizá prefieras a las ocho?

—Si no te importa, preferiría que fuera un poco antes. Si no he comido a las seis y media, suelo ponerme un poco gruñona.

Los ojos de Mack se iluminaron.

—Me encanta tu forma de ver la vida —dijo él—. Pensé que te gustaría un horario más sofisticado.

—En absoluto —dijo ella—. Eso era lo que menos me gustaba de atender a actos benéficos con Winston —explicó ella—. Las cenas eran siempre tan tarde que yo acababa de un humor de perros.

Agradecida por la carcajada de Mack al escuchar su explicación, Ellen le ofreció una cálida sonrisa.

Mack dio un paso atrás y se metió las manos en los bolsillos.

–Bien. Me ocuparé de reservar una mesa. Pasaré a recogerte a las cinco y media.

Ellen lo observó alejarse. Era un hombre que se mantenía en forma a pesar de la edad, pensó, y le gustaba que tampoco fuera tan alto. No quería terminar con tortícolis.

Cerró los ojos y se llevó las manos al pecho. Tenía una cita. Cielos, no había tenido una cita desde 1975. ¿Y de que hablarían? No tenían nada en común excepto el afecto que ambos sentían por las chicas. Oh, Dios, tenía que pasar dos horas con él a solas, sin tener a Carly y a Treena como amortiguadores. La idea la aterrorizó.

Aunque hacía años que no estaba tan emocionada.

Treena no podía negarlo. Cuando entró en el salón donde se celebraba el torneo de póquer aquella tarde colgada del brazo de Jax, se sintió como una persona importante. Nunca le había preocupado la fama o la popularidad de la gente con la que estaba, pero, mientras atravesaba el espacioso salón del Bellagio entre las mesas y los corros de jugadores y curiosos que allí se congregaban, no pudo evitar darse cuenta de que en aquel mundo, Jax era un personaje conocido. Quizá incluso una estrella. A su paso, oyó a varias personas murmurar su nombre con admiración y vio a muchos más volviéndose a mirarlo con interés.

–Eres un pez gordo , ¿eh? –susurró ella, dándole un codazo.

–En una piscina muy pequeña –respondió él, restando importancia a sus palabras con una sonrisa.

–Y modesto también. Tranquilo, corazón mío –dijo ella, llevándose una mano al pecho–. No latas tan deprisa.

–Eh, cualquier cosa por meterme debajo de tus faldas –bromeó él, y ella se echó a reír.

–Hola, Jax –dijo una voz pastosa de mujer, a su espalda.

Los dos se detuvieron. Treena se volvió y vio a una atractiva y despampanante mujer que se acercaba a ellos y miró a Jax con un interrogante en los ojos.

Él encogió de hombros como diciendo: «Ni idea».

La mujer rubia, enfundada en un ceñido vestido que se ataba con unos finos tirantes al cuello, se acercó a él, ignorando por completo a Treena.

—Me llamo Sharon y soy una gran admiradora —ronroneó la mujer, mirándolo con ojos cargados de provocación.

—Me alegro —respondió él con naturalidad—. El póquer es un gran juego.

—Tú eres un gran jugador —puntualizó la rubia, acariciándole la solapa del traje con la uña.

Treena no se lo podía creer. ¡Por el amor de Dios, ¿acaso era invisible?!

La mano de Jax le apretó el hombro, como para asegurarle que no lo era, y la echó un paso hacia atrás con él.

La mano de Sharon cayó a un lado, pero la mujer ignoró el movimiento de la pareja y sonrió sin dejar de mirarlo.

—¿Me firmas un autógrafo?
—Claro.

Jax soltó Treena y sacó un bolígrafo de cromo del bolsillo interior de la chaqueta.

—¿Tienes un trozo de papel?
—No hace falta —dijo la mujer—. Puedes firmarme aquí.

Se llevó las manos a la nuca, se soltó las tiras del vestido atado al cuello y bajó la tela hasta casi el pezón.

—No me parece una buena idea —respondió Jax, con expresión seria a la vez que guardaba de nuevo el bolígrafo en su sitio—. Como ves, estoy acompañado.

La rubia miró a Treena y se encogió de hombros. Sin inmutarse, sacó una tarjeta de plástico del bolso, en realidad la llave de una habitación del hotel, y se la metió a Jax en el bolsillo lateral de la chaqueta.

—Si te aburres, estoy aquí hasta el miércoles. Habitación 1218 —miró otra vez a Treena—. Si te va el rollo, también me la puedo tirar a ella.

—¡Puagh! —protestó Treena.

Pero la mujer ya le había dado la espalda y se alejaba con un provocador movimiento de caderas.

Treena siguió a la nueva admiradora de Jax con los ojos hasta que la perdió de vista, y después se volvió lentamente hacia él. De repente, el comentario sobre meterse bajo sus faldas no le parecía tan gracioso.

–Bueno –se aclaró la garganta–. Eso ha sido... interesante. Oye, ¿te pasa muy a menudo?

–Digamos que no es la primera vez que me ofrecen la llave de la habitación –reconoció él, evasivo–, pero nunca me he encontrado con nadie tan descarado como ella –la pegó contra él y le alisó el ceño arrugado con el pulgar–. Lo siento.

Aunque no era justo, Treena no pudo evitar hacerlo en parte responsable de lo sucedido.

–No es que tú le hayas provocado de ninguna manera, pero nunca había visto nada igual – dijo ella. Lo estudió un momento en silencio–. Eso hace que te vea de otra manera.

Ahora le tocó a él sonreír.

–Me alegro –dijo él.

Al pensar que la admiradora se había presentado a Jax como un regalo de cumpleaños, Treena recordó lo que había dicho él antes mientras hacían el amor.

–Pronto será tu cumpleaños, ¿no? Este ha sido casi tu primer regalo –bromeó ella.

Jax la miró como si le hubiera hablado en suahili.

–¿Qué relación hay entre que una mujer me ofrezca una llave y mi cumpleaños?

–¿Que qué relación hay, Romeo? Solo le faltaba presentarse envuelta en celofán y con un enorme lazo de regalo, y eso me ha recordado que has dicho que tu cumpleaños es dentro de poco.

–Das miedo, Treena Sarkilahti.

–McCall –le corrigió ella. Y sonrió–. Pero gracias. Bueno –añadió–, ¿qué día has dicho que era?

–No lo he dicho.

–Esta es tu mejor oportunidad, chico. Dímelo y te prepararé una fiesta sorpresa.

–Oh, no –dijo él, horrorizado, con un estremecimiento–. Preferiría que no lo hicieras. Las fiestas no son lo mío.

—Bien —dijo ella, con un suspiro.

Jax se limitó a sonreír y los dos continuaron andando, hasta que de repente, Treena se detuvo y tiró de él. Con una sonrisa cargada de promesas, le besó la mandíbula y después le murmuró al oído:

—Dime qué día es y te haré un regalo muy, pero que muy especial.

Sus labios se curvaron al sentir el ligero temblor que recorrió el cuerpo masculino.

—Eso es muy tentador —reconoció él, dando un paso atrás y sujetándole los dedos con la mano—. Pero, otro regalo de los tuyos y me temo que me dará un infarto.

Jax no podía creer lo mucho que le molestaba tener que callar tantas cosas por temor a que Treena se diera cuenta de que era el hijo de Big Jim. Una de las cosas que no podía decirle era que detestaba las fiestas de cumpleaños por culpa de su padre, que siempre se empeñó en celebrarlas con algún motivo deportivo, como si su hijo fuera un gran deportista.

Por otro lado, le divertía ver los intentos de Treena por sacarle la fecha de su nacimiento. Hasta aquel momento no lo había analizado, pero estar con ella le hacía feliz.

Pero ahora el torneo estaba a punto de empezar y él tenía que concentrarse.

—Tengo que irme —dijo él. Contempló durante un largo momento los suaves ojos castaños, la cálida sonrisa y los rizos rojizos que le enmarcaban la cara—. Dame un beso de buena suerte.

Treena le besó en los labios.

—Cómetelos, vaquero —susurró ella, y le deslizó una llave en la palma de la mano—. Ven a mi casa cuando hayas ganado la partida —dijo antes de alejarse hacia el asiento en la zona del público que él le había indicado con anterioridad.

Jax se volvió hacia el tablón donde estaba la distribución de las mesas.

Cuando vio que uno de sus contrincantes iba a ser el ruso, su mente dejó de divagar y se concentró en el torneo. Genial. Con él sí que no podía perder, o Sergei intensificaría la presión para que le diera la pelota de béisbol. Dejando escapar un suspiro, sacudió las manos, buscó la mesa y se sentó.

Entonces buscó a Treena entre el público. La localizó y fue a buscarla. Tomándola de la mano la puso en pie.

—No sé en qué estaba pensando —dijo, llevándola hacia las mesas—. Esta no es la última partida, no tienes que sentarte entre el público. Puedes quedarte conmigo si quieres —dijo, sentándola detrás de su silla—. Así verás la partida más de cerca.

Treena le ofreció una complacida sonrisa, pero miró a su alrededor.

—Más vale que te sientes —susurró—. Eres el único que falta.
—Sí. Te veo luego, ¿vale? ¿En tu casa?

Todavía no podía creer que le hubiera dado una llave.

—Sí. Venga, siéntate.

Jax se sentó y saludando brevemente con la cabeza a los otros jugadores, respiró hondo, aspiró el olor de fieltro verde y amontonó las fichas delante de él.

La partida empezó y el botón, que indicaba al jugador que debía repartir a pesar de que en realidad lo hacía un croupier profesional del casino, fue para el jugador sentado dos sillas a su derecha. Eso colocó a Jax y al jugador sentado a su derecha en las posiciones de apuestas ciegas o iniciales. Sin mostrar su descontento, Jax sacó un par de gafas de sol, se las puso y se concentró en la mesa. La suya era la peor posición de la mesa, ya que le obligaba a hacer un apuesta inicial de seis mil dólares sin ver las cartas.

En la primera mano tuvo unas cartas malísimas, y tampoco mejoraron con las cartas descubiertas, pero gracias a las ganancias acumuladas de días anteriores, Jax dedicó unos minutos a estudiar al resto de los jugadores.

Con Sergei y Ben Janeau había jugado antes, así que conocía sus métodos. Pero todavía no conocía bastante bien al hombre del botón como para determinar si el pulso que le latía en la garganta se debía a tener una buena mano o a estar echándose un buen farol. Tampoco había jugado nunca con la mujer sentada al otro extremo de la mesa, que antes de hacer una apuesta se pasaba varias veces los dedos por la pulsera que llevaba en la muñeca.

Jax perdió la mano, pero estaba satisfecho, porque no había sido una pérdida de tiempo. Al menos ahora sabía algo más de sus contrincantes, gracias a su lenguaje corporal. Mientras se preparaba para la siguiente mano, se acomodó en la silla y el resto del mundo empezó a desvanecerse a su alrededor. Se olvidó de Treena y del resto del público, hasta que finalmente solo quedaron la partida y él.

Capítulo 18

–Tenías que haberlo visto, Carly –dijo Treena más tarde a su amiga en el vestuario. Inclinándose hacia delante, se colocó el alto tocado de plumas del primer número en la cabeza–. Apuestan hasta ciento treinta mil dólares en una jugada, y por lo visto a veces incluso más. ¿Cómo le habrá ido a Jax desde que me he ido? Por lo menos, era el que más fichas tenía en la mesa, aunque un tipo me ha dicho que, aunque todos los jugadores empiezan el torneo con la misma cantidad, las fichas que tienen en cada partida son las ganancias acumuladas de días anteriores.

–Más vale que no juegues al strip-póquer con él –le aconsejó su amiga.

Treena se echó a reír.

–Más vale –dijo. Ladeó la cabeza un momento y con un guiño añadió–: Aunque puede que sea algo divertido.

Después recordó la partida de la tarde y frunció el ceño.

–Ha empezado perdiendo –continuó–. El mismo tipo me ha explicado que su posición no era muy buena, por unas normas que no recuerdo muy bien. Solo sé que tenía que hacer una apuesta aunque tuviera malas cartas –se encogió de hombros–. Por lo visto, esas posiciones cambian con cada mano, aunque yo estaba tan nerviosa al ver toda aquella pasta encima de la mesa, que no me he enterado mucho. Pero me gustaría que hubieras visto a Jax, allí sentado, con gafas de sol, como un mafioso o algo así, y tan frío como un iceberg. Sabes lo que quiero decir, ¿verdad?

—Claro que sí —asintió Carly, sabiamente—. El chico te pone a cien.

—¡Y de qué manera! Por eso una partida de strip-póquer puede ser divertida —dijo, e inclinándose hacia ella, bajó la voz—. Sé que no es muy de mujer liberada, pero te aseguro que si me ordenará que me quitara la ropa y mucho más, lo haría sin dudarlo dos veces.

Soltó un suspiro y se abanicó con los dedos. Su reflejo en el espejo mostraba las mejillas sonrosadas incluso a pesar del fuerte maquillaje.

—Cielos, no puedo creer lo que acabo de decir.

Ni tampoco que hubiera pasado de detestar casi todo lo relacionado con el sexo a sentir un fuerte deseo entre las piernas al pensar en la posibilidad de que Jax le diera ese tipo de órdenes.

—Al menos, tú tendrás la oportunidad de hacer realidad un par de fantasías —dijo Carly—. Aunque en este momento, dada mi falta de práctica en ese campo, yo me conformo con la tradicional postura del misionero.

—Eh, quizá las cosas te vayan mejor con tu nuevo vecino. Si no lo recuerdo mal, es uno de esos tipos fuertes y viriles que a ti te gustan.

Carly sonrió al oír la descripción.

—No lo creo, cielo. Por conveniente que sea tenerlo en el apartamento de al lado, los tipos de seguridad como él no suelen mezclarse con la clase plebeya como nosotras —explicó Carly—. En fin, tendré que encontrar a alguien que no sea muy exigente. Últimamente no he estado en mi mejor momento, pero eso pronto va a cambiar —le aseguró a su amiga, a la vez que se comprobaba el maquillaje en el espejo. Después se puso en pie y se colocó el alto penacho de plumas de colores en la cabeza—. Pero por desgracia, hoy no y mañana tampoco. Pero pronto, eso seguro.

—Sí, tu sequía está a punto de terminar —le dijo Treena—. Lo notó en los huesos.

Treena le mandó un beso por el aire.

—¡Qué Dios te oiga, amiga mía!

***

Jax entró en el apartamento de Treena poco antes de medianoche.

—Hola, ¿estás en casa? —preguntó bajito.

No obtuvo respuesta.

A la luz de la luna que se colaba a través de las persianas de lamas y dibujaba franjas claras y oscuras en el suelo de madera, Jax recorrió el apartamento para comprobar que no había nadie. Después volvió al salón decidido a aprovechar la oportunidad que el azar le había brindado para buscar la pelota.

Sin embargo, en lugar de hacerlo, se dejó caer en el sofá, estiró los brazos sobre el respaldo y las piernas delante de él, y miró a su alrededor. A la luz de la luna, el apartamento parecía totalmente diferente. Con una gama que recorría todas las tonalidades del negro y el gris, el sitio apenas tenía nada que ver con el lugar alegre y colorista que recordaba de las horas diurnas. De no haber estado allí más de una vez, habría creído que se había equivocado de apartamento, pensó mientras trazaba un plan.

¿Qué plan? Lo único que tenía que hacer era mover el trasero y registrar las habitaciones y los armarios.

Sin embargo, antes de ponerse de pie oyó las voces de Treena y Carly riendo suavemente en el pasillo. Y su corazón se alegró.

Instintivamente se aseguró para sus adentros que no era alegría, sino alivio. Menos mal que las había oído. Todo su plan y todos sus esfuerzos habrían sido en vano si Treena entraba de repente en el apartamento y lo sorprendía rebuscando entre sus cosas.

Entonces resopló con rabia. ¿A quién trataba de engañar? Porque sabía perfectamente que la justificación era solo una excusa para no reconocer la realidad de la situación.

Notó cómo la voz de Carly se alejaba por las escaleras y un momento después oyó la llave en la puerta.

—Hola —dijo él despacio, y sonrió cuando ella soltó un grito, asustada.

Treena apareció en el arco de entrada con una sonrisa en los labios.

—Estás aquí. Creía que llegaría antes que tú a casa.

A casa. Dios, hacía tanto tiempo que no tenía un lugar al que llamar casa, que la sola mención de la palabra lo emocionó.

—Perdona por haberte asustado, pero quería avisarte antes de que entraras y encontraras a un hombre sentado a oscuras en el sofá.

Treena se acercó a él y se sentó a horcajadas sobre su regazo, buscando una postura cómoda sobre su creciente erección.

—Hm —suspiró ella, notando cómo se endurecía entre sus piernas—. ¿Qué hacías sentado en la oscuridad?

—Relajarme después de la partida —repuso él.

—Oh

Treena irguió la espalda, lo que presionó todavía más la suavidad entre sus piernas contra él y le arrancó un gemido de deseo. Mirándolo desde su altura, se incorporó un poco.

—Quería preguntártelo enseguida, pero últimamente me despisto casi sin querer. Principalmente por esto —explicó. Metiendo las manos entre las piernas, Treena acarició brevemente el miembro erecto bajo la tela de los vaqueros. Después apartó la mano—. ¿Qué tal ha seguido la partida?

Jax la sujetó por las caderas y la sentó de nuevo donde la quería. Y sonrió.

—He ganado.

Treena dejó escapar un grito y le rodeó la cabeza con los brazos, aplastándosela contra el escote.

—Oh, Jax. Enhorabuena. Tío, retiro lo que te dije de lo fácil que te ganabas el dinero. Después de verte jugar hoy, sé que sería incapaz de jugar noche tras noche sin que me diera un infarto.

Jax se echó a reír mientras le lamía el escote con la lengua y buscaba meterse bajo la tela de la camiseta.

—¿Eso es todo? —dijo ella, sujetándole por el pelo y echándole la cabeza hacia atrás para mirarlo a la cara—. ¿Esa es tu respuesta a mi sincera disculpa? ¿Chuparme las tetas?

–Hm, sí. Son deliciosas –dijo él, subiendo y bajando las cejas–. Saladas y dulces como un cóctel de tequila.

Y liberándose de la mano que le sujetaba el pelo, Jax hundió la cara de nuevo en su escote y deslizó las manos hacia delante, para enmarcar los senos por los costados y apretarlos hacia delante. Acarició la suave piel femenina con las mejillas a la vez que buscaba los pezones con los dedos y los hacía rodar entre las puntas.

Treena aspiró hondo y arqueó la espalda.

–Oh, Dios mío –susurró.

Balanceándose ligeramente sobre su erección, respiró profundamente, como si quisiera controlar las sensaciones que la embargaban. Pero la exhalación se convirtió en un suspiro largo y tembloroso, y ella dejó caer la cabeza hacia atrás, como si de repente su esbelto cuello no pudiera soportar el peso.

Con ojos hambrientos, Jax miró el vulnerable arco de la garganta, la sensual curva de los labios entreabiertos y los ojos entrecerrados. Y su corazón se encogió dolorosamente, como si de repente se lo hubiera apretado un gigante invisible.

Treena abrió los ojos y lo miró con una expresión que casi lo incineró allí mismo.

–Dime –dijo ella con voz pastosa–. Si no estás cansado de jugar, ¿qué te parece una partida de strip-póquer?

Estaban preparando el desayuno tarde a la mañana siguiente cuando alguien llamó a la puerta. Treena levantó los ojos de la sartén donde estaba friendo unas lonchas de bacon y miró a Jax.

–¿Te importa abrir? –le preguntó–. No quiero que se me queme.

–Claro.

Jax dejó la cuchara de madera con la que estaba preparando en un cuenco la masa para tortitas y fue a abrir descalzo.

–Hola –le oyó decir Treena un momento después de abrir la puerta–. Eres la última persona que esperaba ver –estaba diciendo Jax–, teniendo en cuenta que todas las veces que has venido estando yo aquí has entrado sin llamar.

–Eh, siempre llamo –protestó Carly–. Bueno, algunas se me pasa. ¿Está Treena?

–Sí, entra. Está en la cocina. Llegas en el momento justo, estábamos preparando el desayuno. Aunque no sé qué pensará Treena de alimentar a tus dos amigos.

Treena apenas tuvo un momento para preguntarse quiénes eran los acompañantes de Carly cuando Rufus apareció corriendo por la esquina de la cocina, convirtiendo la alfombra que había a la entrada de la cocina en un acordeón.

Después cruzó todo el suelo de la cocina deslizándose como un velero sin timón, hasta que los armarios de la pared opuesta lo frenaron, dándole un susto de muerte.

Treena se echó a reír y después volvió la cabeza hacia la entrada, donde Buster se había sentado y golpeaba el suelo con la cola, clara muestra de su alegría al verla.

Unos segundos después llegaron Carly y Jax.

–Tengo que reconocer que ha sido una entrada de lo más espectacular, amigo mío –dijo Jax a Rufus.

Este, después del resbalón y el golpe contra los armarios de la cocina, se había apresurado a colocarse al lado del otro perro con expresión compungida.

–Por suerte tú eres un poco más tranquilo que tu amigo, ¿verdad, chico? –dijo Jax, dirigiéndose a Buster.

El perro, con una educación propia de su dueña, le ofreció una pata y Jax la estrechó.

–Y mucho mejor educado –repuso Jax, agachado a su lado–. Encantado de conocerte. ¿Cómo has dicho que te llamabas?

–Ese es Buster –le informó Treena.

–Un perro muy interesante –comentó divertido, acariciándole el penacho que se erguía sobre la diminuta cabeza del animal–. Parece un personaje salido de uno de los cuentos de Doctor Seuss.

–Es verdad –exclamó Treena, divertida, que no pudo evitar pensar que la comparación era de lo más acertada.

Buster tenía las patas largas, el trasero ancho y el pelo color canela estaba corto por todo el cuerpo excepto por el penacho enmarañado encima de la cabeza y los mechones de pelo rizado que le crecían alrededor de los tobillos.

La voz helada de Carly interrumpió el momento.

—Oh, qué bonito —dijo furiosa, tomándose las palabras de Jax como una ofensa—. ¿También das patadas a los cojos cuando se caen?

En el apartamento se hizo un tenso silencio. Entonces Jax se incorporó y dijo con frialdad.

—Perdona. No era mi intención meterme con tu perro. Solo quería...

—No, perdóname tú a mí, Jax —le interrumpió Carly, y suspiró—. No tenía ningún derecho a contestarte así. Además, tienes toda la razón. Buster es un perro estilo Doctor Seuss, ¿verdad, cielo?

El perro, encantado con toda la atención que estaba recibiendo de los humanos, golpeó alegremente el suelo con la cola. Carly se agachó a su lado y le rodeó el cuello con un brazo.

—Qué narices, si lo digo yo misma. El pobre es tan feo que resulta mono.

Eso pareció satisfacer a Jax, pero Treena, que conocía mejor a su amiga, no se dejó engañar.

—¿Qué ha pasado?

—¿Hm? Nada —Carly se puso de pie, sacudiéndose las manos. Miró a Treena con ojos inocentes—. ¿Qué hay para desayunar?

—Bacon y tortitas. ¿Qué ha pasado, Carly?

Su amiga tensó la mandíbula y se la quedó mirando un momento. Después con un suspiro, hundió los hombros.

—Esta mañana he conocido a mi nuevo vecino.

Oh. Era evidente que no había sido una experiencia positiva.

—¿Y?

—Si lo mato, Treena, ¿me ayudarás a ocultar el cadáver?

—Claro —le aseguró su amiga sin pensarlo dos veces—. En el desierto hay millones de sitios para ocultar el cadáver de un pesado.

—Uau —dijo Jax, dando un paso de gigante hacia atrás, alejándose de ellas con las palmas levantadas–. Recordadme que no me meta nunca con vosotras.

Una expresión de intranquilidad cubrió por un momento el rostro masculino, pero antes de que Treena pudiera descifrar el significado, Jax se volvió hacia Carly y le preguntó incrédulo.

–¿Tan malo es?

–Créeme, peor –le aseguró Carly–. Un imbécil con corte de pelo de marca, más tieso que un palo y que odia a los perros.

Acostumbrada a las descontroladas descripciones de su amiga para situaciones extremas, Treena se concentró en los detalles pertinentes.

–¿No le han gustado tus perros?

–Oh, no –exclamó Jax, consciente de que para Carly no podía haber mayor insulto.

–A Rufus no paraba de llamarlo «Dufus», y el muy idiota quería saber por qué diablos no lo tengo controlado!–exclamó Carly furiosa, con la respiración acelerada y los senos a punto de romper la tela ceñida de la camiseta–. ¡Cómo si no llevara días intentando controlarlo! ¿Quién se habrá creído que es? ¡Pues que le den! Si ese monstruo intenta meterse con mis niños, me da igual que tenga el trasero más alucinante que he visto en mi vida, se va a enterar.

Vaya. Las antenas de alertas de Treena se iluminaron con interés. A pesar de ello, se acercó a su amiga y, rodeándola por el hombro, la llevó hasta un taburete y la obligó a sentarse. Aquel también era un detalle de lo más revelador.

Consciente de que Carly detestaba a los hombres por el mero hecho de no ser amantes de los animales, el detalle de haberse fijado en el trasero de su nuevo vecino sugería la posibilidad de una fuerte atracción entre ese Jones y su amiga.

Sin embargo, conociendo a Carly como la conocía, Treena no hizo ningún comentario al respecto. Ni la menor insinuación.

–Tú tranquilízate y quédate a desayunar con nosotros. Después quiero que te olvides de ese payaso. A lo mejor ha tenido un mal día, o quizá es un idiota de nacimiento. Sea como sea, estas cosas siempre terminan arreglándose.

—Sí, con la muerte —afirmó Carly—. Porque además no sería un asesinato, sería una eutanasia. El hombre es demasiado estúpido para vivir.

—Sí, pero sería una pena quedarnos sin poder disfrutar de la vista de su trasero.

—Sí —dijo Carly, con un suspiro, apoyando la cabeza en los brazos cruzados sobre la encimera—. Eso también. Es la única desventaja que se me ocurre.

Aquella noche en los vestuarios del Avventurato, Jerrilyn, cuyo último novio era el que había reconocido el nombre de Jax tras la noche de la fiesta de cumpleaños de Treena, escuchaba la diatriba de Carly contra su nuevo vecino.

—Wolfang Jones —dijo la bailarina asintiendo con la cabeza—. Ya sé quién es. Es de seguridad, ¿verdad? Me parece que nunca lo he visto sonreír. ¡Pero menudo trasero tiene el tío! ¿Y te has fijado en los abdominales?

La corista desechó la pregunta con la mano sin esperar la respuesta y continuó.

—No importa. Personalmente, creo que algunos tipos no merecen una segunda oportunidad, y mucho menos una tercera o una cuarta —continuó explicando, mientras se arreglaba las medias de malla—. Aún con todo, yo le di varias oportunidades a Donny, pero lo único aprovechable es el arte que tiene en la cama. Así que, la verdad, no he tenido más remedio que pasar de él —sacudió la cabeza—. Aunque te aseguro que echaré de menos las sesiones entre las sábanas.

Eve asintió.

—Os juro que a veces es para lo único que valen los hombres. Si vuelvo a casa del trabajo y me encuentro otro par de calcetines sucios al lado de la cama u otra toalla húmeda en el suelo del cuarto de baño, Jeremy se va a enterar de lo que vale un peine. ¿Es que tanto le cuesta llevar la ropa sucia a lavar?

—Yo lo que no soporto son los pelos —dijo Michelle, uniéndose al coro de protestas—. Hasta puse una pila de vasos de plástico al lado del grifo. ¿Tan difícil es llenar uno de agua y echarla por el lavabo después de afeitarse? Pues no, ni que les fuera a morder.

Aquel día todas las coristas parecían deprimidas y en contra de los hombres, excepto Treena, que casi se sentía culpable de no tener nada de qué protestar. Pero las cosas con Jax iban viento en popa. De hecho, eran tan fantásticas que todavía estaba vibrando.

Claro que no tenía idea de qué ocurriría la semana siguiente cuando finalizara el torneo. Una de las posibilidades era que Jax recogiera sus cosas y se largara al siguiente torneo de póquer a algún lugar lejano y exótico, olvidándose por completo de ella.

Otra era que la invitara a acompañarlo.

¿Cuál sería su respuesta si lo hacía? Por mucho que lo amara, ella había invertido la mayor parte de su vida, de su tiempo y de su esfuerzo en lograr un objetivo: conseguir seguridad económica para el futuro.

Aunque de momento tampoco lo estaba consiguiendo, por lo menos tenía ingresos regulares.

Y con un poco de suerte continuaría teniéndolos después de la prueba anual.

Y si pasaba la prueba, ¿podría abandonar su carrera para seguir a un jugador profesional de torneo en torneo, de ciudad en ciudad? ¿Podría abandonar no solo la única profesión que conocía sino también el sueño de tener su propio estudio?

Claro que el estudio ya no era más que un sueño imposible. Por otro lado, ¿cuál de los dos tenía una vida más estable, ella con su salario mensual, un futuro incierto y ningún dinero ahorrado en el banco, o él con sus ganancias y pérdidas millonarias? Ninguna de las dos opciones parecía muy segura.

Sin embargo, Treena tenía la sensación de que si Jax se lo pidiera, ella le seguiría hasta el fin del mundo sin pensarlo dos veces.

Eso era desde luego lo primero que tenía que pensar. ¿Cuándo había insinuado Jax que ella era algo más que un ligue en una de las etapas de su gira como jugador profesional? A veces tenía la sensación de que ella le importaba a él tanto como él a ella, o incluso más. Pero solo era eso, una sensación.

Él nunca había dicho nada en ese sentido.

«Bueno..., mierda».

Mejor no pensar más en eso. Ahora estaba tan deprimida como todas sus compañeras.

De repente, lo que menos tenía ganas de hacer era bailar, pero en ese momento sonó la música de la orquesta anunciando el comienzo del espectáculo y ella, con un suspiro de resignación, se dirigió hacia el escenario y se unió a la hilera de bailarinas que se disponía a comenzar la función.

Capítulo 19

Jax no podía creer lo encantado que estaba de hacer la limpieza. Claro que sabía que era por Treena. Hacer cualquier cosa con ella siempre lo animaba, y como era su lunes libre, se ofreció a echarle una mano con la limpieza semanal del apartamento para poder disfrutar de su compañía antes de la clase de baile de aquella tarde.

Decidieron repartirse las tareas, para que en cuanto él terminara de limpiar el polvo y ella de recoger la cocina, pudieran ir a dar una vuelta.

Jax estaba terminando de pasar la mopa en el cuarto de baño cuando algo le golpeó por detrás en las rodillas. Con un gruñido, se apoyó en la cisterna. Entonces, unos brazos suaves y desnudos le rodearon la cintura.

–Hola, grandullón –Treena se frotó contra él–. Mucho tiempo sin verte. ¿Cuándo has dicho que era tu cumpleaños? –le susurró inocentemente al oído.

Dejando la mopa contra la pared, Jax se volvió hacia ella.

–Creo que te dije que era... –la sujetó por las caderas y la sentó en el mármol–, el tre... No, espera. Creo que no te lo había dicho –dijo él, separándole las caderas con las manos y metiéndose entre ellas.

–Maldita sea –exclamó ella, dándole un puñetazo en el pecho. Después le frotó la zona atacada.

Jax sonrió. Treena estaba todo el tiempo tratando de sonsacarle la fecha de su cumpleaños y ahora se había convertido en un juego entre los dos. No le importaba decírselo, pero de momento se estaba divirtiendo con todas las distintas tácticas que ella utilizaba. Se inclinó hacia ella para besarla.

–Ni lo sueños, chaval –dijo ella, echándose hacia atrás–. De momento, olvídate de jugar conmigo. A no ser, claro, que quieras darme una fecha. Entonces hablaremos.

Jax recorrió con los dedos el cuello femenino, y sonrió cuando la vio cerrar los ojos y de sus labios escapó un suspiro.

–¿Quieres hacer una apuesta para ver quién aguanta más? –murmuró él, aunque no estaba seguro de poder ganarla.

–No –dijo ella, bajando al suelo, aunque sin despegarse de él–. ¿Has terminado con eso? –preguntó, señalando la mopa que había quedado apoyada en la pared.

–Sí. Solo me queda pasarla por detrás del lavabo, y estaré listo.

Jax dio un paso atrás, sujetó la mopa y terminó de completar la tarea.

Treena le dedicó una sonrisa tan sincera y llena de júbilo que sintió un peso en el pecho.

–Bien, entonces hemos terminado –dijo ella–. Si llevas la mopa al cuarto de la limpieza que hay en la entrada, iré a ponerme un poco de maquillaje y podremos irnos. Pero ten cuidado –le advertía–. Ese cuarto es muy traicionero. Lo mejor será que dejes la mopa nada más abrir la puerta. Ya la colocaré yo más tarde.

–¿Qué te crees, que soy un idiota incompetente? Debes saber que tengo reflejos felinos. Soy como el humo en el espejo, muñeca, la sombra en la noche, la niebla en...

–Sí, sí, ya me he enterado. Eres un tipo con el machismo en entredicho.

Jax esbozó una sonrisa.

–Lo tengo de una pieza, gracias a ti, cielo –dijo.

Dios, como quería a esa mujer.

El pensamiento lo paralizó. ¿Querer? ¿«Querer» como en «estar enamorado»? A la vez que se decía que no podía estar enamorado, que no era muy inteligente debido a sus segundas intenciones, supo que era cierto. Lo sentía en lo más hondo de su alma, y de nada servía negarlo.

Fue al salón y se dirigió hacia el pequeño vestíbulo de entrada. Allí abrió la puerta del cuarto. Por un momento se quedó paralizado. El cuarto era un auténtico caos en el que se amontonaban todo tipo de trastos y cachivaches, al menos a primera vista. Debajo de la hilera de abrigos colgados en una barra a la derecha había varios pares de botas de cuero, una encima de la otra, a cual más exótica.

En las estanterías alineadas a la izquierda no quedaba ni un hueco libre, y apenas podía ver el gancho al fondo para colgar la mopa, así que empezó a abrirse camino entre todas las cosas, tratando de no rozar las pilas de cajas amontonadas y los objetos que se alzaban por todos lados. Al mover el brazo demasiado cerca de una pila de cajas, el bíceps rozó un objeto suelto que cayó al suelo. Dejando la mopa, en una reacción más instintiva que premeditada, estiró el brazo y en el último momento sujetó un paraguas antes de que llegara al suelo. Con cuidado, volvió a colocarlo en su sitio encima de la última caja, y suspiró aliviado. Recogiendo de nuevo la mopa, comprobó con satisfacción que delante de él había una especie de claro en medio de toda la maraña de objetos. Pero al pasar hacia allí, golpeó con el codo algo que estaba encima de un montón de cajas a su izquierda.

Toda la pila empezó a deslizarse peligrosamente hacia suelo y Jax soltó la mopa y sujetó la caja de plexiglás que había empezado la avalancha, pegándosela contra el estómago para evitar que cayera del todo, a la vez que estiraba la otra mano para detener la caída de los demás objetos. Sus esfuerzos lograron contener el alud hacia el suelo, y cuando estuvo bastante seguro de que no iba a quedar enterrado bajo un montón de trastos viejos, bajó los ojos y miró la caja que sujetaba con su cuerpo.

Dio un respingo.

Era la pelota de béisbol que le había llevado hasta la vida de Treena.

Después de un momento, casi sin pensarlo, recogió la mopa y la colgó en su percha. A continuación, sin moverse, se quedó mirando la pelota de su abuelo apenas iluminada por la poca luz que se filtraba desde la esquina.

La voz de su padre inmediatamente empezó a resonar como un eco en su mente.

«Maldita sea, Jackson, ¿cómo has podido fallar eso? ¡Concéntrate! ¡No es tan complicado!»

Las conocidas emociones que tanto había luchado por erradicar salieron de nuevo a la superficie. Inseguridad, inferioridad y una terrible sensación de vergüenza ante las burlas y reproches paternos. La pelota del campeonato de béisbol de 1927 representaba buena parte de su juventud.

¡Cómo la odiaba!

«Pues llévatela a escondidas y dásela a Sergei hoy mismo. Así tus problemas habrán terminado, ¿no?»

Sí.

Si no le importaba robar a la mujer que amaba.

«Mierda».

Pero, ¿qué otra opción tenía? Tenía que entregarle la pelota a Kirov.

Claro que tampoco tenía que hacerlo ese mismo día.

Jax dejó la caja con la pelota detrás del paraguas. Recogiendo un pañuelo del suelo, lo colocó encima de ambos objetos, con sumo cuidado, cubriéndolos.

Después sacudió la cabeza. Todavía tenía tiempo hasta el día siguiente, después del torneo. Quizá para entonces había encontrado la manera de contarle a Treena la verdad.

–Eh, ¿te has perdido ahí dentro? –gritó ella desde fuera.

Jax oyó pasos cruzando el salón. Se pasó los dedos por el pelo.

–No –dijo él, tragando saliva–. Esto parece la selva africana, pero creo que por fin estoy llegando al Serengeti.

Jax salió del cuarto al salón y encontró a Treena casi junto a él, radiante con una camiseta color turquesa, una falda sport y unas sandalias de tacón bajo. Le rodeó los hombros con los brazos y apoyó la frente en la suya. Una agradable sensación de paz lo inundó como si todas las emociones negativas que el descubrimiento de la pelota habían resucitado en él se hubieran desvanecido.

—No sabía si volvería a verte —quiso decir él en broma, pero sus palabras sonaron más como una petición de socorro.

«Tranquilízate», le dijo la parte de él que había pasado toda una vida enseñándole a ignorar las opiniones negativas de los demás.

—Con todas las trampas que hay aquí adentro —añadió.

Extrañada ante la expresión de inquietud y desasosiego en el rostro y la voz masculina, Treena fue a echarse hacia atrás para mirarlo, pero él hundió los dedos en los suaves mechones rizados y la sujetó. No quería que Treena le viera la cara, porque no estaba seguro de lo que reflejaba su expresión.

Ella movió la frente contra él y le pasó las manos sobre el pecho, pero en su voz había un deje de preocupación cuando preguntó:

—¿Te encuentras bien, Jax?

«Díselo. Díselo ahora. Quizá lo entienda».

Pero quizá no, y las defensas protectoras que había erigido desde niño fueron más fuertes que su conciencia.

—Claro. Solo estaba pensando en la vida secreta de Treena Sarkilahti como perezoso.

—McCall —le corrigió ella, como hacía siempre cada vez que él utilizaba su nombre de soltera—. Y debes saber, Gallagher —añadió, dándole un codazo en las costillas—, que normalmente soy bastante limpia.

—Sí, claro que sí —dijo él, logrando poner cara de cínico a pesar de darse cuenta de algo que tenía que haber estado como el agua desde el principio.

Nunca llamaba a Treena por su nombre de casada porque no podía soportar la idea de que hubiera estado casada con su padre. Ni tampoco podía imaginarla en brazos de su viejo, con las mejillas encendidas y el cuerpo cálido y saciado tras sus caricias.

Apartando la imagen de su mente, Jax dijo:

—Ese cuartito ha sido una revelación —y sin darle la oportunidad de responder, señaló la puerta con la barbilla—. ¿Lista para irnos?

—Iré a buscar mi bolsa. Llevo la crema protectora y una botella de agua.

Jax la soltó. Una parte de él se alegró de haber salvado una mina en potencia. Pero otra parte tenía una opinión muy distinta. Sin embargo, Jax acalló sus protestas con la justificación de que revelar en ese momento su verdadera identidad no les haría bien a ningún de los dos. El día siguiente era importante para los dos. Treena tenía la prueba anual de baile, y si él jugaba bien aquella noche, al día siguiente participaría en la partida final del torneo.

Sabía que tenía que contarle la verdad, pero decidió hacerlo al día siguiente, después de la prueba y del torneo, sin más excusas ni más dilaciones.

Eso le daba un periodo de gracia de veinticuatro horas.

Mack llamó a la puerta de Ellen puntualmente a las cinco y media de la tarde.

—¿Qué te parecen las costillas? —preguntó cuando ella abrió la puerta.

Después la miró de arriba abajo y casi suspiró en voz alta. Ellen llevaba un sencillo traje chaqueta negro, y bajo la chaqueta una blusa de seda fucsia, que más parecía una elegante prenda de ropa interior con un ligero y seductor escote.

—Me encantan —respondió ella con una sonrisa.

—Te lo comento porque he reservado una mesa en Lawry's, y si has estado allí seguramente sabes que puedes comer todo lo que quieras, siempre que sean costillas. Y por si acaso ese plan no te apetece, he reservado otra en el Texas Star Lane —explicó. Sacudió la cabeza y la miró otra vez—. ¡Dios, estas guapísima!

Un delicado rubor cubrió las mejillas femeninas.

—Gracias. Tú tampoco estás mal.

Mack se miró el traje gris marengo, la camisa blanca y la corbata gris plata que llevaba y alzó un hombro.

—Sí, estoy pasable, pero tú... estás para comerte —aseguró él, mirando la blusa que había llamado toda su atención—. Me gusta esa blusa. ¿Cómo se llama ese color?

—Fucsia —dijo ella, seria, aunque había un destello divertido en sus ojos.

—Fucsia —repitió él y se aclaró la garganta—. Bueno, ¿qué restaurante te apetece?

—Lawry's. Nunca he estado allí, y me encantan las costillas.

—Genial, es lo mismo que me está pidiendo el estómago —dijo él, frotándose las manos—. ¿Puedo usar tu teléfono? Cancelaré la otra reserva.

Poco después, entraban en la zona de recepción del restaurante Lawry's y esperaban a que les acompañaran a su mesa.

—¿Te he dicho lo guapa que estás? —preguntó él.

—Sí, me lo has dicho —respondió ella, sonriendo coquetamente—. Pero a una mujer nunca le importa que se lo repitan mil veces más.

Mack echó la cabeza hacia atrás y soltó una carcajada, y después, poniéndole una mano en la cintura, la llevó hacia la mesa que les habían reservado.

—Es precioso —comentó Ellen, después de sentarse y pedir las bebidas—. Me encanta la decoración art-decó.

—¿Así es como se llama? —dijo él, mirando el artesonado del techo, las columnas de madera labrada y las vidrieras de colores—. Me encanta cómo está trabajada la madera. Es toda una obra de arte.

La camarera llegó con una botella de vino y sirvió ambas copas antes de retirarse. Mack bebió un sorbo. Al principio había estado nervioso, temiendo que la cita con Ellen fuera un desastre, pero ahora que estaban sentados en la mesa uno frente a otro, se sintió mucho más tranquilo y relajado.

—Cuéntame cómo es trabajar en una biblioteca.

La cara de Ellen se iluminó.

—A mí me encantaba —le aseguró—. Me llevaba bien con mis compañeros y me gustaba ayudar a la gente a encontrar una novela que les gustara, o a documentarse para algún trabajo que tuvieran que hacer. Me encantaba aprender algo nuevo cada día —le explicó con un suspiro de placer—, pero lo que más me gustaba era estar rodeada de libros.

Mack sonrió.

–A juzgar por las estanterías del salón de tu casa sigues estando rodeada de libros.

–Sí, es cierto, soy una adicta. ¿Y a ti? ¿Te gusta leer?

–No tanto como a ti, seguro, pero siempre disfrutó con un buen libro de Elmore Leonard o Neal Stephenson. Sobre todo si he tenido un día muy ocupado. Me ayuda a relajarme.

–Tú desde luego siempre estás muy ocupado –dijo ella, inclinándose hacia delante y rozándole la mano con los dedos–. Debe ser una gran satisfacción saber hacer tantas cosas –dijo ella, y esbozó una sonrisa–. Winston era un mago con los números, pero un inútil para las cosas de la casa. Debo reconocer que te admiro por ser capaz de arreglar todo lo que tocas.

«Me gustaría tocarte aquí», pensó él.

«Tranquilo, muchacho», se dijo, aflojándose el nudo de la corbata.

No quería estropear la cita con Ellen y prefirió continuar con el tema que ella había iniciado. Sin extenderse demasiado, le habló por encima de su experiencia en la industria aeronáutica y de cómo su padre le había enseñado a utilizar todo tipo de herramientas de niño.

Aunque era difícil no tener pensamientos impuros, sobre todo cuando poco después Ellen se abanicó con la mano y se quitó la chaqueta, dejando al descubierto unos hombros apenas cubiertos por un par de tirantes. Sin poder evitarlo, los ojos de Mack descendieron hasta la tela de seda bajo la que se dibujaban suavemente los senos femeninos.

–Este vino está muy bueno –dijo ella, colgando la chaqueta en el respaldo de la silla.

Afortunadamente, en ese momento llegó la camarera con el primer plato, aunque Mack tuvo que hacer un gran esfuerzo durante toda la velada para portarse como un caballero.

Sin embargo, cuanto más hablaba con ella, más imperiosa era la necesidad de establecer una relación con ella que fuera más allá de un rápido revolcón. Ellen era una mujer inteligente, divertida, y mucho más campechana de lo que había imaginado.

Durante la cena descubrieron que tenían un sentido del humor parecido, y se rieron muchas veces. Ella le habló del viaje cancelado a Italia, y él le contó sobre su único viaje a Europa, una excursión que había hecho a Inglaterra y Francia con Maryanne un año antes de su muerte. Hablaron de las hijas de Mack y de «sus chicas», especulando sobre la relación de Treena con Jax, y sobre el tiempo que tardaría Carly en meter a Rufus en cintura.

Sin embargo, cuando se vieron de nuevo en el coche de vuelta a casa, toda la tensión sexual que Mack había logrado reprimir durante la cena reapareció con fuerza, y cuando llegaron a la puerta de Ellen, el hombre tenía nudos de tensión en la nuca. Lo que más deseaba era empujarla contra la puerta y meter las manos bajo la seductora blusa de tirantes.

Pero en lugar de eso, se inclinó hacia ella y la besó con infinita ternura, tratando de no tocarla con nada más que con los labios.

Y lo consiguió hasta que ella entreabrió los suyos bajo él. Prometiéndose saborearla solo un momento, Mack deslizó la lengua en la cálida y húmeda boca de la mujer.

Eso fue un grave error. La pasión estalló, fiera y desesperada, y tuvo que hacer un esfuerzo para mantenerse separado de ella, para no pegarse a su cuerpo y tomarla allí mismo.

Apartó la boca y la miró un segundo, jadeando.

–Bueno, buenas noches –dijo con voz ronca, hundiendo las manos en los bolsillos para no tocarla.

Ellen parpadeó, dejó escapar un tembloroso suspiro y abrió el bolso para sacar la llave. Después de abrir la puerta, lo miró y le deseó buenas noches.

Entonces, la suave curva de sus labios se tornó en una sonrisa de sirena, y Ellen estiró la mano, se la envolvió con la corbata gris plata y tiró de él al interior del apartamento.

Nadie tuvo que decírselo dos veces. Mack la sujetó por los hombros y cerró la puerta con el pie tras ellos. Después la pegó a él y le tomó la boca con los labios.

Capítulo 20

A la mañana siguiente, Jax todavía estaba durmiendo cuando Treena volvió al dormitorio después de ducharse. Después de pasar buena parte de la noche despiertos, Treena tenía ganas de dormir una semana entera, y eso era lo que le gustaría hacer después de la prueba de aquella tarde.

Mirando al hombre enorme que dormía plácidamente en su cama como un niño, ella sintió un inmenso placer a la vez que le ayudaba a relajar los nervios ante la inminente prueba que decidiría su futuro más próximo.

Sacando unos vaqueros y una camiseta del armario, se vistió con rapidez y después fue al baño a maquillarse.

Cuando volvió al dormitorio, Jax todavía no se había movido, y ella recogió sus cosas. Esta vez dejó el usado maillot que solía utlizar para los ensayos y sacó un conjunto nuevo que había comprado para la prueba. Aunque no era necesario que las bailarinas hicieran las pruebas con la ropa de la función como ocurría en otras compañías, con los años, Treena había aprendido que era importante presentar el mejor aspecto posible. El coreógrafo y la directora prestaban atención a ese tipo de detalles.

Y ella, aquel año, necesitaba más ayuda que nunca.

Mientras recogía sus cosas, vio la cartera de Jax en el suelo junto a la silla de su tocador. Se agachó a recogerla y la dejó encima de los vaqueros del hombre, en una silla, y siguió metiendo todo lo que necesitaba para la prueba en la bolsa. Pero de repente se detuvo y miró la cartera con una sonrisa.

—Carnet de conducir —susurró.

Por fin lograría conocer el secreto de la fecha de su cumpleaños.

Se agachó de nuevo contra la silla y abrió la cartera.

El carne de conducir de Jax era de Massachussets, un estado en el que ni siquiera sabía que había vivido, y pensó que había muchas cosas que no sabía de él. Dio la vuelta al carnet, y, ahí estaba. El tres de octubre.

—Ya te tengo —dijo, con una sonrisa.

Ahora la principal decisión estaría entre decirle que sabía qué día cumpliría treinta y cuatro años o esperar a que llegara la fecha y darle una sorpresa. El hecho de que fuera un poco más joven que ella no la preocupó, aunque sí la sorprendió.

Cuando iba a cerrar la cartera de nuevo, su mirada pasó casi sin darse cuenta sobre el nombre del conductor. Y en ese momento se le cayó el alma a los pies. No, no podía ser.

Pero al mirar otra vez, Treena vio con toda claridad que el carnet estaba a nombre de Jackson Gallagher Mccall.

El hombre del que se había enamorado y en quien confiaba, el hombre con el que había empezado a pensar en un futuro en común era el hijo de Big Jim. Algo estalló en su cabeza. Y pensó que tenían que ser sus sueños desplomándose.

Jax se despertó de repente al sentir una mano que le movía el brazo.

—¿Eh? ¿Qué? —dijo, tratando de incorporarse.

Entonces vio a Treena inclinada sobre él.

Treena le estaba pegando con las dos manos en la cabeza, en el cuello, en los hombros y después le sujetaba el brazo tratando de tirar de él.

—¡Vete! —gritó—. ¡Sal de aquí ahora mismo!

—¿Cielo? —Jax se sentó en la cama, aturdido—. ¿Qué pasa? ¿Hay un incendio?

Pero enseguida supo que no era eso. Al instante se dio cuenta de que Treena no estaba preocupada por su bienestar.

Al contrario, estaba furiosa con él, y solo había una razón.

–¡Oh, Dios! –exclamó ella, y se echó a reír amargamente–. ¿Que qué pasa? ¿Que qué pasa? Creía que te conocía, pero no te conozco para nada. Y te quiero fuera de mi casa ahora mismo, Jackson McCall.

Escupió su nombre como si fuera un ácido que le corroyera la boca por dentro.

«Mierda».

–¿Cómo lo has averiguado? –preguntó él con voz ronca.

Pregunta equivocada. Lo supo en cuanto las palabras salieron de su boca. Esquivando el puño que ella lanzó hacia él, se apresuró a decir:

–¡No quería decir eso! Escucha, Treena. Iba a decírtelo esta noche. Te lo juro.

–¡Mentiroso! –gritó ella, abalanzándose contra él y pegándole con ambas manos–. ¡Mentiroso de mierda!

Jax se puso en pie y la paralizó rodeando el cuerpo femenino con los brazos. Ella intentó zafarse de él con todas sus fuerzas, estaba furiosa, pero él la sujetó hasta que ella, agotada, se quedó por fin quieta.

A Jax se le partió el corazón al notar el reguero de cálidas lágrimas que le empapaban el pecho.

–Iba a decírtelo esta noche –repitió él, la voz ronca por la urgente necesidad que tenía de que ella le escuchara y creyera sus palabras–. Cuando te conocí no tenía intención de decírtelo nunca. Pero después me enamoré de ti. ¡Dios, cómo me enamoré de ti! Y no sabía qué hacer, así que he ido posponiéndolo. Pero te juro sobre la tumba de mi madre que había tomado la decisión de decírtelo esta noche. No quería que saber mi identidad te afectara en la prueba de baile.

Treena alzó la cabeza tan deprisa que lo golpeó y casi le partió la mandíbula. Lo miró con los ojos entrecerrados.

–Oh, créeme, hijo de perra, voy a pasar esa prueba. Te juro que tú no me la vas a estropear.

Jax sentía los latidos del corazón femenino contra sus costillas.

–¿Cuánto hace que sabes quién soy?

Por un momento, Jax pensó en mentir y decirle que el día después de su cumpleaños, la primera vez que ella mencionó el nombre de Big Jim. Pero tenía que decirle la verdad. Se lo debía.

Eso y mucho más.

–Antes de conocernos.

El dolor que cruzó el rostro femenino casi lo hizo caer de rodillas.

–Cabrón –susurró. Respiraba con dificultad, y con una voz llena de angustia le preguntó–: ¿Por qué?

–Para conseguir la pelota de béisbol de mi abuelo.

–¿La qué? ¿Una pelota de béisbol? –repitió ella, con el ceño fruncido, sin entender. Pero entonces una luz se hizo en su cerebro y abrió los ojos desmesuradamente–. ¿La del campeonato?

–Sí. Estoy metido en un lío y la necesito si quiero salir con las manos intactas.

Era evidente que Treena no tenía ni idea de qué estaba hablando, y Jax respiró hondo y trató de ordenar sus pensamientos.

–Escucha, toda mi vida me han repetido la historia de la pelota de béisbol de mi abuelo, y la historia siempre terminaba con mi padre diciéndome que algún día sería mía. La verdad es que yo ni siquiera quería la puñetera pelota. No hacíamos nada más que discutir por la decepción que yo había sido como deportista, y esa pelota de las narices representa la pésima relación entre mi padre y yo. Pero un día me enteré de que mi padre había muerto y cometí una estupidez. Dejé que mi vanidad pensara por mí durante una partida de póquer. El resultado fue que me dejé manipular y aposté la pelota.

–¿La apostaste?

–Sí.

Treena lo miraba como si fuera una babosa con un rastro kilométrico de babas detrás.

–A ver si lo he entendido bien. ¿No pudiste venir al funeral de tu padre, pero tuviste tiempo para echar una partida de póquer en la que te jugaste su tesoro más preciado?

Tratando de no dejar que el desprecio en la voz femenina lo afectara, Jax dijo:

—La carta que me informaba de la muerte de mi padre me llegó varios meses después, porque estuvo persiguiéndome por toda Europa. Y el día que por fin la recibí me volví loco. Empecé a beber y perdí el control.

—Y la perdiste.

No era una pregunta.

—Sí. Y el tipo que me la ganó tiene un par de matones que me partirán los dedos si no se la entregó esta noche después del torneo.

Por primera vez, ella pareció sentir compasión hacia él.

—¿Un hombre te ha amenazado con romperte los dedos?

Jax se encogió de hombros ligeramente.

—No con esas palabras, pero lo implicó a la vez que sus matones me doblaban los pulgares hacia atrás. Digamos que lo dejó bastante claro.

Treena parecía estar más tranquila. Ya había dejado de pegarle y de tratar de zafarse de él, y él supo que tenía que soltarla.

Pero no lo hizo. Quería estar junto a ella todo el tiempo que fuera posible. Aunque aflojó un poco los brazos.

—Te juro por Dios que intenté hacerlo bien, Treena. Cuando me enteré de que no me había dejado la pelota, encargue a mi abogado que te hiciera una oferta por ella.

—¿Ese fuiste tú? —preguntó ella, incrédula.

Entonces, estalló en una carcajada histérica. Cuando por fin se interrumpió con brusquedad, Treena lo miró con tanto desprecio en los ojos que él echó la cabeza hacia atrás.

—Menudo payaso —dijo ella, desdeñosa—. No sabes cómo me hubiera gustado aceptar esa oferta. Me hubiera devuelto la seguridad económica que tenía antes de utilizar mis ahorros, y me hubiera permitido comprar el estudio de baile si la prueba de hoy no salía bien. Ahora tiene que salir bien por fuerza.

Se zafó de él y dio un paso atrás.

—Pero ¿sabes qué, Jackson? Que no pude venderla. ¿Y quieres saber por qué?

—Sí —respondió él.

Sin apartar los ojos de ella, agarró los pantalones vaqueros y se los puso.

—Porque sabía que Big Jim la quería para el inútil de su hijo. Dios, ¿no es gracioso? ¿No es alucinante? Todo el tiempo que estabas pensando en ¿qué, robármela? yo la estaba guardando para ti —Treena rio amargamente—. Como ves, me ha salido el tiro por la culata.

Jax dejó la camiseta que estaba a punto de ponerse y pasó las puntas de los dedos por la suave piel de la mejilla femenina.

—No. Nos ha salido a los dos.

Ella le apartó la mano de un manotazo.

—¿Qué demonios pierdes tú? ¡Venga, dímelo! ¡No, tú no pierdes nada! Solo puedes ganar. La pelota... —se interrumpió un segundo—. ¿O a lo mejor ya me la has robado del armario?

—La dejé donde la encontré, Treena.

—Aleluya, así que la dejaste, qué bien. Y ahora consigues la pelota, conservas tus manos enteritas, y todos contentos. Ni siquiera tuviste que venir a ver a tu padre enfermo para conseguir su herencia. Ni siquiera pudiste molestarte en venir a ver a un hombre que lo que más deseaba antes de morir era verte una vez.

Todos los remordimientos de Jax se helaron de repente. Dio un paso atrás, irguió la espalda

Y la miró sin expresión en el rostro.

—No sabes de qué estás hablando —dijo fríamente.

—¿Ah, no? —dijo ella, clavándole un dedo en el esternón—. Yo estaba aquí, tú no. Y era todo el día Jackson esto Jackson lo otro. Vivía por tus esporádicas llamadas telefónicas y se pasaba el tiempo presumiendo entre sus amigos de tu genio matemático. ¡Big Jim era el hombre más bueno que he conocido y en todo el tiempo que estuve con él no viniste a verlo ni una sola vez!

—¡Por supuesto que no! No sé de dónde sacaría de repente tanto amor por mí, porque cuando vivía con él nada de lo que hacía le parecía bien. Y ese supuesto genio matemático...

—No tenía nada de supuesto, Jackson.

—¡No me llames así! —exclamó él, a punto de perder los estribos al escuchar el nombre que tanto odiaba en labios de Treena—. Mi padre era el único que me llamaba Jackson, y normalmente era para echarme una bronca monumental por haber perdido un maldito partido que ni siquiera quería jugar. Me llamo Jax, ¿vale? Así es como me llamaba mi madre, y ese es mi nombre.

—Bien, Jax. No me digas lo que sé. Y sé que tu padre estaba orgulloso de ti. Mucho más de lo que te merecías, si quieres mi opinión. Creo que no pasaba un día sin que mencionara que te habías licenciado en ingeniería en el MIT a los diecisiete años.

—¿Y por qué demonios no se molestó en venir a mi graduación? —rugió Jax.

—Estaba enfermo, imbécil. No quería preocuparte.

—Querrás decir que tenía mejores cosas que hacer.

Jax recordó la llamada de su padre aquel día.

«Lo siento, hijo», le había dicho. «Ya sabes cómo es. Me ha surgido algo».

—Me mataba para complacerle, pero nunca estaba contento conmigo.

Treena asintió.

—Tu padre reconocía que había cometido muchos errores contigo.

—No sabía nada de mí.

—Probablemente tengas razón. Por lo que me contó, tu madre fue la que se ocupó principalmente de ti hasta su muerte. Cuando ella murió, se quedó con un chaval superdotado con quien apenas tenía gustos en común. Le aterrabas y no tenía ni idea de qué hacer contigo ni de cómo tratarte.

—Pero eso no le impidió machacarme para intentar convertirme en un segundo Big Jim.

—Oh, madura de una vez —le espetó ella—. Todos tenemos que superar rollos chungos de niños. ¿Tú crees que a mis padres les gustaba lo que yo quería hacer con mi vida? Los padres meten la pata, acéptalo.

Jax sintió el desprecio como una bofetada en pleno rostro.

—Al menos tú sabías que tus padres te querían. La única vez que mi padre podía quererme era cuando ganaba un partido, es decir, nunca. Oh, y sí, por lo visto cuando desaparecí de su vida decidió que lo de tener un hijo cerebrito ya no le avergonzaba tanto. ¿Dónde estaba para decirme «Hijo, te quiero y estoy orgulloso de ti» cuando me fui a la universidad con catorce años al otro extremo del país? Yo me maté por complacerle y él me hizo sentir como el más tonto del mundo por haberme esforzado. Puede que a ti te contara muchas cosas maravillosas, pero créeme, yo estuve allí. No es que metiera la pata conmigo, es que yo para él no existía.

—Al menos no mintió —gritó ella.

Girando sobre sus talones, Treena fue al cuarto de la entrada, abrió la puerta de par en par y se metió dentro unos minutos. Cuando salió, con la cara roja de ira, llevaba la caja de plexiglás en la mano. Después fue hacia él y se la tiró contra el estómago.

—Toma la maldita pelota y vete. Tu padre tendría muchos defectos, pero al menos era honesto.

Lo llevó hacia la puerta, pero se detuvo medio metro antes de llegar y lo miró a los ojos.

—Y Jackson, o Jax, o como quiera que te llames, era el doble de hombre que tú.

—No.

Jax sintió arcadas en la garganta y se dobló hacia delante como si le hubieran dado una patada entre las piernas.

Por un momento volvía a tener once, doce, trece años, y a pesar de saber que era muy inteligente, también sabía que nunca llegaría a estar a la altura del gran Big Jim McCall.

—No digas eso —susurró, tratando de rozarle el pelo—. Por favor, Treena, no me digas eso.

Pero ella abrió la puerta impasible y señaló hacia el pasillo con el dedo.

—Fuera de mi casa. No quiero volver a verte.

A duras penas, Jax arrastró las piernas hasta el otro lado de la puerta y Treena cerró la puerta de un golpe tras él.

***

Treena se deslizó hasta el suelo hasta que le quedaron las rodillas a la altura de los ojos. Rodeándose las pantorrillas con los brazos, enterró la cara entre las piernas y lloró desconsoladamente durante un largo rato, hasta que no le quedaron lágrimas. Después se acurrucó en el suelo en posición fetal.

No sabía cuánto rato estuvo así hasta que unos golpes en la puerta a su espalda la sobresaltaron. Con el corazón latiendo con fuerza, no se movió, deseando que quien fuera desapareciera. Sin embargo la llamada se repitió y la puerta se empezó a abrir hasta que su cuerpo la detuvo.

–¿Qué demonios? –dijo la voz de Carly–. ¿Treena, estás ahí? Tenemos que ir a la prueba.

Cierto. La prueba. Treena hizo un esfuerzo para levantarse y Carly cayó hacia el interior del apartamento con un grito de sorpresa.

Pero cuando vio la cara de su amiga, palideció.

–Dios mío –dijo–. ¿Qué ha pasado? ¿Qué te ha hecho ese cabrón?

Capítulo 21

El colchón se hundió junto a la cadera de Ellen y esta sonrió al sentir los labios de Mack en el cuello.

–Eh, dormilona –le murmuró el hombre al oído–. Son casi las once. Seguro que hace tiempo que no dormías hasta tan tarde.

Con un último beso, Mack se incorporó.

Echando de menos el contacto de su cuerpo, Ellen rodó sobre la cama y se desperezó voluptuosamente.

–Es cierto –dijo ella, sentándose y sujetándose la sábana bajo las axilas–. Pero también hace mucho tiempo que no participaba en una actividad tan vigorosa.

Mack se echó a reír y le entregó una bata. Entonces fue cuando ella se dio cuenta de que Mack debía haber ido a su apartamento, porque había cambiado el traje de la noche anterior por unos chinos beige y una camiseta negra.

–Por la mañana estás preciosa –dijo él–. Y nada me gustaría más que tumbarme a tu lado y volver a hacerte el amor como un salvaje, pero a mi edad no puedo esperar milagros, y anoche me dejaste para el arrastre –añadió con un guiño–. Así que he pensado que en vez de eso te puedo preparar el desayuno. ¿Tienes hambre?

Ellen asintió saliendo de la cama y atándose la bata.

–El desayuno está casi preparado –anunció él.

–¿Lo has preparado tú? –exclamó ella, encantada–. Vaya, eres un hombre muy completo. Un manitas, cocinero, y muy bueno en la... bueno. –concluyó, sonrojándose.

Mack sonrió y le pasó un brazo por la cintura, sacándola de la habitación.

—Tú también eres muy buena en la... bueno —dijo él, extendiendo la mano posesivamente sobre su cintura y mirándola a los ojos—. Tengo que decirte, Ellen, que hacía mucho tiempo que no lo pasaba tan bien como anoche.

—Lo mismo digo.

Ellen se metió en el cuarto de baño a lavarse y peinarse mientras Mack terminaba con los preparativos del desayuno en la cocina.

Mirándose al espejo, Ellen recordó la noche anterior. Quizá Mack prefiriera unas pocas posturas en la cama, pero eso no afectaba a la calidad de su trabajo. La primera vez había sido una pasión desenfrenada y ardiente, pero la segunda disfrutaron de lentas caricias y una fiebre que fue aumentando hasta que creyó estar al borde de la combustión espontánea. Ellen sonrió y se estremeció de placer al recordarlo.

La vida no podía ser mejor.

En el comedor, Mack había preparado la mesa con todo tipo de detalles, incluido un jarrón de flores frescas que debió haber recogido del jardín.

—Delicioso —dijo Ellen después de desayunar con un suspiro de satisfacción—. Gracias.

Mack aceptó el cumplido, pero se puso serio.

—Oye, he estado pensando.

Ellen apoyó la barbilla en la palma de la mano y sonrió.

—¿En qué?

—En que nos llevamos bastante bien —empezó él.

—Sí, yo también lo creo. Bastante sorprendente, teniendo en cuenta que hasta hace unos días no hacíamos más que pelearnos y discutir.

El hombre se puso rojo.

—Por mucho que deteste reconocerlo, debo admitir que la culpa era mía. La primera vez que te vi pensé que eras la cosa más bonita que había visto en mi vida, pero en lugar de decírtelo y cortejarte como un hombre, me convertí en un adolescente maleducado y tímido –explicó él, tratando de disculpar su comportamiento anterior–. Pero lo que quería decirte –continuó, más serio–, es que creo que deberíamos hacer esta relación permanente.

Ellen se irguió en la silla.

–¿Casarnos?

–Claro. ¿Por qué no? Es una gran idea.

–Es una locura, Mack. Solo hemos tenido una cita.

–Y mira lo bien que ha salido –dijo él. Echó el plato a un lado y cruzó los brazos encima de la mesa, inclinándose hacia ella con una sonrisa–. También he pensado en vivir juntos, pero tengo que pensar en mis hijas. No creo que les haga mucha gracia que su padre viva en pecado.

–¿Tus hijas de treinta y seis y treinta y tres años respectivamente? –dijo Ellen con sarcasmo–. Escucha –continuó con tono más paciente, pero poniéndose seria–. No te diré que la idea no me tiente. Tengo que reconocer que así es, pero soy una mujer cauta y...

Mack se echó a reír.

–Ah, sí. Ya lo noté anoche cuando tiraste de mí por la corbata.

Ellen se ruborizó una vez más, pero esta vez sabía que también era por orgullo, no por vergüenza.

–Eso fue un impulso, muy impropio de mí, debo añadir. Y quizá me haya precipitado un poco acostándome contigo en la primera cita, pero no pienso precipitarme casándome con alguien con quien hasta hace unos días no he hecho más que intercambiar insultos.

–Pero no rechazas la idea definitivamente, ¿verdad? Lo pensarás.

Ella le ofreció una coqueta sonrisa.

–Digamos que no descarto la posibilidad de otra cita en el futuro.

–Un futuro muy próximo –aclaró él–. Ya no somos unos niños.

–No, claro que no. Lo que significa que somos lo bastante maduros para no salir corriendo a pedir una licencia matrimonial. Antes tendrás que convencerme de que casarnos es una buena idea.

—Ahora mismo —dijo levantándose y yendo a su lado. Le dio la mano para ayudarla a levantarse—. Pasemos a tu despacho y te lo explicaré.

—¿Mi despacho no estará en el dormitorio? —preguntó ella, divertida.

Él levantó varias veces las cejas en una mueca divertida.

—El lugar perfecto para exponer mis argumentos —dijo él.

Ellen se echó a reír.

—Eh, ¿qué ha sido del viejo a quien anoche dejé para el arrastre? —quiso saber.

—No lo entiendo ni yo —murmuró él, llevándola hacia la habitación—. Me he recuperado mucho antes de lo que pensaba.

La música del último número de la prueba terminó, pero Treena continuó moviéndose para mantener los músculos calientes mientras recuperaba el ritmo cardiaco normal.

—Gracias —gritó la directora de *La Stravaganza* desde el auditorio—. Las que ya bailáis en el espectáculo recibiréis una carta en vuestras taquillas informándoos de la renovación o rescisión del contrato el jueves por la noche después de la última función. Si necesitamos algo más de los demás, nos pondremos en contacto con vosotros el viernes por la mañana.

Carly y Treena salieron por el pasillo detrás del escenario hacia el camerino. Fueron las primeras en llegar, y toda la energía que Treena había recabado para realizar la prueba se esfumó en cuanto cruzó la puerta. Solo su orgullo le había mantenido bailando durante la última hora y media: había trabajado demasiado para permitir que un hombre destruyera lo que tanto había luchado por conseguir. Y se volvió orgullosa hacia su amiga.

—Creo que lo he conseguido —dijo cansada—. Creo que la he pasado.

—Ya lo creo que sí —le aseguró Carly—. Has estado fantástica, y no lo digo solo dadas las circunstancias.

—Pero ahora me duelen todos los músculos del cuerpo —reconoció—. Daría lo que fuera por dormir ocho horas seguidas.

Al ver a Carly quitándose la ropa a su lado, sintió una punzada de remordimiento.

«Maldita sea, Treena, ¿es que solo sabes pensar en ti?»

—Lo siento —dijo compungida—. Ni siquiera te he preguntado qué tal lo has hecho.

Su amiga la miró mientras se quitaba las medias de malla y sonrió.

—Me ha salido perfecto, y a ti también, Treena. Aunque no puedo decir lo mismo de nuestra querida Julie-Ann.

Treena la miró sorprendida.

—No lo dices en serio.

—Ya lo creo que sí. No es que haya estado pésimamente mal, pero no ha sido la Julie-Ann de siempre. No sé si pasará la prueba, pero te aseguro que no seguirá siendo la capitana.

Carly continuó comentando las actuaciones de otras bailarinas, pero Treena dejó de prestar atención. Grupos de dos y tres mujeres, hablando, riendo y haciendo comentarios sobre las pruebas fueron entrando poco a poco en el espacioso camerino.

Sin querer entrar en conversación con ninguna, Treena terminó de cambiarse y se inclinó hacia Carly, que estaba hablando con Eve.

—Te espero fuera.

—Perdona un momento —dijo Carly a la otra bailarina mientras sacaba un llavero del bolso que entregó a Treena—. Llévate el coche. Voy a ir a tomar algo con Eve y Michelle.

—Vente tú también, Treena —dijo Eve.

—Oh, perdona, Treena —se apresuró a decir Carly, recordando lo que había pasado unas horas antes—. Con toda la excitación del día se me había olvidado. Yo te llevaré a casa, dame las llaves.

Treena echó la mano hacia atrás. No, prefería estar sola. No quería ver a nadie. No quería tener que hablar con nadie.

—No seas tonta —le dijo a Carly sujetando su bolsa de baile y poniéndose en pie—. Vosotras id a divertiros, yo estoy bien. Te veré más tarde.

Y sin darles tiempo a responder salió del vestuario.

No respiró con tranquilidad hasta que se vio en el auditorio a oscuras y pensó que por fin podía dejar de preocuparse de que nadie viera su estado emocional. Eran sus amigas y podía contar con su apoyo, pero a ella nunca le había gustado poner sus emociones a la vista de todo el mundo.

Empujó las puertas del auditorio vacío y salió afuera.

–Treena.

Un estremecimiento le recorrió la espalda, y dio un respingo.

¡No! No estaba preparada. Pero no había duda de que era la voz de Jax, el último hombre a quien deseaba ver.

Jax supo inmediatamente que no iba a ser fácil. Cuando salió del apartamento de Treena, se sintió hundido y avergonzado, pero mientras conducía de vuelta al hotel empezó a buscar justificaciones para su conducta. ¿No había decidido que se lo contaría todo? Eso tenía que contar para algo. Además, Treena hablaba de su padre sin conocerlo. Para cuando entró en el hotel desnudo de cintura para arriba y descalzo, había tomado la determinación de entregar la maldita pelota de béisbol a Kirov, ganar la última partida del torneo y largarse de Las Vegas para siempre.

En lugar de eso, sacó la pelota de la caja de plexiglás, la metió en la caja fuerte de su habitación y bajó al casino a echar unas partidas. Cuando las cosas iban mal, jugar siempre le ayudaba a olvidarse de los problemas.

Aunque ese día no fue así. Había perdido mano tras mano a velocidad de vértigo, pero eso no era lo peor. Lo peor era lo solo que se sentía en medio de tanta gente. La sensación no debería preocuparle, porque no era nada nuevo. Sin embargo, en el poco tiempo que llevaba con Treena se había acostumbrado a tener un lugar en el mundo. Un sitio donde se sentía a gusto consigo mismo y con los demás.

Desesperado por saber cómo iba la prueba de Treena, fue incapaz de concentrarse en las cartas, y por fin cambió las pocas fichas que le quedaban por dinero y se dirigió al fondo de la sala. Sabía lo que tenía que hacer.

Por eso estaba allí, con una bolsa de regalo en una mano y la otra metida en el bolsillo, mientras Treena pasaba a su lado como si fuera invisible.

Él trató de bloquearle el paso.

—No quiero hablar contigo —le espetó ella, apartándose.

—Por favor, solo será un minuto —dijo él, caminando a su paso.

Ella lo ignoró, pero Jax continuó andando a su lado hasta que Treena por fin se detuvo y se volvió a mirarlo.

—¿Qué quieres, Jackson?

—Preferiría que no me llamaras así —dijo, pero enseguida sacudió la cabeza—. Pero no he venido por eso. ¿Qué tal ha ido la prueba?

Treena lo miró como si fuera el ser más despreciable de la tierra.

—Probablemente sigo teniendo un empleo —dijo con frialdad.

—Bien. Me alegro —Jax se aclaró la garganta—. ¿Cuándo lo sabrás con seguridad?

—El jueves por la noche. Y ahora, si eso es todo lo...

Jax se dio cuenta de que en el fondo había esperado que cuando ella lo viera y hablara con él, encontraría la forma de perdonarlo. No hacía falta ser muy perspicaz para saber que ese no era el caso. Así que se guardó sus emociones y le dio la bolsa que llevaba en la mano.

—Toma. Es tuya. Véndela y cómprate el estudio.

Era lo mínimo que le podía dar.

Treena sujetó la bolsa porque él se la había metido en la mano, pero no se molestó en mirar en su interior sino en mirarlo a él a la cara.

—¿Me das la pelota de tu abuelo?

—Sí.

—¿Por qué? Creía que te la había ganado un tipo que amenaza con romperte los dedos si no se la das hoy.

—Eso es problema mío —dijo él, alzando un hombro—. Que me los rompa. No es menos de lo que me merezco —una risa brusca y desprovista de humor estalló en su garganta—. Y yo que me creía tan listo. Iba a ser un James Bond que seduciría a la corista para entrar en su casa, robar la pelota de mi abuelo y desaparecer sin dejar rastro. Las estadísticas y las probabilidades se me dan muy bien, soy un artista calculando las probabilidades. Pero esta vez mis cálculos fallaron. Porque no tuve en cuenta el impacto que tendrías en mí.

Todas las emociones que tanto se había esforzado en reprimir explotaron a la vez en su interior y Jax se pasó los dedos por el pelo y la miró.

–Desde luego no conté contigo –dijo con sinceridad–. No estaba preparado para tus ojos sinceros ni tu gran corazón. No sabía que existiera nadie en el mundo con quien pudiera sentirme como si te conociera de toda la vida, ni que existiera un lugar donde me sintiera como me siento en tu casa –estiró el brazo, deseando trazar el rostro femenino con los dedos, pero antes de tocarla lo dejó caer–. Y desde luego no estaba preparado para enamorarme –susurró, su voz un áspero gemido en la garganta–. Pero me enamoré, Treena. Te quiero más que a mi madre, más que al aire que respiro. Y Dios sabe lo mucho que siento haberte hecho daño, pero cuando me di cuenta de mis sentimientos ya estaba metido en un pozo tan profundo que no sabía cómo salir. Quédatela –repitió, señalando la bolsa que colgaba de los dedos femeninos–. Quédatela y compra el estudio. Y yo saldré de tu vida antes de hacerte más daño.

Deseaba besarla, pero ni se le ocurrió hacerlo. Deseaba acariciarla, pero sabía que había perdido el derecho a hacerlo.

Por eso se obligó a dar media vuelta y alejarse sin mirar atrás.

Fue lo más difícil que había hecho en su vida.

Capítulo 22

Jax daba vueltas a la habitación del hotel como un león enjaulado, diciéndose que tenía que tranquilizarse. La última partida del torneo se acercaba y tenía que empezar a olvidarse de sus problemas y concentrarse en el juego. Sin embargo sus emociones lo dominaban. E incluso si lograba estar sentado más de un minuto, su mente se negaba a obedecer. Imágenes de Treena y extractos de las conversaciones que había tenido con ella se repetían una y otra vez en su cabeza. No podía acallarlas.

Según ella, su viejo había sido bueno y honrado. Él no lo era.

Big Jim era un hombre íntegro. Él no.

Ella había amado a Big Jim, y estaba empezando a amarlo a él hasta que él lo había estropeado todo.

Jax no sabía que se podía sufrir tanto y su primer instinto fue culpar a su padre. Solo que cada vez que empezaba a hacerlo, oía la voz de Treena diciéndole que madurara.

Entonces se dio cuenta de que nunca había analizado la compleja relación con su padre con ojos de adulto. Quizá las palabras de Treena tuvieran una parte de verdad.

Respirando profundamente, sacó una de las dos maletas y buscó la carta que le había seguido por toda Europa hasta que le fue entregada por fin en Ginebra. Marcó el número de teléfono que venía en el membrete, y tras una breve conversación con el despacho de abogados que se había ocupado de los asuntos legales de su padre, llamó a la clínica de oncología que había tratado a Big Jim.

La recepcionista le puso con el médico enseguida, y este respondió a todas sus preguntas sobre la enfermedad que había llevado a su padre a la tumba.

Al colgar el teléfono, Jax se dio cuenta de que Treena tenía razón.

A Big Jim le diagnosticaron cáncer de próstata poco antes de que Jax terminara sus estudios en el MIT. Quizá su padre hubiera ido a la ceremonia de graduación de no haber estado en pleno proceso de recuperación de una delicada operación.

Aunque lo dudaba.

—¡Mierda! —exclamó, yendo hacia la puerta.

Necesitaba dar una vuelta, y despejarse la cabeza. Un día de estos, se dijo, intentaría olvidar el rencor hacia su padre, sobre todo ahora que el hombre estaba muerto y enterrado. Por no mencionar que, como Treena había dejado muy claro, a nadie le gustaban los quejicas.

Treena. Cerró la puerta del hotel de un golpe, como si lo persiguieron.

Sus sentimientos por su padre tenían que esperar un poco más. Porque comparados con la pérdida de Treena, no eran nada.

Y hoy no tenía paciencia para darles más vueltas.

«Ese cerdo mentiroso y traidor»

Sentada en el sofá, con los brazos alrededor de las rodillas dobladas, Treena miraba la pelota de béisbol dentro de la caja de plexiglás que había en la mesita de café delante de ella.

Jackson Gallagher McCall la había traicionado de la peor manera posible. Destrozando su confianza y su amor, pisoteándolos como si fueran la colilla que queda después de fumar un cigarrillo. Lo mínimo que se merecía de ella era el desprecio más absoluto.

¿Pero se había conformado con dejarla con ese mínimo consuelo? Oh, no. Tenía que ir a buscarla, interesarse por la prueba y devolverle la maldita pelota. Es decir, poner su trasero en peligro.

Por si no le bastara, también tenía que decirle que la quería, y encima de forma tan elocuente, maldito él.

Y después de soltarle todo aquel rollo, largarse sin volverse siquiera a mirarla.

Ella había sentido ganas de partirle las manos ella misma. ¿Cómo se había atrevido a tener un gesto tan desinteresado cuando ella todavía estaba tan furiosa? ¿Cómo se había atrevido a darle explicaciones hasta casi hacerla cambiar de actitud y entender por qué había metido la pata de aquella manera?

Necesitaba seguir indignada.

Necesitaba a Jax otra vez en su vida.

Eso era lo que más le fastidiaba. No necesitaba a ningún hombre para tener una vida plena.

«Te quiero».

La voz de Jax, cargada de emoción y dolor, resonó en su mente.

«Te quiero más que a mi madre, más que a...»

Treena estaba segura de que los hombres no solían comparar el amor a sus madres con la pasión que sentían por la persona amada.

Apoyó la barbilla en el hueco entre las rodillas y pensó en la comparación.

Quizá en lo referente a amor, su madre fuera la única referencia. Su madre fallecida siendo él apenas un niño.

Casi todas las personas que ella conocía habían estado enamoradas alguna vez, y normalmente más de una vez. Pero era posible que Jax nunca hubiera conocido el amor de verdad con ninguna otra mujer.

Ella tampoco lo había sentido con nadie antes de él, pero al menos tenía a Carly que era como una hermana, y a Mack y a Ellen, que eran como unos padres. Y antes de ellos, había tenido el amor de su familia y de unas pocas personas más. Seguro que Jax tenía que tener amigos en alguna parte, incluso si no hablaba de ellos. Tenía que tener gente que lo quisiera.

Y sin embargo, algunas de las cosas que había dicho en la puerta del auditorio parecían indicar lo contrario: nunca había tenido una casa que pudiera considerar hogar, y tampoco una persona que le hiciera sentirse como si la conociera de toda la vida.

Las frases tenían tanto poder de convicción que ella las apretó contra su maltrecho corazón como una reconfortante bolsa de agua caliente.

Quizá no tuviera a nadie. Solo a ella.

Durante su breve matrimonio con Big Jim, Treena se había mordido la lengua al ver a su marido sumido en un triste y acongojado silencio después de algunas de las esporádicas conversaciones telefónicas con su hijo. Pero las pocas veces que ella había comentado lo ingrato que era Jackson, Big Jim siempre insistía en que su hijo le daba más de lo que él se merecía.

–Estoy cosechando lo que sembré, nada más, cielo –solía responder él.

A Treena le resultaba difícil de creer, pero ahora pensó que quizá Jax tuviera motivos para sentirse resentido con su padre. Ella defendía a Big Jim hasta la muerte, pero no podía negar que a su marido le importaban demasiado las opiniones de sus amigos. Y si eso significaba presionar a un muchacho inadaptado para hacer algo que no quería, quizá Jax tuviera razón.

Furiosa ante su falta de lealtad, Treena se puso en pie y metió la pelota con su caja de plexiglás en la misma bolsa de regalo que le había entregado Jax.

«Te quiero».

Sus hombros se tensaron al escuchar el susurro de las palabras masculinas en su mente. Tenía que empezar a recordar que una acción valía más que mil palabras, se dijo, severamente.

«Te quiero más que a...»

Con una maldición, metió la bolsa en el cuarto del vestíbulo y cerró la puerta de un golpe. Era como si las paredes se le echaran encima, y sintió la urgente necesidad de salir de allí. De ir a algún sitio donde pudiera respirar.

Apenas había llegado a la puerta principal cuando se detuvo con una mano en el pomo y miró de nuevo al cuarto de los trastos.

No le hacía ninguna gracia dejar la pelota allí, ahora que sabía que su existencia podía significar la diferencia entre las manos enteras o rotas de Jax. Claro que tampoco había decidido entregar la pelota para que él esquivara esa bala en particular. Por otro lado, una parte de ella quería vengar su rabia, por no hablar de la codiciosa vocecilla en su interior que insistía en que se había ganado la pelota. A pesar de todo, era consciente de las consecuencias para Jax.

Sin pensarlo más, siguió el impulso casi supersticioso de llevarse la pelota con ella. Abrió la puerta del armario, tomó la bolsa de regalo de nuevo y abrió la puerta de la calle de par en par.

Para su sorpresa, Mack y Ellen estaban de pie al otro lado, delante Ellen con la mano levantada y detrás de ella Mack.

Las dos mujeres gritaron asustadas, y Treena se llevó la mano libre al pecho. El plato que llevaba Ellen en la mano se balanceó peligrosamente y de no ser por la rápida reacción de Mack se habría hecho añicos contra el suelo.

—¡Jo... lines, me habéis asustado! —exclamó.

—Dímelo a mí —dijo Ellen, recobrando el aliento—. Creo que acaban de salirme unas cuantas canas más —añadió, echándose a reír—. Lo siento, querida. Nos moríamos de ganas por saber cómo ha ido la prueba, y solo veníamos a preguntarte.

«¿Nos moríamos?»

Treena reparó en que Mack tenía una mano apoyada ligeramente en la cadera de Ellen, y que la bibliotecaria se apoyaba casi imperceptiblemente en el hombre a su espalda.

—¿Ibas a salir? —preguntó Mack—. Es un alivio, porque si quieres que te diga la verdad, me he quedado un poco preocupado cuando he oído un portazo aquí. Pensaba que si la prueba había ido bien, Carly y tú estaríais celebrándolo hasta el amanecer —dijo con el ceño fruncido—. Ha ido bien, espero.

Treena le agradecía que se preocupara por ella tanto como si fuera su propia hija, y fue la primera vez desde que abrió la cartera de Jax por la mañana que notó el esbozo de una sonrisa en los labios.

—No lo sabremos con certeza hasta el jueves por la noche,

pero tanto Carly como yo creemos que ha ido bien. Se ha quedado con otras bailarinas en el casino para celebrarlo.

–Entonces no te entretendremos más –dijo Ellen, asumiendo que iba a reunirse con ellas. Le entregó el plato de galletas–. Enhorabuena a las dos. Sabíamos que la pasaríais –dijo, dándole un beso en la mejilla.

–Claro que sí –añadió Mack.

–Gracias.

La bondad de los dos le dio ganas de llorar. Pero eso era lo que menos deseaba, desmoronarse delante de ellos.

–Me sorprende que no esté aquí Jax –dijo Mack–. ¿Ya se lo has dicho?

–Ha sido el primero en saberlo –dijo ella, con toda sinceridad–. Me estaba esperando a las puertas del auditorio.

Tenía que decirles la verdad, pero todavía no.

No podía hacerlo.

Después de hablar con ellos un momento más, se despidió de ellos y los vio desaparecer en el apartamento de Ellen. Por fin ella salió a buscar su coche.

Cuando llegó al Avventurado, fue a la cafetería preferida de sus amigas en el centro del casino, la misma donde vio a Jax por primera vez, pero ya no estaban allí. Buscó en los demás bares y restaurantes del casino, hasta que una camarera conocida le dijo que todo el grupo de bailarinas había ido a ver el espectáculo de *boys* a otro casino cercano.

Oh, no. Eso sí que no le apetecía en absoluto, ver a un grupo de hombres medio desnudos provocando a una multitud de mujeres histéricas.

Lo mejor sería volver a casa. Salió a la calle, pero en lugar de ir a su coche caminó por la acera de la avenida y pocos minutos después se encontró en el vestíbulo del Bellagio.

Nada más pasar las puertas giratorias se detuvo.

«Oh, no, Treena, esto no es una buena idea».

No lo era, en absoluto, pero de repente sintió la necesidad de ver la última partida de Jax. Sin pensarlo más, se dirigió al enorme salón donde Jax la había llevado el día anterior. Cuando llegó a las enormes puertas del salón de baile, encontró que estaban cerradas con llave.

—¿Puedo ayudarla, señorita? —preguntó una voz a su espalda.

Casi sin respiración, Treena se volvió y vio a un hombre negro de unos cuarenta años con el uniforme de mantenimiento del Bellagio que se dirigía hacia ella.

—He venido a ver la última partida del torneo de póquer, pero las puertas están cerradas. ¿Ya ha terminado?

—No, no, señora. Por lo último que sé, todavía quedan tres jugadores. Pero como ya no se necesita tanto espacio, han trasladado la mesa a la sala Degas, que es más pequeña. Si quiere puedo acompañarla hasta allí —el hombre volvió por el pasillo que había venido—. Si quiere también puede ver la partida por el circuito cerrado de televisión. Es mucho más cómodo, y podrá ver cada jugada de cerca.

Mejor aún, pensó Treena. Así podría satisfacer su curiosidad por el resultado del torneo sin tener que preocuparse de encontrarse con Jax.

En la sala había más gente de lo que ella había pensado, pero todavía quedaban sillas libres y se sentó en una. Cuando vio a Jax en la enorme pantalla de video instalada en la sala, se le paró el corazón.

Compartía la imagen con dos hombres, y estaba sentado con el rostro inmutable, sin moverse, excepto por la mano de dedos largos que tocaba el montón de fichas. Llevaba una chaqueta negra y gafas oscuras y solo le faltaba un sombrero de fieltro del mismo color para parecer uno de los Blues Brothers. Treena lo vio retirar varias fichas del montón con el que había estado jugando y empujar el resto hacia el centro de la mesa.

—Cielo santo, ¿qué está haciendo? —exclamó un hombre una fila delante de Treena—. ¿Qué demonios le pasa hoy a este tío?

Treena se inclinó hacia delante y dio unos golpecitos al hombre en el hombro.

—Eh, sin tocar —exclamó el hombre, pero cuando se volvió hacia ella y la vio, su actitud cambió—. Oh, vaya. Puede tocar todo lo que quiera, monada.

—¿Qué quiere decir? —preguntó ella—. ¿Sobre Gallagher? —añadió al ver que el hombre no entendía a qué se refería.

—¿Qué? Oh, Gallagher, sí —dijo el hombre, y sacudió la cabeza—. Lleva toda la tarde dormido, desde que se ha sentado en esa silla. ¿La apuesta que acaba de hacer ahora? —señaló con la cabeza hacia la pantalla—. Tenía un siete de picas y un dos de diamantes. Con esas cartas no puede conseguir nada. Tenía que haberlas tirado.

—A lo mejor es un farol —dijo ella—. Una vez me dijo que así fue cómo ganó un torneo en París. Como es un jugador bastante conservador, todos los demás tiraron las cartas.

—Eso no va a pasar ahora —dijo el hombre a la vez que el locutor que retransmitía la partida en directo bramaba:

—¡Vaya! Smith ha tirado las cartas.

El hombre se encogió de hombros y sonrió.

—Vale, lo ha hecho. Pero mantengo lo de antes. Gallagher está jugando con el trasero. Es como si tuviera la cabeza en otro sitio. Y dime, monada, ¿conoces a Gallagher? —preguntó el hombre, mirándola lentamente de arriba abajo.

—Eso creía —dijo Treena, amargamente—. Antes.

—¡Qué me dices! —exclamó el hombre deteniendo los ojos un momento en los senos femeninos—. Te invito a una copa.

—Se lo agradezco, pero no, gracias —dijo ella, suavizando el rechazo con una sonrisa.

El hombre se encogió de hombros y volvió a concentrarse en la pantalla.

En la siguiente mano, Jax tiró las cartas y uno de los jugadores apostó todas sus fichas con un trío de ases, pero perdió la mano cuando la última carta que se descubrió dio a su oponente un full.

Solo quedaban dos jugadores en la partida.

Tres azafatas anunciaron con bombo y platillo el premio de un millón de dólares. Las tres hermosas mujeres levantaron una pirámide de fajos de billetes en un extremo de una de las mesas bajo la atenta mirada de un guardia de seguridad. Treena reconoció al nuevo vecino de Carly.

La partida estaba a punto de terminar. El hombre que estaba delante de Treena tenía razón. Jax no estaba concentrado en la partida y, para decepción de muchos espectadores, siguió equivocándose una y otra vez. Sus montones de fichas pronto se redujeron a una sola pila.

Treena se dijo que debería alegrarse. Jax se estaba llevando su merecido. Sin embargo, tenía el estómago en un puño. Jax estaba tan deprimido y sufría tanto como ella, y eso la deprimía aún más.

Después, Jax apostó las últimas fichas y perdió.

Treena permaneció sentada mientras el resto de los espectadores recogían sus cosas y salían de la sala.

«¿Y qué?», se dijo para sus adentros. «Ha perdido. Aun con todo, con el segundo puesto gana más dinero del que yo he ganado en los últimos cuatro años juntos. No seas ridícula. Vete a casa, tómate una copa de vino y piensa en vender la pelota y comprar el estudio».

Sin embargo, sabía que no lo haría. Probablemente lo había sabido desde el principio.

Olvidando su intención de evitar ver a Jax a toda costa, pescó la bolsa de regalo de debajo de la silla y fue a buscarlo.

Capítulo 23

Jax salió de la sala del torneo y se encontró con el éxodo de gente que abandonaba la sala contigua, donde se habían instalado las pantallas de televisión. Se detuvo para dejar pasar a un grupo de gente.

—Mala suerte —le dijo uno de los espectadores.

—Gracias —dijo él, ocultando su vergüenza—. Unas veces se gana y otras se pierde —dijo, flemático.

Un par de mujeres admiradoras corrieron hacia él.

—Hola, Jax —ronroneó la rubia, más pechugona que su amiga—. ¿Nos firmas un autógrafo?

—Claro que sí.

Tenía que salir de allí. Pero forzó una sonrisa, sacó un bolígrafo del bolsillo interior de la chaqueta y garabateó unas firmas en dos trozos de papel que le dieron las mujeres. Después giró sobre sus talones y caminó en dirección contraria a la que pensaba ir, con la intención de esperar unos minutos hasta que se despejara un poco. No estaba de humor para hablar con nadie, y lo que menos le apetecía era escuchar comentarios sobre su pobre actuación.

Era muy consciente de que el póquer exigía una gran concentración, y él no lo había tenido. De hecho había jugado como un aficionado, y todo porque no podía dejar de pensar en Treena.

Dios, odiaba el terrible dolor casi físico que recorría todo su cuerpo solo de pensar en ella.

El amor era un asco.

No, el amor era maravilloso y él era muy afortunado por haber tenido la oportunidad de sentirlo, aunque fuera brevemente, junto a Treena. Lo malo era su comportamiento. Y si ahora se veía reducido a esconderse por los pasillos menos concurridos del casino para evitar que le refregaran su pésima actuación en la última partida del torneo, el único responsable era él. Giró sobre sus talones y volvió sobre sus pasos.

Ya era hora de que dejara de sentir lástima de sí mismo y se enfrentara al futuro como un hombre.

Treena estaba segura de que encontraría a Jax en el elegante vestíbulo del Bellagio, pero cuando llegó allí, jadeando después de cruzar parte del casino corriendo, no lo vio.

¿Cómo se le había podido escapar?

Una pareja de novios acompañados de sus invitados cruzaban el vestíbulo hacia la capilla. Grupos de varias personas se acercaban y alejaban de la recepción, mientras en unos sillones no muy lejos de allí un grupo de mujeres se enseñaba las compras que habían hecho. Pero Treena no vio por ninguna parte a un hombre alto, de hombros anchos con una impecable chaqueta de sport y unos vaqueros desgastados.

No lo entendía. Jax no podía llevarle más de un minuto o dos de ventaja. Se dejó caer en un sillón cercano, con la bolsa de regalo a sus pies.

Siempre había sido una persona muy pragmática, y sin embargo allí estaba, persiguiendo a Jax con un optimismo sorprendente e incomprensible. Lo que al terminar la partida le había parecido una excelente idea ahora simplemente sugería que estaba más colgada de él de lo que jamás hubiera imaginado posible.

No por primera vez a lo largo del interminable y agotador día, se dio cuenta de que no sabía qué había esperado. ¿Por qué había pensado que todo se arreglaría como por arte de magia? No era en absoluto propio de ella, y agotada como estaba, pensó que lo mejor sería volver a casa.

Sentía los pies como si fueran de plomo, la cabeza a punto

de estallar y lo que necesitaba era bajarse de aquella noria emocional y dormir.

Entonces lo vio. Iba caminando hacia ella, totalmente relajado, desde la misma dirección por donde ella había venido, y verlo tuvo en ella el efecto de una taza doble de café. Con una repentina avalancha de energía, se puso en pie.

Sin embargo, antes de poder dar a conocer su presencia, dos hombres se colocaron a ambos lados de Jax, y se volvió a sentar, suspirando impacientemente.

Los dos admiradores parecían hermanos, y Treena decidió esperar a que se fueran para acercarse a él.

Pero en lugar de separarse, con los dos admiradores yendo en una dirección y Jax en la otra, los tres hombres echaron a caminar juntos.

Y Treena se dio cuenta de que algo andaba mal. Aquellos hombres no se parecían en nada a los amantes del póquer que había visto entre el público. Eran dos hombres enormes, y a su lado Jax casi parecía frágil. Tenían más bien aspecto de guardias de seguridad o culturistas, y además iban los dos pegados a ambos lados de Jax, como obligándolo a caminar en su dirección. Como si...

Oh, claro. Ya había terminado el torneo. ¿Cómo había podido olvidar que era entonces cuando los hombres que habían amenazado a Jax le estarían esperando?

Estaban casi a su altura y no sabía qué hacer. ¿Montar una escena? ¿Llamar a la policía?

¿Y si estaba equivocada? ¿Y si los hombres resultaban ser un par de dentistas de Poughskeepsie o un par de jugadores aficionados?

Pero si sus sospechas eran ciertas y no hacía nada, no se lo perdonaría nunca. Sacando el móvil del bolso, empezó a marcar con dedos nerviosos el número de la policía, 9, 1..., pero entonces Jax levantó la vista y la miró directamente a los ojos.

Se detuvo en seco. Inmediatamente, antes de tener tiempo de dar otro paso, los dos hombres que lo acompañaban le dieron un empujón para que continuara caminando, y él dio un traspié.

La sospechas de Treena se confirmaron, a pesar de que Jax no parecía en absoluto contento de verla. En lugar de eso, entrecerró los ojos y movió ligeramente la barbilla hacia la entrada del hotel, como si quisiera indicarle que se fuera. Segura de que lo había entendido mal, negó con la cabeza, señaló a los dos hombres y después al teléfono que llevaba la mano.

—No —dijo él, sin sonido, frunciendo el ceño—. Lárgate.

—Mira —oyó Treena decir a uno de los matones con acento extranjero—. El gran jugador de póquer tiene parálisis como un viejo. No irás a ensuciarte los pantalones, ¿verdad, Gallagher?

—A lo mejor está haciendo el baile de San Vito —comentó el otro hombre, y los dos se echaron a reír con sonoras carcajadas.

Entonces, con Jax firmemente sujeto entre los dos, pasaron junto a Treena, tan cerca de ella que esta habría podido tocar a uno de ellos con la mano.

Mientras ella estaba decidiendo cómo ayudarle mejor, con o sin su consentimiento, le oyó decir en un tono de voz aburrido:

—Deberíais dedicaros al mundo del espectáculo, muchachos. Un talento como el vuestro al servicio de Sergei es una pérdida de tiempo.

En cuestión de segundos, los tres hombres habían cruzado el vestíbulo y desaparecido por la salida que llevaba al aparcamiento.

Treena los siguió. Cuando se había alejado varios pasos del sillón donde se había sentado unos minutos antes se acordó de la pelota.

Entonces se dio cuenta.

«¡Cielos, la pelota!»

Presa de júbilo, se dio cuenta de que llevaba toda la tarde con la pelota a cuestas, y ahora resultaba que tenía un buen motivo para ello.

«Al cuerno el estudio. Puedo sacar a Jax de esta situación».

Recogió la pelota y se dirigió con pasos rápidos hacia la puerta por donde habían desaparecido los tres hombres. Entrando un momento después por la escalera, se detuvo a escuchar. Solapando el sonido de los latidos de su corazón, escuchó pasos subiendo las escaleras que conducían a las plantas superiores del aparcamiento y los siguió sin hacer ruido. También se llevó el teléfono móvil a la oreja y pulsó una tecla. Jax podía decirle lo que quisiera, pero ella seguía pensando que llamar a la policía era una buena idea.

Pero no había línea y Treena miró la pantalla con incredulidad. No tenía cobertura.

Furiosa, y presa del pánico, cerró el teléfono y lo metió en el bolso, jurándose que cambiaría de operador en cuanto saliera de aquella.

Jax no se resistió a los matones de Kirov y se dejó llevar por las escaleras del aparcamiento. Todavía estaba sudando después de ver a Treena, y cuanto mayor distancia pusiera entre ella y los hermanos Ivanov mejor. No sabía qué la había llevado al vestíbulo del hotel, ni tampoco qué le le había querido decir cuando le señaló a los dos gorilas y al teléfono móvil. Era evidente que se había dado cuenta de que no iba voluntariamente con ellos, pero era demasiado consciente de que Treena no podía hacer nada para mejorar la situación.

Él era quien se había metido en aquel lío desde el momento que apostó una pelota que no era suya. Era su deuda, y no quería ver a Treena en muchos kilómetros a la redonda de Sergei Kirov. Solo de pensar que el ruso se pudiera enterar de que ella era la propietaria de la pelota se echaba a temblar.

Por primera vez agradeció haberla apartado de su lado, y debería estar dando saltos de alegría sabiendo que ahora ella estaba a salvo. Pero la echaba tanto de menos que ni siquiera tenía fuerzas para negarse.

Los dos tontos en apuros que lo flanqueaban lo llevaron hasta la planta cuarta del aparcamiento.

—Bienvenido, Jax —dijo una voz con acento entre las sombras—. Gracias por venir.

Sergei salió de una alucinantemente larga limusina Humvee que estaba aparcada a poca distancia de las escaleras.

—Sí —respondió él, mientras los dos matones lo empujaban hacia donde estaba el ruso—. Ha sido un placer, aunque debo admitir que había pensado enviar mis disculpas y buscar compañía femenina. Ha sido un día muy largo y quería descansar. Pero resulta que he sido incapaz de rechazar la invitación.

Sus palabras no parecieron hacer mucha gracia a Sergei, y Jax se encogió de hombros, mientras contemplaba entre divertido y desdeñoso el traje blanco con pedrería, la bufanda a juego y el tupé teñido de negro del ruso.

—Hoy estás resplandeciente —dijo Jax.

Por un segundo, el imitador de Elvis se pavoneó y respondió con su frase favorita del rey del *rock and roll*.

—Gracias. Muchas gracias.

Pero al ver las manos vacías de Jax, el placer del ruso se transformó en ira.

—El torneo ha terminado. ¿Dónde está mi pelota del campeonato?

Jax había pensado que estaba preparado para aceptar el castigo como un hombre, pero aun con todo, respondió con una evasiva.

—No sabía que la querías al minuto de que terminara el torneo.

—¿No la tienes contigo?

—No.

Kirov lo miró de arriba abajo, y después asintió lentamente con la cabeza.

—Sé qué difícil vigilar tesoro tan valioso y jugar partida final. Que, por cierto, tú hoy jugar , ¿cómo decir por aquí? Con el trasero.

—No ha sido mi mejor esfuerzo.

—Pero ahora no tener nada que distrae. Tú y yo vamos a buscar pelota.

A Jax no le hacía ninguna gracia el dolor, y menos el suyo, pero no tenía sentido posponer lo inevitable. Se metió las manos en los bolsillos, se balanceó sobre los talones y miró al ruso a los ojos.

—Eso será un poco problemático.

Kirov se quedó inmóvil y lo miró con los ojos entrecerrados.

—¿Qué tú querer decir?

—No la tengo. Resulta que al final la pelota no era mía.

El hombre se puso rojo de ira.

—¿Y tú saber eso desde cuándo?

—Desde hace un tiempo. Pero pensé que podría conseguírtela —le dijo, e hizo una mueca—. Me equivoqué.

Kirov hizo un gesto a sus gorilas y los hermanos rusos volvieron a colocarse a ambos lados de Jax. Lo empujaron hasta la pared más cercana mientras Sergei chasqueaba los dedos y un conductor uniformado salía del coche y abría el maletero de la limusina. De allí sacó algo que entregó a Sergei.

Jax miró la pistola de clavos a pilas y sintió que se le helaba el alma.

Kirov se acercó a él.

—Tú decirme nombre de persona que tiene mi pelota.

—Eso no puedo hacerlo, Sergei.

—Entonces tú pagar precio.

Jax tragó saliva, pero logró hablar con voz tranquila cuando dijo:

—Me vas a hacer pagar de todos modos, y puesto que no puedo pagar tu deuda quizá me merezco un castigo.

Aunque desde luego no ser crucificado contra una pared de cemento.

—Dime lo que yo querer saber y solo diré a mis chicos que te rompan un dedo, o dos —dijo Sergei alzando la pistola de clavos—. Interesante. Estos clavos penetrar pared de cemento como de papel. Y nadie poder saber cuánto tiempo pasar hasta que alguien venir y descubrirte aquí. Luego está proceso de extracción. Muy desagradable.

«Dios».

Jax tuvo que tragar saliva varias veces antes de tener la boca bastante húmeda para decir:

—No involucraré a nadie cuyo único delito es ser el legítimo dueño de la pelota.

Sergei miró a uno de sus matones y el hombre aplastó la mano de Jax contra la pared, estirándole los dedos cerrados. Kirov apretó la pistola de clavos contra la palma.

—Yo darte última oportunidad.

Jax cruzó mentalmente los dedos para que el ruso no fuera capaz de oler el miedo que manaba de todos los poros de su cuerpo. Saber que estaba a punto de que lo clavaran en la pared le hacía flaquear las rodillas, pero miró a Kirov sin decir nada.

—¡Eh! ¡Tú! ¡Elvis! ¿Buscas esto?

La cabeza de Jax se alzó bruscamente. Había creído que no podía sentir más miedo del que estaba sintiendo, pero se equivocaba.

Treena estaba en las escaleras, la melena iluminada como un halo por la luz de neón que se colaba por el hueco a su espalda, y llevaba en la mano la pelota de béisbol de su abuelo. Con una tranquilidad pasmosa, la lanzó al aire y la recogió. Después repitió la operación.

Al verla allí, Jax pensó que las piernas no le sostendrían. Olvidando la pistola de clavos apoyada contra su mano, trató de ir hacia ella para obligarle a largarse de allí. Cuando los hermanos Ivanov lo empujaron de nuevo contra la pared, él los ignoró y la miró.

—Te he dicho que te largaras.

—Sí, ya. También me has dicho un montón de tonterías. Estoy muy cabreada contigo, la verdad, Jackson, pero no pienso permitir que un matón con magnífica pinta de Elvis te crucifique.

—¿Esa es mi pelota de campeonato de béisbol? —quiso saber Sergei.

Jax apartó los ojos de Treena para echar un rápido vistazo a la ávida expresión en la cara del ruso mientras observaba la pelota alzarse por el aire y aterrizar una y otra vez en la palma de Treena.

—Es mi pelota, tío —dijo Treena, atrayendo de nuevo toda su atención.

—¿Y tú creer yo no poder quitártela? —dijo el ruso con voz dura y cortante–. Tú no querer enfadar a Kirov, señorita. Yo poder clavar a tu amigo y recuperar mi propiedad en unos segundos.

Pero Treena no se inmutó ante la amenaza del ruso.

–Y tú no quieres enfadar a una chica polaca criada en una ciudad industrial de Pensilvania, caballero. Porque en el momento que te muevas un centímetro hacia mí o hagas daño a Jax, olvídate de la pelota.

Para demostrarlo, Treena se desplazó rápidamente hacia la derecha con precisión militar y sacó el brazo por el hueco y por encima de la balaustrada que rodeaba la pared exterior de la planta. Dirigió una breve mirada a la calle, varias plantas más abajo, y después volvió los ojos a Kirov.

–Ahí abajo hay un montón de gente, Elvis. Si tiro la pelota, ¿crees que te estará esperando en la acera cuando llegues?

–No lo harás –dijo el ruso–. Vale mucho dinero.

Treena volvió a lanzar la pelota al aire y casi se le escapó al ir a recogerla.

–¡Ay! Casi.

Sergei masculló algo con rabia, seguramente una obscenidad en su idioma natal, pensó Jax, y después bajó la pistola de clavos y se volvió hacia Treena.

–¿Qué tú querer? ¿Dinero?

–No. Te ganaste la pelota legítimamente, pero Jax también la apostó de buena fe. Su padre siempre le dijo que sería suya, y fue una casualidad que terminara en mis manos. Así que te propongo un cambio. La pelota por Jax.

Treena miró la pistola de clavos.

–Ileso. Nunca había oído una forma más repugnante de usar una herramienta.

Sergei chasqueó los dedos otra vez y el conductor de la limusina reapareció para llevarse la pistola. Después, el ruso miró a Treena.

–¿De verdad tú creer yo pinta, cómo has dicho, masterífica de Elvis?

–Magnífica. Sí, lo creo.

–A Kirov gustar mujer con gusto, estilo y valor.

–Es agradable saber que sabes apreciar mis puntos fuertes. Bueno, ¿qué va a ser, Elvis?

Este la miró un momento y después asintió.

–Tú y yo hacer cambio. Pelota por Gallagher.

–Bien. Nos vemos en el vestíbulo dentro de cinco minutos.

–No. Aquí. Aquí mismo.

–Sí, claro, ahora mismo –dijo ella, burlona–. Lleva a Jax al vestíbulo o no hay trato.

Y retirando la mano con la pelota, Treena desapareció escaleras abajo.

Sergei se quedó mirando al hueco por donde había desaparecido la mujer y después se volvió a mirar a Jax.

–No haber vergüenza en ella ganar. Ser una amazona. Tú tener más suerte de la que merecer.

–Sí –dijo Jax, empezando a respirar más tranquilamente ahora que Treena estaba a salvo–. Suerte.

Sin embargo, la suerte de Treena se había terminado.

Porque en cuánto él le pusiera las manos encima, la mataba.

Capítulo 24

–Es honor hacer negocios contigo, señorita.

Sergei Kirov se inclinó y plantó dos besos en las mejillas de Treena. Después, tomó la pelota firmada con las dos manos con gesto reverencial, hizo un seco movimiento de cabeza a Jax y se alejó.

Treena lo vio alejarse de la esquina del vestíbulo donde habían llevado a cabo la transacción de forma discreta.

–Ese tío da miedo de verdad –dijo ella, aliviada de verle por última vez.

Cargada de adrenalina contenida y orgullosa de sí misma, se levantó del sillón donde estaba sentada. Tomó a Jax de la mano, su hermosa mano que no tenía ni un solo rasguño, y lo hizo ponerse en pie. Necesitaba más espacio para quemar tanta energía, aire fresco para despejarse la cabeza, y después de menear nerviosamente el trasero, tiró de Jax hacia las puertas dobles de la terraza. ¡A pesar del miedo y lo asustada que estaba, lo había conseguido! Se sentía una mujer intrépida, invencible, y después de salir a la terraza, se volvió hacia Jax para recibir su merecida felicitación. Con una sonrisa de oreja a oreja, abrió los brazos de par en par.

–¿Y bien?

«Dime otra vez que me quieres».

Jax le clavó las manos en los hombros y la alzó de puntillas, echando chispas por los ojos, a pocos centímetros de ella.

–¿En qué demonios estabas pensando?

Más perpleja que si le hubiera dado una bofetada, Treena trató de soltarse, pero Jax la sujetó con más fuerza, inmovilizándola.

–¡En salvarte el pellejo, imbécil desagradecido!

–¿Quién te lo ha pedido? –rugió él, clavándole los dedos con más fuerza–. Te dije que te fueras a casa.

–No, me dijiste que me largara. No quieras adornar las cosas ahora que todo el mundo está a salvo.

Treena levantó los brazos entre ellos y los separó, obligando a Jax a soltarla. Pero no retrocedió en un centímetro. En lugar de eso, acercó más la cara a la de él.

–Y a propósito, de nada –le recordó, clavándole el dedo índice en el pecho–. Dios mío, no me conoces «ni esto» si crees que iba a pasar de ti teniendo los medios para evitar que esos cretinos te partieran los dedos. Un poco más y no llego a tiempo. Ese cerdo hijo de perra estaba a punto de meterte clavos en las manos y crucificarte como a un Jesucristo barriobajero.

Las últimas ráfagas de viento de la tormenta que estaba terminando de cruzar la ciudad hacia el este desde el desierto arremolinaron los mechones largos y rizados alrededor de los dos, y Jax, hundiendo los dedos en el pelo y apartando los mechones de su cara, se la quedó mirando fijamente durante un segundo. Después, bajó la boca hacia ella y la besó hasta dejarla sin respiración.

No fue un beso tierno y delicado. Al contrario, fue una caricia fuerte y agresiva, todo dientes y lengua, y ardiendo por dentro como un incendio descontrolado que lo arrasaba todo a su paso, Treena lo besó con la misma fiereza.

Segundos más tarde, él se separó y la miró, jadeando.

–¿Crees que eso me importaba un bledo? –quiso saber él.

Treena parpadeó, tratando de recordar de qué estaban hablando antes del beso. Ah, sí. El ruso. La pistola de clavos.

–¿Crees que me importaba?

Pero era evidente que Jax no esperaba respuesta, porque no le dio tiempo a responder.

–No digo que hubiera sido estupendo, pero habría sobrevivido. Y me habría recuperado. Pero si te hubiera pasado algo no habría podido sobrevivir. Nunca me lo habría perdonado.

Cerró los dedos en un puño sujetando un mechón de pelo y la miró con una intensidad que la desarmó.

—Toda mi vida he sido un bicho raro —dijo él—. Los niños de mi edad me consideraban un monstruo. Los mayores me admiraban por mi mente, pero no tenían nada en común conmigo. Para cuando alcancé una edad en la que la diferencia entre veinticuatro y los treinta y cuatro es bastante menos que entre los catorce y la madurez, yo ya estaba tan desvinculado de todo el mundo que solo trataba con la gente al nivel más superficial.

Sosteniéndole la mirada, deslizó los pulgares por las mejillas femeninas con infinita ternura.

—Hasta que te conocí.

Treena no solo empezaba a notar que los nudos que tenía en el estómago se deshacían, sino que además estaba empezando a sentirse de nuevo fenomenal.

—Y te enamoraste de mí.

—Dios, sí, y de qué manera —dijo él, besándola suavemente en los labios.

Después levantó la cabeza y mirándola con sus increíbles ojos azules, tan formales y tan serios, dijo:

—Quiero que me perdones.

Treena respiró profundamente y con la exhalación expulsó los últimos restos del deseo de venganza contra él que había albergado antes.

—Te perdono.

—Y por si sirve de algo, sí, hoy me has salvado el pellejo.

—Y que lo digas.

La tensa desesperación que había habido en los ojos masculinos se relajó y sus labios esbozaron una sonrisa.

—En el aparcamiento has estado magnífica —reconoció entonces—. Y te doy las gracias por hacerlo, porque sé que has necesitado mucho valor. Pero la nitroglicerina en manos de un niño es más peligrosa que Kirov, Treena, y si te hubiera hecho daño por culpa de la estúpida apuesta, no me lo hubiera perdonado.

Treena le rodeó el cuello con los brazos.

—¿Qué vas a hacer al respecto, Jackson Jax Gallagher McCall?

—Bueno, está claro que soy un peligro público, así que creo que deberías llevarme a casa y encerrarme antes de que alguien resulte herido.

—¿Cuánto tiempo piensas que tendrás que quedarte conmigo?

—Eso depende —dijo él.

Le soltó el pelo y deslizó las manos sobre sus hombros, que siguieron descendiendo por la espalda hasta enmarcarle las nalgas.

—¿Piensas reprocharme lo mal que me he portado cada vez que nos peleemos?

—No eternamente —le aseguró ella sería—. Pero he pensado que lo puedo explotar tres o cuatro meses.

—Entonces digamos treinta o cuarenta años. Podemos volver a renegociarlo cuando te hayas desahogado.

—Hecho.

Entonces la sonrisa de Treena se desvaneció a la vez que una intensidad casi dolorosa le encogía el corazón.

—Yo también te quiero, lo sabes.

—Sí. Cuando me tranquilicé, es decir hace un par de minutos, he llegado a la misma conclusión. Nunca te hubieras arriesgado por mí en caso contrario.

—Y para que lo sepas, no pienso volver a hacerlo nunca más. Claro que tú tampoco vas a hacer una apuesta tan idiota que lo haga necesario, ¿verdad?

—No, señora.

La expresión de Jax era tan seria y tan rotunda que no le quedó más remedio que besarlo. Cuando se separó de él para tomar aire, Treena le apartó un mechón de pelo de su frente y lo miró.

—Lo vamos a pasar maravillosamente juntos los próximos treinta o cuarenta años. O los que negociemos, ¿verdad?

—Oh, sí.

Riendo, Jax la alzó del suelo y empezó a darle vueltas. Cuando por fin se detuvieron, él sonrió.

—Puedes apostar la banca, cariño.

Epílogo

—¡Por Italia!

Jax contempló los vasos de martini y cerveza alzarse en el aire cuando Treena, Mack y Ellen respondieron al brindis de Carly. Él hizo lo mismo con la botella de cerveza, desviando un momento los ojos por el bar del Avventurato donde había visto a Treena por primera vez.

—¡Por Italia! —repitieron todos.

—Me parece genial que hagáis por fin el viaje tanto tiempo esperado —dijo Treena a Mack y Ellen.

—Sí, muy genial —dijo Jax—, pero Ellen, ¿cuándo lo vas a convertir en un hombre decente?

Jax sonrió pícaramente a Mack, pero este le dirigió una mirada fulminante. Todavía estaba resentido con Jax por haber mentido a Treena sobre su verdadera identidad, y Jax había decidido dejar de tratar de ganarse las simpatías del hombre. Era más divertido provocarlo.

—Si todo va bien entre los dos durante este viaje, puede que lo haga a la vuelta —respondió ella, serenamente.

—Puede... —Mack giró en el asiento hacia ella para mirarla, con ojos luminosos—. ¿No jodas?

—¿No... qué?

—No fastidies, quería decir.

Ellen soltó una carcajada.

—Sí, claro. Y no, no fastidio. Veremos cómo van las cosas las tres semanas que estemos juntos veinticuatro horas. Si sobrevivimos a eso, probablemente podemos sobrevivir a cualquier cosa que nos reserve la vida.

—Chupado —dijo Mack—. Qué narices, ya hemos sobrevivido a Jax. Después de eso, todo lo demás es cuesta abajo.

—Y sin frenos —dijo Jax, a modo de advertencia.

Sin embargo, Jax no podía dejar de admirar al hombre mayor por cuidar de Carly y de Treena.

—¿Y vosotros dos qué? —quiso saber Mack—. Lleváis tres semanas viviendo juntos. ¿Vais a atar el nudo o pensáis seguir viviendo en pecado eternamente?

—Yo voto por el pecado —respondió Jax, solo para enfadar al abuelo.

Treena estiró la mano por encima de la mesa y dio unas palmaditas a Mack en la mano.

—No le hagas caso. Jax me ha pedido que me case con él cada día. No quiero que nos precipitemos —sonrió a Ellen—. Tú entiendes lo que quiero decir, ¿verdad?

—Sí, querida. Estos hombres son de lo más impacientes.

—Exacto, ¿qué ha sido de los viejos tiempos, cuando solo querían una cosa?

—¿Qué demonios está haciendo ese aquí?

La voz de Carly solo se ponía tan furiosa por una persona. Efectivamente, siguiendo la mirada hostil de la amiga de Treena, Jax vio a su nuevo vecino, Wolfgang Jones, de pie, serio y sin mover ni un músculo, mientras escuchaba a dos personas que discutían en una de las mesas de la ruleta.

—Hm, trabaja aquí, Carly —dijo Treena, con cautela.

—Pues no me gusta —respondió la rubia, furibunda.

—Eh, qué sorpresa. A mí me da la impresión de que no te gusta que respire el mismo aire que tú.

Carly se encogió de hombros.

—¿Qué es lo que quieres decir? Por el amor de Dios, mira qué corte de pelo lleva. ¿Quién se cree que es, un rockero?

Al oírla, Jax casi se atragantó, pero en la mesa se hizo un silencio total. Extrañada, Carly apartó la mirada del rubio alto y musculoso que estaba al otro lado de la sala y los miró.

—¿Qué?

Cuando ni Treena, ni Mack ni Ellen respondieron, Carly volvió los ojos hacia Jax. Este se encogió de hombros.

—Detestó tener que informarte, cielo, pero Jones y tú lleváis exactamente el mismo corte de pelo.

—¿De qué demonios estás hablando? —Carly se pasó la mano por el pelo corto, rubio y de punta—. En absoluto.

—Podríais ser gemelos.

Carly miró a los otros tres buscando apoyos.

—Que alguien le diga a Jax que no se entera de nada.

—Oh, Carly, no sabes cuánto me gustaría darte la razón —murmuró Mack.

—Me temo que Jax está en lo cierto, querida —dijo Ellen—. Tú llevas el pelo un poco más largo, con un corte que te enmarca mejor la cara, mientras que el del señor Jones está un poco más desflecado, pero básicamente es el mismo corte.

—Oh, Dios mío —exclamó Carly llevándose las manos a ambos lados de la cabeza. Después alzó la barbilla—. Se acabó. Me lo voy a dejar largo.

—Bueno, Jax —dijo Mack, después de aclararse la garganta—. ¿Cuándo piensas dejar de vivir de Treena y volver al trabajo?

—No lo sé. Ella está contenta por seguir teniendo su empleo, y yo estoy disfrutando de este agradable ocio —respondió con una amplia sonrisa para picar al jubilado.

A pesar de las puyas que se intercambiaban continuamente, Jax sabía que no podía interpretar las palabras del hombre como un ataque personal. Mack había creado una pequeña familia con las mujeres que se sentaban a la mesa, y en ese momento solo trataba de desviar la atención de Carly para que esta tuviera un momento para recuperarse.

Con los antebrazos apoyados en la mesa, Jax se apoyó en las manos.

—Dentro de poco hay un torneo en Los Ángeles, o sea, que puedo ir y volver en el día. O también mejor quedarme allí las noches que Treena trabaja y venir su día libre. Todavía no hemos pensado bien los detalles.

Treena se colgó de su brazo y se apoyó en él.

–¿Podemos contarles la noticia?

–Claro.

Treena sonrió a sus amigos.

–Si tengo días libres, en noviembre Jax me llevará al torneo de Montecarlo. ¿A qué es alucinante?

Mack sonrió con ternura, y Jax se dio cuenta de que el hombre empezaba a apreciarlo solo por ser capaz de hacer feliz a una de sus hijas adoptivas.

–Una noticia fantástica –dijo Mack.

Ellen asintió.

Carly, al otro lado de Treena, rozó el hombro de su amiga.

–Parece que el sueño de tu vida se ha hecho realidad –dijo.

–Lo sé.

Las últimas tres semanas habían sido las mejores de la vida de Jax. Ni siquiera las discrepancias con Treena respecto a su padre podían mitigar su felicidad. Poco a poco estaban encontrando el punto en el que podían hablar de sus discrepancias sin rencor. De momento, ella había abandonado la idea de que Big Jim era un santo; Jax había descartado la idea de que su padre era un demonio. Algún día quizá incluso podría llegar a apreciar a su padre por el hombre que ella había conocido. Y la insistencia de Treena de que su padre estaba orgulloso de él alivió parte del dolor que le había acompañado durante tantos años.

Aparte de eso, estaba lo de la «familia». Para Jax era una auténtica novedad, pero le gustaba. Le gustaban los vínculos que las tres mujeres y Mack habían creado, formando una unidad que apoyaba y cuidaba de sus miembros. Admiraba la forma en que celebraban los éxitos de unos y la rapidez con que se consolaban y apoyaban en los momentos difíciles.

Y lo que de verdad le gustaba era que ahora él también formaba parte de eso. Parte de sus vidas, de las cosas que formaban sus vidas cotidianas. Por fin tenía un lugar en el mundo.

Saberlo le daba tanto placer que casi era vergonzoso.

Poco viril.

Pero aun con todo...

Jax volvió la cabeza y apretó los labios sobre la cabeza de Treena.

Ella le sonrió.

–Gracias, cariño –dijo con voz ronca, e inclinó la cabeza para besarla en los labios.

–De nada –respondió ella, y le sujetó la nuca con la mano para devolverle el beso, que fue un poco más largo que el de él.

Cuando ella se apartó, le enmarcó la cara con las manos y le miró a los ojos, resplandecientes de amor.

Después, con expresión muy seria dijo:

–No estoy segura de por qué, exactamente. Pero Jax, amor mío, de nada.

www.ingramcontent.com/pod-product-compliance
Lightning Source LLC
LaVergne TN
LVHW091611070526
838199LV00044B/754